CW01337717

BASTEI
LÜBBE
TASCHENBUCH

Weitere Titel des Autors:

Die Shepherd-Serie:
Ich bin die Nacht
Ich bin die Angst
Ich bin der Schmerz
Ich bin der Zorn

Racheopfer (Erzählung)

Die Burke-Serie:
Spectrum

Titel auch als Hörbuch erhältlich

Über den Autor:

Ethan Cross ist das Pseudonym eines amerikanischen Thriller-Autors. Nach einer Zeit als Musiker gelang es Ethan Cross, die Welt fiktiver Serienkiller um ein besonderes Exemplar zu bereichern: Francis Ackerman junior. Der gnadenlose Serienkiller erfreut sich seitdem großer Beliebtheit: Jeder Band der Reihe stand wochenlang auf der *Spiegel*-Bestsellerliste. Der Autor lebt mit seiner Frau und drei Kindern in Illinois.

Ethan Cross

ICH BIN DER HASS

Thriller

Aus dem amerikanischen Englisch von
Dietmar Schmidt

BASTEI
LÜBBE
TASCHENBUCH

BASTEI LÜBBE TASCHENBUCH
Band 17630

Dieser Titel ist auch als Hörbuch und E-Book erschienen

Vollständige Taschenbuchausgabe

Deutsche Erstausgabe

Für die Originalausgabe:
Copyright © 2017 by Aaron Brown
Titel der amerikanischen Originalausgabe: »Only the Strong«

Published in agreement with the author,
c/o BAROR INTERNATIONAL, INC.,
Armonk, New York, U.S.A.

Für die deutschsprachige Ausgabe:
Copyright © 2018 by Bastei Lübbe AG, Köln
Lektorat: Judith Mandt
Textredaktion: Wolfgang Neuhaus, Oberhausen
Titelillustration: © shutterstock/Igorsky
Umschlaggestaltung: Massimo Peter-Bille
Satz: Urban SatzKonzept, Düsseldorf
Gesetzt aus der Caslon
Druck und Verarbeitung: CPI books GmbH, Leck – Germany
Printed in Germany

ISBN 978-3-404-17630-4

5   4   3   2   1

Sie finden uns im Internet unter
www.luebbe.de
Bitte beachten Sie auch: www.lesejury.de

Kapitel 1

Francis Ackerman jr. wusste nicht, wie viel Blut er vergossen hatte und wie groß die Zerstörungen waren, die auf sein Konto gingen. Er erinnerte sich kaum an seine dunklen Jahre. Für ihn waren sie ein Nebel aus Blut, Schmerz und Tod. Er wusste nur eins: Sollte man im Jenseits wirklich ernten, was man auf Erden säte, standen ihm ewige Folterqualen bevor. Aber er fürchtete das Urteil nicht, das einst über ihn gesprochen würde. Oft, sehr oft hatte er in die Finsternis gestarrt und sich den Gestank von Schwefel vorgestellt, endlose Höllenqualen, Schreie, Heulen und Zähneklappern. Aber es ließ ihn kalt. Angst entzog sich seinem Verständnis wie die Sonne dem Mond.

Nicht dass Ackerman süchtig nach Schmerz und blind für jede Art von Furcht auf die Welt gekommen wäre – keineswegs. Sein eigener Vater hatte ihn jeder denkbaren Folter unterzogen, hatte ihn die traumatischen Erfahrungen der berüchtigtsten Mörder aus aller Welt durchleben lassen. Als nicht einmal das reichte, hatte er bei seinem Sohn chirurgisch jene Bereiche des Gehirns verstümmelt, in denen Angst und die primitive Kampf-oder-Flucht-Reaktion entstanden.

Es erfüllte Ackerman mit Stolz, was er trotz seiner unbestreitbaren Nachteile erreicht hatte. Er hatte seinen jüngeren Bruder Marcus wiedergefunden und durch ihn eine Familie erlangt. Seitdem hatte er mehreren Personen das Leben gerettet und zur Festnahme von acht Serienmördern beigetragen, jedenfalls seiner Zählung nach.

Nun sollte sein bisher größter Fang – ein Mann, der als

»Demon« bekannt war und ein Netzwerk sadistischer Auftrags-killer leitete – von Foxbury zum ADX Florence überstellt wer-den, einem Hochsicherheitsgefängnis und eine der sichersten Haftanstalten der Welt.

Eigentlich hätte Ackerman in besserer Stimmung sein müs-sen, aber er war nicht besonders stolz auf die Festnahme De-mons; schließlich hatte er dieses Monstrum nicht in direktem Zweikampf zur Strecke gebracht. Außerdem war der Kampf zwischen ihnen erst dann vorbei, wenn einer von ihnen beiden nicht mehr atmete.

Aus dem hinteren Teil des kahlen Besprechungsraums, in dem es nach Zigarettenrauch und Waffenöl stank, beobach-tete Ackerman seinen jüngeren Bruder. Special Agent Marcus Williams trug einen schwarzen Anzug und ein dunkelgraues Oberhemd, aber keine Krawatte: Er hatte geschworen, sich nie wieder einen Schlips umzubinden. Im Zentrum des Raumes saß das Team aus Strafverfolgungs- und Justizvollzugsbeamten auf mehreren Reihen von Klappstühlen; es sah aus wie ein mittel-alterliches Inquisitionsgericht. Marcus erklärte den Versammel-ten den genauen Ablauf der Verlegung des wohl mörderischsten Sträflings der Welt.

Ackerman durfte an dieser Besprechung nicht unmittelbar teilnehmen, da er nur den Rang eines »Beraters« hatte. Doch er sah jetzt schon voraus, dass seine Fähigkeiten sehr bald wieder gebraucht wurden. Und welcher Trainer ließ seinen besten Spie-ler lange auf der Ersatzbank? Wäre Töten ein Sport gewesen – er wäre der Champ, der Meister aller Klassen. Bei diesem Gedan-ken musste er grinsen.

Der Plan seines Bruders war simpel, hatte aber seine Stärken: Drei Konvois sollten den Bereitstellungsraum in bestimmten zeitversetzten Abständen verlassen. Jede Kolonne bestand aus einem Späher in einer zivilen Limousine, der vorausfuhr, zwei

Streifenwagen, dem gepanzerten Gefangenentransporter, zwei weiteren Streifenwagen als Nachhut und einem Hubschrauber zur Luftbeobachtung. Zusätzlich leitete die Staatspolizei den Verkehr um, sodass es auf ihrer Route keine unbeteiligten Zuschauer und potenziellen Bedrohungen gäbe. In den Panzerwagen in jedem der drei Konvois saß ein Mann, dessen Gesicht eine Kapuze verdeckte, sodass nicht einmal die Wachmannschaften wussten, welcher Konvoi den wahren Demon transportierte.

Marcus würde dem echten Gefangenen auf dem Beifahrersitz eines Staatspolizeiwagens folgen, während die anderen Mitglieder ihres Teams in den Nachhutfahrzeugen der Ablenkungen saßen. Ackerman und Special Agent Maggie Carlisle, Marcus' Partnerin, würden im Überwachungshubschrauber von Marcus' Kolonne sitzen − Ackerman in seiner Rolle als Berater, Maggie als seine Bewacherin. Er hatte Maggie ins Herz geschlossen und betrachtete sie als Mitglied der Familie, als »kleine Schwester«.

Marcus schloss nun die Einweisung ab und winkte Ackerman und Maggie zu sich. Gemeinsam gingen sie in die Ecke gegenüber der Tür, durch die die Beamten währenddessen den Raum verließen.

»Ihr beide fliegt die Strecke im Voraus ab, okay?«, sagte Marcus. »Ihr achtet auf Stellen, die sich für einen Hinterhalt eignen. Wenn es so weit ist, wird der zivile Pkw der Vorhut diese Stellen überprüfen, damit wir sicher sein können, dass dort keine Gefahr lauert.«

»Ich bin nach wie vor der Ansicht, dass wir diesen Irren auf andere Weise nach Florence überführen sollten«, erklärte Ackerman.

»Lass gut sein, Frank. Die Genehmigung zu bekommen war schwierig genug. Und mach dir keine Gedanken. Die Konvois werden nicht eine Sekunde anhalten, egal aus welchem Grund.«

Ackerman zuckte mit den Schultern. »Du bist der Boss, kleiner Bruder.«

»Nenn mich nicht so. Wenigstens nicht in der Öffentlichkeit.«

Ackerman grinste. »Du tust mir weh, kleiner Bruder.«

»Umso besser. Du genießt doch den Schmerz! Also, gern geschehen.«

Ackerman lächelte. »Wann soll ich mich verabschieden?«

»Hältst du das für eine gute Idee?«

»Ich habe nur gute Ideen.«

»Hört mit dem Unsinn auf«, drängte Maggie. »Wir müssen jetzt mit diesem Monster sprechen. Ich hätte nichts dagegen, ihm ins Gesicht zu spucken, ehe er weggeschleift wird.«

Marcus nickte. »Ja, wir müssen mit ihm reden. Ich hoffe immer noch, dass wir ihn zu dritt dazu bringen können, etwas zu verraten. Einen Hinweis auf seine Identität oder auf das Versteck seiner Kumpane. Behaltet das im Hinterkopf, wenn wir ihn besuchen.«

Ackermans Herz schlug schneller. Vorfreude überkam ihn bei dem Gedanken, einmal mehr diesem Monster gegenüberzutreten. Es war ein Gefühl ähnlich dem, das er dem Mädchen entgegengebracht hatte, das ihm die Unschuld genommen hatte – oder vielmehr das, was Ackerman als seine wahre Unschuld betrachtete, denn alle seine vorherigen sexuellen Begegnungen waren von Gewalt geprägt gewesen. Sie war eine junge Maya gewesen, die er auf der Straße nach Cancún mitgenommen hatte. Eine Zeit lang waren sie beide wie Bonnie und Clyde durchs Land gezogen, das berühmt-berüchtigte Gangsterpärchen aus den Dreißigerjahren. Jetzt pochte in Ackerman die gleiche Erregung, wie er sie damals empfunden hatte, als das Mädchen sein geblümtes Kleid von den Schultern rutschen ließ.

8

Marcus führte sie durch einen Korridor mit Betonwänden in einen Raum, der genauso roch, wie er riechen sollte: nach sechs Männern mit Repetiergewehren, die in voller Einsatzausrüstung in der Hitze Arizonas schmorten. Als sie näher kamen, befahl Marcus einem Wachmann, dem Gefangenen die Kapuze, die Riemen, die seinen Kopf fixierten, und die Bissschutzmaske abzunehmen.

Demon drehte augenblicklich den Kopf hin und her und öffnete den Mund, um die Kiefermuskeln zu strecken. Seine langen schwarzen Haare, von grauen Strähnen durchzogen, hingen ihm wirr in die zerfurchte Stirn. Das Gewebe über dem linken seiner brauenlosen, reptilienartigen Augen bestand aus verbranntem Gewebe, und die Narben zahlloser Stiche und Schnitte zogen sich kreuz und quer durch sein grässlich entstelltes Gesicht. Am meisten aber stach sein Glasgow-Grinsen hervor – eine Verstümmelung, die man dem Opfer beibrachte, indem man ihm die Mundwinkel zerschnitt und es dann folterte. Jedes Mal, wenn das Opfer schrie oder sich bewegte, rissen die Schnitte weiter auf.

Demons Glasgow-Grinsen reichte fast vom einen Kiefergelenk zum anderen, nur dass es bei ihm keine Karikatur eines Lächelns war, sondern eine grauenhafte Verstümmelung: Es sah aus, als hätte ihm jemand mit einer großen Axt den unteren Teil des Kopfes schräg abgetrennt.

Als Demon sprach, quoll seine Stimme mit dickem schottischem Akzent aus seinem entstellten Mund. »Auf Reisen bin ich normalerweise anderen Komfort gewöhnt. Machen Sie sich auf eine schlechte Bewertung bei Yelp gefasst.«

Marcus zog voller Abscheu die Lippen zurück. »Ich sage dem Weinkellner Bescheid, dass er Ihnen unseren besten Bordeaux bringen soll.«

»Sie haben bereits gesehen, wie ich töte, Agent Williams, aber das war rein geschäftlich. Die Schönheiten dessen, was ich zum privaten Vergnügen tue, kennen Sie nicht. Ich führe meine Kandidaten gern langsam und genüsslich durch jeden Kreis der Hölle.«

Marcus trat näher und flüsterte: »Wie gut, dass Sie Freude an so etwas haben. Denn genau dahin schicken wir Sie – in die Hölle.«

Demon kicherte. »Meinen Sie damit das Gefängnis? Oder gibt es einen Plan, mich ins Grab zu schicken?«

»Das können Sie sich aussuchen.«

Demon schüttelte den Kopf. Schwarze Haarsträhnen peitschten wie tintenfarbene Tentakel über seine Fratze. »Sie kennen sicher den Spruch ›Wer da sucht, der findet‹. Nun, in entgegengesetzter Richtung gilt das Gleiche. Wer den Teufel sucht wie Sie, den findet Satan . . . und jeden, der ihm wichtig ist, wenn Sie verstehen, was ich meine.«

Marcus setzte zu einer Antwort an, aber Ackerman hatte sich jetzt lange genug zurückgehalten; es wurde höchste Zeit für ihn, seine Dominanz zu beweisen. Ansatzlos schmetterte er Demon die Faust mitten ins Gesicht. Der Hinterkopf des Dunkelhaarigen krachte gegen den Stahlrohrrahmen seines Transportwagens. Doch Demon lachte nur auf und spuckte Blut.

»Wen immer mein Bruder Familie nennt«, sagte Ackerman, »gehört auch zu *meiner* Familie. Und ich kann jedem nur abraten, sich an etwas zu vergreifen, das mir gehört.«

Demon starrte ihn an. »Ich habe Ihnen schon einmal einen Ausweg angeboten, aber ich gebe Ihnen noch eine Chance. Ihr Team kann mich gehen lassen und mich vergessen. Beschließen Sie jedoch, sich mir zu widersetzen, verbrenne ich Ihre sogenannte Familie bei lebendigem Leib.«

Ackerman grinste. »Mann! Wenn ich Angst haben könnte, würde ich mir jetzt richtig beschissene Sorgen machen.«

Der Blick aus Demons wimpernlosen Augen schweifte von Maggie zu Marcus. »Ihr steht vor der folgenschwersten Entwe-der-oder-Entscheidung eures Lebens. Entweder der eine Weg oder der andere. Es gibt nichts dazwischen. Das ist wie die Ent-scheidung, gläubig zu sein oder nicht oder Kinder zu haben oder nicht. Entweder Sie lassen mich gehen, oder Sie müssen die Fol-gen tragen. Irgendwas dazwischen gibt es nicht.«

»Mir reicht's jetzt«, sagte Maggie.

»Und es kam eine Wolke, die warf einen düsteren Schatten auf sie«, deklamierte Demon, »und eine Stimme fiel aus der Wolke und sprach: ›Dies ist das Gefäß meiner Rache, das ich hasse. Fürchtet ihn.‹«

Ackerman neigte den Kopf zur Seite. »Ich habe gehört, dass der Allmächtige ziemlich sauer ist, wenn jemand das Evange-lium verdreht.«

»Ich bin mir nicht einmal sicher, ob ich überhaupt glaube«, flüsterte Demon. »Aber eines weiß ich, mein Junge. Ich werde Ihnen eine Führung durch die Hölle geben, und wenn Sie mich um das Brot der Gnade bitten, füttere ich Sie mit Rasier-klingen.«

Ackerman gluckste vor Lachen. »Hört sich nach einem Hei-denspaß an.«

Kapitel 2

Nach außen hin präsentierte sich die Shepherd Organization als eine Art Denkfabrik, die für das Justizministeriums arbeitete. Tatsächlich aber bestand ihre Aufgabe darin, Serienkiller zur Strecke zu bringen, unter Einsatz aller Mittel, selbst wenn dabei gegen das Gesetz verstoßen wurde.

Special Agent Marcus Williams, Teamchef bei der Shepherd Organization, legte seine Körperpanzerung an. Die Schutzweste war darauf ausgelegt, auch Hochleistungsgeschossen zu widerstehen. Er inspizierte sein M4A1-Sturmgewehr und überzeugte sich, dass es gereinigt, geölt, geladen und gesichert war. Ihn plagte die düstere Vorahnung, seine Waffe und die Körperpanzerung in den nächsten Stunden dringend zu brauchen. Er hatte schon mehrere Serienmörder gejagt – darunter seinen eigenen Bruder, den berüchtigten Francis Ackerman jr. –, aber einer Kreatur wie der, den sie alle nur als Demon kannten, war Marcus noch nie begegnet.

Er hatte Demon in der Nähe des Foxbury-Gefängnisses festgenommen, als dieser Psycho dem Anführer einer der gefährlichsten Banden der Welt zur Flucht verholfen hatte. Von Demons ehemaligem Schüler Dmitri Zolotov, dem Judas-Killer, der mittlerweile zur Hölle gefahren war, hatte Marcus erfahren, dass Demon, der gebürtige Schotte mit dem entstellten Gesicht, aus dem Abschaum des Abschaums der Verbrecherwelt ein Netzwerk aufgebaut hatte. Indem er den Psychopathen, den Hasserfüllten und Rachsüchtigen Richtung und Ziele vorgab, hatte er eine gewinnträchtige Organisation geschaffen, die seinen Einfluss sowohl in Bezug auf Macht als auch auf Reichweite immer mehr vergrößerte.

Für Fälle wie diesen war die Shepherd Organization ins Leben gerufen worden; für solche Arbeit war Marcus geboren.

Ackerman hatte ihm prophezeit, ein Mann mit Demons Fähigkeiten und Verbindungen werde nicht lange in Gewahrsam bleiben. Erreicht hatte er damit nur, dass Marcus sich bei Demons Transport und Einlieferung noch stärker einschaltete als vorgesehen. Schließlich hatte Marcus persönlich diesen Irren festgenommen, dessen krimineller Einfluss sich wie Krebs im Unterleib der Gesellschaft ausbreitete – und er hatte nicht die Absicht, sich seinen Fang wieder aus den Fingern gleiten zu lassen.

Nun wartete er in dem einen langen dunklen Tunnel zwischen Demons Zelle und dem gepanzerten Transporter, der das Verbrechergenie zum Hochsicherheitsgefängnis ADX Florence bringen würde – eine Art modernes Verlies, umgeben von Ödland, in dem die gefährlichsten Terroristen der Welt, einschließlich al-Quaida-Mitgliedern, einsaßen; außerdem Gestalten wie der »Unabomber« Theodore Kaczynski und zentrale Figuren des organisierten Verbrechens.

Einer der Häftlinge besaß eine sehr persönliche Verbindung zu Marcus und Ackerman: Er war ihr Vater, der als »Thomas White« bekannte Massenmörder. Sein wahrer Name lautete Francis Ackerman senior, aber diese Information hielt die Shepherd Organization geheim; stattdessen ließ sie zu, dass dieser Killer den letzten Falschnamen, den er sich gegeben hatte, weiterhin benutzte. Selbst Marcus hatte sich daran gewöhnt, seinen leiblichen Vater mit diesem Namen zu bezeichnen. Auf diese Weise konnte er sich leichter von dem Wahnsinnigen distanzieren, der ihn und Francis als Versuchskaninchen missbraucht hatte – und später Dylan, Marcus' Sohn.

Marcus hatte nicht die Absicht, seinen Vater zu besuchen, wenn er Demon in Florence einlieferte. Seit der Festnahme hatte er kein Wort mehr mit Ackerman senior gesprochen. Damals hatte der Irre versucht, in Kansas City eine Konzerthalle voller Schulkinder in die Luft zu sprengen. Vorher hatte er Marcus monatelang in einem tiefen Erdbunker festgehalten und gefoltert. Wenn seine Gebete erhört wurden, würde es Marcus erspart bleiben, seinem leiblichen Vater jemals wieder in die Augen blicken zu müssen. Sein Bruder empfand es anders, obwohl er vom eigenen Vater noch viel Schlimmeres hatte erdulden müssen. Ackerman junior war sogar so weit gegangen, Besuchszeit bei ihrem Vater zu beantragen, obwohl der Director der Shepherd Organization solche Vorstöße in die düstere Geisteswelt des Thomas White nur widerwillig duldete.

Marcus hätte gern gewusst, ob sein Bruder ihn mittlerweile übertraf, was Willenskraft und Selbstkontrolle anging. Er selbst konnte die Gegenwart des Mannes, dem er seine Existenz verdankte, keine Sekunde ertragen. Schon oft hatte er sich den brutalen Tod seines Vaters ausgemalt. Er wusste nicht, wie Ackerman diesem Ungeheuer in die Augen blicken konnte, dem er so viel Schmerz und Leid verdankte. Wahrscheinlich lag es an seiner absoluten Furchtlosigkeit.

Als die Wachleute Demon nun durch den langen Korridor aus Stahlbeton führten, packte Marcus sein Sturmgewehr so fest, dass die Knöchel weiß hervortraten. Er musste das Verlangen niederkämpfen, das Leben dieses entstellten Verbrechergenies hier und jetzt zu beenden. Beinahe wünschte er sich, er hätte Demon in den Katakomben unter dem Foxbury-Gefängnis getötet, als er die Gelegenheit dazu hatte.

Demon grinste und spitzte die Lippen wie zum Kuss.

Marcus packte ihn bei der Kehle. »Wenn Sie irgendwas versuchen, fangen Sie sich eine Kugel. Ich hoffe aufrichtig, dass Sie einen Fluchtversuch machen, denn für mich gäbe es keinen tröstlicheren Anblick als Ihren Kadaver auf dem Stahltisch im Leichenschauhaus!«

Demon zitierte Nietzsche: »›Wer mit Ungeheuern kämpft, mag zusehen, dass er nicht dabei zum Ungeheuer wird. Und wenn du lange in einen Abgrund blickst, blickt der Abgrund auch in dich hinein.‹«

Marcus schaute den Chef der Wachleute an. »Schaffen Sie mir diese Kreatur aus den Augen.«

Die Männer luden Demon in den gepanzerten Gefangenentransporter, und Marcus setzte sich auf den Beifahrersitz des Streifenwagens der Nachhut. Er hatte für den schlimmsten Fall geplant und versucht, sämtliche Möglichkeiten einzukalkulieren, aber eine dunkle Eingebung flüsterte ihm zu, dass es nicht reichen würde.

Die Kolonne verließ am frühen Morgen Arizona; es war vorgesehen, kurz vor Mitternacht im Hochsicherheitsgefängnis ADX Florence einzutreffen. Doch Marcus hatte den Verantwortlichen in Florence eine erheblich spätere Ankunftszeit mitgeteilt. Der verfrühte Aufbruch war nur ein weiterer Versuch, möglichen Befreiungsaktionen zuvorzukommen. Demon besaß die nötigen Mittel, um eine dramatische Flucht zu inszenieren; jede Gegenmaßnahme, die Marcus sich auszudenken vermochte, konnte von der Gegenseite gekontert werden. Er musste hoffen, dass er einen Schritt weiter gedacht hatte als der unsichtbare Gegner.

Die ersten elfeinhalb Stunden ihrer Reise verliefen ohne Zwischenfall.

Marcus konnte auf der Fahrt kaum die Augen offen halten. Die Landschaft Colorados, die an den Fenstern vorüberglitt, bot tagsüber vermutlich einen schönen Anblick, aber jetzt, in der Nacht, sah man kaum mehr als undeutliche Umrisse und hin und wieder die aufblitzenden Augen eines Tieres, das in die Scheinwerferkegel der Kolonnenfahrzeuge geriet. Ein paar Mal nickte Marcus für wenige Sekunden ein. Immer wieder überraschte es ihn, wie leicht er wegdämmerte, obwohl er sich dagegen wehrte. Doch er war jedes Mal sofort wieder hellwach. Seine Hand ruhte auf dem Griff seiner Pistole. Er versuchte, sich zu entspannen, während er gleichzeitig verhindern musste, dass ihm die Augen so schnell zufielen wie die Fallgitter einer Burg.

Der kleine, stämmige Mann am Lenkrad, ein ziemlich farbloser Bursche der State Police, war auch keine Hilfe. Er hatte seit ihrer Abfahrt kaum so viele Wörter gesprochen, wie man brauchte, um einen vollständigen Satz zu bilden. Marcus behagte dieses Schweigen nicht. Solche stillen Augenblicke ließen ihm zu viel Zeit zum Nachdenken über Fragen, deren Antworten er gar nicht erst wissen wollte.

Aus dem Funkgerät des Streifenwagens drang eine knisternde Stimme. »Command, hier Overwatch-Zwo. Ungefähr zwanzig Meilen vor Ihnen parkt ein Pkw auf Ihrer Strecke.«

Ehe Marcus antworten konnte, meldete sich der Spähwagen. »10–4. Hier Forward-Zwo. Nähern uns Pkw zum Abfangen.«

Die Sekunden schleppten sich dahin, während Marcus wartete, dass der Scout die Stelle des möglichen Hinterhalts erreichte. Vor Aufregung schlug ihm das Herz bis zum Hals. Endlich meldete sich der dienstälteste Beamte im Scoutfahrzeug: »Wie es scheint, ist der Wagen liegengeblieben. Ein Mann und eine Frau stehen daneben und winken mich heran.«

Marcus packte das Mikrofon. »Forward-Zwo: Zugriff! Nehmen Sie die Leute vorsorglich fest! Befragen Sie sie, sobald sie in Gewahrsam sind.«

»Nun ja, Sir, sie scheinen Todesängste auszustehen. Wenn sie wirklich liegengeblieben sind, sind sie schon 'ne ganze Weile hier, ohne dass jemand vorbeigefahren ist. Sie . . .«

»Das ist ein Befehl. Nehmen Sie die Leute fest. Entschuldigen können Sie sich, sobald die Stelle gesichert ist.«

»Roger, Command.«

Ein Augenblick verstrich; dann fragte Marcus: »Overwatch, sehen Sie sie?«

»Positiv. Die Verdächtigen wurden überwältigt.«

Nach kurzer Pause meldete sich ein Cop aus dem Scoutwagen: »Command, auf dem Rücksitz ist ein neun Monate altes Baby. Ein Mädchen. Was sollen wir mit der Kleinen machen? Handschellen passen der ja nicht.«

Marcus knirschte mit den Zähnen und atmete tief durch, ehe er antwortete. »Keine Handschellen erforderlich. Aber lassen Sie den Hund am Kindersitz nach Sprengstoff schnüffeln. Vergessen Sie niemals, mit was für Gegnern wir es zu tun haben. Sie würden die ganze Familie niedermetzeln und sich mit deren Blut eine Kriegsbemalung machen, wenn sie ihrem Ziel dadurch auch nur einen Millimeter näher kämen. Seien Sie niemals unaufmerksam – keine Sekunde.«

»Roger, Command.«

»Noch etwas«, fügte Marcus hinzu. »Mir ist es egal, ob Ihre Großmutter oder Ihre kleine Schwester da mitten auf der Fahrbahn sitzt. Wir halten für nichts und niemand an!«

Kapitel 3

Corin Campbell sah das Totenkopfgesicht jetzt überall, wohin sie ging. Zuerst hatte sie es für einen Streich irgendwelcher Jugendlicher gehalten, die sich in Facebook-Konten hackten und die Leute veralberten. Inzwischen aber hatte sie das Gesicht im wirklichen Leben gesehen.

Zumindest glaubte sie das. Vielleicht war sie aber auch total durchgeknallt, wie ihre Schwester schon seit Jahren behauptete. Corin war sich nicht mehr sicher. Es schien, als wäre eine albtraumhafte Kreatur aus einem Slasherfilm zum Leben erwacht und würde nun jede ihrer Bewegungen verfolgen, Tag und Nacht, um in einem unbewachten Augenblick zuzuschlagen. Die Angst lähmte Corin beinahe, und sie gehörte bestimmt nicht zu den Menschen, die sich schnell fürchteten.

Zuerst war das Totenkopfgesicht im Hintergrund einiger ihrer Selfies auf Facebook und Instagram aufgetaucht, meist bei Gruppenaufnahmen, auf denen Corin und die anderen eine Straße entlanggingen oder vor irgendeiner Kneipe standen.

Auf dem neusten Foto aber lauerte die Gestalt direkt vor ihrem Fenster.

Corin war sich fast sicher, dass der Totenschädel nicht auf den Fotos gewesen war, als sie die Bilder gepostet hatte. Das Erscheinen der Albtraumgestalt konnte ganz simpel auf ein gehacktes Konto zurückzuführen sein – einen Teenager-Hacker mit einem MacBook Pro und grundlegenden Photoshop-Kenntnissen.

Nur konnte Corin das leider nicht mit Sicherheit sagen. Sie

hatte nach Hinweisen auf Fotobearbeitung suchen lassen und als Rückmeldung von einem Computerreparaturshop die Mitteilung erhalten: »Die Fotos *scheinen* manipuliert zu sein, aber der Befund ist nicht eindeutig.« Na toll. Corin hatte noch immer nicht herausgefunden, was genau das heißen sollte. Wie die Antwort eines Politikers: viele Worte, nichts dahinter.

Gestern aber hatte sie die Totenkopffratze in einem vorüberfahrenden Auto gesehen und dann bei einem Mann, der auf der anderen Straßenseite in einem Türeingang stand. Es musste eine Ausgeburt ihrer überreizten Fantasie sein – was sonst? Schlafmangel wegen ihres Studiums hatte sich mit einem miesen Scherz in den sozialen Netzwerken zusammengetan und attackierte nun ihr Unterbewusstsein, bis sie kurz vor dem Delirium stand.

Wenigstens war sie nicht als Einzige betroffen. Eine simple Google-Suche offenbarte, dass im Nordwesten der USA noch mehrere andere Frauen gehackt worden waren. Der Fall hatte fast schon den Status einer modernen Legende erreicht. »Skullface«, wie der Mann mit der Totenschädelmaske von jemandem im Internet genannt worden war, hatte sich bei den anderen Horror- und Sagengestalten des digitalen Zeitalters eingereiht, bei »Slenderman« beispielsweise oder den »Shadow People«.

Bei ihren Recherchen war Corin auf Behauptungen gestoßen, andere Hacking-Opfer seien verschwunden, hatte diese Meldungen aber als Fake abgetan – so wie die falschen Nachrichten über den Tod irgendwelcher Promis, die in den sozialen Netzwerken ständig auftauchten. Aber wenn es diesen Skullface wirklich gab, überlegte Corin immer wieder, war seine Botschaft unmissverständlich: *Er beobachtete sie, und er würde sie sich holen.*

Die Totenkopfmaske auf den Fotos, von denen Corin hoffte, dass sie manipuliert wären, bestand aus blutbespritztem Metall.

Die Knochenstruktur des Schädels stammte allerdings nicht von einem Menschen. Sie erinnerte mehr an einen Dämon oder ein ausgestorbenes Raubtier, einen T-Rex vielleicht. Oder eine Mischung aus beidem. Die Reißzähne sahen gar nicht wie Zähne aus, eher wie lange, gezackte Metallfetzen, während der Mund an eine Wunde erinnerte, missgestalt und leicht aufwärtsgebogen zu einem sadistischen Grinsen.

Sollte diese Fratze tatsächlich existieren, war sie offensichtlich eine Art Maske. Und Halloweenkostüme jagten Corin keine Angst ein. Aber Typen, die sie stalkten und dabei so etwas trugen – die schon.

Sie hatte überlegt, sich an die Polizei zu wenden, doch ohne Beweise außer ein paar »nicht eindeutig manipulierten Fotos« wären die Cops eher ein Hemmschuh als eine Hilfe. Corin konnte selbst auf sich aufpassen. Das tat sie schon ihr Leben lang. Und wenn dieser Verrückte mit der Maske sie für ein leichtes Opfer hielt, stand ihm eine böse Überraschung bevor.

Als Corin nach dem letzten Seminar dieses Tages das Gebäude auf dem Campus der San Francisco University verließ, an der sie studierte, sah sie auf dem langen Weg durch das dunkle Parkhaus, in dem ihr Wagen stand, hinter jeder Ecke Skullface. Kaum hatte sie die Bilder verscheucht, hörte sie die Schritte hinter sich auf dem Beton.

Jemand folgte ihr. Sollte sie sich umdrehen? Sich ihrem Verfolger zuwenden? Angreifen? Zum Auto rennen? Schreien?

Corin versuchte, sich ungezwungen zu bewegen, schob die Hand in die Jackentasche und umfasste den Griff ihres Springmessers. Sie konnte die Waffe blitzschnell ziehen und die Klinge mit einer Daumenbewegung hervorschnellen lassen.

Angespannt lauschte sie, während die Schritte näher kamen, und spielte jede Bewegung im Kopf durch.

Ducken, drehen, Messer ziehen, zutreten …

Der Rhythmus der Schritte wurde schneller. Sie kamen jetzt rasch näher.

»Hey!«, rief eine Männerstimme.

Er rannte auf Corin zu. Doch er unterschätzte sie – was sie nicht überraschte. Selbst ihr Verlobter nannte sie »Maus«, wofür sie ihm manchmal den Hals hätte umdrehen können. Sicher, Corin war zierlich und hatte ihre bronzefarbene Haut und das dunkle Haar von ihrer brasilianischen Mutter geerbt, aber dass sie nur eins vierundsechzig groß war, machte sie noch lange nicht wehrlos. Das aber wussten nur Corin und Samantha, ihre Schwester.

Wieder rief der Mann: »Hey!«

Dann hatte er sie erreicht.

Corin fuhr zu dem Angreifer herum, riss das Messer aus der Tasche, trat in Leistenhöhe zu und rammte den Fuß in die Weichteile des Mannes. Der krümmte sich vor Schmerz und stürzte auf die Knie. Mit zwei blitzschnellen Schritten war Corin bei ihm und hielt ihm die Klinge an die Kehle, während er qualvoll keuchte.

Corin bemühte sich, ruhig zu atmen, als sie ihrem Verfolger ins Gesicht blickte.

Er hieß Michael.

Sie kannte ihn aus dem Buchhaltungsseminar, aus dem sie gerade kam. Neben Michaels Füßen lag ihr Handy auf dem Boden. Offenbar hatte er es bei ihrem Angriff fallen gelassen.

Corin kam sich unsäglich dumm vor. Der arme Kerl hatte ihr bloß ihr Handy bringen wollen, und sie führte sich auf wie Jason Bourne.

»Tut mir leid.« Sie klappte das Messer am Oberschenkel zusammen und schob es in die Tasche zurück.

»Dein . . . Handy«, keuchte Michael, als sie ihm aufhalf.

»Ich hab's gesehen. Danke. Aber als Frau kann man heutzutage ja nicht vorsichtig genug sein, oder?«

»Ich glaube, ich muss mich übergeben.«

Corin verzog gequält das Gesicht. »Ja. Was machen deine
Eier? Die werden doch wieder, oder?«

Kapitel 4

Ungefähr eine Stunde nach dem Zwischenfall flog der Hubschrauber über eine wohlhabende Vorstadt hinweg. Aus Ackermans Kopfhörern drang Maggies gedämpfte Stimme: »Irgendwas Interessantes in den Akten, die ich dir gegeben habe?«

Ackerman hatte sich bereits gefragt, wie lange es dauern würde, bis Maggie ihn darauf ansprach. Die Akten befassten sich mit der Entführung ihres Bruders durch einen Serientäter, der als »The Taker« bekannt war. Doch Ackerman wollte abwarten, bis Demon in sicherer Verwahrung war, ehe er dieses Thema anschnitt, weil es zur Ablenkung führen konnte, wo Konzentration wichtiger war als alles andere.

»Ich sag's dir später.«

»*Was* sagst du mir später?« Maggie beugte sich zu ihm vor und packte seinen Arm, sah ihm in die Augen. »Hast du irgendwas gefunden?«

»Vielleicht. Aber weil ich weiß, wie leicht ihr Normalos euch ablenken lasst ...«

Maggie quetschte ihm den Arm. Ihre Nasenflügel bebten, und auf ihrem Gesicht lag ein angespannter Ausdruck.

Ackerman verdrehte die Augen. »Okay, wenn du darauf bestehst. Wie konnte ich auch glauben, dass der laufende Einsatz wichtiger ist als ein zwanzig Jahre alter Fall mit kalter Fährte? Wie auch immer – als ich ein paar Polizeiberichte durchsah, fiel mir auf, dass dein Vater immer wieder Sätze von sich gab wie: ›Die haben mir meinen Sohn weggenommen‹ und ›Wieso sind Sie nicht auf der Suche nach denen?‹ Er bezog sich dabei immer auf Entführer in der Mehrzahl.«

»Mein Vater ist kein glaubwürdiger Zeuge. Er war vermutlich viel zu sehr neben der Spur, um irgendwas gesehen zu haben.«

»Wie es aussieht, hatte die Polizei den gleichen Eindruck. Die haben sich so sehr auf deinen Vater als Verdächtigen eingeschossen, dass es ihnen den Blick auf den Fall verstellt hat. Und wir wissen ja mit Sicherheit, dass dein Vater nicht der Täter war – habe ich recht, kleine Schwester?«

»Worauf willst du hinaus?«

»Die Sicht der Polizei, was die Aussagen deines Vaters angeht, hat die Vernehmung der Nachbarn beeinflusst, ohne dass die Ermittler sich dessen bewusst gewesen wären. Ein Detective war so zuvorkommend, seine Befragungen auf einer Audiokassette aufzunehmen. Hast du eine Ahnung, wie schwer sich heutzutage ein Walkman auftreiben lässt?«

Maggie packte ihn wieder beim Arm, und diesmal bohrte sie ihm die Fingernägel in die Haut. Der Schmerz sandte ein wohliges Gefühl der Ekstase durch Ackermans Körper, und er zog rasch den Arm weg. »Ich möchte dich bitten, darauf zu verzichten, mir auf diese Weise deine Wertschätzung zu zeigen, okay? Ich finde es unpassend, wenn man bedenkt, was uns verwandtschaftlich verbindet.«

Maggie lehnte sich zurück, fletschte die Zähne und schloss die Augen. Ackerman las an den Bewegungen ihrer Lippen ab, dass sie lautlos von eins bis zehn zählte. Verirrte blonde Haarsträhnen wehten ihr ins Gesicht. Offenbar hatte er sie irgendwie verärgert, ohne dass es seine Absicht gewesen wäre und ohne dass er wusste, woran es gelegen hatte.

Schließlich fragte Maggie: »Würdest du es mir bitte einfach sagen? *Was hast du entdeckt?*«

»Na also. War das so schwer? Ihr habt auf dem Land am Ende

einer Sackgasse gewohnt, die von einer Durchgangsstraße abzweigt. Im Norden und Süden gibt es vielbefahrene Strecken. Wahrscheinlich kam es häufig vor, dass jemand versehentlich in eure Straße einbog und im Rückwärtsgang wieder rausfuhr. Die Entführung ereignete sich an einem Samstag, und alle eure Nachbarn – bis auf einen – waren zu Hause. Es war ein schöner Tag. Die Chancen stehen gut, dass einige von denen im Freien gewesen sind und das Fahrzeug gesehen haben.«

»Okay, klasse. Red weiter!«

Ackerman senkte die Stimme zu einem Flüstern. »Wenn du den Mund lange genug zumachst, dass du hören kannst, was ich zu sagen habe, könntest du in der Zeit dein Gehirn einschalten, um die gleichen Schlussfolgerungen zu ziehen wie ich. Anderenfalls lass mich diesen Quatsch zu Ende erzählen, okay? Vielleicht gelingt mir das sogar rechtzeitig, sodass wir uns wieder unserer eigentlichen Aufgabe zuwenden können.«

»Tut mir leid. Erzähl bitte weiter.« Maggie hielt die Augen geschlossen.

»Na also.« Ackerman grinste und fuhr fort: »Die Ermittler haben eure Nachbarn gefragt, ob sie irgendwas Verdächtiges oder Ungewöhnliches gesehen hätten. Sie fragten allerdings nicht, ob den Leuten während der Entführung vorbeifahrende Autos aufgefallen waren, was die Schilderung deines Vaters bestätigt hätte.«

Er sah in Maggies Augen, dass die Rädchen in ihrem Kopf in Schwung gekommen waren. Sie lehnte sich zurück, richtete den Blick auf die Fahrzeugkolonne.

Ackerman tat das Gleiche, froh, seine Aufmerksamkeit wieder Dingen von unmittelbarer Bedeutung zuwenden zu können.

Kapitel 5

Von oben sah das Hochsicherheitsgefängnis Florence wie eine Marskolonie aus, die man durch ein Teleskop betrachtete. Die Gebäude schienen am Boden zu kauern, als würden sie sich vor dem ungehinderten Ansturm des Windes verstecken. Ackerman beobachtete aus der Hubschrauberkanzel, wie die Kolonne auf das Gefängnisgelände rollte und dem gewundenen Weg zu dem Betonbunker folgte, der Demons neues Zuhause werden sollte. Die Fahrzeuge bremsten in Wellen ab; es sah aus wie die Buckel, die über eine kriechende Raupe hinweglaufen.

Schließlich stiegen die Staatspolizisten der Vorhut aus den Streifenwagen und schwärmten aus, um den Transporter zu sichern. Marcus hatte den Männern immer wieder eingeschärft, dass sie erst auf der Rückfahrt in ihrer Wachsamkeit nachlassen durften. Der Panzerwagen hielt vor einem Stahltor an der Seite eines gedrungenen Gebäudes; die Wagen der Nachhut stoppten hinter ihm. Bewaffnete Gefängniswärter öffneten die Torflügel, durch die Demon ins Innere gebracht werden sollte. Dann nahmen die Staatspolizisten Aufstellung und öffneten das Heck des Panzerwagens.

Selbst aus hundert Meter Höhe erkannte Ackerman, dass etwas nicht stimmte.

Die winzigen Gestalten hatten ein paar Sekunden lang vollkommen still dagestanden, ehe sie ihre Aufmerksamkeit nach außen richteten. Ein weiterer kleiner Punkt bewegte sich schnell auf den Transporter zu. Ackerman vermutete, dass es sich um seinen Bruder handelte.

Bei dem Gedanken an Marcus rieb Ackerman sich unwillkürlich den Nacken. Die hohen Tiere hielten ihn, Ackerman, für eine zu große Gefahr, als dass man ihn ohne Leine in die freie Wildbahn entlassen konnte. Deshalb hatte man ihm für den Fall der Fälle einen Chip in die Wirbelsäule implantiert, der auf ein Satellitensignal hin eine kleine Sprengladung zünden würde. Die Explosion würde ausreichen, ihm ein Loch ins zentrale Nervensystem zu reißen. Man hatte ihm klargemacht, dass nur speziell eingewiesene Ärzte den Chip entfernen konnten. Und wenn er versuchte, das Signal zu blockieren, würde der Chip nach einer genau festgelegten Zeit die Detonation selbsttätig auslösen.

Doch ungeachtet der ständigen Gefahr durch den Chip fürchtete Ackerman sich nicht vor der Herausforderung. Außerdem war er nicht gänzlich überzeugt von der Existenz dieses Ortungschips. Er glaubte nicht daran, dass seine Überwacher tatsächlich die Möglichkeit besaßen, seine Wirbelsäule in die Luft zu jagen. Gewissheit hatte er allerdings nicht.

Im nächsten Moment drang Marcus' Stimme aus dem Kopfhörer, durchsetzt von Rauschen und Knistern, das sich wie eine wütende Schmeißfliege anhörte. »Er ist leer! Demon ist weg! Verdammt, er ist aus einem fahrenden Panzerwagen verschwunden!«

Ackerman sprach den Piloten an. »Bringen Sie mich nach unten.«

»Aber . . . wir haben keine Freigabe.«

»Um Verzeihung zu bitten ist immer leichter, als um Erlaubnis zu fragen. Und jetzt landen Sie schon, sonst werfe ich Sie raus und übernehme das selbst. Das ist keine leere Drohung. Also los.«

Der Pilot runzelte die Stirn. »Haben Sie überhaupt einen Flugschein?«

Ackerman lachte auf. »Ich habe fünftausend Flugstunden. Und jetzt landen Sie das Ding.«

Maggie mischte sich ein. »Tun Sie lieber, was er sagt. Sofort.«

Kapitel 6

Am meisten genoss der Gladiator, die Frauen während der letzten paar Tage zu beobachten, bevor er sie sich holte. Er betrachtete diese Phase als die »Heimsuchung« des Opfers, weil er stets im Hintergrund blieb, beobachtete und lauerte wie ein hungriger Poltergeist. Oh, wie sehr er die bedeutungsschwangere Vorfreude genoss, die dem Hauptereignis voranging! In vieler Hinsicht betrieb er Kampfsport genauso wie die Jagd: Er reagierte auf einen Gegner, falls nötig, aber wann immer möglich, übernahm er selbst die Initiative, indem er eine Falle stellte und wartete.

Auch wenn Corin Campbell nicht in sein normales Beuteschema passte, war sie an diesem Abend seine Gegnerin. Normalerweise waren seine Opfer körperlich einschüchternder als die zierliche Studentin. Dennoch kannte der Gladiator keine moralischen Einwände, einem schwächeren Geschöpf etwas zuleide zu tun. Er hielt nichts von Moral und Ethik. Wie Nietzsche gesagt hatte, war die Furcht die Mutter der Moral, und auf einen Gegner, der seiner Furcht würdig gewesen wäre, musste der Gladiator erst noch treffen.

Corin würde sich nicht allzu heftig wehren, im Unterschied zu seinen bevorzugten Opfern, aber sie war aus anderen Gründen etwas Besonderes – und diesem Umstand verdankte sie es, ausgewählt worden zu sein.

Jetzt, da er im Wandschrank ihres Gästezimmers stand und die Totenkopfmaske trug, die er als sein wahres Gesicht betrachtete, wuchs die Erregung des Gladiators.

Ob Corin die gespannte Erwartung ebenfalls wahrnahm? Er war ihr während der letzten Tage gefolgt und hatte sie immer wieder einen Blick auf Skullface erhaschen lassen, eine aus dem Internet stammende Bezeichnung, die ihm nicht sonderlich zusagte. Er wollte, dass sie spürte, wie er ihr näher kam, immer näher, unaufhaltsam – ein fleischgewordener Albtraum, der sie auf Schritt und Tritt verfolgte, Tag und Nacht, rund um die Uhr.

Der Gladiator hatte hart daran gearbeitet, die eigene Legende ins Leben zu rufen und aufzubauen, wenigstens in hundert Meilen Umkreis um San Francisco.

Begonnen hatte er, indem er die Facebook-Konten mehrerer Frauen in seinem Jagdgebiet hackte. Dann manipulierte er ihre Fotos und fügte die Fratze des Todes in den Hintergrund ein. Dadurch war er zwar zu einem regelmäßigen Gesprächsthema unter jungen Frauen zwischen zwanzig und fünfundzwanzig geworden, aber sie hielten es nur für einen albernen Streich. Ein gehacktes Konto war heutzutage, im digitalen Zeitalter, so unausweichlich wie die Grippe und kein Grund, in Panik zu verfallen.

Doch Fotos allein genügten nicht, um eine Legende zu schaffen und sich selbst im kollektiven Unterbewusstsein der breiten Öffentlichkeit zu verankern.

Deshalb gingen nach einiger Zeit seltsame Geschichten über die digitalen Nachrichtenleitungen: Angeblich verschwanden Hacking-Opfer spurlos, lösten sich in Luft auf, als hätte der schwarze Mann sie in sein finsteres Reich entführt. Tatsächlich unterschied sich diese düstere Darstellung nicht allzu sehr von dem, was den Vermissten in Wirklichkeit zugestoßen war.

Es war das Gleiche, was nun auch Corin Campbell widerfahren sollte.

Kapitel 7

Marcus kniff die Augen zusammen, als ihm Staub und Schottersplitter ins Gesicht flogen. Winzige Steinfragmente, vom Hubschrauber aufgewirbelt, bohrten sich ihm in die Haut, als hätte er in ein Hornissennest gestochen. Immer wieder überraschte ihn die Kraft, die Rotorblätter selbst auf größere Entfernung noch entfalteten.

Ackerman und Maggie sprangen aus der Hubschrauberkabine, duckten sich unter den wirbelnden Rotoren und eilten auf ihn zu.

»Zeig mir den Transporter!«, rief Ackerman.

»Wieso? Demon ist weg! Ich muss wissen, wo er jetzt ist. Oder wohin er unterwegs ist.« Marcus musste brüllen, um die Rotorblätter zu übertönen. »Warum willst du in den Transporter schauen?«

»Weil er noch drin sein könnte.« Ackerman erreichte den Panzerwagen und spähte hinein. »Hat schon jemand nachgesehen?«

»Na klar. Meine Leute haben sich jeden Quadratzentimeter angeschaut. Demon ist nicht in dem Wagen! Aber okay, wir zerlegen ihn in seine Einzelteile, damit wir ganz sicher sein können.«

»Hast du die Fahrer überprüft?«

»Ja. Zuerst, bevor sie mit dem Gefangenen losgefahren sind, und dann noch einmal hier. Sie sagen, dass es ihr Fahrzeug ist. Es wurde nicht ausgetauscht oder so was.«

Einer von Marcus' Männern kam herbeigerannt: »Sir, wir

bringen den Transporter jetzt rein. Sollen das die beiden Fahrer machen?«

»Nein, jemand anders. Halten Sie die beiden Fahrer in Gewahrsam und unter Bewachung, bis wir wissen, was hier los ist.«

Maggie fluchte leise. »Was ist mit der Kamera im Heck? Wurde Demon während der Fahrt denn nicht beobachtet?«

»Wenn es nach der Kamera geht, ist er immer noch drin«, sagte Marcus. »Die Videoübertragung wurde manipuliert. Frag mich bloß nicht, wie.«

Ackerman legte den Kopf auf die Seite wie ein neugieriger junger Hund und blickte in das leere Fahrzeug. Das Heck des Transporters bestand aus grauen Stahlplatten, und zwei unbequeme Bänke zogen sich an den Seiten entlang. Bis auf die Hecktüren gab es keinen Ausgang, nicht einmal ein Fenster. In Anbetracht der Tatsache, dass Marcus und die Beamten, die ihn begleiteten, nicht bemerkt hatten, wie die Hecktüren sich öffneten und der Gefangene auf die Strickleiter eines wartenden Hubschraubers sprang, stellte sich die Frage, wie er entkommen konnte, ohne mehr zurückzulassen als seine leeren Handschellen.

Marcus überkamen Schuldgefühle. Während der Fahrt war er ein paar Mal eingedöst. Vielleicht hatte er die Flucht verpasst, obwohl sie sich vor seinen Augen abspielte. Er ballte die Fäuste so fest, dass ihm die Fingernägel in die Handflächen drangen.

Unvermittelt begann Ackerman zu lachen. Es fing als leises Kichern an, schwoll an und wurde zu einem schallenden Gelächter aus vollem Halse. Er brauchte einen Moment, um die Fassung wiederzuerlangen. »Ein Rätsel um einen verschlossenen Raum«, sagte er glucksend. »Ist das nicht Wahnsinn?«

Marcus beherrschte sich und knallte mehrmals hintereinander wütend die Hecktür des Panzerwagens zu, statt sich auf seinen Bruder zu stürzen. Jedes Mal zerriss das metallische Klirren und Scheppern die Stille.

»Daran ist überhaupt nichts Komisches!«, fuhr er Ackerman an.

Der grinste. »Oh Mann. Du scheinst das persönlich zu nehmen.«

»Wir erfahren vielleicht nie, wie viele unschuldige Menschen dieser Mistkerl auf dem nicht vorhandenen Gewissen hat. Ihn wegzusperren hätte das einzige Gute sein können, das wir bewirken können, du und ich – der einzige Grund für unsere verdammte Existenz!«

Ackerman schüttelte den Kopf. »Kaum. Nur eine Strophe in unserem großen Heldenlied.«

»Sag mir einfach, wo dieser Irre steckt. Komm schon, Frank. Du bist der Entfesselungskünstler. Wo sollen wir suchen?«

Ackerman schien längere Zeit darüber nachzudenken. »Ich hab keine Ahnung.«

Marcus beugte sich zu ihm vor. Die Zähne zusammengebissen, zischte er ihm ins Gesicht: »Du bist doch immer darauf aus, aller Welt zu zeigen, wie toll du bist. Eine bessere Gelegenheit bekommst du nie wieder.«

»Spiel bloß nicht mit meiner Eitelkeit, kleiner Bruder. Das gehört sich nicht. Und es spielt im Moment auch keine Rolle. Wenn Demon nicht noch in Foxbury ist, was ich sehr bezweifle, ist er längst verschwunden.«

»Und wie soll er das angestellt haben? Wenn du irgendeine Idee hast, sag es mir. Jetzt sofort. Bitte! Zumal du es doch genauso dringend wissen willst wie ich, oder irre ich mich?«

Ackerman hob den Blick zum Himmel. »Nein, tust du nicht. Okay, wenn du darauf bestehst. Dann müssen wir halt eine kleine Spritztour machen.«

Kapitel 8

Corin Campbell ging es derzeit nur um zweierlei: ihr Wissen zu vergrößern und ihre Lebensqualität zu steigern. Zumindest waren diese beiden Ziele die einzigen, für die Corin sich im Augenblick interessierte.

Blake, ihr Verlobter, langweilte sie in letzter Zeit zu Tode. Sie begriff einfach nicht, woran das lag. Doch über diese Frage musste sie später nachgrübeln. Für heute war sie mit ihren geistigen Kräften ziemlich am Ende.

Corin hielt mit ihrem Subaru vor dem Haus, in dem sich die Eigentumswohnung befand, die sie und Blake gemeinsam besaßen, und parkte auf der Stellfläche, die zur Wohnung gehörte. Sie bot nur Platz für ein Auto, aber Blake bestand darauf, dass Corin sie nutzte. Immer wieder machte er solche netten kleinen Gesten. Es war schwer, ihn nicht zu mögen. Und sie mochte ihn ja auch. Sie fragte sich nur, ob Blake, der angehende Mediziner, wirklich der Mann war, mit dem sie den Rest ihres Lebens verbringen wollte.

Corins Zweifel, was Blake betraf, ließen sich nur schwer fassen. Auf dem Papier sah er wie ein toller Fang aus. Trotzdem fehlte in letzter Zeit etwas. Irgendein Funke war erloschen – oder er hatte von Anfang an nie gezündet.

Die Gedanken an Blake nahmen Corins ganze Aufmerksamkeit in Anspruch, als sie das Haus betrat und die Treppe zu ihrer Wohnung hinaufstieg. Sie hatte drei Zimmer, aber alle waren kleiner, als es praktisch gewesen wäre, sodass Corin sich bisweilen ein bisschen eingeengt fühlte.

Kaum hatte sie die Tür geöffnet, blieb sie wie angewurzelt stehen.

Sie merkte sofort, dass etwas nicht stimmte. Sie konnte irgendwas Fremdes in ihrer Wohnung spüren. Eine . . . Aura. Beinahe so, als bemerkte sie eine Veränderung des Raum-Zeit-Gefüges oder irgend so etwas Esoterisches.

Sie zückte das Messer, das sie immer bei sich trug, und ließ die Klinge herausschnappen, ehe sie den Schlüssel im Schloss drehte und die Wohnung betrat. Ohne das Licht einzuschalten, drückte Corin die Tür hinter sich zu, blieb auf der Schwelle stehen und wartete, das Messer in der Hand.

Ein paar Sekunden lang lauschte sie auf einen Einbrecher, aber in der unaufhörlichen Geräuschkulisse der Stadt fiel es schwer, zwischen dem Lachen der Yuppies, die in der Bar um die Ecke ihre Drinks nahmen, untermalt von lauter Musik, und den Geräuschen eines Stalkers zu unterscheiden.

Dreißig Sekunden vergingen.

Nichts geschah.

Corin knipste das Licht ein.

In einem Schuhkarton von Wohnung zu Hause zu sein erleichterte die Suche nach einem Einbrecher ungemein: Man brauchte nur von links nach rechts zu blicken und hatte die gesamte Wohnung gesehen. Corin schaute ins Schlaf- und Gästezimmer, überprüfte die winzige Küche und die Essecke. Alles okay.

Sollte sie einen Schritt weitergehen?

Mit einem Mal flüsterte eine Stimme, die sehr nach ihrer Schwester Samantha klang: *Mach dich nicht lächerlich. Du bist nervös wegen eines blöden Streichs und eines Scherzartikels? Quatsch! Wahrscheinlich sollen dadurch bloß Werbeeinnahmen mit irgendeiner Fake-Website erzielt werden. Es ist genau das Gleiche wie mit den Falschmeldungen über tote Promis.*

Trotzdem rührte Corin sich nicht von der Stelle.

Sollte sie in die Wandschränke schauen?

Samanthas Stimme in ihrem Kopf sagte: *Und wo noch? Unter dem Küchentisch? Lächerlich!*

Wenn doch Blake da wäre! Er hätte mit Freuden die Wohnung für sie durchsucht. Und wenn der Typ mit der Totenkopfmaske tatsächlich irgendwo im Dunkeln lauerte, wäre Blake ihm als Erster zum Opfer gefallen und hätte ihr durch seinen Tod eine Fluchtchance verschafft.

So kann man es natürlich auch sehen, spottete Samantha.

Corin wartete noch ein paar Atemzüge lang und steckte das Klappmesser dann entschlossen in die Tasche. Sie war nicht mehr bereit, irrationalen Ängsten nachzugeben, und schalt sich eine Närrin. Wütend auf sich selbst, warf sie Schlüssel und Handtasche auf den Küchentisch.

Aber so einfach war es nicht.

Wieder verlangte die leise Stimme in ihrem Hinterkopf: *Sieh in die Wandschränke.*

Das Totenschädelgesicht trat ihr vor Augen.

Corin zückte ihr Handy und versuchte, ihr Twitter-Konto abzurufen, um zu sehen, ob alles okay war.

Ihr Unterbewusstsein flüsterte: *Bring es einfach hinter dich. Das ist so, als würdest du ein Pflaster abreißen.*

»Na schön«, sagte sie laut.

Erneut zückte sie das Messer, ließ wieder die Klinge herausschnellen. Dann ging sie ins Schlafzimmer und riss die Schranktür auf, bereit, Skullface das Messer in die Brust zu stoßen.

Niemand sprang sie an.

Sie stocherte in den dunklen Tiefen des Schranks, entdeckte aber kein Lebenszeichen.

Gott sei Dank.

Auf Zehenspitzen bewegte sie sich zum Wandschrank im Gästezimmer.

Auch hier riss sie die Tür auf, das Messer erhoben und bereit, es in jede Fratze zu stoßen, die sie aus dem Dunkeln angrinste.

Nichts.

Sie öffnete die Falttür.

In diesem Moment warf sich eine dunkle Masse auf sie.

Kapitel 9

Ackerman saß mit geschlossenen Augen da. Seine Füße und Hände waren mit einer Kette verbunden, die wiederum an einer Stahlstange befestigt war, die sich über die Bank des gepanzerten Transporters spannte. Ackerman spürte Marcus' ungeduldigen Blick auf sich ruhen, empfand aber im Gegensatz zu seinem Bruder, der auf der gegenüberliegenden Bank saß, keinerlei Ungeduld. Demon war längst verschwunden, das spürte er. Kein Grund zur Eile.

Von Hast hielt Ackerman sowieso nichts. Jeder Augenblick sollte genossen werden, ob es nun eine Sekunde der Qual war, eine winzige Zeitspanne der Wonne oder ein Augenblick voller Leid und Lust. Herauszufinden, wie Demon entkommen konnte, dauerte nun mal eine Weile. Punkt, Ende, aus.

»Wehe, du verschwendest hier meine Zeit, Frank«, sagte Marcus in die Stille hinein.

»Wäre ich in einer ähnlichen Lage wie Demon, würde ich zuhören und alles genau analysieren«, entgegnete Ackerman. »Aber ich war immer ein Einzelspieler. Wäre ich an Demons Stelle, käme es bei meiner Flucht darauf an, dass ich einen unentdeckten Fehler im System finde – eine Schwachstelle. Bei Demon sieht das vollkommen anders aus. Ihm stehen wegen seines Netzwerks aus Psychopathen nahezu unbegrenzte Mittel und eine komplette Mordagentur zur Verfügung. Deshalb hätte ich erwartet, dass er die Sache groß angelegt und blutig durchzieht. So viel Feuerkraft braucht man nämlich gar nicht, um die Kolonne auszuschalten.«

»Demons Psycho-Kumpels wussten aber nicht, in welcher Kolonne er tatsächlich mitfährt.«

»Glaubst du wirklich? Solche Informationen sind schwer geheim zu halten. Aber es spielt sowieso keine Rolle. Die Kolonne wurde nicht überfallen. Demon hat beschlossen, sich vor unserer Nase in Luft aufzulösen. Als wäre er ein Wesen mit übernatürlicher Macht, das wir niemals gegen seinen Willen festhalten könnten. Das nennt man wohl psychologische Kriegführung.«

»Wenn du Demons Mittel hättest, wie würdest du deine Flucht durchziehen?«, fragte Marcus.

»Ich würde betrügen. Mit gezinkten Karten spielen. Ich würde das Spielfeld so vorbereiten, dass mein Sieg im Voraus feststeht.«

»Du meinst, der Wagen wurde sabotiert? Die Fahrer haben ausgesagt, dass es der gleiche Wagen ist, mit dem sie jeden Tag unterwegs sind, und dass sie ihn kennen wie ihre Westentaschen.«

»Demons Leute haben sich den Wagen wahrscheinlich vorgenommen, während er abgestellt war«, meinte Ackerman.

Marcus schüttelte den Kopf. »Wie denn? Die Transporter werden in einem gesicherten Bereich geparkt und rund um die Uhr überwacht. Da schleicht sich niemand mit einem Schneidbrenner rein und fährt als blinder Passagier mit in die Stadt.«

»Vielleicht haben sie das Fahrzeug nachgebaut und irgendwann ausgetauscht. Das würde zwar eine Menge an Aufklärung und Vorbereitung erfordern, wäre aber machbar. Die Einzelheiten müssten gar nicht so genau stimmen. Man müsste nur die wesentlichen Schwächen des Fahrzeugs nachahmen, und die Affenhirne der beiden Fahrer würden sich den Rest einfach dazudenken.«

Marcus grinste. Sein Bruder legte mal wieder seine typische

Herablassung gegenüber »Normalos« an den Tag. »Okay, mal angenommen, sie konnten die Fahrzeuge wirklich austauschen oder verändern ... Das wäre ja schon eine Spur.«

Ackerman schüttelte den Kopf. »Nein. Das wäre eine Sackgasse. Eine Verschwendung von Zeit und Mitteln.«

Marcus neigte den Kopf zur Seite und ließ die Halswirbel knacken – eine Eigenart, die Ackerman schon mehrmals bei seinem Bruder beobachtet hatte und die jedes Mal erkennen ließ, dass Marcus in den Wut-und-Kampf-Modus schaltete. »Angenommen, der Transporter ist manipuliert worden, damit Demon entkommen kann«, sagte er. »Welche Veränderungen wären nötig?«

Ackerman lächelte. »Ich glaube, du könntest auf dem Gebiet besser sein als ich, Bruderherz. Mach einfach die Augen zu. Was sieht dein wunderbarer Verstand? Zerleg alles in seine Elemente. Finde heraus, was nicht dazugehört. Was ergibt keinen Sinn? Was ist beschädigt?«

Marcus schloss die Augen zwar nicht, doch Ackerman merkte ihm an, dass er fieberhaft nachdachte und nach Schwachstellen suchte. Im nächsten Moment packte Marcus die Stange, an der Ackermans Handschellen befestigt waren, und versuchte sie zu drehen und nach oben und unten zu verrücken. Nach einigen Versuchen löste sie sich aus ihren Halterungen. Ackerman konnte die Kette herausnehmen und sich ungehindert in der Kabine bewegen.

Er lachte. »Gute Arbeit.«

»Damit käme Demon aber nur von der Bank weg«, meinte Marcus. »Er müsste noch die Schlösser der Handschellen öffnen. Aber du hattest recht, Frank – ich habe ein ungewöhnliches Rasseln und Scharren gehört. Außerdem habe ich ein paar Einzelheiten entdeckt, die nicht passen. Wie diese Schraube hier.«

Marcus bückte sich, packte den Kopf einer unauffälligen Schraube zwischen Daumen und Zeigefinger und zog sie heraus, nur dass es keine Schraube war, sondern ein Schlüssel. Er reichte ihn Ackerman. »Du hattest recht. Das bestätigt wohl deinen Verdacht, dass der Transporter manipuliert wurde. Aber wie konnte Demon aus dem Laderaum entkommen, ohne dass wir es bemerkt haben?«

Ackerman schloss sich mit dem getarnten Schlüssel die Hand- und Fußschellen auf. »Setz dich mal auf die andere Seite.«

Marcus ging zur gegenüberliegenden Stahlbank und nahm Platz. Ackerman ließ sich auf Knie und Hände nieder und drückte mit den Handflächen immer wieder auf den Stahlboden.

»Das haben wir auch schon getan«, sagte Marcus. »Da sind keine versteckten Fluchtluken.«

»Aber ihr habt es nicht gecheckt, während das Fahrzeug in Bewegung war. Der Mechanismus ist garantiert darauf ausgelegt, einer genauen Inspektion standzuhalten.«

Marcus lehnte sich zurück, kniff die Augen zusammen und nickte. »Und eine genaue Inspektion hätten wir immer nur am stehenden Fahrzeug durchgeführt.«

»Eben.« Ackerman fuhr mit der Hand über den Stahl und tastete nach einem Schalter. In Situationen wie diesen blickte er beinahe liebevoll auf die vielen Tage zurück, die er in Gefängniszellen und Kerkern verbracht hatte. Er verabscheute es, wie ein Tier eingesperrt zu sein; deshalb hatte es ihm immer wieder großes Vergnügen bereitet, daraus zu entkommen.

An dem Ende der Bank, das an die Fahrerkabine grenzte, wurde Ackermans Tasten vom Klicken eines Schlosses belohnt, das sich öffnete. Er grinste, drückte von unten gegen die Bank und konnte sie nun mit Leichtigkeit nach oben klappen; sie war an der Seitenwand gelagert. Die verborgene Luke öffnete sich zum Radkasten und zum Chassis des Transporters.

Ackerman betrachtete eine Zeit lang den verborgenen Öffnungsmechanismus und klappte die Bank dann wieder herunter. Die Fahrgeräusche wurden schlagartig leiser.

Ackerman nahm wieder Platz und lächelte Marcus an. »Alles mitbekommen?«

Marcus konnte es kaum glauben. »Verdammt, ja«, sagte er, »jetzt hat er Zugang zum Chassis. Aber er kommt trotzdem nicht weg, solange die Kolonne rollt und zwei weitere Fahrzeuge diesem Transporter in kurzem Abstand folgen.«

»Doch. Wir sind in der Dunkelheit losgefahren und waren alle müde. Er hat im Gebirge eine Serpentine abgewartet. Als der Transporter abbremste, um die scharfe Kurve zu nehmen, hat er sich raus in die Freiheit gerollt.«

Marcus schlug gegen die Trennwand zur Fahrerkabine und rief Maggie zu, sofort umzukehren. »Gute Arbeit«, wandte er sich dann an seinen Bruder. »Wir suchen alle Serpentinen auf unserer Route ab und verstärken dort die Fahndung.«

Ackerman seufzte. »Ich habe dir gesagt, dass eine Suche nach einem Irren wie Demon sinnlos ist. Du scheinst zu übersehen, dass er keinen Kontakt zu seinen Leuten hatte. Dennoch kam alles, wie es kam – und er wusste es. Er wusste genau, wie seine Helfer seine Flucht bewerkstelligen würden. Vermutlich hat er den Plan selbst entworfen. Glaubst du ernsthaft, ein Mann mit seinen Mitteln hätte nicht für einen Fluchtwagen gesorgt? Oder einen Hubschrauber? Vergiss nicht, dass wir es mit einem Killer zu tun haben, der genauso talentiert ist wie ich und außerdem über nahezu unbegrenzte Ressourcen verfügt. Denk mal darüber nach, was ich in meinen dunklen Jahren mit Demons Macht und seinen Mitteln hätte anstellen können. Er ist uns bereits fünf Schritte voraus. Höchstwahrscheinlich ist er uns schon durch die Netze geschlüpft und weit außerhalb unseres Zugriffs.«

»So leicht gebe ich nicht auf!«, rief Marcus entschlossen. »Und wenn er uns *zehn* Schritte voraus wäre, wir holen ihn trotzdem ein. Also, wie können wir ihn fangen?«

»Unser verstorbener Freund Dmitri Zolotov alias Judas hat uns seine Tagebücher und einen vorgezeichneten Weg hinterlassen«, entgegnete Ackerman. »Wieso?«

»Weil er uns als Werkzeug seiner Rache gegen seinen Lehrer benutzen wollte. Er schreibt klipp und klar, dass Demons Dateien sich im Besitz eines anderen Killers befinden, den er erwähnt − des Gladiators. Aber die Spuren führten zu nichts. Wir wissen nicht, wo wir diesen Gladiator finden, von dem Judas in den Tagebüchern spricht.«

»Weil wir etwas übersehen. Judas' große Show ist noch nicht vorbei. Vergiss nicht, dass Zolotov in der Welt des Theaters aufgewachsen ist. Wir sind vielleicht nicht mal am Ende des ersten Akts.«

Marcus fuhr sich durch die braunen Haare. »Wir haben die Tagebücher tausendmal gelesen. Und trauen können wir Judas sowieso nicht. Ihm ging es nur um Betrug, den Beweis seiner Überlegenheit und seine Weigerung, jemals einem anderen Menschen zu vertrauen.«

»Aber das ist es ja gerade. Judas spielt nicht gegen uns. Er spielt *mit* uns − gegen Demon! Er will, dass wir gewinnen. Den Tod seiner großen Liebe zu rächen ist eine verdammt persönliche Vendetta.« Ackerman spielte damit auf den Verrat an, der alles in Gang gesetzt hatte: Demons Mord an Judas' zukünftiger Frau.

»Das mag ja sein, aber Judas interessiert mich im Moment nicht. Demon darf nicht davonkommen. Wir werden ihn einkreisen. Er hat nur ein paar Stunden Vorsprung.«

Ackerman seufzte. »Das ist Zeitverschwendung, Kleiner. Wir müssen uns auf Judas' Spiel einlassen. Unser Weg zu Demons Mordnetz und seinen Dateien führt über den Gladiator.«

»Dann finde Gladiator. Bis dahin jage ich diesen schottischen Mistkerl bis ans Ende der Welt.«

Ackerman lächelte. »Wie immer, Brüderchen, ist deine störrische Entschlossenheit überaus herzerwärmend und zugleich so ärgerlich, wie in einen Hundehaufen zu treten.«

Kapitel 10

Der Gladiator lauschte auf Corins Schritte in der stillen Wohnung. Er hörte, wie sie den ersten Schrank öffnete. Dann näherte sie sich dem Gästezimmer ...

Seine Falle schnappte zu.

Corin schrie vor Angst auf. Im nächsten Moment stieß sie unverständliche Schimpfwörter hervor.

In seinem Versteck, hinter seiner Totenkopfmaske, grinste der Gladiator.

Im letzten Moment hatte er eine Planänderung beschlossen und sich gesagt, dass seine kleine Ablenkung im Wandschrank Corins Wachsamkeit mindern würde – was für ihn selbst das prickelnde Erlebnis verlängerte und gleichzeitig bewirkte, dass die Frau umso leichter zu überwältigen wäre.

Perfekt!

Also hatte er sich zum Wandschrank im Gästezimmer geschlichen und Corins Bügelbrett aufrecht in den Schrank gestellt – so, dass es der nächsten Person, die die Tür beiseiteschob, entgegenstürzte.

Ihm war klar gewesen, dass Corin in die Wandschränke schauen würde. Schließlich hatte sie es an zwei Abenden zuvor genauso gehalten. Der Gladiator grinste. Er war jetzt in ihrem Kopf, war ihr persönliches Schreckgespenst. Jedes Geräusch, das sie hörte, wurde zu seinen Schritten, seinem Flüstern, seinem Atmen. Sie konnte *spüren*, wie er sich ihr näherte.

Nachdem er seine Falle ausgelegt hatte, war er ins Bad geschlichen und in die Duschtasse gestiegen. Jetzt stand er im

Dunkeln hinter dem Vorhang und wartete ab, dass Corin ihre gewohnte abendliche Routine fortsetzte und sich unter die Dusche stellte, ehe sie zu Bett ging.

Er hörte, wie sie Schubladen öffnete und Wäsche herausholte. Sie kam ins Badezimmer, griff hinter den Duschvorhang ...

Er stand am anderen Ende der Duschkabine und vermied jeden Laut, hielt sogar den Atem an. Er beobachtete, wie sie den Hebel der Mischbatterie betätigte, die Wassertemperatur prüfte und auf Dusche umstellte. Wasser, zuerst kalt, dann rasch wärmer, prasselte auf seine Stiefel und seine Jeans; dennoch bewegte er keinen Muskel.

Kapitel 11

Ackerman war soeben vom Heck des manipulierten Gefangenentransporters gesprungen, als ein Mann in schwarzem Anzug sich an ihm vorbeidrängte, Marcus abfing und ihm ein Handfunkgerät hinhielt. Der Mann schnaufte, als er sagte: »Es hat sich etwas entwickelt.«

Marcus griff sich das Funkgerät. »Hier Special Agent Williams. Erstatten Sie Lagebericht.«

Eine tiefe Stimme drang knisternd aus dem Lautsprecher. »Agent Williams, hier spricht Gefängnisdirektor Polly. Ich brauche Sie und Ihr Team sofort am Westtor.«

»Was ist passiert?«

»Jemand ist hier angekommen und hat namentlich nach Ihnen verlangt.«

Marcus schaute zu seinem Bruder und zog die Schultern hoch. Ackerman riss ihm das Funkgerät aus der Hand und fragte: »War die Person zu Fuß oder in einem Fahrzeug?«

»Sie ist mit einer schwarzen Stretchlimousine vorgefahren.«

Ackerman schlug das Herz plötzlich bis zum Hals. Erregung erfasste ihn. Es war lange her, dass ihn etwas wirklich überrascht hatte. Selbst bei der Untersuchung des Gefangenentransporters hatte er mit dem gerechnet, was er vorfand. Jetzt aber schienen sie alle auf unbekanntes Terrain vorzudringen. Doch anders als sonst verspürte er bei diesem Gedanken kein angenehmes Prickeln, sondern ein eisiges Schaudern, das ihn zittern ließ. Er hatte nicht die leiseste Ahnung, wie er diese Empfindung einordnen sollte.

»Sag unserer Fahrerin, sie soll uns sofort hinbringen«, wandte er sich an Marcus. »Ich möchte unseren Gast nicht warten lassen.«

»Wer ist es denn?«

Ackerman stieg wieder in den Transporter. »Finden wir's heraus.«

Zwei Minuten später hielt das gepanzerte Fahrzeug vor der westlichen Sicherheitsschleuse des Bundesgefängnisses Florence. Marcus hatte den Rest des Teams über Funk verständigt und ans Westtor bestellt – auch die Staatspolizisten, die bei dem verpfuschten Gefangenentransport dabei gewesen waren. Die meisten waren bereits eingetroffen und knieten nun in Deckung hinter ihren Fahrzeugen, die Waffen im Anschlag – entschlossene Männer, bereit, einen Sturmangriff zurückzuschlagen. Ackerman konnte das Waffenöl und das Testosteron beinahe auf der Zunge schmecken.

Marcus drückte die Sprechtaste des Funkgeräts. »Öffnen Sie das Tor. Lassen Sie die Besucher rein.«

Das hohe Stahltor schob sich in die Wand aus armiertem Beton, und eine lange schwarze Limousine rollte hindurch. Hinter der Luxuskarosse und ihren Insassen fuhr das Tor klirrend wieder zu.

Der Fahrer stieg als Erster aus. Sofort richteten sich sämtliche Waffen auf den Mann in der altmodischen Chauffeursuniform. Unbeeindruckt blickte er in die vielen Mündungen und ging gelassen zur Fondtür der Limousine, öffnete den Schlag und rollte einen kurzen Samtteppich aus.

Ackerman hatte nicht die leiseste Ahnung, wer aus der Luxuskarosse steigen würde. Konnte es Demon sein? Einer seiner Vertreter? Oder doch jemand von der Regierung?

Schließlich trat ein sportlich aussehender, gut gekleideter Mann in die kühle Colorado-Luft. Er trug einen schwarzen

Maßanzug über einem schwarzen Oberhemd mit Seidenkra-
watte. Obwohl es mitten in der Nacht war, hatte der Mann eine
dunkle Designer-Sonnenbrille auf. Sein dichtes Haar, in dem
sich Schwarz und Grau vermischten, war mit Gel aus dem
Gesicht gekämmt und ließ freie Sicht auf die vielen Narben,
die ein graumelierter Dreitagebart nur spärlich bedeckte und
die das Gesicht des Mannes zu einer Fratze des Grauens werden
ließen.

»Tut mir leid, dass ich so spät komme«, sagte Demon, »aber
Sie wissen ja, wie wichtig mir ein gelungener Auftritt ist.«

Kapitel 12

Marcus hatte sich geweigert, mit Demon zu sprechen, bevor der Killer in einer Zelle saß und den italienischen Anzug gegen das übliche weißgraue Sportzeug getauscht hatte, das die Insassen von ADX Florence trugen. Nur für alle Fälle hatte Marcus auch eine Zwangsjacke sowie Hand- und Fußschellen verlangt. Nun stand er auf der Beobachterseite der Glasscheibe und musterte aus zusammengekniffenen Augen jenen Mann, dem eine dramatische Flucht à la David Copperfield gelungen war, nur um sich kurz darauf zu stellen.

»Was treibt der Kerl für ein Spiel, Frank?«, fragte Marcus. »Schau hinter seine Stirn. Deshalb bist du hier.«

Ackerman stand hinter seinem Bruder. »Das ist ein beängstigender und zugleich faszinierender Vorschlag«, erwiderte er. »Kannst du dir die Albtraumlandschaft vorstellen, die sein Unterbewusstsein ausmacht?«

Marcus forderte Maggie mit einem Blick auf, ihn zu unterstützen, aber sie zuckte nur mit den Schultern. »Warum hat er sich gestellt? Er hatte uns auf ganzer Linie geschlagen, hätte unserem Fahndungsnetz jederzeit entkommen können. Er war ein freier Mann. Jetzt sitzt er in einer Zelle und zieht uns eine lange Nase, als könnten wir ihm nichts anhaben. Was soll das alles?«

»Vielleicht liegt es daran, dass wir ihm tatsächlich nichts anhaben können. Oder dass er es zumindest so sieht.«

»Ich begreife es nicht!« Marcus schüttelte den Kopf. »Hier werden Terroristen gefangen gehalten. Selbst die al-Qaida könnte hier niemanden herausholen.«

»Tja, für diejenigen, die an dem Tag Dienst haben, an dem er ausbricht, sieht's nicht gut aus.«

»Ausbricht?« Marcus blickte seinen Bruder verwirrt an. »Er kommt hier nicht mehr raus. Beim ersten Anzeichen von Ärger würde man den Laden hier vollkommen dichtmachen, dass keine Fliege mehr rauskommt, und Verstärkung anfordern. Dieses Gefängnis hier ist eine Festung. Und was die politische Seite angeht, hat der Director mir versichert, dass Demons Verhaftung geheim bleibt. Nur Trevor Fagan weiß davon, der Assistent des Generalstaatsanwalts. Niemand über ihm. Selbst wenn Demon politische Verbündete hätte, wüssten sie …«

Ackerman verdrehte die Augen. »Ich bin mir sicher, dass er ein paar Anrufe getätigt hat, nachdem er entkommen war und von seiner Limousine abgeholt wurde, in der sein Maßanzug schon für ihn bereitlag. Wenn ich seine Möglichkeiten hätte, würde ich alle hier Beschäftigten gleichzeitig töten, um mir die Flucht zu ermöglichen.«

»Und wie würdest du das anstellen?«

Ackerman musterte ihn verschmitzt. »Soll ich dir eine Liste machen?«

»Ja. Ja, wirklich! Mach mir eine Liste! Damit stellen wir sicher, dass dieser Irre wenigstens keinen von *deinen* Plänen durchführen kann.«

Ackerman zwinkerte ihm zu. »Erstklassig mitgedacht, kleiner Bruder. Du tust gut daran, dir mein Genie zunutze zu machen.«

Als er Demon dasitzen sah wie eine fette Katze, die den Kanarienvogel gefressen hat, bezwang Marcus nur mühsam das Verlangen, mit einem Fausthieb die Scheibe zu zerschmettern und sich auf den selbstgefälligen Bastard zu stürzen.

»Aber es bleibt immer noch die Frage, warum er sich gestellt hat. Wenn er ein Spiel mit uns treiben will, könnte er das doch viel leichter von der anderen Seite der Gitterstäbe aus. Er könnte uns verschlüsselte Nachrichten schicken oder so etwas.«

»Ich bin mir durchaus im Klaren darüber, was er alles hätte tun können«, sagte Ackerman. »Offensichtlich spielt er tatsächlich mit uns. Nur – zu welchem Zweck? Ich habe nicht die leiseste Ahnung, was der Kerl vorhat, aber ich glaube, es wird Zeit, dass wir zu ihm reingehen und ihn fragen.«

* * *

Wenig später belegten Marcus und Ackerman zwei Stühle auf der anderen Seite der Scheibe. Demon saß vor ihnen, anscheinend hilflos in seiner Zwangsjacke, doch in den Augen des Wahnsinnigen standen der gleiche Hohn und die gleiche Unbändigkeit wie immer. Der schottische Mörder sah aus, als hätte er die Situation völlig unter Kontrolle und würde jeden Augenblick genießen.

Marcus hatte nicht übel Lust, dem psychotischen Killer das selbstgefällige Grinsen mit der Faust aus dem Gesicht zu wischen, doch er beherrschte sich und fragte stattdessen: »Hat es Ihnen Spaß gemacht?«

»Oh, es war exquisit«, antwortete Demon mit seinem schweren schottischen Akzent. »Und bei Ihnen?«

»Wir haben herausgefunden, wie Sie es angestellt haben. Das war keine Zauberei, das waren Ihre verdammten Verbrecherfreunde. Wir werden schon noch herausfinden, welche von denen sich an dem Transporter zu schaffen gemacht haben.«

Demon zuckte mit den Achseln. »Nun, da steht Ihnen bestimmt noch eine Menge Ermittlungsarbeit bevor. Aber ich möchte Ihnen helfen. Ich werde Ihnen alles vorsingen wie der niedlichste kleine Knastvogel, den Sie sich vorstellen können.«

»Wir machen keine Deals.«

»Das verlange ich auch gar nicht.«

»Was dann?«

»Wie Sie wissen, hat Judas, mein ehemaliger Lehrling, mich hereingelegt. Ohne Hilfe wäre das diesem Dummkopf niemals gelungen. Und auf der ganzen Welt gab es nur einen Menschen, den Judas als eine Art Freund betrachtet hätte. Sein Name ist Gladiator. Ich möchte, dass Sie ihn für mich töten.«

»Ach ja?« Marcus ließ seine Nackenwirbel knacken. »Wir arbeiten nicht für Sie, und wir töten für niemanden.«

»Da habe ich aber etwas anderes über die Shepherd Organization und ihre schillernde Vergangenheit gehört. Angeblich seid ihr ein Trupp von Drachentötern. Den Gladiator zur Strecke zu bringen wäre doch genau euer Ding. Über sprachliche Feinheiten können wir später noch diskutieren.«

Marcus ließ die Fingerknöchel knacken und war dankbar, dass Ackerman ausnahmsweise den Mund hielt. »Na schön. Erzählen Sie uns vom Gladiator. Wo finden wir ihn?«

Demon lachte. »Den serviere ich euch doch nicht wie ein Spanferkel mit einem Apfel im Maul! Machen Sie sich nichts vor, Gentlemen, Sie sind hier, um für mich zu arbeiten, während ich mir ein bisschen Erholung gönne. Erwarten Sie nicht von mir, dass ich Ihren Job für Sie mache. Einen Hinweis, mehr kriegt ihr nicht von mir. Damit müsst ihr arbeiten. Vielleicht werfe ich euch später noch einen Knochen zu, wenn es gar nicht anders geht.«

»Was ist denn Ihr Hinweis?«

»Zwei Wörter: *Mister King*.«

Marcus kniff sich in den Nasenrücken. »Geht's um Martin Luther oder Stephen?«

Demon lachte glucksend und rasselte mit den Ketten. »Genau genommen wäre das schon ein zweiter Hinweis, aber es ist keiner dieser beiden prächtigen Herren. Ich weiß nicht genau, wo der Gladiator abends sein müdes Haupt bettet, deshalb brauche ich ein paar gute Fährtensucher. Und der erste Schritt auf Ihrem Weg zum Gladiator führt über Mr. King.«

»Und wo finden wir den?«, fragte Marcus.

Demon gab keine Antwort. Er schloss die Augen und schwieg wie ein Grab.

Kapitel 13

Verdammt, warum dauert das so lange? Nervös ging Marcus im Konferenzraum auf und ab und rümpfte die Nase. In dem Zimmer roch es seltsam, wie in einem Zoo.

Endlich öffnete sich die Tür, und Maggie kam mit einem Laptop herein, den sie sich beim Gefängnisdirektor beschafft hatte. Es war der einzige PC mit Internetzugang, der aufzutreiben war. Maggie stellte ihn auf die Holzimitatplatte des Konferenztischs und drückte auf ein paar Tasten.

Aus den Lautsprechern drang die Stimme von Stan Macallan, dem Technikspezialisten ihres Teams und Absolventen des renommierten MIT. »Gratuliere, ihr seid zu einem Genie durchgedrungen. Was brauchst du, Boss?«

Marcus beugte sich in den Erfassungsbereich der Webcam des MacBooks. »Ich brauche alles, was du über ›Mr. King‹ herausfinden kannst. Vielleicht ist es der Name, den irgendein Fernsehmoderator dem Gladiator verliehen hat, okay? Mit Sicherheit können wir gar nichts sagen. Wie lange brauchst du für eine vollständige Suche?«

Marcus sah, wie Stans Blicke hin und her huschten, während er auf den Monitor schaute. Aus den kleinen Lautsprechern erklang das Rattern, als Stans Finger über die Tastatur wirbelten.

Nach wenigen Sekunden meldete er sich wieder. »Schon erledigt, Bossman. Wie du mal wieder siehst, bin ich jeden Cent meines Hungerlohnes wert. Ich hab zwei interessante Einträge für die Zeichenfolge ›Mr. King‹ gefunden – durch zahlreiche andere Parameter gefiltert, versteht sich, um offensichtlich falsche positive Suchergebnisse zu entfernen. Der erste Kandidat ist ein Gangsterboss in San Francisco, der die Bandenbrutalität auf eine neue Stufe gehoben hat. Der Typ ist so was wie ein einsiedlerischer Millionär, der in einer Festung auf einem Berg wohnt. Der zweite Kandidat ...«

Marcus unterbrach ihn: »Verdächtigt man den ersten Mr. King, für die Häutungen und Enthauptungen in San Francisco verantwortlich zu sein? Ich habe in den Nachrichten davon gehört.«

Der grausame Fall hatte Marcus' Interesse geweckt, als er eines Nachts schlaflos in einem Hotelbett lag und unfreiwillig der Nachrichtensendung aus dem Nachbarzimmer mit dessen extrem dünnen Wänden lauschte. Die Brutalität der Morde und die Zurschaustellung der Leichen hatte Eindruck auf ihn gemacht. Dank seines eidetischen Gedächtnisses konnte er sich an fast jede Einzelheit erinnern. Der Nachrichtensprecher hatte zuerst vor dem Inhalt des Beitrags gewarnt und dann berichtet: »Zwei Jungen haben im Golden Gate Park ein neues Opfer in einer Reihe grausamer Morde aufgefunden – Metzeleien, bei denen die Polizei davon ausgeht, dass es sich um Bandenverbrechen handelt. Die beiden Jungen wollten die Reste ihres Lunchpakets in einen Müllcontainer werfen, als sie eine verstümmelte und gehäutete Leiche darin entdeckten.«

Von mehreren Opfern sei nur ein enthäuteter Rumpf gefunden worden, hieß es weiter; genau eine solche Leiche hätten auch die beiden Jungen entdeckt. Der oder die Täter benutzten meist eine Mülltonne, um ihre Opfer zu beseitigen, und ließen den Deckel aufgeklappt, speziell an Orten, an denen sich Unbeteiligte aufhielten: Spielplätze, Parks, Einkaufszentren und Schulhöfe.

Eine Interviewpartnerin meldete sich zu Wort, offenbar eine

Ermittlerin, deren Stimme klar und deutlich die Hintergrundgeräusche übertönte. »Wir vermuten, dass die Opfer gezielt an bestimmten Stellen abgelegt wurden, um rivalisierenden Verbrecherbanden eine unmissverständliche Botschaft zu übermitteln. Wir haben keinen Hinweis darauf, dass es sich um die Taten eines einzelnen Serienmörders handeln könnte, aber wir ...«

Marcus wusste, dass solche Botschaften in Mexiko oder Kolumbien üblich waren, wo die Drogenkartelle um die Vorherrschaft kämpften, in den USA jedoch tauchte eine derartige Brutalität zum ersten Mal auf. Doch es war kein Fall, mit dem er sich von Berufs wegen beschäftigen musste, und so hatte er sich nicht weiter damit befasst.

Stan antwortete erst jetzt auf Marcus' Frage: »Jau. Genau diesen Typen in San Francisco meine ich. Die Ermittler halten es für Bandenverbrechen. Mr. Kings Organisation hat bei den meisten kriminellen Geschäften in Nordkalifornien die Hände im Spiel – alles Mögliche, von Rauschgift und Waffen bis hin zu Menschenhandel. King und seine Leute sind vor ein paar Jahren wie ein Sturm über San Francisco gekommen und haben schnell, blutig und rücksichtslos die Macht an sich gerissen – genauso wie die Kartelle es vormachen. King ist für seine Brutalität berüchtigt. Angeblich lässt er jeden öffentlich hinrichten, der ihm in die Quere kommt.«

»Und der zweite Kandidat?«, fragte Marcus.

»Ein angeblicher Serienkiller, der soeben in Oklahoma City festgenommen wurde.«

»Hört sich vielversprechend an«, meinte Maggie. »Erzähl uns mehr von ihm.«

»Der Kerl heißt Harvey King. Ihm wird Folter und Mord an zwölf Prostituierten vorgeworfen.«

Ackerman schüttelte den Kopf. »Das klingt mir nicht nach

unserem Freund, dem Gladiator. Auf der Grundlage seines Kriegsnamens habe ich eher den Eindruck, dass der Gladiator den Kampf mit Gegnern sucht, die ihm gewachsen sind.«

»Sorry«, warf Stan ein. »Ich habe noch gar nicht erwähnt, dass es sich um *männliche* Prostituierte handelt.«

»Wenn das so ist, nehme ich alles zurück, Mr. Computer«, sagte Ackerman. »In diesem Fall könnte Harvey King tatsächlich die wahre Identität des Gladiators sein.«

»Was ihr da redet, finde ich ziemlich sexistisch«, stieß Maggie hervor.

Ackerman wölbte eine Augenbraue. »Ich bitte um Verzeihung, kleine Schwester. Ich habe nur die typische körperliche Fitness durchschnittlicher männlicher und weiblicher Prostituierter berücksichtigt. Die Überlegenheit des einen oder anderen Geschlechts wollte ich keineswegs beurteilen. Ich glaube allerdings, wir könnten ziemlich sicher voraussagen, wer der Sieger wäre, würden wir Gruppen männlicher und weiblicher Prostituierter zusammen in eine Grube werfen und sie auf Leben und Tod kämpfen lassen.«

Maggie schwieg, starrte ihn nur finster an.

»Was ist mit seinem Kriegsnamen?«, fragte Marcus. »Gibt es irgendeine Verbindung zwischen dem Begriff ›Gladiator‹ und diesem Bandenboss oder dem Serienmörder?«

Stan antwortete nach kurzem Schweigen. »Sorry, Marcus. In beiden Fällen Fehlanzeige. Keinerlei Verbindung zum Begriff Gladiator oder zu irgendetwas mit Kampf oder Arena und dergleichen.«

Marcus rieb sich die Augen. Seine Lider kratzten wie Schmirgelpapier. »Ich habe auch nicht damit gerechnet. So einfach kann es nicht sein. Ist es nie.« Er wandte sich an Maggie. »Wo ist Andrew? Ich würde gern wissen, was er dazu sagt.« Andrew Garrison war der dritte Außenagent in ihrem Team, gewissermaßen die Stimme der Vernunft, während Marcus und Maggie eher zur aufbrausenden Sorte gehörten.

Maggie blickte immer noch finster drein. »Andrew setzt den Director über alles ins Bild, was passiert ist.« Sie schaute erst Marcus, dann Ackerman an. »Ich weiß, dass ihr zwei nicht viel auf meine Meinung gebt, aber ich halte es für notwendig, dass wir nach Oklahoma City aufbrechen, um diesem Serienmörder, den sie da festhalten, einen Besuch abzustatten. Der Bandenkrieg ist nicht unser Ressort.«

»Auf welchen Gebieten wir Erfahrung haben, ist kein Kriterium«, gab Ackerman zu bedenken. »Nun ja, letzten Endes trifft Marcus die Entscheidung. Aber ich persönlich wollte schon immer mal nach San Francisco ...«

Kapitel 14

Zwei Wochen später

Samstag

Als Jerrell Fuller aufwachte, war er in Panik. Der Special Agent des FBI wusste nicht, was passiert war und wo er sich befand. Wie kam er überhaupt hierher? Er wusste nur, dass er nichts sehen konnte. Undurchdringliche Dunkelheit und absolute Stille umhüllten ihn.

Fuller brauchte einen Moment, um sich halbwegs zu fassen und seine Atmung unter Kontrolle zu bekommen. Vorsichtig streckte er die Arme aus, tastete in der Finsternis, berührte aber nichts. Voller Angst blieb er auf dem kalten Betonfußboden sitzen und wartete, hoffte darauf, dass seine Augen sich doch noch an die Dunkelheit gewöhnten, aber nach einer Weile sah er ein, dass kein einziger Lichtstrahl in sein Gefängnis fiel.

Er war nackt bis auf eine leichte Trainingshose. Sie gehörte ihm nicht. Er hatte einen Anzug getragen, denn er war zu einer Besprechung zu Oban Nassar unterwegs gewesen, einem hohen Tier in der Verbrecherwelt.

Was sonst noch?

Verzweifelt durchforstete Jerrell sein Gedächtnis nach Hinweisen, aber sein Verstand war wie benebelt. Er fühlte sich schlaff, kraftlos. Hatte man ihn unter Betäubungsmittel gesetzt? Oder war es etwas Schlimmeres?

Hatte man ihn getötet? Schmorte er bereits in der Hölle?

Jerrell zögerte, nach den Wänden des Raumes zu tasten, in dem er saß, weil er befürchtete, dann womöglich feststellen zu müssen, dass die Kammer keine Grenzen hatte. Dass er in ewiger Dunkelheit weilte, aus der es kein Entrinnen mehr gab.

Jerrell schüttelte den Kopf und klatschte sich ins Gesicht. Was war das für ein Unsinn? Das Betäubungsmittel wirkte noch – *das* war die Erklärung für das alles hier! Und seine Gegner kannten keine Gnade. Als FBI-Agent ermittelte Jerrell verdeckt gegen ein brutales Syndikat, dessen Macht auf Blut und Angst gründete und das von dem berüchtigten Mr. King beherrscht wurde. Dass er, Jerrell, im Keller irgendeines Killers saß, war sehr viel wahrscheinlicher, als dass es ihn in unendliche Finsternis verschlagen hätte.

Mit einem Mal stieg ein seltsamer Gedanke in ihm auf, die Erinnerung an eine frühere Pflegemutter, eine freundliche ältere Dame, die es vielleicht ein wenig zu sehr genossen hatte, ihr »afroamerikanisches Mündel« in ihrem weißen Freundeskreis herumzuzeigen. In Jerrells Erinnerung zitierte sie einen Bibelvers. »Da wird sein Heulen und Zähneklappern.«

Dämonen ... Höllenwesen ...

Als Jerrell sich den Kopf auf der Suche nach der letzten greifbaren Erinnerung zerbrach, schälte sich aus dem Äther seines wattigen Gedächtnisses ein Furcht erregendes Bild: das Antlitz eines Ungeheuers, eines Monsters, das einem Albtraum entsprungen sein musste und in der Wirklichkeit keinen Platz hatte. Das Schreckensbild, das er vor Augen sah, zeigte einen Totenschädel aus Metall, wobei das Metall aussah, als wäre es geschmolzen und in die Länge gezogen worden, sodass es den Eindruck erweckte, der Schädel stamme nicht von einem Menschen, sondern von einer Art Dämon. Besonders der Anblick der Zähne stürmte auf Jerrells vernebeltes Bewusstsein ein: lange, gezackte Metallsplitter, zerfetzt und verformt, die in einem entstellten Mund saßen, der zu einem sadistischen Grinsen verzogen war.

Schaudernd schob Jerrell diese Erinnerung beiseite. Das war nur ein Drogentraum, sagte er sich. Besser, er konzentrierte sich darauf, sein Gedächtnis wiederherzustellen, damit es ihm einen Hinweis auf seine Situation lieferte. Aber was immer man ihm verabreicht hatte, trübte noch immer seine Gedanken. Die letzten Tage waren ein verschwommener Wirrwarr aus Bildern und Empfindungen.

Jerrell tastete den Fußboden ab, der hin und her zu schwanken schien, als säße Jerrell in einem Boot. Wegen der undurchdringlichen Schwärze konnte er nicht sagen, wo oben und unten war. Sämtliche Richtungen verwirbelten zu einem Strudel aus Finsternis, Ängsten und Erinnerungen.

Bleib ruhig!

Jerrell atmete tief durch. Immer wieder sagte er sich, dass er ein Undercover-Agent des FBI sei, für Situationen wie diese ausgebildet. Und er hatte schon einmal Rauschgift nehmen müssen, um nicht aufzufliegen. LSD, um genau zu sein. Damals hatte er sich aus dem Horrortrip befreien können. Er würde es auch diesmal schaffen. Irgendwie würde er sich durch diese schwindelerregende Dunkelheit hindurchkämpfen!

Wieder streckte er die Hände aus, tastete immer weiter um sich. Und dann fühlte er etwas: eine kleine Unregelmäßigkeit auf der Glätte des kalten Betons. Der Boden neigte sich abwärts zu einer flachen Mulde. Mit den Fingerspitzen ertastete Jerrell ein Metallsieb über einem kleinen Bodenabfluss. Der Schock durchfuhr ihn bis ins Mark. Er wusste sofort, wozu diese Vorrichtung diente, denn er hatte schon Räume gesehen, in denen Menschen gefoltert wurden. Hinterher spülte man ihr Blut in Abflüsse wie diesen ...

Jerrell war erst neunundzwanzig. Trotz der Gefahren, die sein

62

Job mit sich brachte, war ihm nie der Gedanke gekommen, er könne seinen dreißigsten Geburtstag nicht mehr erleben. Er war ein guter Ermittler, ging keine unnötigen Risiken ein und verstrickte sich niemals tiefer in Ermittlungen als nötig. Bei seinen Einsätzen kam es auf Fingerspitzengefühl an; er musste Vertrauen gewinnen, was Zeit und Geduld erforderte.

Und er hatte alles richtig gemacht. Sie hatten keinen Grund, ihm zu misstrauen. Es sei denn, beim FBI gab es ein Leck. Doch Jerrell konnte sich nicht vorstellen, dass ein anderer Agent ihn für Geld verpfiff. Allerdings war so etwas schon vorgekommen, wie er wusste. Jerrell hatte aus erster Hand die Macht der Gier erlebt und gesehen, wie schnell die Aussicht auf Reichtum die Seele eines ehrlichen Menschen vergiften konnte.

Und heutzutage musste ihn nicht einmal ein Mensch verraten haben. Mr. King besaß die Mittel, in die Datenbanken des FBI einzudringen und die Verschlüsselung zu überwinden. Doch ob nun mithilfe der Technik oder menschlicher Gier – die Tatsache blieb bestehen, dass seine Tarnung aufgeflogen sein musste.

Jerrell versuchte sich an die Sicherheitsprotokolle zu erinnern. Wie lange würde es dauern, ehe seine Führungsbeamten nach ihm suchten? Doch bei verdeckten Einsätzen war es nichts Ungewöhnliches, wenn man ein paar Tage keinen Kontakt aufnehmen konnte; deshalb wusste Jerrell, dass er längst tot sein würde, ehe Hilfe eintraf. Sein Überleben hing allein von ihm selbst ab, von seiner Initiative.

Was aber konnte er tun, um sich in einer Umgebung wie dieser zu helfen, wo alles um ihn her wirbelte wie ein Karussell und so undurchdringlich schwarz war, dass er die Hand vor Augen nicht sah?

Ein kleiner Schritt nach dem anderen, sagte er sich. *Erkunde die Umgebung, entdecke deine Grenzen.*

Diesmal bewegte Jerrell sich langsam über den Fußboden und

tastete in der Finsternis, bis er eine Wand aus Betonziegeln erreichte. Er folgte ihr und schätzte die Abmessungen des Raumes auf vier mal vier Meter. Danach untersuchte er jeden Zoll der Wände selbst und stellte zu seinem Entsetzen fest, dass es keine Tür gab, nur eine quadratische Glasscheibe von vielleicht einem Meter Kantenlänge in einer der Wände. Er schlug mit den Fäusten dagegen, so fest er konnte, und rammte das Fenster mit der Schulter, doch in seinem benebelten Zustand hatten seine Schläge nicht genug Wucht, um auch nur ein Zimmerfenster zu zerbrechen, ganz zu schweigen von Panzerglas oder kugelfestem Polycarbonat.

Als die Nebel der Benommenheit sich allmählich lichteten und Jerrells Verstand ein wenig klarer wurde, drängte sich ein verstörender Gedanke in den Vordergrund. Er hatte Gerüchte über einen »Gladiator« gehört, der mehr oder minder als Killer für Mr. King fungierte. Jerrell kannte die Horrorgeschichten darüber, dass der Gladiator den Feinden des Gangsterbosses nach tagelanger Folter bei lebendigem Leib die Haut abzog, nachdem er sie zuvor in einem blutigen Kampf besiegt hatte, der an das angelehnt war, was Sklaven im römischen Kolosseum erdulden mussten.

Sollte das sein Schicksal sein? War er der Gnade des Gladiators ausgeliefert?

Special Agent Jerrell Fuller musste nicht lange auf die Antworten warten. Noch als er seine kleine Zelle erkundete und nach Schlupflöchern suchte, ging urplötzlich ein Bombardement aus grellem Licht auf den Raum nieder. Jerrell taumelte, kniff die Augen zusammen. Er erkannte, dass die Quelle der Beleuchtung sich hinter der Glasscheibe befand. Nach ein paar Sekunden hatten seine Augen sich an das Licht gewöhnt.

Was er dann sah, ließ ihn voller Panik aufschreien. Entsetzt sprang er von der Scheibe zurück.

Er sah das Gesicht aus seinen Albträumen, den schimmernden Totenschädel einer Bestie aus einer anderen Welt.

Trotz seiner Angst und seines benebelten Verstandes fragte er sich in diesem Augenblick, wie die Albtraumgestalt ihn in die klaustrophobische Betonzelle bekommen hatte. Es gab ja keine Tür! Hatte man ihn von der Decke heruntergelassen? War die Tür zugemauert worden, nachdem jemand ihn auf den Betonboden gelegt hatte?

Eine körperlose Stimme erklang. Sie war tief und elektronisch verzerrt. »Willkommen, Agent Fuller. Ja, du hast richtig gehört. Wir wissen, dass du ein Verräter bist, ein Judas in unserer Mitte. Tja, mein Freund, Mr. King zahlt mir eine schöne Stange Geld, damit ich Parasiten wie dich beseitige. Außerdem bringen seine Zuwendungen uns unseren eigenen Zielen näher. Wenn du dich als würdig erweist, wird dein Blut dem gleichen Zweck dienen.«

»Ich weiß nicht, wovon Sie reden!«, brüllte Jerrell. »Ich habe für Mr. King ein Verteilungszentrum geleitet. Ich habe nichts falsch gemacht! Ich würde Mr. King niemals bestehlen oder verraten! Sagen Sie ihm das! Ich bin ein treuer Soldat und dankbar für die Chance, die er mir gegeben hat. Ich würde eher sterben, als sein Vertrauen zu enttäuschen!«

»Das haben wir längst hinter uns, Agent Fuller. Man hat dir die Maske bereits heruntergerissen. Wir kennen deine wahre Identität und deine hinterlistigen Machenschaften. Jetzt ist nicht der Zeitpunkt, um dein Leben zu flehen, und auch nicht, dich mit weiteren Lügen zu beflecken. Jetzt ist für dich die Zeit gekommen, dich zu bewähren. Zu beweisen, dass du es verdient hast, zu überleben. Dass du würdig bist, einer Spezies anzugehören, die diese Welt in Geist und Körper beherrscht. Man wird dich auf die Probe stellen. Wenn du dich als würdig erweist, trittst du mir in der Diamantkammer gegenüber.«

Irgendetwas klackte, und ein Ziegel fiel nach innen. Ein kleiner Streifen Licht erschien. Ein Pappteller mit einem blutigen Steak und einer Ofenkartoffel sowie eine Flasche Wasser fielen hindurch.

Jerrell sprang vor und versuchte, in die Öffnung zu greifen, ehe sie sich schloss, doch er schleuderte nur das Essen auf den Betonfußboden.

»Iss«, sagte der Gladiator. »Du wirst deine Kraft in den Prüfungen brauchen, die vor dir liegen.«

Erneut wurde die Welt Jerrell Fullers von völliger Dunkelheit verschlungen.

Kapitel 15

Mit geschlossenen Augen lag Special Agent Marcus Williams in seinem Motelzimmer auf der Bettdecke. Er wusste, sein Wecker würde bald klingeln. Er bewegte sich leicht, spürte einen weichen, warmen Körper neben sich. Es war seine Freundin und Kollegin bei der Shepherd Organization, Maggie Carlisle. Sie schlief friedlich neben ihm.

Marcus beneidete sie um ihren unbeschwerten Schlummer. Er selbst kämpfte seit Jahren mit der Schlaflosigkeit, die seine Leistungsfähigkeit bei der Arbeit minderte, so ungern er es zugab. Er hatte es mit Musik versucht, mit Lesen, aber nichts funktionierte. Hörte er Musik, analysierte er nur stundenlang die verschiedenen Instrumente und Töne. Las er, würde er jedes Buch zu Ende lesen, ohne müde zu werden.

Das Einzige, was ein wenig half, hatte Emily Morgan ihm vorgeschlagen, die psychologische Beraterin der Shepherd Organization: eine Reizentzugskammer, die als Isolationstank bekannt war. Das Gerät in der Operationsbasis der Organization in Rose Hill, Virginia, sah wie eine altmodische Eiserne Lunge aus, eine licht- und schalldichte Monstrosität, gefüllt mit wässriger Bittersalzlösung, die auf Hauttemperatur erwärmt wurde und einen natürlichen Auftrieb erzeugte, was bei Marcus dafür sorgte, dass er ein Gefühl der Schwerelosigkeit bekam und vollständig von den unablässig anbrandenden Wellen seines überwältigenden Inputs an Sinneswahrnehmungen abgeschirmt wurde.

Jetzt, da er in seinem Motelbett lag, war er dem Angriff der

Sinneseindrücke hilflos ausgeliefert. Er hörte die nächtlichen Geräusche, die Autos auf der Straße. So wie andere Menschen Schäfchen zählen, schätzte Marcus die Größe der Motoren ab und versuchte, anhand ihres Klanges auf die Hersteller und die Modelle zu schließen. Er hörte das Sirren der Neonröhren im Motelschild, als wären tausend Wespen in seinem Kopf gefangen. Er analysierte Maggies Atemgeräusche und versuchte, daraus die Natur ihrer Träume zu bestimmen. In einem Nachbarzimmer lief ein Fernseher. Marcus konnte keine Einzelheiten der Sendung hören, vermutete aber, dass es ein Nachrichtenprogramm war – eine Hypothese, die auf den Betonungen und den Pausen zwischen den gedämpften Wörtern beruhte, die aus den Lautsprechern drangen.

Den Versuch, einzuschlafen, hatte er schon vor Stunden aufgegeben. Stattdessen war er immer wieder Demons Flucht durchgegangen, hatte jeden seiner Schritte und jede seiner Entscheidungen hinterfragt, um festzustellen, ob ihm ein Denkfehler unterlaufen war, der letztlich zu der Beinahekatastrophe geführt haben könnte.

Obwohl Demon nun in einem der sichersten Gefängnisse der Welt saß, wurde Marcus das Gefühl nicht los, dass sie auf ganzer Linie versagt hatten und sich genauso verhielten, wie es von diesem Wahnsinnigen geplant war.

Zwei Wochen Analyse, Suche und Ermittlungen in Oklahoma City lagen hinter dem Shepherd-Team, aber ganz wie Ackerman prophezeit hatte, waren sie von einer Sackgasse in die nächste gelangt, hatten sich ein ums andere Mal sinnlos bemüht. Marcus wusste, dass alle das Gefühl hatten, den falschen Baum anzubellen, sogar Maggie. Je genauer sie den Serienmörder unter die Lupe nahmen, der in Oklahoma City verhaftet worden war, desto mehr glaubte Marcus, die falsche Entscheidung getroffen zu haben – eine Entscheidung, die sie möglicherweise um ihre Chance gebracht hatte, den Gladiator zu fassen.

Doch er wollte diese Sache nicht weiter sezieren – und sein Versagen schon gar nicht. Stattdessen versuchte er, sich auf andere Dinge zu konzentrieren. Doch es dauerte nicht lange, und der Fall kroch wieder in den Vordergrund. Unbeantwortete Fragen waren für Marcus wie Stacheln im Fleisch, und der aktuelle Fall bestand *nur* aus Fragen, auf die es keine Antworten gab.

Wieder drehte er sich auf die Seite und verkniff sich den Fluch, den er am liebsten ausgestoßen hätte. Er sehnte sich nach Schlaf und musste daran denken, wie schwer es ihm gefallen war, auf der Fahrt von Arizona nach ADX Florence die Augen offen zu halten. Warum war er ausgerechnet jetzt hellwach?

Er blickte auf die Uhr. Zehn Minuten bis zum Wecken. Marcus stellte den Alarm ab, stieg aus dem Bett und duschte. Dann zog er sich ein schwarzes T-Shirt und schwarze Jeans über. Sein Kinn und die Wangen waren stoppelig, doch ihm fehlte die Energie für eine Rasur. Bei einem Blick in den Spiegel kam er zu dem Schluss, dass er mit dem Dreitagebart nicht schlampig aussah, sondern härter, männlicher.

Am Abend zuvor hatte der Director angerufen und Marcus bereits für fünf Uhr morgens in das Diner auf der gegenüberliegenden Straßenseite bestellt, denn das Team arbeitete unermüdlich, selbst wenn jede Spur sich als Irrweg erwies. Nun hoffte Marcus, dass der »Alte« einen Anhaltspunkt hatte, wo sie ihre Suche nach dem Gladiator fortsetzen konnten.

In seiner Funktion als Teamchef im Agententeam der Shepherd Organization hatte er die Entscheidung getroffen, die anderen nicht über den frühmorgendlichen Termin zu informieren, weil er sich sagte, dass sie nach den Enttäuschungen der letzten beiden Wochen ein bisschen zusätzlichen Schlaf gut

brauchen konnten. In Wahrheit beneidete er sie um ihre Nacht-
ruhe.

Marcus wäre es besser ergangen, hätte er die Nächte durchge-
arbeitet, statt im Bett zu liegen und zu versuchen, endlich Schlaf
zu finden. Doch Maggie mochte es, wenn er neben ihr lag, bis sie
einschlief. In manchen Nächten lauschte er so lange ihrem Ein-
und Ausatmen, bis das Geräusch auch ihn einschlummern ließ.
Doch selbst diese Nächte waren geprägt von so lebhaften Albträumen, dass er manchmal nicht wusste, ob es Wirklichkeit
oder Traum war.

Das Diner auf der anderen Straßenseite erinnerte Marcus an
Mel's Drive-in aus *American Graffiti*. Der Gedanke an die Fünf-
ziger- und Sechzigerjahre-Atmosphäre dieses Films linderte ein
wenig seine Anspannung und erinnerte ihn an einfache Freuden
wie gutes Essen, Eiscreme und eine weitere seiner Leidenschaften: klassische Autos.

In einer Ecknische entdeckte er den Director und setzte sich
zu ihm. »Wer ist Ihr Gast?«, fragte er verwundert und wies auf
die beiden Tassen auf dem Tisch.

Der Director blickte nicht von der Speisekarte auf. »Val
möchte Sie sprechen. Er ist gleich zurück, ist nur mal austreten.«

Marcus hätte nicht damit gerechnet, Special Agent Valdas
»Val« Derus von der Verhaltensanalyseabteilung des FBI so bald
wiederzusehen. Val hatte dem alten Shepherd-Team des Directors angehört. Während des Judas-Debakels im Foxbury-
Gefängnis hatte Val dem neuen Team die Medien vom Leib gehalten. Er war gebürtiger Litauer, aber nur ein schwacher Akzent
verriet noch sein Herkunftsland. Sein Alter ließ sich schwer
schätzen; er war ein gut aussehender Mann mit glatten schwarzen
Haaren, in denen sich nur eine winzige Spur Grau zeigte. Val galt
als berüchtigter Charmeur und hielt stets nach Kandidatinnen für
seine dritte Ehe Ausschau.

Als Valdas zum Tisch kam, nickte er Marcus zu, schob seinen Kaffee auf die Seite des Directors und setzte sich neben ihn. Erst jetzt, in unmittelbarem Kontrast zu dem gut aussehenden Valdas, erkannte Marcus, wie sehr der Director in den letzten Monaten verfallen war. Marcus vermutete, dass es an einer Krankheit lag, die den Körper des alten Mannes verzehrte; aber der Director vertraute seinen Untergebenen keine persönlichen Dinge an. Dazu passte, dass er darauf bestand, nur mit seinem Titel angesprochen zu werden. Den Vornamen des Directors – Philip – hatte Marcus nur erfahren, weil Ackerman die digitalen Personalakten der Shepherd Organization gehackt hatte. Marcus fragte sich unwillkürlich, was sein Bruder dabei noch alles erfahren hatte.

Val lächelte Marcus an. »Schön, Sie wiederzusehen, mein Junge. Ich wünschte nur, die Umstände wären erfreulicher.«

Die Kellnerin kam an den Tisch und nahm die Bestellungen auf. Marcus entschied sich für Kaffee und das »Elvis Scramble« – drei Rühreier mit Chorizo, grüner Peperoni und Monterey-Jack-Käse. Er wartete, bis die Kellnerin gegangen war, ehe er auf Vals Bemerkung einging. »Ja. Nur leider sind die Umstände bei der Shepherd Organization niemals günstig. Ich fürchte, wir kennen nur Blut und Tod.«

»Wie deprimierend«, entgegnete Val. »Zu meiner Zeit war das anders.«

»Wieso sind Sie hier?«, fragte Marcus geradeheraus.

»Marcus, zeigen Sie ein bisschen Respekt«, sagte der Director.

»Entschuldigung. Wieso sind Sie hier, Sir?«

Valdas lachte leise. »Er erinnert mich sehr an dich, Philip«, sagte er, worauf der Director die Augen verdrehte. Val wandte sich wieder Marcus zu: »Meine Behörde braucht die Hilfe Ihres Teams. Kürzlich ist einer unserer Undercover-Agenten in San Francisco verschwunden.«

Als der Name der Stadt fiel, in der sie während der vergangenen beiden Wochen bereits hätten ermitteln sollen, drehte sich Marcus der Magen um. *Und wir waren in Oklahoma City und dem falschen King auf der Spur!* Noch bevor er die Einzelheiten hörte, wurde ihm klar, dass der vermisste Agent nicht verschwunden wäre, hätte er sich nicht für den falschen Mr. King entschieden. Wut stieg in ihm auf.

»Wie lange ist Ihr Agent denn schon verschwunden?«

»Er hat sich seit zwei Tagen nicht gemeldet«, antwortete Valdas. »Jerrell Fuller, so heißt er, hat versucht, ein Verbrechersyndikat zu infiltrieren, das von einem Mann geleitet wird, den wir nur als Mr. King kennen.«

Marcus beherrschte nur mit Mühe das unbändige Verlangen, irgendetwas in Stücke zu schlagen. »Wie können wir helfen?«

»Wir halten die meisten verstümmelten Leichen für Opfer der Bandenverbrechen«, antwortete Valdas, »aber da die Gliedmaßen und die Haut entfernt wurden, konnte die Polizei noch nicht alle Toten identifizieren.«

»Odontogramme?«, fragte Marcus und bezog sich auf das Zahnschema der Opfer.

»Vom Kopf ist meist nur ein völlig zerschmetterter Schädel und – verzeihen Sie – ein Klumpen Fleisch übrig. Zähne, die man zur Identifizierung heranziehen könnte, gibt es nicht mehr.«

Marcus dachte darüber nach. Er stellte sich vor, wie ein Schädel zerbrach. Wie viel Kraft würde das erfordern? Er kramte in seinem eidetischen Gedächtnis. Sekundenbruchteile später hatte er das Gesicht eines Wissenschaftlers vor Augen, der erklärte: *Eine Schädelfraktur erfordert eine Kraft von fünfhundert Kilogramm. Ein Mann müsste dementsprechend eine halbe Tonne wiegen, um einen Schädel zu zerbrechen, indem er sich auf den Kopf seines Opfers stellt.* Eine andere Erinnerung, diesmal aus *Ripley's unglaublicher Welt*, verriet Marcus, dass der schwerste Mensch in der Geschichte der Medizin ein gewisser Jon Brower Minnoch gewesen war, geschätzte 635 Kilo schwer.

Marcus prägte sich solche unwesentlichen Einzelheiten nicht bewusst ein, aber sein Gedächtnis bestand aus einer schier unendlichen Reihe detaillierter geistiger Schnappschüsse, auf die er später zurückgreifen konnte. Deshalb verrieten ihm nun die Gesetze der Physik, dass es einem Menschen praktisch unmöglich war, einem anderen ohne Waffe den Schädel zu brechen. Den Kiefer – ja, das war möglich, und sicher auch, Schädigungen des Gehirns zu verursachen, nicht aber den Schädelknochen zu zerbrechen.

»Womit wurden die Schädel der Opfer zerschmettert?«, fragte Marcus.

»Die Gerichtsmediziner tippen auf einen Vorschlaghammer.«

Diesmal musste Marcus sich keine Zahlen ins Gedächtnis rufen. Er wusste auch so, dass ein Vorschlaghammer jeden menschlichen Schädel zertrümmern konnte. Er hatte solche Opfer gesehen, als er noch bei der New Yorker Polizei tätig gewesen war.

»Wegen dieses Falles stehen wir unter ziemlichem Druck seitens der Politik«, fuhr Valdas fort. »Niemand will, dass die Öffentlichkeit befürchtet, in den USA könne es zu ähnlichen Gewalttaten kommen wie südlich der Grenze. Aber es gibt da etwas, das wir der Presse nicht mitgeteilt haben ...«

»Machen Sie es nicht so spannend«, drängte Marcus.

»Die Autopsien zeigen, dass die männlichen Opfer vor ihrem Tod brutale Prügel bezogen haben. Sie haben verzweifelt um ihr Leben gekämpft.«

»Inwiefern ist das ungewöhnlich? Möglicherweise sind sie

gefoltert worden, um sie auszuquetschen, oder sie haben zu fliehen versucht.«

Val zuckte mit den Schultern. »Möglich. Es ist uns allerdings gelungen, einige Leichen zu identifizieren, die wir mit keinen Verbrechen oder irgendwelchen Banden in Verbindung bringen konnten. Darunter ist ein Marineinfanterist, den man anhand von Granatsplitterwunden identifiziert hat, und ein Boxchampion, der anhand von Operationsnägeln in seiner Schulter erkannt wurde. In beiden Fällen finden wir keine Erklärung, weshalb King es auf sie abgesehen haben könnte.«

Marcus hob die Schultern, zog geistig aber schon die ersten Verbindungen. »Sie könnten zur falschen Zeit am falschen Ort gewesen sein.«

»Ja, aber das wäre nicht alles. Ehe Agent Fuller verschwand, hat er ein Gespräch zwischen einem Unbekannten und Oban Nassar aufgezeichnet, Kings rechter Hand. In dem Gespräch erwähnt Nassar den ›Gladiator‹.«

Val zog sein Handy aus der Tasche und spielte Marcus eine Audiodatei vor. Marcus musste sich das Gerät ans Ohr halten, um das Gespräch mithören zu können, das durch den exotischen Akzent Oban Nassars noch schwerer zu verstehen war.

Hallo … Jawohl, Sir … Ja, ich verstehe … Das ist eine sehr beunruhigende Neuigkeit … Entschiedenes Handeln ist erforderlich, Sir, ganz klar. Er hat bereits zu viel gesehen und muss schnellstens beseitigt werden, um den Schaden zu begrenzen … Bei allem schuldigen Respekt, Sir, ich glaube nicht, dass dazu der Gladiator eingeschaltet werden muss … Das bestreite ich ja nicht, Sir, aber Sie wissen, was ich von den Preisen halte, die der Gladiator und sein Lenker uns für ihre Dienste berechnen … Halten Sie es für klug, diesen Mann in die Diamantkammer zu schicken? … Selbstverständlich, Sir … Ich verstehe. Betrachten Sie es als erledigt …

Marcus versteifte sich, während er die verschiedenen Fäden

der Ermittlung gedanklich zu einem komplizierten Muster verwob. »Wir wissen«, meinte er schließlich, »dass Demons Organisation besonders talentierte Serienmörder zu Auftragskillern ausbildet. Offenbar hat Mr. King den Gladiator auf der Gehaltsliste, und die Verstümmelungen werden vom Gladiator in Kings Namen ausgeführt.«

Der Director nickte. »Ich vermute, dass Demon eine Art Gesamtpaket anbietet, mit dem sichergestellt wird, dass die Morde nicht zum Auftraggeber zurückverfolgt werden können. Und zwar dadurch, dass der jeweilige Killer seinen Job nur mithilfe von Personen durchzieht, die nicht mit den Leuten in Verbindung stehen, die für die Morde zahlen.«

Marcus nickte zustimmend. »Ein Nebelvorhang, um den Auftraggeber zu isolieren, falls der Killer gefasst wird. Aber in diesem Fall gehen wir den umgekehrten Weg. Wir kennen den Auftraggeber und können durch ihn den Killer finden. Genau wie Demon es für uns geplant hat. Aber wer ist der Mann, über dessen Ermordung auf dem Band gesprochen wird?«

»Kurz nachdem diese Tonaufnahme verschickt wurde, ist Agent Fuller verschwunden«, sagte Val. »Wir müssen davon ausgehen, dass Fuller der Mann ist, von dem Oban Nassar sagt, er wisse zu viel, sodass ›entschiedenes Handeln‹ erforderlich sei. Wenn wir recht haben, bleibt uns nur wenig Zeit, um Fuller lebend zurückzubekommen.«

»Sie glauben, dass noch Zeit ist? Dass der Gladiator mit seinen Opfern spielt? Sie zum Kampf zwingt?«, fragte Marcus. »Ja, möglich. Das würde erklären, wie der Gladiator sich seinen Spitznamen verdient hat. Und es erklärt auch den toten Boxer und den Marineinfanteristen. Er sucht sich würdige Gegner. Den Nachrichten zufolge sind aber auch verstümmelte Frauenleichen gefunden worden. Das klingt nicht sehr sportlich für jemanden, der sich als eine Art ultimativen Krieger betrachtet.«

Val trank einen Schluck Kaffee. »Den gehäuteten Rümpfen der weiblichen Opfer nach handelte es sich um zierliche Frauen, nicht sehr muskulös – keine Sportlerinnen, die Mixed Martial Arts trainieren. Aber wir haben noch keine Möglichkeit gefunden, die weiblichen Opfer zu identifizieren und zu prüfen, ob sie mit King in Verbindung gebracht werden können.«

»Aber wir haben eine Theorie«, warf der Director ein. »Ich habe Stan gebeten, bei seinen Kontakten in der digitalen Unterwelt vorzufühlen, ob irgendjemand von dieser ›Diamantkammer‹ gehört hat. Stan hat herausgefunden, dass es offenbar eine Site im Dark Web gibt, die unter diesem Namen bekannt ist.«

Marcus kannte das Prinzip des Dark Web. Mit diesem Begriff bezeichnete man Websites in sogenannten Darknets – Netzen, die weit über das übliche Internet hinausgingen und dessen Struktur benutzten, allerdings nur mit spezieller Software, bestimmten Konfigurationen oder besonderen Autorisierungen zugänglich waren.

Die Kellnerin brachte ihnen ihr Essen und stellte einen Teller voller Fett und Protein vor Marcus, sein »Elvis Scramble«. Er stieß die Gabel in sein vom King of Rock 'n' Roll inspiriertes Frühstück. Den Mund voller Rührei, fragte er: »Was steht denn auf der Internetseite über diese Diamantkammer?«

»Stan kann nicht auf sie zugreifen«, antwortete der Director. »Und seine Freunde auch nicht. Aber es heißt, man könne auf dieser Seite Liveübertragungen von Kämpfen auf Leben und Tod sehen.«

»Genau.« Val nickte, während er sein Frühstück, bestehend aus einer Schale Obst und einem Vanillejoghurt, zusammenmischte. »Ich habe mit unserer Abteilung für Cyberverbrechen gesprochen. Sie versuchen schon seit ein paar Jahren, einen Blick auf das Bildmaterial zu werfen oder Zugriff auf die Site zu bekommen.«

»Hört sich ganz danach an, als würde der Gladiator seine Morde ins Dark Web streamen«, meinte Marcus.

Der Director nickte. »Stans Freund hat offenbar ein Standbild von der Diamantkammer zu Gesicht bekommen. Er sagte, dass der Gladiator eine Metallmaske in Form eines missgestalteten Schädels trägt. Das führt uns zu...«

Der Director verstummte, als sein Körper von einem Hustenanfall geschüttelt wurde. Er hielt sich eine Serviette vor den Mund. Als er sie zusammenknüllte, glaubte Marcus, Blutspritzer darauf zu sehen. Selbst nachdem der alte Mann das Husten unter Kontrolle gebracht hatte, schien er kaum Luft zu bekommen.

Valdas sprang seinem alten Freund bei. »Die Schädelmaske führte uns zu einer relativ neuen modernen Legende aus der Region San Francisco, die man Skullface nennt.«

Marcus furchte die Stirn. »Eine moderne Legende?«

»Jemand hat sich bei Facebook und anderen sozialen Netzwerken in die Konten mehrerer weiblicher Benutzer gehackt und einen Mann mit Totenkopfmaske in den Hintergrund jedes ihrer gespeicherten Fotos kopiert. Das hat einige Leute zwar ziemlich beunruhigt, aber es wirkte eher wie ein derber Spaß. Jedenfalls so lange, bis einige Hacking-Opfer verschwunden sind. Das San Francisco Police Department hat eine Sonderkommission gebildet, um die vermissten jungen Frauen und diesen Skullface-Hacker zu finden.«

»Sie halten es für möglich, dass der Gladiator und Skullface ein und derselbe sind?«

In den Augen des Directors stand noch Feuchtigkeit, und seine Stimme klang wie sprödes Laub, als er sich wieder zu Wort meldete. »Ja. Wir möchten Sie bitten, Marcus, mit der Sonderkommission in San Francisco zusammenzuarbeiten, um festzustellen, ob die Ermittlungen irgendetwas Nützliches ans Licht gebracht haben.«

Marcus nickte.

»Gleichzeitig müssen wir uns auf King und seine Organisation konzentrieren«, fuhr der Director fort. »Und wir müssen hart durchgreifen. Wir werden ein paar Grenzen überschreiten müssen, um schneller an Informationen zu gelangen, als es mit streng legalen Mitteln möglich wäre.«

Val saugte an den Lippen, als wollte er seine nächsten Worte zurückhalten.

»Was verschweigen Sie mir?«, fragte Marcus.

Der Director kam Val zuvor, indem er einen großen Versandumschlag über den Tisch schob. »Wir haben keine Zeit, einen Deal auszuarbeiten, um rasch zu King oder zu einem hohen Tier in seiner Organisation vorzudringen. Ohne kriminelle Reputation oder Verbindungen kommen wir aber nicht einmal in Kings Nähe. Wir glauben allerdings, dass Sie in der Lage sein könnten, einen alten Freund von Ihnen zu überreden, uns einen Gefallen zu tun.«

Marcus brauchte die Akte nicht aufzuschlagen. Er sah einen Namen auf dem Reiter, der ihm alles verriet, was er zu wissen brauchte: *Caruso, Edward.*

Er legte die Gabel ab, fuhr sich mit den Fingern durchs Haar und lehnte sich zurück. »Das ist nicht Ihr Ernst, oder?«

Der Director hüstelte. »Sie und dieser Gentleman von der Mafia haben eine gemeinsame Geschichte, und Sie wissen verdammt gut, dass er Ihnen helfen wird, wenn Sie Ihren Stolz ein bisschen herunterschlucken. Gehen Sie ihm ein wenig um den Bart. Sagen Sie ihm, was er hören will. Es sind bloß Worte, mein Junge.«

Marcus setzte zu einem Einwand an, doch der Director hob die Hand. »Das ist noch nicht alles. Sobald Sie Carusos Hilfe haben, werden wir Sie und Ackerman undercover in den Kampf schicken.«

»Auf keinen Fall. Frank ist noch nicht so weit.«

»In Foxbury«, sagte Val, »hat er großartige Arbeit geleistet und sehr vielen Menschen das Leben gerettet.«

Marcus schüttelte den Kopf. »Trotzdem, es kommt nicht infrage. Er sollte nicht in solch eine Lage gebracht werden. Ich glaube ihm wirklich, dass er gutmachen will, was er verbrochen hat, aber er hat vor nichts Angst, auch nicht vor den Folgen seines Tuns. Er kann einfach nicht einschätzen, wie er sich in welcher Situation zu benehmen hat. Er braucht eine Art Filter . . . jemanden, der ihn anleitet.«

»Sie werden ja bei ihm sein. Nur dass man Ihnen den Cop einfach zu sehr anmerkt. Ackerman wird Ihre Glaubwürdigkeit untermauern.«

»Völlig ausgeschlossen. Ich kann allein undercover arbeiten.«

Der Director sah ihm in die Augen. »Eins nach dem anderen. Sie kümmern sich um Eddie Caruso, und dann sehen wir weiter.«

Marcus hatte nicht mehr mit Eddie gesprochen, seit er aus dem New York Police Department ausgeschieden war. Ihr letztes Gespräch war alles andere als angenehm gewesen. »Ich glaube, Sie beurteilen meine Beziehung zu Eddie falsch.«

Der Director lachte. »Ich kenne Sie besser als Sie sich selbst. Ich bin sicher, Sie können Eddie überzeugen, uns zu helfen.«

»Wir haben keine Zeit zu verlieren«, fügte Val hinzu. »Agent Fuller wird vermutlich gefoltert, während wir hier reden. Caruso war einmal Ihr bester Freund, und jetzt ist er einer der Unterbosse von Tommy Juliano. Er ist unsere größte Hoffnung, Kings Organisation so nahe zu kommen, dass wir etwas Nützliches erfahren.«

»Ich bin seit Jahren nicht mehr in der Stadt gewesen«, sagte Marcus widerstrebend.

»Dann wird es Zeit für einen Spaziergang auf der Straße der Erinnerungen«, entgegnete der Director. »Val, meine Wenigkeit sowie Trevor Fagan, der Assistent des Generalstaatsanwalts, sind uns einig, dass wir unsere Ressourcen gar nicht besser einsetzen können, um den Gladiator so schnell wie möglich zu finden und den vermissten Agenten zu retten. Das FBI stellt uns zwei Gulfstream-Jets zur Verfügung, mit denen Sie und Maggie nach New York fliegen. Emily und Ihr Bruder brechen mit dem anderen Flugzeug nach San Francisco auf und bereiten das Treffen mit der Task Force vor. Ich fürchte, Andrew Garrison muss ich noch ein bisschen für mich behalten.«

»Das wird ja immer besser!«, schimpfte Marcus. »Sie nehmen mir Andrew weg, das verlässlichste Mitglied meines Teams, und wollen obendrein Emily, unsere unerfahrenste Agentin, mit meinem Bruder allein lassen?«

»Erstens«, entgegnete der Director, »glaube ich, dass Ihr Bruder in Emily verliebt ist ... auf seine eigene verdrehte Weise.«

»Er hat Emilys Mann ermordet und ihr Leben zerstört.«

»Und genau das – in Verbindung mit Emilys Abschlüssen in Psychologie – macht sie zur idealen Kandidatin, um Ackerman auf Kurs zu halten. Und vergessen Sie nicht, dass Ihr Bruder obendrein durch unser Sicherungssystem in Schach gehalten wird.«

Der Director spielte auf den Ortungschip an, der in Ackermans Wirbelsäule implantiert und mit einer Sprengladung gekoppelt war.

»Sie sollten lieber darauf hoffen, dass mein Bruder nicht begreift, was Sie ihm da wirklich einpflanzen ließen«, erwiderte Marcus. »Und was, wenn ich nein sage? Wenn ich sage, dass ich es nicht mit meinem Gewissen vereinbaren kann, Befehle auszuführen, von denen ich glaube, dass sie das Leben meines Teams gefährden?«

»Würdest du Marcus und mich kurz allein lassen, Val?«

Ohne ein Wort des Widerspruchs legte Valdas Derus seine Serviette auf den Tisch und ging zum Waschraum.

»Hören Sie mir gut zu, mein Junge.« Der Director blickte Marcus fest in die Augen. »Ich habe mir Ihren Scheiß so lange gefallen lassen, weil Sie ein hervorragender Mann sind, aber ich werde zu alt und zu müde, um Sie noch länger zu verhätscheln. Sie tun, was man Ihnen sagt, oder Sie können sich verpissen und wieder als Ausgestoßener leben wie damals, als ich Sie gefunden habe, kapiert? Und was Ihren Bruder angeht – den übergibt das Justizministerium der CIA, die dann mit ihm machen kann, was sie will. Vielleicht meißeln sie ihm den Kopf auf und suchen in seinem Hirn nach Abnormitäten, die ihn zu dem machen, was er ist. Für die CIA wäre ein solches Wissen unbezahlbar. Also, entweder befolgen Sie meine Befehle, oder Sie landen auf der Straße, und Ackerman wird wieder zum wissenschaftlichen Forschungsobjekt.«

»Frank ist noch nicht so weit, Sir!«

»Ihr Bruder ist der fieseste, zäheste, abgefuckteste Hurensohn, den ich kenne. Wenn jemand undercover zurechtkommt, dann er.«

Marcus beugte sich über den Tisch vor und blickte dem alten Mann fest in die Augen. »Reden Sie nie wieder so über unsere Mutter, okay? Beim nächsten Mal würde ich mich veranlasst sehen, ihre Ehre zu verteidigen. Zweitens – und das sage ich amtlich – wird die Sache nicht gut ausgehen. Und drittens, damit das ganz klar ist: Ich mache mir keine Sorgen um Franks Sicherheit. Ich mache mir Sorgen um die Sicherheit aller anderen.«

Kapitel 16

Dr. Derrick Gladstone glaubte nicht an Gott – sei es der jüdisch-christliche Gott, Allah oder irgendeine geringere Gottheit, der angedichtet wurde, über die Mächte der Natur zu gebieten. Gladstone hielt alle Religionen für Aberglaube und Unsinn. Er glaubte nur an die Wissenschaft. Und wenn er das Leben aus wissenschaftlicher Sicht betrachtete, konnte er nichts entdecken, was den Menschen veranlassen könnte, sich Vergnügungen zu versagen oder irgendeinem Moralkodex zu folgen. Schließlich, sagte er sich, sind wir alle nur eine Zeitlang hier, und dann sind wir nichts. Was gibt es da Besseres, als den eigenen Zielen und Fantasien nachzujagen?

Wenn es ihm nützte, freundlich zu sein, war Derrick Gladstone nett und umgänglich. Wenn Mord, Vergewaltigung oder Raub ihm Nutzen brachte – oder der Wissenschaft und seinem eigenen Platz in der Geschichte –, war er ein Monster.

Gladstone wusste, dass man nicht einfach als Gesetzloser durch die Welt ziehen und töten und stehlen konnte, wie es einem gefiel. Aber wenn man schlau genug war, nicht gefasst zu werden – welchen Grund gab es dann, ein Verbrechen *nicht* zu begehen? Die Antwort, sagte er sich, hieß *Furcht* – sei es nun die Furcht vor einer Gottheit (weil man ja nicht wissen konnte, ob einem nach dem Tod ewige Bestrafung drohte), die Furcht vor Konsequenzen (weil man für sein Tun strafrechtlich verfolgt werden konnte) oder die Furcht vor der eigenen Unwissenheit (weil man vielleicht fälschlich davon ausging, die Punkte eins und zwei seien bedeutungslos und bräuchten nicht beachtet zu werden).

Was aber hatte man von einer imaginären Gottheit oder vom Gesetz der Menschen zu befürchten, wenn man selbst ein *goldener Gott* war?

Nichts!

Gladstone fand es erstaunlich, was der Mensch vollbringen konnte, wenn er sich vom göttlichen und menschlichen Gesetz lossagte und sein eigener Herr wurde.

Er warf die Patientenakte, in der er gelesen hatte, auf den Schreibtisch, rieb sich die Augen und reckte die Arme. Ein ganzer Stapel vernachlässigter Verwaltungsarbeit lag neben dem hingeworfenen Ordner. Doch bei dem, was sich in seinem Leben zurzeit ereignete, konnte Gladstone sich unmöglich auf die Arbeit konzentrieren. Sein außerordentlicher beruflicher Erfolg gewährte ihm zwar große Freiheit bei der Zeiteinteilung; trotzdem gab es Pflichten, die seine persönliche Aufmerksamkeit erforderten, und besondere Personen, die nicht an einen seiner zahlreichen Untergebenen verwiesen werden durften, wenn sie ihn konsultierten.

Gladstone packte die Greifringe seines Rollstuhls und drehte sich zur Wand des Büros, wo auf einem kleinen Glastisch eine Kristallkaraffe in Gestalt eines Totenschädels stand, der mit erstklassigem Cognac gefüllt war. Vier Cognacschwenker standen neben dem Schädel, dazu mehrere Fotos von Gladstone selbst.

Eines zeigte ihn in einem schwarzen Schwimmanzug an einem Strand in Brasilien, unter dem Arm sein Surfbrett – das Modell »Mayhem Driver«, das Gladstone bevorzugte, weil es ihm damit einfacher war, »tote Zonen« in der Brandung zu überwinden und von einer Welle auf die andere zu wechseln. Er vermisste seine Zeit auf dem Meer.

Dank guter Erbanlagen, bewusster Ernährung und intensiver Arbeit an der eigenen Fitness hatte Gladstone immer schon einen muskulösen Körper ohne überschüssiges Fett gehabt. Selbst jetzt, wo er an den Rollstuhl gefesselt war, hielt er ein strenges Trainingsprogramm durch.

Er vermutete, dass er der perfekte Ehepartner gewesen wäre. Schließlich hatte er alles zu bieten, was eine Partnerin sich nur wünschen konnte.

Wäre seine Verletzung nicht gewesen ...

Vom Typ her passte sein durchtrainierter Köper zu seinem männlichen Gesicht mit dem kantigen Kinn, den perfekt symmetrischen Zügen, der makellosen bronzefarbenen Haut, dem sandblonden Haar und den hellblauen Augen – ein Aussehen, das es Gladstone immer leicht gemacht hatte, das Interesse des schönen Geschlechts zu wecken. Aber schon vor seinem Unfall hatte ihn nur eines zur Weiblichkeit hingezogen – der Sex. An längeren Bindungen war er nicht interessiert. Seine letzte langfristige Beziehung war seine Freundin auf der Highschool gewesen, und selbst damals hatte er sie nur ertragen, weil sie die Cheerleadertruppe geleitet hatte und der heißeste Feger der Schule war. Der Neid seiner Klassenkameraden hatte Gladstones Status als Footballstar, Jahrgangsbester und Alphamännchen untermauert – ein Rang, den er durch sorgfältige Planung und harte Arbeit errungen hatte. Doch seine begehrte Freundin war schon bald zu einer Belastung geworden, denn auf dem College gab es mehr als genug hübsche Mädchen, die Gladstone die Chance boten, seine körperlichen Bedürfnisse zu befriedigen, ohne dass er die emotionalen Investitionen leisten musste, die einem festen Partner abverlangt wurden.

Gladstone nahm ein anderes Foto in die Hand. Es zeigte ihn im Abschlussjahr, in voller Football-Montur. Lächelnd kniete er auf dem Rasen, den Helm unter dem Arm, und zeigte sein Million-Dollar-Lächeln. Gladstone schmunzelte. Die Erinnerungen an seine Zeit als Footballstar erfüllten ihn mit seltsamer

Wärme. In einem anderen Leben hätte er in der NFL spielen können, der höchsten Liga überhaupt – sowohl im Angriff als auch in der Verteidigung.

Sie hatten ihn Derrick »The Gladiator« Gladstone genannt.

Das Telefon auf seinem Schreibtisch gab ein Zirpen von sich. Seine Sekretärin meldete sich. »Dr. Gladstone, Ihr Bruder ist auf Leitung zwei.«

Gladstone verzog vor Abscheu das Gesicht und rollte sich an den Tisch zurück. »Danke, Susan, aber ich habe sehr viel zu tun. Hat er gesagt, weshalb er anruft?«

»Er sagt, er plant einen Besuch bei Ihnen und möchte die Einzelheiten absprechen.«

Gladstone biss die Zähne zusammen und versuchte, Ruhe zu bewahren. Er zählte bis fünf und atmete mehrmals tief durch. »Danke, Susan, stellen Sie durch.«

Sein Zwillingsbruder Dennis war immer sein genaues Gegenteil gewesen. Während Derrick mit jeder Faser seines Seins darum kämpfte, bei allem, was er tat, aus der Menge herauszuragen, gab Dennis sich mit dem Mittelmaß zufrieden. Er hatte Probleme auf der Schule gehabt – nicht nur mit den Noten, auch mit dem Gewicht. Er war immer vor Sport zurückgeschreckt und nie beliebt gewesen.

»Hallo, Dennis. Welchem Umstand verdanke ich das Vergnügen eines Anrufs meines kleinen Bruders?«

»Du warst nur zehn Minuten älter als ich, Derrick.«

»Und werde es immer sein.«

Sein Bruder lachte. »Derrick, wie er leibt und lebt. Hör zu, wir kommen nächste Woche nach San Francisco und würden gern ein wenig Zeit mit dir und Mom verbringen.«

Dennis war immer schon ein Muttersöhnchen gewesen. »Das passt mir im Moment gar nicht.«

»Na, na. Wir wissen doch beide, dass du Zeit freischaufeln kannst, wann immer du willst. Das ist der Vorteil, wenn man ein Arzt der Spitzenklasse ist. Und Mom wird nicht jünger. In ihrem Zustand überlebt sie einen zweiten Schlaganfall nicht.«

»Ihr geht es gut. Sie wird sich freuen, euch zu Thanksgiving und zu Weihnachten zu sehen, aber nicht schon nächste Woche.«

»Komm schon, Derrick. Ich habe bereits alles arrangiert und ein Hotel für Helen, mich und die Kinder gebucht. Die Kleinen würden so gern ihren Onkel besuchen. Sie beten dich an.«

Aber sicher, dachte Gladstone. *Sie wünschen sich, ich wäre ihr Vater, nicht du.*

»Ich habe sie ja auch ins Herz geschlossen, aber es passt mir wirklich nicht. Ich habe geschäftlich sehr viel zu tun, und...«

»Schon in Ordnung. Wenn wir dich nur abends sehen und gemeinsam essen, ist das ja auch schon was. Aber Mom besuchen wir auf jeden Fall. Ich hab mir gedacht, dass sie vielleicht eine Weile bei uns wohnen sollte...«

»Kommt nicht infrage, Dennis. Sie ist hier verwurzelt. Alle ihre Ärzte und Pfleger wohnen hier.«

»Stimmt schon. Aber Helen ist den ganzen Tag zu Hause und würde sich um sie kümmern. Und bei deinem Zustand wäre es doch sicher eine Entlastung für dich, wenn...«

»Bei meinem *Zustand*?«

»Du weißt, was ich meine. Du bist ein vielbeschäftigter Mann und...«

»Ich habe nein gesagt.«

Schweigen hing in der Leitung. Gegen seinen Willen trat Derrick das Bild seines Bruders vor Augen – als kleiner Junge, der aus Nase und Mund blutete. Derrick sah sich selbst, wie er Dennis ins Gesicht schlug, die Fäuste vorschnellen ließ und wieder zurückzog, immer und immer wieder, als würden sie von einer Hydraulik angetrieben. Ihre Mutter hatte vor ihnen gestanden und ihren billigen, mit Apfelsaft gemischten Everclear-Fusel im Glas geschwenkt, während sie ihre Söhne zwang, zu ihrem Amüsement zu kämpfen. »Nur die Starken überleben auf der Welt, diesem Drecksloch, Jungs. Ihr müsst für alles kämpfen, was ihr habt!«

Obwohl bei den Kämpfen immer nur Derrick siegte, war es jedes Mal Dennis, der hinterher Moms Aufmerksamkeit hatte. Sie strich ihm übers dunkle Haar und nannte ihn lallend ihr »armes Baby«.

Dennis' Stimme riss Derrick aus seinen Erinnerungen. »Wir besprechen es nächste Woche noch einmal, ja? Richte Mom meine Grüße aus.«

Ohne ein Wort des Abschieds legte Derrick auf. Dass sein Bruder auf einem Besuch bestand, machte ihn rasend. Einen mieseren Zeitpunkt hätte er sich gar nicht aussuchen können. Derricks Pläne standen kurz vor der Vollendung. Schon bald würde er die nötigen Mittel haben, um das Fundament seines Vermächtnisses zu festigen. Doch vorher musste noch manches erledigt werden. Solange sein wehleidiger kleiner Bruder ihm über die Schulter schaute und um die Zuneigung der alten Hexe winselte, die ihre Mutter war, würde er, Derrick, nichts geregelt bekommen.

Er schloss die Augen und stellte sich vor, wie er seinem Bruder die Faust ins Gesicht schmetterte. *Bang!* Er lachte auf, schüttelte den Kopf. Auf keinen Fall würde er zulassen, dass Dennis ihm im Weg stand.

Zu Derricks vielen Stärken gehörte die Bereitschaft, sich jeder Situation anzupassen und sie zu überwinden. Die Fähigkeit zur Anpassung war nicht umsonst das Instrument der Evolution zur Fortentwicklung einer Spezies.

Und Derrick Gladstone hatte die feste Absicht, seinen Namen unauslöschlich der Entwicklungsgeschichte der Menschheit einzubrennen.

Kapitel 17

Baxter Kincaid trat aus seiner Haustür auf die Kreuzung von Haight Street und Ashbury Street, jenen langen Betonstreifen, an dem einst Jimi Hendrix, Janis Joplin und andere Ikonen der Hippiekultur gewohnt hatten. Swinging Sixties. Baxter hielt sich nicht für einen Hippie und war niemandes Schüler; trotzdem respektierte er die Bemühungen der Flower-Power-Gründerväter und -Gründermütter. Mit ihrer Message von Liebe und Frieden konnte Baxter sich durchaus identifizieren, aber er wusste auch, dass Hendrix, Jerry Garcia und Co. nicht die Ersten mit dieser Botschaft gewesen waren.

An diesem Tag war herrliches Wetter. Die Sonne schien von einem blauen Himmel. Als Baxter auf den Gehweg trat, nachdem er die Treppe vor seiner Wohnung hinuntergestiegen war, in der Jimi Hendrix mal gewohnt hatte, breitete er die Arme aus und dankte Gott für den wunderbaren Tag.

Dann schob er sich einen Joint zwischen die Lippen und schnippte das Zippo auf. Unter der Pik-Ass-Gravur, die das Gehäuse des Feuerzeugs zierte, war eine Inschrift mit dem vornehmsten Gebot eingraviert:

Liebe Gott, deinen Herrn, von ganzem Herzen, und liebe deinen Nächsten wie dich selbst.

Baxter inhalierte tief den Rauch, nahm das süße Aroma des Marihuanas in seine Lunge auf. Dabei sprach er ein Gebet, in dem er den Vater, den Sohn und den Heiligen Geist pries.

Dann machte er sich auf den Weg die Straße hinunter. Er wollte zu Amoeba Music, denn er war auf der Suche nach einem

Jeff-Beck-Album, eine von den alten Vinyl-LPs, aber sein eigentliches Motiv bestand darin, ein bisschen mit dem Goth-girl zu flirten, das heute Vormittag Schicht hatte, wie er wusste. Jenny Vasillo war die attraktivste Tusse, die er je kennengelernt hatte. Die Schönste war sie zwar nicht, aber ihre innere Kraft erfüllte Baxter mit Erregung und Wärme, sobald er in ihre Nähe kam.

Beim Gehen stöpselte er sich ein kleines Bluetooth-Headset ins Ohr und rief eine Aufnahme-App auf seinem Handy auf. Sein Nachbar Kevin – ein junger Techie, den Baxter für para-noid-schizophren hielt – hatte ihn überzeugt, eine Website und ein Blog für seine Privatdetektei einzurichten. Baxter hatte die Idee zuerst für Zeitverschwendung gehalten. Wenn er Klienten brauchte, würde das Universum sie zu ihm schicken; er legte es nicht darauf an, nach ihnen zu suchen. Doch Kevin war beharr-lich gewesen und hatte versprochen, sich kostenlos um alles zu kümmern, also hatte Baxter dem Jungen den Spaß gegönnt. Ein paar Mal die Woche nahm er irgendetwas auf und schickte es Kevin, der es in Text umwandelte, korrigierte und auf die Website stellte. Der Blog hatte sich mittlerweile sogar eine kleine Fangemeinde erworben, auch wenn Baxter nicht sicher war, warum eigentlich, denn meistens sprach er nur aus, was ihm gerade durch den Kopf ging.

Er begann mit der Aufnahme und dachte an die Zeit, als die Leute einen noch für verrückt hielten, wenn man die Straße ent-langging und mit sich selbst redete. Dabei war das noch gar nicht so lange her. Mit seinem langsamen Südtexas-Akzent sagte er: »Baxters Logbuch, Sternzeit ... was immer zum Geier das ist ... In uns allen steckt Finsternis, das hab ich immer wieder gesehen, aber an das Böse glaube ich nicht. Das Böse ist eine Illusion. Es existiert nicht wirklich. Das mag sich seltsam anhören, beson-ders, weil es von mir kommt ... einem Typen, der seine Rechnungen bezahlt, indem er die dunkle Seite der menschlichen Seele erkundet, aber es ist so! Ihr könntet nun fragen: Wie kann Baxter sagen, das Böse existiert nicht, wo wir doch so viel davon zu sehen bekommen, überall auf der Welt? Nun, ihr braucht nicht lange zu suchen, Leute, oder groß nachzudenken, um ein paar reichlich coole Beispiele zu finden. Ich gebe euch ein ganz leichtes: Adolf Hitler. Die unaussprechliche Barbarei, die der Führer und sein Naziregime begangen haben, werden so ziemlich überall als böse angesehen. Genau wie bei Pol Pot, Ted Bundy und ... jawohl, Richard Nixon. Die Liste ist ellenlang. Wie also kann ich da behaupten, das Böse existiert nicht?«

Baxter hielt inne und tauschte eine Ghettofaust mit einem Nachbarn, der einen Vintage-Kleiderladen betrieb, ehe er weiterschlenderte. »Also, Leute, um die Frage beantworten zu können, ob das Böse real ist oder nur eine Illusion, müssen wir eine andere Frage stellen, nämlich die: Was ist Dunkelheit? Kann man Dunkelheit berühren? Hat sie Struktur? Gestalt? Substanz? Nee, hat sie nicht. Dunkelheit ist nur die Abwesenheit von Licht. Was also ist das Böse? Ich will es euch sagen: Das Böse ist die Abwesenheit von Güte! Und wir als Menschen können nicht zu hundert Prozent gut oder zu hundert Prozent böse sein. Wir alle besitzen die Fähigkeit zu beidem. Die meisten wären sicher meiner Meinung, wenn ich behaupten würde, dass nur ein liebender Gott oder ein hasserfüllter Satan imstande wären, zum Inbegriff des einen oder anderen zu werden. Stimmt's? Ich würde allerdings dagegenhalten, dass selbst der Fürst der Hölle nicht zu hundert Prozent böse ist. Immerhin hat er seine Laufbahn als Engel begonnen und wurde vom gleichen Universum geschaffen, das uns allen das Leben eingehaucht hat. Der Leibhaftige ist vom Licht nur so weit entfernt, wie es geht. Ich kann euch aber garantieren, dass Luzifer sich nicht als der Böse schlechthin betrachtet. Ich vermute eher, dass er seine Heimsuchung der Menschheit und seinen Ungehorsam gegenüber seinem Schöpfer irgendwie für gerechtfertigt hält. Gleiches kann man über unseren Freund Adolf sagen. Er glaubte fest daran, er würde die Menschheit durch seine rassischen und ethnischen Säuberungen vor sich selbst retten. Böse ist nicht, was wir *sind*, Leute. Böse ist, was wir *tun*.«

Er verstummte und überdachte, was er gesagt hatte; dann zog er tief an seinem Joint. »Wie aber bestimmen wir, ob das, was wir tun, gut oder böse ist? Ich glaube, das ist einfach. Säst du mit deinen Taten Liebe und Frieden oder Hass und Zwietracht? Im Gegensatz zum Bösen ist der Hass sehr real. Er ist nicht einfach nur die Abwesenheit von Liebe, sondern eine bewusste Entscheidung, die Vernichtung dem Erschaffen vorzuziehen, das Verletzen der Heilung, die Verdammnis der Seligkeit. Deshalb erinnert euch, Brüder und Schwestern da draußen in dem digitalen Netz untereinander verbundener Gedanken und Informationen: Tretet ins Licht und lasst eure Liebe hell erstrahlen, halleluja, amen!«

Baxter lachte, denn kaum hatte er die Aufnahme beendet, tuckerte ein Auto an ihm vorbei, aus dem laut der Beatles-Song dröhnte, in dem es hieß: *All you need is love.* Es war, als zeigte das Universum ihm, Baxter Kincaid, einen dicken Daumen nach oben: cool, Alter! Baxter lachte leise weiter, während er ein letztes Mal an seinem Joint zog und ihn dann in dem kleinen, mit Sand gefüllten Aschenbecher auf dem Mülleimer neben dem Eingang von Amoeba Music ausdrückte.

Als er den Laden betrat, schaute der Wachmann in seine Umhängetasche, die eine Achtelunze Gras und eine kleine Metallpfeife enthielt. Aber der Bursche kannte Baxter und hatte keine Einwände gegen das Gras, denn Baxter hatte ein Attest, das ihm gestattete, Marihuana zu medizinischen Zwecken zu konsumieren. Und in ein paar Monaten war in Kalifornien der Gebrauch von Hasch auch zur Entspannung legal, dann hatte der ganze Stress ein Ende. Der Wachmann vergewisserte sich nur, dass Baxter keine Waffe mit sich führte, was dieser aus Prinzip ablehnte; dennoch ließ er zu, dass der große Kerl seinen Job machte. Der Typ konnte ja nicht wissen, dass Baxter früher zum Morddezernat des SFPD gehört hatte und ein ehemaliger Cop war, der nach seiner Kündigung geschworen hatte, nie wieder eine Waffe anzurühren.

Als er an die Ladentheke trat, schoss Jennifer Vasillo die Röte in die blassen Wangen. Ihre Haut hatte die Farbe von Alabaster; ihre Haare waren im Ton einer Rabenfeder gefärbt. Ein runder Ring durchbohrte ihren linken Nasenflügel, und Tattoos von Einhörnern und Rosen schmückten ihre Unterarme.

Baxter fasste sich an den Trilbyhut. »Ich entbiete Euch einen guten Morgen, schöne Jennifer, holde Maid!« Er schenkte ihr sein breitestes Sonntagslächeln, sodass sich Grübchen auf beiden Wangen bildeten. Die Mädels standen auf seine Grübchen.

Jenny V verdrehte die Augen. »Du redest nur Scheiße, Baxter, wie immer.«

»Wann gewährt Ihr mir endlich, Jungfer, Euch aus dieser Stadt hinfortzutragen?«

»Aus der Stadt? Jetzt mal im Ernst, wer redet denn so? Wie alt bist du eigentlich? Also echt jetzt, ich würd's mir schwer überlegen, mit dir zu gehen, selbst wenn du einen vernünftigen Job hättest.«

»Hey, das ist grausam. Ich habe als Privatdetektiv ein gutes Auskommen. Und auf meinem Schiff bin ich der Kapitän. Herr meines eigenen Schicksals.«

»Ja, ich kann mir gut vorstellen, dass du dich als Mietbulle ganz toll machst. So toll, dass Faraz, dieser schmierige Lude, heute Morgen hier war und dich gesucht hat.«

»Was wollte er denn? Und wieso hat er mich hier gesucht?«

»Er sagte, er muss dich anheuern, hatte deine Nummer oder Adresse aber nicht. Ich finde, dieser Penner ist der ideale Klient für dich.«

»Meistens arbeite ich für Anwälte oder für die Cops.«

»Okay, dann ist ein Zuhälter wohl ein bisschen respektabler als deine übliche Kundschaft.«

»Euer Stachel trifft mich tief ins Fleisch, huldreiche Jennifer. Was ist jetzt mit Faraz? Solltet Ihr mir gar etwas ausrichten von diesem schwarzen Ritter?«

»Nur dass du bei ihm aufkreuzen sollst.«

Baxter knöpfte sein weißes, mit roten Blumen bedrucktes Hawaiihemd auf und nahm eine Pose ein wie ein Unterwäschemodell, das seinen durchgestylten Oberkörper zur Geltung bringt. »Glaubst du, er will mich als Stricher einstellen?«

»Kunden ohne Hemd werden nicht bedient.«

Baxter knöpfte sein Hemd wieder zu. »Ist meine Platte gekommen?«

»Sehe ich aus wie deine beschissene Sekretärin?«

»Ja, so siehst du wirklich aus! Und ich steh auf meine Sekretärin.«

Jenny V verdrehte die Augen. »Das klingt überhaupt nicht sexy, sondern irgendwie ... eklig. Und wenn ich deine Sekretärin bin, dann ist das kein Flirten, sondern sexuelle Belästigung. Guck lieber in die Tröge, Romeo, und halt nach deiner verstaubten LP Ausschau.« Jenny V wandte sich wieder der Zeitschrift zu, in der sie gelesen hatte.

Baxter schlurfte zu den Kästen mit den Schallplatten und den antiken Konzertplakaten und bemerkte das Schild über einem Gang, auf dem stand: *Vorführungen zu medizinischem Marihuana-Gebrauch.* Hier hatte er sein Attest erhalten. Er lächelte. Was für ein Glück er doch hatte, in San Francisco zu leben, dieser wunderbaren Stadt! Und nicht nur wegen der Gegenkultur; Baxter hatte The City sogar schon geliebt, als er noch ein obdachloser Jugendlicher auf ihren Straßen gewesen war.

Er ging zur richtigen Reihe, fand das Vinylalbum, das er als Vorwand benutzt hatte, um hierherzukommen, bezahlte und ging weiter zu dem Haus, in dem der Zuhälter wohnte. Mehr als alles andere trieb ihn die Neugier. Baxter hatte sich mit den meisten zwielichtigen Gestalten angefreundet, die an der Kreuzung von Haight und Ash wohnten – genau wie in den anderen zweifelhaften Vierteln der Stadt, Tenderloin zum Beispiel, wo er sich seine Sporen verdient hatte.

Baxter stammte ursprünglich aus San Antonio, Texas, aber einen Monat nach seinem dreizehnten Geburtstag waren seine Eltern nach San Francisco gezogen. Nie würde er die Suppenküchen und Obdachlosenasyle vergessen, in denen er als Teenager überlebt hatte. Er wusste, dass die Menschen dort seine Leute waren, genau wie die Stadt immer seine Heimat bleiben würde. Nur hier wussten die Menschen, wie weh es tat, mit Hunger im Bauch aufzuwachsen, einsam, verloren, ohne einen Cent, und wieso man sich nicht zu schämen brauchte, wenn man den Freak raushängen ließ.

Die Wohnung des Zuhälters lag ein paar Gassen weit weg von Haight und Ash. Faraz' Geschäfte spielten sich hauptsächlich in Hotelzimmern ab, aber er unterhielt auch ein kleines Bordell in seinem Wohngebäude, wo auch die Mädchen wohnten, die sich nichts Eigenes leisten konnten. Durch seine Beziehungen zum San Francisco Police Department – aber auch durch den Einsatz radikalerer Mittel – hatte Baxter die meisten wirklich üblen Einflüsse im Viertel ausgemerzt, aber Faraz war nicht durch und durch schlecht. Mit dem Beruf dieses Mannes war Baxter zwar nicht gerade einverstanden, aber Faraz respektierte seine Damen wenigstens und verschaffte ihnen Gelegenheit, sich das Geld nicht mehr auf dem Rücken zu verdienen. Viele von ihnen hatten ihren Highschoolabschluss nachgeholt und respektablere Beschäftigungen aufgenommen. Faraz verdankte seinen Erfolg sogar zum Teil der Tatsache, dass er seinen Mädchen solche Möglichkeiten bot.

Normalerweise ließ Baxter sich nicht von einem Mann wie Faraz zu sich bestellen. Er arbeitete meist für teure Anwälte und setzte sein Informantennetzwerk ein, um alten Kollegen beim SFPD zu helfen. Aber Faraz hatte sich immerhin so viel Respekt verdient, dass er ihn, Baxter, konsultieren durfte.

Die Wohnungen hatten Erkerfenster und hohe Decken, aber der weiße Fassadenanstrich des Apartmenthauses blätterte ab. Früher war das Haus ein teurer Tummelplatz der Elitehippies der Stadt gewesen. Heute war es Faraz' persönliches Reich, ein teures Bordell für die vielen Geschäftsleute, die auf der Suche nach freier Liebe, wie man sie hier in den Sechzigern finden konnte, in die Stadt kamen und nun feststellen mussten, dass es diese Sorte von Liebe keineswegs ohne Preisschild gab.

Im Haus roch es leicht nach Urin, Gras und Zigaretten, aber damit unterschied es sich nicht von den meisten Gassen in San Francisco. Ein finsterer Koloss von einem Mann stand gleich innerhalb des Vordereingangs Wache. Als Baxter hereinkam, trat das Ungetüm auf ihn zu. »Hast du 'ne Verabredung?«

»Nein, aber Faraz hat mir ausrichten lassen, dass er mich sprechen möchte.«

Der große glatzköpfige Weiße trug eine Pilotenbrille mit goldenem Rahmen, und die übergroße untere Hälfte seines Gesichts ragte auf seltsame Weise hervor wie bei einem Schimpansen oder Gorilla, was ihm – was Wunder – den Namen Monkey Man eingebracht hatte. »Mr. Faraz ist beschäftigt und empfängt niemand«, sagte Monkey Man.

Baxter zog eine Braue hoch. »Stichproben im Warenbestand?«

Monkey Man begriff nicht. »Mach den Abflug. Komm später noch mal.«

»Ich wurde hergebeten, Großer. Ich bin kein Köter, der kommt, wenn man ihn ruft. Wenn dein Herr und Meister mich jetzt nicht empfängt, kannst du ihm sagen, dass er sich mit seinem Problem an das Nationalkomitee der Luden und Arschlöcher wenden soll. Mal sehen, ob ihm das was bringt.«

Monkey Man versetzte Baxter einen Stoß. »Der Boss hat zu tun. Verpiss dich.«

»Bist du sicher, dass du ihn nicht mal fragen willst? Vielleicht ist die Sache ihm ja wichtiger, als mal wieder irgendeine Tusse durchzufiedeln.«

»Verpissen sollst du dich, Schweinebacke!«

Baxter nahm ein Handy aus der Tasche und machte ein Foto. Erkennbar geschockt und sichtlich von keinem anderen Wunsch beseelt, endlich wieder gedankenlos ins Leere starren zu können, rief Monkey Man: »Hey! Was soll das?«

»Nur éin Foto von dir. Schick ich an den Discovery Channel. Die zahlen viel Geld für einen Schnappschuss von Bigfoot in seiner natürlichen Umgebung.«

Der Hieb kam blitzschnell für einen so großen Mann wie Monkey Man, aber trotzdem zu langsam für Baxter. Er verabscheute Gewalt, aber es gab Leute, die einfach nicht zuhörten, bevor man ihre Aufmerksamkeit mit einer Ohrfeige weckte. Baxter duckte sich unter Monkeys rechtem Haken durch und schmetterte ihm die Faust mit Wucht zwischen die Beine. Als der Neandertaler sich schmerzerfüllt zusammenkrümmte, rammte Baxter ihm den Ellbogen gegen das Kinn. Es krachte und knirschte. Monkeys Fliegerbrille segelte durch die Luft, und der hünenhafte Mann brach besinnungslos zusammen.

Eine Erinnerung an seinen Vater stieg an die Oberfläche von Baxters Bewusstsein. »Fange nie als Erster einen Kampf an«, hatte sein Alter gesagt, »aber sei immer der Erste, der ihn beendet.«

Baxter nahm die Sonnenbrille des Primaten und setzte sie sich auf. Er mochte die Version mit den braungetönten Gläsern. Sein Exemplar hatte ihm erst letzte Woche ein wütender Anwalt zerbrochen. Baxter fand, dass die gebräunten Gläser die Welt in einen warmen Sepiaton tauchten. Er bekam dann das Gefühl, jeder Moment wäre eine liebgewonnene Erinnerung, die irgendein Kaufhausfotograf festgehalten hatte.

Er griff in seine Umhängetasche und stopfte sich ein Pfeifchen, während er die Stufen zu Faraz' »Penthouse« hinaufstieg. Als er die Pfeife anzündete, hatte er den zweiten Stock erreicht. Der Putz auf den Wänden war alt und rissig, aber frisch gestrichen. Überhaupt war es im ganzen Haus sauber, und es roch nach Jasmin. Baxter wusste, dass die sechs kleinen Apartments auf dieser Etage Faraz' Mädchen gehörten. Der dritte Stock hatte früher mal die gleiche Anzahl kleiner Einzimmerwohnungen enthalten, aber Faraz hatte in seiner Selbstherrlichkeit die Trennwände eingerissen und die ganze Etage in sein privates Reich inklusive Büro umgebaut, wo er über seinen Harem herrschte wie ein mittelalterlicher Lehnsherr.

Baxter nahm an, dass viele Männer ihn beneiden würden, aber er wusste, wie hohl Faraz' Existenz im Grunde war. Liebe konnte theoretisch billig sein, aber frei war sie nie.

Als er den dritten Stock erreichte, war er ins Schwitzen gekommen. Zu dieser Jahreszeit lagen die Temperaturen normalerweise noch um die zwanzig Grad, aber heute gab es einen Ausreißer nach oben, und sie hatten fast dreißig. Und wie die meisten Häuser und Gebäude in der San Francisco Bay war Faraz' Puff nicht klimatisiert.

Baxter nahm den Strohtrilby ab – die Sorte Hut, die man am Strand trug und die an die Schlapphüte der Gangster aus alter Zeit erinnerte, nur dass die Krempe schmaler war – und fuhr sich durch die feuchte Masse aus lockigen blonden Haaren. Obwohl er aus Südtexas stammte, war er diese Affenhitze einfach nicht gewöhnt.

Er nahm einen langen Zug aus der Pfeife und blies ihn wieder aus, während er den Blick schweifen ließ. Man konnte noch sehen, wo einst die Wände der Apartments gewesen waren, aber Faraz' Zuhause sah relativ sauber und gastlich aus, obwohl es ein Mischmasch aus altem Putz und neuem Gipskarton war. Der ganze Stock war ein weiter offener Raum, in dem es nach Schweiß und Weihrauch mit Vanillearoma roch.

Faraz lag auf einem Bett in der Ecke des Penthouses und hatte Baxters Erscheinen noch gar nicht bemerkt. Baxter fragte sich oft, ob er seine merkwürdige Begabung, sich geräuschlos an andere anzuschleichen, vielleicht von fernen indianischen Vorfahren geerbt hatte. Er beobachtete, wie die nackten Hinterbacken des Iraners sich auf und ab bewegten, während er in ein Mädchen hineinstieß, das in Baxters Augen wie vierzehn aussah. Er nahm an, dass sie älter war; Faraz war im Grunde ein rechtschaffener Kerl für einen Zuhälter. Trotzdem würde Baxter die Kleine überprüfen. Sollte sich herausstellen, dass sie minderjährig war, konnte er sich an gewisse Leute wenden, die nicht gerade nachsichtig mit Pädophilen gleich welcher Art umsprangen. Ein Anruf, und Faraz wäre ein toter Mann – oder würde sich wünschen, einer zu sein.

»Stör ich?«, fragte Baxter.

Faraz rollte sich in einem Gewirr zuckender Gliedmaßen von dem Mädchen herunter und schnappte sich die Beretta auf seinem Nachttisch. Der Iraner keuchte und schnaufte, das Gesicht rot vor Anstrengung.

Baxter verzog keine Miene. »Ich hab gehört, du suchst nach mir.«

Der Zuhälter murrte irgendetwas in einer Sprache, die für Baxter unverständlich war, und legte die Pistole zurück auf den Nachttisch. Auf Englisch sagte er: »Wie kommst du hier rein?«

»Dein Äffchen macht einen Schönheitsschlaf. Wie alt ist die Kleine?«

Faraz schüttelte den Kopf. »Keine Sorge, Kincaid. Sie ist neunzehn. Ich hab ihre Papiere gesehen. Sogar ich hab meine Maßstäbe.«

»Ich werd's überprüfen. Ist das ihr Bewerbungsgespräch?«

»Ich muss mich vergewissern, dass alle Mädchen, die ich beschäftige, was taugen. Und du bist kein Cop mehr, falls du's vergessen hast.«

»Hab ich nicht. Okay, solange die Kleine weiß, worauf sie sich einlässt, und anständig entlohnt wird, kann sie ihre Entscheidungen selbst treffen. Und sie scheint ihr Handwerk ja zu verstehen. Also, weshalb willst du mich sprechen?«

Faraz wickelte sich einen Morgenrock um die Taille, auf dem ein meterlanger Drache neben Bruce Lees Gesicht zu sehen war. »Es geht um eins meiner besten Mädchen, Sammy. Sie hat eine Schwester auf dem College, die verschwunden ist.«

»Wie lange hat Sammy nichts von ihrer Schwester gehört?«

»Fast zwei Monate.«

»Das ist eine reichlich kalte Spur, Partner. Was ist mit den Cops?«

»Haben die Anzeige aufgenommen und Schluss.«

»Das bezweifle ich.«

Baxter überlegte, was er tun konnte. Das Geld brauchte er im Grunde nicht, und er wollte nicht in den Ruf geraten, für den Bodensatz der Gesellschaft zu arbeiten. Auf der anderen Seite hatte er ein Herz für die Verlierer und Underdogs und leistete Pro-bono-Arbeit für jene, die von der menschlichen Gemeinschaft bestenfalls ignoriert wurden.

»Ich muss mich mit Sammy unterhalten. Aber wenn das ein Versuch ist, mich auszutricksen, damit ich irgendein entlaufenes Pferdchen aus deinem Stall suche, komme ich wieder und beschneide das Schildkrötenköpfchen zwischen deinen Beinen mit einem rostigen Löffel. Kapiert, Alter?«

Kapitel 18

Ackerman schob die Schachfigur über das Brett und konnte sich ein leises Lächeln nicht verkneifen. Sein Hochgefühl entsprang nicht seiner Absicht, das Spiel zu gewinnen, auch wenn es nicht zu ihm passte, sich von irgendjemandem besiegen zu lassen. In diesem Fall jedoch konnte er nicht anders, als dem Jungen den Triumph zu überlassen. Dylan – Marcus' Sohn und Ackermans Neffe – war noch nicht einmal zehn, orientierte sich aber dennoch an der berühmten Partie, die Kasparow 1999 in Wijk aan Zee gegen Topalow gespielt hatte. Nach vierundvierzig Zügen hatte der russische Großmeister gesiegt.

Ackerman konnte nicht widerstehen, die Rolle Topalows einzunehmen, des Verlierers, denn der Junge erstaunte ihn mit seiner Raffinesse. Dylan hatte entweder Marcus' erstaunliches Gedächtnis geerbt oder Ackermans Genie. Vielleicht von beidem ein wenig. Der Gedanke erfüllte Ackerman mit einer seltsamen Wärme – welch großartige und schreckliche Dinge würde ein Mensch erreichen können, in dem seine und Marcus' Fähigkeiten vereint waren! Dylan faszinierte Ackerman. Mit jedem Tag wirkte der Junge mehr wie eine Miniaturausgabe seiner selbst.

»Schach und matt«, sagte Dylan.

Ackerman strahlte vor Stolz. »Stimmt genau.«

»Noch eine Partie?«

»Nachher vielleicht, junger Kasparow. Unterhalten wir uns ein wenig.«

Das Motelzimmer sah aus wie zahllose andere, in denen

Ackerman im Lauf der Jahre gewohnt hatte. Cremegelbe Wände. Keine Deckenbeleuchtung, damit man Staub und Schmutz nicht so deutlich sah. Billige Drucke mit Strandszenen und Sonnenaufgängen schmückten die abstoßend tropischen Wände.

Auf einem Sessel neben Dylan saß Emily Morgan und las ein Taschenbuch. Als Ackerman davon sprach, sich mit Dylan unterhalten zu wollen, blickte sie misstrauisch auf, als ahnte sie jetzt schon, dass sie über den Inhalt des bevorstehenden Gesprächs nicht allzu begeistert sein würde.

»Wie gefällt es dir, Dylan, Zeit mit Kindern deines Alters zu verbringen?«, fragte Ackerman.

Dylan nahm keinen Blickkontakt auf, was er ohnehin nur selten tat, wie Ackerman bemerkt hatte. »Ich habe jedes Mal den Eindruck, die verstehen mich nicht.«

Habe den Eindruck ... Ackerman war längst aufgefallen, dass Dylan eine förmliche Sprache benutzte, durchsetzt mit Ausdrücken, die für einen Jungen seines Alters ungewöhnlich waren.

»Aber verstehst *du* umgekehrt *sie?*«

»Im Grunde nicht. Mir scheint, ich sage immer das Falsche.«

Emily Morgan, Ackermans Babysitterin und selbsternannte Beschützerin Dylans, warf ein: »Was tun Sie da?«

Ackerman achtete nicht auf sie. »Dylan, würdest du lieber allein mit deinen Legos spielen oder Baseball mit anderen Kindern?«

»Ich spiele am liebsten Schach mit dir.«

»Aber was ist mit Gleichaltrigen?«

»Eher nicht. Ich ziehe es vor, allein zu spielen.«

Emily stand auf, nahm Dylan bei der Hand und bedachte Ackerman mit einem schneidenden Blick. »Schauen wir mal, ob dein Dad schon wieder da ist, Buddy.«

Dylan zog ein mürrisches Gesicht, doch er folgte Emily aus

dem Zimmer. Es dauerte nicht lange, und die junge Frau kam zurück und knallte die Tür hinter sich zu. »Was sollte das gerade?«

Ackerman schaute sie gar nicht an. Er konzentrierte sich darauf, das Schachspiel wegzuräumen.

Emily kam näher. »Ich könnte Sie in das tiefste, schwärzeste Loch der Welt werfen lassen. Wollen Sie das?«

Ackerman sah ihr in die Augen und schüttelte den Kopf. »Ich habe eine bessere Frage. Wann gedenken Sie, meinem Bruder Dylans Diagnose mitzuteilen?«

Kapitel 19

Sie hielten die Besprechung in einem Raum ab, der als »Firmen-zentrum« bezeichnet wurde, aber ein ganz normales Motelzimmer war, aus dem man das übliche Mobiliar entfernt und durch einen Konferenztisch und ein paar Computerbildschirme ersetzt hatte. Marcus hatte den Raum zu ihrem informellen Sammelpunkt erklärt, solange sie in Pittsburgh waren, und sich rasch häuslich dort eingerichtet. Fast jede Wand war mit Ausdrucken und Fotos bedeckt, nur den Konferenztisch hatte er frei gelassen.

Marcus wartete, bis alle Platz genommen hatten; dann begann er die Besprechung. »Heute Morgen hatte ich ein Meeting mit dem Director und Valdas Derus.« Er schilderte die Verbindung zum organisierten Verbrechen und sprach über die verstümmelten Leichen, Mr. King, den verdeckten Ermittler und die moderne Legende von Skullface.

»Was ist mit den Leichen?«, fragte Andrew Garrison, Marcus' Partner.

Marcus wies auf die Fallakte, die jedem Anwesenden vorlag. Schon die Hefter zu sehen machte ihn wütend. Er hatte sämtliche Akten der Shepherd Organization nur noch digital führen wollen. Leider bestand Ackerman grundsätzlich auf Papierunterlagen.

»Da drin stehen die Obduktionsbefunde. Sag du mir, was mit den Leichen ist, Onkel Doktor.«

Andrew, früher Leichenbeschauer in Boston, schlug den Hefter auf und überflog die Dokumente. Schließlich sagte er:

»Alle Gliedmaßen wurden post mortem abgetrennt. Todesursache lässt sich kaum feststellen, aber der Leichenbeschauer erwähnt Prellungen, Knochenbrüche und innere Blutungen in den Rümpfen der männlichen Opfer. Die Verletzungen wurden den Opfern beigebracht, als sie noch lebten. So als hätte man sie totgeprügelt.«

Ackerman betrachtete die Fotos mit seltsamer Faszination. »Wer die Häutungen ausgeführt hat, besitzt Erfahrung oder eine systematische Ausbildung.«

»Arzt? Medizinstudent?«, fragte Marcus.

»Möglich. Zumindest ein Tierpräparator oder erfahrener Jäger.« Ackerman stand auf und ging zu einem Flipchartblock auf einem Gestell. Diese altmodische Methode mit Papier und Markern verabscheute Marcus ebenfalls. Deshalb hatte er einen riesigen OLED-Schirm an die Wand montieren lassen, das Beste vom Besten, doch sein bevorzugtes digitales Display war kaum benutzt worden, seit sein Bruder mit ihnen zusammenarbeitete.

Ackerman stellte sich neben den Block. »Schauen wir uns an, was wir bisher wissen. Zergliedern wir es. Brechen wir das Brustbein auf, legen wir den Rippenkorb frei, greifen wir nach dem Herzen!«

Er schrieb groß an das obere Ende des Blattes: *Gladiator*. Darunter notierte er jeden Gedanken, sobald er ihn aussprach.

»Unser Unbekannter arbeitet für Demon. Wie kam es dazu? Woher stammt er? Was ist sein *Begehr*?«

»Von Mr. King Mordaufträge zu bekommen und Leichen an öffentlichen Orten zu hinterlassen«, sagte Marcus.

Maggie lehnte sich zurück. Ihre Füße lagen auf der Tischplatte. »Was ist mit den beiden Leichen, die identifiziert wurden, aber nicht mit King in Verbindung zu bringen sind?«

»Vermutlich eine Mischung aus einem Ablenkungsversuch

und schierer Mordlust«, antwortete Marcus. »Zum einen lenken sie die Spur von King weg, zum anderen waren beide Opfer würdige Gegner, sowohl der Marineinfanterist als auch der Boxer.«

Ackerman lächelte. »Richtig. Sie waren die beiden Opfer, die der Gladiator sich selbst ausgesucht hat. Er sucht also die Herausforderung. Er will gegen einen starken Gegner kämpfen.«

»Warum lassen wir ihn dann warten?« Marcus' Stimme klang beinahe wie ein Knurren.

Mit dem Marker in der Hand trat Ackerman wieder ans Flipchart. »Sehen wir uns die Methoden der Hinrichtung an.« Beim Sprechen schrieb er weiterhin die einzelnen Punkte nieder. »Er amputiert ihnen Hände und Füße und zieht ihnen die Haut ab. Möglicherweise als Trophäen. Vielleicht aber nur, um ihre Identifizierung zu erschweren. Trifft Letzteres zu, sind die Verstümmelungen nur Teil des Jobs. Sie dienen irgendeinem Zweck, befriedigen aber keine seiner *persönlichen* Begierden. Welche Aspekte der Verbrechen aber tun das? Welche *erfüllen* seine Begierden? Wir müssen voneinander trennen, was für den Killer Teil des Jobs ist und was seinem eigenen Interesse dient.«

»Der Zweikampf dient offensichtlich dem eigenen Interesse«, sagte Marcus. »Er sucht sich würdige Gegner und schlägt sie tot, vermutlich in einer Art von Arena.«

»Aber was ist mit den Frauen?«, überlegte Ackerman laut.

»Mir fällt insbesondere auf, dass die Gesichter und Schädel zerschmettert werden«, meinte Marcus. »Da die Opfer schon tot oder so gut wie tot sein dürften, wenn er sie mit dem Hammer bearbeitet, muss dieser Akt eine persönliche Bedeutung für den Killer haben. Wenn er ohnehin plant, die Gliedmaßen und die Haut zu entfernen, könnte er ebenso gut den Kopf abtrennen. Er *müsste* ihre Gesichter nicht derart verwüsten, aber er *will* es.«

»Vielleicht verabscheut er sein eigenes Aussehen«, sagte Andrew. »Möglicherweise leidet er unter irgendeiner Deformität.«

Während die anderen auf das Flipchart starrten, blickte Marcus auf die Uhr und sah, dass es allmählich Zeit wurde, sich um ihre Flüge zu kümmern. Er schaute Emily Morgan an, den Neuzugang im Team. »Agent Morgan? Oder soll ich Dr. Morgan sagen?«

Sie neigte den Kopf. »Agent reicht.«

»Da Andrew zu einem dringenden geheimen Regierungsscheiß abberufen wurde . . .«

Andrew lachte auf. »Das fuchst dich, was? Vermisst du mich schon? Keine Sorge, Kleiner, solange du zwei Stunden lang nichts trinkst, bevor du ins Bett gehst . . .«

Marcus verzog das Gesicht. »Okay, okay . . .«

». . . und aufs Töpfchen gehst, bevor du die Äuglein zumachst, dürfte nichts passieren.«

»Vielen Dank für deinen Rat.« Marcus grinste gezwungen.

Maggie konnte ihr Lachen kaum zurückhalten. »Sein Partner zu sein ist ein bisschen so, als zöge man ein Ziegenbaby auf, was, Andrew?«

»Mich erinnert er mehr an ein Babynashorn.«

»Ihr alle wisst, dass Bettnässen ein Frühwarnzeichen für einen Serienmörder ist, oder?«, fragte Ackerman todernst. »Hast du mit nächtlichen Missgeschicken zu kämpfen, Bruder? Oder eher mit nächtlichen Angstzuständen?«

Alles verstummte.

»Wie kommst du jetzt darauf?«, fragte Marcus. »Andrew hat nur Spaß gemacht. Also ehrlich, Frank, manchmal weiß ich wirklich nicht, ob du etwas im Scherz sagst oder es ernst meinst.«

»Was ich sage, meine ich immer ernst. Und für jemanden, der

daran leidet, ist Bettnässen ebenfalls etwas *sehr* Ernstes. Zum Glück musste ich selbst mir nie Gedanken um die Feinheiten der kindlichen Entwicklung machen, weil ich als Kind weder ein Bett noch sonst irgendetwas besaß.«

»Schon okay, Frank.« Marcus hob die Kaffeetasse und blickte Emily Morgan an. »Wie auch immer, ich wollte mir den Moment nehmen, Sie offiziell im Team willkommen zu heißen, Agent Morgan. Außerdem wollte ich Sie darüber informieren, dass Sie einen Schritt zulegen müssen in Ihrer Entwicklung, solange Andrew weg ist und in Area 51 Aliens seziert ... oder wohin der supergeheime Auftrag unseres Directors ihn auch führt.«

»Area 51! Das wäre mein Traum«, sagte Andrew. »Mann, ich käme gar nicht mehr wieder! Ich hätte euch in weniger als einer Sekunde vergessen, wenn ich außerirdische Biologie erforschen könnte.«

»Das wäre vielleicht gar nicht so schlecht«, sagte Marcus, »weil du mich dann nicht mehr dauernd unterbrechen könntest.« Wieder wandte er sich Emily zu. »Also, willkommen im Team, Emily. Während Maggie und ich nach Osten fliegen, werden Sie dafür zuständig sein, *Kong* zu füttern.« Er wies auf Ackerman, der den Beleidigten spielte. »Also, viel Glück und Hals- und Beinbruch.«

Kapitel 20

Baxter Kincaid trat in den Hausflur und schloss die Tür zu seiner Ex-Jimi-Hendrix-Wohnung. Als er sich von der Tür abwandte, stand ihm ein Mann mit einer dunklen Sonnenbrille und einem grauen Hoodie gegenüber, dessen Kapuze er sich tief ins Gesicht gezogen hatte. Baxter fuhr erschrocken zurück und hielt sich mit einer Hand am Türrahmen fest. Von einem gelegentlichen Muskelzucken abgesehen, bewegte sich die Erscheinung kein bisschen. Als Baxter die Fassung wiedererlangt hatte, sagte er: »Mann, Kevin, du hast mir 'nen ganz schönen Schreck eingejagt.«

»Ich brauch Ihren neuesten Blogeintrag«, sagte Kevin, Baxters Wohnungsnachbar.

»Hey, Mann, das hatten wir doch besprochen. So früh am Morgen ...«

»Wir haben zwei Uhr nachmittags.«

»Ich sprach von meinem persönlichen Morgen.« Baxter betonte seine gedehnte südtexanische Sprechweise. »Manche Leute sprechen vom Morgen und meinen damit den Sonnenaufgang. Für mich ist der Morgen eher ein Bewusstseinszustand. Hör zu, Kevin. Du und ich, wir treffen uns später, ziehen die Hemden aus und spielen ein bisschen Bongo. Was hältst du davon?«

Kevin starrte ihn verwirrt an.

Baxter patschte ihm die Hand auf die Schulter. »War ein Scherz. Lass dir bloß keinen Mikrochip durchbrennen. Ich bin froh, dass ich dich treffe. Ich hab mich nämlich gefragt, ob du schon irgendwas über Corin Campbell für mich rausgefunden hast.«

»Warten Sie hier.« Kevin entsperrte die drei Riegel an seiner eigenen Wohnungstür, öffnete sie einen Spalt, schlüpfte hindurch und schloss die Tür sofort wieder. Kevin war schon seit vielen Monden Baxters Nachbar, aber in die Wohnung des jungen Typen hatte er noch keinen einzigen Blick werfen dürfen.

Fast augenblicklich kam Kevin mit einem braunen Aktenhefter zurück und reichte ihn Baxter. »Corin Campbell, unzensiert.«

»Geil. Damit hast du dir eine Gehaltserhöhung verdient.«

»Erhöhung? Sie zahlen mir doch gar nichts.«

»Ja, eben. Deshalb ist es ja so lustig.«

»Ich muss Sie um was bitten«, sagte Kevin.

»Was hast du auf dem Herzen?«

»Sie kennen doch viele Anwälte und so. Ich dachte, Sie könnten einen von denen was fragen. Es geht um ein Präzionsurteil.«

»Präzedenz«, verbesserte Baxter.

»Okay. Also ein Urteil, wie nahe man mit einer Drohne an das Haus von jemand ranfliegen darf, ohne den Luftraum von dem andern zu verletzen. Und ob die Polizei rein rechtlich einem die Drohne abschießen kann. Ich dachte, weil die Dinger ja von der Luftfahrtbehörde als Flugzeuge eingestuft sind, müsste so ein Abschuss doch eigentlich ein Terrorakt vonseiten der Cops sein.«

Baxter dachte darüber nach. »Ich glaube, die Grenze liegt bei achtzehn Metern. Das hat etwas mit einem Präzedenzfall zu tun, in dem startende Flugzeuge dem Ackerland irgendeines alten Mackers zu nahe gekommen waren. Aber du hast recht – nach dem Buchstaben des Gesetzes könnte man das, was der fragliche Beamte tun würde, als Abschuss eines Flugzeugs ansehen, weil Drohnen und Passagierjets nach den FAA-Richtlinien gleich zu behandeln sind. Aber in der wirklichen Welt würde kein Richter, der seine Sinne beisammenhat, diesen Fall zulassen.«

»Ich brauche also einen *bekloppten* Richter?«

»Könnte man so sagen.«

»Danke, Mr. Kincaid. Schicken Sie mir die Datei für den Blogpost, so schnell Sie können. Ich meine, Sie wissen schon . . . sobald es Ihnen passt.«

Baxter tippte sich an die Schläfe und hob die Hand an den Trilby. »Steht auf meiner Liste, Unabomber.«

Kevins Blick schoss durch den Flur. Dann beugte er sich näher an Baxter heran und flüsterte: »Sagen Sie so was nicht! Wir könnten überwacht werden.«

Baxter konnte ein leises Glucksen nicht zurückhalten. »Ich sage eine Menge interessanten Scheiß, was? He, wer immer zuhört: Ich hätte gern eine Kopie der Aufnahmen oder eine Abschrift, denn ich rede so viele poetische Dinge, dass ich sie gar nicht alle aufschreiben kann, und ich will sie doch so gern der Nachwelt erhalten!« Er bog sich vor Lachen, während er den letzten Satz hervorstieß.

Kevin sagte kein Wort. Er stand nur da, den Kopf leicht auf die Seite geneigt, das Gesicht im Schatten der Kapuze kaum zu erkennen. Er sah wirklich aus wie der Unabomber, nur ohne Bart. Bei dieser Vorstellung musste Baxter noch lauter lachen, bis er keine Luft mehr bekam und sich mit einer Hand an der Schulter des jungen Kerls festhielt.

Irgendwann fasste er sich wieder. Kevin hatte sich nicht von der Stelle gerührt. Baxter schlug ihm auf die Schulter. »Bist 'ne coole Socke, Kevin, echt jetzt.«

Kapitel 21

Derrick Gladstone lenkte seinen schlichten, aber funktionellen Rollstuhl aus dem Aufzug auf den dritten Stock des San Francisco Hospital und fuhr gekonnt zum Schwesternzimmer. Er hatte den Rollstuhl ganz an seine speziellen Bedürfnisse anpassen lassen. An oberster Stelle hatte gestanden, ihn so unauffällig zu gestalten wie möglich. Gladstone hatte mal den Ausdruck »murdered out« für einen Wagen gehört, der komplett schwarz lackiert wurde, das Chrom pulverbeschichtet, die Fenster getönt. Er betrachtete seinen Rollstuhl gern als ebenso »murdered out«. Auch er war in einem Mattschwarz gestrichen, das kein Licht reflektierte und mit fast jeder Umgebung verschmolz.

Gladstones zweite Bedingung war gewesen, dass der Stuhl modisch und elegant erschien; ein Mann wie er würde nicht auf einem Rollstuhl herumfahren, den irgendein Proll sich ebenfalls leisten konnte.

Als er nun auf LuAnn zurollte, die Oberschwester, lächelte diese ihn an. »Dr. Gladstone! Wie schön, Sie zu sehen. Ich wusste gar nicht, dass eins von den Babys von Ihnen ist.«

Er erwiderte das Lächeln und machte ein wenig Smalltalk, obwohl er keinerlei Verbindung, welcher Art auch immer, zu einer fünfzigjährigen Kinderschwester verspürte. Er wusste, dass sie alleinerziehende Mutter und arm war. Außerdem roch sie aus dem Mund nach Zigaretten und Fäulnis. Ihm missfiel der Gedanke, dass die Neugeborenen LuAnn riechen mussten, wenn sie die Kinder wickelte.

Derrick drehte den Rollstuhl zum Beobachtungsfenster,

das dankenswerterweise barrierefrei war. LuAnn trat neben ihn.

»Welches ist von Ihnen?«, fragte sie.

»Das Jefferson-Kind. Ein Junge. Den Namen weiß ich noch nicht.«

Sie zeigte auf die Scheibe. »Der Dritte da hinten.«

Derrick blickte über die Fensterkante und betrachtete das Neugeborene, das sich im Krankenhauskörbchen wand. Er sah sofort, dass das Baby gesund und kräftig war, hellwach und aufmerksam.

»Möchten Sie ihn gern halten, Doktor?«, fragte LuAnn.

»Liebend gern.« Derrick lenkte den Rollstuhl zur Tür der Kinderstation. Er kannte den Ablauf gut. In diesem Krankenhaus hatte er schon etliche Kinder besucht. Jedes, das unter seiner Obhut geboren wurde, verdiente zumindest eine Visite.

Als Derrick in der Station war, holte LuAnn das Baby und legte ihm den Kleinen in die Arme. Das Kind blinzelte zu ihm hoch, und Derrick rieb ihm die kleine Hand mit einem Finger. Ganz gleich, wie oft er das schon getan hatte – er war immer wieder überrascht und überwältigt, wie winzig und zerbrechlich menschliche Wesen zur Welt kamen. Viele Tiere konnten vom Augenblick ihrer Geburt an laufen, aber der Nachwuchs des Homo sapiens war vollkommen hilflos und abhängig. Irgendwie war die Menschheit trotz dieses Nachteils an die Spitze der Nahrungskette gelangt.

LuAnn wies auf das Patientenblatt. »Übrigens, er heißt Leonardo.«

Derrick verzog gequält das Gesicht und flüsterte dem Kind zu: »Tut mir leid, Kleiner. Du wurdest vermutlich nach dem Ninja-Turtle benannt, nicht nach dem Maler oder dem Schauspieler. Tja, ich habe leider keinen Einfluss darauf, wie sie dich taufen.«

»Was haben Sie gesagt, Doktor?«, fragte LuAnn.

»Ich habe nur mit dem kleinen Leo gesprochen.« Er grinste die Schwester breit an.

Sie lachte. »Ich finde es großartig, wie wichtig Ihnen Ihre Patienten sind. Eine Schande, dass Sie nicht selbst Kinder haben. Sie wären ein toller Dad gewesen.«

Derrick behielt sein Lächeln bei, doch seine Gedanken wandten sich dem Skalpell in der Tasche seines weißen Kittels zu. Er stellte sich vor, wie er vom Rollstuhl aufsprang und der Schwester die Klinge in eines ihrer nikotinvergilbten Augen rammte. Er malte sich ihr Erstaunen aus, wenn er aus dem Stuhl stieg, und die Ungläubigkeit, wenn sie das Skalpell in seiner Hand entdeckte, und wie das Blut aus ihren Wunden spritzte, während er ihren Hals und ihr Gesicht in Fetzen schnitt. Ihr Blut würde als roter Nebel auf die kreischenden und sich windenden Kinder sprühen.

LuAnns Stimme holte ihn in die Wirklichkeit zurück. »Ich nehme an, Sie möchten ein Foto mit Ihrem neuen Patienten, so wie immer?«

»Ganz recht. Ich möchte keine Visite und kein Foto verpassen, LuAnn.«

Er gab ihr sein Handy und posierte mit dem Baby. Sie machte ein paar Schnappschüsse und fragte dann: »Soll ich ihn jetzt wieder zurücklegen?«

Derrick hätte ihr am liebsten ins Gesicht geschrien, dass er viel stärker und fähiger sei als sie, doch er behielt das falsche Lächeln bei. »Ich hätte gern ein paar Minuten mit ihm allein, wenn das okay ist.«

»Aber sicher. Ich muss ihn gleich zu seinen Eltern bringen, aber Sie können bis dahin mit ihm hier warten.«

»Danke, LuAnn. Sie sind die Beste.«

Sie zwinkerte ihm zu. »Für Sie tun wir alles, Dr. Gladstone.

Wenn wir nur mehr Ärzte wie Sie hätten. Das junge Ehepaar hat wirklich Glück, Sie gefunden zu haben.«

Er zuckte die Schultern. »Danke. Nett von Ihnen.«

Als die Schwestern fort waren, starrte er dem Jungen in die Augen. Die ersten dünnen, blonden Strähnen zeigten sich bereits, der Farbe seiner eigenen Haare sehr ähnlich. Der Körperbau des Neugeborenen erinnerte Derrick jedoch mehr an seinen jüngsten Bruder Simon.

Er dachte daran zurück, wie er Simon auf einer Kinderstation zum ersten Mal zu Gesicht bekommen hatte. Sie hatte fast genauso ausgesehen wie die Station, in der er sich jetzt aufhielt. Die Zwillinge, Derrick und Dennis, waren fünf Jahre alt gewesen, als ihre Mutter ihnen beiden und ihrem Vater eröffnet hatte, dass sie ein weiteres Kind erwarte. Sie saßen am Küchentisch ihres alten zweistöckigen Kolonialstilhauses. Vater blieb still, als er von der überraschenden Schwangerschaft erfuhr.

»Sag etwas«, forderte Mutter ihn auf. »Wie findest du's, dass wir noch ein Kind bekommen?«

Vater lächelte und sagte zu den Zwillingen: »Ein neuer Löwe stößt zum Rudel, Jungs. Und ihr werdet ihm alles beibringen, was ich euch gelehrt habe.«

Derrick hatte es sich zu Herzen genommen und über diese Pflicht nachgedacht, als er seinen kleinen Bruder zum ersten Mal zu sehen bekam. Selbst damals war etwas Besonderes an Simon gewesen. Als der fünfjährige Derrick seinem neugeborenen Bruder in die Augen schaute, hatte er auf der Stelle die Stärke des Jungen erkannt. Im Vergleich zu anderen Neugeborenen war Simon sehr kräftig gebaut, aber aufgefallen war Derrick vor allem, dass er niemals weinte. Er war schon zäh auf die Welt gekommen. Derrick hatte ihn von Anfang an liebgehabt und sich ihm auf eine Weise verbunden gefühlt, die er seinem Zwillingsbruder Dennis gegenüber niemals empfunden hatte.

Seine Gedanken wandten sich dem Tag zu, an dem Dennis und er beschlossen hatten, Simon aus Gutherzigkeit zu ermorden. Im Rückblick wünschte sich Derrick, sie hätten an Simons Stelle ihre Mutter umgebracht. Sein kleiner Bruder hatte es nicht verdient gehabt, ausgelöscht zu werden. Über die Frau, die Simon damals loswerden wollte, ließ sich das Gleiche nicht sagen. Derrick konnte jetzt nur noch wenig daran ändern. Er konnte die alte Hexe nur für ihre Sünden büßen lassen – und genau das tat er bereits.

Nun, zurück im Hier und Jetzt, beugte er sich nahe zu Leonardos Gesichtchen, küsste den Jungen auf die Stirn und flüsterte: »Deine Eltern können sich glücklich schätzen, dass sie mich haben.«

Kapitel 22

Marcus widerstand dem Verlangen, den Blick gen Himmel zu richten, als Emily Morgan ihn in ihrer Funktion als psychologische Beraterin der Shepherd Organization um ein Gespräch unter vier Augen bat. Während die anderen aufbrachen, setzten Marcus und Emily sich am Konferenztisch einander gegenüber.

»Was ist los, Doc?«, fragte Marcus. »Was denken Sie, wie assimiliert sich mein Bruder, oder wie immer Sie das nennen?«

»Ich glaube, Mr. Ackerman macht zurzeit einen großen Entwicklungsschritt nach dem anderen. Ich wollte aber einen Moment über *Sie* reden.«

»Ich bin wie ein aufgeschlagenes Buch. Schießen Sie los.«

»Und wenn die Frage Ihnen nicht passt?«

»Klingt ein bisschen nach Aggression. Hat der Director Sie angewiesen, mit mir über Eddie Caruso zu reden?«

»Wie immer gilt meine oberste Sorge Ihrer Gesundheit und Ihrem Wohlergehen als Teammitglied. Und als jemanden, den ich als Freund betrachte. Sie haben mir mehr als jeder andere über den Tod meines Mannes hinweggeholfen, Marcus. Sie stehen für mich an erster Stelle. Aber Sie haben recht. Der Director hat mir nahegelegt, mit Ihnen über Caruso zu reden, ehe Sie an Bord des Jets gehen. Caruso gehört offenbar nicht gerade zu den Leuten, von denen Sie eine hohe Meinung haben. Er ist sicher ein schillernder Charakter, nicht wahr? Was empfinden Sie bei dem Gedanken, nach New York zurückzukehren und Ihren alten Buddy Caruso wiederzusehen?«

»Eddie und ich waren die besten Freunde, als wir noch klein waren. Wir haben uns zerstritten, waren eine Zeit lang Widersacher und versuchten schließlich so zu tun, als gäbe es den jeweils anderen nicht.«

»Kann es denn nicht gefährlich für Sie werden, sich jetzt mit ihm zu treffen?«

»Wieso? Sie sagen mir ständig, ich soll nicht in der Vergangenheit leben. Meine Entscheidungen nicht zu sehr analysieren. Mich nicht andauernd fragen, ob ich nicht anders hätte entscheiden können. Es ist, wie es ist, Emily. Ich habe seit Jahren nicht mehr an Eddie Caruso gedacht. Es geht mir in keiner Weise mehr nach.«

»Ich glaube, so viel haben Sie während unserer Sitzungen noch nie gesagt. Deshalb habe ich den Verdacht, dass es Ihnen *doch* nachgeht.«

»Unsinn, ein paar Mal habe ich sehr viel mehr gesagt. Ihnen ist schon klar, dass ich Ihr Boss bin, sobald wir im Einsatz sind, oder?«

»Ja, aber es gibt einen Bereich, in dem bin *ich* der Boss. Und zwar, sobald es um das Wohlergehen des Teams geht.«

»Keine Sorge. Ich bin ganz brav.«

Emily zog die Brauen hoch.

»Okay. Caruso und ich standen uns nahe. Nachdem wir uns zerstritten hatten, hat er mich oft verspottet und mir das Leben schwer gemacht. Aber das kann ich ihm nicht mal verübeln, schließlich waren wir noch Kinder. Nur war es bei Eddie so, dass er kein bisschen nachsichtiger mit mir war, nachdem meine Eltern ermordet wurden. Im Gegenteil, er setzte mir noch härter zu und machte mir das Leben zur Hölle. Es war so schlimm, dass ich ein Jahr mit der Schule ausgesetzt habe, was jeder für verständlich hielt; schließlich hatte ich kurz zuvor meine Eltern verloren. Niemand hat etwas gesagt, weil alle dachten, es hinge mit diesem Verlust zusammen. Aber Eddie Caruso war der eigentliche Grund, weshalb ich aus der Schule wegblieb.«

»Aber am Ende kehrten Sie auf die gleiche Schule zurück.«

»Ja. Nachdem ich ein bisschen Auszeit genommen hatte und die Situation objektiv betrachtete, erinnerte ich mich, dass ich Eddie mühelos die Scheiße aus dem Leib prügeln konnte. An meinem ersten neuen Schultag schnappte ich ihn mir und bot ihm unter Androhung von Gewalt einen Waffenstillstand an. So wie zwischen Nord- und Südkorea. Die Art Abmachung, wo man nicht versucht, die Differenzen zu beseitigen, sondern einfach so tut, als gäbe es den anderen gar nicht.«

»Das ist sehr gesund. Und Sie haben recht: Wir sollten aus der Vergangenheit lernen, aber uns nie den Kopf darüber zerbrechen. Aber Ihre unbewältigte Vergangenheit mit Caruso könnte leicht zu einem Problem werden, sobald Sie ihn wiedersehen.«

»Keine große Sache, Doc. Schnee von gestern.«

»Was ist das Schlimmste, was Eddie Ihnen nach dem Tod Ihrer Eltern angetan hat?«

»Er hat meine Mutter als Hure bezeichnet. Und meinen Dad als korrupten Cop. Den gleichen Vater, der für mich gekämpft hatte und für mich gestorben war. Er sagte, sie wären vermutlich erleichtert gewesen, als der Tod kam, weil sie mich dann nicht mehr ertragen mussten.«

»Tut mir leid, dass Sie das durchmachen mussten, aber wie Sie bereits sagten – es ist lange her. Ich bin mir sicher, dass Sie und Eddie heute ganz andere Menschen sind.«

»Wirklich? Jemand, der solche Dinge zu einem anderen Kind sagen kann, dessen Eltern gerade gestorben sind … Ich finde, dass mit Herz und Seele dieses Menschen etwas nicht in Ordnung ist. Dass da etwas falsch ist, was niemals richtig werden kann.«

»Vielleicht. Nur können wir nie in die Seele und das Herz

eines anderen Menschen blicken. Ich finde, es ist ohnehin wichtiger, wie es in unserem eigenen Herzen aussieht.«

»Und wie hilft mir das bei Eddie?«

»Sie müssen in Ihr eigenes Herz blicken. Wir sollten anderen genauso verzeihen, wie wir hoffen, dass andere uns verzeihen. Wenn Sie in Demut und einem Herzen voller Vergebung zu ihm gehen, kann Ihnen nichts geschehen. Bleibt natürlich die Frage, was Sie tun werden, wenn Eddie negativ reagiert. Werden Sie dann Ihrer Wut nachgeben?«

»Nur weil Leute mich wütend machen, heißt das noch lange nicht, dass ich ein Problem mit der Wut habe.«

»Wirklich?«, entgegnete Emily. »Vergangene Woche hatten Sie einen Vorfall mit einem Sheriff.«

Marcus biss die Zähne zusammen. »Dieser Hinterwäldler-Cop sollte einen Durchsuchungsbeschluss gegen einen Wachmann durchsetzen, der mit der Bewachung des Transporters beauftragt war, den Demons Spießgesellen manipuliert hatten. Der Wachmann erwies sich als korrupt. Er hatte sich bestechen lassen, in die andere Richtung zu gucken und die Überwachungsvideos zu löschen.«

»Ich glaube nicht, dass die Schuld des Wachmanns das Problem war. Der Sheriff behauptet, Sie hätten sich in sein Frühstück erleichtert. Er drohte, sich offiziell beim Justizministerium zu beschweren.«

Marcus konnte nicht anders, er musste lachen. »Das ist nur zum Teil korrekt. Dieser Sheriff, fand ich heraus, kandidiert für die Wiederwahl.«

»Was ist denn genau passiert?«

»Der Kerl sitzt in einem schmierigen Diner, salbadert herum und will uns nicht begleiten, um den Durchsuchungsbeschluss durchzusetzen, weil er erst zu Ende frühstücken will. Wir teilen seiner Dienststelle mit, dass bei unserer Ermittlung die Zeit von entscheidender Bedeutung ist. Sie antworten, wir müssen warten. Also warten wir. Eine Dreiviertelstunde. Dann gehe ich in das Diner, und der Sheriff sitzt lachend mit einem Haufen alter Bankerheinis zusammen. Sie hocken einfach da rum, gackern wie ein Haufen alter Hühner und schlürfen ihren Kaffee.«

»Wie hängt das damit zusammen, dass Ihre Exkremente in seinem Frühstück gelandet sind?«

»Dazu komme ich jetzt. Ich gehe zu ihm und stelle mich vor. Ich frage ihn, ob er der Sheriff ist. Langer Rede kurzer Sinn, er kam mir dämlich, und ich habe ihm in die Kaffeetasse gepinkelt.«

Emily riss die Augen auf. »Sie haben in die Kaffeetasse eines Beamten uriniert, mitten in einem voll besetzten Speiselokal?«

»Nein, ich hab die Tasse mit auf die Toilette genommen. Dann habe ich hineingepinkelt und sie ihm wieder rausgebracht.«

»Halten Sie das für eine situationsgerechte und verhältnismäßige Reaktion?«, fragte Emily.

»Wenn ich daran denke, was ich am liebsten mit ihm gemacht hätte, erscheint es mir als ziemlich angemessene Reaktion. Ich glaube aufrichtig, dass meine eiserne Beherrschung von persönlicher Weiterentwicklung zeugt.«

Kapitel 23

Die Vergangenheit

Marcus hatte noch nie ein größeres Haus gesehen.

Und vermutlich war er nie in einem berühmteren Gebäude gewesen, wenn man die Sehenswürdigkeiten New York Citys außer Acht ließ, die jemandem wie Marcus, der in dieser Stadt geboren und aufgewachsen war, alltäglich erschienen. Diesmal war er sogar in einem anderen Bundesstaat: in New Jersey. Von ein paar Campingausflügen mit seinem Vater abgesehen, hatte Marcus nie eine größere Reise gemacht. Sein Vater, NYPD-Detective John Williams, meinte immer: »Wieso in Urlaub fahren? Wir sind in der tollsten Stadt der Welt. Wenn du hier etwas nicht finden kannst, findest du es nirgendwo.«

Doch Marcus, der jetzt seinen Teenagerjahren entgegensah, gefiel es, dass seine Welt endlich über die Ziegelmauern und Betonklötze seines alten New Yorker Wohnviertels hinauswuchs.

Die gepflegten weiten Grünflächen und das riesige schwarzweiße Herrenhaus, vor dem er jetzt stand, schienen aus Farben zusammengesetzt zu sein, die er nie zuvor gesehen hatte. Zumindest leuchteten sie viel stärker.

Er konnte noch immer nicht glauben, dass er hier war. Dabei hatte er sogar die Erlaubnis seiner Eltern – auch wenn er ein bisschen getrickst hatte. Belogen hatte er sie nicht; er hatte nur nicht alles gesagt. Er hatte einen Augenblick abgewartet, in dem sie beschäftigt waren, und dann gefragt, ob er mit »Eddie von der Schule« auf eine Geburtstagsparty gehen dürfe, weil er wusste, dass sie ihn dann nicht weiter ausquetschen würden. Und tatsächlich waren sie froh, dass er mal aus dem Haus kam und nicht mit seinen Actionfiguren und dem »verdammten Nintendo« spielte.

Freiwillig sagte Marcus natürlich nicht, mit welchem »Eddie von der Schule« er auf die Geburtstagsparty ging, denn er wusste, dass sein Vater etwas dagegen hatte, wenn er sich mit Eddie Caruso abgab. Und dass Marcus bei Eddie übernachtete, hätte sein Vater sowieso niemals erlaubt. Marcus' Vater sagte, Eddies Erzeuger sei ein Verbrecher und »kein netter Mensch«.

Aber das war Marcus egal. Eddies Dad war ohnehin nie zu Hause. Außerdem wollte er Eddies Freund sein und nicht der Freund von seinem Alten.

Marcus kannte den Typen nicht, dessen Geburtstag er feiern würde. Eddie hatte nur gesagt, dass die Party im Haus eines »Kollegen« seines Vaters steigen sollte – jemand mit Namen Tommy Juliano. Das Geburtstagskind, Nicky Juliano, wurde zwei. Doch Eddie sagte, die Party würde auch für Nickys Bruder Junior steigen, einen Typen aus der achten Klasse, deshalb kämen Leute in jedem erdenklichen Alter zu der Party. Vielleicht auch ein paar ältere Mädchen.

Eddie, der seit der Vorschule nie ohne Freundin gewesen war, sprach dauernd über Mädchen. Was Marcus betraf, nahm er Mädchen natürlich schon wahr, und manchmal nahmen sie ihn wahr, aber weiter ging es nie. Und wenn doch, sagte oder tat er meist das Falsche und verscheuchte sie.

Das Herrenhaus hatte einen eigenen Parkplatz, der voller funkelnagelneuer Autos war. Marcus sah auch den großen, brandneuen Cadillac von Eddies Vater.

Im Innern war das Herrenhaus genauso sauber und blitzblank

wie von außen. Junior Juliano empfing sie an der Tür. Eddie und er tauschten einen komplizierten Handschlag zur Begrüßung, bei dem die Fäuste gegeneinandergeschlagen und die Finger verwunden wurden. Eddie war viel jünger als der Achtklässler Juliano, aber ältere Kinder schienen Eddie zu mögen. *Jeder* schien Eddie zu mögen.

»Das ist mein Kumpel Marcus«, stellte Eddie ihn vor. »Er gehört zu meiner Crew, aber sein Dad blutet blau, also pass auf, was du sagst, wenn er dabei ist.«

Marcus hatte keine Ahnung, was es hieß, blau zu bluten, und blickte seinen Freund dermaßen verwirrt an, dass es Eddie ein leises Lachen entlockte. »Das heißt, dass dein Dad ein Cop ist, du Schwachkopf!«

»Wieso ist das wichtig?«

»Ist es nicht. Sag es nur keinem.«

Manchmal hasste es Marcus, ein Polizistenkind zu sein.

Die anderen behandelten ihn wie den Neuling, der er war, und Marcus fühlte sich verpflichtet, alle Erwartungen zu erfüllen; schließlich gehörte er tatsächlich zu Eddie Carusos »Crew« – im Grunde nichts weiter als eine Gruppe ängstlicher, unsicherer Kinder, die sich zu gegenseitigem Schutz zusammenrotteten.

In den Jahren, bevor Marcus der Crew angehört hatte, war er unsicher und ängstlich gewesen. Er hasste die Schule, dieses ständige Trommelfeuer, diesen unablässigen Input an Informationen und Eindrücken. Er hasste die zahllosen sozialen Interaktionen. Er hasste es, immer wieder andere bewerten und einschätzen zu müssen, um sich richtig auf sie einstellen zu können. Als er Eddies Freund wurde, war es einfacher geworden: Andere mochten ihn sogar dann, wenn er das Falsche sagte oder tat. Mit Eddie und seiner Crew legte sich niemand an.

Junior Julianos Stimme riss Marcus aus seinen Gedanken. »Wir haben noch eine Stunde, bevor die Leute aus meiner

Klasse kommen«, sagte Junior. »Und mein kleiner Bruder, der Hosenscheißer, hat schon in die Torte gepatscht und seine Geschenke aufgerissen. Wollt ihr zwei Drecksäcke mal was Cooles sehen?«

Kapitel 24

Corin Campbell war eine wunderschöne junge Frau. Ihre Schwester Samantha, eines der Mädchen aus Faraz' Bordell, verblasste im Vergleich zu ihr, als sie Baxter ein Foto von Corin reichte. Baxter fragte sich, ob Rauschgift für diesen gravierenden Unterschied zwischen den beiden Schwestern verantwortlich sein könnte.

Wären die Rollen vertauscht gewesen und Corin hätte ihm ein Foto von Samantha gereicht – wäre dann Sammy die schönere Schwester gewesen? Baxter bezweifelte es. Er hatte das Gefühl, dass Corin immer schon der Star gewesen war. Schöner. Klüger. Alle Freunde Sammys warfen ein Auge auf sie . . .

Doch in diesem Fall war Eifersucht kein mögliches Motiv. Innerhalb von Sekunden nachdem er Corins Schwester kennengelernt hatte, war Baxter klar gewesen, dass Samantha Campbell nichts mit der Sache zu tun hatte. Sammy hatte tatsächlich keine Ahnung, wohin ihre Schwester verschwunden sein konnte. Baxter erkannte das an den Antworten auf seine Fragen, aber auch an der Art, wie Sammy die Fragen beantwortete. Sie war einfach nicht fähig, ihrer Schwester etwas anzutun und dann zu lügen. Außerdem war sie kaum imstande, vollständige Sätze zu bilden, geschweige denn, diese Sätze zu Gedankengängen aneinanderzureihen.

Leider bedeutete das auch, dass Samantha keinerlei Informationen besaß, die Baxter bei der Suche nach Corin helfen konnten. Sie hatte nur ein altes Foto und das Wissen, dass ihre Schwester verschwunden war.

Immerhin hatte sie Baxter bei einem Telefongespräch mit einem ersten der üblichen Verdächtigen bekannt gemacht: Blake, Corins Lebensgefährte.

Blake hatte Baxter ein Treffen in einem Café vorgeschlagen, doch Baxter hatte darauf bestanden, dass sie sich in der Eigentumswohnung der beiden im trendigen Dogpatch trafen, einem der besseren Viertel von San Francisco. Er behauptete, sich auf diese Weise ein besseres Bild von Corin machen zu können. Aber das war nur einer der Gründe. Eine alte Faustregel für Ermittler lautete: *Finde die Person, die mit dem Opfer schläft, und du hast den Mörder.* Allerdings wusste Baxter nicht, ob Corin überhaupt noch mit Blake geschlafen hatte. Außerdem stand ja gar nicht fest, dass Corin einem Verbrechen zum Opfer gefallen war.

Als Blake ihm öffnete, erinnerte er Baxter an einen Mädchenschwarm von Nickelodeon, dessen beste Zeit fünf Jahre zurücklag. Gut aussehend, aber ausgezehrt. Baxter blickte dem jungen Kerl in die Augen und entdeckte etwas anderes: Leere, entstanden durch Verlust und Trauer.

Blake, ein Medizinstudent, hatte Baxter in die kleine Wohnung geführt. Sie war schick und mit modernen Möbeln eingerichtet. Baxter hatte irgendwie das Gefühl, dass Corin diese Wohnung eingerichtet hatte.

Das andere, was ihm auffiel, war der Gestank nach altem Müll. In der Spüle türmte sich schmutziges Geschirr. Pizzakartons und leere Fastfood-Schachteln lagen überall auf Arbeitsflächen und Tischplatten. Offensichtlich war Blake derjenige, der die Wohnung heruntergewirtschaftet hatte.

»Sie sind also Privatdetektiv?«, fragte Blake.

Baxter lächelte freundlich. »So was in der Richtung. Aber wenn ich das sagen darf – Ihr Anzug ist toll. Wusste gar nicht, dass Medizinstudenten so was tragen.«

Blake hatte braune Haare, die sich an stylish hochgegelten Geheimratsecken leicht zurückzogen. Er trug einen Anzug, der mehr gekostet hatte, als Baxter mit dem ganzen Fall verdienen würde, und roch nach Zigarrenrauch und Gin Tonic.

»Lassen Sie sich davon nicht täuschen. Den Anzug hat mir mein Vater geschenkt. Ich habe heute in seinem Club mit ihm zu Mittag gegessen. Er besteht darauf, dass ich mich angemessen kleide.«

»Angemessen wofür?«

»Für den Sohn eines teuren Anwalts.«

Baxter nickte und schrieb in sein kleines ledergebundenes Notizbuch:

SV = Anwalt. Feinde? Rache? Lösegeld?

»Hat Ihr Vater Sie bei Ihrer Suche nach Corin unterstützt?«

»Warum fragen Sie?«

»Aus keinem besonderen Grund. Ich dachte nur, dass ›teuer‹ auch Geld, Ressourcen und Zugang zum Polizeichef und einem ganzen Rudel von Privatdetektiven bedeutet.«

Blake verzog voll Abscheu den Mund. »Meinen Vater interessiert es nicht. Überhaupt nicht.«

»Klingt wie ein schwieriger Typ.«

»Solange ich nicht um Geld bitte und ihn nicht blamiere, bin ich ihm egal. Außerdem glaube ich nicht, dass mein Vater noch mehr hätte tun können, als ohnehin schon getan wurde.«

»Die Cops waren hilfsbereit?«

»Ja, sie waren toll, sofern ich das beurteilen kann. Ich bin kein Detektiv.«

»Keine Spuren?«

»Keine, von denen sie mir was gesagt hätten. Wir haben Tausende von Handzetteln mit Fotos von Corin verteilt. Ich war zweimal im Fernsehen und habe eine Belohnung ausgesetzt. Mein Vater hat angeboten, sie zu zahlen.«

»Ja, das kann man wahrscheinlich von der Steuer abziehen, und gute Publicity ist es auch. Aber es kam nichts dabei heraus?«

»Nein. Die Cops fanden heraus, dass Corins Facebook-Konto gehackt und ein paar Fotos verändert worden waren. Offenbar greift das gerade um sich im Internet. Ein Totenkopf wird in den Hintergrund von Bildern eingefügt, um den Leuten Angst zu machen.«

Baxter notierte es sich. »Haben Sie welche von diesen Fotos?«

Blake wischte auf seinem Handy herum und zeigte es Baxter. Er brauchte einen Augenblick, bis er den Totenkopf entdeckte, ein Suchspiel mit makabrer Note. Er starrte auf das Knochengesicht und empfand eine vage Vertrautheit, als hätte er es schon einmal gesehen.

»Könnten Sie mir die Bilder schicken? Die Nummer ist auf der Visitenkarte, die ich Ihnen gegeben habe.«

»Klar.«

»Noch etwas, Bruder. Ich gebe Ihnen jetzt mal eine Vorlage – mal sehen, ob Sie was daraus machen können. Sind Sie absolut sicher, dass Corin am betreffenden Abend nicht nach Hause gekommen ist?«

Blake zuckte die Schultern. »Ich kann es nicht mit Sicherheit sagen. Aber hier war nichts Ungewöhnliches, und die Polizei hat keine Anzeichen für einen Einbruch gefunden. Außerdem wäre ihr Wagen hier gewesen, wenn sie aus der Wohnung entführt worden wäre.«

»Es sei denn, der Entführer hätte auch Corins Auto gestohlen. Das gilt aber nur, wenn noch jemand beteiligt gewesen wäre.«

»Was soll das heißen?«

»Es wäre nicht das erste Mal, dass jemand der Welt etwas vorgespielt und sein wahres Ich versteckt hält. Vielleicht ist Corin einfach gegangen.«

»Warum sollte sie . . .«

»Ich will nichts andeuten oder Sie kränken, Mann. Aber diese Fragen müssen gestellt, erwogen und beantwortet werden. In einem Fall wie diesem, mit einer Vermissten, muss man viele Fragen stellen und als Erstes: Ist sie von selbst gegangen, oder wurde sie entführt?«

Blakes Augen füllten sich mit Wut. »Sie wäre niemals gegangen! Sie war glücklich. Sie liebte ihr Leben, und sie liebte mich. Dass sie verschwunden ist, kann nur einen Grund haben: Jemand hat sie entführt.«

Baxter hatte während des Wortwechsels auf Blakes Augen und seinen Gesichtsausdruck geachtet, denn Baxter war ein eifriger Student der Kinesik, der Lehre von der Bedeutung von Mimik und der Körpersprache. Allen Anzeichen nach, die Baxters geschultes Auge entdeckte, sagte Blake die Wahrheit.

»Okay, als Nächstes möchte ich folgende Fragen stellen: Falls Corin verschleppt wurde – kannte sie den Täter, oder war es ein Fremder? Was meinen Sie? Ein einzelner Täter oder eine Gruppe?«

»Glauben Sie, Corin ist tot?«

Baxter überlegte sich die Antwort gut. »Die Chancen sind nicht günstig für sie. Aber ich bin ein bisschen wie ein alter Bluthund. Wenn ich erst Witterung aufgenommen habe, bin ich nicht mehr von der Spur abzubringen. Ob sie nun tot ist oder nicht – ich werde herausfinden, was geschehen ist.«

»Wie kann ich Ihnen helfen?«

»Hatte Corin Feinde?«

»Nein.«

»Gibt es Kerle, die möglicherweise ein perverses Interesse an ihr hatten? Auch wenn Corin sie für Freunde hielt?«

»Sie hatte kaum Freunde. Sie hatte nicht einmal viele Freundinnen.«

»Wo wurde sie zuletzt gesehen? Oder wo hätte sie zuletzt sein sollen?«

Blake schien sich die letzte Antwort sorgfältig zu überlegen – nicht so, als verberge er etwas, sondern als wollte er sichergehen, dass seine Auskunft so präzise wie möglich ausfiel. »Sie wäre nach ihrem letzten Seminar nach Hause gekommen.«

Kincaid dachte darüber nach. Das Auto war ein offensichtlicher Ort für eine Entführung. Corin konnte aber auch auf dem falschen Parkplatz gestanden haben und von jemandem überwältigt worden sein, der sie ausrauben und vergewaltigen wollte. Vielleicht war sie einfach nur zur falschen Zeit am falschen Ort gewesen. Doch Baxters Bauchgefühl sagte ihm, dass die Entführung geplant gewesen war. »Wo hat sie an der Uni normalerweise geparkt?«

»Im Parkhaus. Aber das ist kameraüberbewacht. Das Überwachungsvideo zeigt, wie sie in den Wagen steigt und wegfährt.«

»Wenn Sie raten müssten, was ihr passiert ist – ganz ehrlich, was vermuten Sie?«

Der Medizinstudent blickte auf den Eichenholzboden. »Ich verabscheue es, das auch nur laut auszusprechen, aber Corin war zäh und klug. Sie konnte sich verteidigen. Sie hätte sich nicht von irgendeinem Junkie überwältigen lassen, und sie hätte mich und ihr Leben nicht einfach verlassen. Ich kann mir nichts anderes vorstellen, als dass sie entführt wurde. Und wir haben keinerlei Lösegeldforderungen erhalten ...«

Das Unausgesprochene schwirrte in der Luft wie Fliegen über einer frischen Leiche.

Baxter fragte: »Nichts sonst, was merkwürdig aussah? Nichts, weswegen sie sich sorgte? Irgendwelche Verhaltensänderungen?

Hören Sie, Bruder, verschweigen Sie mir nichts. Corin zu finden könnte von den scheinbar unbedeutendsten Details abhängen.«

»Nur dieser Totenkopf in ihren Fotos. Aber die Cops sagen, so was ist Tausenden von Leuten passiert. Wenn es noch etwas gäbe, hätte ich es den Cops gesagt und würde es jetzt Ihnen sagen. Es ist, als hätte sie sich in Luft aufgelöst.«

Kapitel 25

Corin Campbell versuchte sich an einen Ort zu versetzen, an dem sie glücklich war. Eine Wiese, in einen Park, in den Schnee, wo sie in einem Urlaub in den Bergen als Kind mit Sammy gespielt hatte. Sie wollte irgendwo anders sein, nur nicht in ihrem kalten Betonverlies.

Wie lange sie schon hier war, wusste sie nicht. Es konnte jede Zeitspanne sein – Tage, Wochen oder auch nur Stunden in dieser Hölle. Corin vermochte es nicht mehr zu unterscheiden. Alles war relativ. Durch Schmerzen konnten sich Sekunden zu Stunden dehnen, so wie Tage der Freude im Flug zu vergehen schienen.

Doch die Zeit in ihrer Zelle war nicht nur durch Qual bestimmt. Zu den Schmerzen kam die Angst, die sie noch zermürbender fand als die körperlichen Torturen. Von dem Moment an, als sie den Mann mit der Totenkopfmaske erblickt hatte, war Corin in ständiger Furcht und Verzweiflung gewesen. Selbst wenn ihr Peiniger nicht bei ihr war, spürte sie seine Gegenwart wie die Luft, die sie umgab – immer und überall.

Die Zeit nachhalten konnte sie nur anhand seiner Besuche in ihrem einsamen Winkel der Hölle.

Sie fragte sich, ob Blake sie nach alldem noch wollte. Nicht wegen der körperlichen Aspekte; ganz sicher hätte er dafür Verständnis. Aber ihr Geist war auf eine Weise zerstört, die sie zweifeln ließ, ob sie selbst Blake auch nur so *ansehen* könnte wie früher. Für sie wäre die Welt nie wieder hell und sicher. Sie wäre nie wieder die zierliche Brünette, die das Leben liebte, das Mädchen, in das Blake sich verliebt hatte. Auch wenn sie annehmen musste, dass sie ohnehin nie die Frau gewesen war, in die er sich verliebt hatte.

Corin rollte sich auf ihrer nackten, schweißfleckigen Matratze herum. Schon bei dieser geringfügigen Bewegung bebten ihr die Beine vor Schmerz. Immerhin waren diese Qualen ein Beweis, dass sie nicht in der Hölle war: Der echte Satan bräuchte seinen Gefangenen wohl kaum die Schienbeine zu zertrümmern, um sicherzustellen, dass sie nicht fliehen konnten. Dass ihr Peiniger so etwas für nötig hielt, hatte Corin anfangs auf seltsame Weise mit Hoffnung erfüllt, denn es konnte bedeuten, dass es irgendeine Fluchtmöglichkeit geben musste oder dass Hilfe in Reichweite war.

Doch dieser Gedanke war geschwunden, nachdem sie die ersten Tage damit verbracht hatte, nach Schwachpunkten in der Zelle zu suchen. Sie hatte sich über den Betonboden geschleppt und versucht, einen Fluchtweg zu finden oder eine Waffe irgendwelcher Art. Gefunden hatte sie weder das eine noch das andere. Und mit ihrem geschundenen Ein-Meter–vierundsechzig-Körper kam sie gegen einen Mann seiner Größe und Kraft nicht an.

Kein Fluchtweg. Keine Möglichkeit, sich zu widersetzen.

Er besaß sie. Sie war sein Eigentum, mit dem er machen konnte, was er wollte.

Man würde nach ihr suchen, doch Corin bezweifelte, dass man sie rechtzeitig fand, um irgendetwas von der Studentin und der jungen Frau zu retten, die sie einmal gewesen war. Diese Frau, diese Schwester, Geliebte und Freundin schien ein Mensch zu sein, von dem Corin in einem anderen Leben geträumt hatte. Jetzt machten Tränen, die dreckige Matratze und die Vergewaltigung ihres Körpers, ihres Geistes und ihrer Seele ihre gesamte Existenz aus.

Doch sie war nicht die einzige Bewohnerin dieser Hölle.

Sie hatte das Öffnen und Schließen von Türen gehört. Das gedämpfte Wimmern anderer Frauen, die dieser Teufel heimsuchte. Bei dem Versuch, sich mit den anderen zu verständigen, hatte Corin das Gesicht an die Tür gepresst und geschrien, jemand möge ihr doch antworten. Die einzige Reaktion hatte darin bestanden, dass der Mann in der Totenkopfmaske sie mit einem Viehtreibestock geschockt hatte. Die anderen Frauen – falls sie nicht ohnehin nur in Corins Einbildung existierten – hatten offenbar gelernt, den Mund zu halten.

Trotzdem klammerte sich ein kleiner Rest ihres alten Ichs noch immer an das Leben. Noch immer gab es ein winziges Zimmer in ihrem Herzen, wo sie sich weigerte aufzugeben, wo das Mädchen mit dem überragenden IQ noch zuhörte und auf die Gelegenheit wartete, diesem Teufel gegenüber den Spieß umzudrehen.

Corin ballte die Fäuste und dachte an Blake und ihre Schwester. Sie dachte an das andere Mädchen in einem anderen Leben, das sich jetzt irgendwo tief in ihrem Geist versteckte und darum kämpfte, am Leben und bei Verstand zu bleiben. Sie weigerte sich, dieses Mädchen sterben zu lassen.

Vor langer Zeit hatte Corin mal vom »Gedächtnispalast« gehört, eine Mnemotechnik, die einige Leute benutzten, um riesige Informationsmengen durch innere Visualisierung im Kopf zu behalten. Corin hatte einen ganz eigenen Gedächtnispalast geschaffen – nicht zum Zweck, Erinnerungen zu bewahren, sondern um das Mädchen zu konservieren, das nicht sterben wollte.

Indem sie sich von der kalten Dunkelheit und der Hilflosigkeit ihrer Situation abspaltete, konnte sie zu zwei Personen werden. Eine, die in einer leeren Betonzelle nackt auf einer schmutzigen Matratze lag, und eine andere, die in einem Bun-

galow wohnte, der die Farbe des Treibholzes besaß, das an den
Strand gespült wurde, zu dem die Verandatreppe hinunter-
führte. Corin versuchte, dieses Strandhaus zu ihrer Wirklichkeit zu machen, und stahl die Einzelheiten aus Erinnerungen
an den letzten Familienurlaub vor dem vorzeitigen Tod ihrer
Mutter.

Die starke Frau in ihrem Geist stand nun am Verandagelän-
der des Ferienhauses und blickte auf den Strand hinunter, völlig
losgelöst von den Schrecken der Wirklichkeit. Und diese Frau
dachte und plante ohne Unterlass.

*Nein, du wirst hier nicht sterben. Vielmehr wirst du diesen Teufel
mit eigenen Händen töten!*

Als Corin hörte, wie sich in der Stahltür ihrer Zelle ein
Schlüssel drehte, unterdrückte sie Angst und Ekel, so gut es
ging, gaukelte sich weiterhin vor, unter der Sonne im Sand zu
sitzen, und merkte sich dabei, wie viele Sekunden vergingen, ehe
die Tür sich wieder schloss. Seine Schritte schienen lauter zu
sein als sonst. Normalerweise kam er nackt in ihre Zelle, trug nur
die Totenkopfmaske, diesmal aber hörte Corin Leder auf Beton.
Sie wagte nicht, die Augen zu öffnen oder ihn anzuschauen,
denn sie fürchtete, dass ihre geistigen Barrikaden dann zu Staub
zerfielen und der Verzweiflung gestatteten, alles zu zerschmettern, was von ihrer zerbrechlichen Abwehr noch übrig war.

Corin war seit dem Augenblick ihres Erwachens nackt gewesen, als wäre sie nur ein Stück Vieh oder ein Sexspielzeug,
das ausschließlich für seine krankhafte Befriedigung hergestellt
worden war. Aber jetzt hatte sich etwas verändert. Statt über sie
herzufallen, breitete der Teufel eine Decke über ihren geschundenen, zitternden Leib und sagte: »Deine Bluttests sind da.
Glückwunsch, du wirst Mutter.«

Die Barrikaden, die Corin mit solcher Mühe errichtet hatte,
fielen bei diesen Worten in Trümmer.

Zuerst begriff sie überhaupt nichts. Sie hörte, wie die Schritte des Teufels sich aus der Zelle zurückzogen, während die volle Bedeutung seiner Worte ihr Herz durchbohrte. *Schwanger?* Die Tür fiel ins Schloss. Der Mann, der sich der Gladiator nannte, hatte sie diesmal nur mit seinem Wissen vergewaltigt und ließ sie nun allein, damit sie in ihrer Hoffnungslosigkeit ertrank.

Corin wollte schreien, wollte weinen, doch sie unterdrückte diese Impulse und sagte sich, dass ihr Überleben in genau diesem Moment zu etwas Zweitrangigem geworden war. Ihr erstes Ziel war nun, den Teufel zu töten, selbst wenn es sie das eigene Leben kostete.

Aber ... sie musste nun wohl nicht nur an ihr eigenes Leben denken, sondern auch an das Leben des Kindes, das sie angeblich erwartete.

O Gott.

Sie zog die Decke fester an sich, rollte sich zusammen, machte sich so klein wie möglich und weinte, während sie vom Bungalow am Strand träumte.

Kapitel 26

Francis Ackermans Familie hatte nie Haustiere gehabt, nicht einmal bevor seine Mutter mit seinem Bruder im Bauch geflohen war. Vater hatte kein Verständnis dafür, dass jemand sich überhaupt Tiere ins Haus nahm. Wozu sich die zusätzliche Last eines anderen Lebewesens aufbürden? Menschenkinder konnte man sich wenigstens zunutze machen.

Dennoch hatte sich Ackerman mit Insekten und Spinnen angefreundet, die sich in seine Betonzelle verirrten; deshalb wusste er, was Menschen daran reizte, ein Haustier zu besitzen. Die achtbeinigen Raubtiere hatten ihn fasziniert, aber gute Freunde gaben sie nicht ab. Sie ähnelten ihm zu sehr, und er sehnte sich nach der Freundschaft zu einem Wesen, dessen Persönlichkeit ein Gegengewicht zu seinem Charakter bildete. Die Spinnen und er hatten den Großteil der gemeinsamen Zeit darauf verwendet, Möglichkeiten zu finden, einander zu fangen und zu verspeisen – für dauerhafte Verbundenheit bildete das keine geeignete Grundlage.

Sein Lieblingsspielgefährte war eine Rollassel gewesen. Sie bekam ihren Namen davon, dass sie sich zu einem Ball zusammenrollte, wenn sie sich bedroht fühlte. Ackerman hatte das kleine graue Tier für einen Käfer gehalten und erst später erfahren, dass es gar kein Insekt war, sondern zur Klasse der Höheren Krebse gehörte und enger mit Garnelen, Krabben und Hummern verwandt war. Das winzige Geschöpf war wohl das einzige Spielzeug gewesen, das ihm zugleich Gefährte gewesen war, zwei in einem, Käfer und Ball.

Und jetzt, Jahre später, musste er wieder an Haustiere denken, weil Emily Morgan einen kleinen, schwarz-weißen Hund an einer Zip-Leine führte. Emily trug einen grauen Hosenanzug mit einem purpurfarbenen Hemd. Ihr dunkles Haar war kurz geschnitten. Die Sonne leuchtete auf den dezenten dunkelroten Highlighter, den sie erst kürzlich aufgetragen hatte. Unvermittelt trat Ackerman ein feines Lächeln ins Gesicht, als er sich vorstellte, mit den Händen über ihre porzellanglatte Haut zu streichen.

Emily und das Geschmeiß an der Leine näherten sich Ackerman auf dem schwarz asphaltierten Parkplatz des Infocenters der Golden Gate Bridge. Der Wind zupfte an Emilys kurzen, schwarz-roten Haarsträhnen und machte es Ackerman leichter, sich vorzustellen, wie es wäre, ihr mit den Fingern durchs Haar zu fahren.

Die Töle verdarb den Augenblick, indem sie an seinem Bein hochsprang und mit geschlossenem Maul und geneigtem Kopf zu ihm aufschaute. Ackerman starrte den kleinen Köter finster an und bezwang das Verlangen, einen Dropkick an ihm zu üben.

»Ich glaube, er mag Sie«, sagte Emily. »Das erste Mal, dass ich erlebe, wie jemand so auf Sie reagiert. Jedenfalls zu Anfang.«

»Ich dachte, eine Betreuerin sollte mein Selbstbild nicht in den Staub treten, sondern verbessern.«

»Ja. Unter normalen Umständen. Aber bei Ihnen muss das Selbstbewusstsein heruntergeschraubt werden. Mögen Sie den Hund?«

»Ich arbeite nicht mit Tieren. Zu unzuverlässig und unberechenbar.«

Emily lachte leise. »Sie glauben, dieser kleine junge Shih Tzu wäre hier, um Serienmörder zu jagen?«

»Ich nehme an, er soll als Vorwand oder Ablenkung eingesetzt werden. Als Trojanisches Pferd vielleicht. Wie viele Pfund Sprengstoff könnte das Viech Ihrer Meinung nach tragen?«

Emily schüttelte den Kopf, als versuchte sie, aus einem Traum zu erwachen. »Wir sprengen den Hund nicht. Er ist nur hier, damit Sie sich mit ihm anfreunden. Er ist für Sie. Ich halte es für sinnvoll, dass Sie ein anderes Lebewesen in Ihre Obhut nehmen.«

»Nehmen Sie die Töle wieder mit. Und wenn Sie unbedingt auf der therapeutischen Technik der ›Lebewesen‹ bestehen, kaufen Sie mir am besten einen hübschen Farn.«

»Farne sind keine guten Freunde. Sie sind nicht sehr intelligent.«

»Das ist eine recht stereotype und kränkende Denkweise. Jeder Farn ist anders. Es könnte eine Sorte geben, die eine Menge Persönlichkeit aufweist.«

Emily hielt ihm am starr ausgestreckten Arm die Leine hin.

»Ich nehme den Köter nicht«, sagte er.

»Der Hund gehört jetzt Ihnen. Nun kommen Sie schon.«

»Niemals.«

»Seien Sie kein Baby. Führen Sie ihn spazieren. Lernen Sie einander kennen.«

Ackerman beachtete sie und das Viech nicht weiter. Er versuchte, das Thema zu wechseln. »Ich habe über den Gladiator nachgedacht. Wenn er an seiner Gewohnheit festhält, sich würdige Gegner als Opfer zu suchen, muss er ein sehr geübter Kämpfer sein. Ich glaube, örtliche Kampfsportschulen könnten ein guter Startpunkt für die Suche sein. Allerdings habe ich im Laufe der Jahre gehört, dass es in San Francisco eine blühende Untergrundkampfszene gibt. Ich würde vorschlagen, dass wir die Sportclubs aufsuchen und dort nach Informationen über diese Untergrund-Kämpfe suchen.«

Der Hund hatte sich nicht bewegt, nur den Kopf auf die

andere Seite gelegt. Er sah zu Ackerman hoch, als könnte er dessen Unmenschlichkeit wittern.

Ackerman schüttelte das Geschmeiß von seinem Bein, doch Emily drückte ihm die Leine an die Brust. Ihre Berührung war wie ein kurzer Stromschlag. In Augenblicken wie diesen fiel es dem geläuterten Ackerman am schwersten, seine Begierden zu bezähmen.

Über seine Schulter hinweg sagte die geisterhafte Stimme seines Vaters: »Sie ist dein. Nimm sie dir.«

Ackerman fürchtete sich nicht. Er machte sich keine Sorgen, dass sie ihn zurückweisen könnte. Während der dunklen Jahre hatte er sich stets genommen, was er wollte. Und *wen* er wollte. Er hatte in einer Welt mit unendlichen Möglichkeiten gelebt, ohne irgendwelche Einschränkungen. Damals war er davon ausgegangen, sich alles nehmen zu können, wonach er begehrte, bis jemand kam, der ihn tötete und es ihm wegnahm.

In dieser Zeit hätte er keinen Grund gesehen, einem Verlangen nicht in genau dem Augenblick nachzugeben, in dem es entbrannte. Aber dank der Analyse vergangener Erlebnisse war ihm nun klar, dass der Rest der Familie, allen voran Marcus, solche Verhaltensweisen möglicherweise nicht guthieß. In den dunklen Jahren hatte das Leben für Ackerman nur einen Sinn gehabt: den Genuss des Augenblicks. Darüber hinaus gab es nichts. Heute aber leitete ihn irgendetwas, das größer war als er selbst. Und er hatte das Gefühl, dass dieses *größere Etwas* die Entscheidungen für Vergewaltigung und Mord ebenfalls missbilligt hätte.

Obwohl Ackerman nicht imstande war, einen Gott zu fürchten, empfand er doch gehörigen Respekt vor dem Schöpfer und seinen Plänen. Und er wollte herausfinden, wie es in Gottes großen Plan passte, dass er so viel Schmerz hatte erdulden müssen und so viel Leid verursacht hatte. Was war sein Daseinszweck?

»Die Idee mit den Sportclubs klingt gut«, sagte Emily. »Ich rufe Andrew an und gehe es mit ihm durch. Jetzt aber muss Ihr Hund erst mal Gassi. Führen Sie ihn auf den Rasen.«

»Wenn ich diese Kreatur annehme, dann nur um sie zu töten und zu verspeisen. Wie ist es Ihnen gelungen, diese Töle schon so kurz nach unserer Landung zu fangen?« Das Infozentrum der Golden Gate Bridge war ihr erster Stopp gewesen, nachdem die Gulfstream des FBI in San Francisco aufgesetzt hatte.

Emily runzelte die Stirn und musterte ihn irritiert über den oberen Rand ihrer Sonnenbrille hinweg. »Fangen? Sie glauben, in den Hügeln um San Francisco gibt es wilde Shih Tzus?«

»Ich hatte mehr an inzestuöse Streuner gedacht, die sich in der Kanalisation zusammenrotten.«

Emily verdrehte die Augen. »Ich habe telefonisch dafür gesorgt, dass er bereitsteht. Shih Tzus sind wundervolle Tiere. Meine Großeltern hatten drei davon. Sie streifen nicht einmal ab.«

»Ich wusste gar nicht, dass Hunde sich häuten.«

»Ihre Haare. Sie haaren nicht. Meine Güte! Und jetzt nehmen Sie den Hund. Wir verhandeln nicht darüber. Es ist ein Befehl.«

Ackerman knurrte und blickte auf das haarige Ungeziefer mit dem platten Gesicht. Der Hund legte den schwarz-weißen Kopf wieder auf die andere Seite und stellte die Ohren auf. Das Viech schien ihn geradezu erwartungsvoll anzusehen. »Was will es? Es starrt mich so seltsam an.«

»Ich glaube, er möchte, dass sie ihn streicheln.«

»Streicheln? Ich finde diese Kreatur ohnehin schon lästig und abstoßend.«

»Sie gewöhnen sich schon an ihn.«

»Wieso ist das Biest so klein und hässlich? Ist es eine Missbildung?«

Als Ackerman den Blick wieder zu Emily hob, ertappte er sie dabei, wie sie ein Lächeln verbarg. Es stand ihr gut. Einen Ausdruck wie diesen ließ sie ihn nur selten sehen. »Er ist ein Shih Tzu«, sagte sie. »Die sehen nun mal so aus. Und er ist noch jung, aber viel größer wird er nicht mehr.«

»Wenn Sie auf diesem Irrsinn bestehen, würde meiner Ansicht nach ein größerer Hund meine Bedürfnisse besser befriedigen. Vielleicht ein Dobermann.«

»Hier geht es aber nicht um *Ihre* Bedürfnisse. Sie sollen keinen Kampfhund daraus machen. Sie sollen sich vielmehr um *seine* Bedürfnisse kümmern und ihm Ihre Liebe zeigen.«

Ackerman hob das Tier auf und hielt es am langen Arm wie ein Baby mit einer schmutzigen Windel. Er wollte seine Proteste fortsetzen, aber er wusste, wie unnachgiebig die willensstarke Emily sein konnte. »Das ist absurd. Wie soll ich den Kläffer nennen?«

»Ich dachte, Sie geben ihm einen Namen.«

»Wie wäre es mit Lästiger Fleischklops?«

»Ich glaube, der Name wird Ihnen selbst rasch lästig.«

»Dann nenne ich ihn Saftsack.«

»Bleiben Sie ernst. Vielleicht gewöhnen Sie sich an ihn. Er wird Sie durch das nächste Jahrzehnt begleiten.«

»Das bezweifle ich. Ich bin mir sicher, dass solche Tiere ständig eines natürlichen Todes sterben. Oder sie rennen unter ein Auto, fallen von einer Brücke, springen im fünften Stock aus dem Fenster. Solche Dinge passieren andauernd. Ich bin mir sicher, die Statistik untermauert das.«

»Aber nichts von alldem geschieht *diesem* Hund, oder ich sorge dafür, dass Sie sein Schicksal teilen.«

Widerstrebend ergriff Ackerman die Leine. »Und jetzt?«

»Spazieren Sie mit ihm über die Wiese dort. Er muss Gassi gehen.«

»Bitte nennen Sie seine Darmentleerung nicht ›Gassi gehen‹.«

Emily nahm einen durchsichtigen Zellophanhandschuh aus ihrer Handtasche. »Gut. Wenn er fertig ist, klauben Sie seine Hinterlassenschaft hiermit auf.«

»Wenn ich diese Folientasche jetzt nehme, ziehe ich sie dem Viech über den Kopf und ersticke es. Ich möchte nicht für die Scheiße und die Pflege dieses Kläffers verantwortlich sein. Ich betrachte es als Zumutung, als grausame und unübliche Bestrafung, und ich besitze zu großen Respekt vor mir selbst, als dass ich eine solche Verschwendung meiner Zeit und meiner Energie zulassen würde.«

»Wie Sie wollen. Dann allerdings werden Sie Dylan nicht mehr besuchen können.«

»Das ist doch lächerlich!«

»Wenn Sie mir nicht beweisen können, dass Sie imstande sind, die Bedürfnisse eines anderen Lebewesens über Ihre eigenen Wünsche zu stellen, haben Sie eine Teilhabe an Dylans Leben nicht verdient.«

»Mein Bruder . . .«

»Ist mit mir einer Meinung.«

Ackerman fletschte die Zähne, kniff die Lider zu und zählte bis zehn. Vor seinem geistigen Auge malte er sich aus, wie er den Köter in eine Mikrowelle stopfte, die verschmorten Überreste zerhackte und Emily als Pastete servierte.

Dann schlug er die Augen auf, nahm den Plastikhandschuh und zerrte das kleine Biest zu einem Grasstreifen am Parkplatzrand.

Kapitel 27

Stefan Granger beendete seine Wiederholungen mit den 200-Pfund-Hanteln und warf sie auf die Matte. Eine ganze Wand seines Apartments war ein riesiger Spiegel von der Sorte, wie man sie in guten Fitnessstudios fand. Stefan trainierte seinen Körper jedoch nicht, um anzugeben oder sich von einem Haufen Leute begaffen zu lassen. Er hielt sich fit, weil es richtig so war. Die richtige Art zu leben – die einzige – bestand darin, der Klügste und der Stärkste zu sein.

Dies war das dritte Apartment, das er sich in der Stadt gemietet hatte. Die beiden anderen waren problematisch geworden, weil er neben und unter sich Nachbarn hatte. Seine neue Wohnung lag über einer Garage. Ein nettes junges Paar hatte es ihm vermietet. Ursprünglich war die Pflegerin eines alten Ehepaars darin untergebracht, das im Haupthaus gewohnt hatte, aber nach dem Tod der Senioren war eine jüngere Familie eingezogen und hatte nicht gewusst, was sie mit der Einliegerwohnung anfangen sollte. Also hatten sie sich gesagt, dass ein wenig Mieteinnahmen nichts Schlechtes seien.

Granger hatte sich mit dem jungen Paar angefreundet. Die Frau war schwanger. Ihr Kind konnte jeden Tag zur Welt kommen. Wenigstens einmal in der Woche aß er mit dem Paar zu Abend und hatte bereits angeboten, das Kinderzimmer für sie zu streichen.

Für ihn war alles perfekt. Verglichen mit dem Haus seines Vaters am Friedhof, lebte er nun in einem Palast. Er konnte trainieren, wann immer er wollte. Er konnte so viel Lärm verursachen, wie es ihm gefiel. Und für einen Mann mit seinem Beruf war es die ideale Tarnung.

Granger reckte sich, stand auf und ging in den Spagat, streckte Arme und Beine so weit aus, wie es ging.

Gerade als er in einen meditativen Zustand versank, hörte er das Handy klingeln. Er nahm den Anruf nicht an. Sicher nur ein Werbeanruf, versuchte er sich einzureden. Vielleicht sogar ein Betrugsversuch. Ihn riefen sonst nur Telefonverkäufer an und einige wenige Personen, die wirklich seine Nummer hatten. Doch als Granger sich nun fragte, wer seine Nummer besaß, konnte er sich nicht mehr konzentrieren, wusste er doch, dass jeder seiner normalen Anrufer ihn nur kontaktieren würde, wenn es einen triftigen Grund dafür gab.

Granger stemmte sich auf die Beine, beendete die Bewegung mit einem krachenden Schwinger gegen den Sandsack, ging in die Küche und nahm sein Handy auf. Wie befürchtet, war es ein wichtiger Anruf.

Granger beschloss, die Nummer zurückzurufen, und streckte den Arm aus, um die Stereoanlage auszuschalten, die die Greatest Hits von AC/DC hinausdröhnte. Dann erst wurde ihm klar, dass kein Rückruf mehr möglich war: Die Nummer war bereits gelöscht. Er musste fünfzehn Minuten warten und konnte es dann erneut versuchen.

Granger schaute auf die Anrufzeit. Noch vierzehn Minuten. Er überlegte, noch ein paar Wiederholungen zu machen, ehe der Anruf kam, entschied sich dann aber dagegen. Er wollte nicht außer Atem sein, wenn Mr. Demon zum zweiten Mal anrief.

Kapitel 28

Das Gebäude ähnelte in keiner Weise dem alten Boxclub, in dem Rocky Balboa trainiert hatte – die Sorte von Trainingshallen, die nach Testosteron und schlechter Körperpflege rochen. Einen Teil von Rocky I hatte Ackerman tatsächlich gesehen, bei irgendeinem Retro-Filmfestival. Als dann das Feuer ausbrach, hatten sich die Cineasten panisch zum Ausgang durchgekämpft wie Schweine, die sich um Essensreste stritten. Ackerman war mitten im Kinosaal sitzen geblieben. Er hatte seelenruhig Popcorn gegessen, während ringsum die Flammen tosten, und echtes Interesse an dem Film empfunden. Das Feuer hatte er nicht gefürchtet; trotzdem war es eine Macht, die man nicht unterschätzen durfte. So war er dann doch gegangen und hatte das letzte Drittel des Streifens verpasst. Allerdings nahm er an, dass Rocky gesiegt hatte und Champion geworden war; schließlich war der »Italian Stallion« der Protagonist von sieben Fortsetzungen geworden.

Der Sportclub, den Emily und Ackerman nun betraten, hatte Spiegelwände. Ackerman bemerkte weiter hinten einen Bereich voller Übungsräder und Crosstrainer. Die Böden bestanden aus Zedernholz, die Wände aus grauen Ziegeln. Es stank ganz leicht nach Schweiß, aber der Geruch ging in einem überwältigenden Vanille-und-Zimt-Duft unter. Das Studio erinnerte Ackerman mehr an ein teures Café als an eine Umgebung, in der Krieger geboren wurden. Er fragte sich, ob das Wasser hier mit Gurkenscheiben serviert wurde.

Während er sich die geleckte Ausstattung und die Vorstadtchampions ansah, die sich in den Spiegeln selbst begafften, verspürte er einen Stich der Enttäuschung. Wo blieben der Mumm und das Feuer von Trainern wie Mickey Goldmill, der Underdog-Ehrgeiz eines Rocky Balboa? Sie schienen durch einen Haufen von Möchtegernrockern-Schrägstrich-Schmalspurcasanovas ersetzt worden zu sein, denen das pralle Aussehen auf ihren Selfies wichtiger war als Konkurrenzgeist und der Wunsch, der Beste zu sein. Ackerman konnte ganz klar sehen, dass kein Einziger dieser Spiegelaffen das Auge des Tigers besaß.

Atmosphäre und Kundschaft weckten Übelkeit in ihm. Seine Enttäuschung schlug in Zorn um. Unvermittelt verspürte er das überwältigende Verlangen, diesen Pfauen wehzutun. Was schwierig umzusetzen war, ohne sie zu berühren. Aber das Wort »unmöglich« gab es für Ackerman nicht.

Emily fragte die junge Frau am Empfangstisch, wo sie Leland Unser finden könnten. Das Mädchen verwies sie an einen stiernackigen Schwarzen, der im zentralen Sparring-Ring umhertänzelte. Seine Hände steckten in Pads – großen Polsterhandschuhen. Er hüpfte auf und ab und pendelte mit dem Oberkörper nach rechts und links, während er einem Jungen, der auf die Pads eindrosch, Anweisungen zubrüllte.

Ackermans geschultem Auge entging nicht, dass Unser im ganzen Raum der einzige echte Kämpfer war. Und für den zäh aussehenden Trainer schien die beste Zeit schon zwanzig Jahre zurückzuliegen.

Emily trat an den Sparring-Ring und rief: »Mr. Unser? Könnten wir Sie kurz sprechen?«

Unser brüllte auf seinen Schüler ein. »Du lässt immer noch den Ellbogen hängen! Mach das heute Abend, und das Monster setzt dich mit einem Schlag auf den Arsch.«

»Mr. Unser«, sagte Emily, »wir brauchen nur ein paar Minuten Ihrer . . .«

Unser unterbrach sie mit rauem Bariton. »Kleines, siehst du nicht, dass ich beschäftigt bin? Der Junge hier hat heute Abend einen großen Fight, und ich muss ihn mental drauf einstimmen. Also komm einfach ein andermal wieder.«

Ackerman stieg auf die Seite des Rings und bückte sich unter den Seilen hindurch. Er trug ein langärmliges schwarzes Hemd aus einem eng sitzenden Dri-Fit-Material. Er hatte es ausgewählt, weil die dicken Muskelstränge, die sich über seinen ganzen Körper zogen, darin gut sichtbar waren. Ackerman schmeichelte damit nicht etwa seiner Eitelkeit, er betrachtete es vielmehr als Instrument der psychologischen Kriegführung.

Der Schüler hatte aufgehört zu schlagen und stand nun schwer atmend neben seinem Trainer. Die Muskeln an Unsers Kiefer und Hals waren starr, seine Nasenflügel bebten. Leland Unser war ein kleiner, muskulöser Mann mit Tattoos, die sich an seinem Hals emporrankten, einer Hornbrille und einem spiegelglatt rasierten Schädel.

Ackerman trat auf ihn zu. »Sehe ich aus wie ein Mann, der ein andermal wiederkommt?«

Unser schnaubte verächtlich. »Was bist du denn für einer? Egal, ich bin nicht beeindruckt, Süßer. Hier kommen jeden Tag solche Typen wie du rein und denken, sie sind 'ne große Nummer, und jeder von denen würde dich lebend fressen. Das sind *Fighter*, du Warmduscher. Du hast nichts von dem, worauf es ankommt. Spar uns also die Zeit und Mühe und verpiss dich aus meinem Studio.«

Ackerman lachte. »Sie sind echt putzig. Ich habe gar nicht gemerkt, dass hier trainiert wird. Ich dachte, der Laden hier wäre so was wie 'ne Tanzschule.«

»Du hast dich gerade für 'nen Scheißtag freiwillig gemeldet. Also, letzte Chance, nimm deine Tussi und dein großes Maul und verpiss dich.«

Emily war ihm in den Ring gefolgt. »Mr. Unser, ich glaube, Sie haben den falschen Eindruck von uns gewonnen. Wir möchten wirklich nur ein paar Augenblicke Ihrer Zeit in Anspruch nehmen.«

»Wir haben uns über die Untergrund-Kampfszene in der Stadt schlaugemacht«, sagte Ackerman. »Ich höre immer, dass hier viel Geld fließt. Unsere Quellen sagen uns, Sie sind der richtige Ansprechpartner, wenn man eingeladen werden will.«

»Dann hast du dich verhört. Ich weiß gar nicht, wovon du laberst. Ich bin ein ehrlicher Boxpromoter. Ich mache nichts Illegales.«

Ackerman zuckte mit den Schultern. »Ich weiß, ich weiß. Die erste Regel des Fight Club: Man verliert kein Wort über den Fight Club. Aber Sie werden eine Ausnahme machen müssen. Ich brauche nur eine Uhrzeit und einen Veranstaltungsort, den Rest übernehme ich in Eigenregie. Keine Vorstellung und keine Einladung nötig.«

Immer mehr Selfie-Fans mit dicken Oberarmen scharten sich um den Sparring-Ring. Offenbar war jeder bereit, Unser gegen den Eindringling beizustehen.

»Ich hab nichts zu sagen«, erklärte Unser. »Macht, dass ihr wegkommt.«

Ackerman sah Emily an, die sich in eine Ecke des Rings zurückgezogen hatte. Sie wies unauffällig zur Tür. Ackerman begriff, dass sie wütend war, wie er die Situation handhabe, und den Schaden begrenzen wollte, ihn aber zu gut kannte, um ernsthaft zu glauben, dass das noch möglich wäre. Ackerman war noch vor keinem Kampf zurückgewichen.

Er grinste. »Ich weiß, Sie kennen mich nicht. Ich bin nur irgendein Kerl, der von der Straße reingekommen ist. Sie würden niemals das Risiko eingehen, Ihre weniger legalen Einkommensquellen einem Fremden offenzulegen. Das verstehe ich.

Warum also machen wir es nicht so: Ich beweise mich hier und jetzt und helfe Ihrem Fighter zugleich bei seiner Vorbereitung. Ein kleines Sparring. Ich gehe nicht in die Offensive. Sehen Sie sich meine hübsche Larve an. Wenn es Ihrem Jungen gelingt, auch nur einen Hieb oder Tritt in meinem Gesicht zu landen, verlasse ich Ihre Babyöl-Stube und komme nie wieder. Sie können mir sogar die Hände auf den Rücken binden.«

Unser kniff die Augen zusammen und kreuzte mit Ackerman den Blick. »Warum erkundigst du dich überhaupt nach Underground-Fighting? Was für ein Spiel treibst du?«

»Wir könnten Sie für Ihre Zeit entschädigen, Mr. Unser«, sagte Emily. »Wir könnten Ihnen anbieten ...«

Ackerman neigte den Kopf zur Seite, hielt den schlangengleichen Blick aber auf den abgewrackten Schläger gerichtet, der ihn niederzustarren versuchte. Wie Brandung, die langsam über den Sand streicht, ließ Ackerman ein Lächeln auf sein Gesicht treten, gestattete dem Wahnsinn, der Blutgier und der Finsternis, in ihm hochzusteigen. Er konnte beinahe den Sekundenbruchteil schmecken, als Unser die Unzurechnungsfähigkeit in seinen Augen sah.

Ackerman hatte immer wieder festgestellt, dass man einen Kampf, schon bevor er begann, allein dadurch gewinnen konnte, dass man seine Überlegenheit deutlich machte. Schließlich lief jeder Kampf darauf hinaus, dass man dem Gegner seine Dominanz bewies. Konnte man im Gegner die Furcht wecken, bereits verloren zu haben, war einem der Sieg sicher.

Als eines der schnellsten Mittel zum Zweck hatte sich für Ackerman ein einfacher Blick erwiesen, den er dem Gegner erlaubte. Ein Blick auf das primitive, urtümliche, tierhafte Wilde, das in ihm brodelte, drang den meisten anderen Menschen tief in die Seele und löste eine – zumindest nach Ackermans Theorie – biochemische Reaktion aus, die den Gegner erkennen ließ, dass sein Leben in unmittelbarer Gefahr war, was wiederum dafür sorgte, dass die Instinkte die verschiedensten Signale durch den Körper jagten: Neuronen feuerten, Adrenalin strömte, und alle möglichen unbewussten Warnimpulse schrien dem zukünftigen Opfer zu, dass es einem Alpharaubtier gegenüberstand.

»Die Spiele, die ich mag, würden Ihnen nicht sehr zusagen, Mr. Unser.« Während Ackerman redete wie ein hungriger Wolf, der seine Beute anknurrte, schmeckte er das kalte Frösteln auf der Zunge, das dem Trainer wie eisiger Regen am Rückgrat hinunterlief.

Unser erschauerte und blickte zwischen seinem Schüler und Ackerman hin und her, als wäre er ein Schachmeister, der überlegte, welchen Bauern er opfern sollte. »Okay«, sagte er schließlich. »Nur Verteidigung, kein Angriff. Und er muss dich nur einmal ins Gesicht treffen, damit ich hier endlich weiterarbeiten kann?«

»Stimmt genau.«

»Und wir können dir die Arme auf den Rücken binden?«

Ackerman bestätigte seine eigenen Bedingungen durch ein Neigen des Kopfes.

»Hol mal einer 'n Springseil und komm hier rauf. Fesselt den Vollidioten.«

Der Mann, den Unser trainiert hatte – ein junger Latino, der den Kopf bis auf einen Iro kahl trug –, war während der Auseinandersetzung stumm geblieben und hatte den Eindruck erweckt, sich seinem Trainer unterzuordnen. Jetzt schien der junge Fighter Bedenken zu haben. »Sind Sie sicher, Mr. Unser? Der Typ kann sich nicht verteidigen.«

Unser drückte dem jungen Kerl die Schulter und sprach mit zusammengebissenen Zähnen. »Hau dem Trottel mit einem Schlag die Rübe runter, oder tritt ihm die Visage platt! Kann ich auf dich zählen, oder soll ich heute Abend einen von den anderen in den Ring schicken?«

Der Latino zuckte mit den Schultern und sah Ackerman an. »Tut mir leid, Alter, aber das hast du dir selbst zuzuschreiben.«

Ackerman wäre es ein Leichtes gewesen, sich wieder von dem Springseil zu befreien, aber er hatte gar nicht die Absicht. Sein Ziel bestand nicht darin, seine Talente als Entfesselungskünstler zu beweisen, sondern seine Dominanz über jedes andere Alphamännchen in dieser Halle.

Der junge Fighter stürmte vor, bereit, den K.-o.-Schlag zu landen, aber noch immer besorgt, dass Ackerman zutrat oder dem Angriff auswich. Die Unsicherheit machte den Latino langsam.

Das Pech des ehrgeizigen Newcomers war allerdings, dass Ackerman bereits jede Schwäche in der Technik des jungen Kämpfers kannte, da er ihn beim Training beobachtet hatte: Der Junge verschob kaum merklich das Körpergewicht und hob leicht den linken Arm, ehe er mit der Rechten zuschlug. Außerdem ließ er ein Anspannen der rechten Schulter erkennen, sobald er eine Linke schlagen wollte.

Da die unbewussten Muskelbewegungen des Fighters jeden Angriff verrieten, konnte Ackerman mühelos einer langen Serie von Schlägen ausweichen. Bei jedem Hieb, der ins Leere ging, wuchs der Frust des jungen Latinos. Wut und Verlegenheit trübten sein Urteilsvermögen, und die Technik des Mannes mit dem Iro wurde noch nachlässiger.

Ackerman wich absichtlich in eine Ecke zurück und las die Muskelzuckungen des jungen Kerls wie ein Schamane, der aus Feuer und Rauch die Zukunft deutet. Als Iro zu einem gewaltigen rechten Cross ansetzte, duckte sich Ackerman unter der hohen Geraden hindurch und drehte sich von seinem Gegner weg.

Der eigene Schwung riss den Latino nach vorn. Er verlor das Gleichgewicht, und seine Hand knallte gegen den Eckpfosten. Sofort schlug Erstaunen in Jähzorn um. Der junge Fighter fuhr herum und stürmte auf Ackerman zu, als wollte er ihn in den Boden stampfen.

Bis zu diesem Moment hatte der Latino sich auf seine Fäuste verlassen, aber jetzt war es kein Boxkampf mehr, es war MMA, ein Kampf wie im Käfig. Tritte und Festhalten waren erlaubt.

Als der Iro vorstürmte, wartete Ackerman bis zum letzten Augenblick, ließ sich fallen und wirbelte herum, sodass sein Fuß dem Jungen in den Weg kam. Der ungestüme Latino, der jetzt die Beherrschung verloren hatte, lief genau in die Falle, stolperte und knallte mit dem Gesicht auf die Matte.

Ackerman konnte nicht anders, er lachte laut auf. Er blickte Emily an und hoffte, in ihren Augen ein wenig Respekt und Bewunderung zu entdecken, aber ihre Miene war ausdruckslos; nur um den Mund herum sah Ackerman ein paar feine Linien der Besorgnis und Konzentration. Sie erinnerte ihn an eine Zoologin, die zuschaut, wie ein Löwe seine Beute schlägt.

Begleitet vom Gelächter und den Hohnrufen der Zuschauer, lag der junge Fighter einen Moment lang auf der Matte. Wie es schien, hatte der gesamte Sportclub das Posieren vor den Spiegeln unterbrochen, um sich das Schauspiel nicht entgehen zu lassen.

Der Latino rappelte sich auf und wartete kurz, bis er sich gefasst und seinen Atem wieder unter Kontrolle hatte.

»Du kannst immer noch aufgeben«, sagte Ackerman.

Der junge Mann änderte seine Taktik. Er täuschte einen rechten Cross an und trat Ackerman mit dem rechten Bein gegen den Oberschenkel. Es war sein erster Treffer, und der pushte ihn gewaltig. Mit einem Wirbel von Tritten – einige hoch, andere tief – setzte er nach. Die tiefen Tritte fing Ackerman mit den

Oberschenkeln auf und genoss die Schmerzstöße. Die hohen Tritte wehrte er mit Oberarmen und Schultern ab.

Genau wie seine Faustschläge wurden auch die Tritte des jungen Fighters von fast unmerklichen Zeichen angekündigt, die es Ackerman erlaubten, die Attacken mühelos ins Leere laufen zu lassen.

Mit der Schnelligkeit und der Kraft eines K.-o.-Tritts schoss der rechte Fuß des Fighters auf Ackermans Gesicht zu. Aber noch bevor der junge Latino den Angriff begann, hatte er sein Gewicht geringfügig nach hinten verlagert. Da Ackerman genau wusste, wohin der Tritt zielen würde, trat er ebenfalls zu und fing dadurch den Angriff am Fußknöchel des Latinos ab. Der Latino schrie vor Schmerz und taumelte zurück.

Ackerman neigte den Kopf. »Der kluge Kämpfer zwingt seinem Gegner seinen Willen auf, lässt aber nicht zu, dass der Gegner ihm den seinen aufzwingt.«

Der Fighter atmete schwer. »Hast du deine Sprüche von Glückskeksen?«

Ackerman grinste. »Könnte man so sagen. Sie sind aus einem alten chinesischen Werk über Strategie aus dem fünften Jahrhundert vor Christus. Sunzi: Die Kunst des Krieges.«

Der Junge ging wieder in Kampfstellung, doch Ackerman fand den Fight nur noch langweilig. Zeit, der Sache ein Ende zu machen. Der nächste Tritt des Latinos war ein Alles-oder-nichts-Angriff von der Sorte, die in Filmen besser funktionierte als im wirklichen Leben. Es war wieder ein brutaler K.-o.-Tritt, ein ausgewachsener Roundhouse-Kick, der auf Ackermans Kopf zielte. Sein Gegner versuchte nicht einmal, einen anderen Angriff anzutäuschen oder seine Absichten zu verbergen, so als forderte er Ackerman heraus, den Tritt zu stoppen.

Als die Muskeln des Burschen seine Absichten preisgegeben hatten, drehte sich Ackerman zu der Seite, von der der Kick kommen würde, und setzte zu einem eigenen harten, geradeaus gerichteten Tritt an. Keine Drehung, keine ausgeklügelte Technik. Nur ein Tritt auf die Innenseite des Schienbeins mit der Wucht eines Vorschlaghammers.

Ackermans Fuß traf mit einem lauten Knall, warf den Latino herum und schleuderte ihn auf die Matte. Schmerzerfüllt wälzte er sich hin und her.

Als Ackerman das Blut auf der Matte sah und ihm der süßliche Duft in die Nase stieg, hörte er die Stimme seines Vaters: *Töte sie alle, und die Schmerzen hören auf. Du bist die Nacht, Francis. Dein Leben dient keinem anderen Zweck, als den Tod zu bringen.*

Ackerman ballte so fest die Fäuste, dass die Nägel in seine Handflächen drangen. Er konzentrierte sich auf den Schmerz, richtete alle Kraft nach innen, benutzte den Schmerz als Kompass, der ihn zur Gelassenheit führte.

Unsers Wut flammte wieder auf. »Das war ein Angriff! Du hast betrogen!«

Ackermans Antwort bestand darin, dass er das Seil abstreifte und auf die Matte warf. Dann zog er sein Hemd aus und entblößte das Geflecht des Schmerzes und des Leids, das seinen Körper bedeckte wie eine grauenerregende Straßenkarte. Auf seinen Armen und dem Oberkörper gab es keinen Zoll, der nicht von Narbengewebe überzogen war. Brandwunden bedeckten große Abschnitte, dazu kamen etliche Schussverletzungen und unzählige Messerschnitte. Sein Rücken zeigte die Male einer Geißelung ähnlich der Tortur, die Jesus Christus vor der Kreuzigung hatte erdulden müssen. Ackerman senior hatte sich um historische Akkuratesse bemüht und die Peitsche damals aus mehreren Lederschnüren hergestellt, in deren Enden scharfkantige Schafsknochen und Metallstücke geknotet waren. Ackerman erinnerte sich lebhaft, wie das *Flagrum* sich in seinen Rücken gegraben und das Fleisch in Fetzen herausgerissen hatte.

Etliche Zuschauer schnappten beim Anblick der Narben nach Luft, doch Ackerman nahm den Blick nicht von Unser. »Wie Sie sehen, haben im Laufe der Jahre schon viele versucht, mich zu töten. Wollen Sie mal raten, wie vielen es gelungen ist? Ich weiß natürlich, dass ihr hier ein Haufen harter Hunde seid. Wahrscheinlich glaubt ihr, ihr könntet mich allein durch euren zahlenmäßigen Vorteil überwältigen. Aber ich darf euch daran erinnern, dass mir jetzt die Hände nicht mehr auf den Rücken gefesselt sind. Außerdem werde ich diesmal nicht artig mitspielen.«

Unser musterte Ackermans Narben einen Augenblick lang; dann zog er eine Visitenkarte aus der Brieftasche. »Gib mir mal einer einen Stift, verdammt«, flüsterte er. Ein Zuschauer reichte ihm einen Kugelschreiber, und Unser schrieb etwas auf die Rückseite der Karte. »Hier gibt es mehrere Underground-Arenen. Ich habe dir Zeiten und Adressen der beiden besten aufgeschrieben.« Er schaute Emily an. »Wo ihr hinwollt, Schätzchen, da hab ich mal gesehen, wie einer so hart getroffen wurde, dass ihm das Auge rausflog. Sein Gegner hat es aufgehoben und gefressen. Die Zuschauer haben gejubelt.«

Ackerman lachte leise in sich hinein. »Wie Sie wissen, haben Augäpfel eine aromatische, buttrige Konsistenz. Sie zergehen einem förmlich im Mund. Nur mittendrin ist ein harter Kern. Den spuckt man am besten aus.«

Unser verzog voll Abscheu das Gesicht. Er reichte Ackerman die Karte. »Bitte geht jetzt.«

Ackerman nahm die Visitenkarte entgegen, las die beiden Adressen und führte einen kurzen inneren Kampf, ob er sein Glück herausfordern sollte. »Ich bin aus einem bestimmten Grund in der Stadt, Mr. Unser. Ich möchte auf den nächsten

Kampf in der Diamantkammer wetten. Haben Sie irgendwelche Beziehungen dahin?«

Als Unser das Wort »Diamantkammer« hörte, schlug sein Verhalten sofort um. Sein Blick zuckte zwischen seinen Leuten und den beiden Fremden hin und her. »Wer seid ihr?«, fragte er dann. »Wer schickt euch?«

»Ich bin nur jemand mit provokanten Neigungen und zu viel Geld.«

In diesem Moment sah Ackerman, wie zwei Spiegelaffen sich von hinten an Emily heranschlichen. Ehe er eingreifen konnte, handelten die beiden. Sie packten Emily von hinten, hielten ihr ein Messer an die Kehle und durchsuchten ihre Tasche. In Ackerman stieg ein seltsamer, beschützerischer Zorn auf. Er wollte beiden Kerlen die Gurgeln zerfetzen, weil sie es wagten, seine Partnerin anzurühren.

Töte sie alle!, raunte Vater in seinem Kopf.

Unser hatte die Lippen zu einem gehässigen Grinsen verzogen. »Vielleicht wird es Zeit, dass zur Abwechslung mal wir die Fragen stellen. Und wenn mir deine Antworten nicht gefallen, bringe ich euch beide um und lasse eure Kadaver verbrennen.«

Ackerman hielt Unsers Blick stand. Er musste jedes Quäntchen seiner Selbstbeherrschung mobilisieren, um Vaters Anweisungen nicht nachzugeben. Er wollte ihr Blut, ihre Pein, ihre Angst!

Einer der beiden Kerle, die Emily betatschten, rief Unser zu: »Die Frau ist bewaffnet und hat 'ne Dienstmarke! Justizministerium!«

Unser kniff misstrauisch die Augen zusammen. Dann wandte er sich wieder Ackerman zu. Mit einem Mal wurde er merklich höflicher: »Sie sehen nicht aus wie ein Bundesermittler.«

»Ich bin Sonderberater.«

»Wieso haben Sie mir nicht gleich gesagt, dass Sie Cops sind?«

Ackerman war das Spiel mit den Leuten leid. »Ich will Ihnen sagen, was jetzt geschieht. Ihre Männer nehmen die Hände von meiner Kollegin, oder ich reiße sie ihnen ab. Dann sagen Sie mir alles, was Sie über die Diamantkammer wissen.«

Unser schwieg, von Ackermans starrem, kaltem Blick wie gebannt. Dann machte er eine Kopfbewegung zu seinen Leuten. »Macht weiter. Alle!« Er starrte die beiden Schläger an. »Und ihr lasst die Frau in Ruhe.« Emily wurde losgelassen und erhielt ihre Waffe und ihre Dienstmarke zurück. Unsers Brille beschlug von seinem unregelmäßigen Atem; er wischte sie an seinem Hemd ab, zog eine weitere Visitenkarte hervor und schrieb eine Adresse auf die Rückseite. »Wenn Sie die Diamantkammer suchen«, sagte er zu Ackerman und reichte ihm die Karte, »ist das hier ein guter Anfang.«

Kapitel 29

Mach sie fertig, bevor sie dich fertigmachen.

Einer der Lieblingssätze ihrer Mutter. Sie pflegte ihre Töchter ständig mit solchen Perlen der Lebensweisheit zu bedenken. Wenigstens bis zu dem Tag, an dem sie sich im Badezimmer erhängte.

Corin Campbell sah noch heute vor Augen, wie die Füße ihrer Mutter zuckend nach einem Halt in der Luft suchten. Die Tritte wurden immer schwächer, während das Gesicht purpurn anlief und die Sterbende die Augen verdrehte. Corin war vier gewesen, aber sie erinnerte sich lebhaft an den Vorfall, in allen Einzelheiten. So etwas vergaß man wohl so schnell nicht.

Wie oft hatte sie versucht, die Erinnerung an ihre Mutter abzutöten. Erst das Martyrium, das sie nun durchlitt, hatte offenbart, wie lebendig und vollständig der Schmerz wirklich war, wie dicht unter der Oberfläche er lag. Aber selbst die schlimmsten Erinnerungen an die Vergangenheit waren der Hölle vorzuziehen, die sie nun durchlebte.

In diesem Augenblick öffnete sich die Tür mit einem Knarren, was seltsam war. Normalerweise hörte Corin den Widerhall seiner schweren Schritte an den Betonwänden, lange bevor er die Tür erreichte. Diesmal war kein Laut an ihre Ohren gedrungen.

Licht blendete sie. Sie hob einen Arm, während ihre Augen sich an die Helligkeit gewöhnten. Fassungslos beobachtete sie, wie anstelle des Mannes mit der Totenkopfmaske eine junge

Frau, nur wenig älter als Corin selbst, engelhaft dem Licht entstieg. Der Engel stellte ein Tablett vor ihr ab. Darauf befanden sich eine Schüssel mit Wasser, ein paar Waschlappen und ein Bündel weißer Seide, das aussah wie ein Hauskleid.

Als ihre Sicht sich klärte, erkannte Corin, dass der Engel dunkle Haut und gelockte schwarze Haare hatte, die im Nacken zusammengebunden waren. Sie trug ein weißes Kleid und braune Filzpantoffeln. Als der Engel aus dem Licht sprach, klang er allerdings gar nicht engelgleich.

Die Stimme war heiser und trocken, als hätte die Frau geschrien oder geweint oder ganz einfach lange Zeit nicht mehr gesprochen.

»Wasch dich«, sagte sie. »Zieh dich um.« Dann wandte sie sich zum Gehen.

»Warte! Bist du . . . Wer bist du?«

Die Frau senkte den Blick. »Mach dich sauber, dann reden wir.«

Corin beobachtete, wie die Frau ging, unsicher, was sie selbst nun tun sollte. Sie blickte auf die Waschschüssel, die Lappen, das Hauskleid. Dann erst fiel ihr auf, dass die Frau die Tür der Zelle offen gelassen hatte. Corin zuckte erwartungsvoll zusammen. Sie verharrte ein paar Sekunden lautlos; dann kroch sie zur Tür hinüber und unterdrückte ihr Stöhnen. Allmählich gewöhnte sie sich an die Schmerzen ihrer gebrochenen Schienbeine.

Corin lugte um den Rand der Tür herum. Sie öffnete sich in einen Flur mit kahlen Betonwänden. Unter der Decke verliefen Rohre und Leitungen. Eine einzige nackte Glühlampe erhellte den trostlosen Gang, in dem es nach Schimmel und Fäulnis stank.

Die Dunkelhäutige stand drei Meter entfernt und rauchte eine Zigarre.

Im schwachen Licht schimmerte ihr Kleid. Die Frau schüttelte den Kopf. »Sieh zu, dass du dich saubermachst. Ich bring einen Rollstuhl runter, wenn du fertig bist. Wie du auf dem Scheißboden rumkriechst, tust du noch dem Baby weh.«

Kapitel 30

Es widerstrebte Marcus, sich in die Limousine zu setzen, die Eddie Caruso, sein alter *Freund*, geschickt hatte, um ihn abzuholen. Doch abzulehnen hätte mehr Aufmerksamkeit erregt, als das Angebot zu akzeptieren.

Auf dem Weg in die Ankunftshalle hatte er Maggie eröffnet, dass sein alter Freund ein großer Fisch im organisierten Verbrechen war, und in ihren Augen war die Neugier aufgeblitzt. Marcus wusste, bald schon würde sie ihn über Eddie ausquetschen, aber er wollte auf gar keinen Fall, dass Maggie seiner Beziehung zu Eddie Caruso auf den Grund ging.

Doch als sie auf der Rolltreppe nach unten fuhren, entdeckte Marcus den uniformierten Chauffeur, der ein Schild mit der Aufschrift »Emma Williams« hochhielt. Sofort erkannte er, dass es so gut wie unmöglich sein würde, seine Geheimnisse zu hüten. Er schloss die Augen und zog die Schultern zusammen, während er dem Fahrer winkte und darauf hoffte, dass Maggie das Schild nicht entdeckt hätte.

»Wer ist Emma Williams?«

Er verdrehte die Augen. »Ein schlechter Witz.«

»Was soll das denn heißen? Ist sie eine alte Freundin, oder was?«

»Nein, nichts dergleichen. Es sind bloß meine Initialen. M. A. Williams. Sprich es als ›Em-ah‹ aus. Ziemlich kindisch, aber zu Eddies Ehrenrettung muss ich sagen, dass wir zehn waren, als er darauf kam.«

»Er hat dir als dein *Freund* einen Mädchennamen verpasst?«

»So was tun Jungs nun mal.«

Sie bedachte ihn mit einem Blick, der »Jungs sind sooo dämlich« besagte, sprach aber kein Wort.

Marcus schüttelte dem Fahrer die Hand, einem Weißen mit rundem Gesicht und dem Ansatz eines Kinnbarts. Er sah, dass die Uniform des Mannes maßgeschneidert und ohne jede Falte war, und speicherte seine Analyse dieser Beobachtung zwecks späterem Gebrauch in seinem fotografischen Gedächtnis.

Der Fahrer nahm ihnen ihr Gepäck ab und führte sie aus dem Gebäude zu einer langen, schwarzen Stretchlimo. Als Maggie einstieg, spöttelte sie: »Dieser Eddie ist ja ein toller Freund. Er schickt dir einen Wagen für dich und deine dreißig engsten Freunde! Mit was für einem Gefolge bist du früher gereist?«

Marcus ging auf ihre Ironie nicht ein, als er sich neben ihr auf den Sitz fallen ließ. Maggie spielte an den Knöpfen wie ein Kind mit einem neuen Spielzeug und schaute in alle Getränkekühlschränke. Marcus fragte sich, ob sie schon einmal mit einer Luxuslimo gefahren war. In der Zeit, in der sie sich kannten, war es jedenfalls nicht der Fall gewesen, und Maggie hatte nie erwähnt, einmal Brautjungfer gewesen zu sein oder irgendeine Gala besucht zu haben, bei denen solche Fahrten üblich waren. Überhaupt hatte Maggie in seiner Gegenwart noch nie von irgendwelchen alten Freundinnen gesprochen. Mit einigen Frauen, die sie bei Ermittlungen kennengelernt hatte, hielt Maggie zwar Kontakt – Lisa Spinelli beispielsweise, die technische Leiterin des Foxbury-Gefängnisses, oder Eleanor Schofield, Exfrau des Serienmörders, den die *Chicago Tribune* den Anarchisten getauft hatte –, aber von Maggies Leben vor ihrem Eintritt in die Shepherd Organization wusste Marcus kaum etwas. Doch umgekehrt war es nicht viel anders; auch Maggie kannte ihn kaum.

Sie schenkte sich ein Glas Champagner ein und drehte an den

Knöpfen, mit denen man die Innenbeleuchtung der Limousine verstellte. »Erzähl mir von Eddie.«

Marcus fühlte sich wie ein Schwimmer, der die Haiflosse auf sich zukommen sieht, aber nichts tun kann, um ihr zu entrinnen. Maggie näherte sich zum Todesstoß.

»Was willst du denn wissen?«, fragte er.

Sie kippte den Champagner hinunter, nahm eine Flasche mit zwanzig Jahre altem Scotch hervor und schenkte sich zwei Fingerbreit ein. »Du hast ihn nie erwähnt.«

»Er war mein bester Freund auf der Junior High. Was soll ich sagen?«

Maggie zuckte mit den Achseln. »Ich habe wohl nur keine guten Erinnerungen an das letzte Mal, als jemand aus deiner Vergangenheit wieder in dein Leben getreten war.« Sie bezog sich auf Dylans Mutter, Claire Cassidy, die damals enthüllt hatte, dass Marcus Vater eines Sohnes war.

»Ich kann dir hundertprozentig garantieren, dass Eddie kein Kind von mir hat.«

Maggie kippte den Scotch hinunter. »Ich platze vor Lachen. Wer von euch ist eigentlich nach der Junior High auf Abstand zum anderen gegangen? Du oder er?«

»Weder noch. Warum fragst du?«

»Mir kommt es seltsam vor, dass dieser Typ auf der Schule dein bester Freund war. Und danach war eure Freundschaft einfach so vorbei? Wenn keiner von euch auf Abstand gegangen ist, wieso seid ihr dann keine Freunde geblieben?«

Marcus erwog sorgsam, was er sagte. Er merkte, wie sein Brooklyn-Dialekt an die Oberfläche drängte, während er darum kämpfte, ruhig zu bleiben. »Shit happens. Wir haben unterschiedliche Wege genommen. Sein Dad war bei der Mafia, meiner war Bulle. Es war nur eine Frage der Zeit, bis unsere Freundschaft den Bach runterging.«

Sie schenkte sich Scotch nach. »Ist was passiert?«

»Ich möchte lieber nicht darüber reden. Können wir es nicht einfach sein lassen?«

»Gut.«

»Das war aber eine merkwürdige Betonung bei dem ›gut‹.«

»Ich frage mich nur, welche Geheimnisse du mir diesmal vorenthältst.«

Er schüttelte den Kopf. »Ich habe nichts zu erzählen.«

»Gut.«

»Es ist ja auch nicht so, als hättest *du* keine Geheimnisse, mein Schatz.«

Maggie nahm einen großen Schluck von ihrem zweiten Glas Scotch. »Na, sind wir nicht ein tolles Paar?«

Kapitel 31

Jedes Schlafzimmer war eine Suite mit Sitzgruppe und eigenem Bad. Und in jeder Toilette gab es ein irres Ding, das Wasser auf einen zurückschoss. Marcus hatte so etwas noch nie gesehen, wollte aber nicht fragen, wie das Ding hieß, um nicht dumm zu erscheinen. Außerdem war es nicht das einzige Coole, was Junior ihnen zeigen wollte.

»Seht ihr den Farbstreifen hier im Marmor?« Junior zeigte auf eine smaragdgrüne Linie, ungefähr so breit wie eine Hand, die sich an den Wänden entlangzog. »Wenn sie grün ist, weiß man, dass man in einem Teil des Hauses ist, in den Öffentlichkeit darf. Ist sie rot, bedeutet es, dass man im Privatbereich ist.«

»Geil!«, sagte Eddie.

»'ne Idee von meinem Großvater Angelo. Das Haus hat ihm gehört, bevor mein Pop es erbte.«

»Dein Großvater muss ja echt wer gewesen sein«, sagte Marcus. »Ich hab keine Ahnung, wie viel Geld es kostet, so ein Haus zu bauen. Was hat dein Großvater denn gearbeitet?«

»Achte nicht auf ihn, Junior«, sagte Eddie rasch. »Er ist noch grün hinter den Ohren.«

»Was hab ich denn gesagt?«, fragte Marcus.

Junior trat dicht auf Marcus zu. Der Achtklässler überragte ihn wie Goliath den David. Irgendwie schien der ältere Junge ihn herauszufordern, nur begriff Marcus den Grund nicht. Doch er hatte bereits gelernt, dass man keinem Kampf ausweicht und sich von einem Schulhofschläger nichts gefallen lässt ...

Marcus stellte sich vor, er wäre ein Wasserspeier aus Stein von der Sorte, wie sie auf älteren Gebäuden in der Stadt Wache standen. *Nichts* konnte so harten Stein verletzen. Stein war unveränderlich. Marcus hielt dem Starren des älteren Jungen stand und ließ sich nicht unterkriegen.

»Mein Großvater Angelo«, sagte Junior schließlich, »war einer der größten Männer, die je gelebt haben. Er hat diese Stadt aufgebaut. Er war im Familiengeschäft, Little Boy Blue.«

»Ach so, verstehe«, sagte Marcus, obwohl er überhaupt nichts verstand.

Er hatte längst gemerkt, dass Eddie sich in Juniors Gegenwart anders verhielt. Beinahe schien es, als hätte sich eine seltsame Rangordnung eingestellt: Marcus stand unter Eddie, und Eddie stand unter Junior. Marcus wusste nicht, wem Junior unterstand, aber er war sicher, dass es über ihm noch größere Fische gab.

»Ich muss sicher sein, dass du cool bist, Little Boy Blue. Weil ich euch nämlich tief in die rote Zone mitnehmen wollte.«

Eddie schien es kaum erwarten zu können, aber Marcus genügte der grüne Bereich vollkommen.

Eddie trat vor. »Er ist cool, Junior. Bleib ruhig.«

»Wenn er was sieht und quatscht, Eddie«, sagte Junior, »bin ich dran. Und dann bist *auch* du dran. Und dein Alter ebenfalls.«

Eddie zögerte. Offenbar dachte er zum ersten Mal in seinem Leben über die Folgen seines Tuns nach. Nach ein paar Sekunden Schweigen wandte er sich Marcus zu. »Hör mal, Marcus, die Geburtstagstorte wird bald weg sein, und ich hätte gern ein Stück. Lauf mal schnell nach unten und hol uns drei Stücke. Oder lieber vier, dann kriegst du zwei, weil du gegangen bist.«

Junior wirkte erleichtert, als wäre Marcus eine Last, die er liebend gern loswerden wollte.

Marcus zitterte am ganzen Körper. Sein angeblich bester Freund hatte ihm soeben ein Messer in den Rücken gerammt! Am liebsten hätte er die Möbel auf dem Flur umgeworfen und sämtliche Fenster eingeschlagen. Er merkte, wie ihm die Röte ins Gesicht schoss, aber nach außen tat er noch immer so, als wäre er der steinerne Wasserspeier.

»Na klar«, sagte er und folgte dem Gang zurück zur Treppe.

Hinter sich hörte er Eddie: »Ich sag doch, der ist cool. Der fette Freak gehorcht mir aufs Wort.«

Kapitel 32

Francis Ackerman jr. prüfte ein zweites Mal, ob sie an der richtigen Adresse waren, und knurrte wie ein Wolf, der gleich zuschlagen würde. »Das verstehe ich nicht.«

Vom Fahrersitz des gemieteten weißen Impala blickte Emily Morgan auf den Eingang zum Friedhof Oakbrook. »Also, ich verstehe es so, dass Unser uns sagen wollte, wir sollen krepieren.«

Ackerman ließ immer wieder die Fingerknöchel knacken. »Meine Ehre verlangt nach rascher und blutiger Vergeltung.«

»Seien Sie nicht albern. Sie haben keine Ehre.«

»Worte verletzen, und jetzt ist der falsche Moment, um mich zu provozieren. Das hier ergibt einfach keinen Sinn! Kommt mir vor, als würden wir etwas übersehen. Vielleicht will Unser uns zu einem der gegenwärtigen Bewohner des Friedhofs dirigieren?«

Emily zuckte mit den Schultern. »Der Friedhof ist groß, und es regnet. Wollen Sie wirklich die Reihen entlanggehen und auf den Grabsteinen nach Hinweisen suchen?«

»Wir wüssten ja nicht mal, wonach wir suchen. Warum können die Leute sich nicht präziser ausdrücken? Seine Anweisungen waren verdammt vage.«

»Vielleicht hat er uns nur hierhergeschickt, um unsere Zeit zu verschwenden.«

Ackerman dachte an die Begegnung mit Leland Unser im Sparring-Ring zurück. »Der Kerl hätte sich mir niemals wissentlich widersetzt.«

»Wirklich nicht? Mir kam er ziemlich trotzig vor.«

»Aber ich habe ihn mit dem *Blick* angesehen.«

»Was für einem Blick?«

»Dem Blick, der ihm verrät, dass ich ihn abschlachte, sollte er mich herausfordern, und mit ihm seine Familie, seine Freunde, seine Haustiere und dann jeden in seinen Handykontakten.«

»Oh! Das ist ein ziemlich starker Blick. Vielleicht ist bei der Übertragung dieses Blickes etwas verlorengegangen, was meinen Sie?«

»Nein.«

»Okay, Sie haben ihn also mit dem Blick der Auslöschung seines Stammbaums angeschaut, aber hatten Sie auch die Absicht, die Drohung wahrzumachen? Hatten Sie wirklich vor, jeden umzubringen, der in den Handykontakten dieses Mannes steht, falls er Sie reinlegt?«

»Eher nicht. Zumindest nicht sofort, aber eines Tages vielleicht schon. Im Moment fehlt uns die Zeit für solche Ablenkungen.«

»Und der alte Ackerman? Was hätte der getan?«

»Wollen Sie sagen, ich werde weich? Dass ich nicht mehr in Bestform bin?«

»Nehmen Sie es nicht so schwer. Sie werden weniger Monster und dafür mehr Mensch.«

Er starrte auf die Reihen der Grabsteine hinter dem schmiedeeisernen Zaun. »Und wenn es das Monster ist, was wir brauchen, was dann? Ich wurde zum Raubtier geboren. Und von da an hat jede Sekunde Schmerz die Schneide des Instruments, das ich bin, geschärft. Ich darf nicht zulassen, dass diese Schneide stumpf wird.«

»Das Leben besteht aus Phasen, Frank, aus Abschnitten. Für alles gibt es eine Zeit. Vielleicht ist es für Sie jetzt so weit, dass Sie das Messer aus der Hand legen können.«

»Das ist absurd. Töten, kämpfen, jagen – mehr habe ich nie gekannt.«

»Dann wird es vielleicht Zeit, etwas Neues zu lernen.«

Kapitel 33

Mit Blakes widerwilliger Erlaubnis hatte Baxter die ganze Wohnung nach Spuren und Hinweisen durchsucht. Im Badezimmer fand er ein hochdosiertes Antidepressivum, das Corin verschrieben worden war, aber sonst nicht viel. Sie war eindeutig die bestimmende Persönlichkeit, doch Baxter bekam den Eindruck, dass sie ihre Dominanz passiv ausübte, durch Manipulation vermutlich. Die Schubladen im Schlafzimmer waren mit ihren oder seinen Initialen gekennzeichnet, und neben dem Lichtschalter hing eine kleine Schiefertafel an der Wand. Am oberen Rand stand: »Blakes Liste«. Mit Kreide waren die für die nächsten Tage geplanten Aktivitäten angeschrieben, dazu eine Pflichtenaufstellung für Blake. Die Daten lagen zwei Monate zurück.

Der einzige Raum, den Baxter sich noch ansehen musste, war das zweite Schlafzimmer. Er ging es mit geschultem Auge durch. Der Teufel lag immer im Detail, und Details wurden oft übersehen.

Nachdem er im Zimmer nichts gefunden hatte, ging er an den Wandschrank und öffnete die Falttüren. In diesem Augenblick schoss eine dunkle Gestalt auf ihn zu. Baxter wehrte den Angriff mit dem Unterarm ab und verbiss sich einen Fluch.

Er schaute sich an, was ihn attackiert hatte, und fragte: »Bewahren Sie Ihr Bügelbrett immer im Wandschrank des Gästezimmers auf?«

»Nein. Das ist seltsam. Corin stellte das Brett sonst immer in den Schrank im Flur. Sie bügelt gern, wenn ich fernsehe.«

»Sie sieht nicht mit Ihnen fern?«

»Corin liest lieber Bücher. Wenn sie aussucht, was wir glotzen sollen, ist es meistens eine langweilige Doku.«

»Dann haben Sie oder die Cops das Bügelbrett da reingestellt?«, fragte Baxter.

Blake schüttelte den Kopf. »Ich benutze das Zimmer nicht, und die Cops haben nichts umgeräumt. Corin muss das Brett dort abgestellt haben.«

»Merkwürdig, dass es so rausfiel.«

»Stimmt. Vielleicht hatte sie es eilig.«

»Wann bügelt sie immer?«

»Wie ich schon sagte, wenn wir fernsehen.«

»Benutzt sie das Bügelbrett auch schon mal morgens vor der Uni? Oder bügelt sie Ihnen Ihren italienischen Anzug, ehe Sie zum Club fahren?«

»Nein, den lasse ich trockenreinigen und bügeln. Und Corin legt sich abends immer alles für den nächsten Tag bereit. Morgens bügelt sie nur ganz selten etwas.«

»Wann hat sie das Bügelbrett zuletzt benutzt?«

Blake schwieg und dachte nach. »Wahrscheinlich an dem Abend, bevor sie verschwand.«

»Wahrscheinlich?«

Wieder nachdenkliches Schweigen. »Nein, ganz sicher. Ich habe mir das Fortyniners-Spiel angesehen, und sie hat zwei Garnituren gebügelt und sich dann an ihre Hausaufgaben gesetzt.«

»Und was hat sie danach mit dem Bügelbrett gemacht?«

»Das kann ich nicht mit Sicherheit sagen, aber ich glaube, sie hat es wieder in den Dielenschrank gestellt. Wieso ist Ihnen das so wichtig?«

Baxter zuckte mit den Achseln. »Es könnte eine falsche Fährte sein, aber es bringt mich auf den Gedanken, dass Corin vielleicht wirklich hier in der Wohnung entführt wurde.«

»Sie meinen, ihr Entführer hat das Bügelbrett da reingestellt? Warum sollte er so was tun?«

»Keine Ahnung. Aber die eigentliche Frage lautet doch: Falls Corin tatsächlich aus der Wohnung entführt wurde – ändert das etwas?« Er blickte auf die Uhr. »Ich habe noch einen Termin, aber ich melde mich in Kürze. Vermutlich noch heute Abend. Sind Sie zu Hause?«

Blake traten Tränen in die Augen. »Wenn Sie möchten, ja. Wenn es auch nur den Hauch einer Chance gibt, dass wir Corin finden, tue ich alles. Egal was. Ich will sie nur wiederhaben.«

Kapitel 34

Stefan Granger parkte den Buick einen Block von Haight and Ashbury entfernt. Es war ein schöner Tag. Über zwanzig Grad. Granger trug noch immer Jeans und einen Hoodie. Das Wetter in San Francisco war ideal für jeden, der seine Identität verschleiern wollte. Der Himmel wurde dunkler, aber ein stetiger Menschenstrom bewegte sich auf den Straßen, die früher von den kultigsten Musikern und Aktivisten aller Zeiten unsicher gemacht worden waren.

Granger hatte sich Mund und Nase mit einer Grippeschutzmaske bedeckt, ehe er sein Apartment verließ. Nicht einmal hinter dem Lenkrad wollte er erkannt werden. Er nahm seine Restlichtverstärkerbrille von der Sonnenblende. Sie war nicht ganz so effizient wie ein Nachtsichtgerät, aber sie verbarg seine Augen, und die großen grünen Linsen des Nachtsichtgeräts wirkten schon ein wenig verdächtig. In Grangers Beruf konnte selbst der kleinste Vorteil gegenüber dem Gegner einen gewaltigen Unterschied bedeuten.

Die weiße Grippeschutzmaske, die er sich ausgesucht hatte, war eine Kreuzung zwischen einem Mundschutz gegen Staub, wie Maler ihn trugen, und einer Chirurgenmaske, die eine Infektion verhindern sollte. Granger hatte festgestellt, dass sie sich ideal eignete, um das Gesicht zu verbergen. Sah ein Durchschnittsbürger auf der Straße jemanden in Hoodie und Skimaske, wurde er sofort misstrauisch. Falsche Bärte, Nasenprothesen und dergleichen waren zur Tarnung schon besser, aber die simpelste Variante bestand darin, so zu tun, als wäre man einer von diesen Spinnern mit Ansteckungsphobie oder jemand mit einer ansteckenden Krankheit. In beiden Fällen hielten andere sich von einem fern, und man konnte die Maske sogar innerhalb von Gebäuden tragen.

Grangers Handschuhe waren unauffällig, eine weit verbreitete Marke aus einem Supermarkt und bar bezahlt. Zwar wirkten sie nicht ganz so unschuldig wie die Maske, aber es reichte, dass niemand misstrauisch wurde.

Das eine Werkzeug für seine Aufgabe, das er noch auswählen musste, war die Waffe. In seinem alten Buick führte Granger ein ganzes Arsenal mit, aber er wollte nicht gesehen werden, wie er unentschlossen in einen Kofferraum voller Schießeisen starrte. Deshalb nahm er sich einen Moment und überlegte, was infrage kam.

Seine getreue Walther PPK mit dem Gewinde für einen Schalldämpfer der Spitzenklasse kam ihm als Erstes in den Sinn. Sie verschoss die .380 Auto, ein kleines Kaliber, das als Unterschallmunition so gut wie lautlos blieb. Dann gab es die alte Schrotflinte seines Vaters, die er abgesägt und nachgerüstet hatte, sodass sie zu einer Massenvernichtungswaffe geworden war. Ursprünglich war sie eine doppelläufige Jagdflinte gewesen, und es gefiel Granger, dass man so oft nachladen musste. Das Spiel wurde dadurch fairer für seinen Gegner. So wie ein Handicap beim Golf.

Doch keine dieser Waffen passte so richtig zum Auftrag des heutigen Abends. Granger wollte, dass es nach einem Bandenverbrechen aussah. Deshalb entschied er sich für die MAC-10 – eine Maschinenpistole mit einem langen Magazin, gefüllt mit 9-mm-Hohlspitzgeschossen. Sie war klein, brutal, effektiv und leicht zu verbergen. Und im Gegensatz zu den Waffen, wie sie bei Schießereien aus dem fahrenden Auto benutzt wurden, war seine MAC-10 individuell nachgerüstet und auf höhere Verlässlichkeit und Treffsicherheit optimiert.

Sein Hoodie war zwei Nummern zu groß, mehr als ausreichend, um die MP zu verbergen.

Bevor Stefan Granger das Fahrzeug verließ, steckte er sich die schnurlosen Kopfhörer in die Ohren und spielte auf dem Handy *Back in Black* von AC/DC. Vor ein paar Monaten hatte er sich angewöhnt, Musik zu hören, wenn er tötete; er wollte damit seine anderen Sinne schärfen und schenkte seiner Beute ein weiteres Handicap.

Nachdem er die MAC-10 aus dem Kofferraum geholt hatte, ging er zum Haus der Zielperson, das in ein innerstädtisches Bordell umgebaut worden war. Beim Gehen hielt er den Kopf gesenkt und nahm zu niemandem Blickkontakt auf.

Als Junge war Stefan Granger ein großer Fan von Mortal Kombat gewesen. Er erinnerte sich noch gut daran, wie er mal einen Freund besucht hatte, der sich eine Spielkonsole leisten konnte, eine Sega Genesis. Hier sah er zum ersten Mal, wie eine digitale Zeichentrickfigur einer anderen die Wirbelsäule herausriss. Von diesem Moment an war er dem Spiel verfallen gewesen. Nicht wegen der Gewalttätigkeit, auch wenn sie nicht schadete; was Granger faszinierte, war der Kitzel und die Strategieorientierung des Spielprinzips. Er fand, dass es sehr dem wirklichen Leben glich. Wenn im Spiel eine Figur zu einem bestimmten Angriff ansetzte, musste man imstande sein, zu kontern und zurückzuschlagen, indem man eine bestimmte Kombination verschiedener Knöpfe drückte. Granger war zu einem Experten geworden, wenn es darum ging, auf die Angriffe seiner Gegner mit den richtigen Knopfkombinationen zu reagieren.

Er lächelte hinter der Schutzmaske und dachte an den Tag, an dem sein Adoptivvater ihm seine eigene Sega Genesis geschenkt hatte. Sie war benutzt und ein bisschen abgegriffen gewesen, aber sein Alter hatte sie auf einem Flohmarkt bekommen – mit zusätzlichen Controllern und über zwanzig Spielen, darunter einige blutige Kampfspiele wie Mortal Kombat und Eternal Champions.

Noch in Kindheitserinnerungen versunken, erreichte er die Stufen vor dem Eingang zu Faraz Tarkanis Hurenhaus. Ein großer Weißer in schwarzem T-Shirt stand neben der Tür und rauchte eine Zigarette. Der affenartige Wächter lachte und scherzte mit einem anderen Mann, einem großen Schwarzen in einem ärmellosen Hemd und mit einer Strickmütze. Granger verstand wegen seiner Ohrhörer nicht, was sie sagten, aber er las ihre Lippenbewegungen und stellte fest, dass sie ein Fachgespräch führten und die Anatomie einer neuen Mitarbeiterin erörterten.

Er tippte auf einen Knopf an seinen Ohrhörern, sodass die Rockmusik verstummte, und sprach die beiden Schlägertypen an. »Ich habe euch ein Geschäft anzubieten. Wer von euch mir als Erster sagt, wo ich Samantha Campbell finde, überlebt.«

Der übertrieben muskelbepackte Affenmensch schnippte die Zigarette weg. »Verpiss dich, Freak.«

Stefan Granger lächelte, bemerkte dann, dass sie ihn unter der Maske nicht sehen konnten. Er kreiste die Schultern und wärmte die Muskeln auf, um auf allen Zylindern zu laufen. Wieder tippte er auf den Ohrhörer. Die winzigen Lautsprecher pumpten *Shoot to Thrill* von AC/DC raus.

Der Türsteher schien zu begreifen, dass etwas nicht stimmte. Ein primitives Alarmsystem aus den ersten Tagen der Menschheit schrillte in seinem Innern. Doch Granger hatte die MP bereits gezückt und drückte ab, ehe der Wächter begriff, was vorging. Granger zielte niedrig, sodass die Kugeln in die Beine des Affenmenschen fetzten und ihn auf den Beton schleuderten.

Als der Glatzkopf vor Schmerz aufschrie, richtete Granger

die MAC-10 auf den Mann mit der Strickmütze. Der große Schwarze war klüger und hob die Hände. »Sammy ist oben beim Boss. Sie zeigt ihm ihre Dankbarkeit.«

»Dankbarkeit für was?«

»Weiß ich nicht, Mann. Irgendwas wegen ihrer verschwundenen Schwester.«

Der Affenmensch stemmte sich auf Arme und Knie und hinterließ eine Blutspur, als er versuchte, zu seiner verlorenen Waffe zu robben. Granger hob die Maschinenpistole und gab einen weiteren Feuerstoß ab. Diesmal zielte er auf den großen kahlen Kopf des Halbaffen. Er erinnerte Granger an ein großes Ei und zerbrach genauso leicht.

Der Schwarze hielt die Arme in der Luft. Er zitterte jetzt vor Angst. Granger zielte und sagte: »Danke.« Dann beendete er das Leben des schwarzen Mannes. In seinen Ohren sang Brian Johnson: *Yeah, pull the trigger.*

Nachdem er nachgeladen hatte, drang Granger in den obersten Stock vor. Er war nicht hier, um die Mädchen oder ihre Kunden zu töten, aber er hatte eine Regel, was Zeugen anging: *Niemals welche zurücklassen.* Die Maske und die Brille wirkten gegen Videoüberwachung, aber er verließ sich nicht darauf. Er ging nicht das geringste Risiko ein. Er mähte drei Mädchen und zwei Kunden nieder, ehe er die Treppe zur Penthouse-Suite des Zuhälters betrat.

Die letzten Stufen stieg Granger mit großer Vorsicht hinauf, denn er konnte sich denken, was ihn oben erwartete: Ein Kerl wie Faraz war nie allein. Er würde einen, eher zwei Bodyguards haben. Irgendwo im Flur würden sie auf ihn warten.

Granger erreichte das Ende der Treppe und drückte sich mit dem Rücken gegen die Wand, um vom Gang aus nicht gesehen werden zu können. Dann nahm er ein leeres Magazin und warf es die Treppe hinunter. Im Hämmern der Musik, die in seinen Ohren dröhnte, tanzte es geräuschlos die Stufen hinunter.

Granger wartete. Damals, während seiner Videospielphase, war er zahlreichen Gegnern gegenübergetreten, die Erfolg hatten, indem sie wahllos auf die Knöpfe hämmerten und durch Zufall gute Kombinationen drückten, die sie gar nicht kannten. Doch Granger hatte festgestellt, dass das Knöpfehämmern einer richtigen Strategie und Technik nicht gewachsen war. Schon damals hatte er gewusst, dass der geduldigere Gegner stets die Oberhand behielt.

Ganz wie erwartet sah er den Lauf der Glock-Pistole, bevor er ihren Besitzer entdeckte.

Granger packte ihn beim Handgelenk, riss ihn nach vorn und jagte ihm einen Feuerstoß aus seiner Waffe in den Unterleib. Sein Opfer schrie auf und feuerte die eigene Pistole ab. Granger schlug ihm die Glock aus der Hand, riss den Sterbenden herum wie eine Flickenpuppe und legte ihm den Arm um den Hals.

Als menschlichen Schutzschild hielt er ihn vor sich und drang in den Gang vor. Der andere Bodyguard hatte die Waffe erhoben und schussbereit, aber Granger verbarg sich hinter dem Partner des Mannes. Seine MAC-10 zuckte und schleuderte heiße Patronenhülsen an die Decke. Der kontrollierte Feuerstoß traf den zweiten Mann in die Brust, warf ihn nach hinten und bespritzte die Wände mit Blut.

Grangers menschlicher Schutzschild aber musste noch sterben wie ein braver Junge und versuchte sogar, sich aus Grangers Griff zu befreien. In seinen Ohren stampfte AC/DC im gleichen Rhythmus wie sein Herzschlag. Granger verschwendete keine Zeit, hielt der menschlichen Panzerweste die Maschinenpistole an die Schläfe und drückte ab.

Ein leeres 9-Millimeter-Magazin fiel klirrend zu Boden, und

Granger schob neue Munition ein. Er lud die Waffe durch und machte sich auf den Weg zu Faraz' Penthouse.

In den Ohrhörern ging *Shoot to Thrill* zu Ende, und *What Do You Do for Money* begann.

Kapitel 35

Die dunkelhäutige Frau in den Filzpantoffeln schob Corin hinauf auf ein Betonpodest und schloss eine Tür mit zwei schweren Riegeln auf.

»Wo sind wir?«, fragte Corin.

Ohne zu antworten, öffnete die Frau die Tür und umfasste die Griffe des Rollstuhls.

Corin empfand ein Schwindelgefühl, als sie die Schwelle überquerten. Was bisher nackt und zweckdienlich gewesen war, wirkte nun teuer und exklusiv. Der Teppich war dunkelrot wie altes Blut, und der Gang sah beinahe aus wie in einem überteuerten Hotel, hätte alles nicht so ungepflegt und heruntergekommen gewirkt. Corins Gedanken kehrten zu einer Szene aus einem Film zurück, in dem zwei unheimliche Zwillingsschwestern am Ende eines ähnlichen Korridors gestanden hatten.

Türen mit großen aufeinanderfolgenden Ziffern reihten sich auf beiden Seiten des endlos langen Flures. Corin konnte nicht sagen, ob die Türen zu weiteren Betongängen führten oder zu üppigen Zimmerfluchten. Der Versuch, ein Gefühl für den Grundriss zu erhalten, ließ das ganze Bauwerk surreal und bedrohlich wirken, als öffnete sich jede Tür zur persönlichen Hölle einer jeweils anderen Person.

Als sie endlich das Ende des Flurs erreichten, schloss die Frau in den Filzpantoffeln eine Flügeltür auf. Die Einrichtung des Raumes dahinter brachte Corin erneut zum Schwindeln. Ihr Verstand kämpfte um einen Halt, einen Anker, um sich zu orientieren. *Wo bin ich, um alles in der Welt?*

Die Frau schob Corin in einen riesigen Ballsaal, der mit lackiertem Zedernholz vertäfelt war. Corin schätzte den Raum auf dreißig Meter Länge und fünfzehn Meter Breite, und die Gewölbedecke erreichte am höchsten Punkt bestimmt acht Meter. Die gegenüberliegende Wand bestand vor allem aus Glas. Die Fensterreihen waren pyramidenartig angeordnet. Jenseits der Fensterwand sah Corin den Sandstrand eines kleinen Sees, den das dichte Grün eines Waldes umgab.

Den Baumarten nach zu urteilen befand sie sich noch immer in Nordkalifornien. Das war gut. Sie kannte die Gegend. Sie war nicht in der Hölle gelandet.

Im Zentrum des Ballsaals standen acht Betten, zu ordentlichen Reihen angeordnet. Es waren Betten, wie man sie im Schlafgemach einer Prinzessin vermuten würde. Jedes Himmelbett war mit Schnitzereien verziert und von einem durchscheinenden weißen Vorhang verhüllt, sodass es an ein freistehendes Zelt erinnerte. Neben jedem Bett ragte ein Kleiderständer aus Metall auf. An den Stangen hingen verschiedene weiße Gewänder.

Die Frau mit den Pantoffeln schob Corin an den Betten vorbei zu der Fensterwand, wo ein Kreis aus Ledersofas einen Sitzbereich um einen Bärenfellteppich bildete. Zwei andere Frauen in den gleichen weißen Kleidern räkelten sich auf den Sofas und lasen in alten Büchern mit festem Einband. Die eine hatte asiatische Züge, die andere war zierlich und trug ihre blonden Haare kurz. Die junge Asiatin machte den Eindruck, im vielleicht dritten Monat schwanger zu sein.

Corin zog es vor, nicht an das Baby zu denken, das angeblich in ihrem eigenen Leib heranwuchs.

Über die Schulter hinweg sagte die Frau mit den Filzpantoffeln: »Das sind Sherry und Tia. Und ich bin Sonnequa. Das ist Corin, Mädels. Die Neuerwerbung des Meisters.«

Wild und machtvoll, beinahe so, als spucke sie Dolche auf die Frauen, stieß Corin hervor: »Was ist hier los, verdammt? Was sitzen Sie da tatenlos herum? Wir müssen fliehen! Wer sind Sie überhaupt? Wie lange sind Sie schon hier? Weiß jemand . . .«

Die Ohrfeige ließ Corin abrupt verstummen. Reflexhaft riss sie die Hand an die Wange, wo der Schlag noch auf der Haut brannte. Sonnequas Hand hing zitternd in der Luft, direkt vor ihr.

Corin sagte kein Wort. Sie wusste, dass man sich manchmal am besten verteidigte, indem man den Mund hielt und sich tot stellte.

Mit bebender Stimme flüsterte Sonnequa: »Wir dürfen nicht miteinander sprechen, wenn der Meister nicht dabei ist.«

»Was? Was soll das . . .«

»Tia«, sagte Sonnequa, »zeig Corin, was geschieht, wenn wir die Regeln nicht befolgen.«

Die junge Asiatin setzte sich auf, beugte sich näher zu Corin und öffnete den Mund. Corin brauchte ein paar Sekunden, bis sie begriff, was sie sah – oder genauer, was sie nicht sah.

Sie begann unkontrolliert zu zittern und wollte nichts als weg von hier, aber ihre Beine waren gebrochen. Sie wollte sich übergeben, aber sie hatte nichts im Magen. Sie wollte schreien, aber sie wagte keinen Laut.

Tia, die schwangere junge Asiatin, hatte keine Zunge mehr.

Kapitel 36

Der Name von Eddies Nachtclub überraschte Marcus kein bisschen. Genau auf solch einen Namen musste sein ehemaliger Freund verfallen: selbstverherrlichend und egomanisch. Um zehn nach neun fuhren Maggie und er vor dem Great Caruso vor. Der Laden war jetzt schon gerammelt voll. Auf dem großen Parkplatz der Villa sah Marcus reihenweise italienische Sportwagen und deutsche Luxuskarossen.

An der gesicherten Zufahrt stand ein kräftiger Mann in schwarzem Smoking und weißen Handschuhen wie in Habtachtstellung. Er sprach ihren Chauffeur an, sagte ein paar Worte und kam ans Seitenfenster, das selbsttätig herunterfuhr. »Papiere bitte.« Marcus sah die Umrisse einer Pistole unter dem Jackett des Parkwächters.

Maggie hielt ihren Dienstausweis hoch. Der Wächter lächelte. »Mr. Caruso heißt Sie auf der Party willkommen.« Er verbeugte sich höflich, und das Sicherheitstor fuhr auseinander.

Marcus hätte sich am liebsten übergeben.

Aber der Wächter hatte nur Anweisungen befolgt. Ihm war beigebracht worden, auf ganz bestimmte Weise den Zutritt zur »Party« zu gestatten. Marcus fragte sich, ob sein ehemaliger Freund das Personal höchstpersönlich angewiesen hatte, wie es reden und sich benehmen sollte. Eddie war immer schon ein Kontrollfreak gewesen und hatte nie ertragen können, auch nur das kleinste Detail jemand anderem zu überlassen.

Was Marcus am meisten auffiel, war die Wortwahl des Parkwächters. Nicht »Willkommen auf der Party« oder »Wir heißen Sie auf der Party willkommen«. Nein, es hieß: »Mr. Caruso heißt Sie auf der Party willkommen.« Als hätte Eddie den Wächter vom Menschen zum Robotsklaven degradiert; als dürfte der junge Kerl nicht einmal eine eigene Identität besitzen, als wäre er lediglich Inventar des Great Caruso.

Der Wächter folgte der Limousine durch das Tor. Unter dem Vordach der Villa öffnete er ihnen den Wagenschlag. »Mr. Caruso erwartet Sie im großen Ballsaal.«

Beim Aussteigen sagte Marcus: »Kumpel, Mr. Caruso ist ein Arschloch, und Ihr Leben würde sich enorm verbessern, wenn Sie hier kündigen und sich einen anständigen Job suchen. Versuchen Sie's mal bei Burger King.«

Der Wächter sah ihn perplex an, als suchte er nach einer vorgefertigten Antwort auf eine Bemerkung wie diese.

Marcus wartete die Entgegnung aus der Konserve nicht ab. Er stieg die Marmorstufen hinauf zu einer Flügeltür – vier Meter hoch, weiß, mit goldenen Verzierungen. Der Eingang vermittelte Marcus das Gefühl, er steige hinauf zur Himmelspforte.

Hinter der Tür befand sich ein großzügiges Foyer mit einer Garderobe und mehreren Sitzecken in einer gewaltigen Rotunde. Auf antiken Ledersesseln am Rand des Foyers saßen Männer und Frauen. Einige lachten, einige küssten sich, andere rauchten Zigarren oder Zigaretten in einer Spitze.

Die Türen zum »Großen Ballsaal« waren genauso riesig wie die Haustüren, bestanden aber aus dunklem Mahagoni. Zwei weitere Männer in Smokings standen zu beiden Seiten und regelten den Zugang in Eddies kleines Königreich.

Erst als die Türen sich teilten, bemerkte Marcus, dass Eddies Club einem Thema folgte. Alles war darauf ausgerichtet, den Gästen den Eindruck zu vermitteln, sie wären in *Der große*

Gatsby in einer Variante, in der es bereits Handys gab. Die meisten Frauen trugen Goldlamékleider aus den Zwanzigern. Sie wirbelten über den Tanzboden, und die Pailletten funkelten wie ein Meer aus Rubinen, Smaragden, Brillanten und Saphiren. Die Männer trugen Frack und Smoking. Die Kleidung, die Dekoration, die ganze Atmosphäre schrie nach New York in den Roaring Twenties, nur die Musik war ein Verschnitt aus Techno, Hip-Hop, Jazz und Blues.

Der stampfende Beat tat Marcus in der Brust weh, die Lichteffekte stachen ihm in die Augen. Doch beides mobilisierte erfolgreich die Möchtegerngangster und Pseudoflapper, sich enger und tiefer aneinanderzuschmiegen.

Zu beiden Seiten des langen, rechteckigen Ballsaals führten geschwungene Treppen in die Höhe. Eddie Caruso kam in der Haltung eines Filmidols eine dieser Treppen herunter. Marcus musste zugeben, dass Eddie das dazu nötige Aussehen besaß. Er trug einen schlichten schwarzen Smoking und eine Fliege und hatte sein Haare zurückgekämmt. Ein Profi schien ihn gestylt zu haben. Er hatte sogar noch sein jungenhaftes gutes Aussehen von damals. Erst als er den Mund öffnete, bröckelte seine weltmännische Fassade ein wenig.

Seine Stimme war weich, mit dickem Brooklyn-Einschlag, zugleich tief und kratzig wie bei einem alten Mann, der außer Atem war. Im sechsten Schuljahr war das Haus von Eddies Eltern bis auf die Grundmauern niedergebrannt. Eddie und seine kleine Schwester waren von den Flammen eingeschlossen gewesen; seitdem hatte Eddie eine vernarbte Lunge und geschädigte Stimmbänder. Marcus erinnerte sich allerdings, dass Eddie seine neue Stimme keineswegs störte. Im Gegenteil, er machte sie sich zunutze, um sein Image als harter Bursche zu betonen.

Nun breitete Eddie die Arme aus und fragte mit seiner Sandpapierstimme: »Was hältst du von dem Bau?«

Marcus ließ den Blick ein paar Sekunden lang über die üppige Verschwendungssucht schweifen. »Erinnert mich an eine Musicalaufführung im Gemeindezentrum. Kostet der Eintritt hier Geld?«

Eddie grinste. »Immer noch der Riesenarsch von damals. Ist gut zu wissen.«

»Und du bist ein Narzisst geblieben. Wenn mir einer andauernd erklärt, wie toll er ist, bedeutet das normalerweise, dass er's eben *nicht* ist.«

»Das hier ist ein Erlebnisclub, du Dämlack, und obendrein eine Gelddruckmaschine. War ganz allein meine Idee. Ich hab gesehen, dass viele reiche Schnösel und Vorstadtpromis Partys mit Gatsby-Thema veranstalten. Angefangen haben wir als Abschreibungsobjekt, aber anscheinend haben wir irgendwas richtig gemacht, und das Great Caruso war geboren. Aber es ist alles nur Show.«

»Wenn alles nur Show ist, warum machst du nicht ein echtes Gatsby-Erlebnis daraus und stellst jemanden ein, der Gatsby spielt, anstatt dich selbst in die Rolle zu drängen?«

»Dann müssten wir für die Rechte zahlen. Im Moment ist unser Thema die Zwanzigerjahre. Und dass ich meinen echten Namen benutze, vergrößert den Reiz.«

»Du streichelst damit doch bloß dein Ego.«

Eddie grinste. »Die Leute stehen Schlange, damit sie es mir streicheln dürfen, Sportsfreund.«

Maggie schaltete sich in das Gespräch ein. »Mr. Caruso, vielen Dank, dass Sie sich bereiterklärt haben, mit uns zu sprechen. Der Club ist wirklich beeindruckend. Nicht wahr, Marcus?«

»Ja, voll cool. Überhaupt nicht gruselig. Als wenn Robert Redford mit Lady Gaga ein Baby hätte.«

Eddie lachte, aber seine Augen verrieten seinen Zorn. »Halt dich bloß nicht zurück, Marcus. Sag mir, was du wirklich denkst.«

»Können wir irgendwo ungestört reden, Mr. Caruso?«, fragte Maggie.

»Aber sicher. Gehen wir hinauf in mein Büro. Und schöne Frauen nennen mich Eddie.«

Kapitel 37

Die Vergangenheit

Als Eddie und Junior außer Sicht waren, rannte Marcus so schnell er konnte durch die Gänge mit ihren Marmorböden. Er stürmte die Treppe hinunter, flitzte um die Ecke und folgte dem Stimmengewirr. Die Party fand draußen auf der Veranda statt. Die Eltern des kleinen Nicky hatten mit Hüpfburgen, Bällebädern und Zaubervorstellungen ihr Bestes gegeben. Marcus glaubte beinahe, in Coney Island zu sein. Mehr als einmal überlegte er, einfach hier unten zu bleiben und sich mit Kuchen vollzustopfen. Aber was immer Eddie und Junior vor ihm versteckten, er wollte es sich auf keinen Fall entgehen lassen.

Er eilte ans Kuchenbüffet, lud drei Stücke auf einen Teller und ging zur Küche, wo er einer Frau vom Cateringservice erklärte, was es mit den Kuchenstücken auf sich hatte. Sie nahm den Teller und sagte ihm, sie werde die Kuchenstücke in Folie wickeln und sie ihm auf die Theke legen. Nach einem hastigen Dankeschön stürmte Marcus zur Treppe zurück, flitzte ins Obergeschoss und zurück in den Flur, in dem sein angeblicher Freund ihn hintergangen und einen »fetten Freak« genannt hatte.

Marcus blieb stehen. Sein Atem ging rasselnd, sein Herz hämmerte wild. Er versuchte, ruhiger zu atmen, und lauschte. Da waren die Geräusche der Party, der Klimaanlage, der Caterer in der Küche, der Kinder, die kicherten oder im Garten spielten, das Summen der Neonröhren, das Rauschen des Wassers in den

Leitungen. Und dann, irgendwo unter allem verborgen, hörte er die gedämpften Stimmen von Junior und Eddie.

Marcus ging in die Richtung der Geräusche, folgte dem Gang und gelangte an die Stelle, wo Grün zu Rot, öffentlich zu verboten und sicher zu gefährlich wurde. Er zögerte an dieser Grenze; er wusste, dass er umkehren sollte. Als er dann doch über die Schwelle in die rote Zone trat, hätte er schwören können, dass die Luft kälter wurde und das Licht trüber.

Marcus ging ihren Stimmen nach. Er *musste* erfahren, was er nicht wissen sollte. Das Gemurmel drang aus einem Zimmer links. Marcus blieb neben der Tür stehen und lauschte. Wenn er sich sehen ließ, würden sie ihm noch einmal sagen, er solle sich verziehen.

Marcus kam gerade rechtzeitig, um das Wort »Geheimgänge« aufzuschnappen. Junior fuhr fort: »Mein Großvater Angelo war total übergeschnappt.«

»Eben hast du noch gesagt, er wäre der größte Mann, der je gelebt hat«, meinte Eddie.

»Scheiße, Mann, das hab ich deinem Boy Blue nur gesagt, damit er die Fresse hält. Grandpa Angelo war komplett irre. Als er noch jung war, nannten sie ihn den Metzger, und als er älter wurde, den irren King. Diese Villa hier hat er gebaut, als er schon 'n alter Knacker war. Mein Pop hat alle Türen in die Geheimgänge zunageln lassen. Aber den hier hab ich aufgemacht, und jetzt kann ich im Haus rumschleichen.«

»Das ist ja der Hammer«, sagte Eddie.

Marcus lugte um die Ecke und sah, wie Junior eine Geheimtür öffnete, indem er ein Stück Zierleiste drehte und aus der Wand zog. Dann drückte er gegen einen Teil der Wand. Es klickte, und der Wandteil klappte auf und gab einen versteckten Durchgang frei.

Junior nahm eine Taschenlampe aus einem Bücherregal.

»Komm, gehen wir auf Erkundung. Aber sobald wir drin sind, bleibst du nahe bei mir.«

»Warum? Was ist da drin?«

»Nichts ist da drin. Ein paar Gänge sind verschlossen, andere sind Sackgassen. Man verirrt sich da leicht. Einmal hab ich gedacht, ich müsste die ganze Nacht in dem beschissenen Labyrinth bleiben, bis ich dann den Bogen raushatte. Also bleib bei mir, klaro?«

»Wie angeklebt«, flüsterte Eddie.

Obwohl Marcus sich vor der Tür versteckt hatte, konnte er sich Eddies Gesicht genau vorstellen. Er sah vor sich, wie Eddies Prahlerei Risse bekam und der ängstliche kleine Junge dahinter sichtbar wurde. Marcus hatte das schon ein paar Mal bei Eddie gesehen. Früher hatte es ihn sogar irgendwie sympathischer wirken lassen.

Marcus wartete, bis die beiden das Zimmer verlassen hatten, und ließ ihnen einen Augenblick, um in den Geheimgang vorzudringen, dann hatte er genug Mut gefasst, um ihnen zu folgen.

Er öffnete die Geheimtür, wie er es bei Junior gesehen hatte, und folgte den beiden in die Eingeweide der Burg des irren King.

Kapitel 38

Stefan Granger stieg die letzte Treppe zum Oval Office des kleinen Zuhälters gar nicht hoch; stattdessen trat er die Tür eines Zimmers ein und ging zu der Feuerleiter, die er von außen gesehen hatte. Die meisten Gebäude waren mittlerweile mit innenliegenden Feuertreppen ausgestattet, aber es gab noch ein paar denkmalgeschützte Häuser und Hauseigentümer, die sich den Umbau nicht leisten konnten.

Granger erreichte auf den Stahlstufen das Penthouseniveau, achtete aber darauf, außer Sicht zu bleiben. Bei einem raschen Blick durchs Fenster sah er den Zuhälter. Faraz trug nur einen Bademantel – in Rosarot. Er hielt eine leicht bekleidete Frau vor sich und hatte den Arm so fest um ihren Hals gelegt, dass ihr die Augen aus den Höhlen quollen. Mit der anderen Hand umfasste er eine goldfarbene Beretta, Kaliber neun Millimeter.

Granger nahm an, dass es sich bei der Frau um Samantha Campbell handelte, und das bedeutete, dass sie am Leben bleiben musste. Granger zielte mit der MAC-10, aber zwischen Faraz und Sammy war nicht ausreichend Abstand. So vertraut er mit der Waffe auch war, für chirurgische Präzision war sie einfach nicht geschaffen.

Granger kannte eine Vielzahl von Angriffsmethoden sowohl körperlicher als auch mentaler Natur, aber für irgendwelche Täuschungen blieb keine Zeit, denn die Polizei war bereits unterwegs. Dennoch sah er angesichts seiner derzeitigen Mittel keine andere Möglichkeit, als List und Tücke anzuwenden.

Jetzt musste er erst mal kommunizieren. Granger stellte die

Musik auf Pause, trat hinter die Ziegel neben dem Fenster, bückte sich und klopfte an das Glas. Wie erwartet fuhr der Zuhälter zu ihm herum und feuerte sofort. Die Scheibe zerplatzte, aber hinter der Mauer war Granger vor 9-mm-Munition geschützt. Allerdings bestand eine geringfügige Gefahr, dass eine Kugel vom Stahlrahmen der Feuerleiter abprallte. Aber Querschläger und ähnlich dumme Zufälle waren der Grund, weshalb Stefan Granger seine gesamte Kleidung mit Kohlenstoffnanoröhrchen-Metall-Kompositmaterial gefüttert hatte. Der revolutionäre neue Werkstoff war unter normalen Bedingungen biegsam, wurde aber stahlhart, wenn etwas auf ihn prallte.

Nachdem Faraz' Wutanfall verraucht war, beugte Granger sich vor. »Ich will nur reden.«

»Na klar, mit 'ner Maschinenpistole als Sprachrohr.«

»Deine Typen haben zuerst gezogen. Ich wollte bloß reden. Aber die haben mich nur angegafft und beschlossen, erst zu schießen und dann zu fragen.«

»Bullshit!«, brüllte Faraz.

»Überleg doch mal. Ich hätte dich einfach abknallen können. Ich hatte dich im Visier. Ich hätte dich umlegen können, hab's aber nicht getan. Stattdessen hab ich ans Fenster geklopft, damit du mich bemerkst. Ich will nur reden. Also, kann ich reinkommen, ohne dass du versuchst, mir 'ne Kugel zu verpassen?«

»Okay, komm rein. Aber ganz langsam! Wenn mir auch nur ein *Zucken* nicht gefällt, bist du tot.«

Granger stieg ins Zimmer, die MAC-10 noch in der Hand, aber die Arme erhoben, sodass die Mündung zur Decke zeigte.

Was in Wirklichkeit eine Angriffsposition war: Ein Zucken des Handgelenks, und die MP hätte wieder auf den Zuhälter gezielt. Aber wer keine Erfahrung aus Polizei- oder Militärdienst mitbrachte, erkannte die Gefahr normalerweise nicht.

»Also, rede«, sagte Faraz. »Und was du von dir gibst, sollte ein verdammt guter Grund für mich sein, dich nicht umzunieten.«

Sammy heulte auf und fing an zu weinen, als Faraz den Klammergriff um ihren Hals so weit lockerte, dass sie atmen konnte. Als sie sich Granger zuwandte, sah er, dass sie ein Wonder-Woman-Kostüm trug, allerdings unten ohne. »Schon gut, Miss Campbell«, sagte er. »Ich lasse nicht zu, dass Ihnen etwas geschieht.«

Ihre Antwort bestand in noch kläglicherem Geflenne, aber diesmal hob sie den Kopf und nahm Blickkontakt auf. In diesem Moment entdeckte Granger die Verwirrung in ihren Augen, und sofort erkannte er seinen Fehler.

Der Raum wurde nur von Kerzen erhellt, aber dank der Lichtverstärkerbrille sah er deutlich, dass die Frau gar nicht Samantha Campbell war.

So schnell, dass das Auge kaum folgen konnte, beugte er das Handgelenk, zielte und drückte ab. Das Ergebnis waren ein toter Unternehmer und eine ebenso tote Angestellte. Granger fluchte lautlos. Er hatte wertvolle Sekunden vergeudet, weil er davon ausgegangen war, seine Zielperson vor sich zu haben. Beide Frauen hatten das gleiche blonde Haar und die gleichen künstlich betonten Kurven. Trotzdem hätte er sich ohrfeigen können. Sein biologischer Vater hatte ihm stets gepredigt, nie etwas als gegeben vorauszusetzen.

Während er den Blick durchs Zimmer schweifen ließ, horchte er auf sämtliche Geräusche. Aber die Polizei war bereits zu nahe, und die Sirenen machten es unmöglich, irgendwelche Atemgeräusche zu hören. Und Granger hatte keine Zeit für ein Versteckspiel. Er jagte eine lange Salve oben in Deckennähe in sämtliche Wände.

Und horchte auf das Wimmern.

Auf der Jagd war die Angst oft die effizienteste Methode, die Beute hervorzulocken.

Granger zielte mit der Maschinenpistole auf die Quelle des leisen Schreis.

»Kommen Sie raus, oder ich schieße«, bluffte er.

Samantha Campbell trat ins Licht. Sie hatte hinter dem Bett ihres Arbeitgebers gekauert. Sammy, wie ihre Schwester sie immer genannt hatte, war an sämtlichen Stellen nackt, an denen sie hätte bekleidet sein sollen, während schwarzes Leder alle Hautpartien bedeckte, die sie ohne Weiteres hätte entblößen dürfen.

»Bitte bringen Sie mich nicht um«, flehte sie. »Ich habe Ihr Gesicht nicht gesehen, ehrlich!«

»Nehmen Sie das Leder von Ihrem Gesicht.«

Sie legte die Reißverschlussmaske ab.

Nachdem Granger seine Zielperson positiv identifiziert hatte, senkte er die Waffe. »Keine Sorge, Miss Campbell. Ich bin nur hier, um Sie zu Ihrer Schwester zu bringen.«

Die Überraschung der jungen Frau war noch größer als ihre Angst. »Sie kennen meine Schwester? Haben Sie Corin entführt?«

»Machen Sie sich keine Gedanken. Alles wird gut.« Mit Blicken suchte er den Raum nach ihrer richtigen Kleidung ab, fand jedoch nichts. Er bückte sich, zog dem Toten den rosaroten Bademantel aus und hielt ihn Sammy hin. »Ziehen Sie das an.«

»Der ist voller Blut.« Tränen liefen ihr übers Gesicht.

Granger betrachtete das Kleidungsstück und sah die Löcher, wo Kugeln den Stoff durchschlagen hatten und ins Fleisch gedrungen waren. Blut war aus den Wunden gespritzt und hatte den Morgenrock getränkt. »Die sehen doch aus wie hübsche rote Blumen. Ziehen Sie den Mantel an, oder ich bringe Sie selbst zum Blühen.«

Als Sammy angezogen war, hetzte Granger sie die Feuerleiter hinunter und weg vom Gebäude zu seinem Buick. Er war jetzt unbewaffnet; die MAC-10 hatte er in Faraz' Penthouse liegen gelassen. Sie war eine Straßenwaffe ohne Seriennummer, ideal für einen Job wie diesen. Halb trug er, halb zerrte er die verängstigte Frau, die immer wieder stolperte und stehen blieb. Zum Glück reichte Grangers Kraft für die Aufgabe mehr als aus.

Als sie den Buick erreichten, wandte er sich Sammy zu, und vor seinem geistigen Auge erschien ein Diagramm ihres Gehirns und ihrer Wirbelsäule, als könnte er durch Fleisch und Knochen hindurchsehen. Er traf sie mit einem Hieb an der Schläfe, der exakt so bemessen war, dass er den Kopf herumriss und das Rückgrat verdrehte, sodass sofortige Bewusstlosigkeit eintrat, weil Hirnstamm und Gehirn in ihrer Zusammenarbeit gestört wurden. Sobald Sammy k. o. war, öffnete Granger den Kofferraum und legte sie hinein. Dann setzte er sich hinters Lenkrad und fuhr zur Einrichtung. Sein Auftrag war erledigt.

Kapitel 39

Corin Campbell wäre normalerweise entsetzt vor Tias Verstümmelung zurückgewichen. Die junge Asiatin, die nicht älter als achtzehn aussah, hatte anstelle ihrer Zunge nur einen Fleischstumpf. Corin wäre schreiend weggerannt, so schnell sie konnte, nur befand sie sich mit zwei gebrochenen Beinen hinter den feindlichen Linien, und so konnte sie wenig mehr tun, als rasch wegzuschauen und zu zittern.

»Das ist jetzt deine Welt, Baby«, sagte Sonnequa. »Gewöhn dich am besten schnell daran.«

»Daran gewöhnen?«

»Das ist jetzt dein Leben. Ich erkläre dir den Rest der Regeln. Stell nur Fragen, wenn sie mit der jeweiligen Regel zusammenhängen. Nicke, wenn du verstanden hast.«

Corin nickte.

»Gut.« Sonnequa schob Corins Rollstuhl vor das große Fenster. »Hübscher Ausblick, was? Du kannst hier ein gutes Leben haben, Corin. Ein bisschen sehr ruhig, aber nicht ohne Komfort, wie du an der Aussicht erkennst.«

»Was kann man denn hier sehen?«

»Nordkalifornien, mehr brauchst du im Moment nicht zu wissen. Die erste Regel kennst du schon. Du redest mit niemandem, es sei denn, der Meister ist dabei oder du befolgst seinen Befehl.«

»Wer ist der Meister? Ist er die ganze Zeit hier?«

»Er ist meist zum Abendessen bei uns. Das hängt von seinem Terminplan ab. Er isst immer ein fünfgängiges Menü. Wir bereiten es ihm zu, versteht sich, aber der Meister bringt oft

Essen zum Mitnehmen mit, um uns von dieser Aufgabe zu entlasten.«

»Also ist er jetzt nicht hier?«

»Manchmal ist er hier, manchmal nicht. Es spielt keine Rolle. Die Regeln gelten immer.«

»Aber wenn er nicht hier ist, woher weiß er dann. . .«

»In der gesamten Einrichtung sind hochentwickelte Überwachungs- und Schallortungssysteme installiert. Wenn du mit einer anderen sprichst oder zu kommunizieren versuchst, erfährt er davon. Irgendjemand sieht immer zu. Glaub es mir lieber. Tia hielt sich auch für schlau. Sie hatte nicht vor, sich erwischen zu lassen.«

»Aber wenn er nicht einmal hier ist, was hindert uns an der Flucht? Wir könnten das Fenster einschlagen und verschwinden. Wir alle!«

»Das bringt uns zu Regel Nummer zwei. Wir haben es gut hier. Eine Küche voller gesunder Nahrung. Einen Swimmingpool. Eine Sauna. Ein Fitnessstudio. Einen Whirlpool. Viele Bücher. Einen Fernseher mit einem endlosen Filmvorrat. Und sehr wenig Arbeit. Wir führen hier ein Leben in Luxus.«

»Als was? Sexsklavinnen für einen perversen Psycho?«

»An deiner Stelle würde ich solche Gedanken für mich behalten. Der Meister zeigt dir gegenüber vielleicht ein wenig Nachsicht, weil du hier neu bist, aber ich würde nicht darauf zählen, Baby, bei niemandem.«

Sonnequa griff in eine Tasche ihres Kleides und reichte Corin einen Stoß Fotos. Als sie das erste Bild betrachtete, musste Corin würgen und verspürte heftigen Brechreiz, aber in ihrem Magen war nichts, das sie hätte erbrechen können. Sie riss den Blick von dem Foto los. »Was ist das?«

»Sieh dir die Bilder an. Regel Nummer zwei: Verlasse niemals den Schutz der Einrichtung.«

»Oder der Meister schlachtet einen?«

»Der Meister hat dem Mädchen diese Wunden nicht zugefügt. Das ist passiert, als die Höllenhunde sie fingen, ein abgerichtetes Rudel Rottweiler, weil das Mädchen gegen Regel Nummer zwei verstoßen hatte. Die Höllenhunde schützen die Einrichtung vor ungebetenen Besuchern, aber sie reißen auch uns in Stücke, wenn wir das Gebäude verlassen. Du darfst dich hier nach Herzenslust umsehen, aber versuch ja nicht, eine abgeschlossene Tür zu öffnen, Schwierigkeiten zu machen oder diese Mauern zu verlassen. Sieh dir alle Fotos an.«

»Ich habe genug gesehen.«

»Das war keine Bitte.« Sonnequa riss Corin die Bilder aus der Hand und hielt sie ihr vor die Augen. »Sieh sie dir an, Baby. Ich bin am längsten von allen hier. Ich habe gesehen, was geschieht, wenn du dem Meister trotzt. Regelverstöße werden schnell und streng geahndet.«

Sonnequa hielt Corin ein Bild nach dem anderen vors Gesicht. »Du siehst sie dir an! Das waren meine Schwestern. Wir sind hier nämlich eine Familie. Du kannst hier gut leben. Du musst ihm nur eine gute Frau sein.«

»Eine gute Frau?«

»Er hat dich mit seiner Stärke und seinem Blut als Braut gekauft.«

Corin kam es vor, als hätte es sie in eine fremde Dimension verschlagen. »Ich gehöre niemandem, und ich bin von niemandem die Frau, egal ob eine gute oder nicht.«

»Regel Nummer drei: Tust du etwas, was den Zorn des Meisters weckt, wirst du mit dem Tod bestraft. Wer sich ihm widersetzt, dem erweist er keine Gnade.«

»Das ist Irrsinn! Ich sterbe lieber, als auf den Knien zu leben.«

Sonnequa ohrfeigte sie fest auf die linke Wange und beugte

sich näher zu ihr. »Du solltest aufwachen, Baby. Er kann dir sehr viel Schlimmeres antun, als dich zu töten. Und wenn nur eine von uns eine Regel bricht, leiden wir alle. Also. Wenn du heute Nacht den Meister zum Essen siehst, zeigst du ihm Respekt und Ehrerbietung. Du kannst hier ein gutes Leben haben.«

Kapitel 40

Eddies Büro nahm den Raum ein, der einst die Bibliothek des Herrenhauses gewesen war. Zweistöckige Bücherregale säumten die Wände. Eine Rollleiter erlaubte den Zugang zu den Bänden, die weiter oben standen. Wie der Rest des Clubs wirkte alles wie aus einem alten Film. In dem gewaltigen Raum stand eine Sitzgruppe mit braunen Ledersofas und einem Schreibtisch, der aussah, als gehörte er ins Oval Office. Eine Reihe freistehender Vitrinen mit antiken Waffen aus verschiedenen Epochen, jede mit einer kleinen Plakette versehen, wies den Weg zum Schreibtisch. In einer davon entdeckte Maggie eine Tommygun. Die Thompson-Maschinenpistole mit dem auffälligen Trommelmagazin hatte angeblich John Dillinger gehört. Sie fragte sich, ob die Sammlung angelegt worden war, um das Image des »großen Caruso« zu unterstreichen.

Eddie nahm den Platz am massigen Schreibtisch ein und wies ihnen zwei Ledersessel zu, die davorstanden. Als Maggie sich setzte, stellte sie fest, dass die Sessel niedriger waren als üblich, beinahe so, als wären die Beine gekürzt worden, damit jeder zum Schreibtisch hochblicken musste.

Sie schaute Marcus an. Seine Nasenflügel waren gebläht, seine Lippen verzogen, als hätten sie soeben eine Müllkippe betreten. Auf der Fahrt vom Flughafen hatte Maggie ihm eingetrichtert, nett zu bleiben, aber wie so oft schien er nicht in der Lage zu sein, sein Innerstes für sich zu behalten.

»Also, welchem Umstand verdanke ich das Vergnügen?«, fragte Eddie.

»Wir sind hier, um Sie um Hilfe zu bitten, Mr. Caruso«, sagte Maggie. »Wir arbeiten für das Justizministerium als Teil einer Task Force, die Serienmörder aufspürt.«

»Ja, dessen bin ich mir bewusst. Ich habe Sie beide überprüfen lassen. Wie es scheint, sind die Aktivitäten Ihrer Gruppe von Geheimnissen umrankt. Um ehrlich zu sein, war ich erstaunt, dass Marcus noch immer in der Strafverfolgung arbeitet, nachdem ihn das NYPD mit Schimpf und Schande davongejagt hat.«

»Mein Lebenslauf ist jetzt wirklich nicht deine Sorge«, versetzte Marcus.

»Doch, ist er, wenn ich bedenke, dass du in meinem Büro sitzt, in meinem Club. Ich umgebe mich nicht gern mit zwielichtigen Gestalten. Und auf den Straßen heißt es, du hättest mehr böse Jungs abgeknallt als festgenommen. Das hört sich ganz so an, als wärst du bloß ein besserer Auftragskiller.«

Marcus beugte sich vor. »Da hast du was Falsches gehört. Ich brauche kein Schießeisen. Ich könnte über den Schreibtisch springen und dir mit bloßen Händen die Lunge aus dem Hals reißen.«

»Jederzeit. Wo du willst.«

Marcus grinste. »Wie wäre es mit hier und jetzt?«

Maggie pochte dreimal auf den Schreibtisch, damit sie die Aufmerksamkeit der zwei kleinen Jungen bekam. »Hey, Sie sollten sich beide ein bisschen beruhigen. Später können Sie zusammen ins Badezimmer gehen und nachmessen, aber vorher sollten wir ein Gespräch führen wie Erwachsene.«

Die beiden Männer starrten einander ein paar Sekunden lang an; dann sagte Marcus: »Wir sind nicht hier, um alte Wunden aufzureißen. Das alles ist lange her.«

»Du hältst dich noch immer für jemand Besseren als mich, was?«

»Das ist ja auch keine Kunst. Jeder Säufer, der unter einer Brücke pennt, hat mehr Klasse als du. Dieser Great-Caruso-Scheiß wirkt deshalb nur umso komischer.« Marcus stand auf. »Komm, Maggie. Ich wusste, wir verschwenden hier nur unsere . . .«

»Du setzt dich auf deinen Arsch!«, fuhr sie ihn an. »Ich bin nicht so weit geflogen, um mir mit anzusehen, wie du einen Tobsuchtsanfall bekommst.«

Marcus blickte drein, als hätte sie ihn geohrfeigt.

Sie wandte sich Eddie zu. »Sie wollen beweisen, dass Sie ihm überlegen sind. Hier ist Ihre große Gelegenheit. Lassen Sie die Vergangenheit ruhen, egal, was zwischen Ihnen beiden vorgefallen ist, und zeigen Sie, dass Sie über den Dingen stehen, die früher einmal waren. Wir wissen beide, dass Marcus nicht dazu fähig ist.«

Maggie war klar, dass sie später für ihre Bemerkungen büßen musste, aber im Augenblick bestand die größte Chance, Eddies Hilfe zu gewinnen, im Schmeicheln seines Egos; Maggie versuchte, seine Abneigung gegen Marcus zu ihrem Vorteil zu nutzen. Sie hoffte, dass Marcus es später einsah, nachdem sie Eddies Hilfe sicher hatten.

Eddie lehnte sich in seinen Sessel und stellte die Hände auf. »Ich helfe den Vertretern des Gesetzes immer gern. Wenn es möglich ist.«

»Wir haben es mit einem Massenmörder zu tun, der mit einem Gangsterboss aus San Francisco in Verbindung steht. Er wird Mr. King genannt.«

»Ich habe von ihm gehört. Soll sehr zurückgezogen leben und rücksichtslos sein. Aber ich kenne King nicht, noch weiß ich, was er treibt.«

»Das spielt auch keine Rolle. Wir möchten, dass Sie für uns bürgen, wenn wir es mit ihm zu tun bekommen. Eine Art Arbeitszeugnis.«

»Und als was sollen Sie für mich gearbeitet haben?«

»Als Auftragskiller.«

Eddie lachte leise in sich hinein. »Wozu um alles in der Welt bräuchte ich einen Auftragskiller?«

Maggie holte tief Luft. »Machen wir uns nichts vor. Sie leiten eine mächtige kriminelle Organisation, und Sie haben die Hände in allen möglichen Verbrechen, vom Rauschgifthandel bis zur Geldwäsche. Mr. King verfolgt ähnliche Geschäftsinteressen an der Westküste. Wie wir gehört haben, ist er kein vertrauensseliger Mann, und uns fehlt der Luxus namens Zeit. Wenn Sie für unsere verdeckten Ermittler bürgen würden, hätten wir wenigstens einen Fuß in der Tür.«

Eddie schüttelte den Kopf. »Ich habe einen Ruf zu wahren. Ich kenne Ihren Freund nicht, diesen Mr. King, aber wir könnten durchaus mit den gleichen Leuten Geschäfte machen. Ich weiß es nicht. Wäre ich in Verbrechen verwickelt wie die, von denen Sie gerade gesprochen haben – was ich nicht bin –, könnte ich auf gar keinen Fall den Feds helfen. Das wäre schlecht fürs Geschäft. Und nach allem, was ich von King weiß, wäre er ernsthaft sauer auf mich.«

»Das ist uns klar«, sagte Maggie. »Die Sache ist nur, wir sind nicht hinter King her. Wir suchen jemanden, der für ihn arbeitet. Wir versuchen lediglich, eine Spur zu unserem Killer zu bekommen. King wird niemals erfahren, dass wir nicht die sind, die wir zu sein behaupten, oder dass Sie für die andere Seite gebürgt haben.«

»Und wieso sollte ich den Kopf aus dem Fenster halten? Ich habe den Eindruck, bei Ihrem Plan könnte einiges schiefgehen. Was ist für mich drin?«

»Was wäre mit dem Gefühl«, sagte Marcus, »zum ersten Mal in deinem Leben *kein* wertloser Haufen Affensch...«

Maggie unterbrach ihn. »Die Shepherd Organization hat

Einfluss auf fast jede Bundesbehörde. Wir wären Ihnen etwas schuldig.«

»Was redest du da?«, fuhr Marcus auf. »Ich habe nie eingewilligt ...«

Maggie unterbrach ihn erneut. »Unser Director hat mich gebeten, Ihnen ein Angebot zu unterbreiten. Wir könnten ein mächtiger Verbündeter sein, oder wir könnten dafür sorgen, dass Sie auf dem Radar von Behörden wie dem FBI oder dem Finanzamt erscheinen.«

»Soll das eine Drohung sein?«

»Nein. Ich versuche nur darzulegen, dass es besser ist, unser Freund zu sein. Unser Director hat den Justizminister auf einer Schnellwahltaste. Ich könnte mir vorstellen, dass es genau die Art von Beziehung ist, die für einen Mann wie Sie wertvoll ist.«

Sie schaute zu Marcus hinüber. Seine Augen loderten. Er war nie glücklich mit den Methoden gewesen, zu denen der Director bisweilen griff, um einen Killer aufzuhalten. Marcus hatte zwar kein Problem, ein paar Regeln zu beugen, aber unter dem Strich hatte er seinen eigenen Kodex von richtig und falsch, der oft nicht in die gesetzlichen Grauzonen passte, in denen die Shepherd Organization agierte.

»Wenn ich Ihnen diese Empfehlung gebe«, sagte Eddie, »müsste das schon ein verdammt großer Gefallen sein.«

»Ich kann Ihnen keine Du-kommst-aus-dem-Knast-frei-Karte anbieten, aber unter den richtigen Umständen vermag der Director Berge zu versetzen.«

»Das klingt schon mal gut, aber ich habe noch eine weitere kleine Bedingung. Marcus muss zugeben, dass sein Vater, Detective John Williams, ein korrupter Cop war, der gern Beweise untergeschoben hat.«

Marcus ballte die Fäuste. Im Flüsterton sagte er: »Mein Vater war integer. Aber so etwas kennst du ja nicht.«

Eddies ruhige Fassade stürzte in sich zusammen wie ein Kartenhaus. Er knallte eine Hand auf den Tisch und schrie: »Ich habe dich wie einen Bruder behandelt, und du hast mich verraten und verkauft. Du hast über Juniors Familie gesungen wie ein braves kleines Vögelchen. Bist direkt zu deinem Daddy gerannt. Aber dann, als er keine Beweise hatte, da beschloss er, welche zu schaffen. Nur dass dein Alter dabei erwischt wurde, dieses korrupte Schwein!«

Marcus sprang auf, warf den Ledersessel um und machte einen Satz über Eddies Schreibtisch, ehe Maggie einschreiten konnte.

Er packte seinen früheren Freund bei den Aufschlägen seines Fracks, riss ihn aus dem Sessel hoch, als wöge er nichts, und rammte ihn gegen das große Fenster hinter dem Schreibtisch. Dann drehte er ihm blitzschnell den Arm auf den Rücken. Maggie hörte Sehnen knirschen und einen Schmerzensschrei Eddies.

»Ich weiß, was für ein Mensch du bist«, flüsterte Marcus. »Der gleiche Mistkerl wie früher. Schwach und ängstlich. Große Fresse, nichts dahinter. Du siehst doch den Eisenzaun da unten, oder? Ich könnte dich so fest durchs Fenster werfen, dass du auf den Stangen landest. Ich werde dir jetzt sagen, wie die Sache abläuft. Währenddessen kannst du dir ausmalen, wie du von dem Zaun aufgespießt wirst. Du wirst unser Angebot annehmen, und du bekommst von ganz oben deinen so überaus wichtigen Gefallen als Dreingabe. Ich werde dich loslassen, und wir fahren in deiner schicken Limo zurück zum Flughafen. Aber wenn du mich oder meinen Vater noch einmal als Bulle bezeichnest oder mir in die Quere kommst oder auch nur den harten Burschen markierst, der du nicht bist, lässt du dir entweder Flügel wachsen, oder du schließt innige Bekanntschaft mit den Spitzen der Stangen an deinem Zaun da unten.«

Kapitel 41

Die Vergangenheit

Junior hatte nicht übertrieben, als er davon sprach, man könne sich im Gewirr der Geheimgänge verirren. An einigen Stellen musste Marcus auf dem Bauch kriechen; manchmal musste er sich herunterrutschen lassen oder hochklettern. Er glaubte, dicht hinter den beiden anderen Jungen zu sein, aber im dunklen Skelett des Hauses nahm der Schall seltsame Wege. Schon nach zwei Minuten musste er einsehen, dass er falsch abgebogen war. Er versuchte, seinen Fehler rückgängig zu machen, doch es dauerte nicht lange, und er hörte die Stimmen von Eddie und Junior nicht mehr.

»Na toll«, sagte er, doch seine Stimme bebte vor Furcht. »Jetzt hängst du hier fest und musst Ratten und Kakerlaken essen. Der Geist in den Wänden. Klingt nach einem Gruselfilm.«

Marcus hatte panische Angst vor der Dunkelheit, sodass er immer eine Taschenlampe bei sich trug, egal, wohin er ging. Doch selbst unter dem Schutz des warmen Lichtscheins der kleinen Maglite zog sich die Finsternis stets hinter ihm zusammen. Unsichtbare Bedrohungen schienen sich im Unsichtbaren zu regen. Die Dunkelheit schien mit Klauen nach ihm zu greifen. Das Unbekannte war immer das Schlimmste. Was er nicht sah, konnte er nicht bekämpfen.

Hör auf, du Blödmann!

Manchmal wurde er wütend, wenn er Angst bekam, und jagte die Schatten im Keller, indem er mit den Fäusten durch die Luft schlug. Natürlich hatte er keine Vorstellung, was passieren könnte, würde er dort unten in der Dunkelheit *wirklich* auf etwas stoßen. Vermutlich hätte er sich in die Hose gemacht.

Marcus nahm seinen ganzen Mut zusammen und ging weiter. Er hatte inzwischen kehrtgemacht und versucht, den Weg zurückzuverfolgen, den er gekommen war, aber dadurch hatte er sich nur in eine andere Richtung verirrt.

Dann flackerte seine Taschenlampe und erlosch.

Marcus klatschte die Maglite immer wieder in seine Handfläche und wurde mit ein paar Lichtblitzen belohnt – und bei jedem dieser Blitze sah sein inneres Auge etwas Großes, Schattenhaftes, das sich ihm in der Dunkelheit näherte …

Der letzte Lichtstrahl aber flammte gerade lange genug auf, um ihm zu zeigen, dass hier niemand war. Dann erlosch das Licht endgültig, und ihn umgab tiefste Schwärze.

Marcus versuchte ruhig zu bleiben, während die Wahrnehmungen seiner anderen Sinne ihn zu überwältigen drohten. Der kleinste Laut klang ohrenbetäubend. Die dunklen Gänge rochen nach Schimmel, Moder und Urin. Er schmeckte den Staub in der Luft. Seine Hände zitterten. Er spürte Spinnenbeine, die über seinen Körper krochen, und hoffte, dass er sie sich nur einbildete.

Er wusste, dass er sich am meisten vor den Ratten fürchten sollte. Er war hier in New Jersey, aber die riesigen Ratten der New Yorker U-Bahn-Schächte lebten am anderen Ufer, und Ratten konnten schwimmen. Und in New York gab es die größten Ratten, die je ein Mensch gesehen hatte.

Spinnen konnten ihn nicht töten und fressen. In New Jersey gab es keine Taranteln. Aber Millionen von Ratten …

Geschichten, die andere Jungen ihm erzählt hatten, schossen ihm durch den Kopf. Geschichten über Ratten, die Babys fraßen oder Kindern nachts die Beine abnagten. Manchmal lag Marcus abends im Bett und stellte sich vor, wie die Ratten unter seine Bettdecke huschten und ihn langsam verspeisten, bei lebendigem Leibe. Oft bildete er sich ein, ihre Schnurrhaare an seinen Füßen zu spüren. Manchmal war die Vorstellung so lebhaft, dass er sich die Bettdecke herunterriss, um nachzusehen.

Einzuschlafen war für Marcus eine unglaubliche Qual. Manchmal dauerte es Stunden.

Plötzlich hörte er ein Geräusch irgendwo vor sich. Stimmen? Er stolperte in der Dunkelheit weiter. Als er näher kam, erkannte er, dass er niemanden reden hörte; er hörte ein Wimmern.

Oder war es ein Quieken?

Vor dem inneren Auge sah er einen Berg von Ratten, der sich wie eine Flutwelle auf ihn zuwälzte.

Marcus ergriff die Flucht. Auf Händen und Knien kroch er voran, tastete sich durch den Spalt zwischen den Wänden. Alle paar Meter hielt er inne, befühlte die Wände nach einer Abzweigung. Meilenweit, wie es ihm vorkam, tastete er sich auf diese Weise durchs Haus, fand aber nur Gucklöcher und Eingänge, die so gut verschlossen worden waren, dass er Werkzeuge benötigt hätte, um sie zu öffnen.

Und auf dem ganzen Weg spürte er nadelstichartig, wie die Spinnen über ihn hinwegkrabbelten und die Ratten an ihm nagten.

Marcus riss die Hand zurück, als seine Fingerspitzen über etwas Spitzes, Kaltes strichen. Etwas aus Metall. Vorsichtig strich er mit den Fingern über die Oberfläche und ertastete die ringförmigen Grate an der Innenseite einer Lüftungsverkleidung. Sie fühlten sich an wie eine Käsereibe für Riesen. Ob die Metalloberfläche sein Gewicht hielt? Ob sie ihm Hände und Knie zerschnitt? Das Risiko musste er eingehen. Ganz langsam arbeitete er sich über die metallene Barriere vor.

In diesem Augenblick hörte er wieder das Quieken.

Nein, es war kein Quieken.

Jetzt, wo er näher an der Stelle war, von der das Geräusch kam, erkannte er, was es war.

Das Geschrei einer Frau.

Kapitel 42

Baxter Kincaid saß auf seiner schwarz-roten 1947er Harley-Davidson Knucklehead, die vor der fluoreszenzbunten Ladenfront von Amoeba Music parkte. Auf dem Handy las er die Uhrzeit ab. Jenny machte entweder Überstunden, oder sie genoss es, ihn warten zu lassen. Anscheinend tat sie nichts lieber, als sich ihm zu widersetzen, ihn zu beleidigen und zu entmutigen, obwohl er ihr Boss bei Baxtercorp war – der Name stand so auf seinen Visitenkarten. Technisch allerdings war sie wohl doch keine Angestellte, denn Baxter zahlte ihr keinen Cent.

Sie beide waren eher so etwas wie Freischaffende, die einander Dienste auf Grundlage der Gegenseitigkeit leisteten. Jenny hatte einen Abschluss als Buchhalterin. Sie kümmerte sich um Baxters Bilanzen und erledigte noch andere Büroaufgaben, die auf ewig liegengeblieben wären, hätte er sich selbst darum kümmern müssen. Im Gegenzug durfte sie ihn begleiten, wenn sie frei hatte, und die Kunst der Ermittlungsarbeit erlernen. Wieso sie das lernen wollte, blieb ein Geheimnis. Sie hatte nie davon gesprochen, sich eine Lizenz als Privatdetektivin zu beschaffen, oder Interesse gezeigt, eine eigene Agentur zu gründen. Baxter vermutete, dass Langeweile ein ausschlaggebender Faktor sei; sie war wohl auch der Grund, weshalb Jenny einen bequemen Job als Rechnungsprüferin aufgegeben, sich das Haar schwarz gefärbt, ihren Körper gepierct und einen Großteil ihrer makellosen Haut tätowiert hatte.

Wie von Baxters Gedanken beschworen, erschien Jenny am Schaufenster, legte den Kopf schräg und zwinkerte ihm zu –

während sie ihm einen Stinkefinger zeigte, auf dem grinsende Gesichter zu einem Fingernagel aufstrebten, der mit einem blinzelnden Emoji geschmückt war.

In diesem Moment waren Baxter die Lektionen des heutigen Abends und die Gründe, aus denen Jenny sie lernen wollte, vollkommen egal. Wichtig war ihm nur, dass er sie in den nächsten drei oder vier Stunden ganz für sich haben würde. Wenn der Rest der Welt ihn nicht darum beneidete, lag es nur daran, dass der Rest der Welt Jennifer Vasillo noch nicht kannte.

Baxter hegte keinen Zweifel, dass sie sich der Anziehung bewusst war, die sie auf ihn ausübte, aber nie ließ sie zu, dass ihre Beziehung die Trennlinie zwischen Flirt und Sex überschritt.

Etwas Neues fiel ihm ins Auge, als Jenny näher kam: frische Tinte am Handgelenk, umgeben von roter Haut. Er sah nur einen kleinen, schwarzen Umriss bei dem kurzen Blick, den er erhaschte, und nahm sich vor, sie später nach diesem neuen Tattoo zu fragen. Ihre Haut zeigte das unnatürliche Weiß von Kokain. Ihre kurzen Haare trug sie schwarz und stachlig mit pinkfarbenen Highlights. Ihre Lippen leuchteten rot wie Erdbeeren. Sie trug Jeans und eine hellrote Lederjacke von der Sorte, wie Michael Jackson sie in der *Thriller*-Zeit getragen hatte, das Ding mit den vielen Reißverschlüssen. Tattoos krochen ihren Hals hinauf, und ein runder Ring baumelte am unteren Rand ihres rechten Nasenlochs.

Nicht zum ersten Mal fragte sich Baxter, was erforderlich war, um eine Frau zu lieben, die ihr wahres Ich unter so vielen Hüllen versteckte.

»Zweiter Helm.« Er hielt ihn Jenny hin. »Nur für den Fall, dass du beschlossen hast, auf dem Soziussitz meiner Harley ein Leben in Freiheit zu führen.«

Sie verdrehte die Augen und schüttelte den Kopf. »Ich habe meine inneren Organe lieber da, wo sie hingehören, und nicht an einer Leitplanke, zermanscht wie eine Fliege auf der Windschutzscheibe. Wir nehmen meinen Wagen. Wie immer. Also, was ermitteln wir heute Abend?«

Baxter lachte leise und schüttelte den Kopf. »Ich weiß es nicht mehr, ehrlich.«

Kapitel 43

Ackerman hatte sämtliche Ermittler der Task Force wecken und die Besprechung noch in der Nacht abhalten wollen. Warum auch nicht? Er hatte oft erlebt, dass Fahnder aus dem Bett geholt wurden, um ihn zu jagen. Doch Emily Morgan hatte dagegengehalten und erklärt, sie seien noch nicht so weit und sollten an die Familien der Cops denken.

»Okay«, lenkte Ackerman schließlich ein. »Aber dann sagen Sie den Kindern dieses verschwundenen FBI-Agenten ...«

»Agent Fuller hat keine Kinder«, schnitt sie ihm das Wort ab. »Aber woher sollten Sie das auch wissen? Sie haben ja längst vergessen, wer der Mann ist, den wir retten wollen.«

»Unsinn.« Der kleine Hund kläffte und kratzte an Ackermans Bein. »Hey, fang gar nicht erst damit an, du schmuddliger kleiner Hobo! Also, wie ich bereits fragte, Dr. Morgan: Wenn wir die Task Force heute Nacht nicht mehr alarmieren wollen, welche Ermittlungsschritte schlagen Sie für heute Abend vor?«

Emily gähnte. »Ihr Bruder kehrt morgen früh mit dem FBI-Jet zurück. Wir schlafen ein bisschen und empfangen ihn frisch und ausgeruht.«

»Aber ich bin nicht müde.«

»Es dreht sich nicht alles immer nur um Sie. Sie brauchen vielleicht keinen Schlaf, ich schon. Sie sind ein großer Junge und können selbst entscheiden, wann Sie sich ausruhen. Aber ich gehe jetzt in mein Zimmer und lege mich ein paar Stunden hin.«

»Das ist absurd.« Ackerman blickte zu Emilys Laptop. »Sind Sie etwa der gleichen Meinung, Computer Man?«

Auf dem Monitor antwortete das tätowierte Computergenie: »An meinen Namen erinnern Sie sich wohl nicht, stimmt's, Mr. Ackerman?«

Ackerman verdrehte die Augen. »Aber sicher kenne ich Ihren Namen.«

»Wie heiße ich denn?«

»Stan ... Stan Macallan.«

Stan wirkte beinahe gerührt, dass Ackerman sich erinnert hatte. Der aber wusste Stans Namen nur aus beruflichen und operativen Gründen. Ackerman fand es merkwürdig, dass man Menschen mit solch winzigen Gesten des Respekts den Tag versüßen konnte.

»Sie sind auf meiner Seite, Stan, oder? Wir müssen weitermachen. Wer rastet, der rostet, und so weiter.«

»Na ja, ich bin selber ziemlich fertig ...«

Ackerman richtete seinen durchdringenden Laserblick auf das Objektiv der Laptopkamera.

»Aber ein paar Minuten könnte ich noch aufbleiben«, sagte Stan.

Emily seufzte und schaute auf die Uhr. »Meinetwegen können wir noch ein klein wenig an dem Fall arbeiten, aber es kann passieren, dass ich dabei einnicke.«

Ackerman fragte sich, ob es sich für Kinder von Normalos so anfühlte, wenn die Eltern ihnen erlaubten, länger aufzubleiben. Ackerman waren solche Empfindungen völlig fremd. Seine Kindheit war weniger von Übernachten bei Freunden und von Schlafsäcken geprägt, mehr von Azetylenschweißbrennern und versengtem Fleisch.

»Reden wir über Mr. King«, sagte er. »King ist ein Einsiedler. Er leidet vermutlich sogar unter Agoraphobie und fürchtet sich vor großen Menschenmengen. Von ihm existieren nur ein paar Fotos, die ihn ausnahmslos aus großer Entfernung auf dem Balkon seiner Villa zeigen. Wie erhalten wir Zugang zu ihm – ob Eddie Caruso uns nun hilft oder nicht?«

»Wir hoffen gar nicht so sehr auf Zugang zu dem Mann selbst als vielmehr auf sein persönliches Netzwerk«, wandte Stan ein.

»Können Sie sich nicht einfach von außen einhacken?«

»Nein, zu gut gesichert. Auf NSA-Niveau. Wir müssten in seine Villa hinein. Wenn es Ihnen gelingen würde, ein Smartphone oder ein Tablet in Reichweite eines Computers mit Administratorzugang zu deponieren, könnte ich mich über das WLAN ...«

»Verstehe«, fiel Ackerman ihm ins Wort. »Aber die Frage bleibt doch, wie arrangieren wir ein Treffen im Büro von einem von Kings hochrangigen Mitarbeitern?«

Emily streckte sich und gähnte. Ihre Bewegungen wirkten geradezu katzenhaft. »Ich glaube, genau dabei sollte Eddie Caruso helfen. Aber ich bin sicher, Marcus hat noch andere Ideen.«

»Ich selbst habe auch noch Ideen.«

Emily verdrehte die Augen. »Auf der ganzen Welt gibt es nicht genug Kaffee, um mich wachzuhalten, wenn Sie jetzt wieder einen von Ihren Vorträgen halten.«

»Keine Bange, meine Liebe. Ich wollte nur vorschlagen, dass wir Mr. King eine Botschaft senden.«

»Und wie?«, fragte Stan.

»Wir suchen uns jemanden, von dem man sagt, dass er in enger geschäftlicher Verbindung mit Kings Organisation steht. Dann machen wir Eindruck auf diese Person und benutzen sie, um King eine Botschaft zu übermitteln. Kings Antwort würde darin bestehen, dass er sich zu einer bestimmten Zeit an einem bestimmten Ort zeigt oder uns auch nur einen Termin gibt, und wir suchen ihn auf. Die Wahrscheinlichkeit ist hoch, dass wir den Boss gar nicht zu sprechen bekommen, aber wenn die Botschaft richtig formuliert ist, wird er sich definitiv geneigt fühlen, wenigstens einen kompetenten Stellvertreter mit der Angelegenheit zu betrauen.«

Emily schüttelte den Kopf. »Ich glaube, keiner von uns möchte, dass Sie es sind, Frank, der diese Botschaft formuliert oder einen ›Eindruck‹ auf jemanden macht, egal auf wen.«

»Oh, keine Bange. Ich müsste die betreffende Person nicht körperlich verletzen. Ich kann die nötige Dringlichkeit auch deutlich machen, indem ich nur Worte benutze.«

»Das besprechen wir morgen früh, wenn Ihr Bruder hier ist.«

»Wir sollten die Botschaft noch heute Nacht übermitteln, während die Zielperson schläft«, erwiderte Ackerman. »Ich erziele die besten Ergebnisse dadurch, dass ich mich ins Schlafgemach eines Opfers schleiche. Dann nämlich steht die Ernsthaftigkeit des Gesprächs keinen Moment außer Frage.«

Emily erhob sich. »Tut mir leid, Dracula, heute Nacht schleicht sich niemand in irgendwelche Schlafgemächer.«

Sie ging zur Tür, und Ackerman wusste, dass nun jeder weitere Einwand verschwendet wäre.

Dann aber bemerkte er den kleinen Hund, der sich auf einem der Stühle am Konferenztisch zu einem Fellball zusammengerollt hatte und schlief. »Sie haben Ihre schmutzige Kreatur vergessen«, sagte er.

Sie wandte sich nicht um. »Er ist nicht mein Hund. Er gehört Ihnen.« Als sie auf dem Gang stand und die Tür zufallen ließ, fügte sie hinzu: »Er möchte heute bei seinem neuen Daddy schlafen.«

Ackerman rief ihr hinterher: »Ich bin niemandes Daddy! Genau aus diesem Grund bin ich dabei so vorsichtig.«

Der Hund hob den Kopf und richtete die großen Augen mit einem Blick auf ihn, der so niedlich war, dass Ackerman die Zähne schmerzten. Nicht weil der Hund so süß war, sondern wegen der schlechten Verdrahtung seines Gehirns. Welche Leitungen da auch immer vertauscht worden waren, sie sorgten dafür, dass ein entzückender Anblick ihn mit merkwürdigem und unerquicklichem Schmerz erfüllte.

Ackerman fletschte die Zähne vor Abscheu gegen das Tier und gleichermaßen gegen die Frau, die es ihm aufgezwungen hatte. »Computer Man, ehe Sie sich hinlegen, können Sie mir schnell noch den Namen einer möglichen Zielperson für den Plan nennen, den ich gerade geschildert habe. Jemand, der mit King Geschäfte treibt – möglichst viele. Aber niemand, der sich allzu sehr absichert. Ich würde die Information gern morgen früh meinem Bruder präsentieren.«

Stan lächelte. »Ich bin Ihnen weit voraus.« Das Bild eines Mannes erschien auf dem Bildschirm. »Der Kerl heißt Willoughby.«

»Wie das kleine Känguru?«

»Nein, das ist ein Wallaby. Sein Name ist Willoughby. Er steht unter Verdacht, für King Waffen an die Kartelle zu verschieben, aber die Cops haben ihm nie irgendetwas nachweisen können. Er hat seinen eigenen Waffenladen mit Schießstand. Beides befindet sich ungefähr vierzig Minuten Fahrt in östlicher Richtung von Ihnen, zwischen Oakland und dem Naturschutzgebiet Sibley Volcanic Regional Preserve. Geschäfts- und Privatadresse sind identisch.«

»Und wie lautet die Adresse, Computer Man?«

Stan las sie vor, und Ackerman notierte sie sich auf einen Aktendeckel. Stan fügte hinzu: »Sie können mich übrigens einfach Stan nennen. Auch wenn ich mich bei Computer Man ein bisschen wie ein Superheld fühle.«

»Ich habe Sie nicht so angesprochen, weil ich Ihren Namen vergessen hätte. Ich mag ihn nicht.«

»Was mögen Sie nicht?«

»Ihren Namen. ›Stan‹ geht mir nicht gut über die Zunge. Darf ich Sie stattdessen Stanley nennen?«

»Tja, mein Name ist wirklich nur ›Stan‹. So steht's in meiner Geburtsurkunde. Ich hab ihn immer gemocht. Sie wissen schon, Stan the Man.«

»Mir gefällt er trotzdem nicht. Er ist so . . . gesetzt. Ich nenne Sie einfach Computer Man. Das kommt mir erheblich besser vor. Und das können Sie als Bekundung von Respekt betrachten.«

Stan wirkte verwirrt. »Äh . . . okay. Meinetwegen. Übrigens, Mr. Ackerman, Ihr Bruder lässt Ihnen ausrichten, dass Sie an den Chip in Ihrem Rückgrat denken sollen. Ihr Aufenthaltsort wird ständig überwacht.«

»Danke für die Mitteilung, Computer Man. Träumen Sie süß.« Ackerman klappte den Laptop zu, ohne auf eine Antwort zu warten. Dann starrte er auf die Adresse, die Computer Man ihm so naiv anvertraut hatte, und prägte sich Straßennamen und Hausnummer ein.

Kapitel 44

Marcus kämpfte gegen den Impuls, ein Hochgefühl zu empfinden, weil er ein klein wenig Vergeltung an seinem ehemaligen Freund geübt hatte. Der Grund dafür war, dass Marcus es sich nicht erlauben durfte, Freude über den Schmerz eines anderen Menschen zu empfinden: Das war die Stimme seiner dunklen Seite.

Maggie saß ihm im Fond von Eddies Stretchlimo gegenüber und erdolchte ihn mit Blicken. Einen Moment lang glaubte Marcus beinahe, Rauch von ihr aufsteigen zu sehen. Seit sie den Club verlassen hatten, war kein Wort zwischen ihnen gefallen.

Jetzt sagte Marcus: »Das hätte ich vermutlich besser handhaben können.«

»Echt jetzt?«

»Bleib locker. Ist ja alles gut gegangen.«

Maggie verzog das Gesicht. »Ich soll locker bleiben? Na, prächtig. Wovon zum Teufel hat der Typ überhaupt geredet? Wieso behauptet er, dein Vater wäre korrupt gewesen?«

»Er wollte mich nur provozieren.«

»Offensichtlich, aber das ist doch nicht die ganze Geschichte. Er hat von ›Juniors Familie‹ gesprochen. Was meint er damit?«

Marcus ließ die Nackenwirbel knacken und seufzte. Genau mit diesen Gedanken und Fragen wollte er sich *nicht* beschäftigen. Er wollte, dass die Vergangenheit ruhte, doch sie schien immer einen Weg zu finden, an die Oberfläche zu steigen.

»Tommy Juliano junior.«

Maggie riss die Augen auf.

»Ja, *dieser* Juliano. Tommy Jewels. Einmal bin ich mit Eddie zu einer Geburtstagsparty bei Tommy gegangen. Ich hatte mich im Haus verirrt. Dabei habe ich etwas gesehen, das ich nicht sehen sollte. Am Ende bin ich zusammengebrochen und habe meinem Dad davon erzählt. Er sagte, ich soll die Sache ihm überlassen.«

»Also ist es möglich, dass dein Vater den Julianos Beweise untergeschoben hat?«

»Fang du nicht auch noch damit an.«

»Ich fälle kein Urteil. Wir sind alle schon in einer Situation gewesen, in der wir so was gern getan hätten. Du hast doch noch Kontakt mit dem alten Partner deines Vaters. Ihr telefoniert doch wenigstens zweimal im Monat. Ruf ihn mal an und frag ihn.«

»Was zum Teufel beweist das schon?«

»Mir kommt es so vor, als hätten du und Mr. Caruso einige unbewältigte Konflikte, und keiner von euch kennt die ganze Wahrheit. Dich aber kenne ich. Die unbeantworteten Fragen werden dir so sehr zu schaffen machen, dass es sich auf die Ermittlungen auswirkt. Ruf den alten Partner deines Dads an. Es ist immer besser, die Wahrheit zu wissen.«

Marcus dachte darüber nach und fühlte sich an einen Bibelvers erinnert – *Johannes 8,32: Und ihr werdet die Wahrheit erkennen, und die Wahrheit wird euch frei machen.* Marcus wusste aber auch, dass Jesus hier nicht vom Ausgraben alter Sünden sprach.

Manche Leichen sollten besser unter der Erde bleiben.

Kapitel 45

Baxter erfreute sich an Jennys Fahrkünsten, als sie ihren 1982er »Fox Body« Mustang in eine Parktasche schnellen ließ. Für seinen Geschmack war der Wagen zu kastenförmig, und vom Rot der Lackierung bekam er Kopfschmerzen. Innen sah die Kiste aus, als würde Jenny darin wohnen.

Baxter wies auf das Wohngebäude, vor dem sie standen. »Ich präsentiere dir den Schauplatz unserer heutigen atemberaubenden Ermittlung.«

Als sie aus dem Wagen stiegen, fragte Jenny: »Hat die Sache mit deinem Geschäft mit Faraz zu tun, dem Zuhälter?«

»Ja. Er wollte mich engagieren, damit ich die vermisste Schwester von einem seiner Pferdchen finde. Diese Schwester heißt Corin Campbell.«

»Und diese Corin hat hier gewohnt?«

»Bis vor zwei Monaten, da ist sie verschwunden.«

Jenny spitzte die Lippen. »Cool, ein Vermisstenfall. Glauben wir, es war der Lebensgefährte?«

»Ich halte ihn für sauber. Bauchgefühl.«

Baxter trat mitten auf die Straße und blickte in beide Richtungen. Die Straße war nicht gerade viel befahren; trotzdem zischte alle paar Sekunden ein Auto an Baxter vorbei. Doch er machte sich keine Gedanken darüber. Er brauchte einen guten Blick die Straße rauf und runter, und den hatte man nun mal am besten auf der Fahrbahnmitte.

»Mit welchen Zeugen hast du gesprochen?«

»Nur mit dem Lebensgefährten, einem gewissen Blake, und

der Schwester. Ich habe darauf verzichtet, die Befragung auszuweiten.«

»Warum?«

»Baxters Regel Numero 7084«, sagte er und setzte sich in Bewegung. »Vertrau nie etwas Matschig-Zerbrechlichem mehr als dem, was du mit eigenen Augen siehst.«

Er hörte Jennys sämtliche Reißverschlüsse klimpern, als sie ihm hinterherhetzte. »Was soll das denn heißen?«

»Vertraue nie dem Gedächtnis oder der Geschichte eines anderen mehr als einer guten Kameraaufnahme.«

Plötzlich packte sie ihn bei seinem Hawaiihemd und zerrte ihn zum Straßenrand. »Runter von der Fahrbahn, du Hirni.«

»Deine Sorge berührt mich tief.«

»Ich mach mir keine Sorgen um dich. Ich mach mir Sorgen um die Beule, die du jemandem in die Motorhaube haust.«

»Ich glaube fest daran, dass alle Autos jetzt mit diesen Bremsen ausgestattet sind, von denen ich so viel gehört habe. Neumodisches Zeugs. Du hast vielleicht bei Tweeter davon gelesen.«

»Autos hatten schon immer Bremsen. Und es heißt Twitter. Was suchst du mitten auf der Straße?«

»Das erste Auto, das gebaut wurde, hatte bestimmt keine Bremse. Ein Erfinder, der zuerst Bremsen baut, hätte solch ein modernes Wunder nie und nimmer geschaffen.« Baxter nahm einen Joint aus der Brusttasche seines rot-weißen Hawaiihemds. »Pass auf. Ich hab mir überlegt, in welche Richtung jemand in Corins Auto davongefahren wäre. Ich hab nämlich schon was gefunden, das in mir den Verdacht weckt, dass Corin von hier entführt wurde. Du stehst sogar auf ihrem Privatparkplatz. Die Überwachungsvideos an der Uni zeigen, dass sie von dort weggefahren ist. Der Lebensgefährte glaubt nicht, dass sie zu Hause angekommen ist, aber ich bin nicht überzeugt, dass die Ermittler ihm geglaubt haben.«

»Aber er ist sauber?«

»Ich habe ihm geglaubt. Aber das ist der Unterschied zwischen mir und den Cops. Sie haben Vorgehensweisen und Sorgfaltspflicht, während ich mich an mein Bauchgefühl halte. Und das sagt mir, dass der Typ sauber ist, also gucke ich woanders.«

»Liegt dein Bauch je falsch?«

»Na klar. Aber manchmal braucht man sich nur zurückzulehnen und das Universum ans Steuer lassen.«

»Also spricht dein Bauch mit dem *Universum?*«

»Wir alle haben solch eine Verbindung, Jenny. Leider vertrauen die meisten Leute nicht darauf, dass das Universum nur ihr Bestes im Sinn hat.«

Sie zog die Brauen hoch. »Dann schwimmst du also einfach mit dem Strom und vertraust darauf, dass irgendeine höhere Macht auf dich aufpasst und alles gut wird?«

»Irgendwie schon. Ich meine, das ist wie bei 'ner Sonnenfinsternis.«

Jenny verdrehte die Augen. »Wie meinst du denn das jetzt schon wieder?«

»Das Studium unserer Sonne ist ein natürlicher und unverzichtbarer Teil aller Anstrengungen, mehr über das Universum zu erfahren und neue wissenschaftliche Entdeckungen zu machen. Sonnenfinsternisse machen es möglich, Informationen über die Sonne zu erlangen, die man normalerweise nicht beobachten kann. Auf der Erdoberfläche hat man die besten Sonnenfinsternisse im ganzen Sonnensystem. Die Erdoberfläche ist zugleich die lebensfreundlichste Ecke im ganzen Sonnensystem. Ist das nur Zufall, oder hält da jemand die Hand über uns? Ich glaube nicht, dass ein Engelschor mich beschützt, aber ich glaube fest daran, dass das Konzept der Güte universell ist. Also sollten wir darauf vertrauen, dass das Universum es gut mit uns meint.«

»Wenn Gott existiert, sind wir ihm gleichgültig.«

»Was für eine schreckliche Einstellung. Sieh es doch mal so: Jeder hat eine Vorstellung davon, was gut und gerecht ist. Jede Kultur in der Geschichte der Menschheit – von abgelegenen Siedlungen in Südamerika über die Römer bis zu den modernen USA – hatte ein grundsätzliches Empfinden von Recht und Unrecht. Wir haben eine Messlatte, anhand deren wir urteilen, was richtig und falsch ist. Irgendwoher muss diese der Menschheit innewohnende Eigenschaft doch kommen. Ich nehme, was mir zugeworfen wird, und lass mir vom Universum den Weg weisen. Bisher hat es immer funktioniert.«

Jenny schüttelte den Kopf. »Was ist mit einem Kannibalenstamm im Dschungel?«

»Was soll damit sein?«

»Einige dieser Stämme ermorden und verspeisen jeden Fremden, auf den sie treffen. Sie haben eine ziemlich radikale Sicht auf Gut und Böse.«

»Stimmt. Ihren Vorfahren muss etwas sehr Schreckliches passiert sein, dass sie so misstrauisch geworden sind. Aber selbst sie haben eine Messlatte. Wir verstehen ihre Maßstäbe nur nicht richtig.«

»Ja, bis wir in ihrem Bauch landen. Apropos, in welche Richtung weist dich das Signal aus *deinem* Bauch?«

»Raus aus der Stadt, Richtung nächste Interstate oder Überlandstraße. Wo man in kürzester Zeit möglichst weit von hier wegkommt. Ob nach Norden oder Süden, spielt im Grunde keine Rolle. Wir brauchen nur zu überlegen, an welchen Häuserblocks sie zuerst vorbeigekommen sind.« Baxter zeigte die Straße entlang nach Norden. »Mein Bauch sagt, dass wir in dieser Richtung am ehesten Kameras finden.«

Jenny fragte: »Haben die Cops das denn nicht längst überprüft?«

»Ganz bestimmt, aber ich suche nach Dingen, auf die sie

nicht geachtet haben. Sie würden zum Beispiel einen Kreis auf die Landkarte malen, der auf Zeit und Entfernung beruht, und dann versuchen, alles innerhalb dieses Kreises zu überprüfen, was sie ohne Durchsuchungsbeschluss überprüfen können. Wir dagegen werden versuchen, in Corins Schuhen durch Raum und Zeit zu wandeln. Außerdem werden die Cops es tagsüber versucht haben. Wir aber sind zu der ungefähren Uhrzeit hier, als Corin entführt wurde.«

»Ich glaube nicht, dass es hier Kameras gibt, die nur nachts an sind.«

»Man kann nie wissen.«

Sie gingen zum Ende des Häuserblocks. Jenny suchte an den Fassaden nach Kameras, aber Baxter hatte nur Augen für sie. »Hier ist 'ne Kreuzung, Jungfer Jennifer. In welche Richtung müssen wir unsere Rösser lenken?«

»Geradeaus.«

»Warum?«

»Weil es links und rechts auf Nebenstraßen geht. Geradeaus kommt man am schnellsten weg. So bringt man in kürzester Zeit die größte Entfernung zwischen sich und den Tatort.«

»Die Macht ist stark in dir, holde Jennifer.«

»Halt die Klappe. Das wusste ich schon. Was ist mit dem Geldautomaten?« Sie deutete auf den blaugrauen Kasten auf der anderen Straßenseite. »Oder mit der Tankstelle im nächsten Block? Hier gibt's auch eine Firma namens RJ Transportation Services mit einem kleinen Lkw-Depot. Die hätten alle einen guten Kamerawinkel.«

Baxter blieb stehen und dachte darüber nach. Irgendetwas stimmte hier nicht. Er streckte die Hand aus und fragte Jenny: »Willst du mit mir beten?«

»Wie bitte?«

»Nimm meine Hand. Mach mit.«

Sie verzog das Gesicht, legte aber widerstrebend ihre Rechte in Baxters Hand. Er hob an: »O Herr, so ein gefährlicher Typ, der vom rechten Weg abgekommen ist, hat sich dein Kind Corin Campbell geschnappt. Hilft uns, sie zurückzukriegen. Wie Pete Frampton dereinst sagte: Weise mir den Weg. Amen.«

»Fühlst du dich jetzt besser, Mr. Universum?«, fragte Jenny kichernd.

Baxter zündete den Joint an, inhalierte tief und hielt den Rauch in der Lunge. Es war ihm völlig unverständlich, wieso Bill Clinton behauptete, nie inhaliert zu haben. Damit gab der Mann doch nur zu, ein Blender zu sein, der das Marihuana seiner Freunde verschwendete. Für Baxter klang das ganz schön arschig. Er hielt Jenny den Joint hin. Sie nahm einen Zug und gab ihn zurück.

»Hier lang sind sie nicht«, sagte er.

»Woher willst du das wissen?«

»Weil die Polizei die Kameras gecheckt hätte. Und weil wir davon ausgehen können, dass sie Corins Wagen auf keinem Überwachungsvideo entdeckt haben, können wir annehmen, dass sie nicht hier langgekommen sind. Wir müssen die Kameras finden, die die Cops *nicht* ausgewertet haben.«

Baxter ging zurück und schlug den Weg zu Corins Wohnung ein. An der ersten Kreuzung blieb er stehen und blickte in die beiden anderen Richtungen. Die kreuzende Straße war kaum breiter als eine Gasse. Nach Westen hin parkten Autos auf gemieteten Stellflächen, nach Osten wurde sie von Ziegelmauern begrenzt, an denen es viele freie Parkplätze gab. Die nächste Straße in dieser Richtung war eine Einbahnstraße nach Süden.

Baxter bog nach Osten ab.

»Ich dachte«, sagte Jenny, »der Entführer würde so viel Entfernung wie nur möglich ...«

»Ich folge nur meinem Bauchgefühl, Liebling.«

An der nächsten Kreuzung hörte Baxter das Schnaufen einer Druckluftbremse. Links von ihnen war eine Bushaltestelle. Einer der vielen Elektrobusse der Stadt nahm Fahrgäste auf. Über der Straße hing eine doppelte Oberleitung. Ein Gestell auf dem Dach des Busses verband sich mit den Kabeln und versorgte das Fahrzeug ständig mit umweltfreundlicher Elektrizität.

Baxter lachte leise und rieb sich die Hände wie Kater Sylvester, der Tweety mustert. »Tataaa! Soeben habe ich die Kamera gefunden, die die Cops nicht gecheckt haben. Übrigens, glaubst du, Tweety hat ein Konto auf Tweeter?«

»Twitter heißt das, du blöder Affe. Und versuch bei der Sache zu bleiben. Was für 'ne Kamera? Sind Haltestellen kameraüberwacht?«

»Ja, aber die Polizei hätte sie überprüft. Ich muss es dir wohl einfach zeigen.«

»Mist, verdammter. Ich hasse Überraschungen.«

»Ich habe nun mal das Bedürfnis, dich mit meinem Genie zu beeindrucken.«

»Mit dem *was?*«

»Zu dem Teil mit dem Genie sind wir ja noch gar nicht gekommen.«

»Ich werde bestimmt nicht beeindruckt sein. Sag es mir lieber.«

»Okay, aber du verdirbst alles. Wir interessieren uns nicht für die Kamera an der Bushaltestelle. Wir interessieren uns für die Videos aus dem Businnern.«

»Ich wusste nicht mal, dass es in den Bussen Kameras gibt.«

Baxter nickte. »Acht Stück sogar. Alle mit Weitwinkel. Zwei im Innenraum, sechs an den Außenseiten. Die Stadt hat dadurch so viel an Versicherungsprämien eingespart, dass sie die Kosten für das Kamerasystem blitzschnell wieder drin hatte. Die

Digitalvideos werden im Bus gespeichert und zugleich an einen zentralen Datenspeicher gesendet.«

»Wie kommt es, dass du dir nicht mal den richtigen Namen von Twitter merken kannst, aber dich mit den Details des öffentlichen Personennahverkehrs auskennst?«

Baxter grinste. »Weil mein Wohnungsnachbar womöglich der nächste Unabomber ist.«

Kapitel 46

Ackerman konnte in keinem Bett schlafen. Er wusste nicht, ob es an den Traumata aus seiner albtraumhaften Kindheit lag oder ob er einfach zu sehr an eine harte Schlafunterlage gewöhnt war. Von den Wänden seines vorübergehenden Domizils hatte er sämtliche Bilder abgehängt; er war damit zufrieden, sich in der Zimmerecke zum Schlafen zusammenzurollen.

In Arizona hatte er neben Marcus' und Maggies Bett auf dem Fußboden genächtigt, war sich aber rasch wie ein Haustier vorgekommen und hatte ein eigenes Bett verlangt, auch wenn er nicht darin schlief.

Sein Bruder würde in wenigen Stunden wieder in Kalifornien sein, um sich dort mit der Task Force zu treffen, die in den Entführungs- und Hackingfällen ermittelte, während Ackerman eine Erholungspause machen sollte. Trotzdem wurde er das Gefühl nicht los, als ränne ihnen das kostbarste Gut des Menschen durch die Finger: Zeit.

Das kleine Geschmeiß mit dem zerknitterten Gesicht lag neben ihm auf dem Boden. Je mehr Zeit verstrich, desto näher rückte ihm das widerliche Kroppzeug. Plötzlich gab es hohe Jaultöne von sich und scharrte an Ackermans Arm.

»Fehlen dir die Instinkte, um zu begreifen, dass ich eine Gefahr für dich bin? Gefahr, du ignorante Ratte! Todesgefahr!«

Je weniger er das niedere Lebewesen beachtete, desto mehr schien es seine Aufmerksamkeit zu ersehnen. Ackerman versuchte, die Kreatur einfach zu ignorieren, aber das Jaulen hatte etwas an sich, das ihm Schauder der Wut durch den Körper sandte.

Er hatte versucht, das kleine Biest in den Schrank zu sperren, doch es hatte unablässig von innen an der Tür gekratzt.

Ackerman setzte sich auf. »Was hast du ein Glück, dass es in diesem Motelzimmer keine Mikrowelle und keinen Kühlschrank gibt. Was willst du von mir?«

Der Hund wedelte mit dem Schwanz und stellte die Ohren auf, kaum dass Ackerman sich ihm zuwandte. Als Ackerman Anstalten machte, aufzustehen, rannte das Viech zur Zimmertür. Als er sich wieder setzte, flitzte es zu ihm zurück, und alles begann von Neuem.

Ackerman knurrte genervt, und dieses vertraute Geräusch schien den Hund nur lebhafter zu machen. »Ich frage mich allmählich, ob Emily ein schadhaftes Exemplar angedreht wurde. Vielleicht kann man dich umtauschen. Muss ich dich ernsthaft jedes Mal ausführen, wenn du dich deiner Stoffwechselabfälle entledigen willst?«

Der kleine Hund bellte und rannte wieder zur Tür.

»Piss in die Ecke, sei ein braver Penner. Leb wie ein Rockstar, mach Kleinholz aus dem Laden, mir ist es egal. Aber ich werde mich deinen kleinlichen Wünschen nach Aufmerksamkeit nicht länger unterwerfen!«

Er stand auf und brachte die Kreatur ins Bad. Dort hielt er sie über die Toilette. »Los«, sagte er, aber der Nichtsnutz starrte ihn nur an. Nach ein paar Sekunden knurrte Ackerman wieder und setzte den kleinen Hund in die Badewanne. »Da. Leicht zu reinigen. Viel Spaß.«

Er kehrte zu seinem Ruhelager zurück, aber es dauerte nur einen Augenblick, dann hörte er Pfoten, die über Plastikfliesen trappelten. Er öffnete die Lider nicht, spürte aber die Gegenwart der Kreatur, die Augen, die ihn erwartungsvoll anstarrten.

Im Kopf ging Ackerman beliebte Foltermethoden des 16. Jahrhunderts durch.

Die abscheuliche Töle fing wieder zu jaulen und zu scharren an. Ackerman schlug die Augen auf und ließ angestaute Luft heraus. »Gut. Aber wenn dich ein Auto überfährt oder ein Weißkopfseeadler davonträgt, helfe ich dir nicht. Da ziehe ich die Grenze. Ich habe versprochen, dich nicht zu töten, aber das bedeutet noch lange nicht, dass ich dich vor allem anderen beschütze, was dich töten könnte.«

Der Hund bellte und rannte wieder zur Tür. Ackerman machte sich nicht die Mühe, Jacke oder Schuhe anzuziehen. Seine Jeans und das graue T-Shirt mussten genügen. Vor ein wenig Kälte fürchtete er sich nicht, und er hieß den Schmerz willkommen, den spitzer Schotter und Bierflaschenscherben ihm in die Fußsohlen sandten.

Dann stand er an der Tür und versuchte, den Hund zu vergessen, aber das Tier zerstörte mit seinem Bellen und Winseln die Illusion. »Wir gehen, wenn ich so weit bin, verdammt«, sagte er, wartete ein paar Sekunden, atmete zwei, drei Mal tief durch und fuhr fort: »Gut, jetzt bin ich bereit. Aber nur weil ich es will, nicht deinetwegen.«

Der Hund wedelte mit dem Schwanz und fiepte. Die ganze Zeit sprang er mit fröhlicher, erwartungsvoller Energie auf und ab. Der Ausdruck in seinem Gesicht erschien Ackerman beinahe selbstgefällig.

Könnte es sein, fragte er sich, *dass die Töle mich übervorteilt hat?*

Kapitel 47

Im Terminal des Flughafens von Westchester County fiel Marcus' Welt in Trümmer. Der alte Partner seines Vaters war offen und ehrlich gewesen, und Eddie hatte richtiggelegen: Marcus' Dad *hatte* Beweise untergeschoben.

Marcus kam es vor, als wäre das Andenken seines Vaters durch dieses Wissen für immer besudelt. Nicht dass er seinen Dad verurteilte; dass der Verdächtige die Schuld an dem Verbrechen trug, hatte zweifelsfrei festgestanden. Dennoch war sein Vater für ihn das einzige Leuchtfeuer der Rechtschaffenheit gewesen. Jetzt war dieses Licht erloschen, und Finsternis machte sich breit.

Marcus ließ sich in einen Wartesessel fallen, senkte den Kopf und weinte.

Die Erinnerung an seinen Vater, wie er ihn in ähnlicher Position gefunden hatte – weinend und allein in seinem Zimmer im Obergeschoss –, stand Marcus so lebhaft vor Augen, als wäre es gerade erst geschehen. Er spürte noch den Zug vom offenen Fenster, durch das der Wind die Melodie des Verkehrs und ferner Sirenen herantrug, den süßen Chor der geschäftigen Menschheit.

Sein Vater hatte ihn gefragt, was los sei. Marcus war zusammengebrochen, unendlich erleichtert, sich von der Seele reden zu können, was er mit angesehen hatte. Jedes Mal, wenn er die Augen schloss, sah er das Blut. Er hatte sich Vaporub unter die Nase geschmiert, um den Gestank nach Kupfer und entleerten Gedärmen nicht mehr riechen zu müssen, der in der Schlachtkammer aus Beton stand, die er im Dunkeln gefunden hatte. Die geringste sensorische Erinnerung an seinen Aufenthalt in der Burg des irren Kings brachte ihn an den Rand einer Panikattacke oder weckte in ihm das überwältigende Bedürfnis, sich zu erbrechen.

Er hatte seinem Vater alles erzählt, und John hatte Marcus an sich gedrückt und ihm gesagt, wie stolz er auf ihn sei. Danach hatte der Kriminalbeamte seinem Sohn endlos viele Fotos aus der Verbrecherkartei vorgelegt, bis Marcus die Frau wiedererkannte, die er gerettet hatte. Sein Dad hatte ihm erklärt, von nun an werde er selbst die Sache in die Hand nehmen; Marcus solle sich keine Gedanken mehr machen.

Er hatte nie wieder ein Wort über den Fall gehört, bis sein Dad ihn eines Tages beiseitenahm und ihm mitteilte, dass die Frau, die Marcus aus dem Kellerraum gerettet hatte, tot aufgefunden worden sei. Marcus konnte sich des Gefühls nicht erwehren, dass er die Schuld daran trug. Hätte er reden sollen? Hätte er früher etwas sagen sollen? Die Frau war ihre beste Chance auf eine Aussage gegen Tommy Jewels gewesen, und nun war sie tot. Sein Vater hatte gesagt: »Das heißt aber nicht, dass ich aufgebe. Ich bin ziemlich hartnäckig, wenn es darum geht, Gerechtigkeit durchzusetzen.«

Offenbar hatte sein Dad sich damals gesagt, dass die Gerechtigkeit es wert sei, Beweismaterial zu fälschen und gegen das Gesetz zu verstoßen.

»Du hast anscheinend schlechte Neuigkeiten.«

Maggies Stimme riss Marcus aus seinen Gedanken. Hastig wischte er sich die Tränen aus den Augen. Er wollte nicht, dass sie ihn weinen sah. »Eddie hatte recht. Und du auch. Mein Vater hat Tommy Jewels Beweismaterial untergeschoben. Er hätte deswegen beinahe seinen Job verloren.«

»Das tut mir leid.«

»So was wie Helden gibt es eben nicht.«

Maggie senkte den Blick, als wüsste sie nicht recht, wie sie reagieren sollte. Schließlich sagte sie: »Der FBI-Pilot kann starten, wenn wir so weit sind.«

»Gut. Machen wir, dass wir hier wegkommen.«

Kapitel 48

Als sie auf seiner gemieteten Parkfläche hielten, fiel Baxter ein, dass er die zusätzliche Logbuch-Episode, die sein Nachbar, der Freak Kevin, von ihm haben wollte, noch nicht aufgenommen hatte. Ehe Jenny aus dem Mustang steigen konnte, sagte er: »Warte mal eben, Sonnenschein. Ich muss für den Typen was machen.«

»Für welchen Typen?«

Baxter blickte Jennifer tief in die Augen, räusperte sich und drückte den Aufnahmebutton an seinem iPhone.

»Baxters Logbuch, Sternzeit . . . Ich bin ganz ehrlich, ich habe das mit der Sternzeit nie richtig kapiert. Nicht dass ich groß darüber nachgedacht hätte. Na egal.«

Er räusperte sich erneut und fuhr fort: »Wieso begreifen die Leute nicht, dass wir in Wirklichkeit eine unendlich komplexe Masse aus unendlich kleinen Teilchen sind? Ein Wissenschaftler würde mir da wohl zustimmen. Jedenfalls behaupte ich, dass es auf der alleruntersten Ebene ein Partikel gibt, das der Ursprung aller anderen ist. Nennt es Alpha. Oder Omega. Oder Gott.

Entscheidend ist, dass etwas – oder jemand – jenseits unserer Vorstellungskraft den ganzen Zug ins Rollen gebracht hat. Es ist nicht leicht für uns, so was in unseren kleinen Kopf zu bekommen, weil unser begrenztes Denken von Raum und Zeit beherrscht wird. Ein Wesen, das jenseits einer linearen Zeitlinie existiert, können wir einfach nicht begreifen – ein Wesen, das die Gesetze der Physik formuliert hat. Was ist jenseits von Raum und Zeit? Wie sollen wir den Willen einer vierdimensionalen Wesenheit begreifen? Es gibt Wirklichkeiten, die wir vielleicht nie vollständig erkunden werden, ehe die Menschheit zu existieren aufhört. Trotzdem sind wir es uns selbst schuldig, einige dieser Antworten zu suchen. Meine Überzeugung ist die: Wenn ihr ehrlich sucht, werdet ihr auf jeden Fall finden. Und wenn ihr ehrlich zu euch selbst seid und eurem Herzen folgt, dann öffnet sich euch der richtige Weg, und ihr könnt ihn begehen, einen kleinen Schritt nach dem anderen.

Ich bin Baxter Kincaid und habe diese Nachricht genehmigt. Baxter aus ...«

Als er die Aufnahme beendete, bemerkte er, dass Jenny ihn anstarrte, als wäre ihm soeben ein kleiner Jimi Hendrix aus der Schulter gewachsen, der *The Star-Spangled Banner* spielte. Sie sagte: »Du bist echt ein Vollfreak, weißt du das?«

Baxter kicherte. »Weißt du, wir verbringen ungefähr unser halbes Leben mit dem Versuch, einfach so zu sein wie jeder andere. Wir versuchen uns einzufügen und zu überleben. Aber dann wird uns klar, dass wir in Wirklichkeit anders sein wollen als die anderen. Wie der verstorbene große Jimi Hendrix sagte: ›Ich muss frei sein wie ein Stein, um zu tun, was ich will.‹«

»Hörst du dir deine Platten eigentlich nur wegen der Texte an, oder was?«

»Nee, das war einmal. Und du weißt ja, Zeit ist wie ein Fluss und ändert sich ständig, während sie fließt. Und wir Zeitreisende sind wie Boote, die dem Strom folgen müssen, wohin er rinnt.«

»Hast du das aus einem Song von Garth Brooks?«

Er lachte. »Oh yeah, das ist ein Song. Gut, dass ich das nicht gesagt habe, als ich eben auf mein iPhone gesprochen habe.«

Baxter klopfte an Kevins Tür, und sie hörten, wie ein Bataillon von Riegeln beiseitegeschoben wurde. Als Kevin die Tür öffnete, spannten sich zwei Vorhängeketten über den Spalt. Kevin spähte unter seinem Markenzeichen, der Kapuze, zu Baxter hinaus. Der einzige Unterschied zu sonst war, dass er diesmal keine Sonnenbrille trug.

»Du hast mir 'ne Scheißangst eingejagt, Mann. Hast du einen neuen Post für mich? Über den letzten können die Leute sich gar nicht beruhigen. Ich glaub, wir sollten ganz schnell noch einen hochladen.«

»Yep, hab ich gerade erst aufgenommen. Lass mich rein. Dann können wir ihn rüberbugsieren oder wie immer du das nennst.«

»Du kannst ihn mir mailen. Oder nimm die Dateitransfer-App, die ich dir gezeigt hab.«

»Na ja, die Sache ist die ... Ich wollte noch eine Kleinigkeit von dir. Hängt mit einem Fall zusammen. Und ich weiß, dass du Interesse bekundet hast, dich bei Baxtercorp mehr einzubringen, und da dachte ich... «

»Ist da jemand bei dir?«, fragte Kevin.

»Das ist nur Jenny von Amoeba Music. Erinnerst du dich? Ich hab dir gesagt, dass sie manchmal Job Shadowing bei mir macht. Lass uns rein, Kevster.«

»Du weißt, wie ich zu denen stehe, die nicht eingeweiht sind, Baxter.«

»Schon klar, Bruder. Aber sie ist in Ordnung, Mann. Ich versprech's dir.«

»Du bürgst für sie?«

»Logo, Mann. Sag ich doch. Ich bürge total für sie. Wenn sie ein Vertrag wäre, würde ich sie von oben bis unten unterzeichnen. Komm schon, Kevirano. Ich verspreche dir, die Braut ist das heißeste Sahneschnittchen, das du je in deiner Bude hattest. Die auf deinem Computerbildschirm zählen ja nicht.«

»Warte.«

Kevin schloss die Tür, und sie standen eine geschlagene Minute da. Schließlich sagte Jenny: »Ich dachte, der Typ wäre ein Freund von dir. Und was soll der Mist von wegen Job Shadowing?«

»Kevin ist ein guter Kerl. Er ist nur ein bisschen exzentrisch und in hohem Maße paranoid.«

Die Tür öffnete sich, doch statt sie hineinzubitten, kam Kevin mit einem Metalldetektor auf den Flur, ein Gerät, wie man es von Flughäfen kannte. »Ich muss euch nur nach Wanzen abtasten«, sagte er.

»Ich geb ja zu, Jenny sieht ein bisschen grungemäßig aus, aber ich glaube nicht, dass sie irgendwelche Parasiten mit sich rumträgt.«

»Ich meine Regierungswanzen. Aufnahmegeräte. Ihr merkt doch gar nicht, wenn sie euch so was unterjubeln.« Kevin tastete sie mit einem Stab ab, der selbst gebastelt aussah. »Okay, ihr seid sauber«, sagte er schließlich. »Aber keine hastigen Bewegungen. Und verlasst nicht mein Blickfeld. Außerdem muss ich euch beide bitten, Verschwiegenheitsverpflichtungen zu unterschreiben.«

Kapitel 49

Während Ackerman dem Geschmeiß zuschaute, wie es hin und her und her und hin flitzte, fragte er sich, welcher Instinkt diesem Kläffer verriet, welche Stelle am besten war. Suchte das Viech sie sich wirklich aus, oder machte es sich durch sein Verhalten einfach nur Mut, zur Tat zu schreiten? »Du widerst mich an, Kreatur.«

Wie zur Antwort blieb der Hund stehen und hockte sich. Eine Frau mit High Heels und roter Jacke ging auf dem Bürgersteig neben dem Motel vorbei. Ackerman rief ihr zu: »Wissen Sie zufällig, wem dieser Hund gehört? Ich glaube, er sucht ein nettes Zuhause.«

Sie wandte den Blick ab und ging weiter.

»Siehst du. Sie kann dich auch nicht leiden.«

Der Hund begann zu tänzeln, als hätte er eine gewaltige Leistung vollbracht, indem er die perfekte Stelle zur Darmentleerung ermittelte. Er bellte, stolzierte freudig zu Ackerman, blickte zu ihm hoch, ließ die Zunge heraushängen und wedelte mit dem Schwanz.

»Ich habe keine Zeit dafür. Du weißt genau, dass ich unser Treffen mit Mr. King vorbereiten sollte, statt mit einem Inzuchtköter zu sprechen, als hätte er die leiseste Ahnung, was ich sage.«

Der Hund bellte.

»Willst du mir sagen, dass du mich verstehst? Belle einmal für ›Ja‹ und zweimal, wenn ich jetzt auch noch den allerletzten Rest von meinem Verstand verloren habe.«

Der Hund bellte zweimal.

»Willst du mich verarschen, oder was?«

Der Hund bellte einmal. Ackerman starrte das Tier einen Moment lang an, dann sagte er: »Der Wagen steht auf der anderen Straßenseite. Ich könnte ihn kurzschließen und mich auf den Weg machen. Wenn ich mich einigermaßen geschickt anstelle, könnte ich in anderthalb Stunden wieder hier sein. Höchstens in zwei.«

Der Hund gab ein tiefes Knurren von sich, flitzte davon und bellte los. Der Anfall dauerte drei Sekunden, dann verlor er das Interesse und flitzte zu Ackerman zurück.

»Ich weiß, was du meinst. Und du hast recht. Sie beobachten uns. Halten mich durch eine Art Chip in meiner Wirbelsäule an der Leine.«

Der Hund winselte.

»Weine nicht um mich. Der Chip ist mir egal. Er war ein notwendiges Übel. Mir stinkt daran nur, dass ich mir was überlegen muss, um ihr System zu besiegen. Sie behaupten, dass jemand meine Bewegungen überwacht. Aber stimmt das auch? Vielleicht ist es an der Zeit, die Grenzen auszuloten. Schauen wir mal, wie dehnbar die Leine wirklich ist.«

Der Hund stieß merkwürdige, weinerliche Laute aus, die wie »Rou-rou-rou« klangen.

»Deine Besorgnis rührt mich. Aber hab keine Angst, mein kleiner Parasit, du behältst dein Bratkartoffelverhältnis. Die bringen mich schon nicht um. Nicht bevor ich vollkommen aus der Spur gesprungen bin. Meine Güte, diese Leute haben mich schließlich jahrelang studiert. Sie kennen mich und wissen, dass sie mit einem gewissen Maß an Aufsässigkeit und Ungehorsam rechnen müssen. Richtig?«

Ackerman setzte sich auf die Bordsteinkante. Der Hund sprang vor ihm auf und ab und bellte zweimal.

»Das ist ziemlich ungezogen von dir. Und sehr subjektiv.«

Der Hund rannte los und sprang ihn an, legte ihm die Vorderpfoten auf die Brust, leckte sein Gesicht und rieb sich an seiner Brust.

Ackerman schob das Tier weg. »Du brauchst dich nicht zu entschuldigen, aber ich begrüße die Respektbekundung. Da wir zumindest eine Zeit lang miteinander zu tun haben, sollten wir bestimmte Regeln festlegen. Ich bin der Alpharüde. Du bist im Rudel nicht mal ein Beta. Hast du verstanden? Du bist ein Omega. Auf der niedrigsten Sprosse der sozialen Leiter unseres Rudels. Du solltest mich achten und fürchten und dich freuen, dass ich dir deine Existenz gestatte.«

Erneut versuchte die Kreatur, ihm das Gesicht abzulecken.

»Ach, wunderbar. Danke.« Ackerman stand auf, um aus der Reichweite des Hundes zu kommen, und blickte dabei auf den Mietwagen am Straßenrand. Der Wagen stand da, als wartete er nur darauf, dass Ackerman ihn sich nahm. Die Adresse hatte er im Kopf. Und der Wagen hatte ein Navi.

Aber wenn sie ihn ständig überwachten, wie sie es behaupteten, oder auch nur regelmäßig seinen Aufenthaltsort prüften, fanden sie heraus, dass er ein böser Junge war. Unartig. Ackerman überkam ein ebenso unvermitteltes wie überwältigendes Verlangen, die Leine zu durchtrennen, an der sie ihn hielten. Er atmete tief durch, kämpfte gegen den brennenden Wunsch, sich den Ortungschip mit bloßen Fingern aus dem Leib zu reißen.

Er war niemandes Hund.

Im Kopf hörte er Vaters Stimme: *Du bist die Nacht, Francis. Töte sie alle. Töte sie, und die Schmerzen hören auf.*

Der Hund beäugte ihn mit seltsamen Blicken und gab ein tiefes, missbilligendes Knurren von sich.

Kapitel 50

Bumm, bumm, bumm.

Bumm-bumm-bumm. Schneller und mit mehr Kraft diesmal.

Bumm. Ackerman fügte einen Extraschlag hinzu wie als Schlusspunkt seiner Nachricht.

Er hörte Bewegung im Motelzimmer, und die Tür öffnete sich einen Spalt weit. Emily Morgan stand dahinter, einen Arm erhoben gegen den Lichtschein vom Motelschild. Sie trug noch die gleiche Kleidung wie zuvor, einschließlich ihrer Schuhe, als wäre sie im wahrsten Sinne des Wortes ins Bett gefallen. In der Hand hielt sie ihre Pistole, eine kleine Glock 19.

Der kleine Hund wieselte in ihr Zimmer.

»Wehe, das ist nicht wichtig«, sagte sie.

»Computer Man hat mir die Adresse von jemandem gegeben, der in meinen Plan passt, Mr. King eine Botschaft zu schicken. Ich werde ihm einen Besuch abstatten. Mit Ihnen oder ohne Sie. Ich bin niemandes Haustier.«

»Niemand betrachtet Sie als unser Haustier.«

»Das will ich hoffen. Fahren Sie mich, oder geben Sie mir die Autoschlüssel?«

Emily seufzte. »Ich hole meine Jacke. Was ist mit dem Hund?«

»Der Kleine kann mitkommen.«

»Hört sich an, als erwärmten Sie sich für ihn.«

»Nicht im Geringsten. Wir haben nur eine Abmachung. Und noch etwas. Ich brauche eine Schusswaffe.«

»Ich bin nicht ermächtigt, Ihnen eine Waffe zu geben, Frank, egal welcher Art. Ich würde ohnehin eher dem Hund eine Pistole geben als Ihnen.«

Ackerman sah auf das pelzige Tier hinunter. »Jetzt reden Sie Unsinn. Er hat nicht einmal Daumen.«

Kapitel 51

Die Vergangenheit

Marcus folgte den Schreien der Frau immer tiefer in die Burg des irren Kings. Die Luft wurde kühler und frischer. Er spürte, wie sie ihm über die Wange strich. Er erreichte eine Abzweigung, an der ein enger Schacht in die tieferen Geschosse des monströsen Bauwerks zu führen schien. Das Geschrei erklang noch immer, und je näher Marcus kam, desto deutlicher konnte er hören, dass sie kein Ausdruck der Trauer waren, sondern von unerträglichen Schmerzen herrührten.

Marcus war noch keine zwölf Jahre alt und hatte noch nie eine so schreckliche Angst verspürt. Er wusste nicht, wie er jemals wieder aus diesem Labyrinth geheimer Gänge herauskommen sollte – und da unten war irgendein Ungeheuer und schlug seine Krallen in ein lebendes Wesen. Wenn er den Schreien folgte, wäre er das nächste Opfer; dann würde das Monster ihn zerfleischen.

Marcus starrte in die Tiefen des Hauses. Der Schacht maß vielleicht anderthalb Meter im Geviert, und jeden halben Meter war eine Eisensprosse an der Wand verankert. Der Boden des Schachts lag in völliger Finsternis. Er sah aus wie ein Eingang zur Hölle.

Marcus schauderte. Eine Erinnerung stieg an die Oberfläche seiner von Angst aufgewühlten Gedanken – die Erinnerung an etwas, das sein Vater gesagt hatte. Detective John Williams hatte ihm gerade eine Geschichte erzählt, hatte sich am Esstisch zu ihm vorgebeugt und erklärt: »Manchmal muss man das Richtige tun, auch wenn es dumm ist.«

Marcus nahm all seinen Mut zusammen. Die Worte seines Vaters gingen ihm nicht aus dem Kopf. Selbst wenn dort die Hölle wartete, war ein Mensch in Not, und das Verlangen, irgendwie zu helfen und das Böse zu besiegen, war größer als der Trieb zur Flucht.

Er streckte den Fuß vor, setzte ihn auf die oberste Sprosse und stieg nach unten. Am Boden angekommen, sah er vor sich schwaches Licht, das ihn anzog wie eine Flamme die Motte. Nachdem Marcus einen Moment lang fast blind durch den Stollen getaumelt war, fand er sich in einem Panikraum aus Beton wieder. Eine dicke Stahltür, die sonst den Durchgang zu den Geheimgängen abriegelte, stand offen. Wie es schien, hatte der irre King dieses Labyrinth in den Eingeweiden seiner Villa als Versteck und geheimen Fluchtweg errichten lassen.

Der Raum erinnerte Marcus an einen Luftschutzbunker, nur dass er größer war. Regalbretter mit Konservendosen und anderen Vorräten nahmen eine Wand ein. An der Wand gegenüber hingen Waffen. Marcus schaute genauer hin, denn mit Waffen kannte er sich aus. Sein Vater hatte ihn unterwiesen, wie man sie benutzte; er war beinahe mit Waffen aufgewachsen. Aber nicht mit so welchen hier. Das waren Kriegswaffen.

Er ging vorsichtig näher, fasziniert und verwirrt zugleich. Dad hatte gesagt, dass Eddies Vater und die Leute, für die er arbeitete, schlechte Menschen seien. Wie schlecht musste man sein, dass man so viele Waffen und eine Festung brauchte?

Im hinteren Teil des Raumes war eine schwere Stahltür wie in einem Banktresor.

Und hinter dieser Tür gellten die furchtbaren Schreie.

Marcus' Angst vor dem Monster, das in der Dunkelheit lauerte, wurde übermächtig. Gehetzt ließ er den Blick über die

Waffenwand schweifen, über die großen schwarzen Gewehre. Er entdeckte eines, das klein genug war, dass er es bedienen konnte. Er nahm es von der Wand, lud es aber nicht: Er hatte nicht vor, jemanden zu erschießen, hoffte aber, den Gegner bluffen zu können. Ein verrücktes Kind mit einer Maschinenpistole konnte ziemlich Furcht erregend sein. Doch er fragte sich, was geschehen würde, wenn hinter der Tür kein Mensch lauerte, sondern ein Dämon. Die Antwort war einfach: Er wäre tot.

Die Waffe in der Rechten, bewegte Marcus sich langsam voran, streckte die linke Hand nach dem Verschluss der Tür aus und zog sie zögernd auf. Dahinter entdeckte er eine Abfolge schummriger Gänge – Betonstollen, die von nackten Glühbirnen erhellt wurden, die unter unverputzten Decken hingen.

Die Schreie waren jetzt lauter, verzweifelter. Am ganzen Körper zitternd, betrat Marcus das Stollenlabyrinth und kam zuerst an mehreren Lagerräumen voller Kisten und alter Aktenschränke vorbei. Ansonsten aber waren sie leer.

Doch Marcus brauchte nicht lange, bis er die Quelle der Schreie gefunden hatte. Als er um eine Ecke im Stollen spähte, sah er einen großen Mann ohne Hals und mit grauen Haaren in einem schlichten schwarzen Anzug. Der seltsame Mann stand neben einer weiteren Stahltür und murmelte vor sich hin, dass das Miststück ihn noch zum Wahnsinn treibe.

Marcus lauschte, wartete. Er zuckte zusammen, als der große Mann zweimal gegen die Tür hämmerte und brüllte: »Halt endlich die Fresse! Sonst geb ich dir was, das dir für alle Zeiten das Maul stopft!«

Trotz seines zarten Alters bestand für Marcus kein Zweifel, dass die Frau, die hinter der Stahltür furchtbare Schmerzen litt, den nächsten Tag nicht erleben würde, wenn er nichts unternahm. Der Gedanke, er könne ein Ungetüm wie den Mann im schwarzen Anzug überwältigen, war verrückt, aber Marcus wusste, dass es das Richtige war, ganz gleich, wie dumm es sein mochte.

Kapitel 52

Francis Ackerman jr. stieg aus dem Fahrzeug und atmete tief die kühle Abendluft ein. Als gefürchteter Serienmörder hatte er bezweifelt, jemals wieder die Luft der Freiheit zu atmen, erst recht nicht, bei diesem Ereignis für eine Behörde der US-Regierung zu arbeiten.

Der Wind wirbelte trockenen Schotterstaub auf, der Ackerman und Emily umhüllte. In der Luft hing ein merkwürdiger, süßlicher Duft. Für Ackerman roch es wie in einem Krematorium. Er kannte den Geruch gut. In den finsteren Tagen seines anderen Lebens hatte er viele Menschen bei lebendigem Leibe verbrannt.

Doch jetzt hatte er einen Lebenssinn. Eine Verwendung für seine einzigartigen Begabungen. Ganz zu schweigen davon, dass er sich von einem göttlichen Auftrag getrieben fühlte, den Dämonen der Gesellschaft zu zeigen, dass die Läuterung in Reichweite war. Wenn nicht körperlich, so doch seelisch.

»Vergessen Sie bloß nicht, dass Sie ihn nicht anrühren dürfen«, sagte Emily, Ackermans psychologische Betreuerin und Babysitterin.

»Das hört sich aber langweilig an. Kein Anfassen? Wie bei den Amish in der Verlobungszeit?«

»Es ist mein Ernst. Überschreiten Sie diese Grenze, und Sie sitzen noch vor Mitternacht wieder in einer Zelle. Vielleicht beschließt man auch, den Chip in Ihrer Wirbelsäule explodieren zu lassen.«

Ackerman rieb sich über die Schädelbasis. Er war ziemlich

sicher, dass er die Vorkehrungen des Justizministeriums und der CIA, von der dieser Chip stammte, umgehen könnte. Auf der ganzen Welt gab es kein Sicherheitssystem, das ein entschlossener Geist nicht auszuhebeln vermochte. Und sein Geist hatte ihm immer gut gedient. In Gewahrsam war er nur, weil er sich dazu entschieden hatte – weil er hierher gehörte. Vorerst jedenfalls.

»Na gut«, sagte er, »ich bin ganz brav. Aber was, wenn der Bursche grob wird? Meine Ehre würde von mir verlangen, Sie zu beschützen.«

»Ich kann mich selbst schützen. Bleiben Sie dicht bei mir. Und seit wann haben Sie so etwas wie Ehre? Sie sagen doch sonst immer, dass ein guter Verlierer ein Mensch ist, der sich beim Betrügen nicht genug Mühe gibt.«

Ackerman lachte. »Schon, aber mein Vater hat mir auch eingeschärft, stets mein Wort zu halten. Ich habe versprochen, Sie zu beschützen, egal was geschieht. Und meinem Bruder habe ich geschworen, niemanden ohne Erlaubnis zu töten.«

»Wer hat Sie dazu gebracht, mich zu beschützen?«

»Niemand. Ich habe es selbst von mir verlangt. Und ein Versprechen, das man sich selbst gibt, hält man am ehesten.«

Vor einiger Zeit hatte Ackerman den Ehemann Emilys gefoltert und ermordet und sie selbst und ihr Kind mit dem Tod bedroht. Bei dieser Konfrontation hatte Emily eine Narbe an der Stirn davongetragen, die sie so gut mit Haaren verdeckte, wie es ging. Ackerman kam es vor, als läge diese Geschichte eine halbe Ewigkeit zurück, als hätte sie in einem anderen Leben, einer anderen Welt gespielt. Damals war er ohne Ziel durch die Finsternis gestreift – eine endlose Düsternis. Doch das Licht war zu ihm gekommen, und die Reise hatte ihn verändert.

Das galt auch für Emily. Sie war nicht mehr die Frau, die Ackerman gefangen gehalten und gezwungen hatte, sich auf eines seiner Spiele einzulassen. Doch ob sie sich zum Besseren gewandelt hatte, wusste er nicht. Es schien, dass sie mit der Zeit härter geworden war. Früher hatte er sie für zerbrechlich gehalten – ein Vorwurf, den er ihr heute nicht mehr machen würde.

Emily fuhr fort: »Ich weiß einfach nicht, ob Sie tatsächlich immer mehr wie ein normaler Mensch denken oder ob Sie nur versuchen, mir etwas vorzuspielen. Verstehen Sie mich nicht falsch, Frank, aber wenn Sie aus der Reihe tanzen, töte ich Sie, ehe jemand diesen Chip sprengen kann. Ich will es nicht, aber wenn ich mich zwischen Ihrem Leben und dem eines unschuldigen Menschen entscheiden muss, werde ich immer den anderen retten.«

»Schon in Ordnung. Sie sollten aber eines wissen: Wenn sich mir jemals die Frage stellt, ob Sie oder ich weiterleben dürfen, werde ich mich stets für Sie entscheiden.«

Emily schwieg, und Ackerman fragte sich, ob er einen Fehler begangen hatte. Schließlich aber sagte sie mit Tränen in den Augen: »Sorgen wir einfach dafür, dass dieser Fall nie eintritt.«

Sie näherten sich jetzt ihrem Ziel, »Willoughby's Exotic Gunsmithing and Firing Range«. Die Waffenhandlung mit angegliedertem Schießstand befand sich am Ende einer langen Sackgasse. Im Hintergrund erhoben sich Berge, in der näheren Umgebung aber war nichts als trockener Boden ohne Windbrecher. Das Hauptgebäude bestand aus Wellblech, das vom Wetter gezeichnet und abgenutzt war. Der Anstrich war längst verblasst und abgesplittert. Der Besitzer hatte keinen Cent für Ausbesserungen ausgegeben. Ackerman nahm an, dass der Mann den Hauptumsatz online machte; so war es heutzutage bei der Mehrzahl der kleinen Geschäfte. Deshalb war eine hübsche Ladenfront überflüssig.

»Was haben Sie jetzt vor?«, fragte Emily.

»Ich dachte an einen simplen Klopftritt.«

»Einen was?«

»Na ja, man klopft an, und wenn jemand die Tür öffnet, tritt man sie ihm ins Gesicht.«

»Diesem Kerl gehören ein Waffenladen und ein Schießstand, und Sie wollen bei ihm die Tür eintreten?«

»Der kürzeste Weg von einem Punkt zum anderen ist stets eine Gerade.«

»Versuchen wir es mit Diplomatie, okay? Ich hatte Ihnen doch eben erst gesagt, Sie sollen niemanden anrühren. Jemandem die Tür einzutreten, während er dahintersteht, wäre ein physischer Angriff.«

»Okay. Dann dürfen Sie die Tür eintreten.«

Emily seufzte. »Hören Sie, ich bringe uns da rein, und dann machen Sie Ihr Ding mit der Botschaft. Aber bitte nur bellen, nicht beißen.«

Kapitel 53

Emily klingelte mehrmals am Lieferanteneingang. Als Ackerman im Gebäudeinnern Bewegungen hörte, stellte er sich neben die Tür und drehte den Kopf weg. Emily schaute ihn verdutzt an.

»Ich wette mit Ihnen um einen Hund«, sagte Ackerman, »dass er mit einer Schrotflinte an die Tür kommt.«

»Er hat eine Überwachungskamera. Vermutlich hält er uns für Banditen, so wie Sie sich aufführen!«

»Banditen? Das gefällt mir. Ich bin Bonnie, und Sie sind Clyde.«

In diesem Moment flog die Tür auf, und jemand brüllte: »Keine Bewegung!« Ein Mann, vermutlich der Besitzer des Ladens, stand einen Meter innerhalb des Eingangs. Er hielt eine doppelläufige Schrotflinte in der einen und eine kleine Fernsteuerung in der anderen Hand. Der Bursche war klein, mit kurzen Armen. Sein Gesicht erinnerte Ackerman an eine Gattung kleiner Affen, die als Weißbüscheläffchen bekannt waren. Wie dieser kleine Primat hatte Willoughby eine flache Nase und ein breites Gesicht, und zu beiden Seiten des Schädels schauten Büschel ungekämmter Haare hervor.

»Ihr steht auf einer Richtladung mit C4, und die Flinte ist mit den modernsten Patronen für den Hausschutz geladen. Wenn ich euch mit dem einen nicht erwische, dann mit dem anderen. Und jetzt solltet ihr mir einen verdammt guten Grund nennen, weshalb ihr mich weckt.«

Emily starrte auf die Schrotflinte und zögerte. »Äh ... wir sind ...«

»Wir arbeiten für Mr. King«, erklärte Ackerman. »Er sagte uns, wir sollen Sie fragen, wenn wir saubere und wirksame Langstreckenwaffen benötigen.«

Das Weißbüscheläffchen kniff die Augen zusammen. »Ich habe keine Ahnung, wovon ihr redet. Seid ihr Cops? Ich habe euch doch eben erst gesagt ...«

»Sehe ich aus wie ein Cop?« Ackerman bedachte ihn mit einem Raubtierblick. »Ich nehme an, Sie sind Mr. Willoughby?«

»Richtig angenommen. Eine plötzliche Bewegung von dir, und auf deinem Grabstein steht: ›Erschossen von Mr. Willoughby‹.«

Ackerman zeigte sich unbeeindruckt. »Uns wurde gesagt, Sie verschieben Waffen für Mr. King an die Kartelle. Und dass Sie in jüngster Zeit eine Lieferung erhalten haben, die sich perfekt für eine bestimmte Aufgabe eignet, die wir erledigen müssen.«

»Von welcher Lieferung reden Sie? Was brauchen Sie?«

»Gehen wir in Ihr Büro und besprechen die Einzelheiten wie Gentlemen.«

»Und Sie sagen, Mr. King schickt Sie zu mir?«

»Nein, ich sagte, wir arbeiten für King. Oban hat uns von Ihnen erzählt. Niemand bekommt Mr. King zu Gesicht.«

Willoughby hielt die Augen zusammengekniffen. »Also gut, kommen Sie rein, aber halten Sie die Hände oben, und keine plötzlichen Bewegungen.«

Als er in den Laden trat, sah Ackerman, dass der Besitzer nur leere Munitionsschachteln in den Regalen ausstellte. Die Waffenwand hinter der Kasse und der Vitrine jedoch war mit allen möglichen Gewehren und Faustfeuerwaffen bestückt, von Massenware bis hin zu exotischen Fabrikaten wie der 8-Millimeter-Taisho 14, der japanischen Armeepistole während des Zweiten Weltkriegs.

»Was also suchen Sie?«, fragte der kleine Mann. »Sie sagen, es sei Teil einer Waffenlieferung, die ich angeblich für King an die Kartelle verschiebe?«

»Können wir das mit der frechen Klappe einfach überspringen?«, fragte Emily, die mit erhobenen Händen dastand. »Also: Verkaufen Sie Waffen oder nicht?«

»Oh, ich verkaufe Waffen. Aber nicht für King.«

»Na gut, mein Freund.« Emilys Stimme bebte. »Wenn Sie nicht unser Mann sind, machen wir uns wieder auf den Weg.«

»Nein, Sie missverstehen mich. Ich schmuggle durchaus für Mr. King. Aber nur weil ich einen Waffenladen habe, verschiebe ich noch lange keine Waffen. Deshalb weiß ich, dass niemand Sie wegen einer Waffe zu mir geschickt hätte. Ich halte mein legales Geschäft – diesen Laden hier, den mein Vater 1971 gegründet hat – streng von meinen anderen Unternehmungen getrennt. Und das verrät mir, dass Sie einen Scheiß mit Mr. King zu tun haben. Warum sind Sie wirklich hier?«

»Ich suche ein Jagdmesser«, sagte Ackerman.

Emily schoss ihm einen sengenden Blick zu, aber er beachtete sie nicht.

»Runter auf die Knie!«, stieß Willoughby hervor.

In Armreichweite entdeckte Ackerman eine Auslage mit billigen Taschenmessern. »Ich bin es allmählich leid, wenn Leute mir sagen, was ich tun soll. Darf ich Ihnen ein Geheimnis anvertrauen, Mr. Willoughby?«

»Raus mit der Sprache.«

»Ich möchte nichts von Ihnen kaufen. Ich bin aus zwei Gründen hier. Erstens benötige ich Informationen. Zweitens möchte ich eine Nachricht übermitteln.«

»Das Einzige, was Sie tun müssen, Kumpel, ist, die Klappe zu halten. Ich rufe Kings richtige Leute an. Die kümmern sich um Sie beide.«

»Sehen Sie mir in die Augen«, sagte Ackerman. »Glauben Sie im Ernst, ich würde Ihnen gestatten, ein Telefon zu erreichen?«

»Der mit der Flinte bin immer noch ich.«

»Ich weiß nicht, worauf Sie hinauswollen. Vielleicht darf ich Ihnen etwas zeigen. Ich bin sicher, Sie finden es sehr interessant. Ich werde einfach eines dieser kleinen Taschenmesser in die Hand nehmen.«

»Sie nehmen gar nichts in Ihre Scheißhand. Ich habe gesagt ...«

Mit blitzartigen Bewegungen, die so berechnet waren, dass sie nicht bedrohlich wirkten, ergriff Ackerman ein Taschenmesser, klappte es auf und zog sich die Klinge über den narbenübersäten Unterarm. Das Blut schoss heraus und tropfte auf den Betonfußboden.

Willoughby hob die Flinte. »Was soll die Scheiße!« Der Ladenbesitzer stand gut drei Meter entfernt, doch Ackerman hatte keine Zweifel, dass er den Mann auf diese Entfernung mit dem lächerlich kleinen Messer töten konnte, Schrotflinte hin oder her.

»Sehen Sie mir in die Augen.« Ackerman zog sich noch eine blutige Furche über den Unterarm und hob den Ärmel, damit der Ladenbesitzer die Wunden und seine Narben besser sehen konnte. Sein mattes Lächeln wankte nie. Für ihn waren die Schmerzen sogar eine willkommene Ablenkung. Er fügte sich noch einen tiefen Schnitt zu.

Willoughbys tiefliegende Augen waren weit aufgerissen vor Entsetzen.

Ackerman ließ das Blut auf den Boden klatschen. »Ich genieße solche Qualen, Mr. Willoughby. Ich fühle mich nur richtig lebendig, wenn ich Schmerzen erdulde oder sie jemandem zufüge. Aber ich muss gestehen, ich ziehe Letzteres vor. Die

Angst und die Pein in den Augen des Empfängers sind etwas Unvergleichliches.«

»Wollen Sie mir Angst machen? Sie haben ein kleines Taschenmesser, ich habe eine Schrotflinte.«

Ackerman grinste breiter und zwinkerte Willoughby zu. »Es war einmal – meiner Meinung die passende Einleitung für jede gute Geschichte – ein widerlicher Kinderschänder, dem ich Informationen entlockte, indem ich ihn nackt auf eine Holzkonstruktion setzte, welche in eine scharfe Spitze auslief. Ich hängte ihm Gewichte an die Füße, und der Druck weidete ihn langsam aus, beginnend am Schritt.«

Willoughby gab keine Antwort und stand ganz starr.

»Ich liebe diese Geschichte«, fuhr Ackerman fort. »Aber wenn eine Geschichte gut sein soll, sollte man sie selbst erleben, ja, besser noch, sie selbst gestalten. Und ich habe da was im Hinterkopf, wovon ich schon lange träume und das ich gern an Ihnen ausprobieren würde, Pinseläffchen.«

Ganz langsam schnitt er ein weiteres Mal in den Unterarm und leckte das Blut von der Klinge. Willoughby zog eine trotzige Miene, doch Ackerman entging nicht, dass jeder Muskel im Gesicht des kleinen Mannes zuckte.

»In einem anderen Leben«, fuhr er fort, »habe ich einer Barbarenhorde angehört, davon bin ich fest überzeugt. Vielleicht bin ich an der Seite von Dschingis Khan oder jemandem wie Kyros dem Großen geritten, dem ersten persischen Kaiser. Sie müssen wissen, dass niemand anderes als die Perser die Foltermethode ersonnen haben, der ich Sie heute Abend unterziehen möchte, Mr. Pinselaffe.«

Willoughby neigte den Kopf zur Seite und flüsterte: »Sie sind vollkommen durchgeknallt, Mister. Ich sag Ihnen was . . . Wenn Sie jetzt gehen, rufe ich niemanden an. Ich vergesse, dass Sie je hier waren.«

Ackerman lachte leise in sich hinein, während er die Messerklinge erneut in den Arm grub. »Sind Sie mit dem Konzept des Scaphismus vertraut, mein lieber Mr. Pinselaffe?«

Der untersetzte Mann sagte nichts, machte aber einen zaghaften Schritt zurück.

»Nun, die alten Perser entwickelten eine höchst einfallsreiche Foltermethode, die auch als Skaphismos überliefert ist. Üblicherweise wurde das Opfer gefesselt in ein kleines Boot gelegt und ihm Milch und Honig eingeflößt, wobei man einen Teil des Honigs über seinen nackten Körper verteilte. Die übermäßige Aufnahme von Milch und Honig verursachte bei der armen Seele heftigen Durchfall, der ins Boot ging. Währenddessen labten sich Insekten verschiedener Arten, von der Süße und dem Gestank angezogen, am honig- und kotbedeckten Leib des Opfers. Nicht weit von hier ist ein kleiner See. Am Ufer liegen ein paar Ruderboote, das habe ich auf der Herfahrt gesehen.«

Angstschweiß bedeckte das Gesicht des untersetzten Mannes wie ein Totenschleier, aber er blieb beharrlich. »Das ist Ihre letzte Chance . . .«

»Es würde nicht lange dauern, bis diverse Arten Ihnen zusetzen würden. Spinnentiere, Bienen und Hornissen, Aaskäfer, Fliegen aller Art. Sie würden Ihre Haut durchbohren und ihre Eier in Ihrem Fleisch ablegen. Und ich würde jeden Tag wiederkommen und ihnen noch mehr Milch und Honig einflößen.«

Ackerman sah, wie sich allmählich Zweifel in Willoughbys Gesicht schlich, während der Mann mit der Flinte zu begreifen versuchte, wieso der Mann mit dem Taschenmesser keine Furcht zeigte.

»Historische Überlieferungen weisen darauf hin«, fuhr er fort, »dass bestimmte Individuen mit starker Konstitution bis zu drei Wochen überleben konnten. Aber ich würde mir um diese Zahl keine allzu großen Gedanken machen. Ich bin mir sicher, das gnädige Delirium setzt innerhalb der ersten Woche ein. Der Gestank des eigenen verfaulenden Kots und der brandigen Gliedmaßen wäre unerträglich. Für mich jedoch sind Gerüche weder gut noch übel, sondern nur … interessant. Und die besonders faszinierenden Düfte überwältigen die Sinne auf eine Weise, die ich nur als Wonnegenuss bezeichnen kann. Ich würde Tausende von Ihrer Sorte umbringen, um einen solchen Duft nur ein einziges Mal zu erleben.«

»Noch eine Bewegung, und ich …«

»Sie haben es ehrlich noch immer nicht begriffen, oder?«

»Was begriffen?«

»Stellen Sie eine Frage: Wenn wir Profis wären, vielleicht von einem Konkurrenten hergeschickt, der etwas über Mr. King herausfinden will – würden wir dann am späten Abend einfach nur an Ihre Tür klopfen?«

Willoughby umfasste den hölzernen Schaft der doppelläufigen Flinte fester, sagte aber nichts.

»Denken Sie darüber nach. Wenn wir eine List im Sinn hätten, kämen wir dann mitten in der Nacht, wo Sie alarmiert sind und mit der Schrotflinte an die Tür kommen? Kämen wir dann nicht während der Geschäftszeiten, wenn wir an die Theke treten könnten und Sie im Nachteil wären? Offensichtlich wären wir tagsüber gekommen.«

»Das reicht. Ich rufe jetzt an. Rühren Sie sich nicht.«

»Oder Sie tun was? Sie durchschauen es noch immer nicht. Wenn jemand wie wir in der Nacht kommt, klingelt er nicht an der Tür. Er schleicht sich ein wie ein Schatten und überfällt Sie, wo Sie am verwundbarsten sind.«

»Aber das haben Sie nicht getan.«

»Nein, wir kamen mitten in der Nacht an Ihre Tür und stellen uns Ihrer Schrotflinte. Sie müssen aber wissen, dass wir Ihren Handlanger Tyson dafür bezahlt haben, dass er die Schlagbolzen aus der geladenen Schrotflinte entfernt, die Sie neben dem Bett aufbewahren.«

Willoughby riss die Augen so weit auf, dass Ackerman sich fragte, ob sie ihm gleich aus dem Kopf fallen würden.

Beim Hereinkommen hatte er den Namen neben der Tür entdeckt, auf einer billigen Plakette, die Tyson zum »Angestellten des Monats« erklärte. In diesem Moment hatte er gewusst, dass Tyson die perfekte Ablenkung sein würde. Verrat und scheinbares Insiderwissen würden Willoughby völlig aus der Fassung bringen.

»Tyson würde so etwas nicht tun.«

»Sie wissen ja, dass Sie sich ein bisschen ähnlich sehen. Seien Sie nicht zu streng zu dem kleinen Hobbit. Er ist nicht illoyal, das stimmt. Aber er ist unwissend und leicht zu manipulieren. Seinem Mentor sehr ähnlich. Wir sind mit einer wunderschönen Geschichte auf ihn zugegangen, eine Fernsehsendung mit versteckter Kamera, in der wir Leuten Angst machen und sie dabei filmen. Wir sagten ihm, er müsse uns bei den Sicherheitsaspekten helfen, Ihren geladenen Waffen und den Überwachungssystemen. Er wartet wahrscheinlich in diesem Moment auf seiner Veranda auf uns. Ich habe ihm versprochen, dass wir ihn abholen und an dem Spaß teilhaben lassen. Vielleicht holen wir ihn wirklich noch. Mit ihm könnten wir sicher auch Spaß haben.«

Der Ladenbesitzer blickte Emily an, als könnte sie ihn retten, doch Ackerman musste ihr zugutehalten, dass sie ihm eine kalte, undurchdringliche Fassade zeigte. Tränen traten dem kleinen Mann in die Augen. »Bitte. Lassen Sie Tyson da raus. Er weiß von nichts.«

»Was weiß er nicht? Dass Sie ein Verbrecher sind?«

»Nein, das weiß er. Aber er ahnt nicht, dass ich sein leiblicher Vater bin. Es war auf dem College … auf einer Party ging es los, und ich glaube, sie hat mich in der Geburtsurkunde eingetragen. Ich bin mir nicht sicher, aber irgendwo gibt es die Info, dass ich Tysons Vater bin, denn Oban erpresst mich damit. Deshalb habe ich Tyson den Job gegeben und ...«

Ackerman sah Emily an. Die Überraschung warf ihn aus seiner Rolle. »Er weiß nicht, dass Sie sein Vater sind?«

Willoughby lockerte den Griff um die Schrotflinte. »Bitte, ich kann Ihnen nichts sagen. Mr. King würde mich und meinen Sohn umbringen. Das ist seine Art. Seine Rache ist schnell und gnadenlos. Ich kann Ihnen nichts sagen!«

»Sehen Sie mir in die Augen, und hören Sie mir zu«, flüsterte Ackerman. »Egal, was er mit Ihnen anstellt – es kommt nicht einmal in die *Nähe* der Ausgeburten meiner Fantasie. Glauben Sie mir?«

»Sie sind wahnsinnig.«

»Wahrscheinlich. Das sagen viele. Aber es ist ein sehr verschwommener Begriff, der sich allein auf Ihre persönliche Einstufung von normal und geistig gesund gründet. Und wo bleibt der Spaß, wenn man genauso ist wie jeder andere?«

Willoughby befeuchtete sich die Lippen. Sein Atem ging stoßweise, sein Blick huschte zwischen Emily und Ackerman hin und her.

»Wir sind nicht hier, um Sie zu verletzen. Legen Sie die Waffe weg, und wir reden. King muss nie erfahren, dass Sie auch nur ein einziges Wort über ihn verloren haben.«

Der Lauf der Schrotflinte hob sich langsam, schwenkte dann aber weg. Willoughby starrte die Waffe an, als hätte sie ihn verraten. Dann, ganz plötzlich, änderte sich seine Miene, und er sagte: »Moment mal! Tyson war doch die ganze Woche krank.«

Mit einer raschen Bewegung des Handgelenks schleuderte Ackerman das Messer auf den Ladenbesitzer. Die Klinge traf

Willoughbys rechte Hand, durchdrang das weiche Fleisch und bohrte sich in den hölzernen Schaft der Schrotflinte.

Erst jetzt zog Emily ihre Pistole.

Sie schien unschlüssig zu sein, auf wen sie die Waffe richten sollte.

Kapitel 54

Kevin hatte das Schlafzimmer seiner Wohnung in etwas umgewandelt, das er seine »Kommandozentrale« nannte. Wohin man blickte, sah man elektronische Bauteile, Lötkolben, schwenkbare Lupenleuchten, Drähte, Werkzeuge und etliche Computer, die allesamt in Betrieb waren. Der Rest der Wohnung sah normal aus – und dennoch irgendwie falsch.

Baxter brauchte einen Moment, bis er begriff, wie dieser Eindruck entstand, aber dann ergab alles auf wunderbare Weise einen Sinn. Küche und Wohnzimmer enthielten das übliche: Kühlschrank, Tisch, Sofa, Fernseher, Couchtisch. Was den Zimmern fehlte, waren Fotos und dergleichen. Da war gar nichts. Die Wände waren beige und vollkommen nackt. Alles in allem erinnerte Kevins Domizil Baxter an ein gepflegtes Crackhaus.

Im Gegensatz zum Rest des Apartments schmückten Filmposter die Wände von Kevins Kommandozentrale. Außerdem war das ehemalige Schlafzimmer mit Metallgittern ausgekleidet. Kevin erklärte, es handele sich um einen Faraday'schen Käfig, und erläuterte, wie wichtig diese Maßnahme zum Schutz gegen das Abhören und Ausspionieren sei. Als er endlich fertig war, führte er Jenny und Baxter ins Wohnzimmer und zog Decke und Kopfkissen von der grauen Velourscouch. »Setzt euch«, sagte er. »Hättet ihr gern eine Erfrischung?« Kevin sprach in dem unnatürlichen, abgehackten Tonfall wie ein Kellner an seinem ersten Tag, beinahe so, als würde er vom Blatt ablesen.

Baxter ließ sich auf das Sofa sinken und legte die Füße auf den

Couchtisch. »Ich nehme ein Fresca oder so was, wenn du hast.«
Jenny nahm am anderen Ende der Couch Platz.

Kevin dachte nach. Sein Gesicht war hinter dem Schleier seiner Kapuze fast unsichtbar. Schließlich sagte er: »Ich hab nur
Kaffee, Cola aus der Dose und Mineralwasser.«

»Keine Sorge, kleiner Freund. Dann setz dich. Kommunizieren wir.«

Kevin setzte sich widerstrebend auf die Kante des Couch-
tischs. Sein verdecktes Gesicht war nur einen Meter vom Sofa
entfernt.

»Bist du sicher, dass du dich nicht zwischen uns setzen
willst?«, fragte Baxter.

Kevin schien darüber nachzudenken.

Baxter schüttelte den Kopf. »Schon gut. Erinnerst du dich
noch, vor ein paar Wochen hast du mir erzählt, du hättest dich in
sämtliche Buskameras gehackt und wärst jetzt eine Art Big
Brother. Du warst dir ganz sicher, dass die Regierung diese
Kameras gegen uns nutzt.«

»Richtig. Sie behaupten, die vielen zusätzlichen Kameras gehörten zum Betatest irgendeiner Automatisierungssoftware,
aber das kaufe ich denen keine Sekunde lang ab. Diese Arsch-
krampen haben dank der Kameras so was wie mobile Überwachungsfahrzeuge, die die ganze Stadt abdecken.«

»In der Zeitung hab ich aber gelesen, es hätte mit dem Versi-
cherungsschutz zu tun.«

»*Die* Zeitung? Gibt's nur noch eine einzige? Ich sag ja immer,
die Medien werden monopolisiert.«

Baxter schüttelte den Kopf. »Ihr jungen Leute heutzutage.
Wie auch immer, es ist nicht wichtig. Wichtig ist, dass ich diese
mobilen Überwachungsfahrzeuge gern zu meinem eigenen
Nutzen einsetzen würde.«

Kevin konnte ihm offenbar nicht folgen.

»Ich möchte«, fuhr Baxter fort, »deine Hilfe, um mit dem Buskamerasystem einer jungen Frau das Leben zu retten. Deshalb habe ich nur eine Frage an dich: Bist du bereit, heute zum Helden zu werden?«

Kevin zuckte mit den Achseln. »Schätze schon. Was willst du denn sehen?«

Eine Viertelstunde später hatte Kevin die Videosysteme der Verkehrsbetriebe aufgerufen und zeigte die archivierten Aufnahmen von der Nacht, in der Corin Campbell verschwunden war. Leider fanden sie nichts Interessantes in dem Video aus dem Bus, der am nächsten an Corins Wohnung vorbeifuhr.

Ohne die Augen von Kevins riesigem Flachbildmonitor zu nehmen, fragte Baxter: »Kannst du eine Straßenkarte mit den Fahrstrecken der Buslinien abrufen?«

»Na logo«, sagte Kevin auf seinem Kommandosessel vor den vier 27-Zoll-Monitoren. Wenige Sekunden später erschien die gewünschte Karte auf einem anderen Bildschirm.

Baxter beugte sich vor und besah sich die Karte genau. »Kannst du das für mich ausdrucken?«, fragte er.

»Ich hab keinen Drucker. Wozu auch? Wenn du einen Coupon einlösen willst, brauchst du ihn doch nur dem Kassierer auf dem Handy zu zeigen.«

»Ach Gott, ihr jungen Leute. Aber gut, ich schaff das auch so.« Nachdem Baxter die Karte eine Zeit lang genau betrachtet hatte, sagte er: »Wir wissen, dass Corins Wagen nicht vor der Wohnung stand. Wer immer sie entführt hat, muss das Auto also mitgenommen haben. Wenn wir es auf den Videos finden und zeitlich auf der Karte nachverfolgen, gehen wir sozusagen vierdimensional vor. Ich bin sicher, wir können dann feststellen, wo er langgefahren ist, und andere Busse finden, die ihm begegnet sind. Wir könnten Glück haben. Aber welchen Bus sehen wir uns als Nächstes an?«

»Während du rumgefaselt hast, habe ich den exakten Hexadezimalwert für die Farbe von Corin Campbells Auto abgerufen. Als Nächstes durchsuche ich das gesamte Videoarchiv im betreffenden Zeitfenster nach dieser speziellen Farbe. Wir werden einen Haufen falsch-positive Ergebnisse erhalten, aber wenn ich diese Resultate nach dem geografischen Ort filtere, haben wir eine sehr gute Chance, ihren Wagen in den Aufnahmen zu finden.«

»Wow«, sagte Baxter. »Ich hab keine Ahnung, wovon du redest, aber es klingt wunderschön.«

»Die Suche läuft schon.«

Wenige Augenblicke später hatte Kevin mehrere Falsch-Positive aussortiert und sagte: »Da hätten wir ja Corin Campbells Auto.« Er holte das Video auf den Schirm. »Das ist alles, was sie von ihr haben.«

Das Video lief weiter und zeigte Corins Wagen, wie er an einem Oberleitungsbus der Stadt vorbeifuhr. Baxter suchte nach Spiegelbildern auf dem Wagen oder Einblicken in dessen Inneres, aber leider passten die Sichtwinkel nie. Es war unmöglich, klar zu erkennen, wer am Steuer saß.

»Kannst du es noch mal abspielen? Diesmal in Zeitlupe?«

Das Video lief mit geringerer Geschwindigkeit ab. Baxter schaute konzentriert zu. »Stopp!«, sagte er und zeigte auf einen Punkt auf dem Monitor. »Kannst du das ranzoomen und schärfer stellen?«

Kevin gehorchte. Als er fertig war, sahen sie das deutliche Bild einer Männerhand, die durch den Wagen griff, um das Handschuhfach zu schließen.

Wichtiger war allerdings, dass auf der Hand ein auffälliges Tattoo prangte.

Baxter klatschte aufgeregt in die Hände. »Da ist es, *dos compadres*. Bingo, Bango, Bongo. Jetzt müssen wir mit dem Ganzen bloß zu einem Copyshop, es uns ausdrucken lassen und rüber zu meinem alten Partner.«

»Auf keinen Fall«, sagte Kevin. »Keine Cops. Ich hab eine strikte Keine-Polizei-Politik. Das stand auf den Verpflichtungserklärungen, die ihr beide unterzeichnet habt.«

Nachdem sie bisher dagesessen und alles beobachtet hatte, meldete sich Jenny zu Wort. »Wozu brauchen wir die Bullen überhaupt?«

»Es wird Zeit«, antwortete Baxter, »dass wir die zuständigen Behörden einschalten. Wir haben bewiesen, dass an diesem Vermisstenfall mehr dran ist, und können der Polizei neue Spuren liefern. Ich habe mein Honorar verdient und meine Pflicht getan. Jetzt wird es Zeit, dass die Cops in die Puschen kommen und ihre Arbeit tun. Außerdem will ich von Detective Ferrara in der Datenbank nach diesem irren Tattoo suchen lassen. Mit ein bisschen Glück haben wir den Verdächtigen schon morgen um diese Zeit in Gewahrsam.«

»Wie wär's, wenn ich auf sämtlichen Social-Media-Fotos im Großraum San Francisco nach dem Tattoo suchen lasse?«, fragte Kevin. »Dadurch kommen wir an den Namen des Kerls und erfahren alles, was es über ihn zu wissen gibt.«

»Das geht?«, warf Jenny ein. »Wie denn? Lädst du alle Fotos runter und lässt dann eine Pixelerkennung laufen?«

»So ähnlich. Wieso fragst du? Stehst du offiziell oder inoffiziell mit irgendeiner Strafverfolgungsbehörde in Verbindung?«

Jenny zog eine Augenbraue hoch und sah Baxter an.

»Mach mal halblang, Kevieronymus Bosch«, sagte er. »Mach schon, führ deine Suche durch.«

»Ein paar Minuten dauert das.« Unter seiner Kapuze beäugte der junge Computerexperte Jenny nach wie vor misstrauisch.

»Wir warten.« Baxter ging zu dem einzigen Gegenstand in Kevins Wohnzimmer, das nicht nullachtfünfzehn und absolut notwendig war: einem alten Plattenspieler, verbunden mit einem modernen Soundsystem. Ein Stapel Schallplatten in abgegriffenen Hüllen lag neben dem Plattenspielertisch. »Ich schau mir mal ein bisschen deine Sammlung an, Kevincent van Gogh.«

»Sie sind alphabetisch nach Bandnamen und Genre sortiert.«

»Mach du nur dein Ding. Ich leg sie genau so wieder hin, wie ich sie vorgefunden hab.«

Während Baxter die alten Schallplatten durchging, achtete er darauf, ihre Reihenfolge nicht durcheinanderzubringen. Es dauerte nicht lange, und er fand ein schönes Hendrix-Album. Er legte die Scheibe auf den Plattenteller, setzte die Nadel auf, schloss die Augen und lauschte Jimi, wie er von Schlössern aus Sand sang.

Jenny kam zu ihm. »Komischer Gedanke, dass wir möglicherweise einen Frauenmörder fassen, nur weil wir sein Tattoo gesehen haben, nicht wahr?«

»Wir wissen nicht, ob die Frau tot ist. Es gibt immer Hoffnung, Baby. Aber ich beneide sie echt nicht um die Qualen, die sie erduldet hat, wenn sie nach dieser langen Zeit tatsächlich noch lebt.«

»Das ist ein verdammt schräges Tattoo. Sieht aus wie die untere Hälfte von 'nem zermanschten Totenkopf.«

»Ja, irgendwie kommt es mir bekannt vor, aber ich kann's nicht einordnen. Apropos Tattoos – was ist das für eine neue Tinte?«

»Ah, du hast es bemerkt!«

»Ich bin Detektiv.«

Sie schob den Ärmel hoch und zeigte ihm ihr Handgelenk. Das neue Tattoo war klein, kaum größer als eine Halbdollarmünze, aber kompliziert. Der Künstler hatte zweifellos ein überragendes Talent. Die Kringel und Schnörkel auf der gereizten

Haut bildeten ein Yin-Yang-Symbol, das allerdings aus einem schwarzen und einem weißen Hund bestand.

Baxter bewunderte die Kunstfertigkeit. »Absolut geil. Aber was ist der Gedanke dahinter? Was bedeutet es?«

Jenny blickte aus dem Fenster, während sie ihren Kopf zu Jimis Musik auf und ab bewegte. »Meine Großmutter sagte immer, dass jeder Mensch zwei Hunde in sich hat, einen weißen und einen schwarzen, und dass der Hund, der überlebt, der ist, den wir immer gefüttert haben, weil wir es wollten.«

»Gefällt mir. Ich glaube, das klaue ich dir. Wenn du den Spruch das nächste Mal hörst, dann tu einfach so, als wäre *ich* drauf gekommen, okay?«

Sie schlug ihm gegen den Arm und schüttelte den Kopf. »Gefällt dir das Tattoo wirklich?«

»Könnte mein neuer Liebling werden.« Sein breites Lächeln ließ seine Grübchen hervortreten.

Kevin kam ins Wohnzimmer zurück. »Ich weiß, es klingt verrückt, aber ich glaube, der Typ hat überhaupt kein Social-Media-Konto. Und offenbar auch keine Freunde, die Fotos schießen.«

Baxter zuckte mit den Schultern. »Was ist daran so seltsam? Ich bin weder bei Facebook noch beim Tweeter.«

Jenny verzog die Lippen und musterte ihn von oben bis unten. »Doch, bist du. Du postest andauernd was über dein Blog.«

»Verdammt, Kevarino. Ich hab dir gesagt, du sollst es lassen.«

»Für das Blog ist es erforderlich. Ich reiße damit ja keine Mädels auf.«

»Ich mag es nicht, wenn mein Name und mein Gesicht an Sachen kleben, die nicht von mir sind. Ich weiß ja nicht mal Benutzernamen und Passwörter für meine eigenen Konten.«

»Ich hab sie so eingerichtet, dass du mit deinem Handy auf alles zugreifen kannst.«

Baxter schüttelte den Kopf. »Ich weiß kaum, wie ich damit einen Anruf annehme.«

»Aber du hast mir doch eine Wegbeschreibung gesimst. Wie hast du das geschafft, wenn du dein Handy nicht bedienen kannst?«, fragte Jenny.

»Ich hab deine Nachricht ankommen sehen, und dann hab ich gesehen, wie mein Handy dir die Wegbeschreibung geschickt hat.«

»Dein Handy macht das nicht einfach so von selbst.«

Kevin räusperte sich. »Ich dachte, das weißt du alles, Bax. Ich regele so was doch schon eine Weile für dich. Ich verwalte deinen Kalender, helfe dir mit Technikkram, lese deine SMS. Ich . . .«

Baxter hob eine Hand, damit sein blasser junger Freund schwieg. »Also hast du Jennys Nachricht für mich beantwortet, und du hörst alle meine Telefongespräche mit.«

»Ich will dich nur unterstützen.«

»Unterstütz mich bitte nicht mehr, Kevin. Wir müssen uns darüber noch ausführlich unterhalten. Aber im Augenblick sieht es so aus, als müsste ich wegen des Tattoos doch einen Cop anrufen.«

Kapitel 55

Die Vergangenheit

Marcus überlegte, ob er losstürmen und versuchen sollte, den großen Mann mit dem ungeladenen Gewehr einzuschüchtern, das er im Panikraum an sich genommen hatte, doch sein Vater hatte ihm das eine oder andere über das Kämpfen beigebracht. Eine seiner wichtigsten Lektionen lautete: *Mache deine Schwächen zu deinen Stärken.* Große Menschen verfügen über die größere Reichweite. Kleine Menschen haben einen niedrigen Schwerpunkt, den sie in ihren Vorteil ummünzen sollten. Marcus, der verängstigte kleine Junge, wollte genau diese Stärke ausnutzen, um den Mann in Schwarz fertigzumachen.

Er kniff sich in den Arm, bis Blut kam, und wiederholte es, bis ihm die Tränen über die Wangen liefen. Dann rannte er weinend den Betonstollen entlang, direkt auf den großen Mann im schwarzen Anzug zu. Der Mann griff in seine Jacke, aber Marcus stürmte zu ihm und vergrub sein tränennasses Gesicht an dessen Bauch »Bitte, helfen Sie mir!«, rief er. »Ich hab Angst!«

»Verdammter Mist«, knurrte der große Mann. »Wie kommst du denn hierher, du Knirps?«

Leise antwortete Marcus: »Schon mal einen Schlag in die Eier bekommen?«

»Was?«

Marcus griff in seine New-York-Yankees-Jacke, umfasste den Griff der Maschinenpistole, schwang sie wie eine Keule und rammte sie dem Mann mit Wucht zwischen die Beine. Der Hieb traf mit einem gedämpften Knirschen.

Marcus machte einen Schritt zurück, während das Ungetüm von einem Mann sich zusammenkrümmte, als wollte er sich übergeben. Seine Augen waren stumpf und leer, als er Marcus anstierte.

Marcus grinste. »Tut weh, was?«

Und dann knallte er dem Fremden die Maschinenpistole gegen die Schläfe. Der Mann kippte nach vorn um und schlug mit dem Kopf an die Betonwand.

Marcus zog sich mehrere Schritte zurück, die Waffe zum erneuten Schlag erhoben, aber sein Gegner bewegte sich nicht mehr. Er war besinnungslos.

Ohne Zeit zu verschwenden, rannte Marcus zur Stahltür und zog sie auf. Den Raum dahinter erhellten zwei rote Glühbirnen, wie Marcus sie von Notausgangsschildern kannte. Sie tauchten alles in einen blutroten Höllenschein. Der Raum war ein großer, kahler Betonwürfel mit einem Abfluss in der Mitte. Mittendrin standen zwei Rolltragen, auf denen zwei Menschen festgebunden waren, ein junges Paar. Beide waren nackt und bluteten. Wie Wasserfarbe rann ihr Blut zu dem Abfluss. Der Kopf des Mannes war fast gänzlich abgetrennt.

Marcus war zu entsetzt, als dass er Abscheu verspürt hätte; seine Angst war zu übermächtig für alle anderen Empfindungen.

Die Frau lebte noch, obwohl an ihrem Körper mehrere schreckliche Wunden klafften. Sie schrie ohne Unterlass.

Als Marcus das Wort ergriff, kam seine eigene Stimme ihm fremd vor, so als wäre gar nicht er es, der da sprach. »Ich bin hier, um Ihnen zu helfen.«

Seine Stimme löste den Griff des Todes, der sich bereits um die Frau gelegt hatte, denn ihre Schreie verstummten, und sie bog ihren Kopf in seine Richtung. Ihr Gesicht war zerschlagen und aufgedunsen, und es hörte sich an, als hätte sie ein Kaugummi im Mund. »Gott sei Dank. Mann, du musst mir helfen.«

»Ja, klar«, sagte Marcus.

Er eilte zu ihr, zerrte an ihren Fesseln.

Eine nackte Frau hatte er bisher nur einmal gesehen – in einem von Eddies *Playboy*-Heften. Die Frau auf der Rolltrage sah aus wie eine von ihnen, jung und schön. Oder wenigstens, dachte Marcus, wäre sie schön gewesen, wären ihr nicht Fleischstücke aus dem Körper geschnitten worden. Sie hatte ein dunkles Haarbüschel zwischen den Beinen und große Brüste. Jedenfalls kamen sie ihm groß vor. Er konzentrierte sich nicht nur deswegen so sehr auf ihre Brüste, weil er ein Junge in Gegenwart einer nackten Frau war, sondern auch weil er über die Brüste greifen musste, um einige der Fesseln zu lösen.

Sie schien seine Gedanken zu lesen. »Schon okay, Kleiner. Bring mich einfach hier raus.«

»Wer sind Sie? Warum haben die Ihnen das angetan?«

Während er sprach, öffnete er die letzte Fessel. Die Frau gab keine Antwort. Sie stellte die zitternden Beine auf den Fußboden und ging unsicheren Schritts zu dem nahezu enthaupteten Mann. Ohne an das Blut zu denken, legte sie den Kopf auf seine Brust und weinte.

Marcus hörte, wie sie leise einen Namen murmelte, aber er verstand ihn nicht richtig. Er wiederholte seine Fragen, und diesmal antwortete sie.

»Nichts davon ist jetzt wichtig, Kleiner. Wir haben versucht, Tommy Jewels zu bestehlen, in einem seiner Casinos in Atlantic City. Je weniger du weißt, desto besser für dich. Wie komme ich hier raus?«

»Das weiß ich nicht«, antwortete er.

»Aber du musst doch irgendwie reingekommen sein.«

Er schüttelte den Kopf. »Den Weg können Sie nicht nehmen. Aber wenn man zur Tür rausgeht und nach rechts abbiegt, hört man Maschinenlärm. Vielleicht ist da eine Werkstatt oder so.«

Die Frau wankte durch die Stahltür, kniete sich neben den Wächter und suchte in seiner Jacke, bis sie eine lange schwarze Pistole mit Schalldämpfer fand.

Sie machte sich nicht die Mühe, sich etwas anzuziehen. »Wer bist du, Kleiner?«, fragte sie.

»Ich bin bloß Gast auf der Party. Aber mein Dad ist Cop. Er kann Ihnen helfen.«

»Niemand kann mir helfen. Ich kann nur fliehen, das ist alles. Dein Dad steht wahrscheinlich auf Tommy Jewels' Gehaltsliste. Und wenn nicht er, dann vermutlich sein Boss. So läuft das nun mal, Kleiner. Wenn du dich gegen das System stellst, bist du sehr schnell tot. Und Tommy Jewels gehört das System – oder wenigstens seinem Boss.«

Sie blickte in den Gang, hielt in beiden Richtungen nach mehr Wächtern Ausschau und sagte dann zu Marcus: »Pass auf, Kleiner. Du gehst jetzt wieder auf deine Party und vergisst, dass du mich jemals gesehen hast, okay?«

»Nein. Sie brauchen Hilfe. Ich kann nicht einfach. . . «

Sie packte ihn beim Haar und drehte seinen Kopf zu der höllischen Betonkammer, in der die blutige Leiche ihres Partners lag. »Ich habe ihn dazu überredet. Ich bin schuld an seinem Tod. Und ich will verdammt sein, ehe ich auch noch dein Blut an meinen Händen habe. Du gehst zurück zur Party und hältst den Mund. Auf diese Weise hilfst du mir am meisten.«

»Aber was ist mit dem Wächter?«, fragte Marcus. »Ich hab ihn niedergeschlagen. Wenn er aufwacht, erinnert er sich an mich.«

Ohne das geringste Zögern hob sie die Waffe und drückte ab.

Es gab einen kleinen Blitz, einen dumpfen Knall und ein Klirren, dann quoll Blut aus dem Kopf des Mannes auf den Betonfußboden.

»Problem gelöst«, sagte die Frau. Sie rollte den Wächter auf den Rücken, zog ihm die Jacke aus und streifte sie sich über die bloßen Schultern. Er war ein großer Mann gewesen, sie war eine kleine Frau, und die Jacke wirkte an ihr mehr wie ein Mantel. Sie nahm das Magazin aus der Pistole, sah nach, wie viele Patronen darin steckten, und rammte es wieder hinein. »Ich bin keine Jungfrau in Not, und du – nimm's mir nicht übel, Kleiner – bist kein Ritter in schimmernder Wehr. Jetzt sieh zu, dass du zurück zur Party kommst, und halte den Mund.«

»Aber ich könnte wenigstens meinen Dad anrufen. Ich könnte ...«

»Hör mir gut zu. Überleben kann ich das alles nur, wenn du keiner Menschenseele erzählst, dass du mich je gesehen hast.«

Kapitel 56

Ackerman sprang den untersetzten Pinselaffenmann an, ohne sich Gedanken zu machen, ob er die Regeln brach, wenn er ihm die Schrotflinte abnahm. Außerdem wusste er aus Erfahrung, dass um Verzeihung zu bitten immer einfacher war, als um Erlaubnis zu fragen.

Statt Willoughby die Waffe aus der Hand zu winden, packte er die Schrotflinte an beiden Enden und drückte sie herunter. Willoughby, der Ackermans Bewegung zwangsläufig folgen musste, weil das Messer seine Hand noch immer an den Flintenschaft nagelte, sah sich plötzlich Auge in Auge mit seinem Bezwinger.

Ackerman flüsterte: »Geben Sie auf. Nur dann überleben Sie, und die Schmerzen werden verschwinden. Aber Sie müssen *rückhaltlos* aufgeben. Bei der geringsten falschen Bewegung werde ich davon ausgehen, dass Sie die Bedingungen Ihrer Kapitulation nicht akzeptieren.«

Er zog an der Flinte, und die Klinge schnitt langsam in das Fleisch von Willoughbys Hand. Der untersetzte Mann schrie auf. »Bitte!«

»Rückhaltlose Kapitulation. Ich will alles erfahren, was Sie wissen.«

»Okay, okay! Rückhaltlose Kapitulation . . .«

Ackerman lächelte. »Wissen Sie, wären wir im alten Zweistromland vor viertausend Jahren . . .«

»Das reicht jetzt«, sagte Emily. »Er soll aufstehen.«

Seufzend zog Ackerman das Taschenmesser aus Willoughbys

Hand und schlug ihm mit einer fließenden Bewegung vor die Brust. Willoughby landete auf dem Hinterteil und huschte ein paar Schritte zurück wie eine Krabbe. Ackerman hob das blutige Messer. »Rückhaltlose Kapitulation. Mit Blut besiegelt und unter Todesandrohung beschworen. Ich betrachte es als den Eid eines Kriegers. Oder als Kodex eines Ritters, falls Ihnen diese Analogie besser gefällt. Wie auch immer – ich wäre es meiner Ehre schuldig, Ihnen Hände und Füße abzuhacken, die Wunden zu veröden und dann meinen Spaß mit Ihnen zu haben, sollten Sie besagten Schwur brechen. Mögen Sie Milch und Honig?«

»Egal, was Sie wissen wollen, ich sag es Ihnen!«, rief Willoughby.

Ackerman kniff die Augen zusammen. »Als Erstes werde ich eine Botschaft aufschreiben, die Sie übermitteln werden. Dem Empfänger dieser Botschaft soll klarwerden, mit wem er es hier zu tun hat. Sie werden es ihm bei der Übergabe deutlich machen.«

»Für wen ist die Botschaft?«

»Für Ihren Geschäftspartner Mr. King.«

»An den komme ich nicht heran. Niemand kommt an ihn heran. Er hat seine Topleute, und nur mit denen hat man zu tun.«

»Dann übermitteln Sie die Botschaft an seinen Mittelsmann.«

»Das wäre dann Oban.«

»Erzählen Sie uns von ihm«, forderte Emily ihn auf.

Willoughby schluckte heftig, hob seine blutende Hand und jaulte wie ein verwundetes Tier. »Kann ich meine Hand versorgen?«

»Wenn wir fertig sind«, sagte Ackerman. »Beantworten Sie meine Frage. Rückhaltlose Kapitulation.«

»Ich weiß nur, was ich über seine Vergangenheit gehört habe.

Er kommt aus Ägypten. Angeblich war er mal ein Bandenboss in Kairo, ehe er von Mr. King als rechte Hand angeworben wurde.«

Ackerman leckte das Blut von einer Seite der Klinge. Er tat es langsam und absichtlich so, dass die Schneide seine Unterlippe und die Zunge ritzte. »Sonst noch etwas, das wir über ihn wissen sollten?«

»Ja, das gibt's was Merkwürdiges . . .«

»Was meinen Sie damit?«, fragte Emily.

»Ein gemeinsamer Geschäftspartner sagte mir, der Name *Oban* bedeutet auf Ägyptisch *König*.«

»Wollen Sie andeuten, Oban könnte in Wirklichkeit Mr. King sein?«

»Das hat mein Freund angenommen. Aber ich habe mit Mr. King telefoniert. Seine Stimme hörte sich anders an als die von Oban.«

Ackerman fragte: »Wieso sollte ein kleiner Bettelknabe wie Sie eine Audienz beim König bekommen?«

»Er telefoniert mit jedem, der für ihn arbeitet, wenn der Betreffende eine bestimmte Ebene erreicht. Es ging ihm bei dem Gespräch auch nur darum, mir zu sagen, wie wichtig Rache für ihn ist.«

»Ich will jedes einzelne Wort hören.«

Willoughby stammelte irgendetwas, verstummte für einen Moment und sagte dann etwas, das Ackermans Interesse erregte: »Ich erinnere mich nicht genau, aber er sprach von einer großen Geschichte, die irgendwas mit Attila dem Hunnen oder so jemand zu tun hatte.«

Ackerman suchte in seinen Speicherbänken. Er hatte viel über die großen Eroberer und Mörder sämtlicher Epochen gelesen. Sein Gedächtnis war nicht mit dem Erinnerungsvermögen seines Bruders vergleichbar; dennoch bildete er sich einiges auf seine Fähigkeit ein, sich Details einzuprägen. Doch ihm fiel keine Geschichte ein, in der Attilas Rachedurst im Vordergrund stand.

Aber Dschingis Khan. Der Mongole war berüchtigt für seine nachtragende Art.

»Könnte er von Dschingis Khan gesprochen haben?«

»Ja, möglich. Ich kann mich wirklich nicht genau erinnern.«

»Der Mongolenkaiser Dschingis Khan schickte einmal eine Handelskarawane durch das Reich Choresmien. Die Karawane kehrte nie zurück, weil sie vom Statthalter einer Provinz beschlagnahmt wurde. Die Händler ließ er umbringen. Aus Rache fiel Dschingis Khan mit zweihunderttausend Mann in das Reich ein und tötete den Statthalter, indem er ihm geschmolzenes Silber in Mund und Augenhöhlen goss. Er ging so weit, einen Fluss so umzuleiten, dass er durch den Geburtsort des Kaisers von Choresmien floss und ihn vollständig von der Karte tilgte. Dschingis Khan setzte völlig neue Maßstäbe, wenn es darum ging, es jemandem heimzuzahlen. Könnte das ein Element der Geschichte sein, die er Ihnen erzählt hat?«

Willoughby sagte weinerlich: »Ich kann mich wirklich nicht erinnern!«

»Na gut«, sagte Ackerman. »Nächste Frage. Wieso haben Sie Tyson nicht gesagt, dass Sie sein leiblicher Vater sind?«

»Frank!«, fuhr Emily ihn an.

Er knurrte tief in der Kehle. »Okay. Da wir nicht über die Tyson-Frage sprechen können, will ich von Ihnen alles hören, was Sie über Mr. Kings Organisation wissen. Aber trotzdem – was Tyson angeht, sollten Sie ihm wirklich die ganze Wahrheit sagen. Aufrichtigkeit ist immer die beste Politik.«

Kapitel 57

Willoughby hatte sein Versprechen gehalten. Rückhaltlose Kapitulation. Ackerman hörte zu, wie das Pinseläffchen eine vollumfängliche Aussage über Mr. Kings Aktivitäten machte, die von Waffenschmuggel aus Mexiko in die kalifornischen Innenstädte bis hin zu Menschenhandel mit Osteuropäerinnen und Asiatinnen über die kanadische Grenze reichte. Und das waren nur die Geschäfte, von denen Willoughby, ein niederrangiger Handlanger in Kings Reich, wusste. Alles lief über Mittelsmänner, ohne dass der König sein Schloss verließ.

Ackerman war beeindruckt. Der angeblich so menschenscheue Agoraphobiker hatte sich ein gewaltiges Verbrechensimperium aufgebaut. In einem anderen Leben hätte er mit ähnlichen Taktiken leicht ein eigenes Königreich erobern können.

Willoughby schilderte, wie King mehrere einzelne Gruppen unter seiner Führung vereint hatte, in der Regel dadurch, dass er Deals zwischen den verschiedenen Banden aushandelte. Die Taktik erschien Ackerman vertraut, doch ihm fiel das historische Vorbild nicht ein, an das King sein Geschäftsmodell angelehnt hatte.

»Und wo kommen Sie ins Spiel, Mr. Willoughby?«, fragte Emily.

Ihr Informant war zuvor der Auskunft ausgewichen und schien auch jetzt vor der Frage zurückzuschrecken. Ackerman sagte: »Sie hatten schon erwähnt, dass Sie Ihre kriminellen und legalen Geschäfte nicht vermischen. Also keine Waffen. Folglich muss es um Menschenhandel gehen, richtig? Vergessen Sie nicht – rückhaltlose Kapitulation.«

Willoughby leckte sich die Lippen. »Manchmal, ja. Aber es konnte auch um jemanden gehen, den Mr. King loswerden wollte. Er bringt mir Leute, die verschwinden sollen.«

Ackerman zog eine Braue hoch. »Und Sie verbrennen sie dann irgendwo, stimmt's?«

Willoughby verzog die Oberlippe. »Ich habe eine Lizenz, exotische Waffen auf dem Schießstand zu benutzen. Darunter ist ein Flammenwerfer. Auf dem Hof hinter dem Gebäude habe ich eine Grube ausgehoben, die von der Straße nicht zu sehen ist. Da kippe ich meine Patentmischung zum Auflösen von Knochen und verbranntem Fleisch rein. Über dieser Suppe hängt ein Stahlkäfig. Wir werfen die Leute rein, verbrennen sie, bis kaum was übrig ist, und fegen die Reste in die Suppe.«

»Faszinierend. Ich würde gern . . .«

Ein vertrautes Geräusch hallte durch Willoughbys Laden und ließ Ackerman mitten im Satz verstummen: das Rattern, mit dem Metall über eine harte Fläche rollt. Er kannte das Geräusch, das eine Handgranate oder eine Tränengaskartusche machte, nur zu gut. Aber was von beidem war es?

Ackerman suchte den Boden in der Richtung, aus der das Geräusch gekommen war, ab und entdeckte eine Gasgranate, die ausrollte und nur wenige Fuß von ihm entfernt liegen blieb. Im gleichen Augenblick hörte er weitere Kartuschen rattern, die erst zu rollen begannen.

Francis Ackerman jr. machte eine Miene des Abscheus. »Scheißspiel.«

Er holte tief Luft, suchte den Raum nach der Person oder den Personen ab, die die taktische Munition geworfen hatten. Er hegte die leise Hoffnung, dass es Tyson war, Willoughbys unehelicher Sohn und Lehrling, dann nämlich konnten sie gleich mit einer gründlichen Familientherapie beginnen.

Ackerman entdeckte einen großen Mann, der zwischen den Regalen mit überschüssiger Heeresausrüstung stand. Der Angreifer trug ein Kapuzenshirt und eine Gasmaske.

Ackerman griff sofort an. Er wusste, dass er ihre Gefangennahme nur verhindern konnte, wenn er den ungeladenen Gast unschädlich machte und seine Atemschutzausrüstung an sich brachte.

Hart und wild teilte er eine Serie wuchtiger Schläge aus, doch der Mann mit der Gasmaske wehrte jeden einzelnen Hieb mit der Hand eines Könners ab. Ackerman wechselte die Taktik – erst Muay Thai, dann Pencak Silat. Trotzdem gelang es ihm nicht, auch nur einen Treffer zu landen.

Seine Lunge schrie nach Luft, als er einen weiteren Angriff startete. Seine dritte Schlagserie war gerade wirkungslos verpufft, als sein Gegner zum ersten Mal in den Angriff überging. Eine Offensive, die perfekt geplant und getimt war.

Der Unbekannte duckte sich unter dem letzten Hieb Ackermans hindurch und vollführte aus der Drehung einen Stoß, der Ackerman dicht unter den Rippen traf. Der Schlag wurde mit perfekter Aufwärtsbewegung geführt, als versuchte der Mann mit der Maske, seinem Gegner den Magen hoch in die Brust zu treiben. Ackerman erkannte die Brillanz dieses Angriffs, denn er konnte nicht mehr reagieren. Alles schien sich in Zeitlupe abzuspielen. Der Hieb legte es gezielt darauf an, ihm die Luft aus der Lunge zu rammen, und traf ihn mit fürchterlicher Wucht.

Ackerman machte vier Schritte nach hinten und ritt auf der Woge des Schmerzes, während er vergeblich nach Atem rang. Als er Augenblicke später schwer zu Boden ging, wusste er nicht, ob der Sauerstoffmangel oder das Gas aus den Kartuschen seine Bewusstlosigkeit hervorrief.

Aber er war sich ziemlich sicher, wo er aufwachen würde. Es war ihm nur recht. Er hatte Mr. Kings privates Krematorium ohnehin besichtigen wollen.

Kapitel 58

Ackerman erwachte in einer Grube aus verrostetem, rußgeschwärztem Metall. Das einzige Licht stammte von den wenigen übereifrigen Strahlen, die sich zwischen den Scharnieren und Kanten der stählernen Falltür hindurchschlichen, aus der die Decke des Verlieses bestand. Der Fußboden roch seltsam nach Wintergrün – dem Aroma der aufgelösten Überreste von wer weiß wie vielen Menschen in der chemischen Suppe unter ihnen.

Emily Morgan schlief neben ihm im gleichen Stahlkäfig. *Wie friedlich sie immer wirkt, wenn sie schläft*, ging es Ackerman durch den Kopf. Ihr rötliches Haar fiel über die blassen asiatischen Jochbeine, die von Sommersprossen gesprenkelt wurden, die aber nur sichtbar waren, wenn sie errötete.

Er streckte die Hand aus, strich ihr die Haare aus dem Gesicht und schnippte mit genügend Kraft gegen ihr Ohr, dass es vernehmlich schnalzte. Sie erwachte augenblicklich und rief: »Au, verdammt noch mal, Jim!«

Als der Name ihres toten Mannes fiel, eines von Ackermans zahllosen Opfern während seiner dunklen Jahre, durchfuhr ihn ein Gefühl, das er nicht einordnen konnte.

Emilys Augen ließen erkennen, dass sie allmählich ihrer gegenwärtigen Lage gewahr wurde. Sie blickte Ackerman verwirrt an. »Haben wir überlebt?«

»Von wegen. Willkommen in der Hölle.«

»Also *haben* wir überlebt«, entgegnete Emily. »Die Hölle ist nämlich das Einzige, wovor ich mich nicht fürchte, weil ich weiß, dass ich nicht dorthin komme.«

»Bin mir nicht sicher, ob ich von mir das Gleiche behaupten kann. Aber ich fürchte sie trotzdem nicht.«

Emily richtete sich in Sitzhaltung auf. »Ich nehme an, eine Flucht aus dieser Grube fällt in Ihr Gebiet, oder?«

»Ich bin zehn Sekunden vor Ihnen aufgewacht, also geben Sie mir noch eine Minute. Oder zwei. Genie lässt sich nicht hetzen.«

Er stand auf, tastete die Wände ab, untersuchte die Scharniere der Falltür über ihren Köpfen – die er kaum erreichte, wenn er sich auf die Zehenspitzen stellte – und wandte sich dem Boden zu. Sie standen auf massiven Stahlstangen, die fest verankert waren, und die Falltür im Boden war mit einem kleinen, aber widerstandsfähigen Schloss versperrt, für das man einen Schlüssel brauchte. Nachdem Ackerman keine Schwäche gefunden hatte, die sich mit den Mitteln ausnutzen ließ, die ihnen zur Verfügung standen, richtete er seine Aufmerksamkeit auf die Flüssigkeit unterhalb des Gitterbodens. Er war nicht ganz sicher, wonach er suchte, aber es dauerte keine halbe Minute, und er hatte etwas gefunden, worauf er Hoffnung gründen konnte.

Lächelnd blickte er Emily an. »Meine Liebe, ob wir fliehen können, wird ganz und gar von Ihnen abhängen. Meine Arme sind zu dick, als dass ich durch das Gitter in die Flüssigkeit greifen und das Stück Edelstahl dort erreichen könnte, aber Ihre schlanken Glieder passen ganz mühelos hindurch.«

»Welchen Edelstahl?« Sie kam näher.

»Da.« Ackerman wies durch die Gitterstäbe des Bodens.

»Was ist das?«

»Ich vermute, es ist ein Stützstab, der in ein Bein oder eine Hüfte von einem Opfer Mr. Willoughbys implantiert worden war. Was meinen Sie, wie oft leben die Leute noch, wenn er sie verbrennt? Wenn man bedenkt, dass ich Vergnügen am

Schmerz empfinde, wäre mir mit einem feurigen Ableben vielleicht am besten gedient.«

»Heute Nacht lebt niemand ab. Weder feurig noch sonst wie.
Was tun wir mit dem Stab, wenn ich herankomme?«

»Sie steigen auf meine Schultern und hebeln ein Scharnier heraus. Sie werden nur von vier Schrauben gehalten.«

»Das könnte eine Ewigkeit dauern.«

»Zu dumm. Ich schätze, uns bleiben keine fünf Minuten
mehr.«

Kapitel 59

Maggie machte sich immer größere Sorgen um Marcus. Sie hatte ihn selten so ... *eingefallen* erlebt. Es war, als wäre ein Feuer in ihm erloschen. Er saß ihr in dem FBI-Jet gegenüber, der nach San Francisco flog, und war tatsächlich eingeschlafen. Maggie hatte nur selten erlebt, dass Marcus überhaupt schlief, schon gar nicht außerhalb einer Umgebung wie dieser, die vollständig seiner Kontrolle unterlag. Er war kein Mann, der einfach so eindöste, und die Leichtigkeit, mit der es diesmal geschehen war, jagte Maggie einen Schreck ein. Sie hatte miterlebt, wie Marcus seine Gegner angriff, obwohl Kugeln in seinem Fleisch steckten, obwohl er gebrochene Knochen hatte. Und jetzt das hier.

Maggie konnte sich nicht erlauben, ebenfalls einzuschlafen. Natürlich war auch sie erschöpft, aber sie hatte zu arbeiten. Nachdem Ackerman sie über das Loch in der »Taker«-Organisation informiert hatte, war sie die Akten erneut persönlich durchgegangen; Ackermans Wort traute sie noch immer nicht.

Aber er hatte recht. Und sie hatte es jahrelang übersehen.

Sie musste jeden alten Nachbarn finden und schließlich auch ihren Vater. Dummerweise konnte sie Stan, ihren Computerexperten, nicht einschalten. Also musste sie die Arbeit selbst erledigen.

Mit diesen Gedanken nahm Maggie ihren Laptop hervor, verband ihn mit dem WLAN des Jets und machte sich auf die Suche nach jemandem, der möglicherweise einen kurzen Blick auf den Taker erhaschen konnte – an dem Tag, an dem dieser Serienkiller ihr den Bruder geraubt hatte.

Kapitel 60

Die Metalldecke flog auf, und blendendes Kunstlicht flutete die Grube. Die Zeit in fast völliger Dunkelheit hatte Ackermans Augen sehr empfindlich gemacht. Er kniff die Lider zu, um die plötzliche Helligkeit abzublenden, und versuchte, sich nicht zu bewegen. Er hatte Emily aufgetragen, das Gleiche zu tun.

Die Augen zu einem winzigen Spalt geöffnet, entdeckte Ackerman ein Überbleibsel aus einem Roboterfilm der Fünfzigerjahre. Der Statur nach handelte es sich bei dem mechanisierten Eindringling um Willoughby mit Schutzkleidung und Gesichtsschild aus Acryl. Der Flammenwerfer in seiner Hand war ein langes Rohr mit Belüftungslöchern, Pistolengriffen und Schläuchen, die zu einem Metalltank auf seinem Rücken führten. Am vorderen Ende der Waffe brannte eine Zündflamme vor der Rohrmündung.

Willoughby fluchte und hob den Gesichtsschild. »Sie sind weg!«, rief er.

Ackerman hatte den Kopf so gedreht, dass ein Ohr aus der Brühe am Boden der Grube schaute, sodass er ihr Gespräch hören konnte. Emily hatte recht behalten. Ihnen war nicht die Zeit geblieben, die Scharniere der Metalltür über ihren Köpfen zu lösen. Aber Ackerman hatte die Zeit genügt, um das Schloss im Käfigboden zu knacken, sodass sie in die Brühe aus Chemikalien und menschlichen Überresten hatten fliehen können. Nun hockten sie in einer Ecke und warteten, die Köpfe dicht über der Oberfläche. Die stinkende Suppe war klumpig und schwarz; durch den Käfig sah man nicht viel von der Flüssigkeit einen Meter unter seinem Boden. Für jeden Betrachter von oben musste es so aussehen, als wären die Gefangenen verschwunden.

Der große Mann, der Ackerman besiegt hatte, trat vor. Jetzt bedeckte statt einer Gasmaske eine Chirurgenmaske sein Gesicht. Er neigte den Kopf zur Seite, blickte in die Grube und sagte: »Na gut. Oban sagt sowieso, wir sollen die beiden gehen lassen. Du hattest Glück, dass ich ein Paket abliefern wollte und schon auf halbem Weg hierher war, als du stillen Alarm gegeben hast.«

»Aber wie zum Teufel sind die beiden . . .«

»Nicht unser Problem«, sagte der Mann mit der Maske. »Ach, noch etwas. Ich soll dir etwas von Mr. King ausrichten.«

Er beendete den Satz mit einem wohlgezielten Schlag auf Willoughbys Adamsapfel. Der kleine, affenähnliche Mann war vollkommen überrascht. Er krallte in die Luft und kämpfte um Atem, während er an seinem eigenen Kehlkopf erstickte.

Der große Mann mit der Maske nahm Willoughby gelassen den Flammenwerfer ab und stieß ihn in die Grube. Der Pinselaffenmann rang noch immer um Luft, als der Mann mit der Maske mit dem Flammenwerfer nach unten zielte.

Ackerman blickte rasch auf Emily, nahm einen tiefen Atemzug und duckte sich unter die Oberfläche. Er merkte, dass sie das Gleiche tat. Im nächsten Moment loderten über ihnen die Flammen. Während er darauf wartete, dass die Hitze sich verlor, sorgte sich Ackerman, wie lange Emily den Atem anhalten könnte.

Er bekam die Antwort, als er spürte, wie sie versuchte, an die Oberfläche zu gelangen. Doch über ihnen tosten noch immer die Flammen; Ackerman wusste, dass es dort keinen Sauerstoff gab. Er packte Emily und hielt sie unten, bis das Feuer erlosch.

Als ihre Köpfe die Oberfläche durchstießen, versuchten beide, die noch immer heiße Luft einzusaugen, ohne den Mann auf sich aufmerksam zu machen, der mit dem Flammenwerfer über ihnen stand. Ackerman stieg der Geruch von Willoughbys verkohltem Fleisch in die Nase.

Der Mann in der Maske sagte: »Ich nehme an, Sie können mich da unten hören. Falls ja – Mr. Oban hat gesagt, dass er Ihnen für morgen um dreizehn Uhr einen Termin gegeben hat. Ich wünsche Ihnen eine angenehme Restnacht.«

Die Tür knallte zu. Emily und Ackerman warteten mehrere Minuten in der Dunkelheit. Nichts geschah. Als Ackerman davon ausging, dass sie unbehelligt fliehen konnten, sagte er: »Alles in allem finde ich den Abend sehr produktiv.«

Kapitel 61

Sonntag

Obwohl sein Inneres danach schrie, fand Special Agent Jerrell Fuller keinen Schlaf. Nicht dass er müde gewesen wäre; in den vergangenen Tagen hatte er ausreichend geschlafen, während er abgewartet hatte, welche »Prüfungen« sein Entführer für ihn vorbereitete. Aber der Schlaf wäre besser gewesen als das unablässige Starren in die vollkommene Finsternis.

Eine Zeit lang hatte Jerrell an Flucht gedacht und seine Zelle nach etwaigen Hilfsmitteln abgesucht, aber gefunden hatte er nichts. Er war in einer Art Duschkabine aus Beton. In einer Wand befand sich eine glatte Stahltür. Das Fenster in dieser Tür bildete eine mögliche Schwachstelle, aber der Gladiator – oder wie immer sein Entführer sich nannte – hatte sicherlich nicht die Ausgabe für bruchsicheres Glas gescheut. Jerrell hätte sich eher die Hand gebrochen, als das Fenster einzuschlagen.

Während er in der Dunkelheit lag und den Schlaf herbeisehnte, ging er zum millionsten Mal den Aufbau seiner Zelle durch. Neben der Tür saß ein Lautsprecher in der Wand, aber er war flach und glatt mit einem Lochblech verkleidet; die Öffnungen hatten den Durchmesser eines Bleistifts. Jerrell fand dort keine Stelle, an der er ansetzen konnte, um das Lochblech herauszuhebeln. Die einzige andere mögliche Schwachstelle, die ihm einfiel, war der Abfluss in der Mitte des Fußbodens. Er fühlte sich ebenfalls vollkommen glatt an, und Schrauben ließen sich nicht ertasten. Vermutlich war er an Ort und Stelle verklebt.

Die Öffnungen im Abflussgitter waren groß genug, um die Finger hineinzuschieben und am kreisrunden Metallrost zu ziehen.

Jerrell war sportlich. Er trainierte normalerweise so hart, als wäre körperliche Fitness seine Religion. Es ging ihm dabei nicht darum, jemanden zu beeindrucken, sondern darum, in Form zu bleiben, denn er wusste, dass bei einem Handgemenge mit einem Mörder ein bisschen zusätzliche Muskelmasse über Leben und Tod entscheiden konnte.

Doch der Kleber war stärker als sein Trainingsprogramm. Er hatte an dem Abflussgitter gezogen und gezerrt, aber es gab keinen Millimeter nach. Nach kurzer Zeit hatte er den Gedanken verworfen.

Als Jerrell zum ersten Mal in diesem Albtraum erwacht war, hatte er vermutet, dass der Abfluss dazu dienen sollte, bei einer Folter sein Blut wegzuspülen. Doch mit der Zeit war ihm klargeworden, dass dieses Loch im Boden ihm als Toilette diente.

Er knallte die Faust auf den Betonfußboden, erhob sich und ging in der stockdunklen Zelle auf und ab. Dann machte er Liegestütze und Sit-ups. Schließlich legte er sich wieder auf den Rücken und dachte erneut über den Abfluss nach. Wenn er das Gitter herausbekam, konnte er vielleicht eine Kante schärfen, indem er sie am Boden wetzte. Oder das Gitter ließ sich als Schlagwaffe einsetzen. Vielleicht konnte er die Fensterscheibe in der Tür damit zerschmettern.

Jerrell erhob sich, ging im Kreis um den Abfluss herum und starrte dorthin, wo in der Dunkelheit die Öffnung sein musste. Immer wenn er ansetzte, seinen persönlichen Rekord im Gewichtheben zu verbessern, tat er das Gleiche. Er brauchte mehr Adrenalin im Blut; er musste ein wenig Wut auf das Hindernis aufbauen.

Nach ein paar Sekunden kauerte Jerrell sich über den Abfluss und schob die Finger in die Öffnungen. Er hatte vor, die Muskeln in Armen und Beinen gemeinsam einzusetzen und seine ganze Power in diesen Versuch zu legen.

Jerrell zählte bis drei und zerrte mit aller Kraft. Sein Schädel bebte, als er jeden Muskel seines Körpers anspannte. Nach einem Augenblick, in dem sich nichts getan hatte, entspannte er sich, fasste neu und entschied sich zu einer Änderung der Taktik. Diesmal zog er nach oben und verdrehte den Deckel dabei gleichzeitig, damit er die Verklebung in mehreren Richtungen belastete.

Und diesmal belohnte ihn ein Ruck. Jerrell drehte und zog weiter, mobilisierte auch den letzten Rest an Energie, um das Werkzeug aus dem Boden zu reißen, das ihm vielleicht das Leben retten würde.

Als das Gitter sich abrupt löste, stolperte Jerrell vom eigenen Schwung ein paar Schritte zurück.

Mit der linken Hand stützte er sich an die Betonwand und lächelte. In der Rechten hielt er das Abflussgitter aus massivem Metall. Prüfend führte er ein paar Schattenhiebe mit der Waffe und lächelte. Dann machte er sich daran, die Vorderkante seines neuen besten Freundes zu schärfen.

Kapitel 62

Der kleine Hund fuhr hoch, als Marcus hereinstürmte und die Tür zuknallte. Die Scheiben aus milchigem Plastik über den Leuchtstofflampen des Konferenzraums ratterten, und das Hündchen gab einen Laut von sich, der irgendwo in der Mitte zwischen Knurren und Wimmern angesiedelt war.

Ackerman und Emily belegten zwei kunstlederbezogene Schreibtischsessel, der kleine Hund einen weiteren Stuhl zwischen ihnen. Selbst nach mehrmaligem Duschen verströmten sie einen widerwärtigen Geruch nach Chemikalien. Ihre Haut war gerötet, gereizt durch Willoughbys Zaubersuppe.

Marcus beobachtete die Szene. Er spürte, wie seine Wut aufflammte, und befahl sich, ruhig zu bleiben. Er atmete tief durch, setzte sich auf einen Stuhl auf der anderen Seite des rechteckigen Resopaltischs, lehnte sich zurück und überlegte, was er eigentlich sagen sollte. Auf Wut reagierte sein Bruder nicht, und Wut schien die einzige Gefühlsregung zu sein, zu der Marcus in letzter Zeit fähig war. Wie erklärte man einem Mann die Welt, der schmerzsüchtig war und keine Angst kannte?

Schließlich flüsterte er: »Hast du mir irgendetwas zu sagen?«

Ackerman antwortete sofort. »Ich finde es absolut unerträglich, dass Emily mir dieses sabbernde Geschmeiß aufnötigt. Zeit ist der kostbarste Besitz des Menschen. Benjamin Franklin hat gesagt: ›Du kannst dich verspäten, die Zeit wird es nicht tun.‹«

Marcus verdrehte die Augen. »Und Einstein sagte, dass Zeit eine Illusion ist. Gegen mich kannst du im Zitate-berühmter-Leute-Spiel nicht gewinnen. So gut ist dein Gedächtnis nicht.«

»Jetzt, wo du es sagst. Es kommt mir wirklich so vor, als wäre mein Erinnerungsvermögen nicht mehr das, was es mal war. Ich stelle fest, dass ich viele Dinge vergesse.«

»Tja, *mein* Gedächtnis ist so klar wie eh und je. Willst du mir sonst noch was sagen?«

»Warum sollte ich dir etwas sagen, wenn wir noch gar nicht über das Ungeziefer mit Fell gesprochen haben?«

Marcus seufzte. »Gut, reden wir darüber. Wie hast du deinen Hund genannt?«

Das Tier schien der Unterhaltung gebannt zu lauschen.

»Ich will der Töle keinen Namen geben. Ich will sie loswerden.«

»Der Hund bleibt. Du solltest ihm einen Namen geben.«

»Tu uns allen einen Gefallen und gib das Viech dem Welpenwaisenhaus zurück, wo Emily es aufgabelt hat.«

»Das ist ein reinrassiger Shih Tzu. Er kommt aus einer Tierhandlung. Emily hat nur deinetwegen viel Geld aus eigener Tasche für ihn bezahlt.«

»Das ist kein großes Ding«, warf sie ein. »Ich habe ihm in die Augen gesehen und hatte sofort das Gefühl, dass er der ideale Gefährte für Ackerman wäre. Wenn ich ihm damit zu viel aufgebürdet habe, kann ich den Hund sicherlich noch umtauschen.«

Ackerman schien tatsächlich um Worte verlegen zu sein. »Nein, schon gut«, sagte er schließlich. »Ich glaube, die Kreatur und ich sind zu gegenseitigem Einverständnis gelangt. Vielleicht können wir ihm nur eine Art Käfig besorgen. Und Windeln.«

»Wie ich es im Augenblick sehe«, erklärte Marcus, »wanderst eher du in einen Käfig als dein Hund. Hast du mich verstanden?«

»Was bringt dich auf den Gedanken, dass ich das zulassen würde?«

»Eines Tages – vielleicht in einem Jahr, vielleicht morgen – wird dein überzogenes Selbstvertrauen dein Untergang sein.«

»Ich beginne keinen Kampf, den ich nicht gewinnen kann.«

»Dein Problem ist, dass du keine Angst vor der Niederlage hast. Deshalb glaubst du, du kannst jeden Kampf gewinnen. Aber nur weil du keine Angst vor dem Tod hast, bedeutet das noch lange nicht, dass du nicht sterben wirst.«

Ackerman zuckte mit den Achseln. »Jeder muss sterben. Den Weg allen Fleisches gehen. Den Preis für unsere sterbliche Existenz entrichten. Die meisten würden sagen, dass ein gutes Leben das Ziel ist. Dass man leben und nicht nur dem Tod ausweichen soll. Aber was ist ein gutes Leben? Mir kommt es auf effizientes Zeitmanagement der kostbaren Sekunden an, die ein Leben ausmachen.«

Marcus knurrte irgendetwas und rieb sich die Schläfen. »Redest du immer noch von dem verdammten Hund?«

»Wovon sonst?«

Marcus packte einen Kaffeebecher aus Keramik, der auf dem Tisch stand, und schleuderte ihn gegen die Wand. Der Becher zersprang nicht, weil die Wände mit schalldämmendem Material verkleidet waren, aber die dunkle Flüssigkeit hinterließ einen Fleck auf dem beigefarbenen Stoff, ehe der Becher mit einem dumpfen Schlag auf den Boden fiel.

»Das war Emilys Kaffee«, sagte Ackerman.

»Du hättest Emily und dich gestern Abend fast umgebracht! Du hast sie praktisch gezwungen, dich zu begleiten.«

»Das ist nicht ganz richtig, Sir«, warf Emily ein. »Ich hätte ...«

»Was spielt das für eine Rolle?«, unterbrach Ackerman sie. »Ich hätte auch allein fahren können, aber ich wollte Emily mit einbeziehen, weil mir dies als die politisch korrekte Entscheidung erschien.«

»Das ist doch Blödsinn. Erst überredest du sie, irgendein Fitnessstudio aufzusuchen, und brichst dort einen Kampf vom Zaun, und dann gefährdest du euer beider Leben bei Willoughby.«

»Man könnte auch sagen, dass ich ihr das Leben gerettet habe.«

»Du hättest deine Anweisungen befolgen sollen. Du bist nicht hier, um dir die Finger schmutzig zu machen.«

»Warum bin ich *dann* hier, kleiner Bruder? Das Schmutzige ist fast alles, wozu ich zu gebrauchen bin.«

»Nicht mehr. Jetzt berätst du nur noch. Die gefährlichen Dinge übernehme ich.«

»Ich brauche deinen Schutz nicht, kleiner Bruder. Mir kommt es sogar vor, als wäre das Gegenteil der Fall. Und ich will nicht, dass dir etwas geschieht. Das werde ich nicht zulassen. Du, Dylan und das Team sind alles, was ich habe.«

Marcus lehnte sich zurück. Ihm brummte der Schädel. »Ich weiß, Frank, und ich will dich auch nicht verlieren. Ich will nicht, dass du getötet wirst, und ich will auch nicht, dass du die Kontrolle verlierst.«

»Weißt du was, Marcus? Es kommt mir so vor, als würde ich die Dunkelheit im Innern in letzter Zeit besser beherrschen als du.«

Marcus schüttelte den Kopf. »Wenn *ich* die Beherrschung verliere, sind nur Kaffeebecher in Lebensgefahr. Getötet wird niemand.«

»Es ist lange her, seit ich meine persönlichen Dämonen von der Kette gelassen habe. Und wenn du über eine Gefährdung unseres Teams reden willst, sollten wir darüber sprechen, wie du die Demon-Sache gehandhabt hast. Ich war dagegen, aber du hast ja nicht auf mich gehört. Wir hätten den Fall abgegeben oder diesen Irren gehen lassen können; stattdessen haben wir mitten in dieses Hornissennest gestochen.«

»Verdammt, Frank, du hast immer gesagt, dass uns das Schicksal oder Gott zusammengeführt hätte. Und wenn das nun wirklich stimmt? Was, wenn nur wir beide Demon aufhalten und sein krankes Imperium in Schutt und Asche legen können, weil es uns bestimmt ist? Was, wenn das unser gemeinsames Schicksal sein sollte?«

Als der kleine Hund plötzlich auf Ackermans Schoß sprang, starrte er einen Moment finster auf das Tier hinunter. Marcus hoffte, dass sein Bruder über die Frage nachdachte und nicht überlegte, ob er dem Hund das Genick brechen sollte.

Schließlich verzog Ackerman das Gesicht, packte den Hund, als wäre er ein Kadaver von der Schnellstraße, setzte ihn wieder auf den Nachbarstuhl und sagte zu dem Tier: »Was hatten wir über persönliche Distanz beschlossen?« Dann blickte er Marcus wieder an. »Gute Ansprache, Bruderherz. Also, wie gehen wir weiter vor? Das Schicksal erfüllt sich nicht von selbst, und es warten Drachen auf uns, die getötet werden wollen.«

Kapitel 63

Mit übereinandergelegten gebrochenen Beinen saß Corin Campbell auf den Seidenlaken. Sie dachte an Flucht und versuchte sich jede Einzelheit des Anwesens vor ihr inneres Auge zu rufen. Sonnequa, die Corin insgeheim als die »tüchtige Hausfrau« bezeichnete, hatte ihr ein eigenes Himmelbett zugewiesen. Alle Betten waren übergroß und bestanden vermutlich aus zwei zusammengeschobenen kalifornischen Kingsize–Betten unter einem maßgefertigten Baldachin. Corins ganze Welt hatte in den vergangenen Wochen aus Beton bestanden, und jetzt war alles weich und weiß, ein Meer aus Seide. Die Vorhänge schenkten ihr sogar eine gewisse Privatsphäre, als hätte sie ihr eigenes Zelt. Sie besaß sogar ein paar eigene weiße Seidenkleider, die an einem Ständer neben ihrem neuen Bett hingen.

Dennoch hatte Corin das merkwürdige Gefühl, diese seidige Existenz würde sich am Ende als viel schlimmer erweisen als ihre bisherige Gefangenschaft in Beton und Nacktheit.

Sonnequa hatte ihr befohlen, sich auszuruhen und bereit zu sein, am Morgen mit dem Meister zu frühstücken, aber Corin konnte nicht schlafen. Sie zermarterte sich den Kopf nach Möglichkeiten, diesen Verrückten beim Frühstück zu töten. Zeitweise hörte sie andere junge Frauen in die Kissen schluchzen, doch Corin hielt die Tränen zurück und wehrte sich gegen jeden Anflug von Selbstmitleid.

Genauso hatte sie sich bisher geweigert, an eine Schwangerschaft zu glauben. Doch diese Hoffnung wurde zerschlagen, als sie eine andere Frau mit einem geschwollenen Bauch erblickte.

Offenbar musste sie akzeptieren, dass in ihr ein Kind heranwuchs. *Sein Kind.*

Aber darüber konnte sie später nachdenken und entscheiden, denn im Moment beschäftigten sie unmittelbare Fragen. Zum Beispiel, wie man jemandem mit einem Plastiklöffel die Kehle durchschneiden konnte.

Sie blinzelte, als Sonnequa die Vorhänge öffnete. »Das Frühstück ist fertig«, sagte sie. »Folge mir in den Speisesaal. Du weißt ja: Niemand sagt ein Wort, bevor der Meister spricht!«

Corin nickte. »Ich habe verstanden. Ich bin so weit.«

Kapitel 64

Marcus klopfte einen Code an die Hotelzimmertür. Aus Sicherheitsgründen. Zwei Klopfer, gefolgt von dreien, war das Zeichen für die FBI-Agentin, die Tür zu öffnen. Zwei Klopfer allein warnten sie vor Gefahr. Die fünf anderen FBI-Leute, die Valdas ihnen ausgeliehen hatte, hatten die gesamte Etage abgeriegelt und patrouillierten in der näheren Umgebung. Die Gefahr, dass irrtümlich ein Zimmermädchen angeschossen wurde, bestand daher nicht.

Nach wenigen Sekunden war Agent Lee an der Tür und öffnete sie vorsichtig, die Waffe schussbereit. Die hübsche junge Schwarze hatte kurz geschnittenes krauses Haar und strahlend grüne Augen. Sie nickte Marcus zu und ließ ihn ein. Dann ging sie zu einem kleinen Tisch, auf dem ein halb gegessenes Subway-Sandwich lag, und sagte: »Ich gehe auf den Flur, ja? Dann haben Sie ein bisschen Zeit allein mit Dylan.«

»Bitte bleiben Sie«, entgegnete Marcus. »Keine Umstände. Essen Sie in Ruhe Ihr Sandwich.«

Dylan, Marcus' Sohn, blickte nicht einmal auf, als sein Vater das Zimmer betrat. Der Junge trug ein schwarzes Ninja-Kostüm und weiße Apple-Ohrhörer und war tief in seine eigene Welt versunken. Er saß auf dem Bett, aber die Woll- und Daunendecken waren abgezogen bis auf das nackte Laken. Lego-Fahrzeuge und -Flugzeuge bedeckten das Bett; dazwischen lagen die Figuren von Helden und Schurken in wildem Durcheinander, von Darth Vader bis Robin Hood.

Auf dem Bett war gerade genügend Platz, dass Marcus sich

hinter Dylan setzen und seinem Sohn über die Schulter schauen konnte. Er zog ihm die Ohrhörer heraus und fragte: »Sagst du wenigstens Hallo zu mir?«

Dylan blickte ihn lächelnd an. »*Hola, Padre.*«

Marcus erwiderte das Lächeln. »Seit wann sprichst du Spanisch?«

»Agent Lee hat es mir beigebracht.«

»Sehr schön. Sieht aus, als guckst du dir Sponge Bob im Fernsehen an. Und dazu hörst du Musik auf deinem iPhone und baust diese tollen Sachen? Alle Achtung.«

»Ich hab mir Sponge Bob nicht angesehen. Agent Lee hat den Fernseher eingeschaltet. Sie sagt, ich müsste auch mal ein paar Zeichentrickfilme sehen statt immer nur Dokumentationen.«

Mit vollem Mund warf Agent Lee ein: »Ein Junge in deinem Alter sollte sich nicht jeden Tag so viele Dokus über den Zweiten Weltkrieg ansehen.«

Marcus strich dem Jungen durch die Haare. Sie hatten fast die gleiche Farbe wie seine. »Sie hat recht, Dylan. Lernen ist etwas Großartiges, aber manchmal muss man dem Kopf auch eine Pause gönnen.«

»Das mach ich ja schon.« Dylan wandte sich wieder seiner Arbeit mit den Legosteinen zu.

»Was hörst du dir an?«, fragte Marcus und hielt die Ohrhörer hoch.

»Den Podcast der MythBusters.«

Marcus wusste nicht, was er antworten sollte. Für einen nicht einmal zehnjährigen Jungen wie Dylan erschien es ihm ein wenig unangemessen, sich Dokumentationen über den Zweiten Weltkrieg anzuschauen und Podcasts zu hören; andererseits wusste er nicht, was Kids heutzutage so trieben. Vielleicht war es ganz normal. Als er ein Junge war, hatte er Stunden damit verbracht, Lexika auswendig zu lernen, also stand ihm kaum ein Urteil zu.

»Tut mir leid, dass ich so oft weg bin wegen meiner Arbeit«, sagte er.

»Schon okay. Stört mich nicht. Ich bin gern mit dir unterwegs. Ich muss nicht zur Schule und kann den ganzen Tag mit den Legos arbeiten. Ich hab auch schon ein paar neue Ideen ausprobiert, die mir eine ganze Weile durch den Kopf gegangen sind.«

»Sehr gut. Okay ist es aber trotzdem nicht. Ich sollte mir mehr Zeit für dich nehmen. Ich habe nur so unglaublich viel zu tun. Alles Mögliche kommt gleichzeitig. Aber das ist keine Entschuldigung. Und auf keinen Fall heißt das, dass du mir nicht wichtig bist. Du bist für mich das Wichtigste auf der Welt. Ich habe dich lieb, mein Sohn.«

Dylan sah nicht von seinem Spielzeug auf, als er erwiderte: »Ich hab dich auch lieb, Daddy.«

Marcus schaute wehmütig auf Dylan und verfluchte sich, weil er sich für einen Versager von einem Vater hielt. »Soll ich dir ein bisschen helfen?«, fragte er leise. »Vielleicht könnten wir den Stein hier einsetzen.« Er nahm einen großen blauen Legostein und befestigte ihn an der fliegenden Festung, die Dylan baute – sie erinnerte Marcus an die fliegenden Flugzeugträger aus den Marvel-Filmen.

Kaum war der Stein angebracht, begann Dylan zu zittern, und sein Atem ging keuchend, stoßweise. Nach wenigen Augenblicken bebte er am ganzen Körper. Er riss den blauen Stein von seinem Meisterwerk und schleuderte ihn durchs Zimmer. Mit zusammengebissenen Zähnen zischte er Marcus an: »Der gehört da nicht hin! Ich hab alles geplant! Hast du vielleicht gedacht, ich sitze hier rum und baue das alles zufällig zusammen? Nein, ich hab einen ganz bestimmten Plan im Sinn.«

»Okay, mein Fehler«, sagte Marcus. »Ich hab den Stein angebracht, du hast ihn weggenommen. Das ist doch kein Grund, sauer zu sein. Das ist ja das Coole an Legosteinen. Man muss es nicht so und so machen. Und wenn du einen Fehler begehst, nimmst du alles wieder auseinander und baust es neu. Es ist nichts Dauerhaftes. Verstehst du?«

»Ja. Kann ich jetzt weiterarbeiten? Du musst sicher noch an deinem Fall arbeiten.«

»Stimmt, aber du bist mir sehr viel wichtiger als irgendein Fall, und ich . . .«

»Ich muss jetzt auf die Toilette. Hab dich lieb.« Dylan nahm sein iPhone und die Ohrhörer und ging zum Bad.

Marcus nickte nur und sah ihm hinterher. Nachdem der Junge die Tür zugeknallt und den Lüfter eingeschaltet hatte, fragte er: »Was mache ich falsch, Agent Lee?«

Die junge FBI-Beamtin zog die Schultern hoch. »Fragen Sie mich nicht. Ich hab nicht mal eine Katze.«

»Toll, danke.« Marcus ging hinaus auf den Flur und drehte sich noch einmal um. »Und tun Sie mir einen Gefallen. Falls mein Sohn waffenfähiges Uran haben will für eine seiner Legokreationen, schreiben Sie mir bitte eine SMS.« Er nickte ihr zu und ging.

»Agent Williams?«, rief sie ihm nach. »Hat es Fortschritte bei der Suche nach Jerrell gegeben? Ich meine . . . Agent Fuller.«

Er hörte, wie ihre Stimme bei dieser Frage leicht bebte. »Sie standen sich offenbar nahe. Das wusste ich nicht.«

»Ich durfte mich wegen unserer Beziehung nicht aktiv an der Suche nach ihm beteiligen. Ich habe mich freiwillig gemeldet, bei diesem Fall zu helfen, so gut ich kann. Deshalb hat man mir die Aufgabe übertragen, die ich jetzt erfülle.«

»Verstehe.« Marcus brachte sie kurz auf den Stand der Ermittlungen. »Ich kann Ihnen nicht versprechen, dass wir ihn lebendig finden. Nicht im Augenblick. Aber ich habe die Hoffnung nicht aufgegeben, und das werde ich auch nicht.«

Agent Lee umarmte ihn unerwartet und ungelenk und wischte sich eine Träne aus dem Auge. »Danke, Special Agent Williams. Jerrell ist einer der besten Agents, die ich je kennengelernt habe. Wenn jemand so etwas überleben kann, dann er. Und machen Sie sich keine Sorgen um Ihren Jungen. Ich halte ihn auf Linie. Und wenn jemand zu ihm will, muss er an mir vorbei.«

Kapitel 65

Corin wusste, dass der Mann, der sie wiederholt vergewaltigt hatte, gehen konnte. Anfangs hatte sie ihn jedes Mal angeschaut, wenn er nackt zu ihr geschlendert kam, aber sie hatte schnell gelernt, die Augen zu schließen und innere Distanz einzunehmen. Aber selbst dann hatte sie die Schritte seiner bloßen Füße in ihrer Welt aus Beton und Angst gehört.

Wer also war der Kerl im Rollstuhl?

Die anderen jungen Frauen hatten schon den Tisch gedeckt und das Frühstück bereitet, als Corin von Sonnequa in den prachtvollen Speisesaal geschoben wurde. Ein langer Tisch mit weißem Tuch stand mitten im Raum. Die Wände waren mit dunklem, kostbarem Holz vertäfelt, und über den Gedecken hing ein funkelnder Kristalllüster.

Sonnequa fuhr Corin zu ihrem Platz am Tisch, und die anderen nahmen die Stühle ein, die ihnen zugewiesen waren. Als alle saßen und Stille eingekehrt war, verließ Sonnequa den Speisesaal. Bei ihrer Rückkehr schob sie einen Mann im Rollstuhl vor sich her. Dabei bewegte sie sich mit einer Aura der Überlegenheit, als eskortierte sie ein Mitglied des Königshauses. Der Mann im Rollstuhl nahm den Platz am Kopf der Tafel ein, und Sonnequa setzte sich auf den Stuhl zu seiner Rechten.

Er war der vielleicht schönste Mann, den Corin je gesehen hatte. Von Meisterhand frisiertes sandblondes Haar, hellblaue Augen und makellose Züge, um die ihn jeder Filmstar beneidet hätte.

Die anderen schienen den Mann zu fürchten und zu respektieren. Sie behandelten ihn, als wäre er der geheimnisvolle Meister, von dem sie immer wieder sprachen. Corin war davon ausgegangen, dass der Meister und der Mann, der sie vergewaltigt hatte, ein und dieselbe Person waren. Aber sie wusste genau, dass ihr Peiniger gehen konnte.

War der schöne blonde Mann im Rollstuhl trotzdem der Verrückte mit der Totenkopfmaske, der sich einen sadistischen Spaß mit ihr machte? Täuschte er sein Gebrechen nur vor? Es musste eine Falle sein. Sie, Corin, wurde geprüft – ihr Gehorsam, ihre Selbstbeherrschung, ihre Geduld, ihre Furcht.

Die junge Asiatin namens Tia, die keine Zunge mehr hatte, servierte dem Meister das Frühstück. Corin spürte seine Aura düsterer Macht, die wie eine Wolke aus schädlichen Dämpfen über allem hing. Die anderen Mädchen schienen den Atem anzuhalten, als der Mann im Rollstuhl den ersten Bissen kostete, bis er schließlich sagte: »Kompliment, meine Damen. Genießt euer Frühstück.«

Er aß weiter, während die jungen Frauen die Servierplatten voll Rührei, Bratkartoffeln, Speck, Biskuits, Würstchen, Brötchen und Croissants aller Art herumreichten.

Corin brannte darauf, wenigstens eine kleine Geste des Trotzes zu zeigen. Vielleicht sollte sie eine Frage stellen, obwohl sie wusste, dass sie nicht sprechen durfte, oder die Nahrungsaufnahme verweigern. Doch sie kämpfte gegen dieses Verlangen an. Sie musste die Rolle der Maus spielen: still, geduldig, abwartend.

Schweigend aßen sie, bis der Mann im Rollstuhl seine Serviette auf den Teller legte. »Wir ihr alle wisst, haben wir heute Morgen einen Neuzugang. Willkommen am Tisch, Corin.«

Wie aus einem Munde sagten die anderen jungen Frauen: »Willkommen am Tisch.«

Corin schwieg, starrte auf ihre Plastikgabel. Konnte sie dem

Kerl die Gabel ins Auge stoßen? Oder ins Ohr rammen? Sie musste ihn nicht unbedingt töten. Es reichte, wenn sie ihn kampfunfähig machte.

»Du bist nun Teil von etwas ganz Besonderem, Corin.«

Am Ende der Tafel begann eine junge Frau zu weinen. Sie war ein großes dünnes Mädchen mit roten Haaren und Sommersprossen. Corin hatte sie am Tag zuvor nicht gesehen.

»Sei nicht unhöflich, Estelle«, tadelte sie der Mann im Rollstuhl. »Heute steht Corin im Mittelpunkt.«

»Sie haben mein Baby getötet«, flüsterte die Rothaarige.

»Unsinn, mein Liebes, ich habe nichts dergleichen getan. Ich würde niemals eines meiner Kinder verletzen. Wir haben es besprochen. Weder du noch ich haben Schuld daran.«

»Sie haben ihn sterben lassen. Sie sind ein Arzt. Sie hätten ihn retten können.«

»Estelle, du kennst die Regeln. Wenn das Kind keinen Überlebenswillen hat, ist es nicht lebenswert. Dein Baby war schwach. Aber gräme dich nicht. Du wirst noch viele Babys bekommen können. Lasst uns nicht vergessen, dass es nur noch ein paar Tage sind, bis wir auf die *Insel* ziehen.«

»Wer sind Sie?«, fragte Corin abrupt. Sie konnte sich einfach nicht mehr zurückhalten.

Er lachte. »Sieh an, sie kann also sprechen, unsere liebe Corin. Um deine Frage zu beantworten: Ich bin Dr. Derrick Gladstone. Ich bin Genetiker und Fruchtbarkeitsspezialist.«

»Wo sind wir hier?«

»Wir befinden uns in einem aufgegebenen Luxusresort. Hier sollte ein Golfplatz entstehen, ein Spa und alles, was das Herz begehrt. Leider breitete sich in seinem Herzen Schwarzschimmel aus wie ein Krebsgeschwür. Das Gesundheitsamt verordnete die Schließung der Anlage. Aber keine Sorge, die gefährlichen Zonen sind nicht zugänglich.«

»Aber was soll das? Was haben Sie hier vor? Und was soll diese ›Insel‹ sein?«

»Die Antwort darauf ist recht einfach und doch unendlich komplex. Ich errichte eine bessere Welt, die von meinen Kindern bevölkert werden soll. Ich nenne es das Projekt Eden.«

»Sie sind ja irre!«

»Zeig dem Meister Respekt!«, fuhr Sonnequa sie an.

»Schon gut, meine Liebe. Wir wollen ja immer offen sprechen. Unserer Corin mangelt es offenbar an Begriffsvermögen.«

»Oh, ich begreife durchaus«, zischte Corin, »dass diese ganze Geschichte krank und pervers ist, ganz egal, mit welcher frommen Botschaft Sie das verbrämen wollen.«

»Fromme Botschaft? Wohl kaum. Ich glaube nicht an höhere Mächte. Mir geht es um die Rettung der Menschheit.«

»Lassen Sie sich diesen Satz doch mal auf der Zunge zergehen! Klingt das nicht sogar in Ihren eigenen Ohren ein bisschen irre?«

»Wenn ein geringerer Mensch ihn ausgesprochen hätte, dann vielleicht. Ich werde es dir erklären. Aber zuerst eine Frage. Bist du mit den Grundlagen der Evolution vertraut?«

Corin gab keine Antwort, doch während er sprach, nahm sie unauffällig die Plastikgabel vom Tisch und versteckte sie neben ihrem Bein.

»Anscheinend nicht«, sagte er, als Corin schwieg. »Also gut, ein Crashkurs: Einführung in die Evolution. Grundgedanke ist, dass alle Arten sich unter dem Druck der natürlichen Auslese zu dem entwickelt haben, was sie heute sind. Die natürliche Auslese ist in der Natur sehr gut zu beobachten. Ich könnte viele Beispiele anführen, angefangen mit dem Birkenspanner und dem Industriemelanismus oder den Darwin-Finken bis hin zu den italienischen Ruineneidechsen und den Aga-Kröten in Australien – allesamt Beispiele, wie sich Arten fortentwickeln, um besser in ihrer Umgebung zu überleben. Du hast vielleicht vom ›Überleben der Stärksten‹ gehört, aber das ist nicht ganz exakt. Oft ist es eine genetische Veränderung oder ein Virenausbruch oder ein anderer zufälliger Faktor, der bestimmt, welche definierte Gruppe innerhalb einer Population überlebt. Leider hat unsere Spezies eine Gesellschaft erschaffen, in der die Armen und Unwissenden sich am wahrscheinlichsten fortpflanzen werden.«

»Was haben Sie vor? Ein Virus freizusetzen, das die ganze Welt umbringt, um dann eine Arche Noah vom Stapel laufen zu lassen?«

»Nichts derart Dramatisches. Nein, ich werde nicht versuchen, die ganze Welt zu töten. Ich versuche lediglich eine Kurskorrektur. Siehst du, alles, was lebt, entwickelt sich. Der Unterschied zwischen der Menschheit und allen anderen Arten in der Geschichte der Erde besteht darin, dass wir über das Wissen und die Mittel verfügen, unsere Entwicklung zum Positiven zu beeinflussen. Wie bewerkstelligen wir das? Es ist ganz einfach. Wir kontrollieren die Vermehrung.«

»Ein Kerl und ein paar Sexsklavinnen werden die Menschheit als Ganzes nicht verändern.«

»Erst einmal seid ihr keine Sexsklavinnen. Ihr seid die Auserwählten.«

»Auserwählt von wem?«

»Von euren Genen und eurem Überlebenswillen. Jeder an diesem Tisch ist gründlich mit den fortschrittlichsten Gentests geprüft worden. Wir alle sind frei von Markern für Gene, die Krankheiten oder Defekte hervorrufen. Wie ihr an eurem unterschiedlichen Äußeren seht, hat das nichts mit der Hautfarbe eines Menschen zu tun. Mir wäre es vollkommen egal, wenn in zweihundert Jahren die weiße Rasse nur noch eine kleine Minderheit darstellte. Wichtig ist mir nur, dass die Individuen, die

die Mehrheit bilden, gesunde, gebildete und produktive Mitglieder der Gesellschaft sind.«

»Also versuchen Sie im Grunde, die Menschheit als Ganzes zu vergewaltigen? Wundervoll. Ich bringe mich um, ehe ich zulasse, dass meine Erbanlagen zu einem Teil dieses Irrsinns werden.«

Derrick Gladstone rollte vom Tisch zurück und fuhr näher zu ihr. »Ich glaube nicht, dass du einen Selbstmord in dir hast, Corin. Du bist eine Kämpferin. Ganz anders als deine Mutter.«

»Was zum Teufel wissen Sie über meine Mutter?«

»Ich weiß alles über dich, Corin. Ich weiß, wer du wirklich bist und was du getan hast. Jede an diesem Tisch ist eine Überlebende. Ihr seid stark und zäh. Solche Menschen brauche ich, um die evolutionäre Zukunft unserer Art zu korrigieren.«

Was wusste er wirklich? Der Selbstmord ihrer Mutter war öffentlich bekannt. Davon konnte er aus den Zeitungsarchiven erfahren haben. Aber auf keinen Fall konnte er wissen, was sie, Corin, im Lauf der Jahre alles getan hatte, um zu überleben.

»Meine Pläne gehen über diese Einrichtung weit hinaus«, sagte Gladstone. »Überlege aber eines, ehe du dir ein Urteil über meine geistige Gesundheit und die Sinnhaftigkeit meiner Pläne bildest. Rund acht Prozent aller Menschen in Asien können ihre Abstammung zum großen Dschingis Khan zurückverfolgen, einem meiner persönlichen Helden. Es ist verbürgt, dass er Hunderte von Kindern gezeugt hat, aber das ist nicht immer Indikator für ein starkes genetisches Erbe. Schließlich bedeutet das Zeugen vieler Söhne nicht, dass diese Söhne ebenfalls zahlreiche Nachkommen zeugen werden. Solche starken Erblinien basieren meist auf Gesellschaftssystemen, die es mächtigen Männern gestatten, mit vielen Frauen legitime Nachkommen zu zeugen. Leider werden die meisten Gesellschaftsformen, die diese Umstände zulassen, in der modernen Welt größtenteils als barbarisch betrachtet.

Deshalb bin ich zu dem Schluss gelangt, dass die einzige Möglichkeit zu einer Vorwärtsentwicklung darin besteht, eine eigene Gesellschaftsform zu gründen. Von Grund auf. Trotz des gegenwärtigen Zerfalls unserer Kultur beabsichtige ich, ein noch glanzvolleres Erbe zu hinterlassen als der große Khan.«

»Sie widern mich an!«

»Wirklich? Und wieso?«

»Was Sie tun, ist falsch.«

»Wie definierst du richtig und falsch, Corin?«

»Entführung und Vergewaltigung *sind* falsch!«

»Richtig und falsch sind religiöse Konzepte. Damit etwas ›richtig‹ sein kann, muss es einen inhärenten Maßstab geben, an dem sich ablesen lässt, was richtig und was falsch ist. Für viele Menschen kommt an dieser Stelle Gott ins Spiel. Die Wahrheit aber ist, dass wir nichts sind. Die Menschheit ist lediglich eine erleuchtete Tierart mit einer Neigung zum Größenwahn. Wenn man in dieser Welt etwas will, muss man es sich nehmen. Darwin hat niemals vom ›Überleben der Stärksten‹ gesprochen. Es stellt nicht einmal ein Kernkonzept der Evolution dar. Aber auf persönlicher Ebene, auf der Ebene unserer individuellen Generation, bestimmt es noch immer die endliche sterbliche Existenz. Das Gesetz des Dschungels. Die Starken beuten die Schwachen aus. Und wenn ich stark genug bin, um die genetische Zukunft unserer Art als Ganzes zum Besseren zu wandeln, wieso sollte es dann falsch sein, wenn ich es tue?«

»Man wird Sie fassen. Es ist nicht nur falsch. Es ist Wahnsinn.« Corin wandte sich ihm mit ihrem Rollstuhl zu, die Muskeln gespannt und bereit zuzuschlagen.

Derrick Gladstone lächelte. »Die Polizei oder das FBI oder wer auch immer kann gern versuchen, mich aufzuhalten. Wenn ich nicht stark und klug genug bin, meine Pläne in die Tat umzusetzen, verdiene ich es nicht, genetischer Vater von Millionen zu sein. Siehst du, ich beabsichtige ...«

Corin hatte genug gehört.

Während er sich in seiner eigenen Großartigkeit sonnte, machte sie ihre Waffe bereit. Und als der richtige Augenblick kam, stürzte sie vor, packte ihn bei seiner perfekten goldenen Haarmähne und stach mit der Plastikgabel nach seinem Ohr.

Kapitel 66

In Baxters Erinnerung war Detective Natalie Ferrara ein bisschen jünger und ein paar Pfund leichter, aber seine ehemalige Partnerin war trotzdem so hübsch wie eh und je. Ihre Haut erinnerte ihn an Sandstrände nach der Flut – schimmernd und rein. Natalie war in Kuba geboren, aber ihre Eltern waren geflohen, als sie noch zur Schule ging. Baxter hatte sich oft ausgemalt, wie sie und ihre Familie einer Flaschenpost gleich in Florida an Land gespült wurden.

Natalie trug eine rote Bluse zu einem rabenschwarzen Hosenanzug. Als sie näher kam, bemerkte sie Baxters bewundernden Blick. Er sah es in ihren Augen, die braunen Fenster zu ihrer Seele, die mit einer Wärme gefüllt waren, an die er sich gern erinnerte. Natalies Erinnerungen jedoch mussten auf einen der schlechten Augenblicke gestoßen sein, denn ihre Miene gefror.

Jenny, die neben Baxter stand, sagte: »Das nennst du ›alter Partner‹? Die ist ja umwerfend.«

»Oh ja.«

»Je zum Zug gekommen?«

Baxter hatte versucht, Jenny auszureden, ihn zum Polizeirevier zu begleiten, aber sie hatte ihren freien Tag, und ihm war keine plausible Begründung eingefallen, sie nicht mitzunehmen. Er wusste nicht, wieso er sich so unbehaglich fühlte. Schließlich war Jenny nicht seine feste Freundin. Und Natalie war nicht mehr seine Partnerin. Längst nicht mehr.

Auf ihre unverblümte Frage hin lächelte er Jenny augenzwinkernd an. »Ein Gentleman genießt und schweigt.«

Detective Ferrara erreichte sie beide. »Heute kann ich deinen Scheiß nicht brauchen, Baxter. Ich hoffe, du hast was Gutes.«

»Mit mir, Liebling, ist es immer was Gutes.«

Natalie sah ihn genervt an. »Außer es ist schlecht. Und ich erinnere mich an viel Schlechtes, Bax.«

»Nun ja, ist ein schlimmer Fall, aber die Spur ist heiß.«

»Was für eine Spur?«

»Eine Entführung. Eine junge Frau namens Corin Campbell. Einer deiner Fälle.«

»Komm zum Punkt. Was willst du? Eine Gefälligkeit?«

»Ich möchte vollen Zugang zu dem Fall.«

»*Wir* wollen vollen Zugang«, meldete Jenny sich zu Wort.

»Oh, tut mir leid, Jennifer. Darf ich dir Detective Natalie Ferrara vorstellen? Nat, das ist Jennifer Vasillo. Sie ist meine ... Auszubildende.«

»Partnerin«, sagte Jenny.

Natalie betrachtete Jenny von oben bis unten. »Na dann viel Glück, Kleine.«

Jenny bedachte Natalie mit einem sengenden Blick. Ehe die Dinge außer Kontrolle gerieten, sagte Baxter: »Es ist eine Spur von der Sorte, die zur Lösung eines Falles führen kann. Ich könnte dieser Fährte selbst nachgehen, schließlich bezahlt mein Klient mich dafür. Aber ich dachte, wir könnten genauso gut zusammenarbeiten und dem armen Ding mit vereinten Kräften das Leben retten.«

Natalies Blick glitt endlich von Jenny wieder zu ihm. »Versuch bloß nicht, mich zu manipulieren, Bax. Wenn du uns über etwas im Unklaren lässt, das ein Leben retten könnte, sähe ich mich gezwungen, dich wegen Beihilfe festzunehmen.«

Baxter lachte leise in sich hinein. »Ich hab's immer geliebt, wenn du den Profi hast raushängen lassen. Aber kommen wir zur Sache. Du hast Mittel, die ich nicht habe. Mittel, die zur

Lösung dieses Falles nötig sind. Ich wiederum habe Mittel, die dir nicht zur Verfügung stehen. Also tun wir uns zusammen.«

Natalie schüttelte den Kopf und knirschte mit den Zähnen – ein typisches Zeichen, wie Baxter wusste, für ihre widerstrebende Zustimmung. »Gut. Ich gebe dir Zugriff. Aber nur dir. Das Mädchen verschwindet.«

»Auf keinen Fall. Sie ist meine Partnerin, schon vergessen? Wohin ich gehe, dahin geht auch sie.«

»Eine gute Partnerin würde das verstehen.«

»Kommt nicht infrage, Nat.«

Natalie schüttelte erneut den Kopf und knirschte mit den Zähnen. »Also gut, aber sie hält die Klappe und fasst nichts an. Hast du verstanden, Kleine?«

Zum Glück hob Jenny nur kapitulierend die Hände.

Natalie schürzte die Lippen. »Na also. Dann kommt mit.«

Jenny zwinkerte Baxter zu. Ein kleines Lächeln und eine leichte Röte wärmten ihre blassen Wangen.

Baxter seufzte in sich hinein. Wahrscheinlich hatte er seine alte Partnerin noch wütender auf ihn gemacht. Aber sein Opa hatte immer gesagt, dass man mit dem Mädchen tanzt, das man zum Ball begleitet. Und Baxter hatte immer wieder festgestellt, wie klug es war, auf Opas Rat zu hören.

Kapitel 67

Es wäre nicht Corins erster kaltblütiger Mord gewesen, in den anderen Fällen aber hatten ihre Opfer sich nicht wehren können. Dr. Gladstone jedoch fing ihren Arm ab, verdrehte ihn und kugelte ihr beinahe das Schultergelenk aus.

Als der Schmerz sie durchfuhr, huschte ein grausiges Bild an Corins Augen vorüber: ihre Mutter, wie sie über ihr hing und mit den Beinen trat, während sie mit der einen Hand das Seil um ihren Hals umkrampfte und die andere nach einem Retter ausstreckte.

Während Corin gegen den glühenden Schmerz in ihrer Schulter ankämpfte, ahmte sie die Bewegungen eines Menschen nach, der vor ihren Augen gestorben war. Doch sie musste aus den Fehlern ihrer Mutter lernen. Mit der Hand, die durch die Luft ruderte, packte sie die Armstütze von Gladstones Rollstuhl – und in diesem Sekundenbruchteil begriff Corin, was ihre Mutter falsch gemacht hatte. Sie hatte nach etwas gegriffen, was sie retten konnte. Doch Corin ging es in diesem Moment nur darum, Gladstone zu verletzen.

Sie verstärkte den Griff ihrer schlanken Finger um die Lehne und riss sie mit aller Kraft, die sie aufbieten konnte, nach oben. Zuerst rührte der Rollstuhl sich nicht, und Corin fürchtete schon, so hilflos sterben zu müssen wie ihre Mutter, egal, wie verzweifelt sie sich wehrte. Dann aber gab die Lehne nach, und sie zerrte noch fester, warf den Rollstuhl um und schleuderte Derrick Gladstone auf den Fußboden.

Ohne auf die rasenden Schmerzen in ihrer fast ausgekugelten

Schulter zu achten, rollte Corin zur nächsten Tür. Dass sie in ihrem Zustand nicht entkommen konnte, war ihr klar – nicht mit den Höllenhunden auf ihrer Fährte. Aber Gladstone musste ja irgendwie aus der Stadt zu dieser Einrichtung gelangen, also musste er ein Fahrzeug haben. Wenn sie es finden konnte, hatte sie eine Chance.

Eine Stahltür mit der Aufschrift *Alarmgesichert* war der nächste Ausgang. Corin schob sich hindurch. Alles blieb still. Keine Alarmklingel schrillte.

Dann hörte sie das Knurren.

Langsam wich Corin von der Tür zurück, den Blick starr auf die Bestie gerichtet, die durch die Öffnung folgte, die Zähne gefletscht, das Nackenfell aufgestellt.

»Braver Junge . . .«, sagte sie zu dem gewaltigen schwarzen Hund. Sie fuhr weiter zurück, stieß gegen etwas Hartes, Unnachgiebiges. Als sie über die Schulter nach hinten sah, blickte sie in ein wutverzerrtes Gesicht. Es gehörte Derrick Gladstone, der sie überragte. Also täuschte dieser Irre tatsächlich nur vor, an den Rollstuhl gefesselt zu sein.

Seine Arme zuckten vor. Er packte Corin bei den Schultern, und sie spürte, dass seine großen Hände vor kaum bezähmter Wut zitterten. »Sonnequa, mach Feuer. Es wird Zeit, dass unser Neuzugang eine Lektion in negativer Verstärkung erhält.«

Corin fuhr zu ihm herum, schlug und krallte nach seinen Augen.

Der kräftige Mann wehrte ihre Hiebe mit Leichtigkeit ab, dann schlug er selbst zu. Corin spürte, wie seine Faust sie an der Seite ihres Kopfes traf. Ihre Welt wurde zu einem Feuerwerk explodierender Farben, und sie träumte, in einen bodenlosen Brunnen zu stürzen.

Kapitel 68

Das Polizeirevier Richmond Station in San Francisco war ein
Gebäude aus roten und weißen Backsteinen. Der Architektur
nach schätzte Ackerman, dass es Anfang des 20. Jahrhunderts
errichtet worden war. Ohne Zweifel hatte es seitdem größere
Erneuerungen über sich ergehen lassen müssen; die meisten
Häuser in San Francisco waren mittlerweile erdbebengeschützt.

Der Sergeant vom Empfang hatte Ackerman und Maggie
nach hinten in einen großen Besprechungsraum geführt. Ackerman kannte solche Räume. Er hatte sie in zahllosen Polizei-
stationen im ganzen Land und wenigstens einmal auch in
Mexiko gesehen. Alle hatten sie ihre besonderen Eigenheiten
und unterschieden sich in Größe und Ausstattung, doch sie folgten allesamt einer grundlegenden zweckbestimmten Anlage. Die
Wände hier bestanden aus blassgelb gestrichenem Gipskarton,
die Decke aus großen, gefleckten Quadratplatten von zwei Fuß
Kantenlänge, wie sie auch in Schulen, Krankenhäusern und
Bürogebäuden beliebt zu sein schienen.

Schwarze Bretter, Kalender, Dienstpläne, Bekanntmachun-
gen und Fotos erstickten die Wände und ließen das Blassgelb
nur hier und da durchscheinen. In einer Ecke gab es Kaffee und
Donuts. Ein wenig klischeehaft, aber Ackerman nahm an, dass
es dergleichen in so ziemlich jedem Bürogebäude gab, nicht nur
bei den Strafverfolgungsbehörden.

Sie waren allein in dem großen Raum, und Ackerman hatte
sich geweigert, sich zu setzen, bis die Sonderkommission eintraf.

322

»Das ist doch absurd«, sagte er. »Wie lange warten wir schon?«

Maggie schenkte sich eine zweite Tasse Kaffee ein. »Erst zwanzig Minuten. Entspann dich. Iss einen Donut.«

»Mein Körper ist ein Tempel. Ich bin sehr wählerisch mit dem, was ich darin aufnehme. Donuts esse ich nicht.«

Zur Antwort klappte Maggie die Schachtel auf und nahm einen Donut heraus. »Oh, Krispy Kremes. Dein Pech.« Zur Unterstreichung ihres Bedauerns biss sie herzhaft in das Gebäck.

Ackerman wandte seine Aufmerksamkeit seinem Bruder zu, der am Konferenztisch saß. Vor Marcus stand eine volle Kaffeetasse, und er rieb sich die Schläfen; offenbar bekämpfte er eine neue Migräne.

»Warum verschwenden wir hier unsere Zeit, Bruder?«, fragte Ackerman. »Kann Computer Man nicht einfach ihre Daten hacken?«

Marcus unterbrach seine Massage nicht. »Ich bin nicht in Stimmung für große philosophische Fragen. Lass es mich so ausdrücken: Die Einblicke und Kenntnisse der hiesigen Ermittler können für uns über Erfolg und Misserfolg entscheiden.«

»Verstehe. Wir haben also vor, sie zur Erreichung unserer Ziele zu benutzen.«

»Nein. Ich habe vor, ihnen bei ihrer Arbeit zu helfen.« Marcus schlug die Augen auf, ließ die Hände sinken und sah zu Ackerman hoch. »Oh Mann. In diesem Hemd kann ich dich nicht ernst nehmen.«

»Ich dachte, so was ist patriotisch.«

»Du siehst aus, als wolltest du zu einem Barbecue in Texas ... bei irgendeinem dicken, fetten Kerl namens Roy. Ich kann's nicht fassen, dass Emily dir erlaubt hat, so ein Hemd zu kaufen.«

»Hat sie gar nicht. Ich habe es gestohlen.«

»Was? Erstens warst du auf Regierungskosten auf Shopping-tour. Warum also klaust du ein Hemd, statt es von Emily bezahlen zu lassen? Und zweitens, warum im Namen von allem, was heilig ist, suchst du dir ausgerechnet so ein Hemd aus?«

Ackerman blickte an dem fraglichen Hemd hinunter. Er verstand die ganze Aufregung nicht. Das langärmelige weiße Button-down-Hemd war rotgestreift und an den Schultern sowie auf beiden Brusttaschen mit blauen Jeansflicken und weißen Sternen besetzt.

Niemals hätte Ackerman es zugegeben, aber er wusste genau, weshalb er das Hemd gestohlen und dabei etwas so Extravagantes ausgesucht hatte. Er wollte sich vom Team abheben, denn es ging ihm gegen den Strich, mit dem Strom zu schwimmen.

Auf ihrem Donut kauend, setzte Maggie sich auf einen Stuhl Marcus gegenüber und sagte: »Ich habe ganz vergessen zu erwähnen, dass Kenny Rogers angerufen hat. Er will sein Hemd wiederhaben.«

Marcus lachte leise, doch Ackerman verstand den Scherz nicht. »Ich kenne diesen Rogers nicht, aber falls er wieder anruft, sag ihm, wenn er etwas will, das mir gehört, kann er gern versuchen, es meinen todesstarren Fingern zu entwinden.«

»Hey, cool bleiben.« Marcus grinste. »Mach dir mal nicht ins Höschen.«

»Ich trage keine Unterwäsche. Ich mag das Gefühl nicht, eingeengt zu sein.«

»So genau wollte ich es gar nicht wissen«, sagte Maggie. »Und würdest du dich endlich setzen.«

»Wie du möchtest.« Ackerman setzte sich neben seinen Bruder und beobachtete, wie Maggie sich den Rest des Donuts in den Mund stopfte, während Marcus sich wieder die Schläfen rieb.

Ackerman verzog das Gesicht. Er war Situationen wie diese

324

nicht gewöhnt. Und belangloses Plaudern fand er unfassbar anstrengend. Er ließ den Blick durch den Raum schweifen, suchte nach einem Gegenstand, über den man sich unterhalten und ein Gespräch beginnen konnte. Als er die Decke betrachtete, fiel ihm eine amüsante Anekdote ein. »Soll ich euch mal eine verrückte Geschichte erzählen?«, begann er. »Die abgehängte Decke hier erinnert mich an eine interessante Begegnung in Mexiko. Ich hatte mich dort in genauso einer Decke wie der hier versteckt. Nur trug ich damals das Gesicht eines anderen Mannes, denn ich hatte es von seiner Leiche entfernt und über mein Gesicht gezogen. Ich kroch also in den Zwischenraum über den Deckenplatten und wartete den richtigen Augenblick ab. Dann ließ ich mich nach unten fallen. Alle hielten mich für einen toten Cop, ich aber . . .«

»Ich will solche Geschichten wirklich nicht hören, Frank«, fiel Marcus ihm ins Wort. »Ich sehe dich lieber so, wie du jetzt bist.«

»Wir alle, kleiner Bruder, sind die Summe unserer Teile und unserer Vergangenheit. Auch du bist durch die Flammen der Qual abgehärtet worden, genau wie ich. Ich finde, diese Empfindungen mitzuteilen ist eine Erfahrung, die einen läutert und die es möglich macht . . .«

»Verdammt noch mal, Frank, halt's Maul.«

»Ach, komm schon. Die Geschichte ist wirklich gut. Sie dreht sich um meine erste Liebe.«

Maggie nahm einen großen Schluck aus ihrer Kaffeetasse. »Hey, jetzt machst du mich neugierig. Du redest doch von einer Frau und nicht vom Tod oder dem Schmerz oder sonst etwas in der Richtung, ja?«

»Ermutige ihn nicht auch noch«, fuhr Marcus sie an. »Selbst wenn er dieses dämliche Hemd *nicht* tragen würde – ich würde die Geschichte trotzdem nicht hören wollen.«

»Ich kann das Hemd ausziehen, wenn es ein Problem für dich darstellt.«

»Frank, bitte, halt endlich die Klappe. Das Problem ist dein Mundwerk.«

Ackerman wandte sich Maggie zu. »Er hat wieder nicht geschlafen, stimmt's, kleine Schwester?«

»Ich glaube, es ist Tage her, seit er mehr als eine Stunde geschlafen hat.«

Marcus neigte den Kopf auf die Seite, ließ laut die Halswirbel knacken, ballte die Fäuste und knackte mit sämtlichen Knöcheln. Ackerman erkannte es als Anzeichen, dass sein Bruder kurz vor dem Nervenzusammenbruch stand.

»Wer von euch beiden als Nächster was sagt, den knall ich ab«, drohte Marcus.

Kapitel 69

Jerrell hatte lange über die Panzerglasscheibe nachgedacht, die ihn von der Freiheit trennte. Das Abflussgitter hatte er zu einer Schneide geschliffen und war bereit für den Kampf, doch je mehr er überlegte, desto stärker wurde das Gefühl, dass es ein falscher Zug wäre, seine neue Waffe gegen die Barriere einzusetzen. Wenn er versuchte, die Scheibe zu zerschmettern, wüsste der Gladiator sofort, was er getan hatte. Jerrell ließe sich dadurch in die Karten blicken. Er war zu dem Schluss gelangt, dass es klüger wäre, sein Ass im Ärmel zu behalten. Deshalb hatte er die Abdeckung zurück auf den Abfluss gesetzt und sich vergewissert, dass er sie mühelos wieder herausnehmen konnte.

Lange brauchte er nicht zu warten.

Für einen Moment stach ihm ein schwaches blaues Licht in die Augen, dann gewöhnten sie sich an die Helligkeit. Jerrell ging zum Fenster, blickte hindurch. Und diesmal sah er statt des Totenkopfgesichts die angrenzende Kammer. Sie maß vielleicht drei Meter im Geviert, war aber ähnlich angeordnet wie sein derzeitiges Gefängnis, nur dass drüben ein Stuhl mitten im Raum stand. Auf diesem Stuhl saß eine lebensgroße Puppe aus Stroh und Sackleinen in Jerrells Kleidung mit übereinandergeschlagenen Beinen. Und vor der Puppe wachten zwei der größten Rottweiler, die Jerrell je gesehen hatte. Die Tiere kauerten innerhalb zweier auf den Boden gemalter Kreise.

In das blaue Licht gebadet, erschienen die riesigen Hunde wie Eisstatuen, nur dass sie gelegentlich mit dem Kopf zuckten oder sich mit der Zunge über die Lippen fuhren.

»Magst du Hunde, Agent Fuller?«, fragte eine Stimme über den Wandlautsprecher.

Jerrell sah erst jetzt, dass sein Gastgeber auf der anderen Seite der Kammer stand, hinter einer weiteren Stahltür und einem Sicherheitsfenster.

»Ich habe einen Bekannten, der diese spezielle Rasse zu den zuverlässigsten Killern abrichtet, die man für Geld kaufen kann. Er nennt sie ›Höllenhunde‹. Würdest du gern einmal sehen, wozu sie imstande sind?«

Bei dem Gedanken an den Abfluss im Boden sagte Jerrell kein Wort.

Das blaue Licht im Nachbarraum verwandelte sich in ein rotes Glühen, und ein hohes Summen vibrierte durch die Kammer.

Augenblicklich sprangen beide Höllenhunde auf, stürzten sich auf die Strohpuppe und rissen sie wie rasend in Stücke. Zwischen ihren kräftigen Kiefern zermalmten sie, was Knochen gewesen wären, wobei sie die großen Köpfe hin und her warfen. Statt sich auf die weichen Stellen eines menschlichen Körpers zu konzentrieren, richteten die Tiere ihre Bisse nur auf Kehle, Kopf, Arme und Beine. Sie rissen der Puppe die Extremitäten ab, ließen den Rumpf aber unversehrt. Schaudernd stellte Jerrell sich vor, wie sie sein Fleisch malträtierten und ihre kräftigen Schnauzen und spitzen Zähne Stücke aus ihm herausrissen. Es durchlief ihn eiskalt, als er sich fragte, ob das die Erklärung dafür war, dass den abgelegten Leichen die Gliedmaßen gefehlt hatten.

»Mein bester Freund war ein Mann namens Judas«, fuhr der Gladiator fort. »Er hat mir geholfen, diesen Parcours zu entwickeln. Du hast die erste Prüfung bestanden, indem du das Abflussgitter herausgerissen und dich geweigert hast, dich in dein Schicksal zu ergeben. Du kannst nun deine Waffe an dich nehmen, damit du für die nächste Prüfung bereit bist.«

Bei den letzten Worten des Gladiators klickte die Tür und schwang langsam auf. Jerrell blickte um die Türkante auf die beiden Höllenhunde. Die Tiere waren in ihre Kreise auf dem Fußboden zurückgekehrt und hockten wachsam da. Das Licht in der Kammer war wieder blau geworden.

Überall war Stroh. Einige kleine Fetzen segelten noch träge zu Boden.

Jerrell beugte sich vor, nahm das geschärfte Stahlgitter in die Hand.

Er versuchte nicht daran zu denken, dass schon bald sein Blut und sein Fleisch genauso über die Betonkammer verteilt sein könnten wie das Stroh.

Kapitel 70

Als Baxter Kincaid den Besprechungsraum betrat, kam er vor Überraschung aus dem Tritt und wäre beinahe lang hingeschlagen wie in einem alten Charlie-Chaplin-Film. Er hatte erwartet, Natalie und ihren neuen Partner anzutreffen, Detective Olivette, denen er die Fotos vorlegen wollte. Stattdessen sah er die besten Ermittler aus allen zehn Distrikten des San Francisco Police Department, die sich hier versammelt hatten.

Als Natalie ihn zum Podium führte, beugte Baxter sich zu ihr und flüsterte: »Du hast nichts von einer Soko gesagt. Wie hast du die Leute so schnell zusammenbekommen?«

Sie verdrehte die Augen. »Es geht nicht immer nur um dich, Baxter. Wir sind von den Feds hierher bestellt worden, weil sie offenbar einen Fall haben, der sich mit unserem überschneidet. Sie legen ein bisschen Käse hin und erwarten, dass wir angerannt kommen wie die Ratten.«

»Ich hab nur einen Satz Fotos.«

Natalie zuckte mit den Schultern. »Wir könnten versuchen, sie zu scannen und auf den großen Schirm zu bringen.«

»Keine Sorge, ich mach das schon. So wie immer. Aber wenn ich hier auftreten soll wie bei der Oscarverleihung, brauche ich vorher ein bisschen Gras.«

Natalie hob warnend den Finger. »Nein, nein, nein.« Bei jedem »Nein« schwenkte sie ihn hin und her, als würde sie schimpfen. »Blamier mich hier ja nicht, Baxter. Du warst doch auch mal ein Profi. Also tu wenigstens so, als wärst du einer von ihnen. Benimm dich, wie sie sich benehmen würden.«

»Hey, das ist echt beleidigend. Um es mit den unsterblichen Worten Popeyes zu sagen: ›Ich bin, was ich bin.‹«

Natalie blickte an die Decke und stieß den Atem aus. »Ich habe dich immer respektiert, Baxter. Aber wenn du mich da oben dumm dastehen lässt, trete ich dir in die Eier. Und das ist kein Scherz.«

Baxter riss die Augen auf. »Verdammt, Mädchen. Ich werde mich von meiner besten Seite zeigen.«

Er folgte Natalie zu der vorderen Stuhlreihe. Olivette, ihr neuer Partner, hatte ihr einen Sitzplatz reserviert, aber die anderen Stühle waren besetzt. Baxter und Jenny mussten drei Reihen weiter hinten Platz nehmen. Detective Olivette schien diese kleine Zurücksetzung ziemlich zu gefallen.

»Welche von denen sind die Feds?«, flüsterte Jenny.

»Bin mir nicht sicher. Die meisten hier kenne ich.«

»Diese Natalie ... wie lange warst du eigentlich mit der zusammen?«

»Na ja, unsere Zusammenarbeit dauerte ungefähr...«

»Nein, Bax, ich meine, wie lange habt ihr beide es getrieben?«

»Der Gentleman genießt und schwelgt in Erinnerungen.«

»Komm mir bloß nicht mit deinen Granddaddy-Kincaid-Sprüchen! Ich frage schließlich nicht nach den schrecklichen Einzelheiten. Ich versuche nur, einen Überblick zu bekommen.«

Baxter zwinkerte ihr zu. »Dann reden wir von einer Landschaft mit ein paar Felsen, ein paar Höhen, ein paar Tiefen, vielen Hügeln, aber dunkler, fruchtbarer Erde, und die Ernte stand schon auf den Feldern.«

»Was ist das denn für ein blödes Gelaber?«

In diesem Moment öffnete sich eine Tür neben dem Podium, und Baxters alter Captain führte eine Gruppe auf das Podest, bei der es sich um die FBI-Leute handeln musste. Baxter blickte Jenny an und legte einen Finger auf die Lippen. »Ich würde es dir gern erklären, aber die Show geht gleich los.«

Jenny sah ihn an, als würde sie am liebsten seine Hoden kochen und ihm mit Spargel garniert servieren. Irgendetwas an ihrem Gesichtsausdruck fand Baxter unglaublich komisch, und beinahe hätte er bei dem Versuch, ein Auflachen zu unterdrücken, laut losgeprustet. Doch er riss sich zusammen und richtete seine Konzentration wieder auf den Fall. Die FBI-Agenten traten nun auf das Podium, hinter dem eine Stuhlreihe stand, wo normalerweise die Sprecher saßen. Das Ganze erinnerte Baxter an eine Verleihung der Abschlusszeugnisse an der Highschool, wo der Direktor und die Elternpflegschaft auf ihren Plätzen hinter dem Abschiedsredner saßen. In diesem Fall allerdings war die Elternpflegschaft ein reichlich trübsinniger Haufen, und der Abschiedsredner, der gerade ans Mikrofon trat, war nicht der Jahrgangsbeste, sondern Baxters alter Chef.

Als der kleine Captain den Mund öffnete, sprach er mit hoher, nasaler Stimme. Für Baxters geübte Augen sah der Captain wie jemand aus, der in Philadelphia hinter einem Bartresen stehen sollte, statt eine Sonderkommission aus San Franciscos besten Kripo-Leuten zu leiten. Aber der Mann besaß politische Beziehungen. An Einzelheiten erinnerte Baxter sich nicht mehr ... Neffe eines Senators, Sohn vom Golfkumpel des Bürgermeisters oder so was. Doch ihm stand kein Urteil zu, und nach seiner Erfahrung war der kleine Captain seinen Aufgaben trotz allem überraschend gut gewachsen.

Der Captain kratzte sich an seinem struppigen Bart. »Als Erstes möchte ich Ihnen allen danken, dass Sie an einem Sonntag hierhergekommen sind. Gleich wird Ihnen der leitende Ermittler erklären, weshalb solche Eile geboten war, aber vorher möchte ich Ihnen sagen, dass Sie alle bei diesem Fall einen großartigen Job gemacht haben. Ich glaube, Ihre harte Arbeit wird sich schon bald auszahlen.« Er blickte auf Marcus. »Und nun möchte ich Ihnen die Beamten des Justizministeriums vorstellen, und dann werde ich das Mikrofon an deren Teamchef übergeben, Special Agent Marcus Williams.«

Kapitel 71

Nachdem der Gladiator Jerrell befohlen hatte, sich auf den Stuhl zu setzen, der am Boden festgeschraubt war, demonstrierte er, dass er die Lage vollkommen im Griff hatte, indem er das Licht wieder auf Rot umschaltete und den hohen Ton im Raum erschallen ließ. Die Hunde hetzten mit Furcht erregender Geschwindigkeit und Wildheit auf Jerrell zu. Er sprang auf, ging in Kampfstellung, schützte mit den Armen seine Kehle und hielt die behelfsmäßige Waffe schlagbereit.

Doch im letzten Augenblick senkte sich die Tonhöhe, und das Licht wurde wieder blau. Die riesigen Rottweiler zitterten vor aufgestauter Wut, fletschten die Zähne und knurrten Jerrell an. Sabber tropfte ihnen aus den Lefzen, aber sie kamen nicht näher. Wieder war der Ton zu hören, und widerstrebend zogen sich die Bestien in die aufgemalten Kreise zurück.

»Triff deine Wahl«, sagte der Gladiator über die Gegensprechanlage. »Muskeln und Blut oder Hirn und Fantasie. Du kannst entweder auf Leben und Tod gegen meine Schoßtiere kämpfen, oder du kannst meine Prüfung meistern.«

Da er keine anderen Möglichkeiten sah, setzte Jerrell sich hin.

»Gut, erste Frage. Ein Mörder ist zum Tod verurteilt. Er muss zwischen drei Räumen wählen. Im ersten wütet ein Feuer, der zweite ist voller Männer mit geladenen Waffen, der dritte voller Löwen, die drei Tage lang nichts gegessen haben. Welchen Raum sollte er wählen und wieso?«

Jerrell saß einen Augenblick lang verdutzt da. »Soll das ein Scherz sein? Was ist denn das für eine Frage?«

»Diese Prüfung soll eine Reihe von Faktoren ermitteln, was deine Gehirnleistung anbelangt, einschließlich IQ und kognitiver Flexibilität. Muss ich die Frage wiederholen?«

»Auf so ein dämliches Spiel lasse ich mich nicht ein!«, rief Jerrell. »Komm doch rein und stell dich mir wie ein Mann, du Schwuchtel! Mit zwei Kampfhunden und einer Stahltür zwischen uns hast du ein großes Maul. Wie aber sieht es aus, wenn du zu mir reinkommst und dich mir stellst?«

»Alles zu seiner Zeit. Muss ich die Frage wiederholen?«

»Die Antwort lautet: Leck mich!«

»Also gut, noch einmal. Deine Wahlmöglichkeiten sind ganz simpel. Bestehe die Prüfung, oder kämpfe gegen die Höllenhunde. Wenn du die Prüfung nicht bestehst, wird das Licht rot, und du musst dich dem Gerichtskampf stellen.«

Jerrell biss vor Wut die Zähne zusammen. Mit der rechten Faust drückte er das geschärfte Abflussgitter. Dabei blickte er die Hunde nacheinander an. Ihre Augen waren wachsam und geweitet, und sie gaben ein leises Jaulen von sich, als warteten sie mit Heißhunger darauf, dass ihr Herrchen ihnen Trockenfutter in den Fressnapf schüttete. Jerrell rechnete sich aus, dass er eine Chance gegen den überlebenden Hund hatte, wenn er überraschend zuschlug und einen von ihnen sofort niederstreckte. Ja, einen Hund könnte er besiegen. Es mit beiden aufzunehmen war Selbstmord.

Als er sich vorbeugte, knurrten die Hunde warnend. Über die Gegensprechanlage sagte der Gladiator: »Davon würde ich abraten. Es sei denn, du wählst den Kampf.«

Jerrell lehnte sich zurück und überlegte, welche Möglichkeiten ihm blieben. Er würde es niemals zu einem der Hunde schaffen, ehe beide sich auf ihn stürzten.

»Soll ich die Frage wiederholen?«

»Ja«, sagte Jerrell. »Stell die Scheißfrage noch mal.«

Kapitel 72

Marcus saß auf dem Stuhl gleich am Podium, klopfte sich aufs Bein und versuchte, sich weder auf Individuen in der Menge zu konzentrieren noch auf die Gerüche und Geräusche in dem großen Raum, die ihn zu überwältigen drohten. Mit den Jahren hatte er gelernt, Ablenkungen herauszufiltern und das Wesentliche im Auge zu behalten. Aber je weniger er schlief, desto mehr Mühe machte es ihm.

Der Captain stellte alle Teammitglieder vor – außer Ackerman, dem Marcus nicht erlauben wollte, in seinem albernen Hemd auf die Bühne zu kommen. Er war sich nicht sicher, warum der Captain langwierige Vorstellungsrunden für erforderlich hielt; vielleicht wollte der kleine Kerl sich nur ins rechte Licht rücken als der Macher, der sämtliche Fäden in der Hand hielt.

Marcus verlor schon bald das Interesse und ließ den Blick schweifen, schaute auf die versammelten Detectives und bemerkte einen Mann in einem Hawaiihemd, der neben einem Gothgirl saß. Ob die beiden undercover arbeiteten?

Währenddessen hatte der Captain sich genügend wichtig aussehen lassen; nun forderte er Marcus auf, die Besprechung zu übernehmen. Marcus hörte zwar seinen Namen, begriff im ersten Moment aber nicht, dass er gemeint war. Er hatte sich in seiner eigenen Welt verloren.

Nach einer verlegenen Pause riss er sich zusammen, trat ans Mikrofon und räusperte sich. »Kommen wir gleich auf den Punkt«, begann er. »Wir gehören einer Sondereinheit des Justizministeriums an, die auf Serienmorde spezialisiert ist. Im aktuellen Fall verfolgen wir einen Killer, der als der Gladiator bekannt ist. Ein Freund beim FBI war über den Fall informiert und ließ uns eine Videoaufzeichnung zukommen, die drei Tage zuvor von einem Undercoveragenten aufgenommen worden war. Das FBI hatte diesen Agenten in die hiesige Verbrecherorganisation eingeschleust, die von einem Mann geleitet wird, der sich Mr. King nennt.«

Ein Blick durch den Raum zeigte Marcus, dass er jedermanns Aufmerksamkeit besaß. Mit Sicherheit hatte jeder Detective hier von dem infamen, einsiedlerischen Verbrecherkönig gehört.

»Der Agent, der aufgezeichnet hat, was Sie nun hören werden, wird vermisst. Das FBI nimmt an – und wir sind der gleichen Ansicht –, dass dieser Agent sich in diesem Augenblick in den Händen des Gladiators befindet. Wir vermuten außerdem, dass der Gladiator und Skullface ein und dieselbe Person sind.«

Gemurmel erhob sich in der Zuhörerschaft, und mehrere Detectives wollten Fragen stellen, doch Marcus bat mit erhobener Hand um Ruhe. »Stanley Macallan, unser technischer Direktor, hat die Kontrolle über das Computersystem der Verbrecherorganisation und wird uns nun die Aufnahme eines Gesprächs zwischen Oban Nassar, Kings rechter Hand, und einem Unbekannten vorspielen. Anschließend gehe ich genauer ins Detail und werde die meisten Ihrer Fragen vermutlich beantworten können. Spiel die Aufnahme ab, Stan.«

Hallo ... Jawohl, Sir ... Ja, ich verstehe ... Das ist eine sehr beunruhigende Neuigkeit ... Entschiedenes Handeln ist erforderlich, Sir, ganz klar. Er hat bereits zu viel gesehen und muss schnellstens beseitigt werden, um den Schaden zu begrenzen ... Bei allem schuldigen Respekt, Sir, ich glaube nicht, dass dazu der Gladiator eingeschaltet werden muss ... Das bestreite ich ja nicht, Sir, aber Sie wis-

sen, was ich von den Preisen halte, die der Gladiator und sein Lenker
uns für ihre Dienste berechnen ... Halten Sie es für klug, diesen
Mann in die Diamantkammer zu schicken? ... Selbstverständlich,
Sir ... Ich verstehe. Betrachten Sie es als erledigt ...

Marcus meldete sich wieder zu Wort. »Der Mann, der in dieser Aufnahme erwähnt wird, der Gladiator, ist ein Auftragskiller. Wir glauben jedoch, dass er ebenso zu seinem Vergnügen tötet wie für Geld.« Er ließ den Blick über die Gesichter der FBI-Leute schweifen. »Obwohl der Gladiator sich nicht die Art von Zielpersonen aussucht, für deren Tod man ihn bezahlt, passen seine persönlichen Vorlieben unserer Ansicht nach zu dem Profil der vom FBI vermissten jungen Frauen.«

Kapitel 73

Das Letzte, woran Corin sich erinnerte, als sie erwachte, war ein prachtvoller Speisesaal. Derrick Gladstone hatte sie geschlagen; offenbar hatte sie dabei die Besinnung verloren. Aber wo war sie jetzt? Ihre Sicht war verschwommen. Sie sah nur vage Umrisse, die in einem See aus Licht trieben.

Sie zuckte heftig zusammen, als sie Derrick Gladstones Stimme hörte: »Meine liebe Corin, wach auf. Es ist ein so schöner Morgen.«

Corin wollte die Arme heben, konnte sie aber nicht bewegen. Zu ihrem Entsetzen stellte sie fest, dass ihr ganzer Körper nicht mehr zu reagieren schien.

Sie blinzelte sich wach. Ihr Atem ging stoßweise. Die Luft, die sie atmete, roch nach Blut und Feuer. Vor sich sah sie Wasser. Es war der kleine See, den sie schon durch die Scheiben der dreieckigen Fenster im Ballsaal gesehen hatte. Diesmal sah sie auch blauen Himmel, roch die Algen und den Schlick am Wasserrand. Sie war im Freien. Auf der linken Seite erblickte sie Derrick Gladstone, der wieder in seinem Rollstuhl saß; ihre Mitgefangenen standen hinter ihm. Die anderen mieden Corins Blick. Ihre furchterfüllten Mienen weckten in Corin den Verdacht, dass ihr keine Bestrafung, sondern eine Hinrichtung bevorstand.

»Was soll das hier?«, fragte sie müde.

Gladstone lächelte und schüttelte den Kopf. »Du bist ein sehr böses Mädchen gewesen, Corin. Du hast mich nicht einmal meine Ausführungen beenden lassen. Wie ich vorhin schon darlegen wollte, geht mein Werk weit über diese Einrichtung und einige entführte junge Frauen hinaus. Ich bin zuversichtlich, dass ich eines Tages mit meiner Arbeit die Menschheit retten werde.«

Corin schwieg. Noch immer drehte sich alles um sie, und ihre Haut war eisig, denn sie war auf irgendeine Struktur aus Metall gefesselt. Sie war vollkommen nackt und konnte nur den Kopf frei bewegen.

Corin war sicher, dass sie sich irgendwo in Nordkalifornien befanden, denn sie erkannte das Klima und die Bäume. In ihrer Jugend hatte sie einige Zeit bei Pflegeeltern verbracht, die am Redwood National Park gewohnt und der Hippie-Szene angehört hatten. Was das Überleben anging, war Corin stets eine gelehrige Schülerin gewesen.

»Glaub mir, ich genieße so etwas nicht«, sagte Gladstone. »Ich bin kein Sadist, aber es muss Regeln geben. Damit unsere neue Gesellschaft funktionieren kann, müsst ihr alle mich als euren Gebieter betrachten – in jeder Hinsicht.«

»Menschen wie Sie können vielleicht weiterleben, wenn sie sich etwas vormachen, aber für mich ist das schlimmer als der Tod.«

Er lachte. »Du bist naiv, Mädchen. Ich hatte Dschingis Khan ja schon erwähnt. In vielerlei Hinsicht ist er das Vorbild für alles, was ich zu erreichen versuche. In der Mongolei wird er noch heute als Held und Gründervater des Staates verehrt.«

»Ich werde Sie töten.«

Sein Lächeln verschwand. »Ich schlage eine Abmachung vor, meine Liebe. Wenn du mir die Hauptstadt der Mongolei nennen kannst, darfst du gehen. Ich fahre dich persönlich nach Hause.«

Sie vertraute keine Sekunde lang auf sein Wort; trotzdem durchforstete sie ihr Gedächtnis nach der Antwort. Sie hatte studiert, hatte Lehrbücher gewälzt und alle möglichen Fakten auswendig gelernt, aber wann hatte sie zum letzten Mal mit Geografie zu tun gehabt? Im ersten Jahr auf dem College? An der Highschool?

Am Ende flüsterte sie: »Ich weiß es nicht.«

»Zu schade. Die Hauptstadt der Mongolei heißt Ulaanbaatar. Ich gebe dir eine zweite Chance. Jetzt geht es um dein Leben. Wie heißen der internationale Flughafen der Mongolei, ihre Universität und ihr Wodka?«

»Leck mich.« Diesmal bebte ihr Stimme, und sie konnte die Tränen nicht mehr zurückhalten.

»Falsche Antwort. Aber ich gebe dir noch einen Hinweis: Sein Gesicht erscheint auf allen mongolischen Zahlungsmitteln.«

»Ihr geliebter Dschingis Khan, nehme ich an.«

»Bingo! In der Mongolei und fast ganz Asien wird er als Held betrachtet und ist als der Große Einiger bekannt. Sein Erbe findet sich nicht nur in der DNS, die er an einen großen Prozentsatz der Bevölkerung weitergab, sondern auch in den revolutionären Ideen, die er anstieß.«

»Und er ist als gnadenloser Schlächter bekannt. Alles lebte in Angst vor der Mongolenhorde. Ihr großer Khan hat zahllose unschuldige Menschen massakriert.«

»Na und?«

»*Na und?*« Corin lachte bitter auf. »Wenn ich Ihnen erklären muss, warum es nicht okay ist, Tausende unschuldiger Menschen niederzumetzeln, weiß ich wirklich nicht, wozu wir noch weiterreden sollten.«

Er lachte in sich hinein. »Ich genieße unser kleines Zwiegespräch so sehr, Corin. Was bin ich froh, dass ich deine Aufsässigkeit nicht auf der Stelle mit dem Tod bestraft habe.«

»Ich bin auch froh. Weil ich sonst nicht miterleben würde, wie Sie am Boden liegen und verbluten. Ich möchte den Ausdruck in

Ihren Augen genießen, wenn Sie an Ihrem eigenen Dreck ersticken.«

Gladstone betrachtete sie wie ein Vater, der sich insgeheim über die Frechheit eines Kindes amüsiert. »Sonnequa«, sagte er dann, »wenn du so freundlich wärst, Miss Campbell einen Vorgeschmack von den Qualen zu geben, die sie erwarten . . .«

Kapitel 74

Während Marcus' Präsentation lehnte Baxter Kincaid sich zurück und betrachtete die Aktenmappe voller pixeliger Fotos auf seinem Schoß. Agent Williams war eine harte Nuss – der Kerl wusste genau, was er tat, und verstand keinen Spaß. Baxter entschied, dass er besser eine Schippe drauflegte. Nur wie sollte ihm dieses Bravourstück gelingen?

Ein Techniker, den niemand zu Gesicht bekam, hatte wie von Zauberhand die Computersysteme des Polizeireviers unter seine Kontrolle gebracht. Die Flachbildschirme an den Wänden zeigten Fotos von Opfern und Personen, die für das Justizministerium von Interesse waren. Agent Williams legte die Fakten zu jedem einzelnen dieser Fotos auf präzise, nüchterne Art dar. Baxter gewann den Eindruck, dass der Mann nichts unversucht ließ, um das Police Department von San Francisco bei seinen Ermittlungen zu unterstützen. Im Gegensatz zu dem, was man oft in Film und Fernsehen erlebte, sahen sich die Ermittler der verschiedenen Behörden zumeist als Mitglieder einer einzigen großen Mannschaft – Zuständigkeiten und bürokratische Schranken hin oder her. Natürlich gab es Rivalitäten, Hickhack und Revierkämpfe, ausgetragen von Männern mit großem Ego und noch größerer Dienstwaffe, aber meistens zogen sie an einem Strang, denn sie hatten alle nur ein Ziel: Verbrecher zur Strecke zu bringen.

Die Präsentation war detailliert und scharfsinnig, wobei Grafiken und Fotos zur Verdeutlichung herangezogen wurden. Baxter nahm alle Informationen in sich auf, die ihm vorgelegt wurden. Agent Williams übergab das Mikro schließlich an ein Mitglied seines Teams, das über andere Aspekte der Profile referierte. Eine Theorie, die Baxters Aufmerksamkeit erregte, war die, dass der Gladiator – oder Skullface, wie das San Francisco Police Department ihn nannte – die Totenkopfmaske womöglich als sein »wahres« Gesicht betrachtete. Das konnte auf eine Deformierung des Gesichts hinweisen, die real oder eingebildet sein konnte.

Dann war es so weit. Baxter musste aufs Podium und die Anwesenden dazu bringen, ein paar pixeligen Fotos Aufmerksamkeit zu schenken, von denen er glaubte, dass sie zu dem Mann führen konnten, den sie alle suchten. Er hatte bereits beschlossen, dass seine Beteiligung an dem Fall damit erschöpft sein sollte. Die Sache war ein paar Nummern zu groß für ihn und auch gar nicht sein Job. Aber er wollte dafür sorgen, dass die Ermittler auf die vielversprechendste Spur aufmerksam wurden.

Er beobachtete, wie Natalie aufs Podium stieg und den Agents für die Präsentation dankte. Als sie schließlich Baxter ankündigte, wusste er noch immer nicht, wie er bei den versammelten Männern und Frauen den erforderlichen Eindruck schinden sollte. Er stieg die beiden Stufen hoch, nahm das Mikro und sagte: »Hi, wie geht's? Die meisten hier wissen, wer ich bin. Ihr kennt mich persönlich oder habt von mir gehört. Deshalb sollte jeder hier wissen, dass ich der Soko kein Beweismaterial vorlegen würde, das nicht gerichtsfest wäre. Daher ...«

Er sah auf seinen Aktenordner, und ihm kam eine Idee. Die Fotos zeigten eine zeitliche Abfolge – ein bisschen so, wie ein Film aus Einzelbildern bestand. Als Baxter noch ein Junge war, hatte er gern Daumenkinos gebastelt, coole und ganz besondere Filme gemacht. Er musste seine Fotos nur irgendwie zusammenbinden.

Sein Blick schweifte über die erwartungsvollen, müden oder mürrischen Gesichter der Versammelten und blieb auf Detective Olivette mit seinen zurückgegelten schwarzen Haaren, dem Kinn mit Grübchen und der goldenen Sonnenbräune haften. Der Kerl erinnerte Baxter an einen Schauspieler in einer Seifenoper, aber nicht an den starken coolen Typen, sondern an den in der Rolle des Bösewichts. Ein weißer Ringordner lag auf Olivettes Schoß. Genau so etwas brauchte Baxter; er war ideal für seine 20 x 25-Fotos.

»Einen Augenblick bitte«, sagte er ins Mikrofon, stieg vom Podium und riss dem arglosen Mann den Ringordner aus den Händen. Er drehte ihn um und löste die Verriegelung, sodass Olivette der Papierstoß in den Schoß regnete. Der gut aussehende junge Detective versuchte, ein paar verirrte Blätter einzufangen, und sah zu Baxter hoch, als hätte der ihm soeben Katzenstreu in die Frühstücksflocken geschüttet.

Baxter kehrte aufs Podium zurück, legte den Ordner aufs Rednerpult und drückte die ausgedruckten Fotos in die Ringe. Natalie zeigte ein Gesicht, das Baxter anzufauchen schien: *Du hast mich also doch blamiert!*

Aber sie kannte das Endergebnis noch nicht.

Baxter blickte sie an und zeigte auf den Laptop am Rednerpult. »Das ist doch ein MacBook, oder? Können Sie mir dieses Fotoprogramm laden, Detective Ferrara?«

Natalie funkelte ihn noch einen Moment lang wütend an, ging dann aber zu dem Rechner und tat, worum er gebeten hatte.

Baxter setzte das selbstgemachte Daumenkino vor die Webcam des MacBooks und blätterte durch die Fotos. Er versuchte es mehrmals mit unterschiedlichen Geschwindigkeiten, damit jeder einen Blick auf alle Aufnahmen erhielt. Schließlich legte er den Ordner aufs Vortragspult und sagte: »Was Sie gerade gesehen haben, war ein Daumenkino aus Standbildern aus einem Video. Diese Fotos zeigen den Wagen einer der verschwundenen jungen Frauen, Corin Campbell, wie er am Abend ihrer Entführung von ihrer Wohnung wegfährt. Auf den Bildern ist ein Mann am Lenkrad zu sehen, der ein sehr auffälliges Tattoo auf der rechten Hand hat. Es sieht ein bisschen so aus wie der Unterkiefer von dem Typ, den Sie Skullface nennen.«

Baxter hielt inne, damit die Infos einsickern konnten.

Einige Zuhörer riefen Fragen, doch Natalie nahm Baxter das Mikro ab, hob die Hand und sagte: »Wir haben das Tattoo bereits in unseren Datenbanken gesucht, aber nichts gefunden. Deshalb brauchen wir Sie alle jetzt auf den Straßen der Stadt. Fragen Sie Ihre Informanten nach jemandem mit einem Tattoo auf der rechten Hand, das wie der Kiefer eines Totenschädels aussieht. Das könnte unsere einzige Chance sein, den Kerl zu fassen.«

Kapitel 75

Corin spürte ein kaltes Feuer, das sich in ihrem rechten Waden-muskel entzündete. Dann zog die Kälte sich zurück und hinter-ließ den ungeheuren Schmerz einer Flamme, die sich durch ihr Bein zu fressen schien. Es fühlte sich an, als triebe ihr jemand den Kopf einer Standbohrmaschine durchs Fleisch.

Mit einer Anstrengung, die sie erschöpfte, kämpfte sie gegen die Wellen des Schmerzes an. Sie schwitzte, sie schrie, sie fühlte sich nass vom Schweiß, als wäre sie gerade einen Marathon gelaufen. Dunkelheit drohte sie zu überwältigen, doch sie stemmte sich dagegen. Lange Augenblicke verstrichen, ohne dass sie an etwas anderes denken konnte als den entsetzlichen Schmerz.

Dann drang Gladstones Stimme durch den Nebel aus Er-schöpfung und Benommenheit: »Die mongolischen Krieger waren brutal, und die von ihnen eroberten Länder waren riesig. Und nun vergleiche sie mit Rom oder dem Reich Alexanders des Großen. Es heißt, Alexander der Große habe geweint, als er sein Reich betrachtete, weil es nichts mehr zu erobern gab. So will es die Legende. Um zu entscheiden, ob man wirklich sein Zeichen im Lauf der Geschichte hinterlässt, muss man die Ausmaße des eroberten Gebiets berücksichtigen, die Anzahl der Jahre, die man gebraucht hat, um es einzunehmen, die Anzahl der Jahre, die es von seinem König oder dessen Linie beherrscht wurde, und sein militärisches Können. Wenn man alle diese Faktoren einrechnet, ist Dschingis Khan der klare Sieger. Er beherrschte das größte Landreich der Geschichte!«

Corin keuchte noch immer. »Und wie viele Menschen mussten sterben, damit der Typ sich so furchtbar wichtig vorkommen konnte?«

»Ich habe Artikel gelesen, in denen davon ausgegangen wird, dass der große Khan und seine Horde für den Tod von bis zu vierzig Millionen Menschen verantwortlich waren.«

»Und der ist Ihr Vorbild?«

»Niemand muss notwendigerweise zu Tode kommen, aber ich habe keine Bedenken, jemanden zu töten, der mir in den Weg kommt. Dschingis Khan war ein weiser und gerechter Herrscher, der die ganze Welt unter dem Schirm seines Schutzes und seines Friedens vereinen wollte.«

»Er war ein Schlächter.«

Derrick Gladstone zuckte mit den Schultern. »In einer Stadt, die kurz vor der Eroberung durch die Mongolenhorde stand, sollen die Frauen an die höchsten Stellen der Wälle geklettert sein und sich in die Tiefe gestürzt haben. Sie zogen den Tod der Vergewaltigung und der Qual vor, die sie erwarteten.«

Ein eisiger Wind wehte übers Wasser und strich Corin über die nackte Haut, aber die Kälte war ihr egal, betäubte sogar ein wenig die Schmerzen.

»Wieso sagen Sie mir das alles?«

»Weil ich möchte, dass du es verstehst. Ich will dir nicht weh- tun, Corin. Ich möchte, dass du Teil von etwas wirst, das niemals vergeht. Etwas Großem, Schönem. Einer neuen Gesellschaft.«

»Und Folter ist das Hauptargument«, erwiderte sie, noch immer außer Atem und mit zunehmendem Schwindelgefühl.

»Unsere Regeln sind streng, weil wir nicht zulassen können, dass ein ängstliches und naives Kind, das nicht einmal weiß, woran es glaubt, alles gefährdet, was wir aufbauen. Aber sobald wir auf der Insel sind, wirst du sehen, dass es deine große Gele- genheit ist, etwas aus deinem Leben zu machen.«

Corin wollte ihm ins Gesicht schleudern, dass sie überleben

und ihn töten werde, um dann einen Bestseller darüber zu schreiben. Aber der Hass, den sie über ihn ergießen wollte, blieb ihr im Halse stecken. Eine leise Stimme in ihrem Kopf raunte ihr zu, der Verlust von ein bisschen Würde sei ein geringer Preis für ihr Überleben.

Corin spürte, dass weitere Aufsässigkeit von ihrer Seite diesen Wahnsinnigen dazu verleiten könnte, sie langsam und qualvoll zu töten und dabei so zu tun, als hätte er keine Freude daran.

Sie wählte ihre Worte sorgfältig. »Erklären Sie mir dieses Königreich, das Sie errichten wollen, genauer. Dann kann ich eine Entscheidung treffen.«

»Mir gefällt deine Einstellung. Nach deiner Bestrafung – nachdem du Zeit hattest, dich davon zu erholen – erkläre ich dir alles. Wir haben hier keine Geheimnisse voreinander.«

Nach der Bestrafung? Corin durchfuhr es eiskalt. »Ich dachte, Sie hätten mich gerade bestraft.«

Er lachte. »Nein, meine Liebe, das war nur ein Vorgeschmack. Wie schon gesagt – ich habe viel gelernt, indem ich mich mit dem großen Khan befasste. Eine bei den Mongolen sehr beliebte Hinrichtungsmethode bestand darin, den Verurteilten geschmolzenes Silber in die Augen zu gießen. Du hast ja gerade erfahren, welchen Schmerz einige wenige Tropfen dieses schmelzflüssigen Metalls verursachen.«

»Und wenn ich beschließe, dass ich Ihrem Reich nicht angehören möchte – bekomme ich das Silber auch in die Augen?«

»Es ist wichtig, jedem klarzumachen, dass Verrat das verabscheuungswürdigste aller Verbrechen ist.«

»Ich habe nie darum gebeten, Teil Ihrer Welt zu sein.«

»Soldaten werden oft gegen ihren Willen eingezogen. Einer der größten Feldzüge, die Dschingis Khan je führte, richtete sich gegen eine bereits eroberte Provinz, die sich weigerte, ihm Truppen für einen seiner Kriege zu stellen.«

Corin liefen Tränen übers Gesicht. »Ich will nicht in den Krieg. Ich bin kein Soldat.«

»Bei dem Krieg, den ich meine, muss niemand in die Schlacht ziehen. Es ist mehr ein Krieg der Ideen. Und das Überleben unserer Spezies zu sichern kann ein sehr schmutziger Vorgang sein.«

»Ich habe meine Lektion gelernt. Bitte, zeigen Sie Gnade. Ich flehe Sie an!«

Gladstone strich ihr das Haar aus dem Gesicht und wischte ihre Tränen fort. »Regeln sind Regeln. Es gibt keine Ausnahmen. Ich muss im Büro ein paar Telefonate erledigen, deshalb wird Sonnequa deine Bestrafung zu Ende führen. Aber keine Sorge, meine Liebe, du wirst überleben. Und bald reden wir weiter.«

Kapitel 76

Nachdem die Sonderkommission des SFPD alle Fragen gestellt und sich auf den Weg gemacht hatte, begann der Rest des Teams mit seiner Arbeit, sprach mit Detectives und stellte Verbindungen her.

Marcus beschloss, den merkwürdigen Typ in Hawaiihemd und Chinos anzusprechen, der gerade eine hitzige Diskussion mit Detective Ferrara führte. Aber nicht um sich mit ihm anzufreunden, denn er mochte Kincaid schon jetzt nicht; es lag an dessen Präsentation. Dieser Hippiekiffer, der sich anzog wie der verlorene Beach Boy, hatte sich über seine, Marcus', Präsentation lustig gemacht. Kincaids kleiner Auftritt war beleidigend, als hätte er Marcus auf dem Schulhof eine lange Nase gedreht.

»Detective Ferrara«, sagte er, »ich hatte noch nicht das Vergnügen mit Ihrem Berater.«

Natalie versuchte zu lächeln und Kincaid gleichzeitig drohend anzufunkeln. »Baxter kleidet und benimmt sich wie ein Idiot, aber er hat ein großes Netzwerk aus Informanten und überallhin Beziehungen. Gelegentlich hilft er dem Department aus.«

Kincaid, der wie ein Bob-Marley-Konzert roch, streckte die Hand aus, und Marcus schüttelte sie ihm ein wenig zu kräftig. Der Privatdetektiv schien es nicht zu bemerken. »Nennen Sie mich Baxter.« Er wies auf das Gothgirl, Jenny, die sich jetzt über mehrere gepolsterte Stühle flegelte und auf ihrem Handy herumwischte. »Diese liebliche Dame ist meine Partnerin, Miss Jennifer Vasillo.«

»Das war eine … eigenwillige Präsentation, Mr. Kincaid«, sagte Marcus.

»Mr. Kincaid war mein Grandpappy. Ich bin Bax, Mann. Aber danke für das Kompliment. Wo wir schon dabei sind – Ihre Präsentation war ebenfalls verdammt cool, Agent Williams. Mit den Grafiken und das alles. Wie ein Happening. Ein wahres Kunstwerk. Wirklich, Mann, ich bin voll drauf abgefahren.«

Marcus konnte nicht sagen, ob Baxter sich noch immer über ihn lustig machte, und biss die Zähne zusammen, um nicht mit einer Beleidigung zu antworten.

Nach einer unbehaglichen Pause fragte Baxter: »Also sind Sie zum ersten Mal in der schönsten aller Städte?«

»Ja, ich bin zum ersten Mal hier. Aber ich weiß nicht, ob ich das Kaff hier als echte Stadt betrachten kann.«

»Hey, Mann! San Francisco ist eine der bedeutendsten Städte der Welt, und das seit dem Goldrausch von 1849.«

»Mag sein. Aber ich komme aus New York. Die Stadt wurde 1624 gegründet und ist *die* bedeutendste Stadt der Welt. Für mich ist das hier keine Stadt, mehr ein Kaninchenbau.«

Der Privatdetektiv lachte leise, was Marcus nur weiter aufbrachte. »Ich hasse New York«, sagte Baxter. »Da ertrinkt man in Beton und Bankern. Meine Stadt ist mehr was für Menschen, die Schönheit und Kultur zu schätzen wissen.«

»Wollen Sie damit sagen, New York ist hässlich und unkultiviert?«

»Für mich ist New York das, was für eine Ratte das Labyrinth ist, Mann.«

Ackerman trat neben Marcus. »Mir kommt sie ganz genauso vor, nur dass das Labyrinth aus Käse ist. Und ich muss mir den Weg hinaus freifressen.«

Baxter blickte den Neuankömmling an. »Den Typ mag ich auf

Anhieb. Geiles Hemd, Bruder.« Statt ihm die Hand zu reichen, hielt er Ackerman die Faust hin, damit er dagegenschlug.

Ackerman zwinkerte Marcus zu, erwiderte die Geste und tauschte mit dem Privatdetektiv die Ghettofaust.

Marcus verdrehte die Augen. »Baxter Kincaid, das ist unser Sonderberater, Mr. . . .«

»Francois Dantonio«, schnitt Ackerman ihm das Wort ab. »Freut mich, Ihre Bekanntschaft zu machen.«

Marcus verkniff sich einen wütenden Kommentar; stattdessen wechselte er das Thema. »Wenn Sie ein so großes Netzwerk haben, Mr. Kincaid, warum benutzen Sie es dann nicht für die Suche nach dem Verdächtigen?«

Ehe Baxter antworten konnte, warf Detective Ferrara ein: »Du weißt, was du wegen dieses Tattoos zu tun hast, Bax?«

Marcus bemerkte die vertraute Art, in der Natalie Ferrara mit Kincaid sprach.

»Sag es nicht«, entgegnete Baxter.

»Du wirst Illustrated Dan einen Besuch abstatten. Er wird dir genau sagen können, wessen Handschrift das ist.«

»Darauf würde ich nicht zählen. Selbst Dans Verzeichnisse sind nicht komplett. Und er ist noch immer stinksauer auf mich, weil wir wegen des Hutchinson-Falls die Pokerrunde auffliegen ließen.«

»Wer ist Illustrated Dan?«, fragte Marcus.

Ferrara gab die Antwort. »Ein alter Freund von Baxter, ein asozialer Biker, dessen Körper von Kopf bis Fuß mit Tattoos bedeckt ist. Dan vertritt die Ansicht . . .«

»Das ist nicht ganz richtig«, unterbrach Baxter. »An den Innenseiten seiner Oberschenkel sind ein paar freie Stellen für zukünftige Inspirationen.« Er sah auf die Uhr. »Selbst wenn wir Dan aufsuchen würden, müssten wir es verschieben.«

»Wieso?«, fragte Marcus.

»Ich weiß nicht, wo er im Moment ist. Wir würden wahrscheinlich den ganzen Vormittag vertrödeln, wenn wir ihn suchen. Aber ich weiß genau, wo er heute am frühen Abend sein wird.«

»Haben Sie seine Nummer?«

»Er hält nichts von Handys. Er hat einen Pager für Notfälle, aber die Nummer kennen nur seine Kumpel vom Bikerclub.«

»Ich wusste gar nicht, dass es überhaupt noch Pager gibt.«

»Doch, man bekommt sie nach wie vor«, warf Ackerman ein. »Ich habe sie schon mehrfach als Fernzünder eingesetzt.«

Marcus versuchte, rasch über die seltsame Bemerkung seines Bruders hinwegzugehen. »Okay, wir begleiten Sie heute Nachmittag zu diesem Dan.«

»Nehmen Sie's mir nicht übel, aber wenn ich Feds zu ihm bringe, wird er nicht gerade begeistert sein.«

Mit einem Blick auf Ackerman entgegnete Marcus: »Keine Sorge. Wir ziehen uns ungezwungen an.«

»Er wittert Sie auf eine Meile.«

»Wir gehen alle zusammen, Baxter«, sagte Ferrara. »Ganz offiziell.«

Baxter seufzte. »Na gut, aber du holst mich in deinem Cabrio ab, Nat. Und danach scheide ich aus dem Fall aus. Morde und Entführungen sind nicht mein Ding. Der Zuhälter hat mich angeheuert, damit ich Corin finde, und ...«

»Was sagst du da?«, fiel Natalie ihm ins Wort. »Welcher Zuhälter? Wer ist dein Klient?«

Baxter verzog das Gesicht. »Tut mir leid, ein Lapsus meinerseits. Mir wär's lieber, die Identität meines Klienten bei diesem Fall vertraulich zu behandeln.«

»Baxter, hör mir zu. Wer ist dein Klient? Ist es Faraz, der Zuhälter an der Haight and Ash?«

Marcus bemerkte, wie sich Körpersprache und Haltung

Kincaids um eine Winzigkeit änderten. Gerade eben schien der Mann keine Sorge auf Erden zu kennen, jetzt wirkte er mit einem Mal schuldbewusst, und seine Überschwänglichkeit wich einem todernsten Ausdruck.

»Wieso fragst du mich nach Faraz?«

»Weil Faraz Tarkani, seine Männer und fast alle seine Mädchen gestern Abend erschossen worden sind.«

Kapitel 77

Maggie hatte mit Detective Olivette gesprochen, einem der leitenden Ermittler. Bei der Vorbereitung der Besprechung hatte Maggie gegenüber ihren Teamkollegen betont, dass sie sich hinterher mit den zuständigen Beamten kurzschließen müssten. Im Raum war jedoch nur eine Person, mit der Maggie unbedingt sprechen wollte: Baxter Kincaid.

Als sie Baxter und seine gepiercte Begleiterin nach dem Gespräch mit Marcus und Ackerman aus dem Raum eilen sah, entschuldigte sie sich und eilte den beiden hinterher. Nicht weil sie interessierte, wie Marcus oder sein großer Bruder diesen Kincaid gekränkt hatten, sondern weil sie einen Privatdetektiv brauchte. Kincaid zu engagieren hatte sie von dem Moment an geplant, in dem er als Privatdetektiv vorgestellt worden war.

Sie holte ihn auf der Vordertreppe des alten Ziegelbaus ein. »Mr. Kincaid!«

Er drehte sich um, und Maggie sah in seinen Augen ein Feuer, das vorher nicht dort gewesen war. Rasch sagte sie: »Tut mir leid, falls meine Kollegen Ihnen quergekommen sind, aber . . .«

»Das ist es nicht«, entgegnete Baxter ungewohnt ernst und nüchtern. »Ich habe gerade von einem Notfall erfahren, um den ich mich kümmern muss. Wenn Sie mich bitte entschuldigen.«

»Warten Sie!«, rief Maggie. »Ich möchte Sie engagieren. Sie müssen jemanden für mich finden.«

Ein verwirrter Ausdruck trat auf Baxters Gesicht. Er griff in die Tasche und reichte ihr eine Visitenkarte. »Meine Handynummer steht da drauf.«

»Nein, bitte jetzt. Es wird nicht lange dauern, ich versprech's.«

»Wozu brauchen Sie überhaupt meine Hilfe? Sie haben weit mehr Mittel als ich.«

»Ich habe meine Gründe. Aber mir wäre es sehr lieb, wenn die Sache unter uns bliebe.« Sie reichte ihm ihre Visitenkarte. Auf die Rückseite hatte sie den vollen Namen ihres Vaters geschrieben, sein Geburtsdatum und die letzten bekannten Adressen. »Nähere Angaben zu dem Mann, den Sie für mich suchen sollen, finden Sie auf der Rückseite meiner Karte.«

»Wie schnell muss es denn gehen? Und wie viel wollen Sie ausgeben?«

»So schnell wie möglich, und Geld spielt keine Rolle.«

Baxter kniff die Augen zusammen. »Wer ist der Mann, und wieso müssen Sie ihn so dringend finden?«

»Ist das wichtig?«

Er zuckte mit den Schultern und überflog Vor- und Rückseite ihrer Visitenkarte. »Mir nicht. Ich frage nur, weil es mir helfen könnte, ihn zu finden. Aber keine Sorge, ich spüre Ihren abtrünnigen Vater auf wie ein alter Coonhound.«

»Woher wissen Sie, dass der Mann, den ich suche, mein Vater ist?«

Er steckte sich Maggies Karte in die Tasche. »Weil ich Privatdetektiv bin. Ich melde mich bald bei Ihnen, Agent Carlisle.«

Kapitel 78

Die Bilder der beiden Herrenhäuser, die an die Wände des Konferenzraums der Sonderkommission geheftet waren, wurden dem Anwesen nicht einmal annähernd gerecht. Kings Landsitz schmiegte sich in die Berge über der Bucht. Marcus und Ackerman waren eine Privatstraße hochgefahren und hatten nun ein schweres schwarzes Sperrtor erreicht. Fünf Meter hohe Betonmauern umschlossen das Grundstück, aber dank der Steilheit der Erhebungen, auf denen die Gebäude des Anwesens standen, waren beide Bauwerke mühelos zu erkennen.

Ackerman erinnerten sie an einen weißen weiblichen Wal, der sein Baby unter der Flosse birgt. Das dem Tor nähere Gebäude war das Baby, Mr. Kings persönlicher Wohnsitz war die Mutter auf der Kuppe der Hügel. Es war weit mehr als ein Herrensitz, es war ein Palast. In ihrer Pracht wirkten die beiden Gebäude beinahe schon vulgär. Jedes war mit schweren weißen Säulen und kunstvollen Steinmetzarbeiten verziert, die Kings Wohnsitz wie ein illegitimes Kind wirken ließen, gezeugt vom Weißen Haus mit dem römischen Kolosseum.

Ackerman merkte, dass sein Bruder ihm wegen der Geschichte mit dem Pinselaffenmann noch immer böse war. Er sollte wohl besorgt oder beschämt sein, konnte es aber nicht. Er, Francis Ackerman, hatte keine andere Wahl, als sich an seinem persönlichen Polarstern zu orientieren und zu hoffen, dass er einen Weg durch den Nebel seines Lebens fand.

Immerhin hatte er Marcus' Bitte nachgegeben, für das Treffen mit Oban einen Anzug anzuziehen. Ackerman hegte den

Verdacht, Marcus wolle sein patriotisches Jeanshemd heimlich verbrennen. Eine Schande, aber es war nur ein Stück Stoff, von einer ausgebeuteten Näherin in irgendeiner Bruchbude zusammengeschustert. Einen Streit war es nicht wert.

Längs der Auffahrt befanden sich mehrere Parktaschen. Ehe sie das Tor des Anwesens erreichten, bog Marcus in eine davon ein und sagte: »Das Reden übernehme ich.«

Ackerman zuckte mit den Schultern. »Von mir aus. Ich bin sowieso mehr ein Mann der Tat.«

»Ich will aber nicht, dass du *irgendwas* tust, okay? Zweitens bist du definitiv ein Schwätzer.«

»Wenn ich nichts tun soll, wieso bin ich dann hier?«

»Weil der Director es so wollte.«

»Du selbst wolltest mich nicht dabeihaben?«, fragte Ackerman.

»Darum geht es nicht. Du bist wie ein Alkoholiker. Oder ein Rauschgiftsüchtiger. Von einem Alki würdest du auch nicht erwarten, dass er tagtäglich in einer Bar arbeitet und der ständigen Versuchung niemals nachgibt. Ich möchte dich so selten wie möglich in Situationen bringen, in denen die dunkle Seite deiner Natur in Versuchung geführt wird.«

Ackerman hörte die Stimme seines Vaters – eine Erinnerung an eine der Lektionen aus seiner Kindheit. Irgendwo hinter ihm sagte Francis Ackerman senior alias Thomas White: »*Du stößt die Finger dort und dorthinein. So ist es gut. Jetzt reiß ihm die Luftröhre raus.*« Noch immer ließ Ackerman die Fingernägel ziemlich lang wachsen, damit es leichter war, Fleisch zu durchschneiden und mit bloßen Händen zu töten, wie sein Vater es ihm beigebracht hatte.

Ackerman schüttelte den Kopf. »Würdest du Michael Jordan auf die Ersatzbank setzen, weil er in Versuchung kommen könnte, Basketball zu spielen? Doch wohl nicht.«

Marcus verdrehte die Augen, öffnete die Fahrertür, stieg aus dem Chevy Impala und ging zu der Gegensprechanlage neben dem Sperrtor, das aussah, als könnte es dem Aufprall eines Kampfpanzers standhalten.

»Jetzt reiß ihm die Luftröhre raus«, flüsterte Thomas White Ackerman ins Ohr.

Verdutzt blieb Ackerman einen Augenblick lang sitzen. Nachdem er so viele Menschen für weitaus geringere Beleidigungen getötet hatte, musste er erkennen, dass der Wunsch seines kleinen Bruders, ihn zu »beschützen«, unter dem Strich bedeutete, dass er in einen Käfig anderer Art gesperrt wurde. Aber das spielte kaum eine Rolle. Er, Ackerman, würde tun, was er immer tat, bis jemand ihn tötete. Und es war ihm schon immer leichter gefallen, um Verzeihung zu bitten, als um Erlaubnis zu fragen.

»Keine Sorge, Vater«, sagte er in den leeren Mietwagen. »Ich bin zuversichtlich, dass es schon bald einige Luftröhren rauszureißen gibt.«

Als er das Tor erreichte, hatte Marcus bereits den Knopf gedrückt und sagte in die Gegensprechanlage: »Wir sind um eins mit Mr. Oban Nassar verabredet.«

Ackerman beugte sich vor und fügte hinzu: »Die Terminabsprache erfolgte über einen gemeinsamen Bekannten namens Willoughby.«

Eine Antwort ließ auf sich warten. Vermutlich prüfte der Wächter am anderen Ende der Leitung ihren Termin und hielt Rücksprache mit irgendeinem Vorgesetzten. »Mr. Nassar empfängt Sie in der Lobby«, meldete er sich schließlich. »Lassen Sie Ihren Wagen stehen, und treten Sie durch die kleine Tür rechts vom Tor ein.«

»Die haben anscheinend Angst, dass jemand ihnen eine Bombe auf den Innenhof kutschiert«, meinte Ackerman leise.

Marcus nickte bloß. Schweigend ging er zu der Stahltür des Nebeneingangs.

Ackerman folgte ihm und fragte: »Hast du gut geschlafen? Du bist heute ganz besonders pissig.«

»Du hast schon an der Gegensprechanlage gegen meine Anweisungen verstoßen.«

»Wieso? Ich finde, du solltest hervorheben, von wem die Nachricht überbracht worden war.«

»Sag kein Wort mehr.«

»Wie du wünschst, kleiner Bruder.«

Marcus öffnete die Stahltür. Dahinter befand sich ein Kontrollpunkt, an dem zwei Bewaffnete sie mit einem Metalldetektor absuchten und gründlich abtasteten. Dann wurden sie in die Lobby des Landsitzes geführt. Auf der rechten Seite des drei Stockwerke hohen Raumes wand sich schlangenhaft eine lange, offene Wendeltreppe in die Höhe. An ihrem oberen Ende standen zwei Wächter; weitere waren in den Schatten des riesigen Foyers postiert. Sie waren ausnahmslos gut bewaffnet und wachsam.

Innen mangelte es dem Herrenhaus genauso sehr an Farbe wie außen. Weiße Marmorfußböden, goldene Bordüren und Vertäfelungen, funkelnde Kristalllüster und in der Luft der Geruch nach frischer Bettwäsche.

Begleitet von zwei Wächtern, die mit Sturmgewehren von Heckler & Koch bewaffnet waren, trat Nassar durch einen fast vier Meter hohen Torbogen gegenüber der Treppe ins Foyer. Er trug einen anthrazitgrauen Maßanzug über einem schwarzen Hemd mit purpurner Krawatte. Seine Haut zeigte die Farbe von Bernstein, und sein Haar passte zum Grau und Schwarz seiner Kleidung.

Mit verschlagenem Lächeln sagte er: »Willkommen bei King und Partnern. Folgen Sie mir bitte in mein Büro.«

Er führte sie die Treppe hinauf an den beiden Wächtern vorbei, die sich ihnen anschlossen. Ackerman fragte sich, was als Nächstes kam. Würde Nassar seine Dominanz dadurch beweisen müssen, dass er sie ergreifen und durchsuchen ließ? Oder würde er sie auf der Stelle umbringen lassen, nur um ganz sicher zu sein? Normalerweise hätte er, Ackerman, als Erster zugeschlagen, doch er sagte sich, dass es am besten sei, den Dingen vorerst ihren Lauf zu lassen.

Wortlos geleitete Nassar die Brüder durch einen langen Gang, vorbei an einer Reihe geschlossener Türen, an denen goldene Schilder mit den Namen der Mitarbeiter, die dort ihre Büros hatten, und ihrer Positionen innerhalb der Firma angebracht waren. Die letzte Tür rechts trug die Aufschrift *Oban Nassar – Chief Operations Officer*.

»Vorstand für das Operative Geschäft« nannte er sich also. Einer seiner Bodyguards öffnete die Tür, und Nassar bedeutete seinen Gästen, ihm zu folgen. Als sie alle in Nassars Büro aus weißem Marmor und dunklem Holz standen, zählte Ackerman insgesamt sechs bewaffnete Gegner plus Nassar selbst, der in ausgezeichneter körperlicher Verfassung zu sein schien.

Die Wächter hoben die Waffen. Nassar schloss die Tür hinter ihnen und sperrte ab, ehe er sagte: »Bitte ziehen Sie die Hemden aus und knien Sie sich hin.«

»Leck mich«, entfuhr es Marcus.

»Lassen Sie es mich anders formulieren: Knien Sie sich hin, oder meine Leute schießen Ihnen in die Beine, und dann lasse ich Ihnen an der unteren Körperhälfte die Haut abziehen. Dann reden wir noch einmal und schauen, ob Ihre Einstellung sich verbessert hat.«

Ackerman lachte auf. »Klingt vielversprechend. Auch ich habe schon Menschen die Haut abgezogen. Ich selbst bin allerdings noch nie gehäutet worden, wie man sieht. Ich würde Ihnen vorschlagen, uns mit den Füßen nach oben aufzuhängen, wenn Sie anfangen. Am besten mit den Füßen. Auf diese Weise vermeiden Sie stärkere Blutungen. Andersherum wären wir tot, ehe wir das zweite Gespräch führen könnten.«

Kapitel 79

Dr. Derrick Gladstone schloss die Stahltür auf und fuhr in seinem Rollstuhl in den Kontrollraum der Einrichtung, das Nervenzentrum seines Refugiums. Von hier aus konnte er jeden Quadratzentimeter seines Reiches beobachten. Und dank einem alten Freund – dem genialen Killer namens Judas – war die Einrichtung und besonders ihre Diamantkammer mit der neusten und besten Überwachungselektronik ausgestattet.

Was einst der Verwaltungstrakt des Resorts gewesen war, diente nun als Kontrollzentrale und zugleich als Zelle für seine Mutter. Er hatte der alten Hexe ein bequemes Bett in die Ecke gestellt und einen Rollstuhl gegeben. Außerdem erhielt sie drei reichliche Mahlzeiten am Tag. Was brauchte sie sonst noch? Nichts! Ihr Parkinson war so schlimm, dass sie ihre Bewegungen ohnehin nicht mehr unter Kontrolle hatte. Bekäme sie in einem Pflegeheim mehr Zuwendung? Okay, vielleicht hätte sie dort einen Fernseher, hier aber hatte sie etwas Besseres: Von einem Sitz in der ersten Reihe konnte sie alles beobachten, was im Reich ihres Sohnes vor sich ging.

»Hallo, Mutter«, sagte Gladstone. »Gefällt dir die Show?«

Ihre Augen waren voller Tränen. Das Entsetzliche an der Parkinson'schen Krankheit war, dass sie den Körper verfallen ließ, den Verstand aber nicht beeinträchtigte.

Gladstone folgte ihrem unsteten Blick und sah auf einem der Bildschirme Sonnequa, wie sie Corin bestrafte. Der Ton wurde nicht übertragen, aber er brauchte nur einen Regler an der Kontrolltafel zu drehen, und Corins gellende Schreie füllten den

Raum. Er lächelte glückselig, drehte die Lautstärke herunter und sagte: »Ich bin froh, dass du das alles miterleben kannst.«

Es kam ihm so vor, als versuchte Mutter verneinend den Kopf zu schütteln, aber es war unmöglich, aus ihren unsicheren, zittrigen Bewegungen eine Gebärde herauszufiltern.

»Du brauchst mir nicht zu danken, Mutter. Was sagst du? Möchtest du, dass ich dir etwas vorlese? Vielleicht deine Lieblingsgeschichte?«

Sie schloss die Augen.

Gladstone rollte zum Schreibtisch und öffnete eine Schublade, aus der er ein altes ledergebundenes Tagebuch nahm. Er schlug es an der Stelle auf, an der ein Lesezeichen lag, und las laut vor: »Ich weiß nicht, wie ich es den Jungen je erklären soll. Sie haben ihren Vater vergöttert, haben ihn aber nie so gesehen wie ich. Er war ein schrecklicher Mensch. Was ich getan habe, habe ich genauso sehr für meine Jungen getan wie für mich selbst. Dieser Mistkerl wollte mich wegen einer Jüngeren aufgeben und uns im Stich lassen. Aber ich habe ihm eine Kugel in den Hinterkopf geschossen.«

Tränen rannen seiner Mutter die Wangen hinunter.

»Ich liebe diesen Abschnitt«, flüsterte Gladstone. »Du auch, Mutter? Ich frage mich, warum du uns die Story nicht als Gutenachtgeschichte vorgelesen hast, als wir noch klein waren. Und falls du dich wundern solltest – ich foltere dich bewusst mit dem Wissen über Vergangenheit, Gegenwart und Zukunft. Ja, ich genieße es! Und ja, ich finde, du hast es verdient!«

Sie zuckte zusammen und schlug die Augen auf

»Ich will, dass dir alles immer vor Augen steht, Mutter. Ich will dich ständig daran erinnern, dass du mir gezeigt hast, was alles in der Welt nicht stimmt. Und Vater . . . Er hat mir gezeigt, wie ich es in Ordnung bringe. Vielleicht könnte ich dir den Mord an einem so großen Mann verzeihen. In gewisser Weise kann ich deine Empfindungen verstehen, was das angeht. Aber dein Hass auf ihn hätte mit ihm sterben sollen. Stattdessen hast du ihn auf deine Söhne gerichtet.«

Sie versuchte, den Arm zu heben, aber ihre Muskeln waren zu schwach. Gladstone schaute ohne jedes Mitleid zu. Er respektierte die Gnadenlosigkeit der Erkrankung, an der seine Mutter litt.

»Ich habe heute Morgen von meinem lieben Bruder Dennis gehört«, sagte er. »Dein Babyschätzchen möchte dir einen Besuch abstatten. Zuerst war ich ziemlich entsetzt, aber da unsere Unabhängigkeitserklärung so bald bevorsteht, bietet ein Besuch dieses nichtsnutzigen Idioten sogar eine interessante Gelegenheit. Ohne Zweifel ist Dennis das schwächste Glied in unserer genetischen Kette. Er personifiziert die tumbe Unwissenheit und schwächliche Bequemlichkeit, die unsere Gesellschaft zerfrisst. Ich glaube, ich werde Dennis und seine Familie töten, während du zuschaust. Wie wär's? Zwei Fliegen mit einer Klappe schlagen, wie man so sagt. Ich werde deinen Schmerz spüren, wenn dein Lieblingssohn stirbt, und sorge zugleich dafür, dass sein minderwertiges Erbgut sich nicht verbreiten kann.«

Sie schüttelte sich heftig und riss den Blick von ihm los.

»Und sorge dich nicht, Mutter. Sobald wir auf der Insel sind, finde ich zahlreiche andere Möglichkeiten, dein Leben interessant zu gestalten. Vielleicht fange ich damit an, dass ich nach und nach Teile von dir entferne. Ich könnte mit den Zehen anfangen und mich nach oben vorarbeiten. Die durchschnittliche Lebenserwartung liegt heute bei achtundsiebzig Jahren. Wenn du auch nur in die Nähe kommst, haben wir noch viele gemeinsame Jahre vor uns – ausreichend Zeit, um dich an deine zurückliegenden Sünden zu erinnern.«

Kapitel 80

Nassar ging zu seinem Schreibtisch, einem schwarz-goldenen Monstrum aus Marmor, das Dekadenz und Macht heraus-schrie, und nahm eine Hand voll Datteln aus einer Schale. Er stopfte sich eine der süßen Früchte in den Mund, drehte sich um und lehnte sich an die Schreibtischkante. »Ich bin sicher, die Gentlemen haben Verständnis für unsere Sicherheitsvorkehrun-gen. Schließlich haben Sie einen unserer Mitarbeiter auf verwe-gene und brutale Art angegriffen – und das nur zu dem Zweck, unsere Aufmerksamkeit zu wecken.«

Ackerman spürte beinahe die telepathischen Geschosse, die Marcus in seine Richtung abfeuerte. Nun ja, vielleicht war er bei dem Pinselaffen ein wenig übereifrig gewesen, aber wenigstens schien die Botschaft so aufgenommen worden zu sein, wie er es beabsichtigt hatte.

»Manchmal erfordert die Sachlage ein gewisses Maß an Ver-wegenheit«, sagte er.

»Halt den Mund, Frank!«, fuhr Marcus ihn an und wandte sich dann Nassar zu. »Mein Partner wollte Sie nicht beleidigen, Mr. Nassar. Er kann manchmal etwas anstrengend sein.«

Nassar hob eine Dattel zum Mund und biss hinein. »Ist Ihnen der Ruf unserer Firma bekannt, Gentlemen? Es sind einige ent-setzliche Gerüchte im Umlauf. Neidische Konkurrenten und steuerfinanzierte Bürokraten nennen unsere Methoden extrem, aber meiner Ansicht nach haben wir immer eine angemessene Reaktion gezeigt, die allein von der Art unseres Geschäftsmo-dells bestimmt wurde.«

Ackerman wandte sich von Nassar ab und blickte den Bewaffneten an, der ihnen am nächsten stand. Der Mann hatte sich neben einer Reihe dunkler Bücherregale postiert. Lächelnd sagte er: »Die Art des Geschäfts, die wir besprechen wollen, macht es nun mal erforderlich, dass wir uns angemessen vorstellen.«

Nassar starrte ihn an. »Sie stellen sich vor, indem Sie einen unserer Mitarbeiter überfallen?«

»Das war nur die Terminabsprache. Die Vorstellung kommt *jetzt*.«

Ackerman sprang zum nächsten Bücherregal, räumte mit einer Armbewegung das dritte Fach aus und stürzte sich auf den Wächter. Sein knochenharter Bizeps schmetterte gegen die Kehle des Bewaffneten, der augenblicklich erstarrte. Dann knickten ihm die Knie ein, doch schon war Ackerman hinter ihm, warf ihm den Arm um den Hals, drückte zu und hielt den Mann aufrecht. In einer fließenden Bewegung packte er den Waffenarm des Wächters, riss ihn hoch und kugelte die Schulter aus. Seine Hand schnellte vor, legte sich um den Pistolengriff des Sturmgewehrs und richtete es wie eine Faustfeuerwaffe auf Nassar. Alles hatte weniger als drei Sekunden gedauert.

»Die Sache ist die«, sagte Ackerman. »Die erste Sache zumindest. Sie wollen uns gar nicht umbringen, stimmt's? Weil Sie herausfinden sollen, für wen wir wirklich arbeiten. Die Wächter sind instruiert worden, uns nur dann zu verletzen, wenn es erforderlich ist. Deshalb sind sie so zögerlich in ihrem Handeln, dass es Gelegenheiten zum Gegenangriff eröffnet, wie Sie soeben gesehen haben.«

Nassar nahm einen weiteren Bissen von der Dattel. »Das merke ich mir für die Zukunft.«

Ackerman versetzte dem Wächter einen Tritt, und der Mann taumelte davon. Dann zerlegte er das Sturmgewehr mit schnellen, geübten Griffen. Ein Teil der Waffe nach dem anderen fiel zu Boden. Fachmännisch huschten Ackermans Finger über die Waffe. Es war eine Demonstration perfekten Könnens.

»Sie sehen«, sagte er, als er fertig war, »wie mühelos wir Sie töten könnten. Aber wären wir gekommen, um Sie auszuschalten, hätten wir es längst getan. Können wir also diesen Unsinn beilegen und übers Geschäft reden?«

Nassar wandte sich an seine Leute. »Die Waffen runter.« Mit einer Handbewegung ließ er zwei Stühle bringen und forderte Ackerman und Marcus auf: »Bitte setzen Sie sich. Sie hatten recht, was meinen Wunsch betrifft, mehr über die Leute zu erfahren, die Sie beschäftigen. Über Sie und diese Asiatin von gestern Abend.«

Ackerman ließ sich auf einen der Stühle sinken. Marcus jedoch zögerte. Er hatte die Zähne zusammengebissen, und in seinem Gesicht arbeitete es. Schließlich aber nahm auch er vor Nassars Schreibtisch Platz.

»Damit die offensichtliche Frage gleich vom Tisch ist«, sagte Ackerman. »Ich kann Ihnen versichern, dass ich nicht aufseiten irgendeines Rechts stehe, das über Gottes Gebote und die Naturgesetze hinausgeht.«

Nassar verschränkte die Arme und fragte: »Wie kommen Sie eigentlich darauf, unsere Firma könnte an Dienstleistungen interessiert sein, wie Sie sie anbieten? Wir sind Anlageverwalter. Wir haben für einen derartigen Service keinen Bedarf.«

»An der Ostküste haben wir für Eddie Caruso gearbeitet«, erwiderte Marcus. »Aber wir expandieren. Eddie sagte uns, Nordkalifornien gehöre Ihnen und dass wir uns mit Ihnen abstimmen sollen.«

»Ich weiß. Eddie hat mich heute Morgen angerufen. Der große Caruso, wie man ihn jetzt nennt, hat mich auf Ihr Kommen vorbereitet.«

Ackerman ließ sich nichts anmerken, doch Marcus konnte die Fassung nicht so gut wahren. In herausforderndem Tonfall fragte er: »Und was hat der liebe Eddie über uns gesagt? Ich hoffe, nur Nettes.«

Nassar lächelte. »Ich nehme an, Sie sind Marcus. Eddie hat mir alles über Sie erzählt.«

»Ach, wirklich?«

»Ja. Er sagte, Sie wären mal Cop in New York gewesen.«

Kapitel 81

Stefan Granger lenkte seinen zweiten Buick in zwei Tagen an den Straßenrand. Seinen anderen Wagen war er nach dem Auftrag im Bordell losgeworden und hatte sich ein Ersatzfahrzeug gekauft. Er überlegte, welche Waffen er für diesen neuen Job benötigen würde. Nach einigem Nachdenken entschied er sich für die bloßen Fäuste und die schallgedämpfte Beretta in seinem Rucksack, nur für den Fall der Fälle.

Was er tun würde, gefiel ihm nicht besonders, aber es ging nicht anders. Unser, der Boxtrainer, war immer kühner geworden mit seinen Drohungen. Jetzt hatte der Alte sein Schicksal besiegelt. Wie konnte er auch so blöd sein, Bundesagenten zum Friedhof zu schicken? Normalerweise waren Cops auf dem Friedhof kein Problem für Granger, denn sie waren entweder tot oder trauerten. Was ihn allerdings störte, war, wenn Cops ihm auf die Spur kamen und entdeckten, wo er sein halbes Leben verbracht hatte.

Zum Glück hatten die FBI-Typen weder tiefer gebohrt, noch hatten sie versucht, mit dem Friedhofsverwalter zu sprechen.

Granger hatte Leland Unser früher mal als Freund betrachtet. Nun aber war er von seinem alten Lehrer an seine Feinde verraten worden. Und sein Dad hatte ihm beigebracht, dass Rache immer schnell und vollständig vollzogen werden sollte.

Granger stieg aus dem Buick und schloss die Tür des alten Autos von Hand mit dem Schlüssel ab. Dann wandte er sich der Fassade von Unsers Fitnessstudio zu. Seit er dort sein Training begonnen hatte, war das Studio dreimal renoviert worden. Den neuen Look mochte Granger nicht besonders. Er war ihm ein bisschen zu tuntig. Granger war allerdings bewusst, dass man sich in der Dienstleistungsbranche den Bedürfnissen der Kunden anpassen musste.

Er wusste, dass das Studio geschlossen und die Tür abgesperrt sein würde, denn Unser, ein frommer Katholik, erlaubte an Sonntagen nur wenigen Auserwählten den Zutritt zu seinen Räumlichkeiten.

Durch die Glasscheibe sah Granger, wie Unser und ein paar von seinen Leuten die Beinarbeit trainierten. Er nahm die schallgedämpfte Beretta aus dem Rucksack und zerschoss die Scheibe der Eingangstür. Als er durch den Rahmen trat, die Pistole noch in der Hand, gehörte ihm die ungeteilte Aufmerksamkeit aller Anwesenden. Sie waren zu fünft, dazu kam der Alte. Granger erkannte einen von Unsers Cheftrainern und seine vier besten Schüler.

Lächelnd ließ er die Schultern kreisen und streckte die Muskeln. Wenn er schon seinen Mentor ermorden musste, konnte er dabei auch ein wenig Spaß haben.

Unser trat vor und brüllte: »Du durchgeknallter Hurensohn! Du hast echt Nerven, hier reinzuplatzen. Aber mit einer Knarre in der Hand kann wohl jeder den dicken Mann markieren.«

Noch immer lächelnd, entriegelte Granger den Schlitten der Beretta und zog ihn zurück, wodurch er die Waffe vorübergehend unbrauchbar machte. Dann legte er sie auf eine Hantelbank in der Nähe.

Granger sah die Angst in Leland Unsers Augen. Der Alte hatte ihn als jungen Mann trainiert und wusste genau, wozu er imstande war.

Mit den Fingern fuhr er über eine gerade Hantelstange, die auf den Stützen über der Bank ruhte. Sie war eine Stange nach Olympiamaß, die jemand offenbar zum Bankdrücken benutzt hatte; sie glich dem Modell, das Granger zu Hause benutzte, nur dass dieses Exemplar durch Vernachlässigung leicht verbogen war.

Er hörte, wie die anderen Männer umherhuschten und sich bewaffneten, aber er achtete gar nicht darauf.

»Was machst du hier, Junge?«, fragte Unser.

»Du weißt, was du getan hast. Stell dich nicht auch noch dumm. Kannst du dich erinnern, was du mir gesagt hast, als ich zu dir gekommen war, um bei dir zu trainieren? Ich konnte mir deine Gebühren nicht leisten, aber ich habe dich angefleht, mich für mein Training hier arbeiten zu lassen. Weißt du noch, welche Warnung du mir erteilt hast?«

Unser sah zu Boden, Reue in den Augen. »Ja«, flüsterte er. »Wenn man ein Geschäft mit dem Teufel eingeht, hab ich damals zu dir gesagt, wird der Teufel auf die eine oder andere Weise immer an seinen Lohn kommen.«

Granger lachte. »Du konntest schon immer mit Worten umgehen, Alter.«

»Und du schon immer mit den Fäusten. Du bist der beste Fighter, den ich je trainiert habe. Gerade deshalb hat mich keiner mehr enttäuscht als du.«

Granger hatte damit gerechnet, etwas in dieser Richtung zu hören, aber die Beleidigung traf ihn trotzdem. Früher hatte er den alten Boxer mit dem riesigen Brustkasten verehrt. Doch über sportliche Kämpfe war Granger längst hinausgewachsen. Er zog Kämpfe um höhere Einsätze vor. Für ihn war das Kämpfen kein Spiel, sondern eine Art zu leben, eine existenzielle Philosophie.

»Wer hat dir das mit den Feds gesagt?«, fragte Unser.

»Ein junger Hengst aus deinem Stall. Ich weiß alles über den Besuch und was du ihnen verraten hast. Man kann heute niemandem mehr trauen, weißt du?«

Für Unser sprach, dass er den Vorwurf nicht abstritt. »Ich habe immer befürchtet, dass irgendein Cop auftauchen und mir Fragen über dich und deine Diamantkammer stellen würde«, sagte er. »Ich hab wohl von Anfang an gewusst, dass du ein Monster bist. Ich dachte nur, dass du vielleicht *mein* Monster sein könntest. Ich dachte, ich könnte es aus dir rausprügeln und dich auf den richtigen Weg führen. Trotzdem hatte ich längst entschieden, was ich tun würde, wenn jemand kommt und nach dir fragt. Ich würde ihn zu deinem Dad auf den Friedhof schicken, weil ich mir sagte, dass er der Einzige ist, der wirklich weiß, unter welchem Stein du dich verkriechst und wie man dich finden kann.«

»Wie kommt es bloß, dass meine Berufswahl dich so sehr verletzt hat?«

»Was für ein Beruf? Mit dem, was ich dir beigebracht habe, tötest du Menschen. Das macht mich zu einem Mitschuldigen.«

»Dir sind die Folgen deines Tuns klar?« Granger hob den Kopf und sah, dass Unsers Boxer sich allesamt bewaffnet hatten. Einer hielt einen Baseballschläger, den er aus dem Büro geholt haben musste. Ein anderer hatte ein Springmesser. Ein Dritter hatte zwei Fünfzehnkilohanteln gepackt und wollte sie offenbar als Schlagwaffen einsetzen. Der Vierte war Unsers größte Hoffnung; er ließ nur die Knöchel knacken und kam näher.

Stefan Granger zog die Jacke aus und krempelte die Hemdsärmel hoch. Dann trat er an die Hantelstange und packte sie mit einer Hand. Um Gewicht und Balance seiner neuen Waffe kennenzulernen, versetzte er die Zwanzigkilostange in Drehung, als wäre sie ein Bō-Stab, wirbelte sie durch die Luft und um seinen Körper.

Nach ein paar Sekunden Protzerei grinste er seine Gegner schief an und flüsterte: »Dann kommt mal her.«

Der junge Eleve mit dem Baseballschläger aus Aluminium

stürzte als Erster laut schreiend heran. In den richtigen Händen war ein Aluminiumschläger eine schreckliche Waffe. Für einen Schläger oder einen Knüppel benötigte man zwar genügend Raum zum Ausholen, aber in dem weitläufigen Fitnessstudio gab es davon reichlich.

Zu seinem Pech hatte der Bursche vollkommen unterschätzt, mit welcher Geschwindigkeit Granger seinen improvisierten Bō-Stab schwingen konnte. Noch ehe der Angreifer heran war, ließ Granger das eine Ende der Hantelstange hochschnellen und gegen den herabzischenden Baseballschläger prallen. Die beiden Metallgegenstände kollidierten mit einem durchdringenden Klirren. Der junge Mann, der den Schläger hielt, brüllte vor Schmerz, als ihm die Vibrationen aus dem Schläger durch die Hände in die Muskeln fuhren. Offenbar wusste er nicht, wie gut Aluminiumschläger solche Kräfte übertrugen.

Die Arme des Angreifers fielen kraftlos herab, wie gelähmt, doch Granger war noch nicht fertig mit ihm. Er fuhr auf der Ferse herum und wirbelte die andere Seite der Hantelstange nach hinten, sodass sie den jungen Burschen am Kopf erwischte. Der Stahl traf ihn mit ekelerregendem Knirschen am Kopf und schleuderte ihn zu Boden. Granger holte aus und ließ die Stange auf den Beton krachen. Dabei zerschmetterte er seinem Gegner den Schädel.

Blut bespritzte Grangers Gesicht und Oberkörper.

Er dachte an seine Zeit als unangefochtener Mortal-Kombat-Champion und sagte: »Flawless victory – einwandfreier Sieg.« Grinsend blickte er in die Runde. »Der Nächste bitte.«

Kapitel 82

Marcus spürte den Tod in der Nähe, wie er in den Schatten lauerte und mit gierigem Blick zuschaute. Und das konnte er niemand anderem anlasten als sich selbst. Allenfalls noch Eddie Caruso.

»Ist schon ewig her, dass die New Yorker Polizei mir einen Tritt gegeben hat«, versuchte er sich herauszureden. Dabei analysierte er den Raum und die Möglichkeiten, die sie hatten. Der Mann, den Ackerman überwältigt hatte, war aus dem Zimmer getaumelt, um jemand zu suchen, der ihm die Schulter wieder einrenkte. Die anderen Wächter würden jetzt noch wachsamer sein, und eine Kugel ließ sich selbst von Marcus' großem Bruder nicht aufhalten.

Oban Nassar nahm wieder hinter dem schwarz-goldenen Schreibtisch Platz. »Einmal Bulle, immer Bulle.«

»Sehe ich für Sie wie ein Bulle aus?«, fragte Ackerman. »Achten Sie gar nicht auf ihn. Wenn Ihnen die berufliche Vergangenheit meines Geschäftspartners nicht gefällt, können Sie ausschließlich mit mir verhandeln.«

»Ich weiß über Sie beide rein gar nichts.«

»Was hat Eddie Ihnen denn gesagt?«, fragte Marcus. »Ich bin sicher, es ist ein Missverständnis.«

Nassar wies mit einer Kopfbewegung auf seine Leute. »Was Mr. Caruso gesagt hat, spielt überhaupt keine Rolle. Ich traue niemandem. Wenn Sie mit mir und dieser Firma ins Geschäft kommen wollen, müssen Sie sich mit etwas anderem beweisen als nur mit Worten.«

Die Bürotür öffnete sich, und zwei Bewaffnete führten einen blutüberströmten Mann ins Zimmer, dessen Gesicht von einer Kapuze verhüllt war. Sie breiteten eine Plastikplane auf dem Boden aus, stellten einen hölzernen Klappstuhl in die Mitte und setzten den Verletzten darauf. Zwischen dem Schreibtisch und dem kapuzenverhüllten Mann platzierten sie einen kleinen Ständer, auf dem ein verziertes Kästchen stand. Marcus schätzte die Maße ab. Ein Kästchen dieser Größe konnte ebenso gut Zigarren enthalten wie eine Selbstladepistole vom Modell Colt 1911 Kaliber .45.

Der kapuzenverhüllte Mann roch nach Essig, und Marcus hörte ihn unter seiner Haube leise wimmern.

»Was ist in dem Kästchen?«, fragte er.

Nassar ging nicht darauf ein. »Dieser Mann hat Mr. King bestohlen. Wenn Sie mit uns ins Geschäft kommen wollen, bedeutet das für Sie, dass er auch Sie bestohlen hat. Wichtiger ist jedoch, dass er Informationen weitergegeben und unsere Operationen gefährdet hat. Betrachten Sie es als Ihre Arbeitsprobe. Bestehen oder durchfallen. Jeder, mit dem wir ins Gespräch kommen wollen, weiß bereits, was in dem Kästchen ist und was er damit zu tun hat.«

»Das ist ja süß«, sagte Ackerman. »Er möchte ein Werbegeschenk, Marcus! Wer macht es, du oder ich? Aber Moment mal – sind wir auch für das Saubermachen zuständig? Ich lehne es nämlich ab, so etwas kostenlos zu erledigen. Außerdem müsste ich mir erst meinen Overall aus dem Wagen holen und ...«

»Darüber reden wir, wenn die Arbeitsprobe erledigt ist«, sagte Nassar.

»Meinetwegen. Aber ich bin Profi. Ich hinterlasse keine DNA-Spuren an Toten. Bitte missverstehen Sie mich nicht, ich kratze dem Mann gern die Eingeweide raus und bade in seinem

Blut, aber nur wenn ich sicher sein kann, dass danach alle notwendigen Reinigungsmaßnahmen ergriffen werden.«

Marcus brauchte einen Moment, um zu begreifen, dass sein Bruder ihnen mit seinem Gerede nur Zeit erkaufen wollte, um sich etwas einfallen zu lassen. Blitzschnell analysierte er jeden Aspekt der Situation, jede Variable, jede Handlungsmöglichkeit, jede Konsequenz, jeden Ausgang, jede Motivation und jede Schwäche, die sie ausnutzen konnten.

Auf gar keinen Fall konnten sie einen Menschen töten, nur um sich zu beweisen, egal, was davon abhing. Marcus versuchte, das Szenario aus Nassars Perspektive zu betrachten. Was wollte der Kerl erreichen? Allein durch den Vorschlag, den Mann zu erschießen, setzte Nassar sich nach den RICO-Richtlinien der Strafverfolgung aus. RICO stand für »Racketeer Influenced and Corrupt Organizations Act«, ein Gesetz gegen das organisierte Verbrechen, vor allem gegen die Mafia, das insbesondere auf Schutzgelderpressung und Korruption abzielte. Als Bundesagenten konnten sie Nassar für solch eine Anweisung auf der Stelle festnehmen – und jeden, der mit ihm in Verbindung stand. Ein solcher Fehler konnte Mr. Kings gesamtes Imperium wie ein Kartenhaus zusammenstürzen lassen.

In Windeseile ging Marcus die Möglichkeiten durch, verwarf Ideen, suchte nach einer Lösung. Er rief sich in Erinnerung, was genau Nassar gesagt hatte, und ihm wurde klar, dass der Kerl ihnen keineswegs befohlen hatte, dem Mann mit der Kapuze etwas anzutun. Nassar hatte nur angedeutet, dass ein potenzieller Geschäftspartner genau wisse, was zu tun sei.

Also konnte das Kästchen auf keinen Fall eine geladene Waffe enthalten. Sonst wäre es ein Beweis gegen Nassar, und der Kerl war viel zu gerissen, als dass er ein solches Risiko einging.

Dieser Gedanke brachte Marcus dazu, sich den Mann mit der Kapuze, der mitten auf der Plastikplane lag, genauer anzusehen.

Ackerman diskutierte noch immer über eine Nebensächlichkeit bei dem bevorstehenden Mord, doch Marcus, dem soeben ein Ausweg eingefallen war, unterbrach ihn. »Soll ich Ihnen sagen, wie es weitergeht, Mr. Nassar?«

Nassar legte die Fingerspitzen aneinander. »Unbedingt. Erleuchten Sie uns.«

»Das Kästchen enthält eine Waffe. Sie ist vermutlich mit Platzpatronen geladen, sonst würde das Gewicht nicht stimmen. Sie sind ein intelligenter Mann – nicht die Sorte, die solche Fehler begeht. Ein Mann wie Sie muss das RICO-Gesetz in- und auswendig kennen. Wenn Sie uns wirklich für Cops hielten, würden Sie eine Anklage riskieren. Aber Sie haben ja auch gar nichts riskiert, nicht wahr?«

Nassar gab keine Antwort. Seine Miene verriet nichts.

Marcus fuhr fort: »Das bringt mich zu unserem kapuzenverhüllten Gast. Glaubst du wirklich, ich würde deine Hände, deine Körpersprache und deinen Körperbau nicht wiedererkennen, Eddie?«

Einen Moment lang hing die Offenbarung, wer der Mann unter der Kapuze war, in der Luft. Dann begann der Todgeweihte mit dem verhüllten Gesicht zu lachen. Eddie Caruso hob die Hand und zog sich die Kapuze vom Kopf. Kopfschüttelnd sagte er: »Nachdem wir gestern Abend so viel Spaß hatten, Marcus, konnte ich nicht anders, als herzufliegen und dich zu überraschen. Außerdem kann ich bei dieser Gelegenheit bei meinen Geschäftsfreunden an der Westküste nach dem Rechten sehen.«

Kapitel 83

Maggie saß in der Wanne und ließ das Wasser hineinlaufen, bis es fast über den Rand schwappte. Sie lehnte sich zurück und schluchzte leise. Das FBI-Team vor der Tür sollte sie nicht hören. Am Morgen, nach der Besprechung in Richmond Station, hatte sie Marcus gesagt, sie fühle sich nicht wohl. Sie wusste, dass er keine Einwände erheben würde. Er brauchte sie nicht, und sie konnte sich nicht überwinden, dem Treffen mit Oban Nassar auch nur das geringste Interesse entgegenzubringen.

Wichtig erschienen ihr in letzter Zeit nur ihr Bruder, der Mann, der ihn entführt hatte, und die Familie, die zerstört worden war. Maggie streckte einen nackten Arm aus der Wanne und wühlte in ihrer Handtasche. Wo war die kleine Flasche Wodka? Stattdessen schlossen ihre Finger sich um ihr Springmesser.

Maggie hatte oft von Frauen gehört, die sich in der Badewanne das Leben nahmen. Sie schnitten sich die Pulsadern auf, und das warme Wasser ließ das Blut schneller fließen oder so etwas. Das hatte sie mal während der Ermittlungen in einem ihrer Fälle gehört; die genaue Erklärung fiel ihr nicht mehr ein. Marcus und Ackerman, ja, die hätten es vermutlich gewusst. Wenn Maggie in sich hineinhorchte, beneidete, bemitleidete und verabscheute sie die beiden – alles zugleich.

Sie steckte das Springmesser zurück, zog die Flasche aus ihrer Handtasche und trank einen großen Schluck von dem billigen Wodka. In diesem Augenblick ging ein lautes Surren durch das Badezimmer. Das Handy!

Rasch schraubte Maggie den Metallverschluss auf die Flasche und kramte nach ihrem Mobiltelefon, das gegen die gekachelte Wanne vibrierte. Maggie kannte die Nummer nicht; es konnte also der Anruf sein, auf den sie wartete. Sie lehnte sich aus der Wanne und hielt sich das Handy ans Ohr. »Hallo?«

»Agent Carlisle, hier ist Baxter. Ich habe Ihren Vater gefunden.«

Einen Augenblick lang war Maggie sprachlos; dann brachte sie endlich hervor: »Das ist . . . Wow, das ging ja schnell. Ich bin beeindruckt, Mr. Kincaid.«

»Mr. Kincaid war mein Großpapa. Er war sogar Professor Kincaid, aber die lange Geschichte sparen wir uns für ein andermal auf. Sie können mich Baxter nennen. Oder einfach nur Bax.«

»Okay. Schicken Sie mir die . . .«

»Meine Mitarbeiterin hat bereits die zauberhaften E-Mail-Feen instruiert, das ganze Zubehör stante pede an Ihr Konto zu versenden.«

»Äh . . . Soll das heißen, Sie haben es mir gemailt?«

»Bingo! Ganz sicher wartet alles schon in Ihrem Eingangskörbchen auf Sie.«

»Danke, Mr. . . . Baxter. Ich bin wirklich dankbar für Ihre Hilfe. Bitte schicken Sie mir an die gleiche Adresse Ihre Rechnung, und ich. . . «

»Geht aufs Haus. Keine Umstände. Aber lassen Sie sich dafür heute Abend von mir zum Essen ausführen. Ihre charmante Gesellschaft wäre ein mehr als angemessener Ausgleich für den Zeitaufwand eines bescheidenen Dieners.«

Wieder verschlug dieser merkwürdige Privatdetektiv Maggie die Sprache. Sie stolperte über ihre eigenen Worte. »Ich weiß Ihre Hilfe und Ihr . . . Angebot wirklich zu schätzen. Ich will Sie nicht kränken, aber … in meinem Leben gibt es auch so schon genügend … große Persönlichkeiten.«

Am anderen Ende der Verbindung war ein ansteckendes Lachen zu hören, und unwillkürlich erschien ein Schmunzeln auf Maggies Gesicht. Allein dadurch, dass sie mit dem merkwürdigen Mann sprach, fühlte sie sich aufgeheitert.

Schließlich sagte Baxter: »Das kann ich sehr gut verstehen, Agent Carlisle. Wenn Sie es sich anders überlegen – Sie wissen ja, wo Sie mich finden. Aber ich warne Sie, machen Sie niemals mit mir die Stadt unsicher, ohne damit zu rechnen, sich Hals über Kopf in mich zu verlieben.«

»Ach ja? Warum sind Sie dann ungebunden?«

»Weil ich wählerisch bin, mit wem ich die Stadt unsicher mache und wem ich gestatte, sich in mich zu verlieben.«

»Für mich sah es heute bei dem Meeting aber so aus, als hätten Sie mit wenigstens zwei von den Ladys, die in dem Raum waren, die Stadt unsicher gemacht. Was immer das heißt.«

»Oh, das ist kompliziert. Eine war eine alte Flamme, die andere ein Feuer, das sich nicht sicher ist, ob es entfacht werden möchte. Im Augenblick bin ich weder mit der einen noch der anderen liiert.«

»Wissen die beiden das?«

Er lachte auf. »Sehen Sie, deshalb wollte ich mit Ihnen zu Abend essen. Sie sind entzückend. Was ist mit Ihnen und Ihrem Teamchef? Wie sieht's da mit dem Feuer aus?«

»Jetzt greifen Sie nach Strohhalmen. Sie können auf keinen Fall wissen …«

»Ich spüre solche Dinge. Streiten Sie es nicht ab.«

Maggie schwieg und zerbrach sich den Kopf, womit sie bei der Besprechung die Beziehung zwischen Marcus und ihr preisgegeben haben konnte. »Die Flamme flackert noch«, sagte sie schließlich.

»Tja, Agent Carlisle, es geht mich ja nichts an, aber vielleicht sollten Sie mal eingehend darüber nachdenken, dass Sie die ganze Zeit mit mir geflirtet und erst jetzt zugegeben haben, dass Sie eine Beziehung haben. Wenn ich an Ihrer Stelle wäre, würde ich die Flammen entweder anfachen oder ausgehen lassen.«

Kapitel 84

Der große Caruso grinste. »Überrascht, mich zu sehen?«

»Ach, Eddie«, sagte Marcus, »wenn ich morgen aufwachen würde und meine Backe wäre an den Teppich genäht, könnte ich nicht überraschter sein als jetzt.«

Ackerman lachte. »Backe an den Teppich genäht! Der ist gut. Das Opfer müsste allerdings im Schlaf betäubt werden, damit man so etwas durchführen kann, ohne es zu wecken. Vielleicht mit Curare oder dergleichen.«

»Halt die Klappe, Frank.« Marcus starrte ihn düster an; dann wandte er sich wieder Caruso zu. »Versteh mich nicht falsch, Eddie, es ist wunderbar, dich so rasch wiederzusehen, aber welchem Umstand verdanken wir das Vergnügen?«

Eddie stand von dem Holzstuhl auf und wandte sich an Nassars Wächter. »Kann mir einer ein sauberes Hemd und einen bequemeren Stuhl bringen?« Der Bewaffnete, der am nächsten zur Tür stand, nickte und eilte davon.

Eddie ging zu Nassars Granitschreibtisch, lehnte sich an die Kante des wuchtigen Möbelstücks und verschränkte die Arme. »Ich habe es wirklich genossen, dich mal wiederzusehen. Und mir gefällt dein Geschäftsmodell sehr gut. Also sagte ich mir, hey, du hast schließlich einen Privatjet. Warum fliegst du nicht hin und stellst ihn persönlich vor? Die Idee, sich einen Spaß mit dir zu erlauben, stammt von Oban, aber ich hab gern mitgespielt. Und ich hatte recht, stimmt's, Mr. Nassar?«

Kings rechte Hand nickte. »Ich bin beeindruckt von Ihrem

Scharfsinn und Ihrem körperlichen Können. Sie scheinen ja wirklich ein tolles Team zu sein, Agent Williams.«

Marcus setzte eine steinerne Miene auf, die keine Regung verriet. Innerlich jedoch zermarterte er sich das Hirn nach einer Erwiderung. Was zum Teufel hatte Eddie diesem Nassar verraten? Marcus hatte längst gelernt, dass man am besten den Mund hielt, wenn man nicht sicher war, was man sagen sollte. Und genau das tat er. Er ließ die Stille anhalten und hoffte, dass sein Bruder ihm keinen Strich durch die Rechnung machte.

Schließlich lachte Eddie leise auf. »Jetzt dreh mal nicht durch, Marcus. Ich habe dir doch gesagt, ihr hättet gleich zugeben sollen, dass ihr Feds seid. Das ist der eigentliche Grund, weshalb ich hergeflogen bin. Ich hatte mir schon gedacht, dass ihr so was Dämliches versucht. Aber keine Sorge, ich habe meinem Geschäftspartner alles erklärt.«

»Wie schön«, sagte Marcus. »Ist bei dem Gespräch irgendwas herausgekommen, das ich wissen sollte?«

»Nun ja, ich habe Oban alles von deiner derzeitigen Beschäftigung bei einer korrupten Bundesbehörde erzählt, die aus schwarzen Kassen finanziert wird. Und wie du damit die kriminelle Konkurrenz ausschaltest. Ich habe ihm erklärt, wie gut es ist, dich zu kennen und mit dir Geschäfte zu machen und dass du gute Beziehungen und Einfluss hast. Ich habe ihm sogar gesagt, dass du ein unsauberer Bulle in zweiter Generation bist. Stimmt's etwa nicht?«

Marcus hätte dem Mistkerl am liebsten die Faust ins Gesicht gerammt, doch er blieb unbewegt. »So in etwa. Nett von dir, uns freie Bahn zu schaffen. Hast du Mr. Nassar gesagt, dass wir den Gladiator jagen und die Absicht haben, Demons Netz zu zerfetzen?«

»Nein. Für die blutigen Details bist du zuständig. Aber ich sag dir was. Es war verdammt gut, dass ich mich zu der Reise entschieden habe. Oban wollte dich umbringen. Weißt du, seit der Sache bei Willoughby haben euch ein paar von Kings Leuten beschattet. Sie haben gesehen, wie ihr alle zur Richmond Station gepilgert seid, um euch mit den Bullen zu treffen. Oban hatte bereits alles erfahren, was über euch herauszufinden ist. Er hatte vor, euch auszuknipsen, noch ehe ihr hier ankommt.« Eddie zuckte mit den Schultern und grinste von einem Ohr zum anderen. »Man könnte also sagen, dass ihr mir euer Leben verdankt.«

Kapitel 85

Corin lag auf einem Meer aus weißer Seide. Sie weinte und versuchte, wenigstens einen Teil ihrer verlorenen Zähigkeit wiederzufinden. Der Schmerz war nur noch ein dumpfes Pochen.

Nach Vollzug der Strafe hatte Sonnequa ihre Wunden versorgt und ihr ein Schmerzmittel gegeben. Corin wollte sich nicht ausmalen, welche Narben diese Erlebnisse hinterlassen würden, sowohl körperlich als auch seelisch. Sie fragte sich, ob sie den Rest ihres Lebens in einem Rollstuhl verbringen müsste. Aber falls dem so wäre, hätte Gladstone sie vermutlich von ihren Qualen erlösen lassen wie ein Pferd mit einem gebrochenen Bein.

Doch bei allem Schmerz hielt Corin ihre Distanz zum Geschehen aufrecht und schmiedete weiterhin Pläne. Gladstone hatte erwähnt, dass er in sein Büro wollte, um Anrufe zu tätigen. Folglich musste es in dieser »Einrichtung« Kommunikationsmittel geben. Aber wenn sie es recht überlegte – so durchgeknallt, wie Derrick Gladstone war, konnte es durchaus sein, dass er mit dem Geist von Dschingis Khan ein Zwiegespräch hielt.

Vielleicht war es am besten, sie ließ sich von der Erschöpfung in den Schlaf ziehen und hoffte darauf, nie wieder aufzuwachen ...

Eine Stimme in ihrem Kopf flüsterte: *Steh auf!*

Ja, verdammt. Sie musste weiterkämpfen, musste Gladstones Büro finden, musste die Korridore erkunden und eine Bestandsaufnahme machen. Sie musste Ausschau nach irgendwelchen Alltagsgegenständen halten, die als Waffe benutzt werden konnten ...

Steh auf!

Doch die Schmerzen waren übermächtig, und ihre Muskeln verweigerten ihr den Dienst.

Wenn sie vielleicht einen kleinen Moment die Augen zumachte ...

* * *

Corin wachte auf, als Derrick Gladstone den weißen Vorhang teilte und ihr zurief: »Keine Ruhe den Gottlosen, Corin! Komm, fahren wir ein bisschen herum. Und entschuldige, falls das wie eine Bitte geklungen haben sollte.«

Voller Furcht vor der Strafe, die Ungehorsam mit sich bringen würde, wuchtete Corin sich über die Bettkante und schob sich in den Rollstuhl. Gladstone saß in seinem eigenen Krankenfahrstuhl, der allerdings viel ausgeklügelter war als der ihre.

Als sie auf dem Stuhl saß, erschöpft und schwitzend vor Schmerz, schloss Corin die Augen und sprach ein rasches Gebet. *Bitte, lieber Gott, gib mir die Kraft, diesen Mann zu töten.*

»Fahren wir ein wenig, meine Liebe.« Der Arzt rollte sich mit seinen muskelbepackten Armen aus ihrer seidenen Zelle hinaus. Corin blieb keine andere Wahl, als ihm zu folgen. Sie hatte Mühe, das Tempo zu halten. Für Gladstone war Rollstuhlballett offenbar eine olympische Disziplin. Corin fragte sich, weshalb er die Täuschung mit dem Rollstuhl überhaupt aufrechterhielt.

Gladstone fuhr durch das aufgegebene Resort zu einem Aufzug, mit dem sie ins oberste Stockwerk gelangten. »Hier war früher einmal die Präsidentensuite des Resorts«, erklärte Gladstone. »Aber mir war sie nicht gut genug. Ich habe sie zu einer wahren Suite umbauen lassen, wie sie mir zusteht.«

Als die Aufzugtüren sich öffneten, starrte Corin fassungslos in den riesigen Raum, der sich vor ihr auftat. »Ist das Ihr Zimmer oder ein Fischrestaurant?«, fragte sie mit einem Anflug von bitterem Humor.

Gladstone lachte. »Ich finde die Unterwassermotive sehr beruhigend.«

Die Suite sah aus, als hätte Kapitän Nemo sie eingerichtet. Alles war in Blautönen und fließenden Linien gehalten. Die teils abgesenkte Stufendecke wurde von schimmerndem Licht angestrahlt, sodass die Illusion entstand, sie bestehe aus Wasser. Ein gewaltiges Aquarium, in dem die verschiedensten tropischen Fische schwammen, stand in der Mitte der Suite. Der ausladende Raum hatte zwei Sitzgruppen; außerdem gehörten eine Küche und ein Essbereich dazu. Von der Decke hing ein prächtiger Kristalllüster. In Gladstones privatem Refugium roch es sogar nach Seeluft.

»Ich habe das Meer immer geliebt«, sagte er schwärmerisch. »Vor meinem Unfall war ich ein sehr guter Surfer. Das hier ist eine zentrale Versammlungsstätte. Mein Schlafzimmer liegt links, Sonnequas Zimmer rechts. Ich betrachte es als das Zimmer der First Lady.« Er warf Corin einen raschen Blick zu. »Ich könnte mir gut vorstellen, dass du Sonnequa irgendwann als meine Erstfrau ablöst. Aber eins nach dem anderen. Zunächst einmal möchte ich dir in meinem Schlafzimmer etwas sehr Wichtiges zeigen.«

Kapitel 86

Marcus war so müde, dass ihm ein paar Augenblicke Ruhe tatsächlich möglich erschienen. Ihm blieb weniger als eine Stunde, bis Detective Ferrara sie abholen sollte; er wollte jede Sekunde davon schlafen. Erschöpft taumelte er in das Hotelzimmer, das er sich mit Maggie teilte, und riss sich den Anzug herunter, ohne das Licht einzuschalten.

Das Treffen mit Nassar war nicht so verlaufen wie erwartet, aber das Ergebnis entsprach in etwa dem, worauf Marcus gehofft hatte. Eddie war wieder ganz der Angeber gewesen, aber Marcus musste zugeben, dass sein alter Freund ihnen das Leben gerettet hatte. Obendrein hatte er ihnen eine Tür geöffnet, die ihnen ohne Eddie für immer verschlossen geblieben wäre. Oban Nassar hatte sie nun sogar zu einer Privatvorstellung in der Diamantkammer eingeladen – ein Fortschritt, der darüber entscheiden konnte, ob sie die vermissten jungen Frauen und Agent Fuller noch lebendig auffanden.

Erst als Marcus ins Bett stieg, bemerkte er, dass etwas nicht stimmte.

Das Bett war gemacht, wie in Hotels üblich – zwei Standardkissen und Laken unter einer geblümten Tagesdecke. Aber Maggie mit ihrer panischen Angst vor Bakterien und Ungeziefer ließ nie zu, dass Hotelpersonal das Zimmer betrat oder gar die Betten machte. Wie bei jedem ihrer Hotelaufenthalte hatte sie nach ihrer Ankunft als Erstes Laken und Tagesdecke heruntergerissen und das Zimmer mit ihrer Spezialmischung desinfiziert, die nicht nur 99,9 Prozent aller Bakterien vernichten sollte, sondern auch die berüchtigten Bettwanzen, die in den USA in letzter Zeit ihr Comeback feierten. Maggie machte sich zunehmend Sorgen wegen der winzigen Plagegeister und schickte Marcus zu dem Thema andauernd irgendwelche Artikel.

Nach der Desinfektion bezog Maggie das Bett mit Laken und Decken, die sie zu Hause sterilisiert und mit wanzentötenden Wirkstoffen imprägniert hatte.

Doch jetzt war das Bett mit Hotelwäsche bezogen. Als Marcus im fast dunklen Zimmer das Blumendekor betrachtete, kam ihm die Maserung des Sarges seiner Tante – die Frau, die ihn wie ihr eigenes Kind großgezogen und geliebt hatte – in den Sinn, in dem er ihre sterblichen Überreste zur Ruhe gebettet hatte.

Er schauderte und schaltete das Licht ein. Auch Maggies Koffer fehlte. Marcus stockte das Herz, denn für einen Moment kam ihm der beängstigende Gedanke, sie könnte ihn verlassen haben. Dann aber schalt er sich einen Narren. Es musste einen vernünftigen Grund dafür geben, dass der Koffer verschwunden war. Wie kam er bloß auf die Idee, Maggie hätte ihn verlassen? Waren es Schuldgefühle? Glaubte er, wenn sie ihn verließ, hätte er es nicht anders verdient?

Marcus prüfte seine Waffe, kehrte auf den Korridor zurück, ging zu Dylans Zimmer und gab das vereinbarte Klopfzeichen. Sekunden später öffnete ihm Agent Lee, die hübsche junge Schwarze mit dem kurz geschnittenen krausen Haar. Ihr musste etwas an seiner Miene auffallen, denn sie fragte sofort: »Was ist passiert?«

»Haben Sie heute schon Agent Carlisle gesehen?«

»Ja. Sie hat einige Zeit mit Dylan verbracht und ist dann gegangen. Ich soll Ihnen sagen, dass sie Ihnen eine E-Mail schickt, warum sie so schnell fortmusste.«

»Dylan geht es gut?«

»Als ich zuletzt nach ihm gesehen habe, kämpfte ein Lego-Piratenschiff gegen einen Lego-Sternenzerstörer.«

Marcus lächelte matt. »Danke.«

»Zeigen Sie mir Ihre Wertschätzung, indem Sie Jerrell aus dieser Hölle rausholen. Finden Sie ihn, Agent Williams. Bitte!«

Marcus hatte stundenlang Gedanken über Gespräche wie dieses gewälzt. Erst als Mordermittler, dann als Bundesagent hatte er unzähligen Angehörigen von Opfern in die Augen gesehen und Versprechen gegeben, von denen er wusste, dass er sie nicht halten konnte. Doch er kannte noch immer nicht die ideale Antwort, mit der sich die Betroffenen beruhigen ließen.

»Wir kommen ihm näher«, sagte er.

Kapitel 87

Von: maggie.carlisle490@justice.gov
An: »Marcus« <marcus.williams22@justice.gov>
X-Mailer: Ackmail 7.8.0.1
Thema: LIES MICH ...

Lieber Marcus,

ich weiß, dass Du dir selbst die Schuld an allem geben wirst, aber Du kannst nichts dafür. Deine Art, Menschen auf Abstand zu halten, war nicht gerade hilfreich, aber letzten Endes geht es nicht um Dich, sondern um meinen Bruder. Ich finde, ich habe nicht genug getan, um ihn zu finden und die Wahrheit herauszubekommen. Ich habe geglaubt, wenn ich in die Shepherd Organization eintrete, würde es mir helfen, den Mann zu finden, der ihn entführt hat, aber tatsächlich habe ich mich durch meine Mitarbeit im Team immer weiter von dem entfernt, was ich eigentlich tun sollte. Ich muss den Schuldigen fassen, ganz gleich, wie lange es dauert und was dazu nötig ist. Betrachte dieses Schreiben als meine Kündigung. Was uns beide betrifft – ich liebe Dich und werde Dich immer lieben. Trotzdem erwarte ich nicht von Dir, dass Du auf mich wartest.

PS: Sag Ackerman, ich hoffe, dass ihn in sehr naher Zukunft ein qualvoller Tod ereilt ;-)

Für immer Deine

Maggie

Kapitel 88

Die Geräumigkeit der Wandschränke in den Zimmern ihres Hotels hatte Ackerman sofort beeindruckt. In den meisten Häusern boten sie nicht den nötigen Platz für einen erholsamen Schlaf, und dann rollte er sich in einer Ecke oder neben einem Bett zusammen. Nach Möglichkeit jedoch schlief er in der Enge eines Wandschranks. Er fand sie am behaglichsten; er konnte sich dort am besten erholen. Außerdem boten sie taktische Vorteile: Die meisten Eindringlinge schauten zuerst in die Betten und die Bäder. Bei einem Überraschungsangriff waren Schränke ein sekundäres Ziel, und das verschaffte einem ausreichend Gelegenheit, einen Gegenschlag zu planen.

Jetzt allerdings war Ackerman nicht allein im Schrank und konnte daher dessen Geräumigkeit nicht richtig genießen. Das Geschmeiß hatte darauf bestanden, sich in der engen Zuflucht zu ihm zu gesellen; die Töle kuschelte sich sogar an seinen Bauch und schlief.

Ackerman wollte sich umdrehen, wagte aber keine Bewegung, sonst hätte er das Zottelviech geweckt, worauf er wieder abgeleckt und mit Schwanzwedeln belästigt worden wäre. Er gab es höchst ungern zu, aber er konnte sich der Erkenntnis nicht verschließen, dass seine Toleranz gegenüber dem Biest wuchs.

Der kleine Hund zuckte aus dem Schlaf hoch – eine volle Sekunde bevor Ackerman das Klirren von zerbrechendem Glas hörte.

Er schob die Schranktür auf, kroch auf den beigefarbenen

Teppichboden und lauschte, wobei er sich tief unten hielt, außer Schusslinie. Dann bewegte er sich zum Ursprung des Geräuschs, dem Zimmer seines Bruders.

Zwischen den Räumen gab es eine Verbindungstür, aber derzeit war sie abgeschlossen. Ackerman überlegte noch, ob er sie eintreten oder doch anklopfen sollte, als unvermittelt Emily mit gezogener und schussbereiter Waffe in sein Zimmer stürzte. Sie ließ den Blick durchs Zimmer huschen; dann erst nahm sie Blickkontakt zu Ackerman auf. Er zeigte auf das gemeinsame Zimmer von Marcus und Maggie.

Emily nickte, bewegte sich geschmeidig nach vorn und trat mit einem Roundhouse-Kick die Verbindungstür ein.

Als Ackerman ihr ins andere Zimmer folgte, entdeckte er Marcus im Badezimmer. Er saß auf der Toilette. Blut strömte ihm übers Gesicht und tropfte von seiner rechten Faust.

Emily schrie leise auf und stürzte zu ihm.

»Mir geht's gut«, sagte Marcus. »Nur ein kleiner Schnitt. Sieht schlimmer aus, als es ist.«

»Was ist hier los?«, fragte Emily besorgt.

Ackerman bemerkte, dass der Badezimmerspiegel zerschmettert war und blutige Scherben im Waschbecken lagen. Am Bruchmuster sah er, dass mindestens ein Hieb gegen den Spiegel mit Marcus' Stirn geführt worden sein musste.

Er drehte sich zu Marcus um »Hat jemand dich angegriffen?«

»Ich bin gestolpert. Lasst mich einfach nur das Blut abwaschen, und ...«

»Unsinn«, fiel Ackerman ihm ins Wort. »Was ist wirklich passiert? Und wo steckt Maggie?«

Marcus zierte sich einen Augenblick lang. »Verschwunden. Die E-Mail ist noch auf meinem Computerschirm. Ihr dürft sie gern lesen.«

Ackerman ging zurück ins Schlafzimmer und las Maggies Nachricht auf dem MacBook. Das meiste von dem, was sie schrieb, hatte er schon seit einiger Zeit kommen sehen. Aber mit dem freundlichen Postskriptum hatte er nicht gerechnet.

PS: Sag Ackerman, ich hoffe, dass ihn in sehr naher Zukunft ein qualvoller Tod ereilt ;-)

Emily kam zu ihm und las die Nachricht ebenfalls.

»Ist das nicht ein netter Gruß an mich?«, fragte er. »Ich muss schwer Eindruck auf sie gemacht haben.«

»Sehr nett klingt das nicht. Sie hofft, dass Sie qualvoll sterben?«

»Genau. Der Tod wäre ein großes Abenteuer. Denn Christus ist mein Leben, und Sterben ist mein Gewinn. Das schrieb schon ... Ich weiß nicht mehr, ob es Johannes oder Paulus war. Egal. Wie Sie so schön sagten, ist Schmerz meine Droge der Wahl. Ein qualvoller Tod wäre ein befriedigender Beginn meines Nachlebens.«

Emily kniff die Augen zusammen. »Sie denken wohl nur an sich und Ihre psychotische Vorstellung von Vergnügen. Maggie könnte in Gefahr schweben!«

»Maggie hat sich lediglich auf eine Seelenreise begeben. Das ist keine Überraschung. Seit Chicago habe ich es kommen sehen.«

Marcus kam zu ihnen an den Schreibtisch. Er hatte sich ein Handtuch um den Kopf gewickelt wie einen rot-weißen Turban. Mit ausgestrecktem Arm knallte er den Laptop zu. »Raus mit euch. Ich muss mich hinlegen, ehe wir uns mit Detective Ferrara treffen.«

»Mit einem Schädeltrauma legen Sie sich nicht hin«, widersprach Emily. »Sie müssen ins Krankenhaus und genäht werden.«

»*Ich* kann ihn zusammenflicken«, sagte Ackerman. »Hab ich schon oft gemacht. Bei Lebenden und bei Toten.«

Marcus nickte. »Na also. Kein Krankenhaus.«

»Von mir aus«, sagte Emily. »Viel Spaß mit Ihrer Franken-stein-Narbe. Aber während er Sie zusammenflickt, will ich hören, was hier wirklich los ist. Sobald es um die psychische und physische Gesundheit des Teams geht, bin ich der Boss, schon vergessen? Und da ist noch etwas. Ich habe da etwas festgestellt, das nicht sehr erfreulich ist, besonders nicht für Sie, Marcus.«

Marcus blickte sie verwirrt an.

Emily atmete tief durch. »Ich wollte auf eine geeignetere Gele-genheit warten, einen privateren Moment. Ich habe bei Dylan eine Autismus-Spektrum-Störung festgestellt. ASS hat eine ge-netische Komponente. Sie, Marcus, zeigen eindeutig bestimmte äußere Anzeichen, aber es ist für mich unmöglich, eine sichere Diagnose zu stellen, ohne . . .«

Marcus schnitt ihr das Wort ab. »Das reicht mir schon. Mit mir und meinem Sohn ist alles in Ordnung, verstanden? Und jetzt raus. Beide. Sofort.«

»Aber deine Wunde . . .«, setzte Ackerman an.

»Ich nähe sie selbst! Ich habe verdammt lange überlebt, ohne dass mir jemand geholfen hätte. Das werde ich wohl auch noch ein bisschen länger schaffen. In einer Stunde treffen wir uns in der Lobby. Und jetzt verschwindet.«

Kapitel 89

Corin vermutete, dass ihr mehr als nur ein mildes Schmerzmittel gegeben worden war. Von dem Augenblick an, in dem sie aus dem Aufzug gefahren war, hatte sich alles um sie gedreht. Oder die Unterwassermotivik hatte sie hypnotisiert, bis sie vollkommen die Orientierung verlor. Wie auch immer, zuerst kam es ihr vor, als wäre sie an Bord eines U-Boots; dann schien der Raum unter Wasser zu stehen und sie aus ihrem Rollstuhl zu schweben.

Wenigstens spürte sie nun ihre gebrochenen und verbrannten Beine nicht mehr.

Gladstones Stimme wurde schwärmerisch. »Hier entlang. Nicht trödeln. Worauf wartest du?«

Corin versuchte zu antworten, aber ihre Lippen schienen die Wörter nicht mehr formen zu können. Gladstone erkannte offenbar die äußeren Merkmale ihrer Benommenheit. »Ach herrje. Anscheinend hat Sonnequa dir eine etwas überhöhte Dosis verabreicht.«

Corin spürte, wie sich Hände um ihren Kopf legten und ihr die Lider offen hielten. »Pupillen maximal geweitet. Wie es scheint, hat Sonnequa versucht, dich zu töten. Anscheinend ist sie zur beschützerischen Hausmutter unseres kleinen Wolfsrudels geworden.«

Corin blinzelte sich in einen Dämmerzustand zurück. Ihr war, als würde sie ertrinken. Als sie das Wort ergriff, hörte sie sich an, als spräche jemand anders in Zeitlupe. »Warum sollte sie mich umbringen wollen?«

»Offensichtlich betrachtet sie dich als Bedrohung, als Konkurrentin um meine Aufmerksamkeit. Ich kann durchaus verstehen, weshalb sie eifersüchtig geworden ist. Und um dir ein kleines Geheimnis anzuvertrauen: Sonnequa hat allen Grund, sich Sorgen zu machen. Du bist zäh, erfinderisch, willensstark und attraktiv. Du bist genau die Frau, die ich mir beim Aufbau meiner schönen neuen Welt an meiner Seite vorstelle.«

Corins Hemmungen und ihre Angst schwanden unter dem Einfluss des Beruhigungsmittels. Ohne nachzudenken, sagte sie: »Ich bin keine Psychologin, obwohl ich Vorlesungen gehört habe. Deshalb werde ich mir einfach nicht klar darüber, ob du ein Narzisst oder ein Psychopath oder beides bist, du Vollpfosten.«

Er ohrfeigte sie mit aller Kraft, die er aufbringen konnte, auf die Wange. Corins Kopf wurde zur Seite gerissen. Ihr Rollstuhl schwankte und wäre umgestürzt, hätte Gladstone nicht ihre Hand ergriffen und es verhindert.

»Vergiss nie deine Stellung, du kleine Hure. Du musst lernen, dass ich hier der oberste Gebieter bin. Du wirst mir jederzeit Respekt erweisen.«

Corin kicherte stillvergnügt in sich hinein. »Eher würde ich einem Haufen Hundescheiße Respekt erweisen.«

Er ohrfeigte sie erneut, noch brutaler als zuvor, und diesmal spürte sie den Schmerz bis ins Mark. Aber es half ihr, sich immer mehr aus dem Betäubungsmittelrausch zu befreien.

»Ich bring dich um, du kranker Idiot . . .«

Diesmal schlug er sie mit der Faust.

Derrick Gladstone war kräftig gebaut, und er brachte jede Unze seiner Muskulatur in diesen Hieb ein. Als Corin seine Faust auf sich zuschießen sah, durchzuckte sie der Gedanke, dass er ihr den Kopf abschlagen würde – im wahrsten Sinne des Wortes. Der Schlag hob sie aus dem Rollstuhl, der langsam auf die Seite kippte. Corin stürzte neben einer Sitzgruppe auf den Fußboden. Es war, als überfielen sie alle Schmerzen aus den vergangenen Wochen auf einmal. Sie biss die Zähne zusammen und kämpfte gegen die Bewusstlosigkeit.

Gladstone fuhr heran. »Hör mit dem Weinen auf. Das sind keine Schmerzen. Du kennst überhaupt keine Schmerzen!«

Zuerst wusste Corin nicht, wovon der Mann im Rollstuhl redete. *Weinen?* Sie sollte geweint haben? Erst als sich der Nebel in ihrem Kopf lichtete, erkannte sie, dass sie sich auf dem Boden zusammengekrümmt hatte und unkontrolliert schluchzte.

Gladstone fuhr fort: »Aus einer Reihe von Gründen habe ich dich erwählt. Erstens hast du einer Wohltätigkeitsorganisation Blut gespendet, die ich leite. Ich habe deine DNA ausgiebig studiert und herausgefunden, dass du von allen Frauen in unserer Einrichtung die reinsten Erbanlagen besitzt − die perfektesten, die ich je gesehen habe. Nur deshalb habe ich versucht, dich an der langen Leine zu halten. Bei meinen Forschungen habe ich entdeckt, dass manche Menschen ein Attribut aufweisen, das von der Wissenschaft zurzeit noch nicht vollständig beschrieben werden kann. Ich nenne es den unbedingten Überlebenswillen. Während meiner Zeit als Arzt habe ich vieles gesehen. Patienten, die sich einem simplen chirurgischen Eingriff unterzogen und nicht mehr aus der Narkose erwachten. Andere hingegen konnten unmöglich überleben und sind dennoch vollständig genesen. Manchmal gibt es keine Erklärung dafür. Aber bei vielen dieser Menschen sieht man ein Feuer der Entschlossenheit in den Augen. Den Willen zu siegen, um jeden Preis zu überleben. Du bist eine solche Überlebenskünstlerin, Corin.«

Sie versuchte sich zu bewegen, aber ihre zerstörten Beine und die Rippenbrüche, die sie beim Aufprall davongetragen hatte, ließen es nicht zu, und das Medikament war machtlos gegen diese Schmerzen. Corin erbrach sich auf Derrick Gladstones Fliesenboden.

Er starrte finster auf sie hinunter und schüttelte voll Abscheu den Kopf. Langsam zog er eine kleine schwarze Pistole aus der rechten Jacketttasche, beugte sich in seinem Rollstuhl vor und drückte ihr die Mündung an den Hinterkopf. »Ich habe das Gefühl, du hörst mir nicht zu.«

»Ich ... bin ... ganz ... Ohr«, entgegnete Corin mit ersticktem Flüstern.

Er lächelte. »Und das bringt mich zu dem hauptsächlichen Grund, weshalb ich dich für etwas Besonderes halte. Als ich die Ergebnisse deiner Gentests sah, beschloss ich, alles über dich und dein Leben in Erfahrung zu bringen. Ich weiß vermutlich mehr über dich als du selbst. Ich habe herausgefunden, was du getan hast. Wen du getötet hast.«

»Bitte, ich brauche Hilfe ...«

»Beginnen wir mit dem festen Freund deiner Schwester. Der Typ, der für ihren Niedergang verantwortlich ist. Du hast ihn kaltblütig ermordet. Seit Jahren hing er an der Nadel. Er war definitiv ein Experte darin, sich Gift in die Adern zu spritzen. Er hätte sich niemals eine Überdosis verabreicht, und es gab keine Anzeichen, dass er selbstmordgefährdet war, aber dein Beschützerinstinkt war immer schon genauso stark wie dein Überlebenswille. Du hättest alles getan, um deine Schwester zu schützen. Ich habe auch die Akten zu deiner Mutter durchgesehen, und obwohl ich keinen konkreten Beweis habe, glaube ich, dass du auch sie getötet hast.«

Corin rang keuchend nach Atem. »Sie wissen gar nichts. Sie kennen mich kein bisschen.«

»Das wäre eine Schande, dann nämlich müsste ich zu meinem Plan B übergehen. Deine Schwester Sammy hat nicht den gleichen Überlebenswillen wie du, aber ich würde darauf wetten, dass ihr Erbmaterial die Mühe wert wäre. In Anbetracht dessen, dass du einen einzigartigen genetischen Code besitzt, stehen die Chancen ausgezeichnet, dass Sammy eine ähnlich makellose Doppelhelix ihr Eigen nennt.«

»Halten Sie sich von meiner Schwester fern!«

»Schon wieder diese überaktiven Beschützerinstinkte. Ich schlage dir eine Abmachung vor. Du bist ein braves Mädchen, und ich denke nicht mehr an die süße kleine Sammy, in Ordnung?«

»Was immer Sie wollen. Nur ... bitte, helfen Sie mir.« Sie streckte die Hand nach ihm aus, doch er schlug sie zur Seite.

Wieder richtete Gladstone die Pistole auf sie. »Wenn du wirklich leben willst und wenn du das Feuer in dir hast, das ich suche, dann kriechst du jetzt zu deinem Rollstuhl und ziehst dich hoch. Wenn du es nicht schaffst, bist du nicht stark genug. Dann schieße ich dir eine Kugel durch den Kopf und werfe dich meinen Hunden zum Fraß vor.«

Kapitel 90

Ackerman hatte nie viel Eigentum besessen, ein Auto schon gar nicht. Allerdings hatte er im Laufe der Jahre etliche Fahrzeuge geraubt oder sonst wie an sich gebracht. Aber genug zu verdienen, um sich einen schicken Wagen leisten zu können, war eine verlockende Aussicht. Er musste sich bei Marcus erkundigen, welches Gehalt die Shepherd Organization ihm zu zahlen gedachte. Denn wenn schon ein Auto, wollte er einen Klassiker wie den Wagen, den Detective Natalie Ferrara fuhr.

Ackerman, der auf der Rückbank des Cabrios saß, beugte sich vor und sagte laut, um den Wind zu übertönen: »Mir gefällt Ihr Wagen, Detective. Was ist das für ein Fabrikat? Modell? Baujahr?«

Die hübsche hispanische Kriminalbeamtin antwortete: »Ein 1964er Ford Falcon Futura.«

»Der gleiche Wagen, der 1987 in *Summer School* mit Mark Harmon gefahren wurde«, warf Marcus ein.

»Wow«, sagte Natalie. »Das wusste ich gar nicht.«

»Ich dachte, deshalb hätten Sie ihn gekauft.«

Während Natalie mit dem mehr als fünfzig Jahre alten Wagen zur Haight and Ashbury abbog, sagte sie: »Nein, es war das Auto meines Vaters. Wir haben ihn gemeinsam restauriert.«

Ackerman widerstand dem Drang zu erwähnen, dass die Fixierung seines Bruders auf bestimmte Themen ein verbreitetes Anzeichen für ASS war, genauso wie Dylans Besessenheit von Legosteinen. Marcus hatte nicht viel gesprochen, seit die Bombe geplatzt war, und Ackerman hatte beschlossen, ihn die unerfreuliche Nachricht verarbeiten zu lassen, ehe er auf Symptome hinwies, wann immer er sie bemerkte.

Auf der Straße, der sie folgten, war der Geruch von Marihuana deutlich wahrzunehmen. Die Gehsteige wimmelten vor Touristen und Einheimischen. Ferrara bremste vor einem Laden auf Schritttempo ab und rief: »Baxter Kincaid!«

Die meisten Fußgänger blickten zu dem Cabrio hinüber, als säßen darin Geisteskranke auf der Flucht – was in seinem eigenen Fall sogar zutraf, sagte sich Ackerman. Besonders interessant jedoch fand er drei Personen, die die Straße hinunterdeuteten und Natalie Ferrara zeigten, wo Kincaid zu finden war.

»Der Typ scheint hier bekannt zu sein«, meinte Marcus.

Natalie fuhr langsam weiter und hielt nach Kincaid Ausschau. »Kommt darauf an, wie man es sieht.«

Ackerman entdeckte schließlich den Privatdetektiv, wie er an einer Eisdiele vorbeihastete. »Da ist er. Hatten wir nicht einen Termin mit dem Burschen? Wieso läuft er vor uns weg?«

Natalie nahm den Blick nicht von Kincaid und beschleunigte. »Wir verfolgen ihn nicht, und er flieht nicht vor uns. Manchmal verliert er die Zeit aus den Augen und geht nicht ans Handy. Ich glaube, er zerbricht sich den Kopf über die Schießerei in seiner Nachbarschaft.«

Natalie holte Baxter ein und brachte den Falcon neben ihm zum Stehen. Ackerman fiel ein großer Schwarzer auf, der etwa zehn Meter vor Kincaid ging, sich umwandte, den Wagen und Kincaid bemerkte und sofort in die entgegengesetzte Richtung davonrannte.

Kopfschüttelnd kam Kincaid zum Cabrio. »Leute, ihr habt gerade wen verscheucht, mit dem ich ein ernstes Wörtchen reden muss.«

»Du solltest zu mir aufs Revier kommen«, sagte Natalie. »Wir gehen heute zu Illustrated Dan, schon vergessen?«

Baxter zuckte die Schultern. »Tut mir leid, die Geschichte mit der Schießerei hat mich abgelenkt.«

»Weiß ich. Komm, fahren wir los. Die Bundesagenten hier haben einen Termin für eine Sondervorführung in ihrer Diamantkammer.«

Baxter machte einen Satz über den Kofferraum und landete auf dem Platz neben Ackerman. »Okay, reden wir mit Dan the Man.«

Kapitel 91

Corin Campbell wollte nicht sterben. Aber so weiterleben wollte sie auch nicht.

Trotzdem, Hoffnung gab es immer. *Du schaffst es,* machte sie sich Mut. *Du schaffst es bis zu diesem verdammten Rollstuhl. Zeig diesem Mistkerl, was du draufhast.*

Die Schmerzen waren so intensiv geworden, dass sie beinahe spüren konnte, wie ihr Gehirn Teile ihres Körpers abschaltete, sodass es ihr kaum noch gelang, ihre Bewegungen zu koordinieren.

»Was soll ich nur mit dir tun, Corin«, sagte Derrick Gladstone. »Wäre es dir lieber, wenn ich dich von deinem Elend erlöse? Ich habe immer noch Plan B. Aber wenn du nicht mehr lebst, gibt es niemanden mehr, der die süße Sammy beschützen kann. Also beweg dich, sonst ist alles vorbei.«

Corin rang sich das letzte bisschen Kraft ab, legte eine Hand vor die andere, grub die Fingernägel in den Teppichboden und kroch um ihr Leben und das ihrer kleinen Schwester.

Als sie den Rollstuhl erreichte, wusste sie nicht, wie sie sich daran hochziehen sollte. Jede Bewegung bereitete ihr Höllenqualen, ihr Beine waren unbrauchbar, und einen kräftigen Oberkörper besaß sie nicht.

Wenigstens hatte Gladstone den Rollstuhl für sie aufgerichtet.

Sie versuchte daran hochzuklettern, aber er rollte davon. Fluchend tastete sie nach dem Rad und zog an dem schwarzen Hebel, der die Bremse arretierte. Mühsam, stöhnend vor

Schmerz, richtete sie sich auf die Knie auf, drehte sich zur Seite, klammerte sich an der Armlehne fest und zog sich auf den Sitz hoch. Es kam ihr so vor, als hätte sie einen Marathonlauf hinter sich. Mühsam versuchte sie, sich aufzurichten und die Füße auf die Fußstützen des Rollstuhls zu stellen.

Sie hörte Gladstones spöttischen Applaus erst, als sie ihre Atmung unter Kontrolle gebracht hatte. Er lächelte. »Genau das habe ich gemeint. Wenn man dich so ansieht, deinen zerbrechlichen Körper, und deine Verletzungen in Betracht zieht ... Nun, sagen wir einfach, dass kein Arzt auf deine wahre Stärke und Durchhaltekraft gewettet hätte. Sie hätten sich geirrt. Ich bin vielleicht der einzige Mensch in deinem Leben, der jemals wirklich an dich geglaubt hat, Corin. An dein *wahres* Ich. Ich möchte, dass du siehst, was ich in dir sehe. Ich möchte dir helfen, dein wahres Potenzial zu erkennen.«

Noch immer keuchend fragte Corin: »Was sehen Sie denn?«

»Ich sehe dein Potenzial, die Eva neben mir als Adam zu sein.«

Die Welle der Übelkeit, die Corin bei diesem irrsinnigen Gedanken überfiel, war fast noch schlimmer als die Schmerzen. Aber diesmal hielt sie den Mund. Es brachte nichts, diesen Wahnsinnigen weiter gegen sich aufzubringen.

Gladstone fuhr in seinem Rollstuhl zum großen Schlafzimmer und sagte dabei über die Schulter: »Genug ausgeruht. Komm jetzt. Wer rastet, der rostet.«

Ihr blieb keine Wahl, als ihm zu folgen und sich auf jedweden Irrsinn einzulassen, den er für sie bereithielt.

Im Schlafzimmer setzten sich die Meeresmotive fort. Es gab hier die gleiche Stufendecke, die gleiche Beleuchtung und die Schatteneffekte, die alles leicht verschwommen aussehen ließen, als wäre man unter Wasser. Ein kalifornisches Kingsize–Bett ruhte an der Rückwand; daneben stand eine Sitzgruppe. Tagesdecke und Möbelbezüge waren dunkelgrün und lachsrot. Corin hätte schwören können, das Meersalz in der Luft zu schmecken.

Derrick Gladstone fuhr in die Mitte des Raumes und drehte sich zu der Wand gegenüber vom Bett. Als Corin näher kam, sah sie, dass die gesamte Fläche mit Hunderten von Fotos bedeckt war. Jedes Bild war mit Namen, Datum und Gewichtsangaben beschriftet. Es waren Kinderfotos; sie zeigten Jungen und Mädchen mit den verschiedensten Hauttönen und Haarfarben. Die Bilder bedeckten die Wand vom Boden bis zur Decke und von einer Seite bis zur anderen.

Corin kämpfte gegen ein aufwallendes Entsetzen an, das noch stärker war als die unerträglichen Schmerzen.

»O Gott, was ist das?«, fragte sie mit kaum hörbarer Stimme, obwohl sie die schreckliche Antwort bereits kannte.

»Das«, antwortete Gladstone, »sind meine Kinder.«

Kapitel 92

Über die Frage, wie der Tenderloin-Distrikt in San Francisco zu seinem Namen gekommen war, herrschte Uneinigkeit. Einige Touristenführer behaupten, Polizeibeamte, die im Tenderloin arbeiteten, erhielten eine »Gefahrenzulage« für den Dienst in dem gewalttätigen Stadtteil, mit der sie sich bessere Steaks leisten konnten. Marcus wusste, dass der Name in Wahrheit von einem älteren New Yorker Stadtviertel stammte, doch die apokryphen Erklärungen der Namensherkunft grassierten auch in seiner Heimatstadt. Er kannte alle möglichen Deutungen, die von den Profiten der Bestechlichkeit bis hin zu den *tender loins* reichten, den »zarten Lenden« der Prostituierten und Stripper im Distrikt.

Marcus ging davon aus, dass der Name des Stadtbezirks keine direkte Bedeutung für ihren Fall hatte, verspürte aber trotzdem das Bedürfnis, über die Zusammenhänge nachzugrübeln. Einen Augenblick fragte er sich, ob dieses Verlangen, zu begreifen, wie alles funktionierte, typisch für die Diagnose sei, die Ackerman offenbart hatte – eine Diagnose, die Marcus für unzutreffend hielt. Er wusste, dass mit ihm und seinem Sohn alles in Ordnung war. Zumindest was die interne Verkabelung anging.

Nach außen hin stimmte so manches nicht. Seine Freundin hatte ihn soeben verlassen, sein Bruder und sein leiblicher Vater waren Serienmörder, und sein Team stand einem weitverzweigten Netzwerk aus den schlimmsten Killern der Welt gegenüber.

Alle diese Probleme verschärfte nun auch noch Baxter Kincaid, der Privatdetektiv, der neben Ackerman in Natalies Cabrio saß und andauernd an seinem Marihuana-Joint zog.

Natalie lenkte den Ford Falcon vor einer Suppenküche an den Straßenrand, wo eine Schlange Obdachloser beiderlei Geschlechts anstand.

»Was denn, Baxter?«, fragte Marcus. »Ist Ihr Informant ein Stadtstreicher?«

Baxter lachte. »Nein, er hilft hier ein paar Mal in der Woche freiwillig aus. Seine Schicht geht gleich los. Wir müssen warten. Haben Sie was dagegen, wenn ich bis dahin einen Eintrag für mein Blog aufnehme?«

»Nur wenn Sie aufhören, da hinten zu kiffen. Ich bekomme Kopfschmerzen von dem Stoff.«

Baxter steckte sein Zeug weg und startete eine Aufnahme-App auf seinem Handy. »Ich glaube, die Schramme an Ihrer Stirn ist eher schuld daran, aber ich komm schon klar . . .«

Baxters Logbuch, Sternzeit 7016 Komma Zwo Alpha Zwölf. Anno Domini.

(leises Lachen)

Neulich habe ich auf diesem Your Tube eine verlorene Seele reden gehört. Wie es in dem Lied heißt, gab sie all ihre Gedanken über Gott preis. Der Typ behauptet Folgendes: Wenn es einen Gott gibt und er, also der Typ, je Gelegenheit bekommt, vor dem Himmelstor zu stehen, würde er dem Allmächtigen ganz schön Feuer unter dem Hintern machen. Also sagt er zu Gott: »Was denkst du dir eigentlich dabei, Alter?« Und dann fängt er an, alles menschliche Leid dem Schöpfer anzulasten, als wären wir selbst völlig ohne jede Verantwortung, was das angeht.

Ich sage dazu nur: Überleg doch mal, Mann. Wenn du ein Kind hättest, müsstest du dem Kind erklären, was richtig und was falsch ist, aber dann müsstest du es sein Ding selber machen lassen. Kinder gehen irgendwann immer ihren eigenen Weg, egal, was du tust.

Dieser Typ gibt also Gott die Schuld, dass Menschen von Insekten angefallen werden und Kinder Knochenkrebs bekommen und so weiter. Er nennt das Universum böse und den Schöpfer komplett wahnsinnig, dass er eine Welt errichtet, in der es so viel Leid gibt, an dem wir keine Schuld tragen.

Anders als dieser Gentleman sehe ich, Baxter Kincaid, wenn ich mich umschaue, überall die unglaubliche Schönheit von Gottes Schöpfung. Ich sehe Ordnung und Absicht. Ich sehe wissenschaftliche Wahrheiten, die Gesetze von Physik und Mathematik – von einer Macht in Kraft gesetzt, die sich unserem Begreifen entzieht. Und ich sehe eine Welt, die vom Menschen verdorben wurde. Wieso entwickelten sich manche Insekten so, dass sie Menschen anfallen? Wieso gibt es Parasiten auf dieser Welt, die Kindern Löcher in die Augäpfel bohren? War hier ein menschlicher Faktor beteiligt? Umweltverschmutzung, Abforstung? Hat ein früheres Glied in der Kette der Ereignisse dazu geführt, dass sich ein Geschöpf zu einer Bedrohung entwickeln musste, weil wir seinen Vorfahren den Lebensraum weggenommen haben?

Ich weiß es nicht, aber ich sehe es so ...

Ich bin klein. Selbst in Begriffen meiner Stadt, des unvergleichlichen San Francisco, wird man sich nicht an mich erinnern. Nicht in hundert, nicht in zehn, wahrscheinlich nicht mal in einem Jahr, nachdem ich nicht mehr bin. Ich werde die Welt verlassen, nachdem ich mein Leben hauptsächlich damit verbracht habe, Schatten zu jagen.

Aber dass meine sterbliche Existenz größere Bedeutung besitzen soll als die Gesetze der Natur und die Absichten des Schöpfers in diesem unvorstellbar weiten Universum, das vermutlich nur ein Universum innerhalb eines grenzenlosen Multiversums ist ... na ja, das ist wohl auch ein bisschen viel verlangt.

Aber so wie Eltern ihr Kind lieben, so hat der Schöpfer jeden Einzelnen von uns lieb. Weil er Teil von uns ist und wir Teil von ihm. Wie also leben wir weiter und machen einen Unterschied? Indem wir unsere Geschichte Teil der Geschichte werden lassen, die das Universum erzählt, Mann!

Statt auf dem Hintern zu sitzen und über das Leid auf der Welt zu schwadronieren, sollten wir etwas dagegen unternehmen. Wenn es euch so wichtig ist, gegen Krebs bei Kindern zu kämpfen, solltet ihr herausfinden, wie man ihn heilt. Oder wenigstens für diesen Zweck einen Haufen Geld spenden.

Wie ist es überhaupt mit Leid und Schmerz? Wie kam es dazu? Wenn ihr die Geschichte von Adam und Eva glaubte egal ob wörtlich oder allegorisch, dann ist es eure eigene Arroganz, die dazu geführt hat, dass das Leid in die Welt gekommen ist. Weil ihr gedacht habt, ihr wärt schlauer als Papa.

Aber fangen wir gar nicht erst damit an.

Wenn ihr an ein Leben nach dem Tod und an die Ewigkeit glaubt, dann ist diese Welt nur der erste Schritt auf einer langen Reise. Wer kann schon sagen, welche Wunder noch auf uns warten? Ich möchte es erfahren! Sollte diese Existenz nur die Babyschritte darstellen, das Vorstellungsgespräch oder die Stützradphase, wenn ich so sagen darf, sollten wir vielleicht innehalten und uns fragen, was unser Papa uns damit sagen will.

Denn wenn es ein Wesen gibt, das selbst nicht erschaffen wurde, aber alles auf dieser Welt erschaffen hat – oder zumindest ein Wesen, dessen Existenz sich unserer begrenzten Erkenntnis entzieht –, dann lebt dieser Schöpfer jenseits von Raum und Zeit. Jenseits unseres Univerums, jenseits unseres Multiversums. Ich weiß nicht, wie ihr das seht, aber ich stelle mir vor, dass solch ein Wesen ganz schön schlau wäre. Ich glaube, so jemand könnte mir eine Menge beibringen, wenn ich nur zuhören würde.

Lest den Prediger Salomo mit offenem Verstand und offenem Herzen, und ihr erkennt, wovon ich spreche.

Oder auch nicht. Ist eure Sache, Leute.

Ich schätze, ich will nur sagen, ehe wir die Gedanken des Mannes da oben oder die Vorstellung eines wohlwollenden Schöpfers verwerfen, sind wir es uns schuldig, die wirklichen Wahrheiten zu erforschen, die Papa Bär uns zeigen will.

Also bleibt euch treu da draußen, ihr kleinen Babys. Bekennt ruhig, dass ihr Freaks seid, aber lasst euer Banner nur das zeigen, woran ihr wirklich glaubt. Was mich betrifft – ich nehme meine Geschichte, meine Leidenschaften und meine Fähigkeiten und werde damit Teil der supercoolen Vibes, die der Schöpfer uns allen vorgibt.

Baxter . . . Ende und aus.

Als Kincaid fertig war, wusste Marcus nicht, ob er lachen oder weinen sollte. »Waren das die Kiffer-Sakramente? Hören sich die Leute Ihren Mist wirklich an?«

Baxter zuckte mit den Schultern. »Sie lesen es, glaube ich. Es ist ein Blog oder so. Ich weiß es aber nicht. Vielleicht hören sie es auch, keine Ahnung. Ich quassle einfach runter, was mir gerade durch den Kopf geht, und kralle mir den Scheck.«

»Sie werden für ein Blog *bezahlt?* Wie geht denn das?«

»Mein Technomagier verkauft Werbeflächen auf der Website.«

»Wie viel verdient man denn damit?«, fragte Ackerman.

Baxter winkte ab. »Letztes Jahr betrug mein Anteil ein bisschen über zweihunderttausend.«

Im Wagen wurde es vollkommen still.

»Vor Steuern«, fügte Baxter hinzu.

Nach einer erneuten Phase langen Schweigens fragte Ackerman: »Würden Sie mich mit Ihrem Magier bekannt machen? Ich würde auch gern ein Weblog anfangen.«

»Auf keinen Fall«, sagte Marcus.

»Du bist nicht mein Boss.«

Marcus schaute seinen Bruder wütend an. »Pass mal auf, Mister . . .« Er suchte nach dem exotischen Namen, den Ackerman in der Polizeiwache Richmond Station genannt hatte. »Mr. Tonydanzio, ich bin dein Vorgesetzter, und du . . .«

»Dantonio.«

»Halt den Mund, Frank, bevor mir der Schädel platzt!«

»Sie haben Schlafstörungen, nicht wahr, Agent Williams?«, fragte Baxter. »Ein bisschen Gras würde Ihre Beschwerden höchstwahrscheinlich lindern.«

»Ich nehme kein Rauschgift. Die Nonnen haben mir beigebracht, dass mein Körper ein Tempel ist und Rauschgift ihn entweiht. Es verändert die Wahrnehmung.«

»Zwischen Rauschgift und Medizin besteht ein Unterschied. Gott schenkt uns alle Medizin, die wir brauchen, direkt aus der Erde. Erstes Buch Mose, Kapitel eins, Vers neunundzwanzig: ›Und Gott sprach: Seht da, ich habe euch gegeben allerlei Kraut, das sich besamt, auf der ganzen Erde und allerlei fruchtbare Bäume, die sich besamen, zu eurer Speise.‹ Ich glaube an die Naturmedizin. Meiner Meinung nach ist eine sanfte natürliche Arznei weit besser als die verschreibungspflichtigen Medikamente von Menschenhand, mit denen die Ärzte jede Soccer Mom aus der Vorstadt vollpumpen. Trotzdem haben Sie recht, wenn Sie sagen, dass Medizin die Wahrnehmung verändern kann. Allerdings würde ich einwenden, dass es viele Wahrnehmungen gibt, die ein wenig verändert werden sollten. Aber jeder nach seiner Art, Agent Williams.«

Marcus entdeckte einen Mann in Jeans, der mit Tattoos übersät war und eine Biker-Weste trug. »Hey, seht mal da. Ist das unser Mann?«

»Das ist der illustre Illustrated Dan«, sagte Baxter. »Wenn wir ihn ansprechen, wird er mir ins Gesicht schlagen. Niemand rührt sich. Tun Sie einfach so, als würden Sie sich eine Doku über Silberrücken-Gorillas ansehen.«

Ohne auf eine Antwort zu warten, katapultierte Baxter sich

aus dem Rücksitz des Cabrios, bevor Marcus die Beifahrertür öffnen konnte. Ackerman schwang sich auf dieselbe akrobatische Weise aus dem Wagen.

Marcus schüttelte den Kopf. »Kommen Sie«, sagte er zu Natalie und stieg aus. Gemeinsam schlossen sie sich Baxter und seinem neuen Bewunderer an. Marcus sah seinem Bruder die wachsende Faszination umso mehr an, je länger sie in Gesellschaft Baxter Kincaids verbrachten. Er hatte nicht das Gefühl, dass ein in den Klang der eigenen Stimme verliebter Kiffer den besten Einfluss auf einen Mann ausübte, der selbst unter einer stattlichen Zahl von Süchten und Beeinträchtigungen litt, aber was sollte er tun?

Der Mann, der Illustrated Dan genannt wurde, erblickte Baxter aus fünf Meter Entfernung. Der Biker verzog den Mund und kniff die Augen zusammen. Dan war ein älterer Mann mit weißem Bart und schulterlangem weißem Haar, das er sich zu einem Knoten geschlungen hatte wie ein Samurai. Die Tattoos begannen an seinem Hals und bedeckten jeden sichtbaren Quadratzentimeter seiner Haut – eine willkürliche Zusammenstellungen aus Ikonen der Popkultur, Totenköpfen, Drachen und allem dazwischen. Jede Arbeit war von einem echten Künstler mit unglaublicher Liebe zum Detail ausgeführt.

Genau wie der Kifferprophet es prophezeit hatte, war Dan mit zwei langen Schritten vor Baxter und versetzte ihm einen kräftigen rechten Haken. Kincaid spuckte Blut auf den Bürgersteig und fragte: »Ist es jetzt aus deinem Organismus raus, oder willst du noch mal?«

Dan antwortete mit zusammengebissenen Zähnen. »Du hast ganz schön Nerven, dich vor mir blicken zu lassen, Bax.«

»Ich habe ehrlich gewonnen. Spiel nicht, wenn du nicht verlieren kannst. Das weißt du.«

»Du hast mich reingelegt.«

»Ich lege nie jemand rein. Das weißt du auch.«

»Ich war betrunken! Du hast dir die Situation zunutze gemacht und Docs Bike von mir gestohlen. Dabei wusstest du genau, was die alte Panhead mir bedeutet!«

Baxter zuckte mit den Schultern. »Du hast dich *entschieden*, zu viel zu trinken und mit einem besseren Spieler zu pokern. Dann hast du dich *entschieden*, deinen wertvollsten Besitz zu setzen. Ich habe versucht, es dir auszureden.«

Dan schlug Baxter noch einmal und wollte sich an ihnen vorbeischieben. Vor der Tür der Suppenküche hielt Natalie Ferrara ihn mit ihrer Dienstmarke auf, die sie wie einen Talisman in die Luft hielt. »Wir sind offiziell hier.«

»Ich geb mich nicht mit Cops ab. Wenn Sie reden wollen, rufen Sie meinen Anwalt an. Ich zahl ihm 'ne Stange Geld dafür. Jetzt gehen Sie mir aus dem Weg.«

Natalie trat zur Seite und sah Baxter mit einem Blick an, der besagte: *Tu doch etwas!*

Baxter seufzte. »Wenn du uns hilfst, Dan, geb ich dir das Bike zurück.«

Dan blieb unvermittelt stehen und drehte sich um. »Okay. Was wollt ihr?«

Baxter reichte ihm eine Vergrößerung des Tattoos, das die Buskamera aufgenommen hatte. »Frag jeden, den du kennst. Wir brauchen einen Namen zu dem Tattoo.«

»Was ich herausfinde, wäre als Beweis nicht zulässig.«

»Wir brauchen nur einen Namen oder eine Namensliste, je nachdem, wie viele Männer du findest, die dieses Tattoo auf der Hand haben.«

»Und dann bekomme ich Docs Bike zurück?«

Baxter zögerte kurz; dann sagte er: »Ja. Hier stehen Menschenleben auf dem Spiel, Danny. Wenn du uns zu dem Kerl führst, ist das Motorrad ein geringer Preis.«

Dan blickte auf das Foto. »Ich höre mich um. Warte bei dir zu Hause auf mich, und halte mein Bike abfahrbereit. Du kriegst deinen Namen.«

Als Illustrated Dan davonging, sagte Natalie anerkennend: »Wir sind dir eine Menge schuldig, Bax.«

»Ich tu's nicht für das Police Department. Und das Bike ist nur ein Gegenstand, an dem ich mich eine Zeit lang erfreuen durfte. Außerdem muss ich mich jetzt nicht mehr jedes Mal verprügeln lassen, wenn ich Dan über den Weg laufe. Aber da das Bike mein wichtigstes Transportmittel ist, schuldest du mir ein neues. Such mir aus den beschlagnahmten Bikes eins raus, das meinen Ansprüchen genügt, okay?«

Kapitel 93

Corin streckte den Kopf vor und übergab sich. Ihre Übelkeit rührte nicht von den Medikamenten in ihrem Kreislauf oder den Schmerzen ihres geschundenen Körpers her, sondern von dem Gedanken, dass so viele Kinder durch Vergewaltigung gezeugt worden waren.

Sie sank in den Rollstuhl zurück und wischte sich das Erbrochene von den Lippen. »So viele Frauen haben Sie entführt und geschwängert? Und wo sind all die Babys?«

Gladstone lachte. »Himmel, nein. Die Fotos an dieser Wand zeigen zwar auch den Nachwuchs deiner Schwestern, aber die überwältigende Mehrheit stammt von Frauen, die mit Gladstone-Samen befruchtet wurden.«

Corin glaubte sich verhört zu haben. »Befruchtet?«

»Ja. Ich habe zu erwähnen vergessen, dass ich einer der bedeutendsten Fruchtbarkeitsspezialisten Kaliforniens bin. Mir gehören zwölf Kliniken in fünf Bundesstaaten. Mein Ruhm auf diesem Gebiet beruht auf einem Test, den ich entwickelt habe. Mit ihm lassen sich bestimmte Erbkrankheiten leicht aufspüren.«

»Soll das heißen, dass ein Paar zu Ihnen kommt und Sie die Eizelle nicht mit dem Sperma des Mannes befruchten, sondern Ihrem eigenen?«

»In den meisten Fällen läuft es bei uns genauso ab wie in jeder anderen Klinik. Wenn wir aber ein Warnzeichen im Erbgut des angehenden Vaters entdecken, interveniere ich mit genetisch überlegenem Material. Dabei handelt es sich nicht immer um meinen Samen. Ich bin auf weitere Individuen gestoßen, deren Erbanlagen nun mithilfe künstlicher Befruchtung unter der Bevölkerung verbreitet werden. Ich erweise den Menschen damit einen Dienst, besonders den Frauen, die an einen genetisch minderwertigen Partner geraten sind. Statt bei ihrer Vermehrung seine Kinder zur Welt zu bringen, verbessern sie durch ein Kind mit überlegenem Erbmaterial ihre Situation. Ich kann es kaum erwarten zu erleben, wie viel Wunderbares die Jungen und Mädchen an dieser Wand für die Menschheit tun werden.«

»Sie glauben wirklich den Müll, den Sie absondern, oder? Sie haben sich eingeredet, dass es im besten Interesse der Menschen ist, wenn Sie Gott spielen und mit ihrem Leben herumpfuschen? Sie sind krank.«

»Das hängt stark von deiner Definition des Gesunden ab. Wenn ich mich umsehe, erblicke ich eine Welt, die stirbt, und daran will ich etwas ändern. Als Wissenschaftler bin ich unserer Spezies gegenüber verpflichtet, einen Versuch zu unternehmen, die evolutionäre Katastrophe zu umschiffen. Sieh dir die heutige Welt doch einmal an. Menschen geringer Klasse, von niedriger Intelligenz, die zur Gesellschaft nichts beizutragen haben, vermehren sich mit beunruhigender Geschwindigkeit. Intelligente, gebildete, würdige Individuen ziehen die Karriere dem Nachwuchs vor oder entscheiden sich für ihr soziales Gewissen und bringen nur ein Einzelkind zur Welt. Ein paar Jahrhunderte mag es dauern, aber am Ende bevorzugt die Evolution immer jene, die sich in größerer Zahl vermehren können. Das ist der Kern des Prinzips der natürlichen Auslese. Wir haben uns mit den Konzepten von Liebe und Monogamie Sand in die Augen gestreut. In Wirklichkeit ist jeder Mann darauf angelegt, viele Kinder zu zeugen, während Frauen sich nur begrenzt oft vermehren können.«

»Ich werde Sie töten. Das ist mein Ernst.«

Gladstone funkelte sie an. »Wenn du einen Fehler in meinen Überlegungen findest, lass es mich wissen.«

»Sie können nicht einfach hingehen und entscheiden, wer ›würdig‹ ist, Sie kranker Psycho. Und wer kann sagen, ob die genetische Abweichung, die Sie beseitigen wollen, nicht gerade die Mutation ist, die am Ende der Menschheit das Überleben ermöglicht?«

»Ich wähle nicht aus, wer würdig ist. Das besorgt die Natur für mich. Du stellst es dar, als pfuschte ich der natürlichen Auslese ins Handwerk, aber in Wahrheit ermögliche ich es ihr, wieder wirksam zu werden. Die Stärksten und Intelligentesten der Spezies haben die Pflicht, dafür zu sorgen, dass die Gruppe, in die sie hineingeboren wurden, den evolutionären Wettlauf gewinnt. Ihr seid es, die sich mit Märchen von Engeln und Teufeln die Sicht auf die Wirklichkeit trüben! Ihr habt die Lüge akzeptiert, Menschen wären etwas Besseres als hochintelligente Tiere. Dass wir auf der obersten Sprosse der Leiter stehen, bedeutet keineswegs, dass wir nicht mehr von den gleichen Instinkten angetrieben werden und nicht den gleichen wissenschaftlichen Wahrheiten unterliegen.«

»Sie erinnern mich an einen anderen Mann, von dem Sie vielleicht schon mal gehört haben. Adolf Hitler hat auch geglaubt, die Welt müsse gesäubert werden und nur bestimmte Menschen hätten es verdient zu leben.«

»Richtig, und er zwang diesen Glauben anderen auf und tötete Millionen. Ich versuche niemanden einzuschränken oder zu verletzen. Ich versuche nur, meinem Erbgut einen Vorteil gegenüber der Konkurrenz zu verschaffen. Das ist vollkommen legitim. Denk nur an natürliche Auslese und stell dir vor, welche Arten von Menschen wir als intelligente und produktive Mitglieder unserer Gesellschaft betrachten würden. Haben sie Kinder? Oder ist es der Bodensatz der Gesellschaft, der gedeiht und sich ausbreitet wie eine Feuersbrunst? Aufgrund der natürlichen Auslese werden wir von Generation zu Generation immer dümmer. In jeder Generation gibt es weniger gebildete Menschen und mehr Analphabeten. So wird es weitergehen, bis wir die natürliche Auslese wieder an uns reißen.«

»Sie sind ein Schwein. Ein Neandertaler. Sie glauben, Sie können Frauen bewusstlos schlagen, in Ihre Höhle ziehen und begatten.«

Gladstone blickte noch einmal auf die Wand voller Babyfotos. »Offensichtlich kann ich das. Bisher ist niemand gekommen und hat mich davon abgehalten.«

Corin wusste nicht, was sie sagen sollte. Sie hatte mehrmals versucht, an Gladstones Gewissen und seine Menschlichkeit zu appellieren, aber so etwas schien er niemals besessen zu haben.

Er blickte auf die Uhr. »Wir reden später über diese Dinge. Und wir werden viel Zeit haben, darüber zu diskutieren. Immerhin werden wir den Rest unseres Lebens miteinander verbringen.«

Kapitel 94

Marcus und Ackerman warteten an der Südwestecke des Washington Square Park. Beide befolgten Nassars Anweisungen und trugen Smoking. Auch den neutralen Treffpunkt hatte Mr. Kings rechte Hand vorgeschlagen und gesagt, er schicke ihnen pünktlich um 18.30 Uhr eine Limousine.

Marcus sah auf seine Apple Watch. »Zwei Minuten bis zum Spiel. Übrigens, mach keine Löcher in den Smoking. Er ist nur geliehen.«

»Das ist nicht dein Ernst.«

»Ich hoffe, wir können das abhandeln, ohne Kugellöcher in die Kleidung zu bekommen.«

Ackerman bewunderte sein Spiegelbild an einem vorbeifahrenden Bus. »Wir sehen ziemlich schick aus.«

Marcus grinste schief. »Oh ja, du kommst bestimmt aufs Titelbild von *Psychopath heute.*«

»Ich bin kein Psychopath. Du weißt genau, wie sehr mich die Fehlbenutzung dieses Begriffs verärgert. Ich würde wetten, dass mehr Vorstandsvorsitzende großer Konzerne unter Psychopathie leiden als Personen, die Serienmörder sind.«

»Okay, okay. Ich sollte wohl besser den Mund halten.«

»Ganz zu schweigen davon, dass echte Psychopathen als solche zur Welt kommen, während mein glorreicher gegenwärtiger Zustand mit Vorsatz herbeigeführt und durch Gewalt geformt worden ist. Du erinnerst dich an unseren Herrn Vater?«

»Ich weiß, ich weiß. Ich bin wieder ganz der mürrische Mistkerl.«

»Wir sind, was wir sind, Bruderherz. Ob wir es mögen oder nicht. Wirfst du mir vor, was ich bin?«

Marcus seufzte. »Ich weiß nicht, was das nun wieder heißen soll.«

»Lass es mich anders formulieren.« Ackerman zögerte. Offenbar wählte er seine Worte sehr genau. »Bei den Dingen, die ich getan habe – glaubst du, ich hatte irgendeine Wahl?«

Marcus atmete tief durch, sprach ein rasches Gebet und strich dabei über das Kruzifixtattoo an seiner Brust. »Das ist eine sehr tiefsinnige Frage. Ehrlich gesagt, ich weiß es nicht, Frank. Ich werfe dir nichts von dem vor, was du getan hast, solange du unter Vaters Kontrolle gestanden hast. Aber richtig *angefangen* hast du erst, nachdem du von ihm weg warst. Du hättest dich an die Behörden wenden können. Du hättest alles erklären können. Zum Teufel, vielleicht hätte man dich sogar als Helden betrachtet!«

»Mit anderen Worten, ich hätte die Opferrolle einnehmen können.«

»Ich sage nur, dass du eine Wahl hattest.«

»Darüber habe ich lange und angestrengt nachgedacht, Bruderherz. Und wenn ich ehrlich sein soll – ich weiß nicht, ob mir eine Wahl blieb. Wenn man dir dein ganzes Leben lang nur eine Sache beigebracht hat und dich dann als Teenager auf die Welt loslässt ... Kann man von diesem Jungen erwarten, dass er nicht das Einzige tut, das er gelernt hat?«

Marcus schüttelte den Kopf. »Ich weiß nicht, ob das wirklich wichtig ist. Es ist geschehen. Es ist vorbei. Wir haben nur das Hier und Jetzt. Die Vergangenheit ist passé, und vielleicht gibt es kein Morgen. Wichtig ist nur, was du in diesem Augenblick tust und in jedem Augenblick danach. Ich glaube, dass du ehrlich und aufrichtig etwas *Gutes* tun willst. Und das ist im Moment das Einzige, was zählt.«

»Das bedeutet mir eine Menge, kleiner Bruder. Wäre ich ein Mann, der seine Gefühle zeigt und andere liebend umarmt, wäre jetzt wohl ein solcher Augenblick.«

Marcus lachte auf. »Bitte drück mich jetzt nicht.«

Eine lange schwarze Limousine hielt vor ihnen an der Bordsteinkante. Marcus raunte: »Das sind sie. Vergiss nicht, zeig dich von deiner besten Seite.«

Ein gepflegter junger Mann in klassischer Chauffeursuniform stieg auf der Fahrerseite aus und kam um den Wagen herum. Er sprach kein Wort, nickte nur und öffnete den Brüdern den Schlag.

Ackerman neigte dankend den Kopf und ließ sich in den Fond der Limousine sinken. Marcus zog erst sein Jackett aus und blickte prüfend ins Fahrzeuginnere. Alles war mit dunklem Leder bezogen und roch nach Politur und Reinigungsmitteln. Er bemerkte eine Fußbodenmatte aus Gummi direkt an der Tür und nickte zufrieden. Er hatte darauf gehofft, so etwas zu finden. Auf diese Weise brauchte er sein Jackett nicht zu benutzen bei dem, was er vorhatte. Die Anzüge waren wirklich geliehen, und in letzter Zeit legte Andrew Garrison großen Wert auf präzise Spesenberichte und Verlustmeldungen.

Marcus setzte sein bestes Harter-Bursche-Gesicht auf und blickte zu dem Chauffeur hoch. »Ich wende keinem den Rücken zu, Kleiner. Klemm dich wieder hinters Lenkrad. Ich steig ein, sobald du sitzt.«

Der junge Mann ließ sich nichts anmerken. Er verbeugte sich nur und ging zur Fahrertür zurück.

Marcus warf Ackerman das Jackett zu und bückte sich, um in den Wagen zu steigen. Dabei riss er die Fußmatte an sich, rollte sie zusammen und klemmte sie zwischen Tür und Verriegelung. Mit der rechten Hand packte er den Türgriff und zog ihn so fest zu sich, dass der Sensor dem Fahrer keine Meldung machte, obwohl die Tür nicht richtig geschlossen war. Wenn alles lief wie geplant, würde die Matte verhindern, dass die Türverriegelung ihre Arbeit tat.

Ackerman betrachtete Marcus amüsiert. »Wie es scheint, rechnest du mit einer Falle.«

»Ich rechne immer mit einer Falle. Und meinen Recherchen zufolge *ist* es in fünfundsechzig Prozent aller Fälle auch eine.«

»Ist das eine akkurate Statistik?«

»Mach dich nützlich oder halt den Mund.«

»Also gut«, sagte Ackerman. »Sämtliche Scheiben sind kugelsicher und schlagfest. Ich hoffe also, dein kleiner Trick mit der Fußmatte hilft. Sonst sind wir denen ausgeliefert.«

»Was meinst du, was benutzen sie? Irgendein Narkosegas, das aus der Lüftung kommt?«

»Das wäre am sichersten und effizientesten. Uns hier einsperren und das Gas einleiten. Wir können uns den Weg nicht freischießen, und wir können nur für sehr begrenzte Zeit die Luft anhalten. Nicht besonders sportlich, aber wirksam.«

»Okay, wenn sie es mit Gas versuchen, atmen wir abwechselnd durch den Spalt.«

Ackerman beugte sich vor und nahm eine Kristallkaraffe von dem Klappbrett vor ihm. Die Karaffe enthielt eine hellbraune Flüssigkeit. Er zog den Stopfen ab und schnüffelte daran. »Riecht wie alter Scotch.«

»Trink ihn lieber nicht.«

Mit einem Achselzucken stellte Ackerman die Karaffe wieder ab und begann an den Knöpfen der Entertainment-Anlage herumzuspielen.

»Sag mal, nimmst du das hier überhaupt ernst?«, fragte Marcus.

Ackerman nahm eine Hand voll Nussmischung von einem Tablett neben der Whiskykaraffe, kaute und lehnte sich zurück.

»Ich nehme es sehr ernst. Wenn du es schaffst, die Tür offen zu halten, sodass wir atmen können – könnten sie dann nicht einfach anhalten, die Trennscheibe herunterfahren und uns von draußen erschießen?«

Marcus dachte darüber nach. »Wir machen Folgendes: Wenn sie Gas hier bei uns einleiten, springen wir raus, sobald es sicher ist. Dann haben wir die Initiative. Wir können uns vorbereiten, falls sie wenden und unsere Verfolgung aufnehmen.«

»Und wenn das Gas geruchlos ist und wir es bereits einatmen – jetzt, in diesem Augenblick?«

»Du gehst mir heute noch mehr auf die Nerven als sonst. Nur damit du es weißt: Ich habe immer ein zusätzliches Prepaid-Handy dabei. Wir deponieren es hier, für alle Fälle.« Marcus kramte das Handy aus seiner Jacketttasche.

In diesem Moment hielt die Limousine am Straßenrand, und die Fahrertür wurde geöffnet und wieder geschlossen. Sie nahmen einen weiteren Fahrgast auf.

Augenblicke später fuhr die Trennscheibe langsam herunter. Marcus ließ die Tür los, riss die kleine Pistole aus dem Ärmel und zielte auf das sich herabsenkende Panzerglas. Auf der anderen Seite der Scheibe erschien ein muskulöser Mann mit einer Beretta, auf die ein Schalldämpfer aufgeschraubt war. Der Fahrer starrte nach vorn, als ginge ihn das alles nichts an.

Marcus vermutete, dass er jenen Mann vor sich hatte, dem Ackerman und Emily in Willoughbys Waffenladen begegnet waren. Er hatte ein rundes Gesicht mit vorspringendem Kinn. Die Züge waren seltsam kindlich und zugleich bedrohlich. Seine Nase war mehrmals gebrochen gewesen, und Narben überzogen seine Haut. Einige stammten sichtlich von Kämpfen. Andere, besonders am Unterkiefer, deuteten auf Operationen hin. Marcus fiel außerdem ein Blumenkohlohr auf – ein Merkmal, das Boxer, Wrestler und MMA-Kämpfer oft zeigten.

Der Mann sagte: »Nur dass Sie es wissen, alle Flächen im Fond sind mit einem Nervengift beschichtet. Umbringen wird es Sie nicht, aber Sie werden bewusstlos und bekommen höllische Kopfschmerzen. Sie beide werden innerhalb der nächsten halben Minute einschlafen.« Er lächelte. »Sie wollten doch die Diamantkammer sehen, oder? Tja, nur so und nicht anders kommt man dort hinein.« Ehe er die Trennscheibe hochfuhr, fügte er hinzu: »Und nehmen Sie bitte die Matte aus der Tür. Dieses verdammte Warnsummen nervt mich. Vielen Dank.«

Marcus knirschte so heftig mit den Zähnen, dass er schon befürchtete, sie sich auszubeißen. Verdammt! Sie waren gründlich an die Wand gespielt worden. Schon wieder.

»Bleiben wir?«, fragte er seinen Bruder. »Oder gehen wir?«

»Unser neuer Freund blufft nicht. Wir kämen nicht weit.« Ackerman warf sich die letzten Nüsse in den Mund. »Ich bin dafür, uns zurückzulehnen und die Fahrt zu genießen. Mit ein bisschen Glück hat dieses Nervengift wenigstens ein paar interessante psychotrope Nebenwirkungen.«

Kapitel 95

Die Welt war unscharf geworden. Immer wieder verschwammen die Grenzen zwischen Albtraum und Wirklichkeit. Corin wusste nicht, woher sie die Kraft genommen hatte, den Rollstuhl in Gang zu setzen und Gladstone zu folgen, aber sie spürte fast gar nichts mehr. Der Korridor setzte sich schier endlos fort, und die Welt schrumpfte und zog sich um sie zusammen.

Aber selbst bei allen Beeinträchtigungen verlor Corin nie ihr Ziel aus dem Auge. Sie analysierte alles, was ihr begegnete. Jede Tür, jedes Zimmer suchte sie mit Blicken nach allem ab, was sich als Waffe benutzen ließ oder auf andere Weise zum Werkzeug ihrer Befreiung werden konnte.

Die Räder ihres Rollstuhls surrten und quietschten, als Corin sich durch die schier unendlichen Korridore bewegte. Die Gänge waren einst gepflegt und ansprechend gewesen, jetzt aber heruntergekommen. Schimmel und Ungeziefer breiteten sich darin aus. Gladstone fuhr vor ihr her, als hätte er keine Sorgen und Ängste. Corin hätte ihn zu gern an seiner Selbstüberschätzung ersticken lassen, aber sie wusste, dass er nicht der einzige Dämon war, der diese Gänge durchstreifte.

Mit einem Aufzug fuhren sie ins Tiefgeschoss – ein Stockwerk aus Beton, Rohren, Leitungen und dem Geruch nach feuchter Erde. Corin hatte Angst, Fragen zu stellen, weil sie nicht wusste, ob sie die Antworten würde ertragen können. Doch am Ende, nachdem Gladstone sie in einen weiteren Aufzug und durch einen weiteren verfallenden Gang geführt hatte, fragte sie: »Wohin bringen Sie mich?«

»Ich wollte dich nur mit einem unserer Gäste bekannt machen, ehe er sich verabschiedet. Ich dachte, es tut dir gut, aus erster Hand mit anzusehen, was hier geschieht, wenn jemand nicht mehr willkommen ist.«

»Sie brauchen mir wirklich nichts mehr zu beweisen. Ich habe begriffen, was passiert, wenn sich Ihnen jemand widersetzt.«

»Da bin ich mir nicht so sicher. Du glaubst noch immer, dass du mich töten wirst, und scheinst die Vergeblichkeit eines solchen Versuchs noch nicht erkannt zu haben. Von hier gibt es kein Entkommen. Aber Worte sind billig, und nicht wissen heißt glauben. So, wir sind da.«

Die gläserne Flügeltür zum nächsten Zimmer war von einem massiven Torbogen aus Stein eingefasst. In den Sturz war die Inschrift »VIP-Lounge« eingemeißelt. Sonnequa stand neben der Tür wie eine Dienstbotin. Sie trug ihr weißes Kleid und ihre bequemen Schuhe.

»Ihr Bruder erwartet Sie schon, Sir«, sagte sie.

»Vielen Dank, meine Liebe.«

Die Glastür zur VIP-Lounge war ein wenig zurückgesetzt, und Videoschirme bedeckten die Wände des Alkovens. Die LED-Displays waren dunkel, und Corin fragte sich, welchem Zweck sie dienten. Als Sonnequa die Glastürflügel aufzog, erhellten sich die Bildschirme. Auf Corin wirkte es so verwirrend, so desorientierend, als hätten sich neue Dimensionen vor ihr aufgetan. Was einmal der Eingang zur VIP-Lounge gewesen war, erschien nun als gewaltiges Beobachtungsfenster. Die Bildschirme, erkannte sie, zeigten jeden Winkel des Raumes, der durch das Fenster nicht direkt sichtbar war.

In der gewaltigen Lounge gab es nur zweierlei zu sehen: einen Stahlstuhl, der am Boden festgeschraubt war, und einen Schwarzen mit nacktem Oberkörper, dessen Gesicht eine Kapuze verdeckte.

»Willkommen in der Diamantkammer«, sagte Gladstone. »Von all meinen geschäftlichen Unternehmungen hat mir dieser Raum das meiste Geld eingebracht. Erstaunlich, wie viel reiche Sadisten zahlen, um jemanden sterben zu sehen.« Er wies auf die Videoschirme. »Man beachte die Form des Zentrums.«

Nach wie vor versuchte Corin herauszufinden, ob sie Traum oder Wirklichkeit sah, und betrachtete den großen Raum auf den Videomonitoren. Dessen Mitte war versenkt und wie die Umrisse eines überdimensionalen Diamanten geformt. Darum herum stieg der Boden in drei Stufen an. Auf diesen Stufen hatten vermutlich einst Tische gestanden, an denen man essen und der Darbietung auf der Bühne im Zentrum zuschauen konnte. Corin vermochte sich leicht vorzustellen, dass hier einmal ein schicker Club für die Crème de la Crème des Resorts gewesen war.

»Mein Elternhaus besaß eine einzigartige Architektur«, schwärmte Gladstone. »Genau im Zentrum des Hauses gab es eine eingelassene Mulde mit Sitzgruppe in Form eines stilisierten Diamanten. Sie war Dreh- und Angelpunkt des Hauses, ein zentraler Treffpunkt. Doch meine Mutter machte unsere private Arena daraus und nannte sie ›Diamantkammer‹. Als ich dieses Restaurant hier sah, wusste ich sofort, wie ich es später einmal nutzen würde.«

»Ich verstehe nicht«, sagte Corin. »Was ist das für ein Raum?«

»Meine ganz private Donnerkuppel.«

»Und was findet hier statt?«

»Du wirst es gleich sehen. Es ist so spektakulär, dass ich vor längerer Zeit beschlossen habe, Eintritt dafür zu verlangen. Also habe ich jemanden aus meinem Team damit beauftragt. Das Ergebnis war ein wundervolles Portal im Dark Web, dem Internet der Verbrecher. Gegen eine Gebühr kann man sich einloggen und sich eine Liveübertragung vom Kampf auf Leben und Tod zweier Männer anschauen.«

Auf der anderen Seite der Diamantkammer öffnete sich eine Tür, und ein großer Mann trat ein. Er trug eine Maske, die einen verformten Totenschädel darstellte. Corin schnappte vor Entsetzen nach Luft. Es war die gleiche Maske, die sie im Hintergrund ihrer Fotos gesehen hatte und die durch ihre Albträume gegeistert war. Die gleiche Maske, die der Mann getragen hatte, wenn er sie vergewaltigte. Sein Körper war bepackt mit Muskeln, die nicht aufgedunsen wirkten wie bei einem Bodybuilder, sondern schlank und geschmeidig wie bei einem echten Kämpfer. Er trug nichts als die Maske und Shorts aus Elastan.

Der Mann mit der Totenkopfmaske durchquerte den Raum und stieg zum Zentrum hinunter. Langsam zog er dem Schwarzen die Kapuze vom Kopf und schnippte mit den Fingern. Augenblicklich hetzten, wie gehorsame düstere Schatten, die Höllenhunde durch die offene Tür herein und stellten sich auf den Stufen auf wie ein gespanntes Publikum.

Neben Corin flüsterte Gladstone: »Ich liebe diese Hunde. Ein Geschäftspartner, der mir sehr beim Einstieg geholfen hat, bildet sie aus. Er hat sie ›Höllenhunde‹ getauft. Das ist wohl nicht allzu überraschend, wenn man bedenkt, dass mein Geschäftspartner sich Demon nennt. Ich bin mir nicht sicher, ob er die Tiere persönlich abrichtet oder nur den Lehrplan aufgestellt hat, aber sie sind wahrhaft erstaunliche Geschöpfe. Aber die eigentliche und viel gefährlichere Killermaschine in der Kammer ist mein kleiner Bruder, Simon ›Gladiator‹ Gladstone.«

»Wieso ließen Sie mich denn von Ihrem Bruder vergewaltigen, statt es selbst zu tun? Haben Sie sich übernommen? Funktioniert's unter der Gürtellinie nicht mehr so richtig, Dr. Gladstone?«

»Ich verzeihe dir deine Unverschämtheit, weil ich weiß, dass du im Moment nicht ganz bei dir bist, aber um deine Frage zu beantworten: Doch, es funktioniert alles wunderbar. Meine Rückenmarksverletzung habe ich bei einem Footballspiel am College davongetragen – eine Schädigung des T7-Wirbels. Unterhalb der Taille habe ich kein Gefühl, aber ich kann dennoch die Beine bewegen und *funktionieren,* wie du es so wortgewaltig formulierst. Das Gehen fällt mir allerdings schwer, und es desorientiert mich, weil mir die Rückkopplung des Tastsinns fehlt. Daher benötige ich diesen Rollstuhl.«

»Sehen Sie wirklich nicht, wie krank und abartig das alles ist?«

»Wie ich schon sagte, bedarf es eines Maßstabs, um solche Urteile fällen zu können. Viele Leute benutzen moralische Vorstellungen und religiöse Überzeugungen als derartigen Maßstab. Das aber setzt voraus, dass es einen Sinn für unsere Existenz gibt oder eine höhere Macht, und wer weiß das schon. Ich bin kein Sadist. Ich genieße es nicht, andere Menschen leiden zu sehen. Aber ich lehne auch keine Millionengewinne ab, die ich von denen kassiere, die auf so etwas ›abfahren‹, wie du dich vermutlich ausdrücken würdest, wenn ich ihnen Blut, Schmerz und Tod als Dienstleistung anbiete.«

Corin war kurz davor, sich erneut zu übergeben. Diesmal würde sie allerdings darauf achten, dass Gladstone die volle Ladung abbekam. Mit zittriger Stimme fragte sie: »Und wer ist das Opfer des heutigen Abends?«

»Ein FBI-Agent, der mir in die Quere gekommen ist. Wie du siehst, war er trotz seiner Ausbildung nicht in der Lage, von hier zu entkommen.« Er blickte Sonnequa an. »Wie lange noch?«

»Wir gehen in dreiundsechzig Sekunden auf Sendung.«

»Ausgezeichnet. Der Kampf könnte ein wirklicher Leckerbissen werden, Corin. Ich hoffe sehr, dass du die Höllenhunde in Aktion erlebst. Sie sind wirklich bemerkenswert. Mr. Demon unterzieht sie einer strengen Ausbildung, aber sein wichtigster Trick ist erstaunlich einfach. Er erzieht die Hunde zu liebenden, treuen Beschützern des Kunden. Mein Bruder und ich waren die Ersten, die diese beiden Hunde gesehen haben, nachdem sie zur Welt gekommen waren. Dann, während die Tiere unter brutalen Umständen ausgebildet wurden, besuchten Simon und ich sie immer wieder, brachten ihnen Leckerbissen und überschütteten sie mit Zuneigung. So kam es, dass beide Hunde uns mit Liebe und Sicherheit gleichsetzen. Wir sind das strahlende Zentrum ihres Universums. Sie würden für uns sterben. In gewisser Weise funktioniert es genau umgekehrt wie Werbung mit Markenbotschaftern. Ein Unternehmen kann sich einen Prominenten als ›Gesicht‹ ihres Produkts auswählen. Sie nehmen eine bekannte Persönlichkeit, die mit positiven Gefühlen assoziiert wird, und bringen die Menschen dazu, ihr Produkt im gleichen Licht zu sehen. Das ist logisch gesehen zwar ein Fehlschluss, aber es ist eine wirksame Werbemethode. Mit den Hunden ist es das Gleiche. Sie bringen uns mit Glücksgefühlen und gefüllten Mägen in Verbindung. Und für einen Hund ist das ein beinahe undurchtrennbares Band.«

»Ein spannendes Match wird das nicht, wenn Ihr Bruder sich nur mit scharfen Hunden in die Kampfgrube traut.«

»Oh nein, du missverstehst mich. Die Hunde nehmen an dem Kampf nicht teil. Aber sobald mein Bruder mit Agent Fuller fertig ist, beseitigen sie seine … Überreste. Also lehne dich zurück und genieße die Show.«

Kapitel 96

FBI Special Agent Jerrell Fuller war es allmählich leid, darauf zu warten, dass jemand ihn umbrachte. Zuerst hatte er in einer dunklen Betonzelle gesessen. Von dieser Zelle aus war er in ein anderes Verlies gelangt, wo man ihn einem langen und merkwürdigen Test mit etlichen Fragen unterzogen hatte. Es waren Fragen, wie man sie normalerweise in einem IQ-Test fand oder einer Prüfung, mit der der kognitive Entwicklungsstand gemessen werden sollte. Jerrell sah keinen Sinn in der Sache, es sei denn, der Sinn bestand darin, ihn sauer zu machen. Danach war er mit vorgehaltener Waffe in diesen Raum geführt worden, und hier saß er seitdem.

Als er nun hörte, wie sein Peiniger hereinkam, die kleinen schwarzen Mordautomaten auf den Fersen, empfand er beinahe Erleichterung.

Als Jerrell die Kapuze abgenommen wurde, blendete ihn für einen Moment das grelle Licht. Der Mann mit der Totenkopfmaske sagte kein Wort, aber Jerrell hörte, wie er sich durch den Raum bewegte. Als seine Augen sich an die Helligkeit gewöhnt hatten, sah er, wie der Gladiator einen kleinen Holztisch brachte, auf dem Essen, Wasser und eine Waschschüssel standen. Dann nahm der Gladiator ihm die Fesseln ab. Wären Jerrells Beine nicht eingeschlafen gewesen, hätte er sich ohne Zögern auf den Mann gestürzt, aber in seinem gegenwärtigen Zustand war es sinnlos.

Der Mann mit der Schädelmaske rollte eine Yogamatte vor Jerrell aus und kauerte sich in Lotushaltung darauf. Dann sagte die tiefe Stimme hinter der Maske: »Bereite dich auf den Kampf vor, Agent Fuller. Reinige dich. Nimm dir so viel Zeit, wie du brauchst. Nur halte dich von den Hunden fern. Wenn du versuchst, den Raum zu verlassen, reißen sie dich in Fetzen. Ich finde es angemessen, meinem Gegner immer den ersten Zug zu überlassen, daher werde ich hier sitzen bleiben und meditieren. Wenn du bereit bist, fang einfach an.«

»Und was, wenn ich nichts tue? Wenn ich mich einfach hinsetze und keinen Finger rühre?«

»Dann warten wir hier, bis unseren vierbeinigen Freunden der Hunger wichtiger wird als ihre Ausbildung. Ist es dann so weit, werden sie dich fressen.«

»Dann würde ich dich wenigstens mitnehmen«, sagte Jerrell.

»Ich fürchte, daraus wird nichts. Das Band zwischen mir und den Höllenhunden ist zwar nicht unzerreißbar, aber die Tiere wurden konditioniert, mich niemals zu verletzen, bevor alle anderen Futterquellen versiegt sind.«

»Und was passiert, wenn ich den Kampf aufnehme?«

»Wir kämpfen, bis einer von uns siegt.«

»Aber selbst wenn ich gewinne, fressen Daddys kleine Monster mich trotzdem, oder was?«

»Im Gegenteil. Ihnen ist sehr genau beigebracht worden, *wie* und *wen* sie töten. Sie wissen, sobald der Kampf begonnen hat, gibt es einen Sieger und einen Verlierer. Der Sieger darf den Raum verlassen, der Verlierer ist ihr Fressen.«

Jerrell begann mit den Vorbereitungen, indem er wieder Leben in seine taub gewordenen Beine brachte. Dann ging er zu dem kleinen Tisch, aß ein paar Bissen und trank etwas. Danach dehnte, streckte und lockerte er sich, ehe er den Bereich um die diamantförmige Grube in der Mitte des Raumes abschritt.

Die Höllenhunde lagen auf den stufig angeordneten höheren Ebenen und blickten wachsam hinunter auf den Kampfbereich wie Zuschauer im Kolosseum. Die Augen der Bestien waren aufmerksam; nichts entging ihnen. Wann immer Jerrell dem Rand der versenkten Plattform zu nahe kam, knurrten die Hunde und fletschten die Zähne. Ihr Atem stank nach Schlachthaus. Sie rührten sich nicht von der Stelle, sondern warteten geduldig darauf, dass ihre nächste Mahlzeit weichgeklopft wurde.

Während Jerrell auf und ab ging und sich bereit machte, rührte der Mann in der Schädelmaske sich nicht, zuckte nicht einmal. Er saß da, meditierte und wartete auf den ersten Zug des Gegners.

Jerrell wusste, dass dieser erste Zug theoretisch auch der letzte sein konnte. Er musste nur einen perfekten Treffer an der richtigen Stelle landen. Und er besaß noch immer das Abflussgitter, das er am Betonfußboden scharfgeschliffen hatte. Es war bei Weitem nicht so scharf wie eine richtige Klinge, aber Fleisch zertrennen konnte diese improvisierte Waffe. Dann gab es noch die Waschschüssel aus Metall und den kleinen Holztisch. Auch sie ließen sich als Waffen einsetzen.

Oder er konnte es auf die altmodische Art tun. Ein unerwarteter Schlag oder ein Tritt zwischen die Beine ...

Jerrell ging auf und ab und dachte fieberhaft nach, doch je intensiver er sich den Kopf zerbrach, desto unsicherer fühlte er sich. Das unerschütterliche Selbstvertrauen seines Gegners raubte ihm die Nerven. Er kam sich vor wie der Einzige im Zimmer, der den Witz nicht verstand. Als würden alle außer ihm die Welt in einem ganz anderen Licht sehen und ihn auslachen.

Schließlich entschied Jerrell sich für einen Angriffsplan, schob die Hand hinten in die Hose und zog das geschärfte Abflussgitter hervor.

Dann stellte er sich hinter seinen Gegner und griff an.

Kapitel 97

Als Marcus aufwachte, fühlte sein Kopf sich an, als hätte eine Heavy-Metal-Band ihn als Basstrommel benutzt. In einer schwach beleuchteten Betonzelle lag er auf einer von zwei Matratzen. Ackerman saß mit untergeschlagenen Beinen auf der anderen, die Arme zu einer merkwürdigen Yogahaltung verrenkt.

»Was machst du da wieder für einen Stuss?«, fuhr Marcus ihn an.

»Ich meditiere über die gegenwärtigen Umstände.«

»Toll. Schon irgendwelche Offenbarungen?« Marcus' Stimme klang rau, und seine Kehle fühlte sich an wie Schmirgelpapier.

»Ich nehme an, du kennst die Antwort bereits«, entgegnete Ackerman. »Sag mal, dieser Chip, den ihr mir ins Rückgrat implantiert habt ... Er verrät nicht wirklich jede meiner Bewegungen, oder?«

Marcus rieb sich mit den Handballen die Augen. »Wenn du fragen willst, ob jemand weiß, wo wir gerade sind – vermutlich nicht.«

»Ich spüre da irgendetwas in der Wirbelsäule, einen Fremdkörper. Ich wäre ziemlich sauer, wenn dein Freund, der Director, mir bloß ein Placebo hat einsetzen lassen. Dafür das Risiko einzugehen, dass ich gelähmt werde, wäre eine Unverschämtheit.«

»Der Chip funktioniert. Wir versuchen im Moment, die Mittel für eine größere Überwachungskapazität durch die NSA und einen moderneren Chip zu bekommen, aber das dauert. Nach den Ereignissen in Foxbury wollten die Verantwortlichen dich so schnell wie möglich in den Einsatz schicken. Deshalb haben sie sich sozusagen mit dem Modell vom vergangenen Jahr zufriedengegeben. Das Implantat kann deine Position feststellen und dich töten; es sendet und empfängt aber nur kleine Datenpakete, sobald du in Reichweite eines WLAN-Hotspots bist. Das Gerät geht dort ins Internet und überträgt deine GPS-Koordinaten. Danach erhält es einen Code zurück, der ihm sagt, ob es explodieren und dich töten soll oder nicht. Solange es den Kill-Code nicht erhält, geschieht dir nichts. Aber wenn du aus der Reihe tanzt, bringt der Chip dich irgendwann um. Du könntest dich nicht für immer vor ihm verstecken.«

»Aber ich könnte euch alle töten, nach Washington reisen und dort den Kill-Code löschen. Theoretisch.«

»Du kannst nicht quer durchs Land reisen, ohne irgendwann in ein Funknetz zu kommen. Nicht heutzutage.«

»Wo ein Wille ist, ist auch ein Weg.«

Marcus versuchte das Gespräch wieder in die richtige Bahn zu bringen. »Jedenfalls – die gute Neuigkeit ist, dass wir nur in Reichweite eines Funknetzes kommen müssen, dann schlägt dein Chip an.« Er zeigte auf eine Überwachungskamera an der Wand gegenüber. »Die Kamera sendet vermutlich über WLAN. Vielleicht ist schon ein Team unterwegs.«

»Das bezweifle ich. Ein internes Netzwerk in einer privaten Anlage hätte nur beschränkten Zugang zum Internet, wenn überhaupt. Unser Kerkermeister könnte sogar mit Störsendern arbeiten. Solche Geräte sind leicht zu beschaffen und billig zu bauen.«

»Wir lassen uns schon irgendwas einfallen. Das tun wir ja immer.«

»Im Lichte dieser neuen Informationen ist meine Meinung

wie folgt: Wir sollten uns verhalten wie ein Taucher, wenn er sich den gewaltigen Kiefern eines großen Weißen Hais gegenübersieht. Oder wie ein Wanderer, der unversehens einer Grizzlybärin und ihrem Jungen über den Weg läuft.«

Marcus wusste nicht, wovon sein Bruder redete. So ging es ihm oft, sogar dann, wenn er keinen dicken Kopf hatte von irgendwelchen Nervengiften. »Wartest du auf meine Antwort?«, fragte er. »Ich weiß es nicht. Man sticht dem Vieh ins Auge?«

»Nein«, sagte Ackerman. »Versuch's noch mal.«

»Du ziehst ein Messer und rammst dem Hai oder der Bärin den Arm mit der Klinge senkrecht nach oben ins Maul. Wenn das Tier zubeißt, bohrt die Klinge sich ihm ins Gehirn.«

Ackerman gluckste vor Lachen. »Mir gefällt dein Gedankengang. Wären wir doch nur in einer solchen Situation. Ich hab es aber eher metaphorisch gemeint. So wie der alte Witz: Was tun, wenn man in einem abstürzenden Flugzeug sitzt. Man klemmt den Kopf zwischen die Knie und gibt seinem Hintern den Abschiedskuss. In solch einer Situation sind wir jetzt.«

»Was ist los mit dir? Ich habe nie erlebt, dass du aufgibst.«

»Ich bin auch noch nie jemandem begegnet, der mich bezwungen hat.«

»Doch. Mir.«

Ackerman lachte wieder auf. »Das glaubst du wirklich, oder?«

Marcus ließ die Nackenwirbel knacken. »Wir haben keine Zeit für diese Diskussion. Wie kommst du darauf, dass wir den Kerl nicht austricksen oder besiegen können?«

»Ich habe alle Variablen berücksichtigt, und auf der Grundlage meiner Beobachtungen dieses Gegners und unserer beschränkten Mittel sehe ich keine Möglichkeit, wie wir ihn überwinden und die Begegnung überleben sollten. Na ja, vielleicht eine zehnprozentige Chance.«

»Unsinn. Wir sind in schlimmeren Situationen gewesen und noch jedes Mal unbeschadet davongekommen«, entgegnete Marcus. »Ich jedenfalls gebe niemals auf, bis sie mir das Herz rausschneiden.« Er seufzte tief. »Wir hätten den Demon-Fall an eine andere Behörde abtreten sollen. Vielleicht können wir es noch. Bestimmt könnte Valdas ein FBI-Team darauf ansetzen. Was das angeht, hattest du recht. Es gibt keinen Fall, der es wert wäre, jemanden zu opfern, der einem wichtig ist. Maggie ist verschwunden und jagt Gespenster. Wir beide stecken in der Klemme. Und ich werde das Gefühl nicht los, dass Dylan unmittelbar in Gefahr schwebt. Verdammt! Wenn wir hier wieder rauskommen, sollten wir den Fall abgeben. Lassen wir diesen Drachen schlafen.«

Ackerman schüttelte den Kopf und schloss die Augen. »Dafür ist es viel zu spät.«

»Was soll das heißen?«

»Der Zug ist längst abgefahren. Dass Demon uns in Ruhe lässt, war ein einmaliges Angebot. Er wird weiterhin versuchen, uns zu vernichten – uns und alles, was uns am Herzen liegt. Aus Prinzip.«

Marcus strich über das tätowierte Kruzifix auf seiner Brust. »Und was tun wir?«

»Jetzt führt der einzige Ausweg mitten durch den Schlamassel. Wir müssen sie alle umbringen, kleiner Bruder, ehe sie uns töten.«

Kapitel 98

Von klein auf hatte Jerrell Fuller ein Talent für Kampfsport gezeigt. Als er die FBI Academy besuchte, trug er einen schwarzen Gürtel in Muay Thai und trainierte Brazilian Jiu-Jitsu. Er war Gegnern gegenübergetreten, die zu den Weltbesten gehörten, aber noch nie hatte er jemanden sich bewegen sehen wie den Mann mit der Totenkopfmaske.

Jerrell hatte lange und angestrengt darüber nachgedacht, wie der Kampf ablaufen würde. Er war zu der Entscheidung gekommen, mit dem geschärften Abflussgitter anzugreifen, aber weder von vorn noch direkt von hinten. Vielmehr wollte er im Rücken seines Gegners attackieren und diagonal auf die Höllenhunde zulaufen, in die Luft springen, sich an der nächsten Stufe abstoßen und sich mit seinem vollen Gewicht von oben auf den Gladiator stürzen. Der Bastard wüsste gar nicht, wie ihm geschah, und falls doch, bliebe ihm keine Zeit, um zu reagieren.

Jerrells erster Angriff lief genauso ab wie geplant, sah man davon ab, dass sein Hieb niemals traf. Er war durch die Luft geflogen und genau auf seinen Gegner niedergestürzt.

Und dann war der Mann mit der Totenkopfmaske einfach verschwunden.

Ehe Jerrell verarbeiten konnte, was geschehen war, packte ihn der Gladiator und nutzte Jerrells Schwung, um ihn auf den polierten Parkettboden zu knallen.

Schmerz schoss Jerrell durch den ganzen Körper, und die Luft wurde aus seiner Lunge gepresst, als er bäuchlings aufschlug.

Der Gladiator sprang rittlings auf ihn, zwang ihn nieder und schmetterte ihm mehrmals die Fäuste auf den Hinterkopf.

Als das Gewicht des Gegners nicht mehr auf seinem Rücken lastete, rollte sich Jerrell auf die Füße.

Der Gladiator, oder Totengesicht oder wie immer er sich nannte, stand in lässiger Haltung vor ihm. Jerrell war sicher, dass der Bastard hinter seiner hässlichen Maske selbstgefällig grinste.

Na warte, du Dreckskerl.

Jerrell sagte sich, dass es an der Zeit sei, seinem Peiniger in sein wahres Gesicht zu blicken. Aus dem Stand stürmte er los, als wollte er den größeren Mann umreißen. Im letzten Moment stoppte er, täuschte einen Kopfstoß an und landete mehrere rasche Hiebe im Unterleib des Gegners.

Der Mann mit der Totenkopfmaske zuckte unter den Treffern kaum zusammen.

Jerrell brachte ihm eine lange Serie wuchtiger Hiebe und Tritte bei, wobei er immer wieder antäuschte und fintierte. Der Gladiator wehrte die Angriffe lässig ab, ohne selbst in die Offensive zu gehen.

Nachdem Jerrell volle drei Minuten lang erleben musste, wie seine perfekt ausgeführten Attacken auf beinahe lässige Weise abgewehrt wurden, begriff er, dass der Gegner nur mit ihm spielte. Der Gedanke trieb ihn zu noch härteren, schnelleren Schlägen an. Er benutzte seine Ringerkünste, versuchte den Gegner zu packen und den Kampf auf den Boden zu verlagern. Doch der Gladiator war ihm immer einen Schritt voraus, ergriff nie die Initiative, ließ aber jeden Angriff verpuffen. Ohne einen wirksamen Treffer zu landen, verbrauchte Jerrell viel von seiner Kraft und verausgabte sich, während sein Gegner kaum schneller atmete.

Jerrell änderte die Taktik. Um Zeit zur Regeneration zu

erkaufen, ergriff er die Gegenstände auf dem Tischchen und warf sie nach dem Gladiator. Dann hob er den Holztisch mit der linken Hand und schwang ihn wie einen Knüppel, während er mit dem Abflussgitter durch die Luft schnitt.

Der Gladiator entwaffnete ihn mühelos, indem er ihn bei den Handgelenken packte und ihm die Arme verdrehte, bis ihm alles aus den plötzlich kraftlosen Händen fiel. Gleichzeitig führte der Gladiator einen ersten eigenen Angriff, einen Schlag mit offener Hand gegen Jerrells Kehle.

Jerrell taumelte nach hinten, voller Wut und Verzweiflung. In seinem ganzen Leben hatte er noch nie jemanden so unbedingt töten wollen. Nie hatte er eine so heiße Wut empfunden wie in diesem Augenblick.

Ohne dass sein Atem sich beschleunigt hatte, stand der große Mann mit der Metallmaske da und wartete ab.

Jerrell sprang vor und ließ einen Hagel schneller Kombinationen auf den Gegner niederprasseln, aber der schien jetzt genug von der Show zu haben, denn als Jerrell diesmal nach zwei angetäuschten Nackenschlägen zu einem Uppercut ansetzte, packte der Mann mit der Totenkopfmaske ihn beim linken Arm und verdrehte ihn nach oben. Hilflos musste Jerrell zusehen, wie der Gladiator mit unglaublicher Schnelligkeit und Kraft den eigenen Unterarm als Hebel benutzte, um ihm, Jerrell, den Arm zu brechen.

Als FBI Special Agent war Jerrell ausgebildet, mit Schmerzen umzugehen. Er war trainiert worden, sie zu überwinden. Er hatte allerdings noch nie einen derart lähmenden Schmerz erlebt wie diesen.

Vielleicht zum ersten Mal seit Beginn seiner Torturen begriff Jerrell Fuller jenseits aller Hoffnung, dass er sterben würde.

Trotzdem konnte er nicht aufgeben. Das war einfach nicht seine Art. Er zwang sich, nicht an die heftigen Stiche im linken

Arm zu denken, und schlug unter Aufbietung aller Kraft mit der rechten Faust zu. Der Gladiator ließ den Hieb durch einen Konterschlag abprallen und traf Jerrell im Gegenzug mit der Außenseite des Fußes am Knie.

Es brach mit lautem Knall – wie auch sein Arm.

Die ganze Welt war ein lodernder Schmerz. Jerrell brach rücklings auf dem harten Holzfußboden der Diamantkammer zusammen. Die Maserung war fleckig von Blut. Von seinem Blut. Dem Blut anderer. Altes Blut. Frisches Blut.

Jerrell konnte kaum noch atmen. Er wusste nicht, wie ihm geschah. Er musste aufstehen, musste weiterkämpfen. Er suchte auf dem Boden nach dem Abflussgitter, entdeckte es und schleppte sich, zerschlagen, wie er war, zu der Waffe.

Gerade als er sein Ziel erreicht hatte und die Finger durch das Gitter schob, fiel ein Schatten über ihn.

Es war der Gladiator.

Er ließ sich von oben herunterstürzen und das Knie auf Jerrells rechte Hand prallen – die Hand, die das geschärfte stählerne Abflussgitter hielt.

Jerrell musste hilflos zusehen, wie seine Hand getroffen, gebrochen und zermalmt wurde.

Der Schmerz war grässlich, diesmal aber nur zweitrangig. Er konnte ihn fühlen, aber auf seltsam gedämpfte, distanzierte Weise, als wäre es gar nicht sein Schmerz. Jerrell wusste nicht zu sagen, ob seine Finger abgequetscht worden waren oder noch an Hautfetzen hingen, er wusste nur, dass er sie nicht mehr spürte. Sie schienen nicht mehr mit seiner Hand verbunden zu sein.

Trotz aller Verletzungen wehrte er sich gegen das Verlangen, sich einfach hinzulegen und zu sterben. Er presste die zermalmte Hand an die Brust und stieß sich mit dem Bein, das nicht gebrochen war, von seinem Gegner weg. Mit dem Rücken prallte er gegen die Stufe des nächsten Absatzes.

Als er ein tiefes Knurren hörte, riss Jerrell den Kopf weg, und die Kiefer eines Rottweilers schlossen sich um leere Luft, wo gerade noch sein Gesicht gewesen war.

Wie eine Krabbe zog Jerrell sich vom Rand der Plattform weg, floh mit aller verbliebenen Kraft vor der neuen Gefahr. Zum Glück schien die Bestie ihn nur gewarnt zu haben, sich von der Stufe fernzuhalten, denn sie folgte ihm nicht in die Grube.

Seine Gliedmaßen fühlten sich taub an, und ihm wurde immer kälter.

Kommt jetzt das Ende?

Trotzdem, wenn er noch ein bisschen länger durchhielt...

Jerrell glaubte nicht, dass es viel Zweck hatte, den Kampf fortzusetzen. Niemand würde unerwartet in den Raum stürmen und ihn gerade noch rechtzeitig retten. Aber er weigerte sich noch immer, die Hoffnung aufzugeben.

Das war einfach nicht Jerrell Fullers Art.

Kapitel 99

Emily Morgan legte ihr Handy auf den Tisch des Konferenzraums und kämpfte gegen die Tränen an. Der Director hatte sie soeben angewiesen, die »Ressourcen vor Ort« zu verwenden, um Marcus und Ackerman aufzustöbern und zu unterstützen. Sie sei nun ausgebildete Agentin, hatte er hinzugefügt, und müsse in der Lage sein, allein zurechtzukommen. Dann hatte er aufgelegt.

War sie vielleicht übertrieben vorsichtig? Der Kontakt zu Marcus und Ackerman war erst vor wenigen Stunden abgerissen, und beide konnten sehr gut auf sich selbst aufpassen. Dennoch stand sie, Emily, nun als Anfängerin vor der schwierigen Aufgabe, eine komplizierte Untersuchung weiterzuführen. Sicher, sie konnte zusätzliche FBI-Unterstützung anfordern, aber das wäre ihr wie Selbstaufgabe vorgekommen.

Hätte Maggie sie doch nur nicht im Stich gelassen! Dann müsste sie sich jetzt nicht allein um den Fall kümmern.

Emily starrte auf das Handy und hoffte auf irgendeine Nachricht von Marcus, von der sie jedoch befürchtete, dass sie nie eintraf. In diesem Moment leuchtete das Display auf und zeigte eine Nummer aus San Francisco, die sie nicht erkannte. Emily drückte auf den grünen Knopf und hielt sich das Gerät ans Ohr. »Hallo?«

»Agent Morgan, hier Baxter. Ich versuche vergeblich, Ihre Kollegen zu erreichen. Habe schon befürchtet, ich hätte einen schlechten Eindruck hinterlassen.«

»Tut mir leid, Mr. Kincaid. Die anderen Teammitglieder arbeiten am Fall und sind im Moment nicht zu erreichen.«

»Ja, sie hatten ein Rendezvous mit Oban Nassar. Haben sie sich schon gemeldet? Haben sie irgendwas erreicht?«

»Tut mir leid, ich habe nichts von ihnen gehört.«

»Haben die sich ohne Rückendeckung in diese Sache gestürzt? Ganz schön unvorsichtig.«

»Wie kann ich Ihnen helfen?«

»Ich wollte Ihren Boss wissen lassen, dass ich einen Namen zu der Hand und dem Tattoo im Video habe. Ein gewisser Stefan Granger. Leider ist der Kerl so was wie ein Gespenst. Die Identität scheint falsch zu sein, und wir haben keine Anschrift zu dem Typen. Aber wenigstens haben wir jetzt einen Namen und ein Gesicht, und wir klopfen auf den Busch. Nach allem, was Illustrated Dan sagt, war dieser Granger ein ungeschlagener Champion in der schönen Welt der Mixed Martial Arts. Damit passt er definitiv in das Muster für unseren Freund, den Gladiator.«

Mit einem Mal fiel Emily ein, welch exzentrische Vorstellung Baxter Kincaid bereits geliefert hatte. »Mr. Kincaid ...«, sagte sie.

»Nennen Sie mich Baxter oder Bax. Jedes Mal, wenn jemand mich mit Mr. Kincaid anredet, wächst mir ein graues Haar, und ich verliere ein Pfund Muskulatur.«

»Okay ... Baxter. Ich brauche Ihre Hilfe.«

Kapitel 100

Corin Campbell konnte nicht sagen, ob ihr Adrenalinspiegel, die erhöhte Herzfrequenz und ihr beschleunigter Atem die Wirkung des Schmerzmittels verminderten oder verstärkten. Sie wusste nur, dass sie sich wie ein Stein fühlte, der übers Wasser tanzte und mit jedem Aufsetzen dem Versinken näher kam.

Ihr Blick schweifte von einem Bildschirm zum anderen und schließlich zu Gladstone, der vor der Scheibe saß, ein sadistisches Grinsen im Gesicht.

In Corins Innerem schrie alles auf. Sie musste etwas unternehmen! Sie war von Natur aus eine Beschützerin. Ein Mann würde gleich auf schreckliche Weise sein Leben verlieren. Sie musste eingreifen!

Wäre ihr geschundener Körper nicht gewesen ...

Mit äußerster Willenskraft zwang sie ihre Arme zur Bewegung, packte die Greifringe und trieb ihren Rollstuhl auf Gladstone zu. Es kostete sie unendlich viel Mühe. Sich einen Meter vorzuschieben kam ihr vor wie die Besteigung des Mount Everest. Endlich stieß sie von hinten gegen Gladstones Rollstuhl, aber er drehte sich nur zu ihr um und zwinkerte ihr zu.

»Jetzt kommt das Beste«, sagte er.

»Bitte«, wimmerte sie. »Verschonen Sie den Mann. Sie haben die Macht, ihm Gnade zu erweisen. Sie sind unser Alleinherrscher. Tun Sie es mir zuliebe. Ich kann mich dafür revanchieren.«

»Und wie stellst du dir das vor? Was könntest du mir geben, das ich nicht schon habe?«

»Ich könnte damit anfangen, Ihnen eine gute Frau zu sein . . .«

Corin blickte über die Schulter hinweg auf Sonnequa, die das Gesicht zu einer Fratze des Hasses verzogen hatte, und schaute dann wieder Derrick Gladstone an. »Ich könnte Ihre Erstfrau sein. Die Nummer eins. Ihre First Lady.«

»Ich bin mir deines Potenzials bewusst, meine Liebe, aber ich sehe nicht, wie es dir helfen soll, dein Ziel zu erreichen, wenn ich diesen Mann leben lasse.«

»Betrachten Sie es als Ihr Hochzeitsgeschenk an mich.«

Mit wehmütiger, beinahe mitfühlender Miene hielt Gladstone inne und schien tatsächlich über ihr Angebot nachzudenken. Dann wandte er sich seinem Bruder hinter der Sichtscheibe zu und streckte, wie ein Tyrann in alten Zeiten, den Arm vor.

Doch der Daumen war nach unten gerichtet.

Corin wusste, was das bedeutete: Tod.

Der Gigant mit der Maske nickte und stapfte an den sabbernden, aber geduldigen Hunden vorbei.

»Bitte, Derrick«, sagte Corin. »Bitte, Sie können den Mann retten!«

»Das könnte ich, mein Liebes. Aber ich muss ans Geschäft denken. Unsere Kunden zahlen gut, und ich muss ihnen etwas bieten. Ich kann nicht einfach den Stecker ziehen. Schon gar nicht jetzt, wo für morgen Abend das große Finale in der Diamantkammer angesetzt ist.« Er drehte den Rollstuhl so, dass er Sonnequa zugewandt war. »Schalte das Rotlicht ein und läute die Essensglocke für die Hunde. Die Jungs haben sich ihr Abendessen verdient.«

»Nein!«

Ohne auf Corin zu achten, drehte Gladstone sich wieder zur Scheibe und wartete auf die blutige Show.

Mit einem gehorsamen Nicken berührte Sonnequa das Display ihres iPads. Ein durchdringendes Summen ertönte, und sämtliche Lampen in der Diamantkammer erstrahlten in einem albtraumhaften Rot.

Die Höllenhunde erwachten zum Leben und glitten zur Mitte des Raumes, die Zähne gefletscht, die mächtigen Muskeln angespannt.

Corin schloss die Augen. Sie wollte nicht sehen, was dort geschah.

Doch es genügte nicht, die Augen zu bedecken, um das Knurren und die gequälten, schrillen Schreie von ihr fernzuhalten ...

Durch ihr eigenes Schluchzen hindurch hörte sie den hämischen Unterton in Gladstones Stimme, als er sagte. »Hunde sind rot-grün-farbenblind, deshalb bemerken sie den Farbwechsel des Lichts gar nicht. Ich finde es aber sehr atmosphärisch, und die Zuschauer lieben es.«

Kapitel 101

Wie immer hatte Marcus als Erstes den Raum systematisch nach strukturellen Schwächen abgesucht, nach allem, was als Waffe benutzt werden konnte, und nach Auffälligkeiten. Am Ende stand er in jeder Hinsicht mit leeren Händen da. Er legte sich auf die Matratze und lauschte, achtete auf den geringsten Hinweis, was ihre Umgebung betraf, jede Information, die ihnen einen Vorteil bringen konnte.

Gott sei Dank trugen sie keine Elektroschockhalsbänder.

Die einzigen Gegenstände von Interesse waren ein Flachbildfernseher an einer Wand und eine kleine Überwachungskamera an einer anderen. Doch wenn sie eines der beiden Geräte zerstörten, würde es ihnen eine Menge Aufmerksamkeit von ihren Entführern einbringen, und gegen einen Mann mit einer Schusswaffe half ein selbst gebasteltes Messer aus zerbrochener Elektronik nur wenig.

Marcus fluchte in sich hinein.

In diesem Augenblick leuchtete der Flachbildschirm ohne Ankündigung auf. Ein Mann mit einer grotesken Totenkopfmaske erfüllte den großen LED-Bildschirm.

Marcus sprang kampfbereit von der Matratze. Ackerman hingegen rührte sich nicht aus einer Yogapose, schlug nicht einmal die Augen auf.

Der Gladiator sagte mit unverfälschtem Bariton: »Willkommen, Agent Williams ... Mr. Ackerman.«

Marcus warf einen Blick auf seinen Bruder, doch Ackerman hielt weiterhin die Augen geschlossen.

Seltsam, schoss es Marcus durch den Kopf. Auf keinen Fall hatten ihre Entführer Franks wahre Identität kennen können. Um das sicherzustellen, hatte die Shepherd Organization Ackermans Tod vorgetäuscht und ihn einer tiefgreifenden Gesichtsoperation unterzogen.

Es sei denn, Frank hat es ihnen gesagt ...

»Ganz recht, Gentlemen«, fuhr der Gladiator fort. »Wir wissen, wer Sie sind und was Sie wirklich hier wollen. Wir von der Legion sind gründlicher, als Sie es sich vorstellen können. Und nur damit es klar ist: Mr. Demon hat Sie von Anfang an verraten. Als er von dem FBI-Informanten erfuhr, benutzte er den Maulwurf, um Ihnen eine Botschaft zu senden. Um Sie hierherzulocken, damit mein Bruder und ich Sie töten können.«

Ohne zu wissen, ob der Mörder ihn hören konnte, erwiderte Marcus: »Dann komm doch, Hübscher. Du weißt ja, wo du uns findest.«

»Immer mit der Ruhe. Erst einmal sehen Sie beide jetzt eine kleine Vorschau auf das, was Sie morgen Abend erwartet. Sie sollten sich geehrt fühlen! Sie werden in der Diamantkammer die Hauptattraktion des Serienfinales sein.«

Das Bild auf dem Fernseher wechselte von der entsetzlichen Maske zu einem Raster aus Videobildern. Marcus trat näher heran, um es sich genauer anzusehen. Einen Sekundenbruchteil später erschien Ackerman neben ihm, ehe Marcus überhaupt bemerkt hatte, dass sein Bruder aufgestanden war. Beide schauten zu, wie Jerrell Fuller vom Gladiator mühelos besiegt und dann von den Hunden zerrissen wurde.

Als der Bildschirm wieder schwarz war, sagte Ackerman: »Meine Schätzung einer zehnprozentigen Überlebenschance war vielleicht ein wenig hoch gegriffen.«

Kapitel 102

Corin Campbell weinte um den Mann, den die Hunde soeben in Stücke gerissen hatten. Seine Schreie waren verhallt, aber sie hörte noch das Schlingen, das Knurren und das Knirschen von Zähnen auf Knochen. Einerseits war sie erleichtert, nicht selbst auf der anderen Seite der Glasscheibe gewesen zu sein, andererseits fühlte sie sich schuldig, dass sie diesen Aufschub genoss. Mit Sicherheit verdiente sie es nicht, den FBI-Agenten zu überleben. Gladstone lag in einer Hinsicht richtig: In ihrem Innern war sie eine Mörderin.

Corin öffnete die Augen nicht, aber sie hörte Gladstone reden. »Sie sind großartige Geschöpfe. Hast du gewusst, dass ein Rottweiler dank seines großen Kopfes mehr Bisskraft aufbringen als Schäferhunde und Pitbulls? Die Kraft beträgt mehr als 328 Pfund – etwa die Hälfte dessen, was ein Hai schafft, aber dennoch sehr beeindruckend.«

Corin sagte nichts.

»Die Evolution hätte den Rottweiler beinahe ausgerottet. Die Rasse war vor allem als Hirtenhund benutzt worden, aber als die Eisenbahn ins Land einfiel, wurden die Rotties arbeitslos. Normalerweise sind sie sanfte Riesen, aber sie sind auch sehr leicht formbar. Ich finde es nur passend, dass eine Rasse, der es gelungen ist, sich vom Rand der Ausrottung in die Existenz zurückzukämpfen, mir hilft, für die Menschheit das Gleiche zu tun.«

Endlich schlug Corin die Augen auf und blickte in Gladstones makelloses, gut aussehendes Gesicht und sein Million-

Dollar-Lächeln. Er sagte: »Was hältst du von einem Themen-wechsel? Ich glaube, wir hatten jetzt genug Discovery Channel. Schalten wir um auf eine dieser schmalzigen Talkshows, in der sich Menschen wiedersehen, die lange Zeit getrennt waren. Achte auf die Monitore, Corin!«

»Ich will es nicht sehen. Egal, was es ist. Ich will es nicht sehen!«

»Vertrau mir. Du *willst* es sehen.«

»Bringen Sie mich einfach um. Aber machen Sie bitte schnell. Werfen Sie mich nicht den Hunden vor.«

»Ich würde dich nicht den Höllenhunden überlassen, meine Liebe. Du hast es dir verdient, eine Dame vom See zu werden. Trotzdem wäre es eine Schande, die arme hilflose Sammy hier ganz allein zu lassen.«

Die Videomonitore schalteten alle zugleich zu dem körnigen Bild einer Zelle um, die sehr der Kammer glich, in der Corin die vergangenen beiden Wochen verbracht hatte. Sammy saß in der Ecke und wiegte sich hin und her, die Knie an die Brust gezogen. Corins kleine Schwester sah blass und dünn aus.

»Ich war begeistert, als ich deinen genetischen Code entdeckt hatte«, erklärte Gladstone. »In deinem Fall verbindet sich die Erbgesundheit mit dem Wunsch, zu überleben − einer Fähig-keit, sich an die meisten Umstände anzupassen und sie zu über-winden. Ich fürchte, Sammy besitzt nicht deinen ausgeprägten Überlebenstrieb, aber ich würde darauf wetten, dass ihre Gene in einem Topzustand sind. Ich glaube, ich werde eine Probe neh-men und ein paar Tests durchführen.«

Corins Stimme war leise und zitterte vor Angst und unter-drückter Wut. »Bitte sagen Sie mir, dass Sammy nicht . . .«

»Was? Vergewaltigt wurde? Ist das bei einer Prostituierten überhaupt möglich? Ich meine, mal ganz realistisch − müsste man das nicht eher Zechprellerei nennen?«

»Wenn Sie oder Ihr kleiner Bruder sie auch nur . . .«

»Keine Sorge. Die süße Sammy wurde bestens behütet. Sie ist unverletzt und ungeschändet. Und sie bleibt es auch. Genauer gesagt, in zwei Tagen ist sie wieder frei.«

Corin glaube, sich verhört zu haben. »Was sagen Sie da? Was geschieht denn in zwei Tagen?«

»In zwei Tagen sind wir ebenfalls frei. Aktuelle Ereignisse haben meinen Terminplan ein wenig beschleunigt, aber dank der fetten Gewinne durch die Diamantkammer, die höher sind denn je, und dem überwältigenden Erfolg meiner anderen Geschäfte ist das gar kein Problem. Ich habe bereits den Kauf meiner Privatinsel abgeschlossen, die zu den wunderschönen Marshall-Inseln gehört. Die Inselkette bildet einen Staat, der nicht ausliefert. In zwei Tagen sitzen wir alle am Strand unserer neuen Nation. Eine große glückliche Familie. Und sobald wir sicher auf der Insel sind, wird alles ein wenig lockerer. Am Ende gefällt es dir vielleicht sogar.«

Corin wollte gerade etwas Zynisches erwidern, als *er* um die Ecke kam und auf sie zuschritt.

Der Mann, der sie bis in ihre Albträume verfolgt und ihr wiederholt Gewalt angetan hatte, an Geist, Körper und Seele. Der Vater ihres ungeborenen, ungewollten, unehelichen Kindes.

Mein Baby.

In Corin erwachte machtvoll der Beschützerinstinkt. Plötzlich fürchtete sie, die Überdosis Schmerzmittel, die Sonnequa ihr verabreicht hatte, könnte dem Ungeborenen schaden.

Zitternd vor Angst beobachtete sie den Unheimlichen. Zuerst stand der athletische Mann nur da und atmete schwer. Die Muskel an Armen und Beinen bebten. Von Kopf bis Fuß war er mit Blut bespritzt. Doch im Unterschied zu seinem Gegner schien der Mann mit der Totenkopfmaske beim Kampf nicht einmal einen Kratzer davongetragen zu haben.

Fieberhaft dachte Corin über eine Möglichkeit nach, dieses Monster zu töten, hier auf der Stelle, doch sie schob den Gedanken rasch beiseite. Sie hatte gesehen, wie mühelos er den FBI-Agenten besiegt hatte, der im Kampf ausgebildet gewesen war. Was konnte sie gegen einen solchen Koloss ausrichten, zumal in ihrem erbärmlichen Zustand? Der Gedanke war lächerlich.

Er nahm die Maske ab und zeigte sein wahres Gesicht.

Corin schnappte nach Luft, schlug die Hand vor den Mund. Irgendwie hatte sie erwartet, gar nichts unter der Maske vorzufinden, irgendeine graue Leere, aber ganz sicher hatte sie nicht damit gerechnet, dass er so ... gewöhnlich aussah. Es war kein unschuldiges Gesicht, beileibe nicht, und doch haftete ihm etwas Kindliches an. Der Eindruck kam von dem runden Kinn, das ihm das Aussehen eines Amors auf einer Valentinstagskarte verlieh. Doch Corin sah auch seine Blumenkohlohren und seine Nase, die mehr als einmal gebrochen war. Unter dem Kinn entdeckte sie Spuren von Operationsnarben. Offenbar waren mehrere Eingriffe an seinem Unterkiefer vorgenommen worden.

Er schaute ruhig auf sie hinunter, schien einem Blickkontakt aber auszuweichen.

Derrick Gladstone rollte sich heran. »Ich weiß, dass ihr schon mehrere Male zusammengestoßen seid, aber offiziell miteinander bekannt seid ihr noch nicht. Na los, kleiner Bruder, sag hallo.«

»Hallo, Corin. Ich bin Stefan Granger.«

»Dein Name«, fuhr Derrick ihn an, »ist *Simon Gladstone!* Mit diesem Namen bist du auf die Welt gekommen. Das ist der Name, den dein Vater dir gegeben hat. Ich weiß, bis jetzt musstest du auf diesen Namen verzichten, nun aber gibt es keine Veranlassung mehr dazu. Du kannst wieder deinen wahren Namen tragen.«

»Ich bin seit Jahrzehnten Stefan Granger. Ich bin viel länger Stefan Granger, als ich Simon Gladstone war.«

»Schon gut. Jetzt ist der falsche Zeitpunkt, darüber zu streiten, lieber Bruder. Ich muss mich um geschäftliche Angelegenheiten kümmern. Bring Corin zurück in den Gemeinschaftsraum.« Nach diesen Worten verschwand der irre Arzt durch den Gang. Sonnequa folgte ihm. Corin sah, dass sie flüsternd miteinander sprachen.

Der massige, blutbespritzte Mann schaute sie an, wandte aber rasch die Augen ab, als sie seinen Blick erwiderte. Er fuhr sich durch das kurze Haar, wirkte unsicher wie ein Jugendlicher, der sein erstes Date hat. »Also . . .«, begann er. »Hat dir der Kampf gefallen?«

»Ich habe in meinem Leben schon manches Schreckliche gesehen, aber das war mit Abstand das Widerlichste.«

Ihre Worte schienen ihn zu kränken. »Du kehrst jetzt wohl besser in den Gemeinschaftsraum zurück«, sagte er leise. »Aber vorher möchte ich dir noch etwas sagen. Ich sage es allen Frauen, die erwählt wurden, meine Kinder auszutragen.« Er räusperte sich. »Es tut mir aufrichtig leid, dir das alles antun zu müssen, aber Derrick . . . Er besteht darauf, dass die Befruchtung auf natürliche Weise erfolgen muss. Tut mir ehrlich leid.«

Corin hätte ihm am liebsten ins Gesicht gelacht. Die ganze Situation erschien ihr absurd und lächerlich. Ein Ungeheuer wie dieser Mann verhielt sich so schüchtern und bat um Verzeihung für eine Vergewaltigung?

Statt zu lachen, hörte Corin sich sagen: »Bevor du stirbst, du Bestie, wirst du als Letztes mein Gesicht sehen. Die Vorfreude auf diesen Augenblick ist alles, was mich noch am Leben hält. Deine Entschuldigung lehne ich ab. Ich werde dir das Herz rausschneiden und es deinen kleinen Monstern zum Fraß vorwerfen.«

Er beugte sich so weit zu ihr vor, dass ihre Gesichter sich beinahe berührten. Dann neigte er den Kopf zur Seite und ohrfeigte sie so fest, dass es sie fast mitsamt Rollstuhl umgeworfen hätte. Flüsternd sagte er: »Ich schaffe dich jetzt besser zurück. Aber wenn alles vorbei ist und wir auf der Insel sind, verbringen wir beide sehr, sehr viel Zeit miteinander.«

Kapitel 103

Montag

Baxter Kincaid hielt mit der neuen Harley Davidson CVO Street Glide am Straßenrand und stellte den kräftigen Motor ab, einen High Output Twin Cam 103. Die Nachmittagssonne liebkoste die Fassade aus Glas und Ziegel von Unsers Fitness-studio und vermittelte einen friedlichen Eindruck, zu dem die Streifenwagen am Straßenrand und das Absperrband nicht passen wollten.

Die hübsche Agentin Emily Morgan sprang vom Sozius und näherte sich zielstrebig dem kürzlich renovierten Gebäude. Detective Natalie Ferrara trat ihr auf halber Strecke in den Weg. »Gehen Sie lieber nicht rein. So was habe ich noch nie gesehen. Ein Blutbad, ein Schlachthaus.«

Baxter sprang vom Motorrad und schloss rasch zu den beiden Frauen auf.

»Haben Sie die Leichen identifiziert?«, fragte Emily. »Sind Marcus und . . .«

»Special Agent Williams und Mr. Dantonio sind gestern Abend verschwunden«, fiel Baxter ihr ins Wort. »Wir haben Mr. Nassar heute Morgen einen Besuch abgestattet, aber er behauptet, die beiden wären nie bei ihm aufgetaucht.«

»Wieso wusste ich noch nichts davon?«, fragte Natalie.

Mit zusammengebissenen Zähnen hakte Emily nach. »Wer ist da drin? Sind sie es, oder sind sie es nicht?«

Natalie schüttelte den Kopf. »Nein, nur Mr. Unser und

mehrere seiner Fighter. Sie sollten wirklich nicht da reingehen.«

Emily schob sie beiseite. »Ich muss es selbst sehen.«

Baxter folgte dichtauf, obwohl er üblicherweise auf Natalie
hörte, wenn sie davon abriet, sich einen Tatort anzusehen. Den
Anblick von Blut und Gedärmen hatte er schon als junger Cop
nicht ertragen können. Aber er konnte nicht zulassen, dass
Emily allein ins Gebäude ging.

Kaum sah er die Entsetzlichkeiten, wünschte er sich, Natalies
Warnung beherzigt zu haben. Baxter wusste, dass dieser Anblick
ihn noch jahrelang verfolgen würde. Die Opfer waren nicht
einfach getötet worden; man hatte sie niedergemetzelt. Ein
Massaker alttestamentarischen Ausmaßes. Mehreren Opfern
war der Schädel zerschmettert worden. Der Killer hatte ihnen
die Gliedmaßen aus den Gelenken gerissen und sie wie Äste zerbrochen. Überall war Blut.

Emily bewahrte einen Augenblick lang die Fassung; dann
schluchzte sie auf und eilte nach draußen. Baxter folgte ihr
dichtauf, denn auch er wollte nichts als raus aus dieser Trai-
ningshalle. Außerdem fühlte er sich irgendwie für Emily verantwortlich.

Baxter folgte ihr ein Stück um den Block und beobachtete,
wie sie sich schließlich vor einem Hamburgerrestaurant auf eine
Bank sinken ließ. Er hielt noch einen Moment Abstand, damit
sie sich fassen konnte, und nutzte die Gelegenheit, um ausgiebig
in den Rinnstein zu kotzen. Nachdem er fünf Tic Tacs einge-
worfen hatte, setzte er sich neben seine neue Freundin auf die
Bank und zog einen Joint aus der Tasche. »Sie sollten sich nicht
sorgen. Sie wissen doch, dass Ihre Partner ein gutes Stück zäher
sind als diese Straßenkämpfer.«

Emily wischte sich die Tränen ab. »Und wenn Sie sich irren?
Wenn die gleiche Bestie, die das getan hat ... die diese Men-

schen abgeschlachtet hat ... wenn dieses Monster jetzt den wichtigsten Männern in meinem Leben das Gleiche antut?«

Baxter strich ihr mit der linken Hand sanft über die Schulter, während er sich mit der rechten den Joint zwischen die Lippen schob, am Zippo schnippte und ihn anzündete.

Er hatte bereits ein paar Züge genommen, als Emily ihn ansah, den Kopf auf die Seite neigte und ihm den Joint aus dem Mund zog. Zuerst glaubte er, sie würde ihn am Boden austreten; stattdessen klemmte sie ihn sich zwischen die Lippen und zog tief daran, atmete den Rauch aus und reichte Baxter den Joint zurück, ohne zu husten. »Ich bin keine Mordermittlerin«, sagte sie. »Ich bin Psychologin. Für so etwas wie eben in dieser Halle bin ich nicht geschaffen.«

»Psychologin? Den Menschen in den Kopf zu schauen, um herauszufinden, was sie denken, macht einen großen Teil der Detektivarbeit aus. Sieht so aus, als wären Sie perfekt dafür geeignet.«

»Ich habe furchtbare Angst um meine Freunde, Baxter.«

»Keine Angst, mit den beiden ist alles okay«, versuchte Baxter sie zu beruhigen und reichte ihr noch einmal den Joint. Sie zog erneut daran.

»Wie können wir sie finden? Mir steht das Wasser bis zum Hals.«

»Sie sagten mir, dass Sie Unser bereits kannten, Emily. Was genau hat er Ihnen gesagt? Gut denkbar, dass er Ihnen einen wichtigen Hinweis gegeben hat – ob gewollt oder ungewollt –, wenn unser Freund, der Gladiator, es für nötig hielt, ihn umzubringen.«

Emily schüttelte den Kopf. »Er hatte uns eine Adresse aufgeschrieben. Wir würden unsere Antworten dort finden, sagte er. Als wir zu der Adresse fuhren, war es ein Friedhof. Er hatte uns in die Irre geführt.«

Baxter lächelte. »Da wäre ich mir gar nicht so sicher. Kommen Sie, wir machen einen Spaziergang zwischen den Grabsteinen und sehen uns das Ganze mal an.«

»Wie soll ein Ausflug zum Friedhof uns helfen, den Gladiator zu finden?«

»Ich kenne den Friedhofswärter, wenn auch nur flüchtig«, antwortete Baxter. »Er wohnt auf dem Friedhof. Und mir ist gerade eingefallen, dass er Granger heißt.«

Kapitel 104

Sonnequa hielt ihm höflich die Tür auf, eine Walther PPK in der rechten Hand. Gladstone nickte seiner derzeitigen First Lady knapp zu und rollte in die Betonzelle. Sein Bruder folgte ihm wie immer dichtauf.

Wie Oban Nassar es verlangt hatte, trugen sowohl Agent Williams als auch Ackerman einen Smoking. Nassar konnte nicht anders, er musste lächeln, als er die beiden Männer sah, wie sie im Schneidersitz auf den Matratzen hockten, wie zwei buddhistische Mönche auf dem Weg zur Oscarverleihung. »Sie sehen hinreißend aus«, spottete er.

Agent Williams hob eine Hand, um das helle Licht aus dem Korridor auszublenden. »Wer sind Sie denn?«

»Lassen Sie es mich so ausdrücken: Wenn Sie dem gelben Ziegelsteinweg folgen, bin ich der Mann hinter dem Vorhang.«

Agent Williams kratzte sich am Kopf. »Aha, der Zauberer von Oz. Dafür halten Sie sich? Ich erinnere mich, dass der Kerl kein besonders toller Magier war. Eher ein Schwindler. Wollen Sie mir das sagen? War das gerade ein unterbewusster Hilferuf?«

»Ich will damit sagen, Agent Klugscheißer, dass ich derjenige bin, der die Strippen zieht. Sie kennen mich als Mr. King.«

»Aber«, warf Ackerman ein, »wir haben doch Überwachungsfotos von Mr. King in seinem Landsitz gesehen . . .«

»Die ganze Geschichte vom Landsitz, die Gerüchte über meine Agoraphobie und all der Unsinn sind nur ein Nebelvorhang. Mein Schutz. Wissen Sie, ich habe als erfolgreicher

Geschäftsmann angefangen. Als Arzt. Ach, wie unhöflich von mir. Mein richtiger Name ist Dr. Derrick Gladstone. Ist mir ein Vergnügen, Sie beide kennenzulernen.«

»Und was sind Sie für ein Doktor?«, fragte Williams.

»Ich bin Mediziner. Fruchtbarkeitsspezialist. Genauer gesagt besitze ich eine eigene Kette von Fruchtbarkeitskliniken, die eine nette Fassade für meine anderen geschäftlichen Aktivitäten abgeben. Denn auf der dunkleren Seite meines Königreichs verdiene ich das *richtige* Geld.«

Agent Williams wollte aufstehen, doch Sonnequa bedeutete ihm mit dem Pistolenlauf, sitzen zu bleiben. Der Agent des Justizministeriums hob den Kopf. »Wenn Sie der König sind, was ist dann Ihr Boss, Mr. Demon? Der Kaiser?«

Gladstone blickte auf die Uhr. »Ich werde es sehr genießen, später zuzusehen, wie Sie beide sterben. Was Mr. Demon angeht, so verdanke ich ihm alles. Er hat mich und meinen Bruder gefunden und uns geholfen, unser wahres Potenzial zu erkennen. Aber dass er mein Vorgesetzter wäre, stimmt nicht ganz. Man könnte ihn eher als bedeutenden Anteilseigner meines Geschäftsimperiums betrachten. Und wie mein jüngerer Bruder Sie bereits informierte, hat Mr. Demon alles in Gang gesetzt. Die Nachricht, die der Undercoveragent des FBI abfing, war eigens dazu angelegt, Sie glauben zu machen, dass Mr. King, der Gladiator und der Demon Welkar getrennte Einheiten seien und dass Mr. Kings Organisation mit den Diensten des Gladiators unglücklich sei. In Wirklichkeit sind wir alle Angehörige der gleichen Legion. Wir alle sind Brüder.«

»Ich bin mir nicht sicher«, sagte Ackerman, »was ich von der leichtsinnigen Verwässerung des Begriffs ›Bruder‹ in diesem Zusammenhang halten soll. Aber um es klarzustellen – ist der Gladiator, Ihr maskierter Freund hier, Ihr leiblicher jüngerer Bruder?«

Gladstone ließ seine makellos weißen Zähne blitzen. »Ich bewundere Ihre Arbeit sehr, Mr. Ackerman. Ich hatte gehofft, dass wir Gelegenheit zu einem Gespräch erhalten, denn ich brenne darauf, Ihnen die Geschichte über mich und meinen Bruder zu erzählen. Zumal Sie ja selbst mit einem Bruder zusammenarbeiten.«

Beide Brüderpaare schwiegen einen Augenblick lang, und Gladstone wusste, dass er seiner Mannschaft soeben einen Punkt eingebracht hatte. Nur psychologische Kriegführung, aber er wollte, dass sie spürten, wie mächtig er und die Legion in Wirklichkeit waren.

»Ich spreche nicht sonderlich oft darüber«, fuhr er fort, »aber Ihnen ist wohl aufgefallen, dass ich im Rollstuhl sitze. Während meines letzten Jahres auf dem College habe ich mir eine Wirbelsäulenverletzung zugezogen. Ich war der Star-Quarterback und wäre vermutlich in die NFL gekommen, hätte ein gegnerischer Spieler nicht versucht, mir etwas heimzuzahlen. Es war ein Treffer ohne Ballbesitz, vollkommen unangebracht, und die Schiedsrichter bestraften ihn auf der Stelle, doch der Schaden war angerichtet. Mein Rückgrat war für immer geschädigt.«

Gladstone fuhr ein Stück nach vorn und beugte sich weit vor. Er bemerkte, dass Sonnequa die Pistole fester umfasste und ein Stück zur Seite trat, um wieder freies Schussfeld zu haben.

»Während ich in einem Krankenhausbett lag, ging mein kleiner Bruder hin, entführte den Mann, der mir das angetan hatte, und prügelte ihn mit bloßen Händen zu Tode. Das, Mr. Ackerman, nenne ich Loyalität. Das ist Bruderliebe. Aber selbst wenn wir keine Blutsverwandten gewesen wären – die gleiche Art von Bruderliebe findet sich auch innerhalb der Legion. Mr. Demon möchte, dass ich Ihnen wenigstens eine letzte Einladung übermittle, sich uns anzuschließen. Er kann Ihnen helfen, Ihr wahres

Potenzial zu erschließen, so wie er meinem Bruder und mir geholfen hat – und zahllosen anderen auch.«

Ackerman blickte Agent Williams an und schwieg eine Zeit lang, als würde er über den Vorschlag nachdenken. Dann zog der berüchtigte Serienmörder einen Mundwinkel hoch. »Mehr Brüder als den einen, den ich bereits habe, brauche ich nicht. Ich habe eine echte Familie, und ich habe Demon gewarnt, was passiert, wenn er jemals versucht, mir etwas wegzunehmen.«

Die Sache war entschieden. Gladstone nickte. »Ausgezeichnet. Nachdem wir nun die gegenseitige Vorstellung beendet haben, möchte ich Sie beide zum Abendessen bitten.«

Kapitel 105

Corin beendete ihre häuslichen Arbeiten. Sie spielte die tüchtige Hausfrau, aber sie beobachtete ständig und wartete. Am liebsten hätte sie jeden Gedanken an Widerstand aufgegeben, hätte die Rolle gespielt, die ihr in Gladstones Egomanenkönigreich zugedacht war, hätte alles mitgemacht, um durchzukommen. Am Ende aber war sie zu selbstbewusst, als dass sie sich dem Willen eines Irren gefügt hätte. Gerade das, was Gladstone am meisten an ihr zu bewundern schien, war jener Aspekt ihrer Persönlichkeit, der ihr niemals erlauben würde, Teil seines Harems zu werden.

Zusammen mit der anderen Frau half sie bei der Vorbereitung des Abendessens. Heute musste jede mit anfassen. Gladstone nannte es ihr »letztes Abendmahl« – die letzte gemeinsame Mahlzeit, bevor sie zum gelobten Land aufbrachen. Corin fand es seltsam, dass Gladstone, der erklärte Atheist, sich einer religiös gefärbten Sprache bediente, aber vielleicht tat er es absichtlich, um sich als eine Art lebendigen Gott zu inszenieren.

Die Essensvorbereitungen gingen nur langsam voran, denn es gab nur ein Messer, das die Frauen benutzen durften, und Sonnequa ließ es niemals aus den Augen. Schon gleich zu Anfang hatte Sonnequa Corin ertappt, wie sie auf die potenzielle Waffe starrte, als ein anderes Mädchen Kartoffeln damit schälte.

Sonnequa hatte sich das Messer geschnappt, es Corin an die Kehle gehalten und gezischt: »Komm ja nicht auf dumme Gedanken, Kleine. Ich weiß, du hältst dich für zäh, aber lass dir gesagt sein – der schlimmste Knast ist ein Scheiß gegen die

Gegend, in der ich aufgewachsen bin. Glaub bloß nicht, dass ich auch nur eine Sekunde zögern würde, dich abzustechen.«

Corin verzog keine Miene, als das Messer über ihre Kehle strich. Sie blinzelte nicht einmal. Sie blickte Sonnequa fest in die Augen. »Wir sollten Verbündete sein, keine Gegnerinnen. Wenn wir zusammenarbeiten. . . «

Sonnequa übte Druck auf die Klinge aus, bis ein Blutrinnsal an Corins Hals hinunterlief. »Ehe ich hierherkam«, sagte sie, »war ich heroinsüchtig. Aber nicht einmal das reichte mir. Ich brauchte Heroin, das mit Schmerzmitteln verschnitten war. Aber Derrick hat mir das Leben gerettet und allem einen neuen Sinn verliehen. Gemeinsam werden wir Großes erreichen, und ich lasse nicht zu, dass du dich uns in den Weg stellst. Ich werde nicht erlauben, dass du uns alle umbringst!«

Corin war zurückgewichen, hatte das Messer aber fest im Auge behalten, damit sie wusste, wo Sonnequa es verstaute.

Am Tisch hatte sie zwei weitere Gedecke aufgelegt, denn ihnen war mitgeteilt worden, sie hätten besondere Gäste. Danach hatte Corin sich auf den ihr zugewiesenen Platz gesetzt und still gewartet, dass die Gladstones und ihre Besucher eintrafen, wer immer sie sein mochten. Der Mann mit der Totenkopfmaske erschien als Erster, nur dass er diesmal seine Maske nicht trug. Stattdessen war er schick mit schwarzem Anzug, weißem Hemd und Krawatte bekleidet. Sein Haar war frisiert, seine Wangen frisch rasiert.

Es war beinahe surreal für Corin, den Mörder zu sehen, der sie immer wieder vergewaltigt hatte. Mit gewichtiger Miene setzte er sich ans Ende des Tisches, als wäre er der Vizepräsident eines börsennotierten Unternehmens.

Corin fiel auf, dass der Kerl sie immer wieder verstohlen anschaute, und sie tat ihr Bestes, seine Blicke zu ignorieren.

Als Nächster kam Derrick Gladstone, gefolgt von zwei Männern, denen die Hände auf den Rücken gefesselt waren. Sonnequa folgte mit ein paar Schritten Sicherheitsabstand, bewaffnet mit einer schwarzen Pistole.

Die Neuankömmlinge trugen Smoking, genau wie Derrick Gladstone. Auch Sonnequa hatte zur Feier des Tages ein besonderes Kleid und Silberschmuck angelegt.

Alle setzten sich an den langen Tisch, Derrick Gladstone an den Kopf der Tafel, dem Gladiator gegenüber. Corin war aufgefallen, dass Derrick seinen jüngeren Bruder kaltblütig benutzte – wie ein Werkzeug, das er benötigte, um seine perversen Ziele zu erreichen. Sie fragte sich, ob Derrick seinen Bruder – und sie alle – so achtlos wegwerfen würde wie ein benutztes Papiertaschentuch, wenn sie nicht mehr gebraucht wurden.

Ehe Derrick sich zu der bunten Mischung am Tisch setzte, verkündete er mit lauter, kräftiger Stimme: »Meine Damen, die beiden Gentlemen im Smoking sind Vertreter einer Bundesbehörde namens Shepherd Organization. Als Teil der Feierlichkeiten des heutigen Abends habt ihr das Vergnügen, diese Männer sterben zu sehen.«

Die beiden Agents blickten Derrick trotzig an. Trotz der Smokings war offensichtlich, dass beide Männer muskelbepackt und kräftig waren. Und beide waren durchaus attraktiv. Der eine, der Derrick am nächsten saß, wurde als Special Agent Marcus Williams vorgestellt. Er sah auf raue Weise gut aus und hatte faszinierende, grüblerische Augen. Der andere, den Derrick Mr. Ackerman nannte, sah aus wie ein Filmstar, strahlte aber etwas Animalisches, Bedrohliches aus, dem Corin sich nicht entziehen konnte. Er machte den Eindruck, als genieße er das Geschehen sogar.

Nachdem Derrick ihn vorgestellt hatte, lachte Ackerman leise und fragte: »Wie kommt es, dass Ihr Chef meine wahre Identität herausfinden konnte?«

Derrick schaute ihn mitleidig an. »Man mag Ihr Gesicht verändert haben. Aber als Mr. Demon Ihre Narben sah, wusste er sofort, wer Sie sind. Er beschäftigt sich eingehend mit Narben, und er hat großen Respekt vor Ihrer Arbeit. Wie übrigens die gesamte Legion.«

»Oh, vielen Dank. Ich fühle mich geehrt.«

»Ich muss sagen, dass mein Bruder, den Sie als den Gladiator kennen, es kaum erwarten kann, mit Ihnen in die Kampfgrube zu steigen. Sie und Ihren Partner zu vernichten wird die Krönung seiner Erfolge sein.«

Der große Mann am Ende des Tisches schwieg, blickte aber voller Aggressivität auf die beiden Gäste. Er sah aus, als könnte er jeden Moment aufspringen und attackieren.

»Ach, wie niedlich.« Ackerman kicherte. »Wenn auch ein bisschen traurig, wenn man bedenkt, dass Sie und Ihr Bruder nur zwei weitere Namen auf meiner Liste sein werden, die ich bald vergessen habe, wenn ich mit Ihnen fertig bin.«

Derrick lachte. »Nie wurde höher gewettet als für diese Episode aus der Diamantkammer! Und ich muss gestehen, ich kann es kaum erwarten, wie alles ausgeht.«

Auf sein Fingerschnippen stürmten fünf kräftige, schwarzbraune Höllenhunde in den Raum und nahmen rings um den Tisch Aufstellung, knurrend und geifernd. Derrick lächelte matt. »Keine Sorge, Gentlemen, die Jungs betteln nicht um Tischreste. Sie wissen, dass sie heute noch ein reichhaltiges Abendessen erwartet.«

Corin erschauerte, als sie sich an die Rottweiler in Aktion erinnerte, an ihren Blutdurst und die Brutalität, mit der sie Agent Fuller zerfleischt hatten.

Ackerman blickte voller Zuneigung auf die Tiere, als hätte er am liebsten mit ihnen herumgetollt, wäre er nicht gefesselt gewesen. »Erstaunliche Geschöpfe«, sagte er. »Selbst ausgebildet? Ich persönlich fand Tiere immer zu unberechenbar für eine Zusammenarbeit. Einer Mordmaschine, deren Liebe zu mir vom Inhalt ihres Magens abhängt, könnte ich niemals blind vertrauen.«

»Ich verstehe Sie. Unser gemeinsamer schottischer Freund hat mich sozusagen mit einer Prätorianergarde ausgestattet. Die Hunde würden alles für mich tun, sind aber viel weniger verlässlich als jeder Mensch. Sie haben ja gesehen, wozu sie in der Lage sind. Wenn ich wollte, könnte ich ihnen befehlen, Sie beide auf der Stelle zu töten. Es würde keine Minute dauern, und ihre Halsschlagadern wären zerfetzt. Sie würden auf dem Boden liegend verbluten, während die Höllenhunde Sie genüsslich bei lebendigem Leib verschlingen. Ich habe mehr als einmal gesehen, wie sie die Schnauzen in die Eingeweide eines Opfers gruben, das noch um sich trat.«

Der Agent mit den grüblerischen Augen – Derrick hatte ihn Marcus genannt – fragte: »Dürfen wir sie streicheln?«

Diese Worte entlockten Ackerman ein leises Lachen und Derrick einen finsteren Blick.

Corin war sich nicht sicher, was sie vom Auftreten der beiden Männer halten sollte. Beide wirkten auf ihre Art furchtlos. Oder waren sie nur zu dumm, um die Gefahr zu sehen, in der sie sich befanden? Oder führten sie eine Art Psychokrieg?

Derrick lächelte nur und bat Sonnequa, ihm die Kartoffeln zu reichen.

»Machen Sie unsere Fesseln nicht los?«, fragte Marcus. »Ich dachte immer, es wäre üblich, dass den Verurteilten eine letzte Mahlzeit gegönnt wird.«

»Eine der Ladys wird Sie füttern, sobald sie zu Ende gegessen hat«, antwortete Derrick. »Außerdem möchte ich gern hören, wie es kommt, dass ein berüchtigter Serienmörder für den Staat arbeitet.«

»Ich habe mich online beworben«, sagte Ackerman, »aber genug von mir. Reden wir lieber über den persischen Feldherrn, der Wölfe abgerichtet hatte, damit sie bei einem Kriegszug gegen den Norden mitkämpften. Kennen Sie die Geschichte?«

»Ich glaube nicht.« Derrick kaute auf einem Stück Steak.

»Die Wölfe waren kräftige, großartige Tiere, ähnlich Ihren Höllenhunden. Der Feldherr hatte sie gut ausbilden lassen und hielt sie für treu. Als er einen gefährlichen Bergpass erobern musste, an dem er nicht seinen gesamten Heerbann einsetzen konnte, nahm er die Wölfe und seine besten Männer, um einen Sturmangriff zu führen. Dann aber wurden sie alle oben auf dem Berg eingeschneit. Der Stellvertreter des Feldherrn fand sie zwei Wochen später. Von den Menschen waren nur noch Gerippe übrig. Die Wölfe dagegen waren wohlgenährt und zufrieden.«

»Meine Tiere sind bestens ausgebildet und werden gut gefüttert. Hier wird es kein ähnliches Problem geben.«

Als Ackerman lächelte, sah Corin in seinen grauen Augen eine schreckliche, unstete Finsternis. »Das meine ich gerade«, sagte er. »Der persische Feldherr glaubte auch, seine Tiere unter Kontrolle zu haben. Aber er sah nicht, dass mächtige, unkontrollierbare Gewalten sich gegen ihn richteten – Gewalten, die bei jedem Spiel die Regeln auf den Kopf stellen. So wird es auch bei Ihnen sein.«

»Lassen Sie mich raten, Mr. Ackerman. Diese mächtige Gewalt sind *Sie?*«

Ackerman grinste. »Der Feldherr unterschätzte die Macht von Kälte, Schnee und Hunger. Auch ich war einst so eine Naturgewalt. Es gab eine Zeit, da war ich die Verkörperung der Finsternis. Und ich muss sagen, mein altes Ich würde mit Freuden Ihr Blut trinken und Ihr Herz verzehren, aber darum geht es gar nicht. Ich wollte Sie nur darauf hinweisen, dass einer Ihrer Hunde sich gegen Sie wenden wird – und ich spreche nicht nur von der Spezies Hund. Wie sagt man so schön? Wer mit der Kralle lebt, wird durch die Kralle sterben.«

Keine der Frauen hatte ihr Essen angerührt, nur Sonnequa, die noch immer die Pistole in der Linken hielt. Es war totenstill, während Derrick und Ackerman einander anstarrten. Aller Blicke waren auf sie gerichtet.

Corin erkannte, dass jetzt der Moment gekommen war, an dem sie handeln musste.

Sonnequa hielt ihre Waffe fest umklammert, und das Messer, mit dem sie das Essen zerkleinert hatten, lag weggeschlossen in der Küche. Doch eine andere Waffe war in Reichweite.

Corin wusste, dass Derrick eine kleine Pistole im Schulterholster unter seinem Jackett trug. Ob er sie jetzt, in diesem Augenblick, bei sich hatte, wusste Corin nicht, aber die Wahrscheinlichkeit war in Anbetracht der heutigen Gäste sehr hoch.

Das Problem war nur, dass ihre Beine gebrochen, von Brandnarben übersät und nahezu unbrauchbar waren. Außerdem saß Sonnequa zwischen ihr und Gladstone; Corin konnte sich ihm unmöglich nähern, ohne dass alle es merkten.

Eine seltsame Erinnerung aus ihrer Kindheit erschien mit einem Mal vor ihren Augen. Bei einer ihrer vielen Pflegefamilien hatte es einen kleinen Teich im Hof hinter dem Haus gegeben. Corin und Sammy hatten eine Latte am Ende des Piers befestigt, die als Sprungbrett dienen sollte. Sammy hatte eine Heidenangst gehabt, zu springen, worauf Corin zu ihr sagte: »Manchmal muss man sich nur für das Springen entscheiden, und Gott sorgt für den Rest.«

Diese Worte im Ohr, nahm Corin nun all ihren Mut zusammen. Sie beschwor die Kraft des Mädchens herauf, das nicht sterben wollte und in einem Strandbungalow in ihrem Kopf wohnte.

Dann handelte sie schnell und entschlossen.

Kapitel 106

Russell Granger war ein untersetzter Mann von freundlichem und fröhlichem Wesen. Baxter hatte ihn kennengelernt, als sie in der Suppenküche im Tenderloin als freiwillige Helfer beschäftigt waren. Er ließ sich auf die Couch des Friedhofswärters fallen und sagte: »Sehr hübsch haben Sie es hier, Rusty. Man kann sehen, dass da viel Arbeit drinsteckt.«

Russell zog sich einen Sessel von dem überquellenden Schreibtisch heran. »Danke. Ich hab alles selbst gemacht. Na ja, mein Sohn hat mir geholfen.«

»Ich wusste gar nicht, dass Sie einen Sohn haben.«

»Adoptivsohn. Worum geht es, Mr. Kincaid?«

»Heißt Ihr Sohn Stefan Granger? Und hat er so ein Tattoo am Handgelenk?« Baxter zeigte ihm das Standbild aus dem Bus.

»Ja, hat er. Wenn er beim Wrestling antrat, hat er die Hand gehoben und sich das Tattoo vor den Mund gehalten, sodass es aussah, als hätte er ein Gesicht wie ein Totenkopf. So 'n Psychospielchen, es sollte den Gegner verunsichern. Ich weiß nicht, ob er der Einzige mit einer solchen Tätowierung ist. Jemand könnte es gesehen haben, fand es cool und hat es nachgemacht.«

Baxter zog eine Braue hoch. »Sie sind schnell in die Defensive gegangen, Rusty. Glauben Sie, dass Ihr Sohn in Schwierigkeiten steckt?«

»Ich sage nur, dass jeder so ein Tattoo haben könnte, falls Sie glauben, dass er was angestellt hat.«

»Sie wären überrascht. Aber möchten Sie wenigstens hören, weshalb wir zu Ihnen kommen?«

»Wenn es mit meinem Sohn zu tun hat, gebe ich Ihnen seine Adresse. Er ist erwachsen. Für das, was er tut, bin ich nicht verantwortlich.«

»Sie haben gesagt, Ihr Junge war Wrestler. Hat er bei Leland Unser trainiert?«

Russell Granger wurde blass und schien plötzlich zu schrumpfen. »Ich hab auf Facebook gesehen, dass in seinem Studio gestern Abend mehrere Menschen ermordet wurden. Sind Sie deshalb hier? Glauben Sie, Stefan hat was damit zu tun?«

»Nun, wenn Sie mich so fragen ... Als Sie den Facebook-Artikel sahen, war da Ihr erster Gedanke, Ihr Sohn könnte die Leute getötet haben?«

Russell sprang auf. »Ich glaube, es wird Zeit, dass ich Ihnen sage, wer unser Anwalt ist.«

»Bestimmt nicht. Denn jetzt kommt der Teil, wo Sie zusammenbrechen und uns sagen, Sie hätten immer gewusst, dass dieser Tag kommen wird, und reinen Tisch machen.«

»Wie kommen Sie auf so einen Blödsinn!«, fuhr Russell auf.

»Ich glaube, Ihr Junge hat die Leute bei Unser umgebracht, Rusty«, sagte Baxter geradeheraus. »Ich glaube außerdem, dass er in meiner Nachbarschaft einen Puff zusammengeschossen hat. Ich werde Ihren Sohn finden und ihm ein paar Fragen dazu stellen. Aber vergessen Sie nicht, dass ich kein Polizist bin. Wenn die Cops bei Ihnen an die Tür klopfen, müssen Sie ihre Fragen beantworten, ob mit Anwalt oder ohne.«

»Ich möchte, dass Sie jetzt gehen.«

»Seien Sie nicht unhöflich, Rusty. Wie wär's, wenn wir über etwas anderes reden? Über welche Agentur haben Sie Ihren Sohn adoptiert?«

»Das geht Sie einen Scheißdreck an.«

»Ich habe aus mehreren Quellen erfahren«, sagte Baxter, »dass Stefan Granger, Ihr Adoptivsohn, an einer seltenen Erbkrankheit leidet, die man als Cherubismus bezeichnet und die fast sein Leben lang seinen Unterkiefer beeinträchtigt hat. Ich habe ein bisschen darüber nachgelesen und herausgefunden, dass diese Krankheit extrem selten ist. Ich bin sicher, wir könnten irgendwelche Akten aufstöbern, aus denen hervorgeht, wie viele Kinder im Großraum San Francisco wegen Cherubismus behandelt worden sind. Ich vermute ja, wenn wir uns die Mühe machen, stellen wir fest, dass kein Stefan Granger jemals wegen Cherubismus behandelt worden ist. Wie alt war der Junge, als Sie ihn adoptiert haben?«

»Ich werde die Polizei rufen!«

Emily Morgan zeigte ihm ihren Dienstausweis. »Er ist kein Cop, aber ich bin Bundesagentin und in einer Angelegenheit hier, die offiziell und sehr dringend ist. Wer ist Ihr Adoptivsohn wirklich? Ich bin ermächtigt, Ihre sämtlichen medizinischen Unterlagen und Adoptionsdokumente einzusehen.«

Baxter konnte Russell Granger ansehen, dass er fieberhaft nachdachte. Der Friedhofswärter wusste, dass es keinen Ausweg mehr gab. Früher oder später kam die Wahrheit ans Licht.

Baxter beschloss, noch ein bisschen dicker aufzutragen. »Uns sind die Sünden der Vergangenheit egal, Bruder. Wir wollen nur dafür sorgen, dass niemand zu Schaden kommt. Und wenn Ihr Sohn Menschen verletzt, wenn er noch mehr Leichen in Gräber bringt und noch mehr Witwen und Kinder weinen lässt, sind Sie der Erste, der etwas dagegen unternehmen will, stimmt's?«

Russell atmete tief durch und setzte sich wieder. »Er ist kein schlechter Junge. Ich weiß, das sagen alle Eltern, aber es stimmt. Er hat ein gutes Herz. Sein Problem ist seine Familie. Wie er aufgezogen wurde. Ich meine nicht meine Familie, sondern seine *richtige* Familie.«

Russell erzählte, wie er über eine Jugendhilfeorganisation drei Jungen kennengelernt hatte. Der Vater hatte sie verlassen, die

Mutter hatte schwere Probleme. Gerüchten zufolge war sie Alkoholikerin und neigte zu sadistischer Grausamkeit. Auf den jüngsten Sohn hatte sie es am meisten abgesehen, denn sie gab offenbar ihm die Schuld, dass der Vater sie sitzengelassen hatte.

An einem Tag im Sommer sprach der älteste Bruder, Derrick Gladstone, Russell an. Die Geschichte, die er erzählte, brach Russell das Herz. Die Mutter hatte ihre Kinder gezwungen, zu ihrem Ergötzen gegeneinander zu kämpfen wie Hunde. Nun hatten die Jungs Angst, dass die Verrückte keine Ruhe geben würde, bis Simon, das jüngste Kind, tot war, denn besonders gegen ihn versprühte die Mutter all den Hass, den sie dem Vater gegenüber hegte.

Also hatten die drei Jungen sich etwas überlegt.

»Derrick, der Älteste«, berichtete Russell, »war immer der Cleverste. Ständig schmiedete er große Pläne. Nicht ohne Grund, denn er war eine Sportskanone und ein Einserschüler. Er und sein Zwillingsbruder Dennis kamen zu der Zeit gerade auf die Highschool. Sie versicherten mir, dass sie mit ihrer Mutter zurechtkämen, ihr vielleicht sogar helfen könnten. Das Problem war, dass sie um Simon, den Jüngsten, Angst haben mussten.«

»Was hatten sie vor?«

»Es war nur als Übergangslösung geplant. Sie wussten, dass Simon und ich immer gut miteinander zurechtgekommen waren. Seinen eigenen Vater hatte er nie richtig kennengelernt. Ich glaube, der Kerl ist abgehauen, als Stefan im Kindergarten war, und er redet nicht gern darüber. Derrick war sogar bereit, für Kost und Logis seines Bruders zu zahlen, solange er bei mir war.«

»Was soll das heißen, solange er bei Ihnen war?«, fragte Emily. »Hätte seine Mutter nicht seine Abwesenheit bemerkt? Was war mit der Schule?«

»Derrick war ein schlaues Kind. Er hatte sich alles überlegt. Die Mutter brachte sie oft in einen speziellen Raum mitten im Haus und zwang sie, einander blutig zu prügeln. Widerlich, das Ganze. Jedenfalls, die Jungs hatten vor, so zu tun, als hätte Simon sich den Kopf angeschlagen und wäre gestorben oder so etwas. Sie wollten die Sache an einem Tag durchziehen, an dem ihre Mutter besonders schwer betrunken war, damit sie nicht zu viele Fragen stellte. Die Jungen würden so tun, als kümmerten sie sich um alles, und würden die Leiche beseitigen. Die natürlich überhaupt keine Leiche war. Ihre Mutter sollte der Schule melden, dass Simon jetzt bei seinem Vater lebte und nicht zurückkäme. Durch die Trauer über das, was sie angeblich getan hatte, sollte die Mutter erkennen, wie falsch sie handelte. Dann wollten sie Simon wieder nach Hause holen. Er sollte nur kurze Zeit bei mir verbringen.«

»Aber so ist es offenbar nicht gekommen«, sagte Baxter.

»Nein. Ihre Mutter wurde nur noch schlimmer, und mit der Zeit betrachtete ich Simon als meinen eigenen Sohn. Wir meldeten ihn an einer anderen Schule in einem anderen Viertel als Stefan Granger an. Ich habe ihm den Namen nicht aufgezwungen, er hat sich dafür entschieden, und damit war er offiziell *mein* Sohn.«

Russell Granger begann zu weinen, versuchte aber, seine Tränen hinter einem Lächeln zu verbergen.

Baxter konnte sich gut vorstellen, dass dieser Mann mit dem freundlichen Herzen, aber ohne Frau und Kinder, sehr stolz gewesen war an dem Tag, an dem Simon Gladstone zu Stefan Granger wurde und den Namen seines neuen Vaters annahm. Vermutlich ließ das Gefühl sich mit den Empfindungen einer Mutter vergleichen an dem Tag, an dem ihr Kind zur Welt kommt.

Baxter, von der Emotionalität des Augenblicks mitgerissen,

umarmte den Friedhofswärter, der an seiner Schulter weinte. Nachdem er ihm auf den Rücken geklopft und ein paar tröstende Worte gesagt hatte, schaute Baxter zu Emily hinüber. »Das dauert vielleicht noch ein wenig. Am besten, Sie telefonieren herum und hetzen alles auf Derrick und Dennis Gladstone, was Beine hat, okay? Ich glaube, mit den beiden Typen müssen wir uns mal ernsthaft unterhalten.«

Kapitel 107

Wegen des besonderen Anlasses hatten die Mädchen den Befehl erhalten, den Tisch mit dem feinen Porzellan zu decken. Corin verließ sich auf die gute Qualität, packte den Porzellanteller, holte damit aus, schmetterte Sonnequa den Teller ins Gesicht und hielt eine große Scherbe fest.

Monatelang hatte sie unter Adrenalin gestanden, und alles entlud sich in diesem Moment. Es war ein Ausbruch von Wut und Verzweiflung – und vielleicht die letzte Chance auf ein Überleben. Ohne auf die entsetzlichen Schmerzen zu achten, die sie dabei verspürte, sprang Corin aus dem Rollstuhl und stürzte sich auf Derrick Gladstone, schreiend vor Qual.

Sie fiel auf ihn.

Alles war viel zu schnell gegangen, als dass Gladstone hätte reagieren können. Corin drückte ihm die scharfkantige Scherbe mit der linken Hand an den Hals und suchte mit der rechten in seiner Jacke, in der verzweifelten Hoffnung, die Waffe in seinem Schulterholster zu ertasten.

Da war keine Waffe.

Alle Hoffnungen Corins hatten darauf beruht, die Pistole in Gladstones Jackett zu finden. Sie war sich nicht einmal sicher, ob die Tellerscherbe hart genug war, um seine Haut zu ritzen, oder ob sie ihr bei dem Versuch in den Händen zerbrechen würde.

Aber sie hatte ohnehin keine Chance. Selbst wenn es keine Scherbe, sondern ein scharfes Messer gewesen wäre, hätten Gladstones Bruder oder Sonnequa sie niedergeschossen, ehe sie Derrick ernsthaft verletzen konnte.

Marcus und Ackerman, die beiden Bundesagenten, waren mit gefesselten Händen keine Hilfe, und die anderen Mädchen würden sich bedeckt halten, weil es ihre einzige Hoffnung auf Überleben war.

Dennoch wollte Corin die Hoffnung nicht aufgeben und suchte weiter. Ihre Hartnäckigkeit wurde belohnt: Als sie die Hand an Gladstones Seite entlangbewegte, ertastete sie die Waffe in einem Hüftholster.

Die Schmerzen in ihren Beinen waren so qualvoll, dass ihr immer wieder für ein paar Sekunden schwarz vor Augen wurde. Doch mit eiserner Willenskraft gelang es ihr, die Finger um die Pistole zu schließen und sie aus dem Holster zu ziehen.

Sie stieß sich von Gladstone ab und drehte mithilfe der Greifringe den Rollstuhl zu der wirklichen Gefahr herum – zu dem Ungeheuer, das sie entführt und vergewaltigt, das ihr ein Stück ihrer Seele gestohlen und sie geschwängert hatte.

Der große Mann hatte seine Waffe gezogen, zögerte aber zu schießen, weil Derrick in der Schusslinie war.

Im Gegensatz zu ihrem Peiniger zauderte Corin nicht. Sie zielte und drückte ab.

Ohrenbetäubendes Krachen erfüllte das Zimmer.

Ihre ersten beiden Schüsse gingen daneben. Die dritte Kugel traf Derrick Gladstone in die Brust, ließ ihn nach hinten stolpern und über den Stuhl fallen.

Corin drückte die noch rauchende, heiße Mündung der Waffe an Gladstones rechte Schläfe. »Grüß Dschingis Khan von mir.«

Kapitel 108

Ackerman war überrascht, als eines von Gladstones Mädchen in Aktion trat. Die animalische Wildheit der jungen Frau beeindruckte ihn. Und was noch erstaunlicher war – niemand war Gladstone zu Hilfe geeilt. Ackerman blickte in die Augen der Höllenhunde, als der Angriff erfolgte, und zog daraus Schlüsse auf die Ausbildung der Tiere. Zwar knurrten und winselten die Rottweiler, wichen aber nicht von den ihnen zugewiesenen Plätzen – was Ackerman verriet, dass die Hunde abgerichtet waren, nur auf einen bestimmten Befehl hin anzugreifen. Und das machte Sinn, denn die Tiere mussten in der Diamantkammer oft mit ansehen, wie ihre Herren von ihren Gegnern in Bedrängnis gebracht wurden, durften dann aber auf keinen Fall attackieren.

Als Corin Campbell – die Ackerman aus Baxter Kincaids Präsentation kannte – dem Gladiator in die Brust schoss, staunte er erneut. Ihr Coup hatte eine echte Chance auf Erfolg.

Er wandte sich Marcus zu und sah in den Augen seines Bruders, dass er im gleichen Moment zu dem gleichen Schluss gelangt war. Wie auf ein Kommando setzten beide die Füße an der Tischkante an und kippten ihn auf die Mädchen ihnen gegenüber. Darunter war die dunkelhaarige Schönheit, die von Corin angegriffen worden war und gerade ihre Waffe hob.

Der Tisch warf die Frau gerade rechtzeitig nach hinten, damit die Kugeln, die sie auf Corin abfeuerte, in die Decke einschlugen.

Ackerman versuchte mit Hebelkraft, seine Plastikfesseln zu

zerreißen, jedoch vergeblich, denn Gladstone hatte die Zusatzkosten für professionelle Ausrüstung nicht gescheut. Die flexibleren Plastikhandschellen ließen sich nicht so leicht brechen wie die verbreiteten Kabelbinder.

Corin setzte die Pistolenmündung an Gladstones Schläfe. Den Ausdruck in ihren Augen kannte Ackerman nur zu gut.

»Drücken Sie nicht ab«, sagte er. »Ich weiß, Sie wollen es, aber zu töten ändert alles. Es teilt Ihr Leben in ein Davor und ein Danach. Und die Gesichter der Toten verfolgen Sie für alle Ewigkeit.«

Tränen liefen Corin die Wangen hinunter. »Er hat es verdient. Und es wäre auch nicht mein erstes Mal.«

»Tun Sie es nicht, Miss Campbell. Halten Sie ihn in Schach und helfen Sie uns, die Fesseln loszuwerden. Dann können wir ...«

In diesem Moment hörte Ackerman zwei dumpfe Schläge kurz hintereinander. Corin wurde von Gladstone weggeschleudert, als hätte eine unsichtbare Faust sie getroffen. In einer Fontäne aus hellem Blut stürzte sie zu Boden.

Als er in die Richtung blickte, aus der die schallgedämpften Schüsse gekommen waren, sah er den Gladiator, der unter dem schwarzen Anzug eine Panzerweste getragen hatte.

Ackerman belastete sich nur selten mit schusssicherer Garderobe. Solche Vorkehrungen waren etwas für gewöhnliche Sterbliche.

Kapitel 109

Marcus knallte mit dem Gesicht auf den Boden, als der Gladiator ihn hochriss wie eine Flickenpuppe und auf das Parkett des Speisesaals schleuderte. In der nächsten Sekunde prallte sein Bruder neben ihm auf. Ackerman hatte sich nicht einmal gewehrt.

»Du hättest diesen Irren von der Frau umbringen lassen können«, schimpfte Marcus.

»Ich dachte, wir wären jetzt gegen Mord, du und ich? Bei deinen ständig sich verändernden Ansichten über richtig und falsch komme ich einfach nicht mit. Außerdem – was meinst du, worauf die Höllenhunde abgerichtet sind für den Fall, dass beide Gladstone-Brüder das Zeitliche segnen?«

Zwei weitere dumpfe Schläge hallten durch den Speisesaal. Die beiden Kugeln bohrten sich zwischen Marcus' und Ackermans Köpfen in den Boden und ließen eine Splitterwolke aufsteigen.

»Maul halten, ihr zwei Penner«, sagte der Gladiator. »Oder meine nächsten Kugeln sitzen in euren Bumsköpfen.«

Ackerman schnaubte. »Aber, aber. Was wird denn aus der Krönung Ihrer Karriere als Kämpfer, wenn Sie uns jetzt erschießen? Hilflose Gegner abzuschlachten war doch bisher nicht Ihr Stil.«

Der Gladiator schmetterte ihm den Pistolengriff auf den Hinterkopf. Derrick grinste nur und hauchte dem großen Kerl eine Kusshand zu.

»Kannst du das Mädchen sehen, Frank?«, fragte Marcus leise.

»Ja, sie hat eine Kugel in die Schulter bekommen«, antwortete Ackerman. »Sie lebt. Noch. Ich glaube, sie ist vom Schock bewusstlos.«

»Glaubst du wirklich, die Hunde wären wild geworden, wenn die Kleine Gladstone erschossen hätte?«

»Darauf hätte *ich* sie jedenfalls abgerichtet.«

»Du hast diese seltsam hypnotische Wirkung auf Tiere. Hättest du ihnen nicht Einhalt gebieten können? So wie Crocodile Dundee, nur mit Hypnose?«

»*Einen* Hund hätte ich mit Sicherheit beeinflussen können«, entgegnete Ackerman. »Bei zwei Hunden bin ich mir schon nicht mehr so sicher. Aber ein ganzes Rudel? Wohl kaum.«

Wieder schlugen zwei Kugeln in den Boden ein. Mit überkippender Stimme schrie der Gladiator: »Seid still, verdammt! Wenn ihr nicht die Schnauze haltet, kille ich eins von den Mädchen. Ist das jetzt klar?«

Kapitel 110

Corin erwachte aus einem Traum, in dem ihre Schwester Sammy eine verletzte Seeschildkröte beschützte, die an den Strand geschwemmt worden war. Die Erinnerung war angenehm – ein Augenblick der Unschuld und des Mitleids. Die Stimme jedoch, die Corin aus dem Schlaf weckte, rief keine erfreulichen oder gar liebevollen Erinnerungen wach. Es war Derrick Gladstone, der ihren Namen sprach. Corin versuchte, sich an einer angenehmeren Wirklichkeit festzuklammern, aber ein paar Spritzer kaltes Wasser in ihr Gesicht spülten alle Träumereien davon.

Corin schlug die Augen auf, schaute in einen Himmel aus Rot und Purpur und hörte Gladstone sagen: »Ich bin sehr enttäuscht von dir.«

Sie versuchte sich aufzusetzen, doch ein stechender Schmerz in der rechten Schulter ließ sie kraftlos zurück auf den Beton sinken. Erst jetzt kam die Erinnerung an das, was vorhin geschehen war, und ihr fiel ein, dass der Gladiator sie angeschossen hatte. Aber das war drinnen im Haus gewesen. Wo war sie jetzt? Offenbar hatte man sie ins Freie geschafft. Und sie lag auf einer abschüssigen Fläche aus braunem Beton. Was war das?

»Weißt du, Corin«, sagte Gladstone, »du machst mich sehr unglücklich.«

Sie flüsterte erschöpft: »Ich bin mit dir auch nicht allzu glücklich.«

»Übrigens, dein kleiner Umsturzversuch ist erfolglos geblieben.«

Corin stemmte sich auf den linken Ellbogen und blickte Gladstone ins Gesicht. Er stand mit seinem Rollstuhl gut anderthalb Meter über ihr am Geländer einer Plattform. Neben ihr auf dem Beton, der ins Nichts abzufallen schien, lag Tia, die junge Frau ohne Zunge. Sonnequa stand auf einer ähnlichen Plattform auf der gegenüberliegenden Seite vor einer kleinen Kontrolltafel.

In Corin stieg die Furcht auf, dass Gladstone sie bereits auf seine Privatinsel entführt hatte. »Wo sind wir hier?«

»Oh, ich bitte um Verzeihung. Ich hatte ganz vergessen, dass du erst kurze Zeit bei uns bist. Mir kommt es immer wieder so vor, als würden wir uns schon viel länger kennen. Deine Schwestern und ich haben erst letzte Woche hier gespeist, aber du warst zu der Zeit noch im Stadium ... nun ja, des Befruchtetwerdens.«

Corin biss sich auf die Lippen. Sie hatte erkannt, dass der Filter zwischen ihren Gedanken und ihren Worten immer durchlässiger wurde, je näher sie dem Tod kam. Jetzt aber war nicht der Moment für übereiltes Handeln. Sie verzichtete darauf, Gladstone Obszönitäten an den Kopf zu werfen, und unterdrückte das Verlangen, ihm noch einmal zu sagen, dass sie ihn töten würde. Stattdessen schwieg sie.

Als sie einen Augenblick später erkannte, was ihr als Nächstes bevorstand, hielt sie sich krampfhaft an einem vorspringenden Metallrohr fest – der Düse eines Bewässerungssystems, die in den Beton eingegossen war.

»Wäre es dir vergönnt gewesen, schon vergangene Woche mit uns zu speisen, hättest du einen atemberaubenden Anblick genießen können, Corin. Wir befinden uns in der fünften Etage in einem Restaurant, das einmal Ristorante La Cascata hieß, Restaurant Wasserfall. Einmal darfst du raten, auf welchem Teil davon du gerade liegst.«

Corin blickte Tia über die Schulter hinweg an und sagte drängend: »Pack die Metalldüse und halt dich daran fest, egal was kommt!«

Gladstone lachte. »Kluges Kind. Sonnequa, wenn du jetzt so freundlich wärst . . .«

Corin wusste, was kam, und verkniff es sich, Sonnequa in der Hoffnung auf Gnade einen flehenden Blick zuzuwerfen. Sie wusste, sie hatte kein Mitleid zu erwarten.

Sie schloss die Augen und drückte die Wasserdüse mit aller Kraft, die sie aufbringen konnte. Viel war es nicht. Ihre rechte Hand war taub und schwach von der Wunde in ihrer Schulter, und der linke Arm fühlte sich schlaff und kraftlos an.

Im nächsten Moment hörte sie Wasser rauschen. Augenblicke später strömte es sanft über sie hinweg und linderte den Schmerz in ihren wunden Gliedern. Eisern hielt sie sich an dem Rohr fest, denn sie wusste, selbst diese schwache Strömung würde ausreichen, um sie das Gefälle hinunter in den Untergang zu tragen.

Sie hielt die Augen geschlossen, bis der Strom endlich nachließ. Dann hörte sie Gladstone sagen: »Du hast vielleicht die Kette um dein Fußgelenk bemerkt.«

Nein, hatte sie nicht. Erst jetzt fühlte sie die Stahlkette an ihrem rechten Knöchel – schwach nur, denn sie hatte kaum Gefühl in den Füßen. Als sie die Augen aufschlug und die Schräge des künstlichen Wasserfalls hinunterblickte, sah sie, dass die Kette durch zwei große Betonblöcke gezogen war, die gefährlich nahe an der Kante lagen.

»Die Kette ist an einem Gewicht befestigt, das ausreicht, um dich mühelos über die Kante zu ziehen und in die Dunkelheit darunter zu reißen. Du hast ja schon gesehen, was dich am Ende deines Sturzes erwartet – der See, den du durch die Fenster deiner Unterkunft betrachten konntest. Allerdings wurde dieser

See künstlich angelegt. Ursprünglich war er ein alter Steinbruch. Er ist zwischen einhundert und zweihundert Meter tief. Stell dir vor, wie es wäre, wenn die Ziegel dich über die Kante reißen. Aber der Sturz ist nicht dein Ende. Nein, du erlebst die Reise in die schwarzen Tiefen bei vollem Verstand. Dort erst ertrinkst du und wirst am Ende von den Geschöpfen der ewigen Finsternis dort unten gefressen. Aber du wirst nicht alleine dieses Vergnügen haben, liebe Corin – die arme, zungenlose Tia wird dein Schicksal teilen. Ich genieße so etwas nicht, aber du hast mir keine Wahl gelassen. Ob du mir glaubst oder nicht, mir wird es mehr wehtun als dir.«

Kapitel 111

Stefan Granger, wie er am liebsten genannt wurde – denn das war sein wirklicher Name, so wie die Totenkopfmaske sein wirkliches Gesicht war –, hätte sich auf den größten Kampf seiner Laufbahn vorbereiten müssen. Stattdessen hatte sein egomanischer Bruder ihn zu sich gerufen und ihm befohlen, zwei »Sachen« zu ihm aufs Dach zu bringen. Die eine war das Werkzeug, das sie benutzten, um den Leichen, die Derrick für Werbezwecke nutzte, die Gliedmaßen abzutrennen – ein von einem 20-Volt-Akku betriebener Winkelschleifer mit Diamanttrennscheibe ohne Schutzhaube. Die andere »Sache« war ihre an Parkinson erkrankte Mutter.

Stefan Granger fuhr mit dem Aufzug zum Ristorante La Cascata hoch und traf rechtzeitig ein, um zu hören, wie sein Bruder laut verkündete: »Irgendwo habe ich gelesen, dass auf einer Straße bloß fünfzehn Zentimeter Wasser stehen müssen, und man verliert völlig die Kontrolle über sein Fahrzeug. Da müsste doch viel weniger ausreichen, um diese Betonziegel über den Rand zu schwemmen, oder?«

Als Granger näher kam, sah er, dass Derrick zwei Frauen, Corin und Tia, auf den künstlichen Wasserfall des Restaurants gelegt hatte und drohte, sie in den Abgrund zu stürzen.

Derrick hörte, wie Granger näher kam, und drehte sich mit dem Rollstuhl herum. »Genau rechtzeitig, Brüderchen«, sagte er.

Granger runzelte die Stirn. »Was soll das, Derrick?«

Mit seiner hallenden Stimme rief sein Bruder: »Sonnequa, halt die Ladys bitte für mich feucht.«

Grangers Zorn wuchs, als er sah, wie die Wasserkaskade das Gefälle hinunter auf Corin und Tia zustürzte. Eine moralische Verpflichtung, die Frauen zu beschützen, empfand er nicht. Moral war eine Illusion, die den geistig Schwachen aufgeprägt wurde. So hatte sein leiblicher Vater, der Professor, es jedenfalls immer gesagt. Aber beide Frauen hatten sich durch Blut und Schmerz ihr Überleben verdient. Dank dieser Feuerprobe hatten sie sich den Respekt erworben, den Granger seinem Bruder schon lange nicht mehr entgegenbrachte.

»Warum tust du das gerade jetzt? Wir sollten jetzt die Übertragung des Kampfes vorbereiten.«

»Für die wichtigen Dinge im Leben muss man sich Zeit *schaffen*«, erwiderte Derrick.

»Mutter hätte sich dein krankes Spielchen doch auch über Video anschauen können. Wieso musste ich sie hier raufbringen? Dieser Abend gehört mir, nicht dir. Wenn wir auf der Insel sind, kannst du nach Herzenslust den genetischen Messias spielen, aber heute Abend werde ich beweisen, dass ich der Beste der Besten bin.«

»Mir gefällt dein Ton nicht. Vergiss gefälligst nicht, wer du bist, Brüderchen. Du hast vielleicht den Titel des Gladiators übernommen, aber König wirst du niemals. Also . . . Ich glaube, die Zeit ist gekommen, Mutter und Vater wieder zu vereinen.«

»Wovon redest du überhaupt?«

Mit einem teuflischen Funkeln in den Augen starrte Derrick ihre Mutter an. »Wir sägen sie in kleine Stücke. Bei den Füßen fangen wir an und arbeiten uns langsam über alle Gliedmaßen vor. Die Stücke werfen wir als Fischköder in den Wasserfall. Das wäre doch eine wunderbare Würdigung unseres Vaters, eines großen Denkers und einer Zierde unserer Spezies, der uns lange vor seiner Zeit geraubt wurde.«

»So habe ich ihn nicht in Erinnerung.«

»Du warst zu klein, um dich an irgendetwas zu erinnern.«

»Ich erinnere mich an alles.«

Granger erinnerte sich tatsächlich an diese alte Badestelle aus der Zeit, als ein Investor seine Ersparnisse mit dem aufgegebenen Resort verloren hatte. Er hatte von den älteren Jugendlichen, den Freunden seiner Brüder, von Nacktbaden an einem Ort gehört, den sie den »Teufelssee« nannten. Die Teenager forderten sich gegenseitig heraus, in dem See zu tauchen, bis sie den Sog der Strömung spürten. Offenbar war es eine Furcht erregende Erfahrung, aber von den üblichen Gerüchten über Unfälle und Katastrophen abgesehen hatte Granger nie von Tauchern gehört, die im Teufelssee ertrunken sein sollten.

Wie viele Tote aber lagen am Grund des Sees? Mit Sicherheit konnte er es nicht sagen, aber er wusste, dass es wenigstens einer war . . .

Granger hatte damals neben Mutter auf dem Beifahrersitz gesessen, als sie an einem regnerischen Septembermorgen ein kurzes Stück den Berg hinaufgefahren waren, um Vaters sterbliche Überreste zu beseitigen. Schon damals hatte es hier nach Moos und Verwesung gerochen. Sie hatten Vaters Leiche mit Betonziegeln wie denen beschwert, die jetzt an Corins und Tias Beine gebunden waren.

Als Granger einige Zeit später erfahren hatte, dass es normalerweise nicht genügte, Gewichte an eine Leiche zu hängen, um zu verhindern, dass sie aufgedunsen und verwesend wieder an die Oberfläche stieg, hatte er in ständiger Angst gelebt, das Verbrechen könnte entdeckt werden.

»Wenn du Mutter zur Grube verurteilst, musst du mit mir das Gleiche tun«, sagte er nun.

»Sprich deutlich«, forderte Derrick ihn auf. »Was murmelst du da?«

»*Ich* habe unseren Vater getötet. Kapierst du das jetzt endlich?

An dem Abend, als er verschwinden wollte, habe ich alles gehört. Er verließ uns wegen einer Liebesaffäre mit einem anderen Mann. Ich holte ein Messer aus der Küche. Als er seine Sachen in den Wagen packte, stieß ich es ihm in den Hals.«

Derrick schwieg ein paar Sekunden lang. Sein Gesicht verriet Bestürzung und Unglauben, ehe es sich zu einer hasserfüllten Fratze verzog. »Du lügst! Du warst erst fünf. Du hättest niemals ...«

»Was glaubst du denn, weshalb Mutter mich so sehr hasste? Weshalb sie meinen Tod wollte?«

»Weil es deine Abnormität war, die Vater von uns weggejagt hat.«

Granger lachte, aber in diesem Moment hätte er seinem Bruder am liebsten das Genick gebrochen. »Das glaubst du wirklich?«

»Ich will damit nicht sagen, dass ich genauso empfinde, aber ja, er ...«

»Mutter hat mich gehasst, weil ich wusste, wo die Skelette begraben lagen. Und ich glaube, sie hatte Angst vor mir.«

»Aber ... wieso? Warum hast du Vater erstochen?«

»Ich sagte es doch schon: Weil ich an dem Abend alles gehört habe. Vater hat uns alle verabscheut, Derrick. Er wollte niemals Kinder. Er wollte seine Arbeit und seine sexuelle Freiheit. Er hielt uns für eine Last, die er loswerden wollte, eine Haut, die er abstreifen musste. Ich erinnere mich nicht an die genauen Worte, aber die Gefühle sind noch ganz lebhaft. Er war nicht der Mann, für den du ihn gehalten hast. Frag Mutter.«

Derrick wandte sich an die alte Frau im Rollstuhl. »Blinzle dreimal, wenn er die Wahrheit sagt.«

Die Augen der alten Frau waren kalt und trotzig, als sie mit den einzigen Muskeln ihres Körpers, die ihr noch gehorchten, Grangers Behauptung bestätigte.

Derrick bebte vor Wut. In seinem Gesicht arbeitete es, und seine Augen verrieten, dass er jeden Moment die Beherrschung verlieren konnte. Granger wartete ab und beobachtete, wie sein Bruder, der kalte, berechnende Narzisst, alles überdachte. »Das spielt jetzt keine Rolle«, entschied Derrick schließlich. »Das ändert gar nichts.« Er starrte auf ihre Mutter. »Aber diese alte Hexe wird die Insel nicht mehr sehen. Wir haben genug mit ihr gespielt.«

Das haben wir wahrhaftig, dachte Granger.

Derrick war auf die aberwitzige Idee gekommen, ihre Mutter nach seinem angeblichen Tod als »Gespenst« heimzusuchen. Er richtete es so ein, dass sie ihren ermordeten Sohn beim Vorbeifahren auf dem Schulhof entdeckte. Er schmuggelte Granger ins Haus und versteckte ihn unter seinem Bett, damit der Jüngere an der Schlafzimmertür ihrer Mutter vorbeigehen konnte wie ein ruheloser Geist. Auf diese Weise hatte Derrick – mit Grangers widerwilliger Hilfe – ihre Mutter in den Wahnsinn und den selbstzerstörerischen Missbrauch von Alkohol und Medikamenten getrieben.

»Sie hat für ihre Verbrechen bezahlt«, sagte Granger.

»Unsinn! Sie wird niemals genug gelitten haben dafür, wie sie uns behandelt hat. Kaum zu glauben, dass ich überhaupt noch in der Lage war, mich aus der Gosse zu ziehen und zum Inbegriff der Spezies Mensch zu machen, obwohl ich zehnmal so hart daran arbeiten musste. Und warum? Weil meine Mutter, eine gebildete Frau, es besser hätte wissen sollen, als ihr mageres Lehrergehalt für Zigaretten und Schnaps auszugeben und ihre drei Kinder zu vernachlässigen! Weißt du noch, wie wir uns aus Mülltonnen ernähren mussten? Wie wir uns auf Tankstellentoiletten waschen mussten, weil sie die Wasserrechnung nicht bezahlt hatte? Einmal war sie während der Sommerferien wochenlang verschwunden, und wir fanden sie in ...«

»Das spielt jetzt alles keine Rolle mehr«, unterbrach Granger ihn. »In ein paar Minuten habe ich den Kampf meines Lebens.«

»Es ist wichtiger denn je, Brüderchen. Die alte Hexe kommt nicht mit auf die Insel. Sie verdient es nicht, die Früchte einer Saat zu ernten, die sie mit allen Mitteln zu verderben versuchte.«

Granger zitterte am ganzen Körper vor aufgestauter Wut. Seine Stimme bebte, als er erwiderte: »Du hörst dich gern reden, nicht wahr? Du bist ein narzisstischer Mistkerl, der viele Wörter benutzt und trotzdem nichts sagt. Ein Mann, dem alles und jeder egal ist, außer ihm selbst. Bei allem, was du in deinem Leben getan hast, ist es immer nur um dich gegangen, selbst wenn es an der Oberfläche uneigennützig erschien. Du hast immer im Zentrum der Aufmerksamkeit stehen müssen. Du musstest dich auf ein Podest stellen. Du glaubst, jeder andere Mensch auf der Welt sei krank und bräuchte dich, um geheilt zu werden. Dabei siehst du einfach nicht, dass Leute wie du eine Seuche sind. Ihr stopft euch den Kopf mit Wissen voll, begreift aber trotzdem nichts. Du glaubst aufrichtig, dass jeder dich gern hat, vielleicht sogar liebt, obwohl wir alle deine Gegenwart kaum ertragen können!«

Durch die gewaltige Kraft seiner Arme stieß Derrick sich aus dem Rollstuhl hoch und stand auf unsicheren Beinen da. Er war ein großer Mann, fünf Zentimeter größer als Granger, und nun versuchte er, diesen Vorteil gegenüber seinem jüngeren Bruder zu nutzen.

Aber Granger wich nicht vor ihm zurück. Er fürchtete seinen Bruder nicht. Er fürchtete niemanden.

Derrick riss ihm den Schwingschleifer aus der Hand und schaltete ihn ein. Mit lautem Heulen lief der Schleifer an. »Du winselnde Missgeburt! Wie kann jemand wie du es wagen, mich infrage zu stellen? Ich hätte dich in dem Moment töten sollen, als wir herausfanden, dass du deformiert bist. Ich hätte ein Kissen auf deine verunstaltete Visage drücken sollen und... «

Auch bei unbewaffneten Kämpfen trug Granger stets mehrere Faustmesser in einem eigens für ihn angefertigten Schnellziehholster verborgen hinten an seiner Kampfhose mit sich, nur für den Fall. Jetzt überkam ihn grelle Wut. Ohne nachzudenken, zückte er eine der Waffen mit der rechten Hand, stieß sie Derrick mit der Absicht, die Lunge zu treffen, in die Brust und zog sie sofort wieder heraus. Eine Blutfontäne schoss aus der Wunde.

Granger genoss die Angst, den Schmerz und das Erstaunen, die in das Gesicht seines Bruders traten, in vollen Zügen.

Derrick gab seltsame, gurgelnde Geräusche von sich, taumelte zurück und stürzte über seinen Rollstuhl.

Und dann geschah es: Die improvisierte Knochensäge noch immer in der Faust, stürzte Derrick Gladstone über das Geländer und rutschte mit schrillem Kreischen haltlos den Wasserfall hinunter.

Kapitel 112

Wie ein wütender Wespenschwarm stach ihr das eiskalte Wasser in die Haut. Corin stöhnte dumpf, doch die frostige Kälte betäubte immerhin ihre Schmerzen.

Corin hatte ihren Unterleib oberhalb ihres einzigen Rettungsankers positioniert, einer der beiden kleinen Wasserdüsen in der Mitte der schrägen Wasserrutsche. Sie hatte Tia zugerufen, das Gleiche zu tun. Doch eines war klar: Sobald die Betonsteine über die Kante fielen, genügte Corins Gewicht, um sie beide von ihrem unsicheren Halt loszureißen.

Sonnequa hatte sich – völlig untypisch für sie – gnädig gezeigt, indem sie den Wasserstrom nur zu einem beständigen Rinnsal aufdrehte und nicht zu einer tödlichen Flut, obwohl sie ihre Erzfeindin Corin ohne Weiteres über die Kante hätte spülen können. Corin nahm allerdings an, dass Sonnequas Rücksicht Tia galt, nicht ihr.

Als sie hörte, wie die beiden Brüder einander anbrüllten, wagte sie bei aller Neugier nicht hochzublicken, denn sie musste befürchten, in diesem Fall ihr instabiles Gleichgewicht zu verlieren.

Aber dann ertönte ein Schrei, gefolgt von einem schrecklichen, schrillen Kreischen. Als Corin reflexartig den Kopf hob, sah sie zu ihrem Entsetzen, dass Gladstone auf sie hinabstürzte.

O Gott, das ist das Ende!

Corin wappnete sich für den Aufprall, doch er streifte sie nur. Sein schieres Gewicht schleuderte sie dennoch gegen den Beton und trieb ihr die Luft aus der Lunge.

Während der Irre, noch immer kreischend, über sie hinweg-rollte, krallte er die linke Hand in ihr Fleisch und hielt sich verzweifelt an ihrem Oberarm fest. Der Ruck, als sein Sturz abrupt gebremst wurde, hätte Corin beinahe das Gelenk ausgekugelt und die Sehnen zerrissen. Die metallene Brunnendüse stach ihr in die Hüfte und bremste zusätzlich seinen Sturz.

Corin schnappte keuchend nach Luft. Sie sah, dass Gladstones weißes Oberhemd mit Blutflecken übersät war, aber er fand trotzdem die Kraft, sich aufzurichten, und kugelte ihr dabei fast den Arm aus. Corin hätte vor Schmerzen geschrien, hätte sie den Atem dazu gehabt.

Derricks Augen waren weit aufgerissen, und ein erschreckender, wilder Ausdruck stand darin. Er versuchte, sich über Corin hinweg zum gegenüberliegenden Geländer vorzukämpfen, wo Sonnequa stand, aber Corin rammte ihm die Stirn mitten ins Gesicht.

Er stürzte zurück, brach auf ihr zusammen. Dann, mit einem zornigen Aufschrei, packte er mit der linken Hand ihre Kehle und hob den kabellosen Winkelschleifer, den er in der Rechten hielt.

Für Corin schien die Zeit immer langsamer abzulaufen. Sie würgte, keuchte im Griff des Wahnsinnigen. Nur noch wenige Sekunden, und sie würde vom Sauerstoffmangel bewusstlos.

Sie sah das braune, getrocknete Blut und die hart gewordenen Gewebereste am gelben Gehäuse des Schleifers und wusste, was Gladstone vorhatte.

Der Verrückte drückte den Schalter des Winkelschleifers wie den Abzug einer Pistole. Heulend erwachte der Schleifer zum Leben. Gladstone schlug wütend zu, zielte nach Corins Gesicht.

Corin wich dem Hieb aus, und die rotierende Scheibe traf mit einem schrillen Kreischen auf den Beton. Gladstone packte erneut zu, verbesserte seinen Griff um Corins Kehle und holte mit dem Schleifer zu einem weiteren Hieb aus.

Corin wusste, sie konnte auf lange Sicht nicht verhindern, dass die Trennscheibe ihr durch Fleisch und Knochen schnitt, deshalb verlagerte sie ihr ganzes Gewicht auf die Hüfte und streckte die Hand nach Gladstones Brust aus. Ihre Finger fuhren über sein Hemd, suchten nach der Quelle des Blutes.

Als sie die Wunde fand, stieß sie den Daumen hinein, verkrallte die Hand in sein Fleisch und drehte sie herum.

Unfähig zu atmen oder zu schreien, erstarrte Gladstone, so überwältigend war der Schmerz.

Er gab Corins Hals frei und ließ den Winkelschleifer los. Die rotierende Trennscheibe fiel auf Corins Rücken, und erst in letzter Sekunde konnte sie ihre Bauchgegend von der sirrenden Scheibe wegdrehen, sonst hätte der Schleifer ihr die Bauchdecke zerschnitten. Der Gerät lief aus und blieb neben ihr liegen.

Gladstone hatte weniger Glück. Er sprang zurück, ruderte mit den Armen. Corin hielt eisern fest, löste ihren Griff nicht von seiner Wunde, bis sein eigenes Gewicht ihr sein Fleisch aus den Fingern riss.

Sonnequa hatte die Wasserzufuhr unterbrochen, aber die steile Fläche war noch immer so glatt wie ein zugefrorener See. Derrick verlor die Kontrolle, fiel auf den Rücken und rutschte schreiend zur Kante. Hektisch suchte er nach einem Halt und packte das Einzige, was sich ihm bot: die Ketten, die Corin und Tia mit den Betonziegeln verbanden.

Corin klammerte sich verzweifelt an die Düse, als sie merkte, dass sein Gewicht sie und Tia in Richtung Untergang zerrte.

Aber auch die Ketten waren glitschig. Gladstone konnte sie nicht mehr rechtzeitig packen, ehe er gegen die Betonziegel rollte und sie über die Kante des künstlichen Wasserfalls stieß.

Kapitel 113

Corin hatte unsägliche Schmerzen erduldet. Sie war entführt, verprügelt, gefoltert und vergewaltigt worden. Man hatte ihr die Beine gebrochen und mit geschmolzenem Silber verbrannt. Schmerz war zu ihrem engsten Vertrauten geworden. Als nun das Gewicht der Betonziegel im Verein mit Gladstones Körpermasse ihre Hüfte gegen die Brunnendüse drückte, bemerkte sie es kaum. An der metallenen Düse aufgespießt zu werden fühlte sich eher so an wie ein Schock durch eine kalte Dusche, nicht so sehr wie das Zerreißen von Haut und Muskeln.

Doch sie wusste, dass ihr Körper dem brutalen Zug nicht lange standhalten konnte.

Die einzige Erleichterung bestand darin, dass sich Gladstones Gewicht auf sie und Tia verteilte. Das änderte sich, als Tia ins Rutschen geriet und sich von der Düse löste. Sie schrie gellend auf und krallte nach dem Beton, aber die schweren Ziegel zogen sie gnadenlos über die glitschige Fläche wie ein Kind auf einer Wasserrutsche.

Noch einen Augenblick lang, nachdem Tia außer Sicht war, hörte Corin ihre Schreie. Dann ein Platschen, das die Schreie abrupt abschnitt.

Dann war nur noch Gladstones Keuchen zu hören, als er verzweifelt versuchte, sich an der Kette hochzuziehen.

In diesem Moment begriff Corin, dass sie bloß loszulassen brauchte, um die Welt von diesem Wahnsinnigen zu befreien. Einfach nur das verdammte Metallding loslassen, das sich in ihre Hüfte bohrte, und ins Vergessen entschwinden, so wie Tia.

Vielleicht war es ihr Leben wert, Derricks Irrsinn zu beenden ...

Dann bemerkte sie das Gewicht des Winkelschleifers am Rücken, und unvermittelt kam ihr eine Idee. Sie verdrehte den Arm, packte den Pistolengriff des Werkzeugs und drückte auf den Schalter. Die Trennscheibe sirrte los. Corin schwang sie zu der Kette, die sie an die Betonziegel fesselte. Funken sprühten, als die Kante der Scheibe die dicke Kette berührte, doch sie drang keinen Millimeter ins Metall ein. Corin wusste nach nur einer Sekunde, dass ihr Versuch vergeblich war. Niemals würde sie den Stahl schnell genug durchtrennen können. Und was sollte es auch? Der irre Gladstone wäre tot, aber sein kaum weniger verrückter Bruder lebte noch.

Es war sinnlos. Für sie, Corin, gab es kein Entkommen. Vielleicht wäre es das Beste, einfach loszulassen. Zu kapitulieren.

Dann, tief im Hinterkopf, wisperte die Stimme eines kleinen Kindes: *Vielleicht durchschneidet die Trennscheibe keinen Stahl, aber Knochen ganz bestimmt ...*

Als Corin wusste, was zu tun war – und dass sie nicht zögern würde –, blickte sie Derrick Gladstone in die Augen und sagte: »Glaub mir oder nicht, mein Schatz, aber was jetzt passiert, wird mir viel mehr wehtun als dir.«

Dann hielt sie sich die sirrende Trennscheibe an den Fußknöchel.

Kapitel 114

Stefan Granger rannte zum Geländer, als Derrick fiel, und beobachtete, wie sein Bruder mit Corin kämpfte. Er zog die schallgedämpfte Pistole und zielte auf Derrick, drückte aber nicht ab. Zum einen hatte er nicht vorgehabt, seinen Bruder zu töten; zum anderen hielt er sich zurück, weil ein Schuss auf einem Abbruchgrundstück wie diesem eine Menge unerwünschte Aufmerksamkeit wecken konnte.

Außerdem war Derrick ohnehin schon so gut wie tot, falls kein Wunder geschah.

Schließlich entschied Granger, dass es das Risiko nicht wert sei, Corin und Tia zu retten. Und auch Derrick starb, ertrank im eigenen Blut. Wenn sein Bruder eine oder beide Frauen mitnahm, dann war es eben so.

Dennoch beobachtete Granger gebannt, wie Corin, das Mädchen, das sich zu sterben weigerte, sämtliche Angriffe seines Bruders abwehrte und sie mit grimmiger Wildheit erwiderte. Sie strotzte vor Leben, war zäh und beharrlich. Granger hoffte, sie auf persönlicher Ebene besser kennenzulernen, wenn sie erst auf der Insel waren – falls sie diesen Zwischenfall überlebte.

Diese Hoffnung erhielt einen ersten Dämpfer, als die Betonziegel über den Rand fielen. Und gleich darauf noch einen, als Tia den Ziegeln folgte.

Dass sein Bruder trotz aller Sinnlosigkeit um sein Leben kämpfte, überraschte Granger nicht. Der älteste Gladstone war immer stur gewesen – im Denken und im Handeln.

Doch Corin besaß einen Überlebenswillen, den man nur ehrfurchtgebietend nennen konnte. Selbst unter Schmerzen, die überwältigend sein mussten, versuchte sie die Ketten zu durchtrennen. Und als das nicht gelang, schrie sie ihre Verachtung heraus, schnitt sich den eigenen Fuß ab, warf die rotierende Knochensäge nach Derrick und überließ den Rest der Schwerkraft.

Derrick Gladstones Leben endete mit einem pfeifenden Gurgeln und einem lauten Platschen. Granger fand, dass es ein passendes Ende für diesen Mistkerl von Bruder war. Er stellte sich vor, wie Derrick in die Tiefe gezogen wurde, so wie sein Vater vor ihm.

Dann richtete er seine Aufmerksamkeit auf Corin. Sie hatte das Bewusstsein verloren und rutschte nun ebenfalls auf den Rand des Wasserfalls zu.

Ohne nachzudenken, sprang Granger über das Geländer und umklammerte mit der einen Hand die Düse, mit der anderen Corin. Er zog die kleine Frau hoch, wuchtete sie über das Geländer und legte sie behutsam neben Sonnequa auf den Boden. Dann kletterte er selbst über das Geländer, kniete sich vor Corin hin und untersuchte den blutigen Stumpf, wo ihr Fuß gewesen war. Mithilfe seines Faustmessers und eines Streifens von ihrem Kleid legte er an ihrem Schienbein eine Aderpresse an. Als er fertig war, wandte er sich Sonnequa zu. »Geh zu meinem Werkzeugschrank und hol mir einen Handschweißbrenner«, wies er sie an. »Wir müssen ihre Wunde veröden, damit sie uns nicht verblutet.«

Kapitel 115

Francis Ackerman junior hatte sich geistig auf diesen Augenblick vorbereitet, seit das Video lief, das die schrecklichen Szenen zeigte, wie Agent Fuller totgeschlagen und von den Hunden gefressen wurde. Fuller hatte seine Karten gut ausgespielt und den perfekten Eröffnungszug gesucht. Er hatte sich Zeit genommen, die Dinge durchdacht und seinem Gegner einen Schritt voraus sein wollen.

Der Gladiator hatte einen Fehler begangen, indem er Ackerman zusätzliche Zeit ließ, *seinen* perfekten Zug zu planen. Der Fehler war aus Eitelkeit entstanden, was nach Ackermans Einschätzung zu einer Erhöhung ihrer Überlebenschance auf zwanzig Prozent führte.

Ackerman und sein Bruder waren an Stühle gefesselt worden, die dem, auf dem Agent Fuller gesessen hatte, glichen. Und wie zuvor öffnete sich die Tür, und die Höllenhunde kamen herein – wachsam und sprungbereit. Der Gladiator folgte den Tieren dicht auf. Nun trug er wieder seine typische Totenkopfmaske. Sein Oberkörper war nackt und blutbespritzt.

»Wo kommt das ganze Blut her?«, wollte Marcus von ihm wissen. »Sie haben versprochen, den Mädchen geschieht nichts, wenn wir kooperativ und friedlich sind.«

»Den Ladys geht es gut. An Ihrer Stelle würde ich mir Sorgen um mich selbst machen.«

Der Gladiator ging seine üblichen Spielregeln durch, während Ackerman wie auf glühenden Kohlen saß und kaum abwarten konnte, von der Kette gelassen zu werden.

»Bereiten Sie sich auf den Kampf vor, Gentlemen. Nehmen Sie sich so viel Zeit, wie Sie brauchen, aber an Ihrer Stelle würde ich mich von meinen Schoßtieren fernhalten. Wenn Sie versuchen, den Raum zu verlassen, reißen die Hunde Sie in Fetzen. Ich finde es angemessen, meinen Gegnern den ersten Zug zu überlassen. Deshalb werde ich hier sitzen und meditieren. Wenn Sie bereit sind, fangen Sie einfach an.«

Als Ackerman bemerkte, dass ihr Gegner fast aufs Wort die gleiche Ansprache hielt, die er Fuller gehalten hatte, als wäre es ein ritueller Monolog, korrigierte er ihre Überlebenschance auf zweiundzwanzig Prozent.

Nachdem Granger ihnen die Fesseln gelöst hatte, nahm er Lotushaltung ein, und sie erhielten ihren Augenblick, sich auf den Zweikampf vorzubereiten.

Aber Ackerman brauchte keinen Augenblick. Sein Plan stand ihm bereits klar vor Augen.

Kaum war Granger in Position, ging Ackerman auf ihn zu. Dem Gladiator blieb nicht einmal Zeit, die Augen zu schließen und in den meditativen Zustand zu gelangen.

Ein paar Schritte vor Granger blieb Ackerman stehen. Er sah die Furcht in den Augen seines Gegners. Sie stachelte ihn an, verlieh ihm zusätzliche Kraft und erinnerte ihn an etwas, das er erst kürzlich begriffen hatte: Da er sich vor nichts und niemandem fürchtete, hatte er in jedem Kampf einen kleinen Vorteil.

Er korrigierte ihre Chancen auf fünfundzwanzig Prozent.

Aus dem Stand schlug Ackerman zwei blitzschnelle Flickflacks, kam einen Meter vor dem Gladiator zum Stehen und ahmte dessen Yogastellung nach.

»Schauen uns viele Leute zu?«, fragte er.

Wegen der Maske klang Grangers Stimme gedämpft und metallisch. »Sie sollten sich geehrt fühlen. Diese Nacht bricht sämtliche Rekorde. Unsere bisher beste Zuschauerquote beim

Tod des FBI-Agenten, den Sie beobachtet haben, hat sich heute fast verdoppelt. Es ist wirklich erstaunlich, wie viele Menschen eine Menge Geld zahlen, nur um zuzuschauen, wie ich Sie töte.«

Ackerman gluckste leise. »Ich fürchte, da werden eine Menge kranke und verkorkste Typen ganz schon sauer sein, wenn sie nicht zu sehen bekommen, was sie wollen.«

»Ich bin ungeschlagener Champion, Mr. Ackerman. Aber falls Sie mich tatsächlich schlagen, würden unsere Zuschauer meinen Tod erleben. Das wäre wirklich ein überraschendes Ende.«

»Meinen Sie? Okay, ich bleibe jetzt hier sitzen, bis *Sie* den ersten Zug machen. Denn ich glaube, Sie haben vergessen, was ein echter Kampf ist. Deshalb gebe ich Ihre Herausforderung an Sie zurück. Ich bleibe hier sitzen, bis *Sie* den Kampf beginnen. Dann können Sie aller Welt zeigen, was für ein schwacher, armseliger kleiner Freak Sie sind. Ein verwirrtes Kind mit Mama- und Papa-Komplex. Aber wenn Sie sich zu sehr fürchten, den Kampf zu eröffnen, werden wir wohl nur dasitzen und uns unterhalten, bis die Hunde so hungrig werden, dass sie uns beide fressen.«

»Reden Sie, so viel Sie wollen. Ich habe nicht die Absicht, den Kampf zu eröffnen. Ich werde jetzt die Augen schließen und meditieren. Wie ich schon sagte: Sie können anfangen, sobald Sie und Ihr Partner bereit sind.«

»Haben Sie überhaupt eine Vorstellung, wer ich bin? Ich bin in einem hübschen Penthouse-Apartment im siebten Kreis der Hölle aufgewachsen. Den Großteil meines Lebens habe ich in Isolation verbracht und der Vernichtung entgegengeblickt. Ich könnte hier sitzen und mich tagelang selbst unterhalten.«

Der Gladiator gab keine Antwort.

506

Mit einem Lächeln zwinkerte Ackerman seinem Bruder zu. »Das wird spaßig. Worüber sollen wir reden? Oder genauer, welches Thema wünschen Sie von mir erklärt zu bekommen, Mr. Granger?«

Kapitel 116

Nach Vorträgen über die Schlacht von Appomattox, Quantenphysik, Stringtheorie und ein Folterinstrument namens Sizilianischer Bulle entschied Ackerman, dass es an der Zeit sei, seinem Gegner wieder auf die Nerven zu fallen. Er wusste genau, wie viel Zorn in dem Gladiator steckte. Er hatte es an dessen kalten, berechnenden Aktionen an dem Abend bei Willoughby erkannt, und er hatte diesen Zorn vorhin in den Augen dieses Mannes gesehen. So viel Zorn machte nachlässig. Ackerman korrigierte ihre Überlebenschance auf fünfunddreißig Prozent.

»Genug von mir«, sagte er, »reden wir von Ihnen. Schließlich treffen wir uns ja nicht zum ersten Mal. Darum wird es Zeit, dass wir uns besser kennenlernen. In Anbetracht der Persönlichkeit Ihres Bruders und der Art, wie er Sie beherrscht hat, würde ich wetten, dass Ihnen in Ihrer Jugend eine anständige Vaterfigur gefehlt hat. Ist Ihr lieber Dad gestorben, oder hat er Sie nur im Stich gelassen?«

Ackerman achtete genau auf das Mienenspiel des Gladiators. Als er dessen Vater erwähnte, bemerkte er ein kurzes, kaum wahrnehmbares Zucken der Kiefermuskulatur. Offenbar lag dort ein Nerv blank.

»Ich wette, er hat Sie verlassen. Haben Sie jemals überlegt, ob Ihre körperliche Fehlbildung etwas mit dieser Entscheidung zu tun hatte? Ich bin sicher, es spielte eine Rolle. Viele in ihrem Innern schwache Menschen können es nicht ertragen, dass ihr Kind sich bestens für eine Freakshow eignet.«

Der Gladiator zog leicht den Kopf ein. Seine Schultern bebten.

»Und was ist mit Ihrer Mutter? Sie und Ihr Bruder legen beharrlich eine unverhohlene Missachtung des schöneren Geschlechts an den Tag. Auch das stützt meine Theorie des fehlenden Vaters. Ich bekomme das Gefühl, dass Ihre Mutter bei Ihnen blieb, Sie aber besser dran gewesen wären, wenn sie es nicht getan hätte, habe ich recht?«

Sein Gegner sah aus wie ein Vulkan kurz vor dem Ausbruch. Die Haut über den dicken Muskeln rötete sich mit jeder Sekunde mehr.

»Wie hat Ihre Mutter Sie misshandelt? Körperlich, seelisch oder sexuell?«

Der Gladiator begann Tiefatmungsübungen. Ackerman betrachtete sie als Vorboten, dass der Berg gleich Feuer spucken würde. Er behielt die verräterischen Zeichen, dass sein Gegner gleich losschlagen würde, im Auge und wappnete sich für seine geplante Verteidigung.

»War Ihren Eltern von Ihrer Geburt an klar, dass Sie eine missgebildete Monstrosität sind?«, reizte er den Gegner weiter. »Oder hat Ihre Deformation sich erst später gezeigt? Ich bin sicher, das alles wurde noch schlimmer dadurch, dass Ihr Bruder so ein aufgeblasenes ...«

Der Gladiator sprang aus seiner Sitzhaltung auf wie ein Graurücken-Gorilla, die Zähne gefletscht. Er warf sich nach vorn und benutzte den linken Arm wie einen Sprungstab, um sich mit dem ganzen Gewicht auf Ackerman zu werfen. Der Angriff – direkt, brutal und mit fürchterlicher Wucht – hätte fast jeden Gegner schon in den ersten Sekunden des Kampfes außer Gefecht gesetzt.

Nur nicht Ackerman. Er sah die Attacke voraus, Millisekunden bevor sie erfolgte.

Er rollte sich von dem Angriff weg, ließ die Hände vorschnellen und krallte die Finger unter die Maske des Gladiators. Indem er mit seinem ganzen Gewicht daran zog, riss er den Kopf des Gegners auf den Parkettboden und begann, auf den Nacken und den Hinterkopf des Gladiators einzuprügeln.

Nachdem er mehrere schwere Treffer gelandet hatte, riss er dem Gegner die Maske herunter, führte die Finger in die Augenlöcher und schwang die Maske dann als Waffe, wobei er auf das Genick des Gladiators zielte.

Ackerman legte es gleich zu Beginn auf einen tödlichen Hieb an. Aber er traf nur den Boden. Der Gladiator hatte sich im letzten Augenblick weggerollt. Geschmeidig sprang er auf und ging brüllend auf den Gegner los. Er schien ohne Rücksicht auf Verluste anzugreifen, aber Ackerman wusste aus Erfahrung, wie oft der Schein trog.

Aus dem Augenwinkel sah er, wie Marcus von hinten auf den Gladiator zurannte und den kleinen Hocker wie eine Keule schwang. Als er mit seiner improvisierten Waffe nach Granger schlug, ließ der sich blitzartig fallen und führte einen Tritt, mit dem er Marcus die Beine unter dem Körper wegtrat.

Ackerman griff wieder an und entfesselte einen Hagel wuchtiger Schläge, wobei er seine bevorzugten indonesischen Silat-Techniken anwendete. Er kannte viele Disziplinen der Kampfkunst, aber Silat mochte er am liebsten, weil es darauf abzielte, einen Gegner vollständig zu vernichten. Silat war eine elegante und zugleich brutale Kampfkunst, ideal, um sie gegen jemanden anzuwenden, der einem ans Leben wollte.

Doch der Gladiator wehrte jeden Angriff mühelos mit dem jeweils bestmöglichen Konter ab. Sein Können und seine Genauigkeit waren auf erstaunlichem Niveau; so etwas hatte selbst Ackerman nie zuvor gesehen. Dieser Mann reagierte mit perfekter Präzision, wie ein für den Kampfsport programmierter

Supercomputer. Beinahe lässig wehrte er Ackermans letzten Hieb ab und ging zum Angriff über. Er landete drei kräftige Schläge, packte Ackerman mit einer Hand an der Kehle, mit der anderen im Schritt, hob ihn über den Kopf und schleuderte ihn wie eine Flickenpuppe durch den Ring.

Nachdem Ackerman mit solch brutaler Wucht auf dem Boden aufgeschlagen war, dass er jeden Knochen im Leib spürte, korrigierte er ihre Überlebenschancen auf fünfundzwanzig Prozent.

Kapitel 117

Einige Zeit später schätzte Ackerman ihre Chancen nur noch auf elf Prozent. Er und Marcus hatten sowohl gemeinsam als auch allein eine Reihe von Angriffen geführt, von denen jeder auf ganzer Linie gescheitert war. Mittlerweile kam es Ackerman so vor, als kämpfte er nicht gegen einen Menschen aus Fleisch und Blut, sondern gegen einen Cyborg aus der Zukunft. Der Gladiator war ohne Zweifel der beste Nahkämpfer, dem er je gegenübergestanden hatte.

Als die Brüder begriffen hatten, dass sie ihren Gegner in fairem Kampf nicht besiegen konnten, suchte Ackerman nach einer Möglichkeit, ihn hereinzulegen.

Er fand keine.

Er versuchte, eine Schwäche zu entdecken und auszunutzen.

Er fand keine.

Über Ackermans Schulter hinweg flüsterte sein Vater, der Serienmörder, der als Thomas White bekannt war: *Dann* schaffe *eine Schwäche, Junge.*

Ackerman stutzte für einen Sekundenbruchteil. Er konnte sich nicht erinnern, von seinem Vater jemals diese Worte gehört zu haben. Vielleicht ließ sein Gedächtnis nach.

Er schüttelte diese Gedanken ab und konzentrierte sich wieder auf den Gegner. Entschlossen stürmte er vor, ließ sich in vollem Lauf fallen und glitt über den Boden. Als er am Gegner heran war, umklammerte er mit den Beinen dessen Unterschenkel und riss ihn um.

Doch Ackerman begriff sehr bald, dass er einen Fehler begangen hatte, denn am Boden kämpfte der Gladiator noch besser als im Stehen. Ackerman konnte sich gerade noch wegrollen, ehe der wütende Arenakämpfer auf ihn einprügeln konnte.

Er sprang auf und nahm sofort wieder Abwehrhaltung ein. Doch in seinem Kopf herrschte ein chaotisches Durcheinander, und sein sonst so scharfer Verstand wirkte stumpf.

Sein Vater flüsterte: *So habe ich das nicht gemeint.*

Wieder eine Zeile aus einer Erinnerung, die Ackerman nicht einordnen konnte.

Ich meinte damit, fuhr Ackerman senior fort, *dass du deinen Bruder gegen diesen Burschen einsetzen sollst.*

»Nein«, flüsterte Ackerman.

Dir bleibt keine Wahl. Was willst du machen, dir die Ohren verstopfen? Ich bin in deinem Kopf, Junge.

Ackerman beobachtete, wie der Gladiator Marcus durch die Kampfgrube prügelte und ihm fast das Genick brach.

Du musst Marcus benutzen, schnell!, drängte sein Vater. *Du musst beim Gegner eine Schwäche schaffen!*

»Er hat keine Schwächen«, sagte Ackerman laut. »Ich fühle mich geehrt, von einem Instrument solcher Perfektion getötet zu werden.«

Allmählich begreifst du, was ich meine.

Ackerman verspürte einen heftigen, stechenden Schmerz im Schädel, stolperte nach vorn und brach in die Knie.

Dass er keine Schwächen hat, fuhr sein Vater fort, *heißt noch lange nicht, dass er keine Fehler macht. Er ist im Nahkampf einfach besser als ihr. Komm darüber hinweg. Ich weiß, dass du Trübsal bläst, seit er dich in Willoughbys Laden besiegt hat.*

»Er hat mich nicht besiegt. Ich habe Emily gerettet und ...«

Ich bin in deinem Kopf, du kannst mich nicht belügen. Wenn du keine Schwäche herbeiführen kannst, dann führe die Gelegenheit für eine Schwäche herbei.

»Und wie?«

Benutze die Mittel, die dir zur Verfügung stehen. Der Gladiator ist der Beste, und das weiß er.

Der Nebel in Ackermans Kopf klarte auf, und in diesem Augenblick begriff er, was sein Vater, die Sinnestäuschung, ihm zu sagen versuchte: *Eitelkeit. Stolz.* Das waren die Sünden des Gladiators. Er zweifelte keine Sekunde daran, dass er der Beste war.

Ackerman schaute in das Gesicht seines Bruders, das geschwollen und blutig war, dann zum Gladiator, der am anderen Ende des Ringes stand, die Hände gesenkt, und gelassen abwartete. Ein weiteres Zeichen für sein übermäßiges Selbstvertrauen.

Ackerman wusste, was zu tun war. Er hielt den Atem an und senkte seine Herzfrequenz. Auf diese Weise war es ihm schon früher gelungen, bei einer flüchtigen Untersuchung für tot gehalten zu werden. Bei einem kurzen Blick hinüber zu Marcus sah er, dass ein Ausdruck panischer Angst in dessen Augen erschien.

Gekonnt spielte Ackerman seinem Bruder vor, der Gladiator hätte seinen Kehlkopf so schwer getroffen, dass er zu ersticken drohte. Schon als Junge hatte Ackerman gelernt, seine Vitalfunktionen so sehr herunterzufahren, dass man ihn für tot hielt. Diese Fähigkeit, die ihm schon oft nützlich gewesen war, hatte er unter der Anleitung seines Vaters weiter ausgebildet. Ackerman senior hatte Elektroden und Sensoren mit dem Körper seines Sohnes verbunden und ihm Elektroschocks verabreicht, sobald die Herzfrequenz des Jungen einen bestimmten Wert überschritt. Ackerman hatte sozusagen gelernt, wie man stirbt, um zu überleben.

»Frank!«, schrie Marcus voller Angst. »Was ist mit dir?«

Ackerman hörte, wie der Gladiator zufrieden flüsterte: »Flawless Victory.«

Auch Marcus hörte diese Worte. Er brüllte auf und stürzte sich ohne Rücksicht auf Verluste auf den Gladiator. Als Ackerman den gellenden Schrei und die schnellen Schritte hörte, öffnete er die Augen und beobachtete, wie Marcus mit einer ungezähmten Hemmungslosigkeit und Wut angriff, wie man sie außerhalb der Hölle nur selten zu sehen bekam. Es war ein blindwütiger Angriff, ohne Technik, ohne Planung, ohne Berechnen des Gegners. Marcus schlug und trat und bekämpfte den Gladiator mit allen Mitteln und animalischer Brutalität. Dabei nahm er keinerlei Rücksicht auf sein eigenes Leben oder die physischen Schäden, die er sich zuzog. Er benutzte seinen Körper wie eine Waffe, eine Kugel, die er seinem Gegner ins Herz jagen wollte, koste es, was es wolle.

Dennoch war der Gladiator ein unvergleichlicher Gegner. Er konnte in einem fairen Kampf nicht besiegt werden, weder von Ackerman noch von dessen jüngerem Bruder. Zwar steckte er zahllose Schläge von Marcus ein, wusste aber zu verhindern, dass er entscheidend getroffen wurde.

Letzten Endes aber blieb dem Gladiator nur eine Möglichkeit, die wilden Angriffe von Ackermans Bruder zu beenden: Er umschlang ihn mit seinen muskelbepackten Armen. Dick traten die Sehnen hervor, als er zudrückte.

Der Gladiator wusste allerdings nicht, dass er sich damit in Gefahr brachte, denn er bot Marcus, der sonst niemals so nahe an ihn herangekommen wäre, eine Möglichkeit zur Gegenattacke.

Und Marcus ergriff diese Chance: Er setzte seine Zähne ein.

Zufrieden beobachtete Ackerman, wie sein Bruder dem Gladiator im wahrsten Sinne des Wortes an die Kehle ging: Marcus biss ihn in den Hals – ganz wie einer der Höllenhunde es getan hätte, die hungrig von den höheren Ebenen aus den Kampf verfolgten.

Der Gladiator schrie und prügelte auf Marcus ein, konnte sich aber nicht befreien, denn sein Gegner war rasend vor Zorn. Immer wieder rammte Marcus dem größeren Mann das Knie in die Weichteile, bis er zu Boden sackte. Selbst dann ließ Marcus nicht vom Gegner ab, sondern setzte seinen wilden Angriff fort.

Der Kampf schien vorbei zu sein, denn Ackerman sah, dass der Gladiator heftig blutete. Doch Marcus war immer noch nicht fertig mit ihm. Er hatte offenbar die Absicht, sein Vernichtungswerk zu Ende zu führen.

Doch Ackerman wusste, dass jedes Raubtier umso gefährlicher wurde, je näher es dem Tode kam. Er eilte zu Marcus, um ihm beizustehen. Doch bevor er die beiden Männer erreichte, musste er hilflos mit ansehen, wie der Gladiator ein kleines Faustmesser aus einer versteckten Scheide zog und es Marcus in die Seite stieß.

Marcus hielt nicht einmal inne, als er getroffen wurde. Seine Fäuste arbeiteten weiterhin wie die Kolben einer Maschine, unablässig, unermüdlich. Zornig riss er sich den kleinen Dolch aus dem Fleisch und stieß dem Gladiator die eigene Waffe seitlich in den Hals.

Als Ackerman ihn schließlich von dem Sterbenden herunterzog, wirkte Marcus zutiefst überrascht, ihn zu sehen, und umarmte ihn fest. Ackerman brauchte einen Moment, um sich vor Augen zu führen, dass sein Bruder ihn noch Sekunden zuvor für tot gehalten hatte.

Er schlug Marcus auf den Rücken. »Ich muss für ein paar Augenblicke bewusstlos gewesen sein, Bruderherz. Aber wie ich sehe, bist du auch allein zurechtgekommen.«

Marcus presste die Linke auf die Messerwunde in seiner Seite und blickte Ackerman misstrauisch an. »Du hast nicht mehr geatmet.«

»Tatsache? Wie seltsam.« Er lachte auf. »Dann muss ich wohl kurz aus dem Leben geschieden sein. Wie schlimm ist deine Wunde?«

»Halb so wild.«

Ackerman bezweifelte es. Das Blut quoll Marcus zwischen den Fingern hindurch, und mit jeder Sekunde wurde er blasser. Er brauchte dringend einen Notverband und eine Fahrt ins Krankenhaus.

Doch so schlecht es Marcus auch ging – er war entschieden besser dran als der Gladiator. Er versuchte, die Wunde am Hals zuzuhalten, aus der das Blut nur so sprudelte. Seine Augen waren voller Entsetzen, und er klammerte sich verzweifelt ans Leben.

Ackerman kniete sich neben ihn, strich ihm übers Haar und sagte: »Mir scheint, dass Sie im Leben unter einer immerwährenden Identitätskrise gelitten haben. Sie verabscheuen das Gesicht, mit dem Sie zur Welt gekommen sind, und bedecken es, so oft es geht. Sie verabscheuen den Namen, den man ihnen gab, und die Menschen, mit denen sie ihn teilen, aber Sie haben nie begriffen, dass weder der Name, den Sie bekommen haben, noch der, den Sie sich selbst gaben, Ihr *wahrer* Name ist.«

Der Gladiator hob die Hand zu Ackerman und sagte mit erstickter Stimme: »Töten Sie mich. Bitte.«

»Pssst, nicht reden. Ich werde Ihnen sowieso nicht zuhören. Sie werden sterben, mein Freund, mit oder ohne meine Hilfe. Und wenn Ihre Lebensfunktionen enden und Sie ganz allein in der Dunkelheit sind, dann, so glaube ich, werden Sie eine Stimme hören. Eine Stimme, die Ihren wahren Namen ruft. Nicht den Namen, den Ihre Eltern oder die Gesellschaft Ihnen gaben, sondern den Namen, der Ihnen von einem höheren Wesen gegeben wurde. Ich weiß, dass Sie nicht an Gott oder irgendeine höhere Macht glauben, aber vielleicht ist jetzt der Augenblick gekommen, um Ihre Ansichten über ein Leben nach dem Tod zu überdenken. Vielleicht sollten Sie in Erwägung ziehen, der Stimme zu antworten, die Ihren wahren Namen ruft. Es ist Ihre Entscheidung.«

Ackerman küsste den Gladiator auf die Stirn und flüsterte: »Genießen Sie es, lebendig gefressen zu werden. Sie wissen ja, wie es so schön heißt: Wer die Reißzähne nimmt, soll durch die Reißzähne sterben.«

Hinter ihm sagte Marcus: »Komm schon, Frank. Wir müssen zusehen, dass wir . . .«

Ackerman drehte sich um, als die Stimme seines Bruders versiegte – gerade rechtzeitig, um zu sehen, wie Marcus' Knie einknickten. Er eilte zu ihm, fing ihn unter den Armen auf, wuchtete ihn hoch und trug ihn auf die nächste Ebene der gestuften VIP-Lounge mitten zwischen die Höllenhunde.

Die Rottweiler knurrten und weckten den halb bewusstlosen Marcus. »Schau die Hunde nicht an! Keinen Blickkontakt«, sagte Ackerman rasch. »Wir müssen uns jetzt auf die Ausbildung der Tiere verlassen.«

Einige Rottweiler jaulten und drehten sich auf der Stelle, doch immer wieder blickten sie zu der blutenden Gestalt im Zentrum der Kampfgrube. Als Ackerman mit seiner Last durch die Tür auf der obersten Ebene war, setzte er Marcus auf dem schmutzigen Berberteppich ab, atmete vor Erleichterung tief durch und verriegelte die Tür hinter ihnen. Dabei erhaschte er einen Blick auf die gedrungenen schwarzen Umrisse der Höllenhunde, die zu ihrem Abendfresschen in die Kampfgrube hinunterstiegen. Es tat ihm beinahe leid, dass er sich diese Show jetzt nicht ansehen konnte.

Als Ackerman sich Marcus wieder zuwandte, hatte der erneut das Bewusstsein verloren. Ackerman ohrfeigte ihn wach. »Komm schon«, drängte er, »wir haben jetzt keine Zeit für ein Nickerchen.«

Marcus murmelte etwas Unzusammenhängendes.

»Pssst«, machte Ackerman und grinste. »Sag mir lieber, wieso du ständig andere Leute beißen musst. Du weißt doch gar nicht, wie sie schmecken. Ganz zu schweigen von den Mikroben, die in ihren Adern herumwimmeln könnten. Bitte sag mir, dass du wenigstens das Blut hinterher ausgespuckt hast.«

»Ich glaube, ich kratz ab«, flüsterte Marcus.

»Quatsch.« Ackerman riss einen Streifen von seinem Hemd ab, stopfte als Notverband einen Teil des Stoffes in die Wunde und wickelte den Rest um Marcus' Taille.

»Wir sitzen in der Falle«, sagte Marcus leise, kraftlos. »Ich schaffe es nicht rechtzeitig ins Krankenhaus. Draußen streifen noch mehr von diesen verdammten Hunden herum. Wir kommen nicht mal aus dem Gebäude.«

»Du brauchst nicht ins Krankenhaus«, erwiderte Ackerman. »Wir brauchen nur ein bisschen Schießpulver und ein Streichholz, damit veröden wir deine Adern.«

Mit bebender Stimme, kaum mehr als ein Flüstern, fragte Marcus: »Und woher sollen wir das nehmen? Halt lieber die Klappe. Versprich mir, dass du für Dylan ein gutes Zuhause suchst, wo er normal aufwachsen kann. Ich will nicht, dass aus ihm ein Mann wird, wie du und ich es sind. Er hat etwas Besseres verdient.«

»Ich ziehe ihn selber groß, bilde ihn aus und unterweise ihn in den Wegen sowohl des Fleisches als auch des Geistes.«

»Auf gar keinen Fall. Er braucht . . .«

»Du hast da nicht mitzureden. Du bist dann ja sowieso tot, wie du gerade angedeutet hast.«

»Verflucht, Frank, kannst du nicht einfach . . .«

»Wenn du dafür sorgen willst, dass Dylan so aufwächst, wie du es für richtig hältst, musst du für ihn kämpfen. So leicht lasse ich dich nicht vom Haken, du Weichei.«

»Hör mir zu, ich bin nicht…« Marcus stockte für einen Moment. »Hast du das gehört? War das der Wind?«

»Wenn das Geschwader von Engeln sind«, sagte Ackerman, »die herunterkommen, um dich zu holen, müssen sie erst an mir vorbei.«

»Das ist mein Ernst, Frank.«

»Meiner auch.«

»Hör doch mal!«

Noch immer besorgt, sein Bruder könnte halluzinieren, versuchte Ackerman, jede ungewöhnliche akustische Schwingung wahrzunehmen. Und tatsächlich, da war ein deutliches, dumpfes Pochen.

Ackerman lächelte. »Das ist ein Hubschrauber, Mann! Und er schwebt über dem Dach.«

Kapitel 118

Aus Baxters Kopfhörern erklang John Fogertys *Who'll stop the rain*. Baxter summte mit, wiegte den Kopf im Rhythmus des Beats und dachte daran, dass der nächste Song auf seiner Schallplatte zu Hause *Born on the Bayou* war. Leider hätte sein Plattenspieler nie in den Helikopter gepasst, eine Bell 429 des San Francisco Police Department. Klar, die digitalisierte Musikbibliothek war ein Sieg der Technik, aber Vinyl klang in Baxters Ohren besser.

Detective Natalie Ferrara saß auf dem Kopilotensitz. »Auf dem Dach können wir nirgendwo aufsetzen«, sagte sie.

Immer noch zum Rhythmus von Creedence Clearwater Revival nickend, sagte Baxter: »Du weißt ja, wie wichtig mir ein dramatischer Auftritt ist.«

Das Dach des aufgelassenen Resortgebäudes war mit alten Tischen und anderem Sperrmüll vollgestellt. Es sah beinahe so aus, als hätte jemand den Plunder aus dem Gebäude geräumt und auf dem Dach gestapelt. Doch Baxter kannte ein paar Tricks, um sich Platz zu schaffen. Er richtete den Luftstrudel des Helikopters auf die Hindernisse und steuerte gekonnt tiefer, bis die Kraft der Rotorblätter den Trödel wie ein riesiger Laubbläser wegwehte. Er wiederholte das Ganze und setzte die Bell schließlich mitten auf dem Ristorante La Cascata auf.

Natalie blickte ihn mit leisem Vorwurf an. »Air Support zieht dir die Haut ab, wenn du Matilda beschädigst.« Matilda war der Eigenname des Hubschraubers.

»Bevor oder nachdem du mir in die Eier getreten hast?«

Natalie legte ihr Headset ab, öffnete die Tür und rief über den Lärm der Rotoren hinweg: »Danke, dass du mich erinnerst. Die Schuld treibe ich ein, wenn du am wenigsten damit rechnest.«

Emily Morgan schob die Verbindungstür zur Passagierkabine auf, und die beiden Frauen zogen ihre Waffen und eilten zum überdachten Teil des Restaurants, wo sich das Treppenhaus befand. Baxter blieb beim Helikopter. Er war nur der Fahrer des Fluchtwagens; er brauchte nicht den Kopf aus dem Fenster zu halten.

Natalie und Emily drangen nicht ins Gebäude vor. Zwei Frauen empfingen sie – die eine schwer verletzt, bewusstlos und auf den Rollstuhl angewiesen, in dem sie saß, die andere eine hübsche Schwarze in einem Hauskleid aus weißer Seide und Pantoffeln. Die Frau im Rollstuhl trug ein ähnliches Kleid, aber ihres war mit roten und schwarzen Flecken übersät.

Baxter erkannte sie aus der Ferne als Corin Campbell, die Frau, nach der er suchen sollte. Er erinnerte sich auch an ein Foto von der Lady in Weiß aus Natalies Akten: Sonnequa Washington. Sie war eines der ersten Hacker-Opfer gewesen und als Erste verschwunden.

Sofort stellte Baxter sich die Frage, wie viele der anderen Vermissten noch lebten. Er schwang sich aus dem Cockpit und eilte zu Emily und Natalie. Behutsam nahm er die bewusstlose, blutende Corin in die Arme, trug sie zum Helikopter und legte sie vorsichtig in die Passagierkabine.

Flatternd öffneten sich ihre Lider. Sie sah zu Baxter hoch und flüsterte: »Bin ich tot?«

Er zwinkerte ihr lächelnd zu. »Nein, Süße, vor Ihnen liegt noch ein spektakuläres Leben.«

»Wer sind Sie?«

»Betrachten Sie mich als Ihren Schutzengel. Und jetzt

bleiben Sie liegen, entspannen Sie sich und lassen Sie den alten Baxter mal machen. Sie sind jetzt in Sicherheit.«

Hinter ihm rief Sonnequa Washington: »Sie müssen starten! Sofort! Sie muss ins Krankenhaus.«

Emily beruhigte die beinahe hysterische Frau mit einem zuversichtlichen Blick und einer Hand auf der Schulter. »Ich brauche Ihre Hilfe«, sagte sie dann, zog ihr Handy aus der Tasche und zeigte Sonnequa ein Foto von den vermissten Mitgliedern ihres Teams. »Haben Sie diese Männer gesehen?«

Sonnequa erkannte sie auf den ersten Blick und stieß hervor: »Sie sind tot. Hören Sie, wir müssen hier weg, bevor er herkommt! Er hat ganz sicher gehört, wie Sie gelandet sind . . .«

Emilys Gesicht versteinerte. Tränen traten ihr in die Augen bei dem Gedanken, ihre Freunde könnten tot sein. Sie öffnete den Mund, brachte aber keinen Laut hervor. Schmerz und Angst schnürten ihr die Kehle zu.

»Bevor *wer* hierherkommt?«, fragte Natalie. »Der Mann mit der Totenkopfmaske? Der Gladiator?«

Sonnequa nickte. »Ja. Es tut mir leid, aber ich bin sicher, er hat Ihre Freunde bereits umgebracht.«

Emily packte die dunkelhäutige Schönheit an den Schultern. »Was meinen Sie mit ›Ich bin sicher‹? Sie haben sie nicht sterben sehen?«

»Glauben Sie mir, Kleine. Ihre Freunde leben nicht mehr. Dieser Mann ist wie eine Spinne. Dem entkommt keiner, der sich in seinem Netz verfangen hat. Ich habe noch nie jemand anderen als ihn aus der Diamantkammer kommen sehen. Er ist unbesiegbar.«

Emily ließ Sonnequa los. »Sie kennen meine Freunde nicht«, sagte sie und wandte sich Natalie zu. »Wir müssen uns beeilen.«

Sonnequa hob Corins Bein, damit die anderen das verbrannte

Fleisch und den Beinstumpf sahen. Corin schrie vor Schmerzen auf. »Meine Freundin muss ins Krankenhaus«, drängte Sonnequa. »So schnell es geht!«

Doch Emily und Natalie eilten bereits zur Treppe, ohne auf sie zu achten. Sonnequa fuhr zu Baxter herum. »Wir können nicht warten. Ich flehe Sie an.« Ihre Augen irrlichterten vor Angst.

»Ich würde ja mal sagen«, erwiderte Baxter, »ich bin der Einzige hier, der das Ding fliegen kann. Und ich habe viel mehr Angst vor den beiden Ladys als vor Ihrem Kumpel, dem Gladiator.«

Sonnequa liefen Tränen über die Wangen. »Wenn Sie uns nicht von hier wegbringen, sterben wir alle.«

»Keine Bange, es ist noch ein Haufen anderer Cops unterwegs.«

»Wie haben Sie uns überhaupt gefunden? Ich bin hier seit ...« Sie stockte. »Ich weiß nicht einmal mehr, wie lange schon.«

»Es ist jetzt vorbei. Sie sind in Sicherheit.«

»Solange er lebt, sind wir niemals sicher.«

»Granger oder Gladstone oder Gladiator oder wie immer er sich nennt, ist nur ein Mensch aus Fleisch und Blut. Wir haben den einzigen normalen Gladstone-Bruder ausfindig gemacht und die Stelle angepeilt, an der die Wegwerfhandys seiner Brüder zum letzten Mal benutzt wurden. Dann habe ich diesen Helikopter gekapert, um so schnell wie möglich herzukommen, aber die zuständige Polizei dürfte nicht weit hinter uns sein. Sie sind jetzt in Sicherheit. Ihr Kampf ist vorbei. Sie haben gewonnen, Sie beide, denn Sie leben noch.«

Sonnequa schloss die Augen und schüttelte den Kopf. Zu Baxters Überraschung streckte Corin den Arm aus und nahm Sonnequas Hand. Die beiden Frauen tauschten einen langen

Blick voller Emotionen. Schließlich nickte Sonnequa langsam und schlug die Arme um Corin, und beide Frauen begannen zu weinen.

»Sie kommen nach Hause, Ladys«, sagte Baxter. »Sie beide. Sie haben den Mistkerl besiegt. Er wird keinem mehr was tun.«

Als er hinter sich Emilys Stimme hörte, drehte er sich um und erblickte Mr. Dantonio. Er trug Agent Williams in den Armen, der totenblass aussah. Emily sagte: »Baxter, bringen Sie uns zum nächsten Krankenhaus.«

Baxter lächelte. »Ist mir ein Vergnügen.«

Er stieg ins Cockpit zurück und begann mit den Checks für den Flug, während die anderen an Bord stiegen. Emily zog sich ein Headset über und sagte drängend: »Er verblutet, Baxter. Wir müssen uns beeilen.«

Baxter zog den Knüppel zurück und hob vom Dach des Resortgebäudes ab. »Keine Sorge«, rief er über den Lärm hinweg. »Ich komme schon klar. Ihr alle habt mich ja nicht mal gefragt, wieso ich einen Hubschrauber fliegen kann. So was lernt man schließlich nicht, indem man die Nase in ein Buch steckt.«

Über das Intercom sagte der Mann, der sich als Francois Dantonio vorgestellt hatte: »Ich könnte den Helikopter auch fliegen, Mr. Kincaid, und *ich* habe es aus einem Buch gelernt. Im Grunde geht es dabei ja auch nur um das Verständnis von Auftrieb, Luftwiderstand und Schub.«

Baxter runzelte die Stirn. »Nehmt es mir nicht übel, aber ich habe keine Lust mehr, mit euch zu reden. Ihr stehlt mir die Schau.«

Kapitel 119

Zwei Wochen später

Corin starrte an die Decke des Krankenhauszimmers. War das Leben erst dann lebenswert, fragte sie sich, wenn die Früchte der Existenz deren Kosten überwogen? Sie stellte nicht nur den Sinn ihres Lebens infrage, sondern den Sinn des Lebens im Allgemeinen. Der viele Schmerz. Das viele Leid. Welchen Zweck sollte all das haben?

Gewiss, sie hatte überlebt. Sie hatte sich geweigert zu sterben und am Ende gesiegt. Die Polizei hatte Sammy und den Rest von Derricks Harem aus der Einrichtung geborgen, nachdem Mr. Dantonio dafür gesorgt hatte, dass die vierbeinige Prätorianergarde dieses Irren nicht getötet, sondern betäubt wurde.

Corins kleine Schwester lag nun im anderen Bett im Krankenzimmer. Sie hatte keine körperlichen Schäden davongetragen, aber ihr psychisches Trauma war so nachhaltig, dass drei Tage verstrichen waren, ehe sie ihr erstes Wort gesprochen hatte. Manchmal schien Sammy sich noch immer in einer Art Dämmerzustand zu befinden, gefangen zwischen einer Traumwelt und der Wirklichkeit. Corin jedoch weigerte sich, sich einer solchen Melancholie zu ergeben.

Während ihres Überlebenskampfs hätte sie beinahe ihr Baby verloren, aber wie durch ein Wunder klammerte sich die Saat des Gladiators noch immer ans Leben. Das Ungeborene war noch jung genug, dass eine Abtreibung infrage kam – und Corin konnte sich nicht vorstellen, ein Kind großzuziehen, das sie unter solch düsteren Umständen empfangen hatte. Doch sie brachte es nicht über sich, die Schwangerschaft abzubrechen; sie hatte zu viel Tod und Leid gesehen. Ein Kind zur Welt zu bringen konnte nicht schlimmer sein als das, was sie bereits durchgestanden hatte. Vielleicht würde sie ihr Kind zur Adoption freigeben.

Eine freundliche Stimme sagte: »Wie ich höre, bekommen Sie einen neuen Fuß, Kiddo.«

Mit einem Lächeln drückte Corin den Knopf, der ihr Bett anhob. Baxter Kincaid stand in der Zimmertür, einen Blumenstrauß in den Armen. Er trug ein Pink-Floyd-T-Shirt und Shorts mit Tarnmuster, dazu seinen Trilby auf der langen blonden Haarmähne.

Einer der Glanzpunkte in den vergangenen beiden Wochen waren für Corin die regelmäßigen Besuche von Mitgliedern des Teams gewesen, das Gladstones Einrichtung gefunden und die Frauen befreit hatte. Besonders liebte Corin die Besuche von Natalie Ferrara und Baxter.

»Sie hätten mir nicht schon wieder Blumen mitbringen sollen, Mr. Kincaid.«

»Tut mir leid, junge Dame, aber aufgrund gewisser Copyrightbestimmungen hat man den Mister vor meinem Namen rechtskräftig entfernt. Ich bin Baxter, okay? Außerdem finde ich, ich sollte öfter Geschenke bringen – nicht nur Ihnen, sondern den Menschen allgemein. Was mich wieder zu meiner Frage zurückbringt: Bekommen Sie einen neuen Fuß?«

Als Corin an die Prothese dachte, schaute sie auf die Bettdecke und die Stelle, an der sie flach auflag, obwohl dort ihr Fuß hätte sein müssen. Es war seltsam: Sie spürte ihn immer noch.

»Ja, Sie haben richtig gehört. Der Director der Shepherd Organization kam gestern vorbei und sagte, er kenne jemanden bei der DARPA. Von denen bekäme ich eine Prothese auf dem allerneuesten Stand der Technik.«

»Vom Forschungsamt für Verteidigungsprojekte? Wow. Ist immer gut, wenn man ganz oben Freunde hat. Sie sind in null Komma nichts wieder auf den Beinen.«

Corin spürte, wie ihr Tränen in die Augen traten. »Ich weiß nicht, ob ich je wieder die Kraft zum Aufstehen finde ...«

Baxter stellte die Blumen auf einen Beistelltisch, neben ein Arrangement anderer Mitbringsel aus dem Geschenkladen. »Das kaufe ich Ihnen keine Sekunde lang ab. Eine Frau, die so zäh ist wie Sie, ist in einem Jahr beim Triathlon auf Hawaii dabei.«

Corin wechselte das Thema, ehe ihre Gedanken auf gefährliches Terrain abdrifteten. »Detective Ferrara war heute schon hier. Sie hat mir erzählt, dass Sie ihr Partner beim Morddezernat waren.«

»Stimmt genau.«

»Ich habe sie gefragt, weshalb Sie bei den Cops aufgehört haben und Privatdetektiv geworden sind, aber sie konnte es mir nicht sagen.«

»Und jetzt fragen Sie mich nach dem Grund für meinen Ausstieg bei den Cops, habe ich recht?«

»Ja.«

Baxter wölbte eine Augenbraue. »Ich habe gehört, Sie hätten Ihre Verlobung gelöst. Gleiche Frage an Sie.«

»Das Mädchen, das Blake zur Frau nehmen wollte, ist da draußen am See gestorben. Und das Mädchen, das an ihrer Stelle zurückgekommen ist, will niemanden wie Blake heiraten. Und jetzt sind Sie dran.«

Baxter zog einen Stuhl heran und setzte sich. »Ich habe beim San Francisco Police Department gekündigt, weil ich zu viele Schulden gemacht hatte, die ich nie zurückzahlen könnte.«

»Spielschulden?«

»Nein, Ehrenschulden. Zu viele Opfer, deren Mörder der Gerechtigkeit entronnen sind. Zu viele Opfer, die niemals Recht bekamen. Die Lamettahengste waren glücklich mit einer Aufklärungsrate von fünfzig Prozent. Einige Fälle konnten wir nicht lösen. Einige haben wir gelöst, fanden aber keine Beweise, sodass keine Anklage erhoben werden konnte – was im Grunde das Gleiche ist, wie nicht zu wissen, wer das Verbrechen begangen hat. Ich habe bessere Möglichkeiten für mich gesehen, wenn ich mich selbstständig mache.«

»Haben Sie im Dienst jemals einen Menschen getötet, Mr. Kincaid?«

»Das ist eine ziemlich persönliche Frage.«

»Ich habe gelernt, dass das Leben zu kurz ist, um nicht zu sein, wer man wirklich ist, und nicht zu sagen, was man wirklich denkt. Ich habe lange genug den Mund gehalten.«

»Ich bin nur neugierig, aber wieso wollen Sie das wissen?«

»Unterliegen Sie als Privatdetektiv einer Art Schweigepflicht, was Ihre Klienten angeht?«

»Sie sind ja nicht meine Klientin. Und nein, ich habe eine Lizenz des Staates Kalifornien unter dem Private Investigators Act. Dieses Gesetz verpflichtet mich, jede kriminelle Aktivität in Gegenwart oder Vergangenheit den zuständigen Behörden zu melden.«

»Das heißt, wenn ich Ihnen von einem Gesetzesbruch aus meiner Vergangenheit erzählen würde, müssten Sie es den Cops sagen?«

»Genau. Aber wenn Sie mir von einer hypothetischen Situation erzählen würden, als Gedankenspiel sozusagen, würde ich einfach davon ausgehen, dass Sie den Rat eines Älteren suchen.«

»Verstehe.« Corin verstummte und überlegte, wie sie ihre

Frage am besten formulierte. »Rein hypothetisch … wenn in der Vergangenheit eine ältere Schwester jemanden umgebracht hätte, um ihre jüngere Schwester zu beschützen, wäre sie dann auf irgendeine Weise besser als Derrick Gladstone und sein geistesgestörter Bruder? Kann man überhaupt rechtfertigen, einen anderen Menschen zu töten, egal unter welchen Umständen? Ist diese ältere Schwester auf irgendeine Weise besser als die Gladstone-Brüder?«

Baxters Miene wurde ernst. »Was verstehen Sie unter ›besser‹? Es geht nicht darum, wer wir sind oder was wir getan haben, sondern wer zu sein wir uns entscheiden. Unsere eigene sündige Natur zu überwinden ist ein Weg, den wir nicht allein gehen können.«

»Für ein Gespräch über Religion fehlt mir im Moment die rechte Muße, Mr. Kincaid. Oder ist Ihre Religion genau die richtige und kennt alle Antworten?«

»Ich halte nichts von religiösen Lehrsätzen. Ich halte eher etwas von dem einen Wesen, das nicht erschaffen wurde und jenseits von Raum und Zeit sitzt.«

»Ich weiß nicht, ob ich daran glauben soll.«

»Neil deGrasse Tyson, der Astrophysiker, sagte einmal: ›Die Atome unserer Körper stammen aus dem Innern uralter Sterne. Sie haben diese Atome hervorgebracht und dann in einer Explosion vor Milliarden von Jahren über unsere Galaxis verstreut. Wir bestehen nicht nur sinnbildlich, sondern buchstäblich aus Sternenstaub.‹«

»Was hat das mit Gott zu tun?«

»Wir alle tragen Sternenstaub in uns. Das Licht des Universums. Ist das nicht unfassbar? Je mehr ich über Naturwissenschaften lerne, desto fester wird mein Glaube. Wir sind im Universum, aber das Universum ist auch in uns. Wir alle enthalten das Licht aus der Quelle der Schöpfung. Das ist eine wissenschaftliche Tatsache. Wir müssen uns diesem Licht nur öffnen. Uns ihm ergeben. Lassen Sie Ihr Licht leuchten, Corin. Nehmen Sie, was das Universum Ihnen zu Füßen legt.«

»Was ist mit Tsunamis, Erdbeben, Seuchen? Wie kann ein liebevolles Universum zulassen, dass es so viel Schreckliches gibt?«

»Lassen Sie mich mit einer Gegenfrage antworten. Woher kommt Ihre Hoffnung, Corin?«

»Ich verstehe die Frage nicht.«

»Möchten Sie es denn?«

Sie schüttelte verwirrt den Kopf. »Ob ich was möchte?«

»Die Frage verstehen.«

»Ja, sicher.«

»Wie viel Zeit haben Sie?«

Corin schaute sich ostentativ im Krankenzimmer um und setzte sich auf. »Ich gehe so schnell nirgendwohin.«

Lächelnd nahm Baxter sein Handy heraus, rief eine Aufnahme-App auf und legte das Gerät zwischen sie beide. Als Corin die Brauen wölbte, sagte er: »Haben Sie etwas dagegen, wenn ich unser Gespräch mitschneide? Sie wissen schon, für die Nachwelt. Ich habe das Gefühl, dass ich gleich ziemlich cooles Zeug von mir gebe.«

Kapitel 120

Die Präsidentensuite des verfallenen Resorts roch nach einer Mischung aus Tannenwald und Meeresbrise. Der Geruch nach Tannen rührte von der Biogefahren-Putzkolonne her, die die Räume desinfiziert hatte, nachdem die Spurensicherung fertig war; der Geruch nach Meer kam von Gladstones riesigem Salzwasseraquarium, in dem sich alle möglichen exotischen Fische tummelten. Die künstlichen Naturdüfte verursachten Marcus Übelkeit. Die Kriminaltechniker des SFPD waren gekommen und gegangen, als er im Krankenhaus lag. Sie hatten nach Fingerabdrücken gesucht und auf Luminol basierende Reagenzien versprüht, um Blut und andere Spuren sichtbar zu machen. Anschließend waren die Reinigungstrupps mit ihren Schutzanzügen und Desinfektionsmitteln angerückt. Und jetzt konnte Marcus sich kaum konzentrieren, weil die Duftstoffe der Reinigungslösungen, das Salzwasser und das Gluckern und Summen der Lampen und Pumpen im Aquarium seine geschärfte Sinneswahrnehmung bestürmten.

Marcus schloss die Tür zu Gladstones Schlafzimmer und betrachtete die Wand voller Babyfotos. Ihm taten die Familien leid, deren Traum von Nachkommenschaft durch die Egomanie eines Irren zerstört worden war. Bislang war wegen der laufenden Ermittlungen noch kein einziges betroffenes Elternpaar verständigt worden. Ob auch nur eines von ihnen je die Wahrheit erfahren muss, fragte sich Marcus. Er war sich nicht sicher. Er fühlte sich alt und müde, wenn er daran dachte, wie er vor nur wenigen Jahren noch darauf bestanden hätte, dass immer und überall die Wahrheit ans Licht kam, koste es, was es wolle. Aber vielleicht war es besser, nicht mehr so starre Ansichten zu vertreten wie früher.

Das San Francisco Police Department hatte die Anweisung erhalten, sich von Gladstones Computersystem fernzuhalten und deren Analyse dem Shepherd-Team zu überlassen. Der Director hatte darauf bestanden, weil er befürchtete, einige der Dateien des Judas-Killers über die Shepherd Organization könnten in Gladstones Besitz gelangt sein. Mit Ackermans Hilfe hatte Stan sich in das System gehackt; im Moment suchte er nach Hinweisen, die sie auf die Spur der anderen Schüler Demons bringen konnten.

Die hiesigen Behörden verfolgten andere Ziele. Das SFPD hatte gehofft, eine Verbindung zu Oban Nassar oder anderen hochrangigen Vertrauten von Mr. King zu finden, denn damit hätte es einen Durchsuchungsbeschluss für die Landsitze und Kings Geschäftsräume erwirken können. Doch leider waren bisher alle Versuche im Sande verlaufen. Zwischen Derrick Gladstone und Mr. Kings illegalem Imperium ließen sich noch immer keine Verbindungen herstellen.

Ackerman unterstützte Stan gerade, indem er eine Reihe von USB-Sticks aus Gladstones Safe in einen Laptop steckte. Sie waren seit mehreren Stunden an der Arbeit, aber bisher hatte Stans Computerforensik nichts weiter aufgetrieben als einige Videodateien und persönliche Dokumente. Als Beweismaterial gegen die Brüder Gladstone wären sie sehr gut brauchbar gewesen, aber Tote brauchten nicht mehr strafrechtlich verfolgt zu werden, und nichts von alledem half ihnen bei der Zerschlagung von Demons »Legion«.

Hinter Marcus sagte Ackerman: »Ich glaube, Computer Man hat irgendwas Sachdienliches entdeckt.«

Marcus drehte sich zu schnell um. Augenblicklich schossen

Stiche durch seinen Körper. Es fühlte sich an, als würde die Wunde gleich wieder aufreißen, aber er beachtete die Schmerzen nicht, trat zu seinem Bruder an Gladstones Mahagonischreibtisch und beugte sich zu der Webcam des Laptops vor. Er hätte sich gern auf dem Klappstuhl niedergelassen, der neben seinem Bruder stand, aber der wurde bereits von Ackermans neuem besten Freund in Beschlag genommen, dem jungen Shih Tzu. Emily bestand darauf, dass Ackerman ihn bei sich hatte, wann immer möglich.

»Möchtest du dich setzen, Marcus?«, fragte er nun. »Ich scheuche das Ungeziefer gern für dich weg. Runter, Theodore!«

Der kleine Hund sah verträumt auf und wedelte mit dem Schwanz. Marcus konnte nicht anders, er musste lächeln. »Du hast ihm einen Namen gegeben?«

»Ich habe ihn nach meinen beiden bevorzugten historischen Persönlichkeiten benannt, Ted Bundy und Theodore Roosevelt. Einer war US-Präsident, wie du weißt, der an vorderster Front gekämpft hat, der andere ein verschlagener Serienmörder. Aus irgendeinem Grund weiß ich nicht mehr, wer von den beiden denn nun was gewesen ist. Ist aber auch egal. Der Hund hat einen Namen, und Agent Morgan kann ihre Aufmerksamkeit nun wieder nutzbringenderen Tätigkeiten zuwenden.«

Theodore hatte sich bei dem Monolog seines Herrchens gelangweilt und war wieder eingeschlafen. Marcus wollte ihn nicht wecken. Und noch weniger wollte er der Tatsache ins Gesicht sehen, dass sein Bruder auf subtile Weise spürbar nachließ. Stattdessen hielt er den Kopf in die Kamera des Laptops. »Ein schöner Name. Und du, Stan? Was hast du für mich?«

»Auf einigen dieser Sticks sind versteckte Partitionen. Die Daten sind allesamt Müll, aber als ich sie kombiniert und mit einem Tiefenanalysealgorithmus untersucht habe, entdeckte ich mehrere kodierte Textdokumente.«

»Und auf Englisch?«

»Ich glaube, wir haben ein paar weitere Tagebucheinträge von Judas. Er muss sie Gladstone zur Aufbewahrung anvertraut haben.«

»Oder er hat uns eine Krümelspur gelegt«, sagte Ackerman, »die uns direkt an Demons Tür führt. Vielleicht arbeitet er noch aus dem Grab gegen seinen alten Mentor. Nach allem, was wir wissen, wäre es möglich, dass Gladstone nichts von der Existenz dieser Dateien gewusst hat.«

»Ist in den Einträgen irgendwas Konkretes?«, fragte Marcus.

»Ihr müsst sie schon lesen, damit ihr das erfahrt, aber ich hab nach einer Menge Schlüsselwörtern gesucht und dabei einen Treffer für ›Demon‹ erhalten, den ihr vielleicht interessant findet. Es gibt einen Eintrag darüber, wie Demon und Judas ein potenzielles neues Mitglied der Legion besuchen. Das Eigenartige ist allerdings, dass Judas Demon ständig als ›Demon Welkar‹ bezeichnet. Als wäre das sein Nachname oder so was.«

»Unser narbengesichtiger Freund«, meinte Ackerman, »könnte aber auch von einer übernatürlichen Wesenheit namens Welkar besessen sein.«

»Wir haben schon genug Teufel zu bekämpfen«, entschied Marcus. »Überlassen wir das Übernatürliche den Priestern und Engeln.«

»Spirituelle Kriegführung sollte für uns aber eine hohe Priorität besitzen«, begann Ackerman. »Wir alle sind nur ...«

Marcus hatte die Befürchtung, dass einer der weitschweifigen Vorträge seines Bruders bevorstand. Also blendete er ihn aus, schloss die Augen und sezierte die Wendung »Demon Welkar«. Was es ein Anagramm? Ein Code?

»... und dann zerriss die junge Dame die Ketten mit bloßen Händen«, hörte er Ackerman sagen.

»Tolle Geschichte, Frank«, lobte Marcus. »Hör mal ... als du in Foxbury warst, hat Demon dir eine Visitenkarte gegeben, nicht wahr? Weißt du noch, was auf der Karte stand?«

»Auf einer Seite war die Miniatur eines Gemäldes von Johann Heinrich Füssli, der berühmt war für seine Gemälde über düstere Visionen, Furcht und Schrecken. Auf der anderen stand eine simple Botschaft, die ...« Ackermans Stimme versiegte, als er die Verbindung bemerkte.

»Da stand A2E. A to E«, sagte Marcus. »A zu E! Wenn wir den Namen nehmen und jedes E gegen ein A austauschen und umgekehrt, erhalten wir den Namen Damon Walker.«

Ackerman nickte. »Aber wenn das Demons richtiger Name sein soll, könnten sowohl Judas als auch Demon uns gezielt diesen Hinweis gegeben haben. Zwei Mörder. Einer, der uns aus dem Grab verspotten will. Und der andere lacht uns bei jeder Gelegenheit ins Gesicht.«

»Wer weiß, was für einen Irrsinn sie als Nächstes für uns im Sinn haben.«

Grinsend sagte Ackerman: »Ich kann es kaum erwarten.«

»Oh ja, ein Heidenspaß. Falls wir überleben.«

»In solch einem Kampf wäre ich dir von größerer Hilfe, wenn du mir eine Schusswaffe anvertrauen würdest.«

Marcus verzog das Gesicht. »Tut mir leid, der Director untersagt Schusswaffen. Aber ich konnte ihn immerhin so weit bringen, dass du dein Bowiemesser mit dem beinernen Griff zurückbekommst. Und die hier ...« Er wühlte in der Tasche und holte die kleine Scheide mit dem Satz Faustmesser hervor, die dem Gladiator gehört hatten. »Ich dachte mir, die Dinger müssten ganz auf deiner Linie sein. Außerdem hast du nächste Woche Geburtstag, also betrachte es als verfrühtes Geschenk.«

»Mann! Ich habe noch nie etwas zum Geburtstag geschenkt bekommen. Ich danke dir, Bruder.« Ackerman besah sich die kleinen Waffen und ergriff dann eines der Faustmesser, sodass die Klinge zwischen Mittel- und Ringfinger hervorschnellte. Mit kunstvollen Schattenboxbewegungen prüfte er das Gewicht. »In den richtigen Händen«, sagte er, »ist so etwas ohnehin viel besser als eine Pistole.«

»Freut mich, dass es dir gefällt. Du hast es verdient. Ich bin stolz auf dich, Frank.«

»Und ich auf dich, kleiner Bruder.«

Aus dem Laptop sagte Stan: »Wir haben noch eine Info gefunden, die du vielleicht interessant findest, Boss. Nicht alle Bilder an der Wand zeigen Gladstones biologische Kinder. Die meisten sind Babys, die als Teil einer klinischen Studie zur Welt kamen.«

»Eine klinische Studie?«, fragte Marcus. »Um was ging es dabei?«

»Um ein neues Fruchtbarkeitsmedikament, das offenbar von Derrick Gladstone persönlich entwickelt wurde. Es befindet sich derzeit in der behördlichen Genehmigungsphase.«

»Wie wirkt dieses Medikament?«, fragte Ackerman.

»Offenbar hüllt es die Spermien eines Mannes in eine Art Protein, das ihnen das Bewegen schwerer macht oder so was.«

»Ich bin ja kein Experte, aber für mich hört sich das nicht nach einem Medikament an, das die Fruchtbarkeit erhöht.«

»Es ist auch nicht für Männer mit Problemen, sondern für ein normales Paar, das ein Kind haben möchte. Die Theorie lautet, dass eine Menge genetische Abnormitäten verhindert werden können, wenn man die schwächeren Spermien abtötet. Das Medikament soll den gesünderen und besseren Schwimmern eine größere Erfolgsquote verschaffen. So steht es wenigstens auf der Website.«

Marcus verzog vor Abscheu die Lippen. »Ein Medikament, das dafür sorgt, dass nur die Stärksten überleben. Selbst als Toter verdirbt Gladstone die Welt noch mit seinen Ansichten, wer es verdient hat zu leben.«

Marcus vermutete, dass weder er noch sein Sohn in Gladstones schöner neuer Welt einen Platz hätten. Ihre einzigartige Neuropathologie würde sie in den Augen dieses Geistesgestörten vermutlich als »lebensunwert« disqualifizieren.

Ackerman zuckte mit den Schultern. »Gladstone hat sich lediglich an darwinistische Konzepte gehalten, die wissenschaftlich anerkannt sind. Vielleicht hat er sie überspitzt, aber auch Darwin war überzeugt, dass minderwertige Individuen sich nicht fortpflanzen sollten. Ich glaube, ein solches Darwin-Zitat, ein unumstößlicher Pfeiler der wissenschaftlichen Religion von heute, sagt aus, dass kaum ein Bauer so dumm sei, seinen schlechtesten Tieren zu erlauben, sich fortzupflanzen.«

Marcus schüttelte den Kopf. »Und wer bestimmt, wer zu leben verdient hat? Dabei wird mir richtig übel. Allein schon wenn ich an die Auswüchse einer solchen Einstellung denke, kriege ich die Krätze. Francis Galtons Konzept der Eugenik fußte auf der wissenschaftlichen Doktrin, die sein Cousin Charles Darwin formulierte. Und Hitlers Glaube an die ›Herrenrasse‹ basierte auf den Vorstellungen von der Ungleichheit der Gruppen, die ein Schlüsselelement in Darwins Theorie vom Überleben des Stärkeren ist. Rudolf Hess, Hitlers Stellvertreter, behauptete sogar, dass Nationalsozialismus nichts anderes sei als angewandte Biologie.«

Ackerman lehnte sich in Derricks Ledersessel zurück und legte die Füße auf den Schreibtisch. »Vielleicht, aber wir können dem armen Charles Darwin nun wirklich nicht vorwerfen, dass seine Schriften über seine Beobachtungen auf den Galapagosinseln zu Gräueltaten wie dem Holocaust geführt hätten. Schließlich hat Hitler religiöse Ideologien genauso verdreht wie wissenschaftliche Theorien. Darwin hat niemals Konzepte wie Eugenik propagiert, schon gar nicht die ›Endlösung‹ der Nazis, aber die Vorstellung, dass wir nicht mehr wären als Tiere aus Fleisch und Blut, führt schon zu dem Gedanken, dass wir die menschliche Fortpflanzung genauso einschränken sollten wie beim Vieh. Wissenschaft ist etwas Wunderbares. Sie rettet Leben und macht die Welt besser. Sie ergründet Gottes Schöpfung und unser Universum, und sie ist schön. Aber mit der Wissenschaft lässt sich das Wesen des Menschen nicht ausreichend abschätzen. Wir sind viel mehr als nur unsere sterblichen Hüllen. Wir sind Wesen aus Licht und Emotionen. Wenn man der Menschheit dieses Ideal nimmt, stuft man sie herab zu einer Unterart intelligenter Tiere mit Größenwahn. Wenn unser individuelles Leben so wenig bedeutet, dass nur die Beiträge zählen, die wir für die Herde leisten, wird es leicht, einem Leben einen größeren Wert zuzuweisen als einem anderen.«

»Und Gladstone hat seinen ganz eigenen Holocaust inszeniert. Aber statt die zu töten, die er als minderwertig betrachtet hat, wollte er dafür sorgen, dass sie gar nicht erst geboren werden.«

»Vielleicht hat dein Director ja einen Bekannten bei der FDA, der Gladstones Projekt endgültig stoppen kann.«

»Hoffentlich, aber ich würde nicht darauf wetten. Verdammt, Frank, selbst im Tod fügt dieser Hundesohn Menschen Schmerz zu. Je mehr ich über die Gladstone-Brüder erfahre, desto mehr bin ich überzeugt, dass wir niemals üblere Verrückte gejagt haben. Jemandem das Leben zu nehmen ist eine Sache, aber was diese beiden Irren getrieben haben, ist auf einer ganz anderen Ebene der Verderbtheit.«

»Stimmt. Aber ich habe so das Gefühl, dass wir die wahre Bedeutung des Wortes ›Verderbtheit‹ erst noch erleben werden. Stell dir die Abartigkeiten vor, die jemand wie Demon sich ausdenken kann.«

»Oder jemand wie unser Vater«, sagte Marcus leise. »Aber selbst er hat nur zwei gebrochene Kinder auf die Welt gebracht.«

»Soweit wir wissen.«

»Sag so was nicht. Zwei von unserer Sorte sind mehr als genug.« Marcus seufzte und presste die Fäuste auf die Mahagonitischplatte. »Hör zu, Frank. Ich weiß nicht, wie es mit dir und mir weitergehen soll, wenn ich an das Beispiel der Gladstone-Brüder denke. Derrick Gladstone hat seinen Bruder missbraucht, um seine Feinde niederzuknüppeln. Ich will dich nicht benutzen. Deshalb weiß ich nicht, ob ein Leben wie dieses für dich das Beste ist.«

»Auf die Richtung, die unser Leben nimmt, haben wir wenig Einfluss, noch können wir uns davor verstecken. Du hast zu mir gesagt, dass die Vergangenheit keine Rolle spielt. Wichtig sei nur, was wir jetzt tun. Wir sind Soldaten in einem Krieg, den wir aus unserer beschränkten Perspektive nicht einmal sehen, Marcus. Wir stellen uns gegen die Finsternis, indem wir andere ins Licht holen. Unsere Aufgabe besteht darin, Männer wie die Gladstones vor sich selbst zu schützen und sie daran zu hindern, andere in den gleichen Abgrund zu stürzen, in dem sie selbst untergehen.«

»Manche Leute sind nicht zu retten.«

»Ja, das hat man besonders von mir behauptet. Brief an die Epheser, Kapitel sechs, Vers zwölf: ›Denn wir haben nicht gegen Menschen aus Fleisch und Blut zu kämpfen, sondern gegen die Fürsten und Gewaltigen, gegen die Beherrscher der finsteren Welt und die bösen Geister unter dem Himmel.‹«

»Du und ich, wir sind nicht gerade die Streiter für das Licht und die Tugend, Frank.«

»Ich glaube nicht, dass wir wegen dem, wer wir sind, erwählt wurden, sondern eher wegen dem, wer wir sein könnten. Du und

540

ich sind aufgerufen, uns gegen das Erlöschen des Lichts in den Seelen der Menschen zu stemmen.«

Marcus lächelte. »An dir ist ein wahrer Poet verloren gegangen.«

»Wohin wollen wir, wenn wir hier fertig sind? Zurück zu dem Knast in Florence, unserem Freud Demon einen Besuch abstatten? Oder suchen wir Maggie?«

»Was schlägst du vor, Frank?«

»Du bist der Boss, Bruder. Aber wenn ich mich erdreisten darf, einen Vorschlag zu machen ...«

»Nur zu.«

»Ich fürchte, wenn Maggie diesen Taker auf eigene Faust zur Strecke bringen will, hat sie sich mehr aufgehalst, als sie bewältigen kann. Ich würde sagen, wir legen Demon auf Eis und kümmern uns um unser abtrünniges Teammitglied. Denn es ist meine feste professionelle Überzeugung, dass unsere Maggie, wenn wir sie nicht finden, ehe sie den Taker findet ... Nun, dann ist sie die Nächste, die verschwindet.«

Tränen brannten Marcus in den Augen. »Dass sie gegangen ist, liegt an mir, verdammt. Ich hätte für sie da sein müssen. Ich wusste nicht, wie sehr sie gelitten hat. Wenn ihr etwas zustößt, ist das auch meine Schuld.« Er hielt inne, ehe er fragte: »Was meinst du, wo wir diesen Taker finden könnten? Der Fall ist zwanzig Jahre alt, und die besten Ermittler haben sich darüber das Hirn zermartert.«

Ackerman lächelte. »Manchmal, lieber Bruder, ist die Jagd auf den Schlimmsten der Schlimmen eine Aufgabe für die Besten der Schlechten.«

Kapitel 121

Oban Nassar hatte sich die ersten Sporen als Baltagiya für die ägyptische Regierung und Polizei verdient. Den Begriff übersetzte man am besten als »Mann fürs Grobe«. Diese Leute waren im Grunde Totschläger, die oft damit beauftragt wurden, Regimegegner anzugreifen und für Unruhe zu sorgen. Die Baltagiyas waren sogar von der Polizei ausgebildet worden, sexuelle Übergriffe als Waffe gegen Protestierende und Abweichler anzuwenden.

Dank seines Geschäftssinns hatte Nassar sich nicht allzu lange mit solchen Arbeiten die Hände schmutzig machen müssen, aber selbst nach so vielen Jahren nannte Mr. Demon ihn noch immer den »Mann fürs Grobe«.

Als er nun den Rollstuhl den Plankenweg entlangschob, der zum Strand führte, versuchte Nassar, die Antwort auf die Frage zu ergründen, weshalb Salzwasser und Sand eine solche Faszination auf die Menschen ausübten. In der Wüste aufgewachsen, hatte er so viel Sand gesehen, dass es für tausend Leben reichte. Manchmal, wenn er im Bett lag, hatte er das Gefühl, der Sand hätte sich für immer und ewig unter seiner Haut festgesetzt.

Die Marshall-Inseln sahen auch nicht danach aus, als wollte Demon sich hier zur Ruhe setzen. Aber es stand Nassar nicht zu, seinem Arbeitgeber persönliche Fragen zu stellen. Er hatte schon vor dem Ableben der Brüder Derrick und Simon Gladstone den Papierkram für die Übersiedlung auf die Insel vorbereitet; deshalb nahm der ganze Vorgang nur wenige Tage in Anspruch.

Als alles erledigt war, war das Eigentum der Gladstone-Brüder – darunter die Privatinsel, auf der Derrick seine neue Gesellschaftsform hatte gründen wollen – rechtlich an ihre Mutter überschrieben. Anschließend hatte die Gladstone-Matriarchin freudig die Kontrolle an die Legion und Mr. Demon übertragen. Zum Ausgleich würde sie für den Rest ihres Lebens auf der Insel allerbeste Behandlung und Pflege erhalten.

Am Ende des Plankenwegs erwartete Nassar ein Pfleger in weißem Anzug mit Mrs. Gladstones Sonnenliege und einem Martini.

Nassar war froh, dass er die alte Frau nicht persönlich den ganzen Weg zum Strand schieben und dabei riskieren musste, Sand in die Schuhe zu bekommen. Er träumte von einem Ruhestand in den Schweizer Alpen – aber jedem das Seine.

Er beugte sich zum Ohr der alten Frau. »Das Personal kümmert sich von nun an um Sie, Mrs. Gladstone. Ich hoffe, Sie genießen es hier. Mit Sicherheit ist es eine erhebliche Verbesserung gegenüber dem düsteren Raum, in dem Ihre Söhne Sie eingesperrt hatten. Mr. Demon lässt Ihnen für Ihre Mithilfe seinen Dank ausrichten. Diese Insel und die finanziellen Reserven Ihrer Söhne werden mit Sicherheit einen gewichtigen Beitrag zum Voranschreiten von Mr. Demons Plänen leisten.«

Auf dem Weg zurück zu seinem wartenden Hubschrauber, einer AugustaWestland AW109 Grand Versace, die mit jeder Annehmlichkeit ausgestattet war und mehr als sechs Millionen Dollar gekostet hatte, dachte Oban Nassar über die alte Frau nach, die kaum sprechen oder sich bewegen konnte und bereit gewesen war, für einen Platz an der Sonne ihre Kinder zu verkaufen.

Als er in den Luxushelikopter stieg, kam ihm ein Ausspruch von Helen Keller in den Sinn: *Mit einem Freund durchs Dunkel zu gehen ist besser, als alleine im Licht zu wandeln.*

ENDE